Das Buch

Der zweite Band der großen Hirschvolk-Trilogie – ein Blick in das magische Herz Neuseelands, Jahrhunderte nach dem Untergang unserer heutigen Zeit.

Nachdem eine schreckliche Kälteperiode ihre Jagdgründe veröden ließ. hat sich das Hirschvolk unter Tamas Führung in das unbekannte Land aufgemacht. Dort stoßen sie eines Tages auf ein anderes Volk, das sich nur von Fischfang und Landwirtschaft ernährt, außerdem Schafe züchtet und im Einklang mit der Natur lebt: die Schäferleute.

Obwohl die erste Begegnung, bei der Tamas Clanbruder Hora ein Schaf des Hirten Sarn tötet, denkbar ungünstig verläuft, finden die beiden Völker schnell zusammen. Die Schäferleute unternehmen alles, um die Fremden in ihrer Umgebung heimisch werden zu lassen, lehren sie den Hausbau und die Grundlagen der Landwirtschaft. Sarn und Tama freunden sich an; Gilda, Sarns lebenslustige Schwester, verliebt sich sogar in den schweigsamen Fremden. Tama jedoch weicht ihren Annäherungsversuchen aus. Er ist der neue Priester seines Volkes und will sich ganz den Geboten dieser Aufgabe widmen.

Doch bald schon zeigt sich, daß zwischen dem Stamm der Jäger und den friedlichen Hirtenleuten zu große Unterschiede bestehen, als daß das Zusammenleben friedlich verlaufen könnte. Während die alten Formen des Lebens sich langsam verändern, kommt es zu einer dramatischen Auseinandersetzung... Wird Tama die beiden Stämme wieder einen können?

Der Autor

Peter Hooper ist es gelungen, in seiner großen Trilogie um das Hirschvolk die Atmosphäre der Wälder Neuseelands einzufangen und eindrucksvoll zu schildern. Der Autor hat bisher einen Gedicht- und ein Kurzgeschichtenband veröffentlicht und lebt an der Westküste in der Nähe von Greymouth. Die beiden anderen Bücher der Trilogie – »Die Berge des Morgens« (01/10139) und »Die Chronik der Väter« (01/10141) – sind ebenfalls im Wilhelm Heyne Verlag erschienen.

PETER HOOPER

DAS HIRSCHVOLK

Fremde Brüder

Roman

Aus dem Englischen
von Helga Schenk

Deutsche Erstausgabe

WILHELM HEYNE VERLAG
MÜNCHEN

HEYNE ALLGEMEINE REIHE
Nr. 01/10140

Titel der Originalausgabe
PEOPLE OF THE LONG WATER

2. Band der Trilogie
»The Time And The Forest«
Der 1. Band ist bereits unter dem Titel
»Das Hirschvolk – Die Berge des Morgens«
(01/10139) erschienen.

Umwelthinweis:
Dieses Buch wurde auf
chlor- und säurefreiem Papier gedruckt.

Redaktion: Redaktionsbüro Dr. Andreas Gößling

Printed in France 1997
Umschlagillustration: Thomas Thiemeyer, Stuttgart
Umschlaggestaltung: Atelier Ingrid Schütz, München
Satz: Buch-Werkstatt GmbH, Bad Aibling
Druck und Bindung: Brodard & Taupin

ISBN 3-453-11986-X

Inhalt

Für Mike,
eine weitere Öffnung
in der Wolkendecke

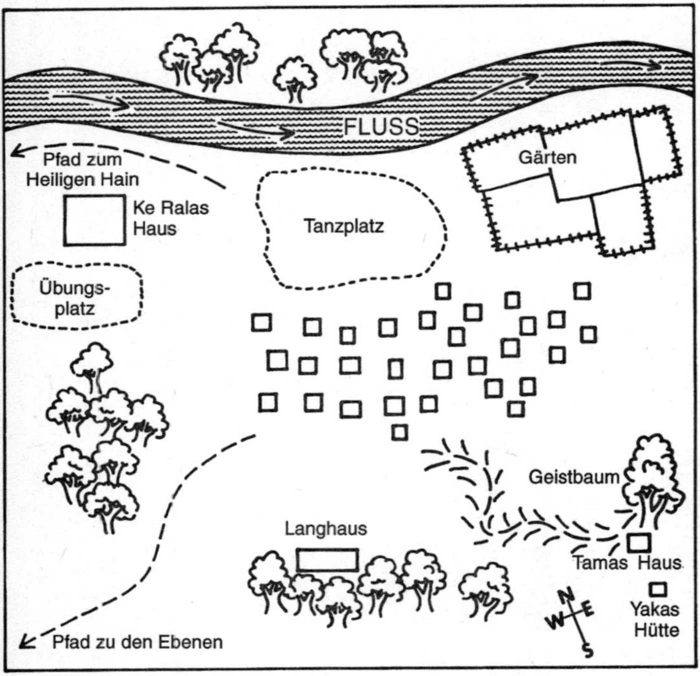

Dorf des Hirschvolks

Erster Teil

DER NEUE TAG

1

Es war die stillste Zeit des Nachmittags. Die Nordseite des Hügels sog die großzügige Wärme des Frühsommers gierig auf. Es gab immer noch grüne Flecken im Gras, besonders in den feuchten Senken und im Schatten der Bäume. Es waren noch zwei Monate bis zum längsten Tag des Jahres, an dem die Hänge der Hügel wie immer ausgetrocknet und das Gras braun und verdorrt sein würden. Nachdem die Schafe den ganzen Morgen geweidet hatten, lagen sie nun im Schatten der Bäume weiter unten am Hügel. Außer dem leisen Summen der Bienen irgendwo in der Nähe und dem zitternden Gezirpe einer Heuschrecke auf einem warmen purpurroten Stein war fast kein Geräusch zu hören.

Sarn saß mit dem Rücken am Baumstamm und machte es sich gemütlich. Er sah zu den Schafen hinüber, die immer noch friedlich zusammengerollt im Schatten schliefen. Hier waren sie sicher; sie würden für eine Weile ohne Futter auskommen. Und sollten sie auch auf Futtersuche gehen, während er schlief, waren die Lämmer doch schon so groß, daß sie kein Habicht so leicht schlagen konnte. Der Junge ließ seinen Kopf auf seine verschränkten Arme sinken, schüttelte seine struppigen, strohblonden Locken und schloß die Augen. Er atmete den Schafsgeruch der trockenen Erde ein.

Als er aufwachte, fielen die waagerechten Strahlen der untergehenden Sonne unter die Äste des Totara-Baums, direkt in sein Gesicht. Er richtete sich auf, schüttelte sich die Haare aus dem Gesicht, erhob sich, ging ein paar Schritte in die volle Spätwärme der Sonne und streckte sich genüßlich. Er wischte sich Schmutz und Blätter von Brust und Bauch und zählte dann beim Wasserlassen seine Herde, die friedlich am Hang graste. Zehn und zehn und zwei. Drei fehlten. Weit würden sie nicht sein.

Er schüttelte sein Hemd aus, zog es an, hob die fast leere lederne Wasserflasche auf, hängte sie sich mit dem Riemen über die Schulter und schlang sich seinen Hirtendudelsack, der an einer dünnen Schnur hing, um den Hals.

Die älteren Mutterschafe wußten, was sein Kommen bedeutete, und kletterten den sich über die Kuppe windenden Pfad ins nächste Tal hoch, wo die Schäferhütte an einem kleinen Bach stand. Die Lämmer blökten nach ihren Müttern, manche rannten durch die Herde hindurch oder sprangen vor lauter Übermut über Steine. Sarn lächelte über ihre Verspieltheit, während er zur Schlucht hinunterging, wo er die drei Ausreißer zu finden hoffte. Leise spielte er immer wieder ein paar Noten des Schäferlieds vor sich hin, bis er schließlich zu seiner Freude ein Mutterschaf aus der Schlucht auftauchen und zwei Widder hinter einer rauhen Felswand weiter oben am Hügel hervorkommen sah.

Dann ging er an dem Leitschaf, dem er im Vorübergehen zärtlich auf den Rücken klopfte, vorbei an die Spitze der Herde und spielte die alte Melodie, mit der die Hirten ihre Herde nach Hause führten. Doch sobald sich die Herde vollzählig hinter ihm in Bewegung gesetzt hatte, suchte er sich durch die alten Melodien hindurch zu dem neuen Lied, das er ersinnen wollte. Es schwebte schon irgendwo um ihn herum in der Luft – in dem leichten Rhythmus seiner Schritte auf den schmalen Schafspfaden und der leichten Brise, die durch seine weizenblonden Locken strich, in dem Gedanken an Anas dunkle Augen: da war es, zum Greifen nahe, aber doch noch nicht ganz faßbar.

Eine Unruhe hinter ihm ließ in zurückblicken. Das Leitschaf versetzte einem schwarzgesichtigen Lamm einen Stoß mit den Hörnern, zwei oder drei andere Schafe stießen nach und drängten das widerstrebende, laut blökende Lamm in den hinteren Teil der Herde. Sarn lachte.

»Bozo, du Schlingel, hast wieder mal versucht, dich an sie heranzuschleichen, was? Warte nur ab, bis du ein großer, starker Bock bist, Bozo, dann werden alle hinter dir herlaufen.«

Er lachte nochmals vor sich hin, drehte sich um und

ging weiter. Er dachte daran, wie er Bozo, nachdem seine Mutter gestorben war und die Pflegemutter ihn verlassen hatte, vor Kälte zitternd nach Hause getragen, in eine Dekke gehüllt und neben das Feuer gelegt hatte. Sarn und Gilda hatten geglaubt, das Lamm würde sterben, doch Sarns Vater verstand es, die kleine Lebensflamme in dem Körper zu erhalten und zu einem kräftigen Feuer heranreifen zu lassen. Nachdem Bozo anfangs gefüttert werden mußte, hatte er bald gelernt, mit der Herde auf der Dorfweide herumzutollen und zu überleben, bis er schließlich in Sarns Herde aufgenommen wurde, die zur Sommerweide weit hinauf in die Hügel zog. Auf Sarns Ruf hin kam er immer noch zu ihm, um sich streicheln zu lassen, und er unterwarf sich nur äußerst ungern der Leitung der alten Mutterschafe.

Hinter der Hügelkuppe fiel der Pfad steil ab und schlängelte sich einen kleinen Bach entlang durch Fuchsien, Kapuka- und Mahoe-Pflanzen und Farne. Glockenvögel taten sich an späten Fuchsienknospen gütlich und ließen sich durch den Schafhirten und seine Herde kaum stören, obwohl Sarn ihren Gesang auf seinem Dudelsack spielerisch nachahmte.

Dann öffnete sich das Tal, und schon waren die Schäferhütte und hinter ihr die hohen Totara-Bäume zu sehen, die sich am Ufer oberhalb des Baches gegen die letzten Sonnenstrahlen abhoben, welche auf den Hügel fielen. Die Hütte bestand nur aus einem einzigen Raum mit einer Feuerstelle und einem Kamin aus Lehmziegeln. Doch sie bot den jungen Schäfern ausreichend Schutz sowie Platz zum Schlafen und Essen, hier konnten sie ihre Hoffnungen und Geheimnisse nach einem einfachen Mal am wohligen Feuer teilen, bevor sie sich in ihre Decken einwickelten und die kühle Nacht hereinbrach.

Als Sarn seine Schafe in den Pferch am Bachbett führte, sah er, daß Rads Herde bereits in das Gehege getrieben war und der großgewachsene Rad trockenes Feuerholz unter den Bäumen sammelte. Rad verschwendete nie Zeit, war in seiner ruhigen Art immer mit irgend etwas beschäftigt und redete nur, wenn man ihn ansprach. Dann blickte er mit seinem warmen Lächeln auf und antwortete. Wenn Sarn an Rad dachte, kam ihm immer das Bild seines großen Freundes vor Augen, wie er auf ihn herunterlächelte.

Nachdem die letzten seiner Schafe in den kleinen Hof mit seinem groß gezimmerten Zaun aus Pfosten und Reisig hineingetrieben waren, hob Sarn das Tor zurück in seine Verankerung und kletterte zur Hütte hoch. Dabei sah er den Bachlauf entlang und entdeckte in der Ferne Dirgs gedrungene Figur, der noch eine Herde von den Hängen hinter der Hütte herabführte, deren Hufe auf dem trockenen Lehmpfad einen feinen Staubnebel aufwirbelten. Sarn spürte, wie sich Zufriedenheit in ihm breitmachte. Bald würden sie alle zusammen in der Hütte sitzen und geschützt vor dem kalten Tau erzählen, was sie heute alles erlebt hatten.

Sarn half Rad beim Sammeln des Feuerholzes, während Dirg in die düstere Hütte trat und ein Bündel Essen von den Dachbalken losband, wo es zum Schutz vor Mäusen aufgehängt worden war. Er brachte es nach draußen und verteilte Brot und getrockneten Fisch in die getöpferten Schüsseln. Sarn und Rad trugen das Feuerholz in die Hütte, dann hob Rad vorsichtig den Torf von der sorgfältig gehüteten Glut vom Morgen und blies sachte auf die wenigen noch glühenden Stücke, bevor er trockene Fuchsienrindenstreifen darauflegte. Bald stieg eine winzige gelbe Rauchsäule auf, und die Flammen leckten an den zusammengerollten Rinden. Dann legte er Zweige auf und beugte sich über das entstehende Feuer, das er zu entfachen versuchte.

»Wenn uns morgen keiner etwas zum Essen heraufbringt, wird einer von uns ins Tal hinuntersteigen müssen«, sagte Dirg. »Es reicht gerade noch für einen Bissen Brot für jeden, bis zu unserem Aufbruch morgen früh.«

»Irgend jemand wird schon kommen, da bin ich ganz sicher. Ich habe das Gefühl, es könnte Gilda sein.« Sarn sagte dies halb aus der Hoffnung. Er vermißte seine lebhafte Schwester mehr als seine Eltern, wenn er beim Schafehüten war.

»Hm, wenn es Gilda ist«, brummte Dirg, »kann es gut

sein, daß sie das Essensbündel irgendwo ablegt, um Blumen zu suchen oder hinter Schmetterlingen herzurennen; am Ende vergißt sie, wo sie es hat stehen lassen.«

Gesang klang vom Weg her und kündigte Lekkis Ankunft an. Hinter der Herde folgte Oli, der vor sich hinschimpfte, weil er in Lekkis Staub laufen mußte. Sie kamen zur Hütte herauf, und Lekki lachte über Olis Gebrummel. Der ausgelassene Lekki bückte sich und blickte in die Essensbündel und Schüsseln, um dann angewidert auszurufen: »Ist das alles, was wir haben? Das könnte ich ja alles auf einen Satz aufessen.«

»Das mußt nicht nur für heute abend reichen«, sagte Dirg ruhig, »sondern auch noch für morgen früh.«

Lekki rollte ungläubig mit den Augen. »Also eines weiß ich bestimmt«, sagte er feierlich, »wenn ich morgen abend scheiße, wird der Rest von mir vom Wind fortgeblasen werden.«

Oli sah von der Türschwelle auf.

»Na ja, das ist eben alles, was du bist, nicht wahr? Staubige Scheiße.« Lekki knallte Olis Kopf gegen den Türpfosten, doch Oli packte ihn an den Knöcheln und ließ ihn mit dem Kopf nach unten baumeln. Einen Moment später rollten sie schon auf dem Boden herum, und Dirg schrie: »Macht, daß ihr rauskommt! Ihr werft lauter Dreck ins Essen!«

Rad lehnte im Türrahmen und lächelte über die Raufenden, während Sarn um sie herumtanzte, zuerst den einen, dann den anderen anfeuerte. Olis größere Kraft gab schließlich den Ausschlag, da er die Schultern seines Gegners auf den Boden drücken konnte – trotz Lekkis Protestgeschrei, man habe ihn zum Stolpern gebracht.

Die letzten Sonnenstrahlen verschwanden langsam hinter den höchsten Hügelkuppen. Ein kühler Wind kam das Tal herabgeweht, während die jungen Männer vor dem Eingang hockten und jeder seinen Anteil Brot und getrockneten Fisch mit einem Schluck Wasser aus einer Trinkschale hinunterspülte.

»Das ist das Schlimmste hier oben«, brummte Lekki, »wir

haben zwar eine lustige Zeit hier, aber wir sind halb verhungert. Wären wir zu Hause, würden wir jetzt frischen Fisch, Eier und gebratene Ente essen.«

So redeten sie weiter über das Essen, über die Annehmlichkeiten zu Hause und die Freunde und Verwandten im Dorf beim Langen Wasser. Und natürlich über die Mädchen, mit denen sie hofften, ihre Jahre im Haus der Jungherzen zu verbringen.

»Ich werde hingehen, wenn Ana mitkommt«, sagte Sarn. »Meine Eltern sind einverstanden. Aber was mache ich bloß, wenn sie gar nicht mitkommen will?«

Rad lächelte sein müdes Lächeln. »Sie wird schon kommen, wenn du sie darum bittest, aber es könnte sein, daß ihre Eltern noch nicht bereit sind, sie gehen zu lassen. Sie ist erst fünfzehn. Komm einfach auf jeden Fall zu uns.«

»Oh, nimm sie, Sarn«, drängte Lekki. »Wenn Du's nicht machst, werde ich's tun. Ich wünschte, sie wäre jetzt hier bei mir.«

Er stöhnte, als hielte er es nicht mehr aus, und preßte seine Hände im Spaß gegen die Lenden. Sarn lächelte. Unter den Schäfern gab es kaum Eifersucht.

»Laßt uns hineingehen und die Hütte verriegeln«, schlug Dirg vor. »Es wird langsam kühl hier draußen.«

Sie legten sich auf Schaffelle in der Hütte oder hängten sie sich um die Schultern und saßen noch eine Weile im Halbkreis um die knisternden Äste der Feuerstelle, die abgesehen vom Herausnehmen der Asche kaum jemals gereinigt wurde. Die Wände der Hütte waren schwarz vom Rauch. Zwei Öllampen in getöpferten Schalen hätten Licht spenden können, doch die Hirten zogen in ihrer uralten Freundschaft zum Element des Feuers die tanzenden Flammen vor: eine Freundschaft, die selbst dann tief war, wenn sie Träume und Ängste aus ihrer Fantasie zum Leben erweckte.

Lekki, der sich ausgestreckt hatte und mit den Zehen fast den offenen Kamin berührte, beklagte sich, daß es ziehe.

»Das kommt von der Tür. Da kommt der Sturmwind durch. Die ist völlig nutzlos.«

Oli stopfte ein Schaffell in das Loch, wo die kaputte Tür nicht mehr mit der Treppe abschloß.

»Wie ist es so?«

»Besser. Es fühlte sich vorher an, als bliese eine Hügelfrau meinen Rücken hinunter.«

»Es gibt keine Hügelfrauen. Das sind doch nur Märchen.«

»Das glaubst du«, erwiderte Lekki. »Und was ist mit dem Alten Trant? Er sagt, er habe eine gesehen oder jedenfalls gehört, wie sie um seine Hütte herumgeschlichen sei, als er einmal vor Jahren eine Nacht im Herbst alleine hier oben verbrachte.«

»Aber das war nicht in dieser Hütte. Das war in der zerstörten Hütte drüben unterhalb vom Roten Grat.«

»Es ist doch gleich, in welcher Hütte es war. Auf jeden Fall hörte der Alte Trant dieses Ding die ganze Nacht um die Hütte herumschnüffeln und stöhnen, weil es herein wollte. Er hatte solche Angst, daß er sich in die Hosen machte.«

Die anderen lachten, aber Lekki fuhr unberührt fort: »Und am nächsten Morgen, als der Alte Trant aufstand, nachdem die Sonne schon längst aufgegangen war, waren rings um die Hütte herum große Fußspuren.«

»Wahrscheinlich hat er sich am Abend zuvor selbst gejagt, damit es ihm warm wird.«

»Die Hütte am Roten Grat war eine Unglückshütte«, sagte Dirg. »Schon bevor der Baum bei dem großen Sturm in sie hineinkrachte, hat sie zwei Hirten das Leben gekostet. Sie waren viele Tage darin eingeschneit. Sie haben offenbar versucht heimzufinden, bevor die Schneeschmelze einsetzte, denn man hat ihre Körper später viel weiter unten am Hügel gefunden.«

»Aber das Dorf ist doch nur eine halbe Tageswanderung von dort entfernt«, sagte Sarn. »Sind denn keine Männer vom Dorf aufgebrochen, um sie zu suchen?«

»Versuch du mal, jemanden im Schnee zu suchen, wenn er so tief ist, daß er dir bis zu den Hüften reicht. Das war ein furchtbarer Winter. Da schneite es noch, als schon längst die Sonne hätte scheinen sollen. Wir verloren viele Schafe.«

Rad legte noch einen Ast aufs Feuer.

»Kommt, laßt uns ein bißchen Musik machen«, sagte er. »Sarn, spiel was, wo wir alle mitsingen können. Und du, Dirg, spiel mit deiner Flöte dazu.«

»Ich singe aber lieber. Sarn soll spielen. Komm Sarn, spiel uns das Bock-Lied.«

Sarn lachte. »Damit fangen wir immer an.«

Schon glitten seine Finger behende über die Pfeifen des Dudelsacks, und alle johlten das unanständige Lied: ›Bock, Bock, pack das Schaf!‹, das alle Schäfer so gerne sangen. Es handelte von einem jungen Hirten, der wegen einer unglücklichen Liebe nie mehr in sein Dorf zurückkehrte und bis in alle Ewigkeit durch die Hügel streifte, sich mit Schafen paarte und Nachkommen zeugte, die halb Mensch, halb Tier waren. Danach machten sie mit den anderen Liedern weiter, die ihnen seit ihrer Kindheit vertraut waren. Sie sangen sie im Kreise ihrer Familie, wenn sie um das abendliche Feuer herumsaßen: die Tanzlieder des Sommers, die Herbstlieder, die die Ernte von Korn, Obst und Nüssen begleiteten, die lustigen Zimmermannslieder mit ihrem klopfenden Rhythmus zum Mitstampfen und die Wiegenlieder der Mütter. Im Singen gingen sie völlig auf, waren sie auf wunderbare Weise mit ganzem Herzen dabei, wie es für ihr Volk bezeichnend war. Der Gesang war ihre Art, das Leben zu feiern, dies geheimnisvolle Auf und Ab des Seins, dies Geben und Nehmen, Bekommen und Verlieren. Jahreszeiten, Stürme, Unfälle, Krankheiten und Tod mochten die Menschen vom Schäfervolk gegeneinander aufbringen und trennen, doch wenn sie alle zusammen unter freiem Himmel sangen, waren sie ganz eins. Vergessen waren die alltäglichen Mühen, und gemeinsam erlebten sie dann eine erhebende Stimmung, wie sie mit keiner anderen Erfahrung vergleichbar war. Die Schäferleute liebten nichts mehr, als irgendeine Gelegenheit zu finden – eine Hochzeit, einen Hausbau, eine Geburt oder eine gute Ernte –, die sie im Gesang zueinanderbrachte. Es war eine der frühesten Erinnerungen Sarns, auf den Schultern seines Vaters zu sitzen, sich an dessen Haaren festzuhalten und zu spüren, wie die Schwingungen der Stimme seines Vaters beim Singen in seinen Körper übergingen, während alle um ein großes Feuer am Strand saßen, das die Sterne verblassen ließ und seine sprühenden Funken zischend ins Meer ergoß.

»Spiel uns ein paar der alten Lieder, Dirg«, bat Sarn. »Die klingen auf der Flöte besser.«

Also spielte Dirg ein paar der alten, überlieferten Weisen, deren Worte längst in Vergessenheit geraten waren, aber deren wehmütige Melodien die Menschen des Schäfervolkes daran erinnerten, daß ihre Vorfahren vor langer Zeit einmal ein Wandervolk gewesen waren, das die großen Ebenen durchstreifte, die sich vom Meer her in die schützenden Hügel hineinschob.

»Bin ich froh, daß ich nicht damals gelebt habe«, sagte Lekki. »Stellt euch nur vor, kein festes Zuhause zu haben.«

Er gähnte.

Rad schob die Glut zusammen, und sie machten es sich auf dem harten Holzboden so bequem wie möglich, eingehüllt in ihre Schaffelle. Sie schliefen eng beieinander, um es wärmer zu haben, denn die Frühsommernächte in den Hügeln konnten noch ziemlich kalt sein. Obwohl Sarn die Augen geschlossen hatte, konnte er weiter das Zucken und Flackern der Schatten in der Hütte sehen. Draußen aber war alles still. Kein verirrtes Lamm weinte, das Wasser des kleinen Baches war nicht zu hören, und der Wind war verstummt. Ganz bewußt genoß Sarn das Gefühl der warmen Geborgenheit des Feuers, der Hütte und der Freunde, während ihm immer noch die tröstenden alten Melodien durch den Kopf gingen. Dann schlief er ein.

Am frühen Nachmittag des nächsten Tages, als Sarn seine Herde weiter oben am Hügel zwischen einzelnen Felsbrocken weiden ließ, hörte er vom Tal her jemanden rufen und sah, daß es Gilda war, die ihm winkend entgegenkam. Schnurstracks rannte er ihr entgegen, und lachend fielen sich Bruder und Schwester in die Arme.

»Kleines Schwesterchen«, rief Sarn beglückt, »wie hast du mich nur gefunden?«

»Ich habe Dirg getroffen, als Cara und ich Essen zur Hütte brachten. Er hat mir gesagt, daß du hier bist. Und ich bin älter als du, nenn mich also nicht ›kleines Schwesterchen‹.«

»Aber ich bin einen Kopf größer, also bist du doch mein kleines Schwesterchen. Aua, meine Rippen.«

Eng umschlungen kletterten sie langsam den Hügel hinauf. Gilda plapperte die ganze Zeit. Ihre Augen tanzten vor Glück, wenn sie ihr langes offenes braunes Haar zurückwarf und zu ihrem Bruder hochlachte.

»Ich wünschte, ich könnte die ganze Zeit mit dir hier oben bleiben. Zu Hause ist es langweilig ohne dich.«

Sarn lächelte. »Ich glaube nicht, daß dir je langweilig wird. Du hast eine Gabe dafür, jeden zu deinem Freund zu machen. Du bist mit allen Jungherzen befreundet.«

»Nicht mit Tressa, seit ich neulich mit Alad geschlafen habe. Sie hat seither kein Wort mehr mit mir gesprochen.«

»Du hast mit Alad geschlafen? Gilda, du weißt doch, daß er und Tressa vorhaben zu heiraten.«

»Na und? Ich werde sie nicht am Heiraten hindern. Tressa wird schon darüber hinwegkommen. Ich mag Alad, und er mag mich. Sie muß lernen, nicht eifersüchtig zu sein.«

»Komm, setzen wir uns. Von hier aus können wir die Schafe sehen.«

Sie setzten sich auf die sonnenwarmen Steine und verfielen ins Schweigen. Nach einer Weile nahm Gilda die Hand ihres Bruders und sah ihn von der Seite an.

»Bist du böse auf mich?«

»Nein, bin ich nicht. Wieso sollte ich böse auf dich sein? Solange wir im Haus der Jungherzen sind, sind wir frei, zu lieben, wen wir wollen. Ich bin nur …«

»Nur was?«

Sarn schaute in das hübsche Gesicht dicht neben seinem. »Du bist jetzt schon fast zwei Jahre im Haus der Jungherzen und machst keine Anstalten, einen der Hirten zu deinem Ehemann zu erwählen. Du könntest fast jeden von ihnen haben.«

Gilda warf ihren Kopf zurück. »Ich will aber noch nicht heiraten. Noch lange nicht. Ich möchte im Haus der Jungherzen bleiben und frei sein.«

»Niemand wird gezwungen, von dort wegzugehen«, sagte Sarn sanft. »Aber es ist üblich, das Haus der Jungherzen nach etwa zwei Jahren zu verlassen, ob man nun vorhat zu heiraten oder nicht.«

»Saro ist drei Jahre geblieben. Das hat sie mir selbst erzählt. Und sie hat Tora erst zwei Jahre später geheiratet. Wann willst denn du zu uns kommen? Vater und Mutter erwarten, daß du diesen Sommer soweit bist.«

»Ich denke, das wird möglich sein«, antwortete Sarn.

»Weshalb solltest du noch länger warten?«

Sarn riß einen Grashalm heraus und kaute gedankenverloren darauf herum.

»Vielleicht, weil ich immer noch dort bin? Weil du dich deiner schlimmen Schwester schämst? Ist das der Grund? Sag schon!«

Sarn lächelte und schüttelte den Kopf, aber es wirkte nicht sehr überzeugend. Gilda sprang auf.

»Wo ist Bozo? Ich werde ihm eine Blumenkette machen.«

Geschmeidig und anmutig rannte das Mädchen den Hügel hinunter und rief ihr Lamm. Es hörte ihre Stimme, blickte auf und blieb dann stehen, bis Gilda zu ihm hinübergelaufen war, sich neben es hinkniete und ihre Arme um seinen kleinen Hals schlang.

Hat sie etwa recht? dachte Sarn. Warte ich wirklich ab, bis sie das Haus der Jungherzen verlassen hat, bevor ich mich selbst dorthin traue? Es gibt doch viele Brüder und Schwestern, die zur selben Zeit dort sind. Gilda war immer schon die Wildere von uns beiden, immer voller Elan und Dummheiten im Kopf, schon als kleines Kind. Und wenn sie Schwierigkeiten mit unseren Eltern hatte, war ich es, der weinte, nicht sie.

Sarn verschränkte die Arme vor dem Gesicht, lehnte sich zurück gegen die Felsen und genoß die Wärme, die auf seinen Körper einstrahlte. Er liebte die Sonne des Frühsommers, noch bevor sie so richtig herunterbrannte. Sein strohfarbener Körper ließ sich in der sinnlichen Wärme wie in einem Meer treiben, während er hinter verschlossenen Lidern über Liebe und Erfüllung fantasierte.

»Heh, du Faulpelz, aufwachen. Ich habe dir einen Besucher mitgebracht.«

Gilda hielt Bozo an einer Kette aus Schlingpflanzen fest. Neugierig blickte sein schwarzes Gesichtchen aus dem Blüten- und Blätterkranz heraus.

»Ist er nicht hübsch? Ach, Bozo, du bist einfach das schönste Lamm des Jahres.«

Sarn kraulte das Lamm zwischen den Ohren und klopfte ihm dann auf die Flanken.

»Auf, Schwarzerchen. Füll dir den Bauch noch ein bißchen, bevor wir nach Hause gehen.«

Bozo verschwand um den Felsen, der die Hügelkuppe hinter ihnen verbarg, nicht jedoch die graue Wolkenmasse, die sich langsam von Osten her über den Himmel schob.

»Wir müssen diese Wolke im Auge behalten«, sagte Sarn. »Sie könnte Regen bedeuten.«

»Oh, Sarn, es tut mir leid, ich habe ganz vergessen, daß ich dir etwas mitgebracht habe.«

Gilda griff suchend in den Beutel an ihrer Hüfte und brachte ihre Hand saftverschmiert wieder zum Vorschein.

»Ich glaube, sie sind ein bißchen zerdrückt, aber schmekken tun sie bestimmt noch. Ein paar wilde Erdbeeren, die ich in dem alten Garten hinter dem Haus der Jungherzen gefunden habe.«

Sarn zerdrückte die wilden Beeren mit der Zunge. Ihre leichte Säure war ein Vorgeschmack auf die sommerliche Ernte, auf Apfel, Birnen, Pflaumen, den Apfelwein seines Vaters und den Beerenwein seiner Mutter. So saßen Bruder und Schwester in geselligem Schweigen beisammen, leckten an ihren mit rotem Saft verschmierten Fingern und lehnten sich an die warmen Felsen, die wie die Knie eines schlafenden Riesen aus der gelben Erde herausragten. Die von Osten aufziehende Wolke zog ihren Schattenteppich langsam über die Kuppen der Hügel, doch Sarn und Gilda sahen auf eine sonnenbeleuchtete Landschaft von Tälern und Hügeln hinab, in der sich die Schafpfade aus den feuchten, buschbewachsenen Mulden zu den höher gelegenen, wilderen und einsameren Weiden zwischen Himmel und Hügel emporwanden.

Da, ein seltsam erstickter Schrei ... Schon waren beide auf den Beinen und starrten sich erschreckt an. Da war es noch einmal! Es kam von der anderen Seite des Felsens herüber: das gequälte Blöcken eines Lamms.

»Habichte!« schrie Sarn, und schon rannte er um die steile Felsklippe.

Aber es war kein Habicht. Bozo versuchte verzweifelt aufzustehen, fiel aber immer wieder hin und schrie dabei herzzerreißend. Ein langer Stock ragte aus seinem Hals, und das Blut quoll sprudelnd aus der Wunde. Sarn und Gilda stürzten beide zu ihm hin. Gilda hielt Bozo fest, während Sarn den Stock ergriff; er war glatt und gerade, mit abgeschnittenen Federn am hinteren Ende. Es war kein gewachsener Stock, sondern ein bearbeiteter. Als Sarn versuchte, ihn aus der Wunde zu ziehen, schrie Bozo schmerzerfüllt auf, und Blut sprudelte aus seinem Hals.

»Sarn!«

Entsetzen war in Gildas Stimme, und sie umklammerte in wildem Schrecken Sarns Handgelenk. Er sah auf und blickte auf die nackten Beine eines Mannes, nur etwa zehn Schritte von ihnen entfernt. Ein kräftiger, mit Tierfellen halbbekleideter Körper, dessen Arme einen gebogenen Ast hielten, von dem ein gefederter Stock auf Sarn zielte, darüber ein wildes, finsteres Gesicht mit rotem Bart. Hinter ihm kamen noch zwei Männer von weiter unten den Hügel herauf.

Sarn und Gilda bewegten sich nicht. Gildas Hand hielt immer noch das Handgelenk des Bruders umklammert. Sie konnten ihre Augen nicht vom Gesicht des Fremden abwenden, von diesem wilden, grausamen Blick. Inzwischen war er von seinen Freunden eingeholt worden, die sich links und rechts neben ihn stellten. Lange Zeit sprach niemand ein Wort, bis der Rotbart schließlich zu dem Lamm hinnickte. Sarn und Gilda konnten nur bruchstückhaft verstehen, was er sagte.

»Mäh-mäh tot. Mein Pfeil.«

Gilda schaute nach unten. Bozo lag jetzt still. Sein Blumen- und Blätterkranz war blutverschmiert. Der Stock steckte immer noch in seinem Hals. Gilda verstand. Mit einem wilden Schrei sprang sie auf, stürzte sich auf den Rotbart und hämmerte mit ihren Fäusten auf seine Brust.

»Du hast Bozo getötet! Du hast ihn umgebracht!«

Der Rotbart grinste und stieß das Mädchen von sich. Einer seiner Kameraden schrie: »Tu ihr nichts!« Doch schon war Sarn nach vorne gesprungen, schlang seine Arme schützend um seine Schwester und schirmte ihren Körper mit seinem ab. Aber keine Stöcke wurden geworfen. Der größte der drei Männer begann langsam und bedächtig zu sprechen.

»Es tut uns leid. Wir wußten nicht, daß die Mäh-mähs euch gehören. Könnt ihr mich verstehen?«

Sarns Augen suchten das Gesicht des Mannes. Dessen Ausdruck war ruhig, würdig und kontrolliert.

»Ja, ich verstehe dich.«

Da ließ der Rotbart den spitzen Stock sinken. Sarn sah sich nun den dritten Mann an. Seine dunklen Augen drückten eine Traurigkeit aus, die er sofort verstand und teilte. Wieder sprach der große Mann.

»Wir werden euch nichts tun. Wir sind Freunde. Wer seid ihr?«

»Ich bin Sarn. Das Mädchen ist meine Schwester Gilda.«

»Sarn und Gilda.«

»Ja.«

»Mein Pfeil?«

Rotbart schaute den großen Mann fragend an, der zu dem Lamm hinüber gestikulierte.

»Laßt ihr meinen Freund seinen Pfeil wieder nehmen?«

Sarn schaute Gilda an, die noch kein Wort gesagt hatte. Sie wichen von dem Lamm zurück, als Rotbart sich hinunterbeugte und seinen Pfeil herausdrehte. Er riß eine Handvoll Gras aus und wischte damit das Blut von den Widerhaken. Dann steckte er ihn wieder in den Köcher an seiner Seite. Gilda hielt die Hand ihres Bruders immer noch fest umklammert und bettelte, »Bozo ... die Habichte und Möwen ... laß sie nicht seine Augen auffressen.«

Sarn sprach mit dem großen Mann.
»Hilf uns, das tote Tier vor den Möwen zu verstecken.«
»Nein«, schrie Gilda. »Nicht sie! Nur wir.«
»Wir werden warten«, sagte der große Mann ruhig.
So häuften Sarn und Gilda Steine, Äste und mehrere Hände voll staubigem Lehm über den leblosen Körper vor der Felsklippe, bis Bozo vor suchenden Augen und Klauen sicher war. Als alles vorüber war, und sie sich ihre Hände im Gras abgewischt hatten, stellten sie sich schweigend Seite an Seite vor den Felsen, während ihre erschreckten Gesichter die drei fremden jungen Männer anstarrten, als wären sie selbst gerade bei einem Verbrechen ertappt worden. Dann fing der Große freundlich zu reden an.
»Es tut uns leid, daß wir euch erschreckt haben. Wir wußten nicht, daß Mäh-mäh euch gehört hat.«
»Was ist ein Mäh-mäh?« Der Mann zeigte auf das Grab und dann den Hang hinunter zu den ruhig vor sich hin grasenden Schafen.
»Wir nennen sie Schafe«, sagte Sarn.
»Schafe, Schafe … Mäh-mähs sind also Schafe, Hora. Nicht vergessen!«
Rotbart wiederholte das Wort. »Schafe.«
Dann lachte er und wandte sich dem dünnen, dunklen jungen Mann zu und sagte wieder »Schafe«, doch sein Freund lächelte nicht, sondern starrte nur verklärt Sarn und Gilda an.
»Laßt uns gemeinsam hinsetzen und reden«, sagte der große junge Mann, doch Sarn, dem noch der Schreck in den Gliedern saß, hielt die Hand seiner Schwester fest und sagte: »Nicht hier. Auf der anderen Seite.« Dann flüsterte er Gilda zu: »Wir müssen die Schafe zusammentreiben und sie nach Hause bringen. Die anderen werden uns helfen.«
Auf der anderen Seite des Felsens setzten sich alle hin, und Sarn fragte: »Sind noch mehr mit euch mitgekommen oder seid ihr allein?«
Der dunkle Mann antwortete. »Unser Volk ist hinter den Hügeln unten am Meer bei der Höhle, die ich letztes Jahr gefunden habe.«

Sarn schaute in das markante, sanfte Gesicht und spürte, daß er zu diesem jungen Mann Vertrauen faßte. Er stand auf, streckte ihm seine Hände entgegen und sagte nur: »Ich bin Sarn.«

Der andere ergriff die Hände des Hirten voller Freude, barg sie zwischen seinen eigenen warmen Handflächen und antwortete: »Ich bin Tama. Ich bin dein Freund.«

Nun ging Sarn zu dem großen Mann hin und streckte ihm ebenfalls seine Hände entgegen.

»Ich bin Ke Rala«, sagte der große Mann, »und das ist mein Freund Hora.«

Widerstrebend nahm Sarn die Hände des Rotbarts in seine und fragte: »Warum hast du Bozo mit dem spitzen Stekken getötet?«

»Bozo?«

»Mein Lamm, mein Schaf, es hieß Bozo. Meine Schwester und ich liebten es. Warum hast du es getötet?«

Rotbart runzelte verständnislos die Stirn. »Wir haben Hunger, wir brauchen Fleisch zum essen.«

Sarn und Gilda sahen ihn entsetzt an.

»Ihr eßt Schafe?« fragte Gilda.

»Natürlich. Ihr nicht?«

»Nein, wir würden unsere Schafe nie essen. Sie sind unsere Freunde. Sie schenken uns Kleidung, Decken für unsere Betten und Teppiche für unsere Böden. Wir töten sie nie. Wenn sie sterben, häuten wir sie und machen uns warme Umhänge aus ihren Fellen.«

Ke Rala wand sich Hora zu und sagte: »Wir haben noch viel zu lernen. Wir müssen die Dinge vorsichtig angehen.«

Sarn schaute zum Himmel hinauf, der sich verdunkelt hatte. Die heraufziehende Wolke verdeckte nun die untergehende Sonne.

»Gilda, kannst du die Schafe zur Hütte zurücktreiben? Erzähl den anderen, was – was … Wir kommen dann nach.«

Gilda schaute ihren Bruder ängstlich an.

»Geh ruhig«, sagte Sarn sanft. »Ich werde bald nachkommen.«

Die jungen Männer beobachteten das Mädchen, wie sie

ihre Schafe rief und dann den schmalen Pfad entlang um den Hügel außer Sichtweite führte.

Hora redete mit Tama. »Sieh dir das mal an! Wenn sie mir so folgen würden, bräuchte ich sie nicht zu jagen.«

Tama wandte sich Sarn zu und fragte: »Wo bringt Gilda die Schafe hin? Zu euch nach Hause?«

»Nein, nicht nach Hause. Nur zu einer Hütte weiter unten im Tal, wo wir Hirten schlafen, wenn wir mit unseren Schafen im Sommer hier oben sind. Im Winter halten sich die Schafe in der Nähe des Dorfes auf. Dort wohnen wir. Im Dorf am Langen Wasser.«

Ke Rala redete leise mit Hora und fragte dann Sarn: »Wirst du uns mit in euer Dorf nehmen? Wir möchten gerne Freunde eures Volks werden und ihnen von uns erzählen.«

Sarn merkte, daß er genau hinhören und öfter bitten mußte, ein Wort zu wiederholen. Die Sprache der Fremden war irgendwie anders als seine eigene, sie schien schneller und weiter hinten im Rachen gesprochen zu werden als die Sprache seines Volkes. Dennoch konnte man beinahe alles verstehen, was sie sagten.

»Zum Dorf? Nicht heute abend. Es ist zu weit. Vielleicht morgen. Ihr könnt mit mir zur Hütte kommen, dort meine Freunde kennenlernen und mit uns essen.«

»Danke«, sagte Ke Rala. »Wir haben heute eine große Strecke zurückgelegt und seit heute morgen nicht mehr gegessen.«

Da war noch so viel, was Sarn fragen wollte. Viele Fragen, Ängste und Vermutungen gingen ihm durch den Kopf, und er wußte nicht, wo er anfangen sollte. Wer waren diese Männer, wo kamen sie her, was bedeutete ihr Kommen für sein Volk? Er konnte jetzt noch keine Antworten auf all dies Fragen suchen. Als er aufsah, begegnete er Tamas Blick. Der junge Mann lächelte, streckte seine Hand aus und berührte den Ärmel von Sarns Hemd.

»Was ist das?« fragte er. »Es sieht nicht aus wie die Haut eines Tieres.«

»Nein, es ist aus Wolle gemacht. Schafwolle. Die Haare der Schafe.«

»Es ist weich. Wir haben keine solchen Kleidungsstücke. Ist es warm?«

»Ja. Ihr werdet morgen unsere Kleidung sehen, wenn wir ins Dorf kommen. Der Großteil unserer Kleider ist aus Wolle gemacht, obwohl wir manchmal auch Rindenfasern benutzen.«

»Ich freue mich schon darauf, Sarn.«

Nachdem die Schafe weg waren und der Himmel sich bis auf einen klaren Lichtsee über der Hügelkette im Westen bewölkt hatte, spürte Sarn plötzlich das Bedürfnis, seine Freunde um sich zu haben. Er stand auf.

»Laßt uns zur Hütte gehen.«

Die aufziehenden Wolken hatten auch die anderen Schäfer heute früher als üblich zur Hütte zurückkehren lassen. Betroffen und aufgeregt wegen Gildas Erzählung über die Fremden warteten sie nun auf deren Ankunft. Doch als sie Sarn mit seinen Begleitern schließlich den Weg zur Hütte hochklettern sahen, verfielen sie in Schweigen. Die drei Fremden standen eng beieinander, während die Schäfer sie neugierig, aber auch etwas feindselig bestaunten. Dann lächelte Sarn.

»Sie sprechen unsere Sprache«, sagte er. »Sie sind Jäger, die von weit her gekommen sind. Sie haben Hunger. Los, bereiten wir ihnen einen freundlichen Empfang.«

Dann redeten plötzlich alle durcheinander, nannten sich gegenseitig ihre Namen, riefen sich erstaunte Bemerkungen über die Unterschiede ihrer Kleidung zu, während sie das Essen verzehrten, das die Mädchen herumreichten, stellten Fragen und lachten. Ihre jugendliche Aufgeschlossenheit ließ sie ihre Angst voreinander vergessen und die Erregung über die neue Erfahrung uneingeschränkt gemeinsam erleben. Die Fremden erklärten, wie ihre Pfeile und Bogen benutzt wurden, und waren überrascht, daß die Schäfer keine solchen Waffen kannten. Entzückt lauschten sie Sarns Liedern auf dem Hirtendudelsack, und als Dirg anfing, auf seiner Flöte zu spielen, rief Tama aus: »Solche Flöten haben wir auch. Ich habe eine, die mir ein Freund geschenkt hat, der gestorben ist.«

Als der Abend hereinbrach, drängten sie sich in der Hütte zusammen, wo kaum genügend Platz für alle war, um auf dem Boden zu sitzen und die Wärme des Feuers miteinander zu teilen. Doch die körperliche Nähe förderte die Vertrautheit.

»Erzählt uns mehr über euer Volk und das Land, aus dem ihr gekommen seid«, bat Rad. »Wir wußten nicht, daß hinter den Bergen Menschen leben.«

Ke Rala schaute Tama an.

»Eigentlich ist es deine Geschichte, Tama, aber ich werde anfangen und unseren Freunden etwas über unser Volk erzählen.«

»Wir nennen uns das Hirschvolk und verehren Ka Balu, den Herrn des Waldes, der uns in Gestalt eines weißen Hirsches erscheint. Es war Ka Balu, der unsere Vorfahren vor langer Zeit aus dem Großen Dorf führte, das durch das Feuer zerstört wurde, als die Sonne die ganze Welt versengte und die Götter die Menschen für ihre Überheblichkeit und Grausamkeit bestraften. Die Menschen hatten die Götter vergessen, doch die Götter rächten sich.

Nur wenige Menschen überlebten die Zerstörung des Großen Dorfes, und die wenigen wanderten hinaus in die Ebenen in Richtung der Berge und mußten große Not leiden. Doch als sie sich den Bergen näherten, erschien ihnen Ka Balu in Gestalt eines weißen Hirsches und führte sie in die Täler, Tag um Tag immer weiter in die Berge hinein, bis sie schließlich nach vielen Tagen die Bergkette überquert hatten und ins Land der tiefen grünen Wälder und der rasch dahinfließenden Bäche kamen. Schließlich gelangten sie zu einem anderen Meer, und an seiner Küste errichteten sie ihre Hütten und ließen sich nieder. Das war vor langer Zeit, vor vielen, vielen Menschenleben, und wir wissen nur wenig über diese ersten Vorfahren. Aber sie waren unsere Väter, und von ihnen haben wir alles gelernt, was wir wissen: wie wir mit dem Wald in Einklang leben können, der uns Nahrung, Kleidung und Holz für unsere Häuser gibt und in den wir nach unserem Tod eingehen, wenn der Weiße Hirsch kommt, unseren Geist zu holen.«

»Wir werden von einem Häuptling und den ältesten Männern des Stammes regiert, die für die Einhaltung unserer Gesetze sorgen und uns die Sitten und Gebräuche lehren. Das heilige Wissen über Ka Balu liegt in den Händen des Priesters, unseres Weisen, der den jungen Männern nach ihrer Weihe alles Wissenswerte beibringt. Das geheime dunkle Wissen freilich, das Wissen von Tod und Geisterwelt, von Zukunft und Vergangenheit besitzt nur der Priester. Tama, mein Clanbruder, steht am Anfang seiner Ausbildung zum Priester, und ich werde eines Tages der Häuptling des Hirschvolkes sein, wenn mein Vater Da Nala dereinst den Weißen Hirsch geritten hat.«

Als Ke Rala schwieg, hob Rad zu sprechen an: »Wir haben weder Häuptling noch Priester, und wir haben noch nie etwas von Ka Balu gehört. Aber vor langer, langer Zeit müssen unsere beiden Völker einmal ein Volk gewesen sein. In unseren Erzählungen nämlich ist ebenfalls die Rede davon, daß unsere Vorfahren das Große Dorf einst verlassen hatten, dessen Ruinen sich immer noch im Sumpf am Fuße der Hügel beim Meer befinden. Wir gehen nie dorthin. Aber wir wissen, daß es von der Sonne zerstört wurde, wie ihr gesagt habt. Auch daß verstreute Menschengruppen in die Ebenen hinaus wanderten. Viele starben. Erst nach langer Zeit trafen sich wieder einige Gruppen, und ein Führer namens Shan brachte sie hierher zu den Hügeln, zum Langen Wasser. Es gab dort schon einmal ein Dorf, aber Shan und sein Volk bauten neue Häuser. Langsam lernten sie, Feldfrüchte anzubauen, Schafe zu halten, am großen See am Meeresufer zu fischen und Vögel mit Netzen zu fangen. Es gibt bei uns eine Menge Geschichten über Shan. Als er starb, folgte unser Volk seinen Lehren. Wir leben friedlich zusammen. Wie verehren keine Götter, wie ihr, aber wir wissen, daß wir Teil sind des ewigen Auf und Ab aller Dinge.«

»Aber sag, Ke Rala, warum habt ihr eure Heimat im Wald hinter den großen Bergen verlassen? Werdet ihr zu den Wäldern zurückkehren, wenn ihr euch unser Land angesehen habt?«

»Nein«, sagte Ke Rala. »Ich glaube nicht, daß wir dorthin zurückkehren werden, wir haben im letzten Jahr viel Not gelitten, und viele Menschen unseres Volkes sind gestorben. Wir sind schwach und suchen ein neues Zuhause, wo wir wieder zu Kräften kommen und auch an Zahl wieder zunehmen können. Ich meine, jetzt sollte euch Tama seine Geschichte vom letzten Jahr erzählen und weshalb wir überhaupt in euer Land gekommen sind.«

»O ja«, drängte Sarn. »Erzähl uns von deiner Reise.«

Er spürte, daß Tama aus irgendeinem Grund zögerte mit seiner Erzählung, und wollte ihm Mut machen, doch konnte er ihm nur aufmunternd zulächeln. Schließlich war es Hora, der Tamas Zögern ein Ende bereitete.

»Laß den Anfang einfach weg. Fang da an, als du und Rua versucht habt, einen Weg durch die Berge zu finden, und wie ihr in den Wassermassen der Schneeschmelze fast ertrunken wärt.«

Also erzählte Tama den Hirten von seiner Erkundung des Waldes weit weg von zu Hause, wie sein Freund Rua ihn dann gefunden hatte und sie zu zweit immer weiter in die Berge vorgedrungen waren. Er erzählte von jenem Unwetter, dessen Wassermassen sie fast weggerissen hätte, von den seltsamen dunklen Wäldern jenseits der Berge, von den weiten Flußtälern und den riesigen kahlen Hügeln. In den Ebenen hatten sie Herden von wilden Tieren mit langen Hörnern gesehen, von denen sie beinahe getötet worden wären, hätte sich nicht Ka Balu selbst in ein pelziges Langohr verwandelt und das Leittier der Langhörner erschreckt. Er erzählte, wie sie das große versunkene Dorf fanden, auch von seinem Kampf mit dem schrecklichen alten Krummzahn, als Rua krank war. Und wie sie endlich zum Meer kamen und den Strand entlang zu den Hügeln liefen, wo sie den Sommer über fischten und schwammen und in ihrem Höhlenzuhause vollkommenes Glück gefunden hatten.

»Es war eine wunderbare Zeit, der glücklichste Sommer, den ich je erlebte. Ich wollte, daß es für immer so weiterginge.«

Tama sah auf, und sein Blick traf plötzlich Gildas verklärte Augen. In plötzlicher Verwirrung blickte er schnell wieder nach unten.

»Du hättest uns damals schon finden können«, sagte Sarn.

»Vielleicht waren wir auch nahe daran. Wir zogen eine Weile durch die Hügel und fanden einen seltsamen unterirdischen Raum, in dem wir viele wunderbare Dinge sahen, die wir nicht verstanden. Und bevor wir zur Höhle zurückgingen, sahen wir von weitem über das Wasser auf einem hohen Hügel eine Rauchfahne aufsteigen. Nicht sehr groß, ähnlich wie von einem Lagerfeuer.«

»Das kann von einer unserer Hütten gekommen sein. Schade, daß du es nicht herausgefunden hast.«

»Selbst wenn wir euch damals getroffen hätten, wären wir doch wieder zu unserem Volk zurückgegangen. Der Lauf der Dinge wäre derselbe geblieben.«

Die Hirten nahmen jedes Wort von Tama gierig auf, während dieser fortfuhr und erzählte, wie er und Rua sich auf die Heimreise machten, Rua durch einen Erdrutsch im Gebirge zu Tode kam und er, Tama, dann alleine durch die Berge und Wälder zu seinem Volk heimkehrte. Hier unterbrach er seine Erzählung und schaute zu Ke Rala hinüber, der ihn sanft fragte: »Möchtest Du, daß ich weitermache?«

»Ja, erzähl du weiter.«

Ke Rala erzählte das Nötigste. Von dem Winter, der der Schlimmste war, den sein Volk je erlebt hatte. Von Schnee an Stellen, wo es kaum jemals zuvor geschneit hatte, wie es Tag und Nacht weiterschneite, bis die ganze Welt weiß war. Auch von Mangel an Nahrung und von den Jägern, die sich nicht einmal mehr durch den Wald bewegen konnten, erzählte er, und von denjenigen, die sich auf die Suche nach Nahrung gemacht hatten und nie mehr zurückgekehrt waren. Von den Menschen, die verhungerten. Von den Toten, die nicht begraben werden konnten, und daß nur die Versicherung des alten Priesters, Ka Balu habe sein Volk nicht vergessen und würde ihnen ein Zeichen schicken, sie vor der endgültigen Verzweiflung bewahrt hätte.

Doch Ka Balu hatte sie errettet. Eines Tages hatte Tama

am Waldrand hinter dem Dorf einen edlen weißen Hirsch gesehen und ihn mit einem einzigen Pfeil hingestreckt. Dies war der Gott, der sein Leben für sein Volk opferte, um es zu retten. Kurz danach war der Regen gekommen, der zwar den Schnee zum Schmelzen brachte, aber zu Überschwemmungen führte. Noch gab es kaum etwas zu essen. Alle Saatkartoffeln waren aufgezehrt. Die Menschen des Hirschvolkes überlebten mit Fischen, Blättern, Wurzeln und aßen sogar Maden und Würmer. Das war zu jener Zeit, als die Dorfältesten sich Tamas Erzählungen über die Tierherden in den großen Ebenen im Land der Morgensonne noch einmal genauer anhörten und beschlossen, das Hirschvolk solle die Wälder verlassen und sich in das Land aufmachen, das Tama gefunden hatte.

Es war eine sehr lange Reise gewesen, denn viele waren durch Krankheit und Hunger geschwächt. Einige starben unterwegs. Die meisten aber schafften es bis zu den Hügeln und der Höhle, in der Tama und Rua den letzten Sommer verbracht hatten; das lag ungefähr einen Mond zurück.

Die Hirten staunten.

»Ihr seid dann ja gerade erst angekommen?«

»Wo lebt ihr denn?«

»Brauchen eure Leute Hilfe?«

Plötzlich redeten wieder alle auf einmal, versprachen Essen, Decken und Hilfe beim Hausbau, boten an, sich um die Frauen und Kinder zu kümmern und beim Pflanzen von Feldfrüchten zu helfen. In dem wilden Durcheinander war Tama der einzige, der schwieg, bis Sarn seinen Arm berührte und lächelte.

»Du mußt uns deinem Volk helfen lassen. Gleich morgen werden wir euch mit ins Dorf nehmen und alles vorbereiten. Sei nicht traurig. Eure Not wird bald vorbei sein.«

Gilda beugte sich an ihrem Bruder vorbei zu Tama hin: »Es war sehr mutig von dir, diese weite Heimreise ganz alleine anzutreten, nachdem dein Freund gestorben war.«

»Ich kann mich an nicht viel davon erinnern. Rua war immer der Mutigere von uns beiden, und er hat mir immer geholfen. Ich wünschte, er könnte jetzt hier dabeisein.«

Die Gespräche gingen noch eine ganze Zeitlang weiter und kamen erst zum Ende, als Rad das Feuer für den Morgen zusammenschob. Zehn Menschen in einer Hütte, da gab es keinen freien Fleck; doch da das Mißtrauen und die Angst verflogen waren, trug das enge Beisammenliegen dazu bei, daß alle schnell einschliefen. Irgendwann in der Nacht wachte Sarn auf. Sein Kopf war betäubt von einer einsamen Angst. Er hatte von Bozo geträumt und von frischen Blättern und Blumen, die blutgetränkt waren.

2

Das Dorf lag jetzt unter ihnen, eingebettet in die kleine Bucht, an der die Hügel steil zu dem langen Wasser abfielen, das von einem leichten Südwind gekräuselt wurde. Der lange, schmale Meeresarm erstreckte sich in Nord-Süd-Richtung. Das Dorf befand sich etwa in der Mitte des Ostufers. Von dort war die südliche Mündung ins Meer nicht einzusehen, da alle Häuser sowie die kleinen Felder und Baumgruppen nach Norden und Westen ausgerichtet waren. Der Hügelpfad, dem die jungen Leute gefolgt waren, hatte sie an eine Stelle gebracht, wo die Ansiedlung links unter ihnen lag, während sich rechts von ihnen der nördliche Teil des Meeresarms entlangzog. Auf dem schmalen, glitzernden Wasserstreifen spiegelten sich Täler und Hügel im Wechselspiel von Sonne und Wolkenschatten. Auf dieser Seite waren weite Flächen dicht bewaldet, nur um das Dorf herum war der Wald gelichtet. Weiter oben in den steileren Tälern und an den Hängen standen dichtere Baumgruppen.

»Das ist also unser Zuhause«, sagte Sarn. »Man wird euch freundlich willkommen heißen. Doch laßt uns noch ein wenig rasten, bevor wir hinuntergehen. Gilda und Cara können dann vorausgehen und unser Volk und euer Kommen vorbereiten.«

Sie verließen den windumtosten Bergkamm und ließen sich an einem geschützten Platz nieder. Tama wandte sich an Ke Rala.

»Ist es nicht schön hier? Wie angenehm wäre es, in einem dieser Häuser an so einem ruhigen Wasser zu leben.«

»Es liegt geschützter als unser altes Dorf. Wir waren viel näher am offenen Meer.«

»Gibt es viele Fische an diesem Gewässer?« fragte Hora.

Sarn nannte ihm die Namen von einigen Fischen, die sein Volk fing, aber sie sagten Hora und seinen Freunden nichts. Sarn lachte.

»Ich werdet euch die Namen schon merken können, wenn ihr sie erst einmal gekostet habt.«

Ke Rala wandte sich an Sarn. »Bist du sicher, daß ihr keinen Führer habt, keinen Ältesten eures Volkes, mit dem wir zuerst reden müßten, wenn wir ankommen?«

Sarn, Gilda und Cara lächelten sich gegenseitig an, und Sarn schüttelte den Kopf. Ke Rala hatte dieselbe Frage schon zweimal gestellt.

»Nein«, antwortete Sarn. »Wir haben weder einen Priester noch einen Häuptling. Bei uns ist jeder gleichberechtigt.«

Tama fragte sich, ob Sarn wohl merkte, daß Ke Rala seine eigene Stellung als Sohn des Häuptlings auch bei diesem Volk anerkannt haben wollte.

Wahrscheinlich nicht. Und es schien ja auch seltsam, daß sie keinen Häuptling hatten. Wie konnten sie Entscheidungen treffen, wenn keiner sagte, was zu tun war? Tama versuchte, sich das Hirschvolk ohne ihren Häuptling Da Nala vorzustellen, ohne die Ältesten, die die Traditionen wahrten, und ohne den Alten Weisen, der das Volk dazu anhielt, der Wahrheit von Ka Balus Lehren zu folgen. Ohne Herrschaft wäre sein Volk verloren.

Ihm wurde klar, daß das Schäfervolk ganz andere Sitten und Gebräuche hatte und daß er lernen mußte, sie zu verstehen. Sarn, Gilda und Cara hatten zwar einen starken Schafsgeruch an sich, waren aber glückliche, freundliche Menschen, die mit ihrer Offenheit sofort den Weg in Tamas Herz gefunden hatten. Sollten die übrigen Mitglieder ihres Volkes ebenso freundlich sein, wäre es beinahe so, als hätte das Hirschvolk in diesem neuen Land Verwandte gefunden.

Plötzlich sprang Gilda auf.

»Ich kann nicht länger warten«, sagte sie. »Ich gehe jetzt los und erzähle allen, daß ihr kommt.«

Cara ging mit ihr mit, und beide lachten vor Aufregung, als sie den steilen Pfad hinuntereilten und Gildas lange Haare im Wind um ihren Kopf wehten. Hora wandte sich an Sarn.

»Deine Schwester ist ein schönes Mädchen.«

Sarn hatte sich mit hinter dem Kopf verschränkten Händen auf den Boden gelegt und lächelte bei diesen Worten.

»Alle Schäfer sagen das. Alle wollen sie bei Gilda liegen.«

»Erzähle mir mehr über das Haus der Jungherzen«, drängte Hora. »Ich wünschte, unser Volk hätte auch so eine Sitte.«

»Du wirst bald mehr darüber erfahren. Es besteht keine Eile.«

Ke Rala sagte nichts, sondern starrte nur hinunter in das Dorf. Doch Tama kannte seine Gedanken. Ke Rala würde der Freiheit, wie sie den jungen Schäfern zugebilligt wurde, nie zustimmen können. Was ihn selbst betraf, so war Tama überrascht über den Stich, den ihm der Gedanke versetzte, daß sich Gilda freizügig den jungen Männern hingab, die sie begehrten. Es war Eifersucht, vermischt mit Wut. Am liebsten hätte er ihr eine Ohrfeige gegeben. Er ärgerte sich über die Verwirrung in seinem Kopf. Nur wenn er Sarn neben sich ansah, die Augen schloß und sich ganz der Wärme der Sonne hingab, überkam ihn eine Welle des Vertrauens, die ihm sagte, daß Sarn ihm helfen würde, die Gebräuche der Schäfer zu verstehen und zu akzeptieren – wie seltsam sie ihm auch erscheinen mochten.

Nach einer Weile fing Sarn an, unruhig zu werden und ins Dorf hinunterzuschauen. Ein kleiner Menschenhaufen hatte sich im Freien vor den nächstliegenden Häusern gebildet, und die Kinder kamen vom Wasser heraufgerannt.

»Es ist Zeit, daß wir hinuntergehen. Kommt, ich werde euch zuerst zum Haus meiner Eltern führen.«

Ke Rala ließ Sarn mehrere Schritte vorausgehen, bevor er sich zu seinen Gefährten umwandte und ruhig zu ihnen sagte: »Ich glaube nicht, daß uns hier Gefahr droht. Seid freundlich, aber bleibt eng zusammen. Tama, du bleibst bei mir. Hora – keine unüberlegten Handlungen.«

Der steile Pfad fiel zu den kleinen Felder ab, die am Ufer des Langen Wassers mit Pfählen und Reisig abgezäunt waren. Manche Felder waren von den Schafen über den Winter abgefressen und festgetrampelt worden, auf anderen wuchs ein saftig grünes Gras mit langen Halmen.

»Fressen die Schafe dieses lange Gras?« fragte Ke Rala.

»Nein. Das ist kein Gras. Das ist Weizen. Gibt es in euerm Land denn keinen Weizen? Wir mahlen die Körner und machen Brot aus dem Mehl. Es war Shan, der uns den Anbau von Weizen gelehrt hat, als das Dorf vor langer Zeit gegründet wurde, damals, nach der Zeit der Wanderschaft. Shan hat unseren Vorfahren viele Dinge beigebracht: Wie man Feldfrüchte anbaut, wie man Kleider aus Schafswolle macht, Holz schnitzt und Ziegelsteine und Töpfe aus Ton herstellt. Ohne Shan wäre aus uns kein Volk geworden.«

Als sie sich den ersten Häusern näherten, bemerkte Tama, wieviel Licht und Bewegung um sie herum war. Da waren das flirrende Sonnenlicht auf den sich kräuselnden Wellen, Blüten an den Bäumen am Wegesrand, Möwen, die kreischend über die am Strand liegenden Booten mit ihren roten Segeln kreisten, erregte Stimmen von Kindern, die ihnen entgegengerannt kamen, mit offenem Mund stehenblieben und schnell wieder in die sichere Nähe der wartenden Erwachsenen zurückeilten. Als sich der Pfad verbreiterte, drehte sich Sarn um, lächelte seinen Gefährten zu und bedeutete ihnen, zu ihm aufzuschließen. Er legte Ke Rala auf der einen Seite und Tama auf der anderen die Arme um die Schultern. Als die vier schließlich die Menschentraube am Rande des Dorfes erreichten, trat plötzlich Schweigen ein; Sarn ließ einen Moment verstreichen, bevor er zu den Leuten sprach. Sie hörten ihm zu und blickten dabei die Fremden von oben bis unten prüfend an. Noch nie hatte Tama den forschenden Blick menschlicher Augen, der bis in den innersten Kern seines Wesen vorzudringen schien, derart deutlich auf sich gespürt. Doch die Blicke verrieten weder Angst noch Feindseligkeit, nur lebhaftes Interesse und erwartungsvolle Spannung.

»Meine Freunde, ich habe euch Gäste mit ins Dorf gebracht. Sie kommen aus einem Land, das weit hinter den Bergen liegt. Sie wurden durch Schnee und Hunger von dort vertrieben und haben hier an der Meeresküste jenseits des Hügels nach Nahrung gesucht. Sie haben große Not gelitten. Viele von ihnen sind gestorben. Jetzt sind sie auf der Suche nach einem Ort, an dem sie ein neues Dorf gründen und in Frieden leben können. Vor langer Zeit waren wir einmal ein Volk. Ihre Vorfahren haben wie unsere damals das Große Dorf verlassen, als es von der Sonne verbrannt worden war. Sie sprechen unsere Sprache, aber nicht alle ihre Sitten und Gebräuche stimmen mit den unsrigen überein. Sie folgen dem Wort eines Führers und verehren Götter, die wir nicht kennen, aber sie werden uns nach und nach in die Sitten und Gebräuche ihres Volkes einführen.«

Dann drehte sich Sarn zu Ke Rala um, der einen Schritt nach vorne trat. Er sprach zu der immer noch wachsamen Menge, die ihm ihre ganze Aufmerksamkeit schenkte. Der Wind strich durch lange Haare, ließ wollene Hemden im Wind flattern, während sich eine Hand regte, um ein unruhig gewordenes Kind festzuhalten.

»Mein Name ist Ke Rala. Ich bin der Sohn von Da Nala, dem Häuptling des Hirschvolkes. Das ist mein Clanbruder Tama, der eines Tages der Priester unseres Volkes sein und unser Wissen über Ka Balu, den Herrn des Waldes, den Himmelskönig, am Leben erhalten wird. Und das hier ist mein Clanbruder Hora, der einer unserer besten Jäger werden wird. Wir überbringen euch Grüße vom Hirschvolk. Wir kommen in Freundschaft, um euch zu besuchen und mehr über euer Leben hier an diesem wunderschönen Ort an den Ufern dieses ruhigen Wassers zu erfahren.«

Ke Rala hielt kurz inne und blickte zu Sarn hinüber. Der lächelte und sagte schnell: »Kommt, laßt uns zum Haus meiner Eltern gehen. Wir haben Hunger und Durst.«

Die Menge teilte sich zuerst höflich, um sie durchzulassen, doch dann brach auch schon ein aufgeregtes Geschnatter los, lächelnde Gesichter blickten ihnen entgegen, Hände wurden ausgestreckt, die sie berühren wollten. Tama spürte, wie sie über seinen Umhang aus Opossumfell strichen und seinen Bogen anlangten. Nach ein paar Schritten ging es nicht mehr weiter. Auch Ke Rala und Hora wurden von allen Seiten angefaßt. Ihr Haar, ihre Wangen, ihre Schultern und Arme wurden berührt, Stimmen murmelten, lachten, fragten. Sarn forderte die Leute auf, den Weg freizumachen und Geduld zu haben. Langsam konnten die drei Clanbrüder Sarn durch die Menge folgen, die sie mit sich nahm, als würden sie von einer menschlichen Welle getragen.

Die Neugier der Menschen war so offenkundig, so voller Freude und Interesse, daß die Clanbrüder sich nicht darüber ärgern konnten. Aber bei so vielen war es ihnen unmöglich, einzelne Grüße zu erwidern; in der ganzen Verwirrung konnten sie nur zurücklächeln und fröhlich sein. Hora lachte schallend, als die Kinder beim Anblick seines roten Bartes in entzücktes Gekreische ausbrachen, und Ke Rala, der seine Würde immer ein wenig zu sehr vor sich hertrug, beschränkte seine Antworten auf ein Kopfnicken und Lächeln, ohne seine stolze Zurückhaltung aufzugeben. Tama drückte schüchtern alle möglichen Hände, die sich ihm entgegenstreckten, erwiderte das Lächeln und Lachen und sagte immer wieder: »Ja, Tama«, wenn er mit halbem Ohr die Fragen auffing, die aus der Menge von Gesichtern an ihn herangetragen wurden. Die Eifrigen und Jungen standen im Vordergrund, die Ältesten am Rand des Gedränges, lächelnd, aber auch irgendwie verwundert über diesen Einbruch in ihr Leben.

Dann griff Gildas Hand nach Tamas und zog ihn in ein ruhiges Haus, als ob das Blatt eines Wildbaches in stehendes Gewässer gespült würde. Ke Rala, Hora und Sarn folgten, und noch ein paar Leute aus der Menschenmenge drückten herein, doch Sarn bat sie lachend, erst einmal abzuwarten, da seine Gäste müde und hungrig seien. Später würde er die Fremden mit ins Dorf nehmen. Die Menge zog sich daraufhin zurück, Mütter riefen widerspenstige Kinder herbei, doch mußte Sarn erst noch eine Schafhaut vor die zum Weg hinausgehende Fensteröffnung hängen, bis die letzten der junge Gesichter verschwunden waren.

Der Raum wurde nur erhellt von dem Licht, das durch das Fenster gegenüber der Tür hereinfiel, welches den Blick auf Bäume und Hügel freigab. Die Fremden wurden von Sarns Eltern – der dunkelhäutigen Mutter, die eine sanfte Stimme besaß und dem schlanken, braungebrannten Vater, um dessen blaue Augen Lachfältchen spielten – willkommen geheißen. Der Vater schien beinahe die ältere Ausgabe seines Sohnes zu sein. Am Herd saß, auf mehrere Kissen gestützt, eine alte grauhaarige Frau mit zahnlosem Mund, die ebenfalls lächelte und nickte.

»Die Mutter meiner Mutter heißt euch willkommen«, sagte Gilda, »aber sie kann euch nicht sehen, denn sie ist blind.«

Einer nach dem anderen knieten die jungen Männer vor der alten Frau nieder, um die verschrumpelte alte Hand in ihre eigenen warmen Hände zu nehmen. Dann wurden ihnen Plätze auf Kissen um einen niedrigen Holztisch angeboten, auf dem braune Töpferschalen standen, in die Sarns Mutter Stücke von kalter, gebratener Ente, Fisch und Brot verteilte. Sie brachte ihnen Wasser, doch Sarns Vater lachte nur und sagte: »Na, komm schon, Mada, laß uns etwas Besonderes als Willkommensgruß für unsere Gäste anbieten. Bring ein bißchen Sonnenwasser, damit wir alle davon trinken können.«

Als Mada die Schalen mit gelbem Sonnenwasser herumreichte, schauten es die drei jungen Männer mißtrauisch an.

»Weshalb ist es gelb?« fragte Hora.

»Macht ihr denn kein Sonnenwasser aus Weizen und keinen Wein aus roten Äpfeln, der das Herz beflügelt?«

»Wir kennen Weizen und Äpfel nicht«, antwortete Ke Rala.

»Dann müßt ihr von uns lernen, wie man sie anbaut und erntet. Wir werden euch Samen geben.«

Hora trank seine Schale in einem Zug aus. »Es ist wie unser Wurzelbier, aber nicht so bitter. Zuviel davon lockert wahrscheinlich die Zunge und kann einen Mann zu verrückten Handlungen verleiten.«

»Doch ein bißchen zum Essen macht das Herz froh. Ihr seid von weit her zu uns gekommen aus eurem Land hinter den Bergen des Sonnenuntergangs, aber ich glaube, daß wir irgendwann einmal ein Volk waren. Jetzt ist eine neue Zeit angebrochen, die uns wieder zusammengeführt hat. Das ist der Kreislauf aller Dinge: Irgendwann kehrt alles wieder an seinen Anfang zurück. Laßt uns auf die Freundschaft unserer Völker anstoßen.«

Tama schmeckte das gelbe Sonnenwasser nicht besonders und so nippte er nur vorsichtig, auch weil er daran dachte, daß ihm das Wurzelbier, wie es das Hirschvolk für besondere Anlässe zubereitete, nicht gutgetan hatte. Ke Rala trank seine Schale ebenso langsam aus, eher aus Höflichkeit als aus Genuß. Nur Hora leerte zufrieden schon seine zweite Schale und blickte seine Freunde fröhlich an.

»Es ist gut«, sagte er. »Aber mein Kopf schwirrt davon.«

Alle lachten, und die Unterhaltung wurde dadurch aufgelockert. Ke Rala erzählte jetzt, wie sein Volk zu den Hügeln gekommen war und wie sie in der Nähe der Höhle, in der Tama und Rua den letzten Sommer verbracht hatten, ein paar Hütten gebaut hatten. Es gab gute Fischgründe in dem seichten Wasser, das auf die Fluten folgte, doch die Ältesten hatten Bedenken, weil die Stelle so nahe bei dem untergegangenen Dorf liegt und sie sich vor den Geistern der Toten fürchteten. Jäger waren ausgesandt worden, um einen besseren Platz für ihr neues Dorf zu finden.

»Ich bin mit meinen Freunden hierhergekommen, um die Hügel genauer zu erforschen. Ich werde meinem Volk von eurem Dorf erzählen. Das hier sind eure Jagdgründe. Wir werden hier nicht jagen. In diesen Hügeln haben wir nur Langhörner und eure Schafe gefunden.«

Unvermittelt trat Schweigen ein. Hora wirkte, als fühle er sich schuldig, und Gildas Augen verdunkelten sich, aber sie sagte nichts. Yonni, Sarns Vater, sah sich die Bogen und Köcher mit Pfeilen an, die an der Wand lehnten, und fragte: »Damit tötet ihr die großen Tiere der Ebenen?«

»Ja«, antwortete Ke Rala. »Allen unseren jungen Männern wird die Kunst des Bogenschießens beigebracht. Mit den Pfeilen können wir das Wild und die Opossums mit ihrem dichten Pelz erlegen, deren Felle uns im Winter warmhalten. Unsere Bogen sind unsere Freunde.«

»Das ist ein Gerät, das wir nicht besitzen. Ich möchte gerne sehen, wie man es handhabt«, sagte Yonni. »Die einzigen Lebewesen, die wir zum Essen töten, sind Fische und Vögel. Unsere junge Männer wandern manchmal zu dem See beim Meer, an dem viele Vogelarten zu finden sind. Wir verwenden Speere und Netze, um sie zu fangen. Aus ihren Federn machen wir uns weiche Kissen, und unsere Kleider schmücken wir damit.«

Tama zeigte sich verwundert über die Weichheit der daunengefüllten, mit Schaffell überzogenen Kissen, von denen viele im Zimmer herumlagen.

»Wir machen immer neue Kissen. Wir brauchen sie, um es im Winter warm zu haben, aber sie werden schnell schmutzig und zerreißen.«

»Unsere Häuser haben keine Himmelslöcher in den Wänden wie eure«, sagte Tama. »Machen sie das Haus im Winter nicht sehr kalt?«

Sarn erklärte, wie die Fensteröffnungen im Winter drei bis vier Monate lang von außen mit Holzfensterläden und von innen mit Schaffellvorhängen verschlossen und die Ritzen mit Wolle ausgestopft würden, bis wieder die wärmere Jahreszeit kam.

»Wenn ihr ausgeruht habt«, sagte er, »zeige ich euch gern mehr von unseren Sitten und den Dingen, die wir schätzen. Habt ihr die Tür gesehen, als ihr hereinkamt?«

»Ich habe Schnitzereien darauf gesehen«, sagte Ke Rala.

Sarn, der aufmerksam nach draußen horchte, konnte keine Geräusche von Menschen hören. Also öffnete er die schwere Tür, damit die Gäste im hellen Licht sehen konnten, daß die nach außen gehende Seite kunstvoll geschnitzt war und in einem warmen Braun fein glänzte. Ke Rala, Hora und Tama betrachteten sie voller Ehrfurcht. Sie hatten noch nie einen Gegenstand aus Holz gesehen, der so kunstfertig geschnitzt und so schön war. Muster aus Zweigen und Blättern, Vögeln und Fischen, Sonne und Wellen verschmolzen zu einem Bild, das die gesamte Oberfläche der Tür bedeckte. Und immer wieder tauchte das Motiv des Kreises auf: Kreise verbunden wie Seegrasperlen, wie Blütenblätter, Kreise, die von anderen Kreisen umschlossen wurden, Kreise, die mehr wie ein Ei geformt waren und wie Waben aneinanderklebten. Tama fuhr sie nachdenklich mit dem Finger nach.

Yonni lächelte ihn an.

»Du hast also die Kreise bemerkt? Im Fließen des Kreises ist unser ganzes Leben enthalten. Alles Leben kehrt zu seinem Ursprung zurück. Alles fließt, das ganze Leben ist wie ein ewiges Kommen und Gehen, wie die Gezeiten des Meeres. Siehst du dieses Zeichen hier? Ein abgeflachter Kreis mit einem Schlitz darin? Das ist ein Weizenkorn. Außerdem ist es das Symbol für eine Frau, die noch nicht empfangen hat. Und dieses hier, ein länglicher, aufrecht stehender Kreis – das ist das Zeichen für einen Mann. Hier in diesem Kreis kannst du das Sinnbild unserer Familie sehen: das bin ich, das ist Mada, meine Frau, hier ist die alte Mutter, und diese da zeigen meinen Sohn Sarn und meine Tochter Gilda. Auf allen Haustüren werdet ihr solche Bilder entdecken. Ich werde euch lehren, sie zu verstehen. Freilich nicht in jedem Haus werdet ihr eine so reich geschnitzte Tür finden wie bei mir.«

»Mein Vater ist nämlich der Schnitzmeister«, sagte Gilda stolz. »Er schnitzt Türen für Leute, die nicht so kunstfertig schnitzen können wie er. Wollte ihr seine Werkstatt ansehen?«

Sie öffnete eine Tür im hinteren Teil des Hauses, die ein einen Raum mit niedriger Decke und einem großen Fenster führte, das den Blick auf Bäume freigab.

»Eure Häuser haben mehr Zimmer als unsere«, bemerkte Hora. »Die meisten unserer Häuser bestehen nur aus einem Raum, nur manche haben noch ein zweites Zimmer zum Schlafen.«

Tama roch den Duft des Holzes und eines aromatisierten Öls. Am Endes des Raumes waren Bretter gestapelt, die mit dem Breitbeil behauen waren. Unter dem Fenster stand ein Gestell mit Werkzeugen. Hora nahm einen Stechmeißel aus Stein in die Hand.

»Paß auf, daß du nicht an die Schneide kommst«, warnte Yonni und nahm ihm das Werkzeug wieder aus der Hand. »Meine Meißel sind scharf geschliffen. Mit stumpfen Werkzeugen lassen sich keine Geheimnisse schnitzen.«

Er zeigte ihnen Holzhämmer in verschiedenen Größen, Beile mit breiten Schneiden zum ersten Behauen der Bohlen und schmalere für die Feinarbeit, gebogene Schneiden zum Aushöhlen und spitze Schneiden für die letzte Ausarbeitung. Außerdem waren da Schalen mit Bienenwachs, wie es zum Polieren der fertigen Arbeit benutzt wurde. Yonni strich mit der Hand liebevoll über die Rundungen einer Tür, an der er gerade arbeitete und die auf einer Bank beim Fenster lag.

»Ich hatte kein Brett, das groß genug für diese Tür war, deshalb wird es aus zwei Brettern gemacht, die mit Zapfen verbunden werden. Hier könnt ihr sehen, wie sich die Zapfen des einen Brettes in die Löcher des anderen fügen.«

Tama hatte noch nie etwas wie diese Werkstatt gesehen – einen Ort, der einzig und allein dazu diente, schöne Türen zu machen. Während er die geschnitzten Linien auf den Brettern mit dem Finger nachfuhr, und unter seinen Füßen die Holzspäne knirschen hörte, schien es ihm, als wäre dies ein heiliger Ort, den die Götter des sonnendurchschienenen Waldes aufsuchen könnten, um friedlich beisammen zu sein. Er wandte sich an Ke Rala.

»Das ist ein Wissen, das der Alte Vater ehren würde.«

»Ja«, antwortete Ke Rala. »Es wäre gut, würde unser Volk auch solche Künste erlernen.«

Yonni lächelte.

»Es dauert viele Jahre, bis man es richtig beherrscht. Am besten, man fängt ganz jung an. Ich habe zur Zeit zwei junge Männer, die mit mir arbeiten, aber sie sind jetzt mit den Schafen in den Hügeln.«

Er zeigte ihnen das Holz, das er für den späteren Gebrauch lagerte.

»Das ist Totara-Holz. Seht, es hat eine ganz gerade Maserung. Das hier dagegen ist von einer Eiche, die bei einem Sturm umgerissen wurde; ein sehr hartes Holz. Und hier haben wir ein Stück Walnußholz. Es glänzt wunderbar, wenn man es lange reibt. Nicht alles Holz wird zu Türen verarbeitet. Manchmal schnitze ich auch Tische und Truhen, aber Türen mache ich am liebsten. Viele aus unserem Volk schnitzen sich ihre Türen selbst, oft kommt es zum Beispiel vor, daß Vater und Sohn gemeinsam die Tür für ein neues Haus schnitzen, wenn der Sohn heiratet. Manchmal werden solche Türen zu schnell geschnitzt – versteht ihr? Wir haben ein Sprichwort, das heißt: »Schnelle Babys bringen kalten Zug.« Das bedeutet, daß eine zu hastig geschnitzte Tür wie eine übereilte Hochzeit bald kaputtgeht. Dann kommt der Sohn manchmal zu mir und bittet mich, ihm eine Tür zu schnitzen, durch die auch noch seine Kinder und Kindeskinder ein- und ausgehen werden. Ja, so ist mein Leben.«

Gilda legte ihre Hand auf den Arm ihres Vaters.

»Unsere Freunde müssen noch viel ansehen«, sagte sie, warf ihm von der Seite einen verschmitzten Blick zu und verzog ihr Gesicht. Er lachte und legte seine Hand auf ihre Wange.

»Du meinst wohl, ich rede zuviel über meine Schnitzerei? Du möchtest deinen Freunden noch viele andere Dinge zeigen, ist es das? Na, dann geht schon, wir werden ein anderes Mal weiterreden.«

»Ja, vielen Dank«, antwortete Ke Rala und folgte Gilda und Sarn zurück in den Familienraum. Hora wollte schon seinen Bogen aufheben, doch Ke Rala schüttelte den Kopf, und sie ließen ihre Waffen an der Wand stehen.

Es war jetzt mitten am Nachmittag, die Zeit, in der die Älteren an heißen Sommertagen schliefen, aber heute wehte eine kühle Brise von der Bucht herauf, was im Zusammenhang mit der Aufregung über das Kommen der Fremden dazu führte, daß beinahe alle Dorfbewohner hellwach waren. Sarn und Gilda konnten kaum mit den Fremden durch das Dorf gehen, ohne daß ihnen von jedem Haus, an dem sie vorbeikamen, Männer wie Frauen Grüße und Einladungen zuriefen. Alle wollten ihnen die Hand drücken und Essen und Sonnenwasser anbieten. Die junge Jäger des Hirschvolkes befanden sich so im Mittelpunkt der Aufmerksamkeit, daß ihnen am Ende nur ein verschwommener Eindruck blieb von lächelnden Gesichtern, Kinder, die sie mit offenem Mund anstarrten, sauberen Häusern, von denen manche bis auf halbe Höhe aus Lehmziegeln gebaut waren und andere überdachte Sitzecken außerhalb der Hauptmauern des Hauses hatten. Tama fand heraus, daß die duftenden Blüten, die er bei seiner Ankunft bemerkt hatte, zu den Apfelbäumen gehörten, deren Früchte die Hirten aßen.

»Sie sind süß im Geschmack«, erklärte Sarn, »aber sie sind erst lange nach dem längsten Tag des Jahres reif.«

Langsam wurden Ke Rala, Hora und Tama, begleitet von einer Kinderschar, ans andere Ende des Dorfes geführt, wo der Weg bei einer Gruppe zerklüfteter Felsen am Strand endete. Die Sonne beleuchtete von der anderen Seite des Wassers die Hügelkuppen. Tama wandte sich zurück und sah die sanfte Biegung des steinigen Strandes, die festen Häuser, die zurückgesetzt zwischen den Bäumen standen, und die steil abfallenden Hügel, die das Wasser umgaben.

»Es ist schön hier«, sagte er.

Gilda an seiner Seite lächelte ihn an und ließ ihre Hand in die seine gleiten. Verwirrt und entzückt zugleich spürte Tama, wie seine Wangen glühten.

»Würdest du gerne hier mit uns leben, Tama?« fragte das Mädchen sanft.

»O ja. Sicher. Nur – ich kann nicht.«

»Weshalb nicht?«

»Ich muß bei meinem Volk leben.«

»Aber vielleicht wird euer und unser Volk jetzt ein Volk werden.«

»Das weiß ich nicht. Unser Häuptling und unsere Ältesten müssen das entscheiden.«

Gilda zog ihre Hand zurück und drehte sich zu ihrem Bruder um.

»Sollen wir ihnen das Haus der Jungherzen zeigen, bevor es zu kühl wird? Die Sonne ist schon untergegangen.«

Sarn ging voraus und unterhielt sich dabei mit Ke Rala. Hora fragte Gilda über das Haus der Jungherzen aus, und Tama lief schweigend neben ihnen her. Sie durchquerten wieder das Dorf, das nach Tamas Erinnerung mehr Häuser hatte als ihr eigenes altes Dorf – vielleicht sechs- oder siebenmal zehn Häuser. Und obwohl verschiedene Häuser alt waren und hohes Gras und Unkraut die Wand hochwuchs, waren die meisten in gutem Zustand. Viele besaßen Holzläden an den Fensteröffnungen und reich geschnitzten Türen.

Am Ende des Dorfes zeigte ihnen Sarn die weitläufigen Gemüsegärten, die vom Schäfervolk nach alter Sitte gemeinsam bestellt wurden. Die Gärten waren eingezäunt, um sie vor den Schafen zu schützen, und die Flächen waren durch Gatter oder Steinmauern in einzelne Abschnitte von etwa zehn Schritt Länge und sechs bis acht Schritt Breite unterteilt. Kartoffeln, unbekannte Blattpflanzen und kleine Büsche mit grünen Beeren waren in Reihen gepflanzt, während manche Flächen brachlagen oder grasbewachsen waren.

Das Haus der Jungherzen lag zurückgesetzt unter den Bäumen. Es war bei weitem das längste Gebäude des ganzen Dorfes. Es hatte ein steiles Dach, war lang und niedrig und mindestens vier- bis fünfmal so lang wie ein gewöhnliches Haus.

»Ich kann euch nicht hineinlassen«, sagte Gilda. »Aber ich kann euch die Türe öffnen. Dann könnt ihr einen Blick hineinwerfen.«

Diese Tür war die allerschönste, die die Clanbrüder bisher gesehen hatten. Sie war aus einem sehr dunklen Holz gefertigt und zeigte Jungen und Mädchen, Blüten und Früchte, sowie endlose Verknüpfungen von Kreisen und Spiralen in einer Kaskade reichster Schnitzerei. Tama wollte die Tür gerade berühren, als Sarn ihn daran hinderte.

»Nein, noch nicht, Tama. Du mußt erst von unserem Volk die Erlaubnis dazu erhalten, bevor du eintreten oder etwas berühren darfst. Nur diejenigen, die hier leben, dürfen hineingehen und die Tür berühren. Auch ich darf sie noch nicht berühren, nur Gilda, weil sie eine der Jungherzen ist. Bald werde ich auch dazugehören.«

Wieder spürte Tama die Eifersucht in sich aufsteigen bei dem Gedanken, daß Gilda in diesem Haus zusammen mit anderen Mädchen und Jungen schlief. Er warf einen Blick hinein, als Gilda die Tür öffnete, aber in dem schummrigen Licht war wenig zu erkennen, außer ein paar niedrigen Tischen und einer Menge Schlafkissen auf dem Boden.

»Es ist niemand da«, sagte Gilda. »Wir müssen nicht die ganze Zeit hierbleiben, sondern auch nach Hause gehen. Ich glaube, wegen eurer Ankunft haben sich alle im Dorf versammelt. Es wird darüber geredet, morgen oder die Nacht darauf ein Singfest zu veranstalten.«

Sarn klatschte vor Freude in die Hände. »Das wird großartig«, rief er aus. »Ein Singfest, das heißt, daß sich alle Dorfbewohner in einer klaren Nacht im Freien treffen. Wir machen dann ein riesiges Feuer, tanzen, singen, essen viele gute Sachen, trinken Sonnenwasser und Wein. Das wird euch gefallen. Es wird zu euren Ehren veranstaltet werden.«

Ke Rala sah besorgt aus. Er wandte sich an die andern. »Wir müssen bald zu unserem Volk zurückkehren und berichten, was wir gefunden haben. Ich wollte übermorgen aufbrechen.«

»Ihr könnt erst nach dem Singfest gehen«, lachte Gilda. »Es wird zu euren Ehren abgehalten. Und wenn ihr dann geht, werden einige von uns mitkommen und Geschenke wie Essen, Decken und Kleider für euer Volk mitnehmen, das auf seiner langen Reise so viel gelitten hat.«

Tama schaute Ke Rala mit bittendem Blick an. »Laß uns erst nach dem Singfest gehen, Ke Rala. Dann aber müssen wir wirklich los.«

»Ihr beiden könnt zurückgehen, ich bleibe«, lachte Hora. »Mir gefällt es hier. Ich könnte es hier ziemlich lange aushalten. Dann könnte ich vielleicht ins Haus der Jungherzen ziehen. Was meinst du, Gilda, würdest du mich hineinlassen?«

Gilda blieb ernst, als sie antwortete: »Das kann ich nicht entscheiden, sondern nur die Väter und Mütter aller Jungherzen.« Dann lächelte sie Tama zu. »Würdest du vielleicht auch gerne zu uns kommen?«

Verwirrt lachte Tama, antwortete aber nicht.

»Die Sterne werden bald den Tau herabstreuen«, sagte Sarn. »Laßt uns nach Hause gehen.«

Den ganzen Abend über kamen viele Dorfbewohner zu Yonnis Haus, um mit den Fremden zu reden. Der Raum war voller Leute, die redeten, fröhlich waren, Fragen stellten und dem Hirschvolk Hilfe beim Aufbau eines neuen Dorfes anboten. Es wurde auch gesungen und viel über das große Singfest gesprochen, das in zwei Tagen stattfinden sollte. Es floß viel Sonnenwasser, und obwohl Tama nur wenig trankt, drehte sich ihm schon der Kopf von dem Geruch und dem Schweiß der wollenen Kleidung. Er hätte sich am liebsten zurückgezogen und irgendwo versteckt. Schließlich ging auch der letzte Besucher, und Yonni und seine Familie zogen sich in ein anderes Zimmer zurück. Ke Rala, Tama und Hora konnten es sich endlich auf den Kissen vor der Glut des Feuers für die Nacht bequem machen.

Am nächsten Morgen zeigte ihnen Gilda auf Ke Ralas Bitte, wie die Dorfbewohner die Häute der Lämmer haltbar machten, indem sie sie mit einer Mischung aus Erde und Salz einrieben, die durch Verdunstung von Meerwasser in flachen Schüsseln gewonnen wurde. Die langwierige Bearbeitung und das Abreiben mit einem rosafarbenen halbporösen Stein, der am Strand zu finden war, machte die Häute weich und geschmeidig, so daß sie leicht zu Kleidungsstücken verarbeitet werden konnten. Die Wolle wurde ebenfalls gereinigt, gekämmt und zu langen Schnüren gesponnen, bevor sie zu leichten, festen Fasern verdreht und mit Knochennadeln in die Kleidung eingewebt wurde. Die Jungen waren erstaunt, als sie hörten, daß zwar fast die gesamte Kleidung von Frauen gefertigt wurde, aber auch die Männer mitarbeiten konnten. Sarn hatte sich ein Hemd aus einem mit Pflanzensäften gelb und braun gefärbter Wolle gemacht.

Später bemerkte Ke Rala zu Tama: »Was wird wohl mein Vater sagen, wenn ich ihm erzähle, daß manche Männer hier sogar ihre eigenen Kleider machen? Und die Mädchen in die Hügel gehen, um Schafe zu hüten? Ein seltsames Volk.«

»Ich mag sie«, sagte Tama, »und ich möchte, daß wir ihre Freunde werden.«

»Ja, ich mag sie auch. Sarn ist ein feiner Kerl. Aber ihre Art zu leben entspricht nicht unserer.«

Hora war von einem großen jungen Mann, mit dem er am Vorabend getrunken hatte, zum Fischen mitgenommen worden. Beide redeten gerne und liebten es, über ihre Heldentaten zu prahlen, freilich mit Sinn für Spaß, so daß sie über ihre eigene Angeberei oft selbst lachen mußten. Hora hatte seinem Freund zugesagt, ihm zu zeigen, wie man den Bogen benutzt, doch Jarl hatte darauf bestanden, Hora erst vorzuführen, was er für ein guter Fischer war. Ke Rala und Tama hatten beobachtet, wie das kleine Boot bei leichter Brise mühelos auf das Lange Wasser hinausgeglitten war.

Sarn hatte versprochen, sie heute zu einem besonderen Freund von ihm mitzunehmen, zu Chard, der großes Wissen über die alten Sitten und Gebräuche seines Volkes besaß. Seit seine Frau gestorben war, lebte er allein. Das war zwar ungewöhnlich, doch fehlte es ihm nicht an Gesellschaft, da seine Kinder und Enkel ihn häufig besuchen kamen. Er selbst schätzte seine Freiheit sehr, zu kommen und zu gehen, wie es ihm gefiel.

»Er ist in gewisser Weise anders als wir«, sagte Sarn. »Wir machen gerne alles zusammen, arbeiten und vergnügen uns zusammen, aber Chard kann auch für sich alleine glücklich sein. Er ist ein Mann, der viel über den Sinn der Dinge nachdenkt. Ich dagegen nehme alles, wie es kommt. Jeder Tag bringt irgend etwas Gutes. Und wenn ich traurig bin, weiß ich, daß es wieder vorübergehen wird. Die Welle wird wieder umschlagen. Nur Chard sieht weiter über die Dinge hinaus als wir. Er hat mir viel beigebracht.«

»Das hört sich so an wie bei unserem Alten Weisen«, bemerkte Tama.

Äußerlich hatte Chard allerdings keinerlei Ähnlichkeit mit dem Alten Weisen, wie Tama bald feststellen konnte. Als Sarn vor der Tür eines schmucken kleinen Häuschens nach ihm rief, wurde es unter Lachen und Umarmungen von einem zart gebauten Mann mit lustigem Gesicht begrüßt, dessen graues Haar im Widerspruch zu seinen lebhaften dunkelbraunen Augen und seiner aufgeweckten Art standen.

»Willkommen, willkommen«, rief er. »Wenn Sarn euch heute nicht zu mir gebracht hätte, hätte ich nie mehr ein Wort mit euch gesprochen. Natürlich habe ich von eurer Ankunft gehört. Ich sah euch sogar gestern in der Menschenmenge, aber ich habe in Ruhe abgewartet, bis ich mit euch sprechen kann. Kommt nur herein in die gute Stube.«

Er bot den jungen Männern kleine von ihm selbstgebackene Weizenkuchen und Wasser zum Trinken an.

»Hier bekommt ihr kein Sonnenwasser vorgesetzt«, lachte er. »Ich trinke nur Regenwasser.«

Dann wandte er sich an Ke Rala. »Sarn hat mir erzählt, du und deine Freunde habt eine weite Reise über die Berge des Sonnenuntergangs hinter euch und kommt aus einem Land mit großen Wäldern und rasch dahinfließenden Flüssen. Ich würde gern mehr über euer Volk erfahren.«

Chard hatte eine fröhliche Direktheit an sich, die Ke Ralas Neigung zur Bedeutungshascherei ins Leere laufen ließ. Diesmal erzählte er mit einfachen Worten und herzlich von dem Leben seines Volkes in dem Dorf, das sie auf der anderen Seite der Berge zurückgelassen hatten. Chard hörte mit regem Interesse zu.

»Es ist also wirklich so, wie ich schon lange geglaubt habe«, bemerkte er, als Ke Rala eine Pause machte. »Vor dem Hintergrund des Wissens, daß es einmal so viele Menschen wie Sterne am Himmel in dem Großen Dorf gab, das im Sumpf unterging, habe ich mir oft überlegt, daß es irgendwo da draußen noch andere Gruppen geben müßte, außer den Unsrigen. Die Geschichte über eure Vorfahren sind anders als unsere, doch traten unsere beiden Völker ihre Wanderschaft an, nachdem die Sonne das Große Dorf verbrannt hatte. Offenbar war die Gegend seinerzeit noch trocken und ist erst später vom Fluß überschwemmt worden. All das ist lange her, dennoch wissen wir ein wenig über dieses Volk aus lang vergangenen Tagen. Es waren sehr kluge Menschen, aber wild, grausam und selbstsüchtig. Deshalb haben die Götter sie auch vernichtet.«

»Glaubt ihr dann also doch an dieselben Götter wie wir?« fragte Tama überrascht.

Chard streckte seine Finger aus, runzelte die Augenbrauen und lachte.

»Was ist die Wahrheit? Ich weiß es nicht, aber ich höre nicht auf, sie zu suchen. Unser Volk glaubt an den ewigen Wechsel der Gezeiten, das Auf und Ab aller Dinge, den dauernden Prozeß der Menschwerdung und der Fortentwicklung allen Lebens. Nichts bleibt, wie es ist, alles fließt im Kreis um das Rad des Lebens. Vielleicht ist das die Bedeutung von Gott.«

Tama schaute zweifelnd.

»Wir wissen«, sagte Ke Rala bestimmt, »daß Ka Balu der Gott unseres Volkes ist. Wir folgen seinen Lehren, und er beschützt uns dafür.

Chard nickte. »Es ist gut, den Glauben zu haben, wenn man Wahrheit findet; der Wahrheit muß man folgen.«

»Chard«, fragte Sarn, »könntest du unseren Freunden vielleicht einige deiner Schätze zeigen, die du in den zerstörten Häusern der Hügel gefunden hast?«

»Möchtet ihr ein paar Dinge sehen, die das Volk des versunkenen Dorfes im Gebrauch hatte?«

Tamas Augen begannen vor Begeisterung zu leuchten.

»Letztes Jahr haben mein Freund und ich in einem Raum unter der Erde seltsame Dinge gefunden. Aber ich habe sie auf der Heimreise verloren.«

»Kommt mit«, sagte Chard.

Sie folgten ihm in ein kleineres Zimmer, an dessen Wände Regale standen, die vollgestopft waren mit lauter seltsamen Gegenständen, die Chard über die Jahre gefunden hatte. Ke Rala erkannte rasch Messer, Teller, Schüsseln und alle möglichen Sorten von kleinen Gefäßen. Plötzlich wich Tama erschreckt zurück, als ihm sein eigenes Gesicht aus einem Viereck mit glänzender Oberfläche entgegenstarrte, das an der Wand lehnte. Es versetzte ihm einen Stich, als er sich daran erinnerte, daß er und Rua in der Höhle beim Meer genau so etwa im Streit zerbrochen und er sich an dessen scharfer Kante den Finger geschnitten hatte. Er drehte sich zu Ke Rala um.

»Rua und ich haben letztes Jahr ähnliche Dinge wie diese gefunden, aber wir konnte sie nicht mit nach Hause nehmen. Das schönste waren die Musterblöcke, die wir bei dem Erdrutsch, in dem Rua ums Leben kam, verloren haben.« Er wandte sich an Chard. »Hast Du vielleicht solche Blöcke? Vierecke Blöcke mit seltsamen Reihen von schwarzen Zeichen und Bildern kleiner farbiger Menschen?«

»Aha, mein junger Freund«, sagte Chard. »Ich sehe, daß Du meine wertvollsten Besitztümer kennst. Ich zeige sie nicht jedem, aber du wirst sie verstehen.« Und schon holte er aus einer großen geschnitzten Kiste ein paar sorgfältig in Häute eingepackte Gegenstände hervor, wickelte sie aus und legte sie auf einen kleinen Tisch, der vom Fenster her mit Licht beschienen war. Tama jauchzte vor Entzücken auf.

»Ja! Das ist ein Musterblock! Rua und ich haben ein paar davon in dem unterirdischen Raum gefunden. Er wollte nicht, daß ich welche mitnehme. Aber ich habe es trotzdem getan und später eine Tasche für sie gemacht. Doch dann habe ich alle verloren, der Erdrutsch hat sie mit sich gerissen.«

Seine Augen waren mit Tränen gefüllt, nicht wegen des Verlustes der Musterblöcke, sondern wegen des geliebten Freundes, der ihm dort in den schwarzen Hügeln unter dem erbarmungslosen Regen für immer verlassen hatte.

Chard sagte sanft: »Du nennst sie also Musterblöcke. Du hast ganz recht. Das sind sie auch. Aber unser großer Vorfahre Shan konnte sie verstehen, und er hat unseren Ahnen viel von ihrem Wissen beigebracht. Er nannte sie Bücher.«

»Und was ist mit dir? Kannst du sie auch verstehen?«

»Ich habe einmal gedacht, ich müßte lernen können, wie man sie liest, doch obwohl ich viel Zeit mit dem Vergleich von Zeichen und Bildern und dem Abschreiben der Zeichen zugebracht habe, die häufig wiederkehrenden Worten zu entsprechen schienen, kann ich die mögliche Bedeutung bei einigen bestenfalls raten.«

»Sichtbar gemachte Worte«, sagte Tama. »Das ist Zauberei. Diese Menschen besaßen große Kraft.«

»Aber was hat es ihnen am Ende geholfen? Sie sind jämmerlich untergegangen.«

»Aber wenn euer Vorfahre Shan die Bücher verstehen konnte, warum hat er es dann seinem Volk nicht beigebracht?«

»Das hat er. Viele haben es gelernt, und wir glauben, daß auch die Kinder noch eine ganze Weile im Lesen unterrichtet wurden. Aber sie verstanden nicht, was sie da lasen. Es hatte in unserer Welt jede Bedeutung verloren. Hätte Shan

Bücher über unsere Welt und unser Volk geschrieben, dann wären wir vielleicht zum Lesen gekommen. Aber dafür fehlte ihm die Zeit; er war zu sehr damit beschäftigt, unseren Ahnen beizubringen, wie man Häuser baut, Samen erntet und Feldfrüchte pflanzt, wie man Töpfe aus Ton herstellt, Wolle spinnt und webt, wie man Fischerboote baut. Sicher besaßen alle Vorfahren irgendwelche Kenntnisse über diese Fähigkeiten, aber es war Shan, der das Wichtige vom Unwichtigen unterschied und das Wissen in neue Richtungen lenkte. Ohne Shan wären wir ein Wandervolk geblieben. Wir sagen heute manchmal noch: ›Shan ist in meinem Weben‹, wenn wir gut gewebt haben, oder: ›Heute ist Shan mit mir gewesen‹, wenn ein Fischer einen guten Fang nach Hause bringt. Er hat uns alle wichtigen Dinge für das tägliche Leben beigebracht. Wir brauchen die Bücher nicht, obwohl sie mich seltsam anrühren, vor allem, wenn Bilder darin sind. Die Geister eines untergegangenen Geschlechts.«

»Aber wenn die Zeichen Wörter darstellen, warum können wir dann nicht einfach unsere eigenen Zeichen erfinden und unser Leben beschreiben?«

Tamas Augen glänzten vor Aufregung.

»Daran habe ich auch schon gedacht«, sagte Chard, »aber wo sollen wir beginnen? Wie viele Dörfer haben wir? Die Zeichen müßten eine gemeinsame Grundlage haben. Ein unterschiedliches Zeichen für jedes Wort wäre zu verwirrend. Ich denke, man könnte es vielleicht sogar schaffen, aber wozu wäre es gut? Wir erinnern uns auch so an die Fertigkeiten, die uns beigebracht wurden, an die Geschichten unserer Vorfahren, an unsere Lieder. Wir brauchen nichts aufzuschreiben.«

»Aber man könnte seine eigenen Gedanken aufschreiben, ein Lied erfinden und ihm sichtbaren Ausdruck verleihen – das wäre einfach wunderbar. Meinst du nicht, Ke Rala?«

»Es ist wirklich eine Art Zauberei. Aber brauchen wir solches Wissen? Glaubst du, unser Alter Weiser fände das gut?«

Plötzlich kam Tama wieder das Buch in den Sinn, das er in der Hütte des Alten Weisen gesehen hatte, und fast wäre er damit herausgeplatzt. Aber er konnte seine Zunge gerade noch rechtzeitig zügeln, da er wußte, daß der Alte Vater das Buch als zum Dunklen Wissen gehörig betrachtete, welches nur Priestern vorbehalten war. So blickte er Chard an. »Weißt du vielleicht, wo ich solche Bücher finden könnte?«

»Du hast gesagt, du hättest mit deinem Freund welche in einem unterirdischen Raum gefunden. Würdest du die Stelle wiederfinden? Habt ihr den Raum gut gegen das Wetter versiegelt?«

»Nein, nein«, stammelte Tama. »Wir haben ihn offen gelassen. Es war uns damals nicht klar, was wir gefunden hatten. Alles darin wird inzwischen zerstört sein.«

»Tja«, sagte Chard, »meines Wissens gibt es jetzt nicht mehr viele von diesen Plätzen. Die Bäume sind hineingewachsen, und Wasser ist eingedrungen. Aber ich würde mich gerne mit dir auf die Suche machen. Wenn euer Volk sich einmal niedergelassen hat, kommst du einfach wieder her, und dann gehen wir zusammen los.«

Die freudige Erregung über die Wiederentdeckung der Musterblöcke, die seine Einbildungskraft im letzten Jahr so beflügelt hatten, verließ Tama den ganzen Tag nicht mehr, auch nicht, als er und Ke Rala mit Sarn Feuerholz von umgestürzten Bäumen auf dem Hügel sammeln gingen. Am Strand, weit weg von den Häusern, wurde für das große Singfest am nächsten Tag ein riesiger Holzhaufen aufgeschichtet.

»Wir werden heute abend besser früh schlafen gehen«, erklärte Sarn, »weil es morgen abend sicher spät wird. Wenn die Nacht mild ist, feiern wir bis zum Morgengrauen.«

»Wir werden nicht die ganze Nacht aufbleiben können, wenn wir am nächsten Tag zurückreisen wollen«, sagte Ke Rala. »Es ist ein langer Weg für einen Tag.«

»Einige von unseren Leuten werden mit euch gehen. Wir werden Essens- und Kleidergeschenke für euer Volk vorbereiten, die ihr nicht alleine tragen könnt. Wir werden euch helfen.«

Als Sarn außer Hörweite war, sagte Ke Rala. »Diese Geschenke, von denen Sarn redet, gut und schön, sein Volk ist sehr freundlich, aber was können wir ihnen im Gegenzug anbieten? Unser Volk hat alles verloren. Wir haben nur unsere zerrissenen Kleider am Leib und ein paar Pfeile und Bogen. Wir dürfen keine Geschenke annehmen, wenn wir nichts Gleichwertiges anzubieten haben.«

»Wir können nur ein Fischfest für sie veranstalten, das ist das einzige. Sie essen das Fleisch nicht, das wir verzehren. Da kommt unser Bruder, der große Fischer; Hora, erzähl uns ein paar Ammenmärchen über deine Fischkünste.«

»Von wegen Ammenmärchen«, erwiderte Hora grinsend. »Wir haben zehn und vier Fische gefangen. Jarl nannte sie Waiwai. Ein guter Fisch zum Essen, so lang wie mein Unterarm. Meine habe ich Sarns Mutter gegeben. Heute abend gibt es Fisch.«

So verbrachten sie den Abend wie am Vortag mit Essen, Trinken, Unterhalten, aber Tama machte es heute mehr Spaß als am Abend zuvor. Gilda, Sarn und seine Freundin Ana zeigten den Clanbrüdern, wie man Wolle sponn und zu kleinen Kleidungsstücken verarbeitete. Sie schenkten jedem von ihnen ein gefärbtes Wollhemd, das Hora mit großer Freude, Tama mit eher scheuem Vergnügen und Ke Rala in würdiger Dankbarkeit annahmen. Sarn zeigte ihnen die Hosen aus Schaffel, die die Männer im Winter trugen, und deren nach außen gewandte Haut mit Öl eingefettet wurde, um sie gegen den Regen dicht zu machen, während die Wolle nach innen eine natürliche Wärme entfaltete.

»Wir werden euch beibringen, wie man sie macht«, sagte Gilda. »Wir werden euren Frauen unsere Künste zeigen.«

Den ganzen nächsten Tag war das Dorf erfüllt vom Treiben der Vorbereitung für das Große Singfest. In jedem Haus wurde zusätzliches Essen zubereitet, Kinder wurden zum Feuerholzsammeln geschickt, und die jungen Männer verteilten sauberen Sand auf dem Tanzplatz. Sowohl Frauen wie Männer holten ihre besten Kleider aus den Truhen, nahmen kleinere Ausbesserungen daran vor und säuberten sie von Flecken. Für die drei Clanbrüder gab es nur wenig zu tun. Sie faßten überall mit an, wo sie merkten, daß Hilfe gebraucht wurde, auch wenn sie oft freundlich ermahnt wurden, daß sie nicht zu helfen bräuchten, weil das Singfest ja zu ihren Ehren veranstaltet würde.

»Das erinnert mich an das Fest, das nach unserer Heimkehr von der Langen Wanderung zu unseren Ehren abgehalten wurde«, sagte Hora. »Das ist nicht viel mehr als ein Jahr her, und doch scheint es schon eine Ewigkeit zurückzuliegen.«

»Damals waren wir noch zu fünft.«

Tamas nüchterner Kommentar erinnerte sie daran, daß sie am nächsten Morgen zum Hirschvolk zurückkehren und von ihrer wichtigen Entdeckung des Dorfs am Langen Wasser berichten mußten.

»Morgen kommt noch früh genug«, sagte Hora. »Heute abend werde ich mich erst einmal richtig vergnügen.«

Es sollte ein Abend folgen, den keiner von ihnen jemals wieder vergessen würde. Besonders für Tama sollte es ein Abend höchsten Glücks werden. Ke Rala und Hora würden anschließend wieder zu ihren eigenen Familien zurückkehren; Tama aber, der Waise, erinnerte sich an seine Pflegemutter Rini, die er im alten Dorf zurückgelassen hatte, damit sie seinen Pflegevater, der im Sterben lag, aber auch viele andere leidende alte Menschen jenes einsamen, verlassenen Dorfs in dem anderen Land pflegen konnte; für Tama bedeutete es auch die Rückkehr in die oft schweigsame Gesellschaft des Alten Weisen, mit dem er jetzt ständig zusammenlebte. Er wollte dort das heilige Wissen erlernen, was freilich noch Jahre dauern würde.

Trotzdem, heute abend verspürte er in sich den Widerhall von Horas Entschlossenheit, sich zu vergnügen, nur daran zu denken, daß er jung war, und sich mit seinen neuen Freunden des Lebens zu erfreuen, um für eine Weile die Beschwernisse der letzten Zeit zu vergessen.

Bei Sonnenuntergang wurde der riesige Holzhaufen angesteckt, und die Leute versammelten sich auf dem mit Sand bestreuten Platz vor den Flammen. Manche hockten sich einfach auf den Boden. Manche der Älteren brachten sich niedrige Hocker mit und sogar Kissen und Decken, damit sie es sich später bequem machen könnten. Männer und

Frauen, Familien und Freunde setzten sich in Gruppen, wie es sich ergab. Es existierte keine Ordnung, die den Abend des Festes regelte. Das Essen wurde in Körben, Schüsseln und auf Brettern bereitgestellt, und jeder nahm sich nach Belieben entweder von dem, was er selbst mitgebracht hatte, oder von den Speisen der anderen. Sarn, Gilda und deren Eltern achteten darauf, daß es Ke Rala und seinen Freunden an nichts fehlte, nur Ke Rala vermißte die offiziellen Reden und Zeremonien, die so ein Fest bei seinem eigenen Volk auszeichneten. Das kommt einfach daher, dachte er bei sich, daß die Schäferleute keinen Führer haben.

Tama saß zwischen Gilda und Sarn, und das machte ihn bereits wunschlos glücklich. Mehr verlangte er gar nicht von dem Abend. Gilda suchte ihm alle möglichen Leckerbissen aus den Körben und drückte sie an ihn, wenn er sie ihr aus der Hand nahm. Sie trug ein gelbes Wollkleid, das in der Mitte mit einer roten Kordel zusammengehalten wurde und mit einer Borte aus kleinen roten Blättern verziert war. Um den Hals hatte sie sich eine Kette aus winzigen Muscheln gehängt, und in ihrem Haar steckten drei cremeweiße Blüten, deren betäubender Duft jede ihrer Bewegungen begleitete. Im Gegensatz zu sonst war sie nicht sehr gesprächig, doch bediente sie Tama und seine Clanbrüder mit großer Aufmerksamkeit, was Tama die Gelegenheit gab, sie aus der Nähe zu beobachten. Sogar Ke Rala lachte und redete eifrig. Zwischen Tama und Gilda schien das gemeinsame Schweigen bereits Verbindung genug zu sein; ein Schweigen, gepaart mit flüchtigen, tiefen Seitenblicken, die so viel mehr versprachen.

Links von Tama saß Sarn, hübsch zurechtgemacht mit seiner reich bestickten ärmellosen Jacke über einem weitärmeligen Hemd, das an den Handgelenken gefaßt war. Er unterhielt sich mit der schüchternen Ana, die er solange neckte, bis sie in Kichern und sanften Widerspruch ausbrach, und tadelte Tama wegen seines Schweigens.

»Komm, Tama, öffne dein Herz, sei glücklich mit uns.«

»Ich bin glücklich«, sagte Tama lächelnd.

»Dann teile dein Glück mit uns. Bald werden wir tanzen

und singen. Ich werde dir unsere Tänze beibringen. Trink ein bißchen Sonnenwasser mit mir. Gilda, Ke Rala, schenkt uns Sonnenwasser ein.«

Er legte seinen Arm um Tamas Schultern.

»Du bist mein Bruder. Laß uns beide aus derselben Schale trinken. Zuerst du. Gut so. Und jetzt ich.«

Sarn kippte den Rest in den Sand, lächelte über das ganze Gesicht, schlang seine Arme um Tama und küßte ihn.

»Jetzt sind wir Brüder. Ana, komm und küsse meinen Bruder. Du mußt ihn auch lieben.«

Ana zierte sich und kicherte. Da spürte Tama eine Hand auf seinem rechten Arm.

»Wenn du der Bruder meines Bruders bist, dann bist du auch mein Bruder«, sagte Gilda sanft und küßte Tama auf die Wange. Hora sah den Kuß, sprang auf und rief: »Und wo bleibe ich? Ich bin sein Clanbruder!« Aber Gilda bückte sich nach unten und machte sich an den Essenskörben zu schaffen, als hätte sie nichts gehört.

Als dann das Essen, das Sonnenwasser und der stärkere Wein ihre Wirkung zeigten, wurden die Essenskörbe weggeräumt, um Platz für den Tanz zu machen. Der ruhige Nachtwind, der durch das Tal herunterwehte, ließ den Rauch und die Funken über dem dunklen Wasser hochfliegen. Die Nacht war kühl, und vereinzelte Wolken zogen hoch oben am Himmel vorüber, aber es gab keine Anzeichen für Regen. Später würde der abnehmende Mond aufgehen.

Der Tanz begann.

»Das ist der Aal-Tanz«, erklärte Sarn. »Wir fangen meistens damit an, weil alle mitmachen können. Seht her, es ist ganz einfach. Ich lege meine Hände auf Anas Hüften. Hinter mir macht Gilda dasselbe bei mir, dann folgt Tama – Cara, auf, mach auch du mit. Und dann Ke Rala.«

Die Schlange der Tänzer bewegte sich in einem rhythmischen Wiegen vorwärts, sang dazu, vereinigte sich mit anderen Schlangen aus Tänzern, und so ging es singend weiter, immer im Kreis um den sandbestreuten Tanzplatz herum. Sie zogen mehr Leute hinzu, bis schließlich alle außer den

Alten, Schwachen und den kleinen Kindern, sich im Rhythmus um die emporzüngelnden Flammen wiegten. Der Tanz endete mit einem wilden Schrei, zu dem alle mit ausgestreckten Armen in die Luft sprangen.

Andere Tänze folgten in schnellem Wechsel. Das Schäfervolk schien vor allem Kreistänze zu lieben, bei denen sich die Partner immer wieder trafen und umarmten, einander herumwirbelten, sich in einem komplizierten Flechtmuster verloren und dann wiederfanden, um erneut einen Kreis zu bilden, der sich nach außen ausdehnte und nach innen zusammenzog wie Ebbe und Flut der Gezeiten. Wenn die Jungen des Hirschvolkes zögerten, an einem Tanz teilzunehmen, streckten sich ihnen die Hände von Männern und Frauen gleichermaßen entgegen und zogen sie in ihre Mitte, als Ausdruck ihrer Zusammengehörigkeit in der überschäumenden Lebensfreude.

Es wurde abwechselnd getanzt und gesungen. Wenn ein Tanz vorbei war und die Tänzer ihren Durst gestillt hatten, wurde zuerst von wenigen ein leises Lied angestimmt. Sie kamen aus dem Schatten in die Mitte des Platzes, und andere gesellten sich hinzu. Bald hatten sich etwa zwei- oder dreimal zehn Männer und Frauen in einem Kreis versammelt und sangen sanfte oder wilde Lieder von der Liebe; von Geburt und Ernte, Hochzeitslieder und Lieder für die Toten. Es gab keinen Blickwinkel des Lebens, den sie nicht durch Lieder ausdrückten. Bei den beliebtesten Liedern stimmten alle übrigen mit ein und gesellten sich zu den anderen. Bald standen zehn oder mehr Kreise eng beieinander, und die Stimmen verschmolzen zu einem Einklang, der allein durch das untrügliche Gedächtnis jedes einzelnen sowie die lange Vertrautheit mit den Liedern möglich war. Tama riß der Gesang völlig hin. Sein Geist erhob sich in einer inneren Verbundenheit mit der Schönheit, die nicht in der Abfolge der Empfindungen auszudrücken war, sondern die nur sein ganzes Wesen erfassen konnte. Diese Art der Musik war etwas ganz anderes als die Lieder, in denen er selbst manchmal die Eindrücke eigener Erfahrungen zu fassen versuchte. Das Singen der Hirten lebte durch die Gemeinschaft, die sie über ihre Einzelheit hinaus zu einer so innigen Einheit hatten werden lassen, wie es Tama noch nie erlebt hatte. Auch wenn er die Worte und Melodien nicht mitsingen konnte, fühlte er sich von einem Glücksgefühl erfüllt, das sein ganzes inneres Sein mit Wärme und Licht durchströmte. Als er so dasaß – Gilda neben sich, um die er seinen Arm gelegt hatte – wünschte er, das alles möge niemals enden.

Nachdem die Gezeiten ihren höchsten Stand an dem feuerbeschienenen Strand erreicht hatten, zogen sich die Wellen langsam, Stein um Stein wieder zurück, die Nacht versank sternenweise hinter den Hügeln im Westen. Die glühenden Höhlen des Feuers fielen in sich zusammen, und der von den Tänzern aufgewühlte Sand kühlte unter einer sanften von Nordost kommenden Brise ab. Die älteren Leute gingen nach Hause; Eltern trugen ihre schlafenden Kinder zur späten Nachtruhe. Nur die Jungen wollten keinesfalls zugeben, daß ihre Lust am Vergnügen und ihre Freude jemals ein Ende haben könnten. Einander die Arme um die Schultern geschlungen, wanderten sie singend an den geschlossenen Häusern vorbei, die geisterhaft zwischen den Apfelblüten im Schatten eines riesigen Baumes standen, dessen oberste Zweige dem Wind nach zum Hafen und zu dem donnernden Rollen des Meeres zeigten.

Sarn und seine Freunde wanderten am Strand entlang, bis sie zu dem Felsen kamen, der ins Wasser ragte und die Dorfgrenze markierte.

»Bald wird der Mond aufgehen«, sagte er. »Laßt uns einfach hier hinsetzen und zuschauen, wie er aufgeht.« Es war kühl auf dem kahlen Felsen mit dem kalten Wasser, das unten dagegenschlug, aber sie rückten eng zusammen, hielten sich in den Armen und sahen, wie das schwache Leuchten über den Hügeln jenseits des Dorfes langsam zunahm. Die Ränder einer kleinen Wolke schillerten in perlmuttfarbigem Glanz. Niemand sagte etwas, während sie dort saßen. Hora hatte seine Arme um ein Mädchen geschlungen und seinen Kopf auf ihre Schulter gelegt. Sogar Ke Rala hatte seine Bedenken wegen der morgigen Reise aufgegeben und lächelte das Mädchen in seinem Arm an. Gilda, die ihre Arme um

Tamas Nacken gelegt hatte, flüsterte ihm ins Ohr: »Ich möchte den Mond gar nicht aufgehen sehen. Es ist bloß der Schimmer, der seinem Aufgang vorausgeht, der so schön ist.«

Doch Tama, der zukünftige Priester, dessen Aufgabe es war, die Wahrheit zu erkennen, hielt seinen Blick fest auf das Geflecht von Gildas wohlriechendem Haar gerichtet, bis der weiße Schein in das honigfarbene Horn der Mondsichel überging und der Zauber verschwand.

3

Die Willkommenszeremonie begann am Nachmittag, und es herrschte bereits eine kühle Abenddämmerung, als sie zu Ende ging. Die Gruppe von etwa zweimal zehn Schäferleuten, die mitgekommen waren, saß etwas verwirrte beisammen, eingeschüchtert durch die langwierigen Formalitäten ihres Empfangs. Es waren vor allem junge Männer, aber auch ein paar ältere und drei Mädchen – Gilda und zwei ihrer Freundinnen. Gilda hatte darauf bestanden, mit der Gruppe mitgehen zu dürfen. Sie trug auch ihre Geschenke ohne Murren, doch war sie enttäuscht, daß sie von den Frauen nicht gleich dankbar entgegengenommen wurden. Um die Mittagszeit hatte Ke Rala die Reisegruppe verlassen und war vorausgeeilt, um seinem Vater ihr Kommen anzukündigen. Als die Hirten endlich den gewundenen Weg zu dem Zeltlager am Ufer der Bucht hinunter nahmen, sahen sie, daß sich die Menschen des Hirschvolkes entsprechend ihrem Rang versammelt hatten, um sie zu empfangen.

Sie saßen in einem Halbkreis: Kinder, Frauen, junge Männer und in der Mitte die Dorfältesten. Hora und Tama setzten sich neben ihre Angehörigen, während Ke Rala dicht bei seinem Vater saß. Sarns erster Eindruck war beinahe, daß ihnen das Hirschvolk mit Feindseligkeit begegnete – oder war es einfach nur Zurückhaltung? Er konnte den Gedanken nicht loswerden, als wäre dem Hirschvolk ihr Kommen nicht recht. Während der zwei Tage ihrer Wanderung über die Hügel mit den schweren Essenskörben und den Bündeln aus Decken und Kleidern, hatte er sich ihre Ankunft als ein freudiges Ereignis vorgestellt: mit Lachen, Dankbarkeit, Umarmungen und Festen. Die ernsten Gesichter und das Fehlen jeder herzlichen Begrüßung erschreckte ihn. Doch als er seinen Blick über diese feierlichen Fremden schweifen ließ, wobei er nur die Hälfte der förmlichen Reden mitbekam, die zu diesem Anlaß gehalten wurden, sah er, wie dünn und elend viele aussahen. Ihre Kleider, teils aus Fell, teils aus gewebten Fasern gemacht, waren schmutzig und zerrissen, ihre Haare ungekämmt. Die dünnen Arme und Beine der kleinen Kinder ließ erkennen, welch harte Zeit hinter ihnen lag. Insgesamt zählte Sarn weniger als die Hälfte seines eigenen Volkes, vielleicht zehnmal zehn. Sie hatten sich im Windschatten des Hügels aus Ästen und Zweigen Unterschlüpfe gebaut, die vor Regen und Kälte aber gewiß keinen Schutz boten. Zum erstenmal verstand Sarn, was Tamas Volk durchgemacht hatte.

Doch so grimmig und wild ihr Aussehen war, so groß war ihre Geduld. Sie lauschten ruhig den Worten der Ältesten, die das Schäfervolk willkommen hießen, noch einmal die Gründe ihres Weggehens aus dem Land der großen Wälder aufzählten und ihre Entschlossenheit versicherten, ein neues Dorf zu gründen, Gärten anzulegen, und ihr Volk zu neuer Stärke erblühen zu lassen. Die Schäfer waren müde von der Reise und wollten nur etwas essen, sich ausruhen und mit den Leuten des Hirschvolkes fröhlich plaudern. Kein Wunder, daß sie sich unruhig hin und her bewegten während der langweiligen und sich ständig wiederholenden Reden der Alten. Sarn fing Tamas Blick auf und lächelte. Tama lächelte zurück, aber er wirkte beinahe etwas schuldbewußt. Doch dann war es soweit: Häuptling Da Nala erhob sich, trat ein paar Schritte nach vorne und sprach. Sarn hatte sich Ke Ralas Vater als einen großen und mächtigen Herrscher vorgestellt, aber der Häuptling war nur mittelgroß, hatte hochgezogene Schultern und einen verkrüppelten Arm, der an der einen Seite unbrauchbar herunterhing. Allerdings zeigte er, daß er gesunden Menschenverstand besaß, was seinen Gästen sehr gefiel.

»Es ist Sitte bei uns, den Ältesten Gelegenheit zu geben, bei bedeutenden Ereignissen ihre Weisheit darzulegen. Das haben sie getan, bis auf den Alten Vater, der heute nicht zu sprechen wünscht. Wir werden noch weitere Tage zusammen sein, an denen wir auch ihm zuhören können.«

»Ich weiß, daß ihr einen weiten Weg hinter euch habt. Mein Sohn hat mir schon etwas über euer Volk in den freundlichen Häusern am Langen Wasser erzählt. Ich bedaure sehr, daß wir euch keine Annehmlichkeiten und keine Unterkunft anbieten können. Wir können euch für die großzügigen Geschenke, die ihr mitgebracht habt, nichts geben. Das größte Geschenk aber, das ihr uns gemacht habt, ist die Hoffnung. Die Hoffnung darauf, daß sich unser Volk in diesem neuen Land ansiedeln kann, sicher vor Hunger und Unwetter. Unsere Frauen mögen jetzt das Essen für unsere Gäste bereiten.«

Der Häuptling setzte sich hin. Dann folgte eine Unterbrechung. Die Hirten spürten, daß man erwartete, einer von ihnen würde etwas sagen. Doch da sie nicht an derartige Förmlichkeiten gewöhnt waren, war niemand darauf vorbereitet. Unter regem Geflüster und Gelächter wurde schließlich einer der älteren Männer nach vorne geschoben, um den Dank zu erwidern. Mit leiser, stotternder Stimme drückte er ihre Dankbarkeit für den Empfang aus und kündigte dem Hirschvolk weitere Hilfe an, doch konnten viele gar nicht verstehen, was er sagte. In dem feierlichen Halbkreis der Zuhörer des Hirschvolkes ließ dennoch keiner die geringste Unruhe erkennen; nur aus der Gruppe der Schäferleute wurden dem Alten ein paar wohlgemeinte Zurufe und Ermahnungen entgegengeschleudert, endlich zum Ende zu kommen. Als er dann immer noch vor sich hin murmelnd, zu seinem Platz zurückging, wurde er von den anderen ziemlich unsanft auf den Boden gezogen. Jetzt begannen die jungen Schäfer zu lachen und zu reden, ihre Beine auszustrecken und aufzustehen. Das Hirschvolk jedoch erhob sich auch dann noch nicht, sondern wartete ab, bis die Ältesten, einer nach dem anderen, in Richtung der schwelenden Kochfeuer gegangen waren.

Tama und Hora kamen sofort herüber und grinsten Sarn und seine Freunde erleichtert an.

»Unsere alten Männer reden immer weiter und weiter, wie der Wind«, beschwerte sich Hora. Tama murmelte schwach: »Das ist bei uns so Sitte.«

Jetzt kam Ke Rala nach vorne und berührte Sarn am Arm. »Mein Vater möchte dich gerne sprechen und dir für eure Hilfe und Freundlichkeit danken.«

»Nur mich?« fragte Sarn erstaunt.

Ke Rala schien ein bißchen verlegen. »Euer Volk hat keinen Anführer. Das ist ein bißchen schwierig für uns – aber es waren deine Eltern, die uns vor allen anderen herzlich aufgenommen haben.«

Als Sarn Ke Rala widerstrebend folgte, blickte Tama zu Gilda hinüber. Sie schaute mißbilligend drein, und in ihrem Gesicht zeichnete sich eigensinnige, kalte Wut ab.

»Spricht euer Häuptling nicht mit Frauen?«

Sanft, aber etwas verwirrt, erklärte Tama: »Wir haben andere Sitten und Gebräuche als ihr, Gilda. Ein Häuptling würde nie einer Frau für etwas danken, was von ihr ohnehin erwartet wird. Aber komm jetzt, ich mache dich mit ein paar Leuten aus unserem Volk bekannt.«

Langsam begannen sich die beiden Gruppen etwas zu vermischen. Hora nahm Rad und andere mit, um sie seinen Eltern vorzustellen. Ke Rala brachte Sarn zurück und bat Gilda und die anderen Mädchen, sie seiner Mutter vorstellen zu dürfen. Die einbrechende Dunkelheit ließ alle näher um die Kochfeuer zusammenrücken. Die körperliche Nähe, das gemeinsame Essen und die natürliche Freundlichkeit der Schäferleute trugen zur Überwindung des Mißtrauens und der Zurückhaltung bei. Die Frauen des Hirschvolkes befingerten neidisch die wollenen Kleidungsstücke der Hirtenmädchen; sie untersuchten die geflochtenen Essenskörbe und fanden sie ganz ähnlich denen, die sie selbst fertigten. Es wurde viel über Essen und Jagen geredet, und die Leute vom Hirschvolk versuchten neugierig alle Speisen, die sie nicht kannten. Dagegen fiel auf, daß die Hirten nichts von den gebratenen Schafen aßen.

Als das Essen vorüber war, blieb niemand länger am Feuer sitzen. Das Hirschvolk bestand darauf, daß die Gäste in der Höhle übernachteten, die Tama und Rua im vorigen Sommer bewohnt hatten, während sie selbst in ihren behelfsmäßigen Hütten am Fuße des Hügels zusammenkrochen.

Am nächsten Morgen trafen sich Ke Rala, Tama und Hora mit dem Alten Weisen, da sie am Abend vorher nicht viel

Gelegenheit gehabt hatten, sich mit ihm zu unterhalten. Er hörte allem, was sie über das Dorf am Langen Wasser und die Sitten und Gebräuche seiner Bewohner erzählten, gelassen zu. Besonders interessiert zeigte er sich an ihren Berichten über die Nahrungsquellen und die Handwerkskünste. Das Fehlen eines richtigen Anführers und einer klaren Vorstellung von Gott schien den alten Mann fast zu befriedigen.

»Es ist offensichtlich«, sagte er am Ende von Ke Ralas Bericht, »daß uns dieses Volk außer ein paar nützlichen handwerklichen Fähigkeiten wenig zu lehren hat. Ihre Lebensweise ist nicht die unsere. Sie verehren Ka Balu nicht. Er allein ist unsere Stärke. Sie haben großes Glück gehabt, diesen günstigen Ort für ihr Dorf gefunden zu haben, wo sie reichlich zu essen finden und vor Unwettern geschützt sind. Aber sie unterweisen ihre jungen Leute nicht, Ka Balu zu gehorchen und im Rahmen seiner Gesetze zu leben. Es ist nicht gut, den Jungen so viel Freiheit zu geben, wie sie es mit ihren Knaben und Mädchen tun. Eine derartige Zügellosigkeit kann die Männer zu weibisch machen. Das ist nicht unsere Sitte.« Der alte Weise sah Hora mit vorwurfsvollen Augen an. »Als du das junge Mäh-mäh getötet hast, hast du da den Mann und das Mädchen nicht gesehen?«

»Nein, Vater, sie waren auf der anderen Seite des Felsens.«

Der alte Mann war eine Weile still. Er kratzte mit einem Stock seine Muster in den Sand und wischte sie wieder aus. Als er schließlich weitersprach, redete er ganz leise, wie zu sich selbst, ohne dabei den Kopf zu heben. »Einmal ist nun schon Blut zwischen zwei Stämmen vergossen worden. Es wird nicht dabei bleiben.«

Dann schwieg er wieder, und die Jungen sahen die Leute um sich herum an, die lachend und redend in der Sonne hockten, während die Kinder am Rande des Wassers planschten. Am liebsten wären sie aufgestanden und gegangen, aber sie trauten sich nicht, ohne die Erlaubnis des Alten Weisen. Als er endlich hochblickte, kam er auf eine ganz andere Angelegenheit zu sprechen.

»Wir erwarten heute die Jäger zurück, die ausgesandt

wurden, um das Land auf der anderen Seite des großen Flusses auszukundschaften. Ich habe mit Da Nala und den Ältesten geredet, die der Meinung sind, wir sollten von hier weggehen. Dieser Ort ist zu nah an dem versunkenen Dorf. Hier gehen böse Geister um. Und da wir jetzt wissen, daß in den Hügeln auch noch andere Menschen leben, müssen wir einen neuen Platz für unser Dorf finden.«

Damit entließ er sie. Tama war sofort der Gedanke durch den Kopf geschossen, daß ihn der Umzug von Sarn und Gilda trennen könnte. Ke Rala drückte seine Enttäuschung in Form von Bedenken aus, daß es nicht gut wäre, allzuweit von dem Schäfervolk wegzuziehen, da sie dann deren Hilfe und Freundschaft verlieren könnten.

»Sie sind sehr gut zu uns gewesen«, sagte Hora. »Warum wollen die Ältesten die Hilfe, die uns angeboten wurde, nicht annehmen? Wir könnten unser Dorf dort gründen. Es gibt reichlich Nahrung. Tama, der Alte Vater hört auf dich. Sprich mit ihm, versuch ihn zu überzeugen, daß das Schäfervolk uns beim Hausbau helfen könnte.«

»Warten wir lieber erst einmal ab, was die Jäger von dem Land jenseits des großen Flusses berichten.«

Tama machte sich auf die Suche nach Sarn, um ihm von der Entscheidung der Ältesten zu erzählen. Sarn war genauso enttäuscht wie Tama, hoffte jedoch mit seinem üblichen sonnigen Optimismus, daß das Hirschvolk nicht weit wegziehen würde.

»Manchmal sind einige von uns tagelang in den Ebenen unterwegs, nur um das Land zu erkunden. Auf der anderen Seite des großen Flusses gibt es gutes Land. Das ist nur zwei bis drei Tagesmärsche hinter unserem Dorf. Wir werden ja sehen.«

Es war mitten am Nachmittag, als man die Jäger den Strand entlang zurückkommen sah. Nach den formellen Besuchen beim Häuptling und beim Alten Vater verbreitete sich schnell die Nachricht, daß jenes Land auf der anderen Seite des großen Flusses gut war. Es gab reichlich Wasser dort, die sandigen Hügel am Meer waren voller Langohren, in den Grasebenen weiter im Landesinneren weideten große

Herden von Mäh-mähs, und sogar Fährten von Langhörner waren gesichtet worden. Sie waren sogar noch weiter nach Norden vorgestoßen bis zu einem anderen Fluß, der nicht so tief und breit war wie jener erste, den sie überquert hatten; dort waren sie dann wieder umgekehrt. Alle vier waren begeistert über das Land zwischen den beiden Flüssen.

»Es ist schön und näher bei den Bergen als dieser Ort. Es gibt Aale in den Flüssen, Fische in den Fluten des Meeres, Tiere zum Jagen und viel Holz für unsere Häuser. Es sieht beinahe wie unser altes Zuhause aus.

Der Alte Vater, Da Nala und die Ältesten setzten sich an diesem Abend zur Beratung zusammen. Alle waren sich einig: Der Stamm sollte in das Land zwischen den beiden Flüssen ziehen. Es war Sache des Alten Vaters, die Vorzeichen nach der richtigen Zeit für den Aufbruch zu befragen, wobei sich ergab, daß das in zwei Tagen sein würde.

Die Gruppe der Schäferleute debattierte über diese Entscheidung, und sie beschloß, daß die meisten von ihnen nach Hause zurückkehren würden. Nur Sarn, Rad, Gilda, Cara und drei andere sollten hierbleiben, um das Hirschvolk zu begleiten, und den für die Dorfgründung gewählten Platz näher in Augenschein zu nehmen. Außerdem sollten sie erkunden, auf welche Weise die Schäfer dem Hirschvolk am besten bei ihrer Neuansiedelung helfen könnten. Als Ke Rala seinem Vater mitteilte, daß nicht alle Schäferleute am nächsten Tag wieder nach Hause zurückkehren würden, schien der Häuptling darüber nicht sehr glücklich zu sein.

»Sie meinen es gut«, sagte er. »Aber wir können uns um uns selbst kümmern. Ich will nicht weiter Hilfe annehmen, die wir in keinster Weise vergelten können.«

»Wir müssen denen, die jetzt in ihr Dorf zurückgehen, Geschenke mitgeben.«

Bevor sich die Gruppe der Hirten am nächsten Tag auf den Heimweg machte, rief Da Nala seine Leute zusammen und dankte den Besuchern im Namen aller für ihre Geschenke. Die Menschen seines Volkes wollten ihrer Dankbarkeit Ausdruck verleihen, indem sie ihre Freunde baten, ein paar unwürdige Gegengeschenke anzunehmen. Die Hirten, die sich der Armut ihrer Gastgeber bewußt waren, zeigten sich äußerst gerührt und hielten dagegen, daß sie keine Geschenke außer dem Geschenk der Freundschaft nötig hätten. Da Nala aber blieb hart und sagte, sein Volk könne nicht zulassen, daß sie mit leeren Händen nach Hause zurückkehrten. Und so wurden die Geschenke nach vorne gebracht und angenommen: einige Umhänge aus Oppossumfell, verschiedene Bogen und Köcher mit Pfeilen, eine Wasserflasche aus Hirschfell, eine Flöte, mehrere Paar neuer Flachssandalen und ein Korb mit frischem Fisch. Sarn standen die Tränen in den Augen, als er seine Gefährten beim Annehmen der Geschenke betrachtete. Er wandte sich an Tama.

»Wir werden euch auf dem Weg helfen, genügend zu essen zu finden. Wenn ihr dann erst einmal den Platz gewählt habt, an dem ihr euer neues Dorf errichten wollt, und wir verstehen, wie ihr eure Häuser baut, werden wir heimgehen und euch die Werkzeuge bringen, die ihr braucht. Wir werden alles, was uns möglich ist, tun, euch zu helfen.«

Tama legte den Arm um die Schultern seines Freundes. »Ihr seid gut zu uns«, sagte er einfach.

4

Die Sonne ging über dem Meer auf, kletterte hoch und flammte hinter den blauen Berggipfeln hervor. Der Fluß strömte in Richtung des Sonnenaufgangs, ergoß sich in eine Salzwasserlagune, die von einer Vielzahl von Wasservögeln bevölkert war, um schließlich hinter einer lang auslaufenden Sandbank im Norden ins Meer zu münden. Von seiner Quelle in den Bergen floß er zwischen niedrigen, bewaldeten Hügeln etwa den Tagesmarsch eines Waffen tragenden Jägers dahin und vermengte sich dann mit den Wassern der schilfbestandenen Lagune. In Hörweite des Meeres, durch den Wald vor den starken Böen des Seewindes geschützt, baute das Hirschvolk sein neues Dorf auf einer kleinen Terrasse über dem Fluß, die nach Norden zur Sonne hin zeigte und hinter sich im Süden von hohem Wald umstanden war.

Da Nala und die Ältesten hatten dem Alten Weisen schweigend zugesehen, als er die Steine zur Befragung der Vorzeichen geworfen hatte. Dreimal waren sie in ein ähnliches Muster gerollt, das den zum Meer hin fließenden Fluß nachzuzeichnen schien. Gute Zeichen. Nur Tama hatte beim Werfen der Steine zusehen dürfen. Es war eine heilige Zeremonie, einen Ort nach seinen sinnlichen und geistigen Eigenschaften zu befragen, um herauszufinden, ob er für das Errichten einer dauerhaften Wohnstätte geeignet war. Keiner der Ältesten hatte diese Art des Orakels schon einmal gesehen. Es war bisher nicht nötig gewesen. Die Zeremonie, die dem am nächsten kam, war die gelegentliche Befragung der Götter beim Bau eines Hauses, doch auch das war nur alle paar Jahre vorgekommen. Ein tiefes Schweigen erfüllte Tama und die anderen, als sie mit gespannter Erwartung sahen, wie die Steine auf dem kleinen, von Ästen und Zweigen freigefegten Platz in ihr Muster fielen. Die vergangene Nacht hatte der Alte Weise allein an diesem Ort zugebracht, um Rat bei Ka Balu zu suchen. Keine bösen Einflüsse hatten die ruhige Nacht gestört, die nur von der winzigen Sichel des neuen Mondes erhellt wurde, der sich im goldglühenden Abendrot über den Bergen scharf abzeichnete. Tama hatte gehofft, mit dem Alten Vater die Nacht durchwachen zu dürfen, aber ihm war mit aller Deutlichkeit klar gemacht worden, daß er noch weit davon entfernt war, solche geheimen Seelenreisen mitzumachen. Schon allein die Erlaubnis, beim Steinewerfen zuschauen zu dürfen, durch das die Lage des Hauses des Häuptlings und des Langhauses für die Versammlungen der Ältesten festgelegt wurde, war ein heiliges Amt für einen jungen Priester, der darüber kein Wort verlieren durfte.

Mit überkreuzten Beinen und den Händen auf den Knien hatte Tama unter den wispernden Bäumen und dem unbekümmerten Vogelgezwitscher am Rande dieses Sees aus menschlichem Schweigen ehrfürchtig zugesehen, wie die bedeutungsvollen Steine geworfen wurden. Sie fielen in ein Muster, das einem schützenden Arm glich, der die Häuser des Dorfes umschloß. Später am Tag erklärte der Alte Weise Tama die Zeremonie.

»Hier siehst du, wie die Götter für uns sorgen. Die Häuser der Dorfbewohner sind in diesen drei Reihen und schauen den Abhang zum Fluß hinunter. Wir werden die Bäume zwischen den Häusern und dem Fluß fällen, damit die Sonne unsere Häuser wärmen kann. Hier, am flußaufwärts gelegenen Ende des Dorfes, befindet sich das Haus des Häuptlings. Hinter dem Dorf, zum Wald hin, ist das Langhaus, und am flußabwärts gelegenen Ende des Dorfes wird das Haus stehen, das wir für dich und mich bauen wollen. Die Kraft Ka Balus fließt mit dem Fluß von den Bergen herunter, konzentriert sich in der Autorität des Häuptlings, umfließt die Häuser kreisförmig vom Langhaus bis zum Haus des Priesters und kehrt dann wieder zum Fluß zurück. Auf diese Weise wird die Macht des Häuptlings und die Weisheit der Ältesten vom lebendigen Fluß des Geistes zum Priester hin getragen, dessen Aufgabe es sowohl ist, alles zu kennen, was im großen Plan vorgesehen ist, wie auch nur zu erlauben, was für sein

Volk von Nutzen ist. Mein Haus, das eines Tages, wenn ich den Weißen Hirsch geritten habe, auf dich übergeht, soll auf der Anhöhe am Ende der Terrassen gebaut werden. Es wird flußaufwärts über das Dorf und den Wald zu den Bergen hinblicken zu dem Land, in dem wir geboren sind und aus dem wir stets unsere Kraft beziehen werden.«

Der alte Mann hielt inne. Unten am Fluß rauchten die Kochfeuer bei den einfachen Hütten, die die Männer im Laufe des Tages errichtet hatten. Alle freuten sich über die Entscheidung der Ältesten. Endlich war der Moment gekommen, neue Häuser zu bauen und Gärten anzulegen, damit aus dem umherziehenden Haufen wieder ein richtiges Volk werden konnte. An diesem wunderschönen Ort würden sie in Sicherheit leben und Nahrung anbauen können, so daß sie nie mehr Hunger leiden mußten. Hier würden ihre Kinder zu Männern und Frauen heranwachsen; hier war die Gefahr von Krankheit und beschwerlichem Leben gebannt. Ai-jeee! Jetzt stand ihnen erst einmal ein langer Sommer mit reichlich Essen und einem Dach über dem Kopf bevor. Erst später, viel später würde der Winter wiederkommen.

»In der nächsten Zeit«, sagte der Alte Weise, »wenn jeder mitanpacken muß beim Bäumefällen und Zurichten des Holzes für unsere Häuser, beim Umgraben der Gärten und Pflanzen der Samen, die uns das Schäfervolk versprochen hat, mußt du mit den anderen arbeiten. Einen oder vielleicht zwei Monde lang müssen dich meine Unterweisungen bei der Arbeit begleiten, die du mit deinen Brüdern teilst. Auch die Hände haben dem Geist viel beizubringen.«

Steif erhob sich der Alte, um zum Fluß hinunterzugehen, doch Tama blieb stehen und schaute zu den Bergen hinauf.

»Vater, ich möchte noch eine Weile hierbleiben und horchen. Ich kann später essen.«

Der Priester hielt inne und drehte sich zu Tama, um ihn anzusehen. Sein graues Haar, seine dunklen Augen und sein runzeliges Gesicht schienen unendlich alt und traurig zu sein, als er und Tama sich so anblickten.

»Ich verstehe, Tama. Es gibt hier Stimmen, die du alleine hören mußt. Das ist richtig so. Du wirst noch lange, nachdem ich meine Arbeit getan habe, in diesem Land Priester sein. Ich werde zusehen, wie das Dorf gebaut wird, aber du wirst sehen, wie die Häuser alt werden und verfallen und wieder neue Häuser gebaut werden. Du wirst hier alt werden, ebenso wie Ke Rala und Hora. Mit der Zeit wirst du eins mit dieser Erde hier sein, aber diese Zeit liegt noch weit in der Zukunft. Höre auf die Stimmen. Mögen sie dir immer zugänglich sein.«

Tama blieb stehen, bis der alte Mann hinter den Bäumen verschwunden war. Erst dann bahnte er sich seinen Weg durch Büsche und Baumstümpfe hindurch am Rande der Terrasse entlang den Hang hinauf zu der Stelle, an der das Haus des Priesters entstehen würde. Der warme Wind, der den ganzen Tag über in wilde Böen geweht hatte, hatte sich nun gelegt. Die Sonne war untergegangen. Von einer Stelle zwischen zwei großen Bäumen oben auf der Anhöhe konnte Tama den Fluß hinaufsehen und mit den Augen den Schleifen folgen, mit denen er sich durch den Wald und weite Teile des Graslandes wand. Der Schatten hatte seinen dunkelvioletten Schleier über den Hügelkamm und das Tal der Berge in der Ferne gelegt. Über den blitzenden Schneekuppen auf den Gipfeln wechselte ein klarer Himmel seine Farbe von blaßblau zu einem geheimnisvollen Blaugrün, gekrönt von einem ausladenden Wolkenflügel, dessen zerzauste Federn aus dem Land von Tamas Kindheit herauszuwachsen schienen, um sich anschließend über die Ebenen und Täler seiner neuen Heimat auszubreiten. Während er den Wolkenflügel betrachtete, erglühte dessen Unterseite in der Farbe der versunkenen Sonne und wurde in ein flammendes Rot getaucht, das die Hügel, den Wald und Tamas himmelwärts gerichtetes Gesicht färbte und selbst im Wasser des Flusses zu brennen schien.

»Das ist Ka Balu, der Himmelskönig«, flüsterte der junge Mann. »Er hat seinen schützenden Flügel über uns gebreitet. Es ist ein Zeichen, daß er auch hier in diesem neuen Land mit uns ist.«

Bei diesem Gedanken fühlte er zum erstenmal, seit er seine alte Heimat verlassen hatte, wie sich die Stärke seines

Wesens in ihm zusammenballte und ihn überflutete, um sich mit der Kraft seines Gottes zu vereinigen. Er reckte die Arme zum Himmel, und die Worte des Geistes flossen aus ihm zum Lobpreis seines Gottes.

Ka Balu, der Himmelskönig,
der große Wächter über die Menschheit,
ist mit seinem Volk
in einem neuen Land.

Über den Fluß unserer Sehnsucht
breitet er seine Flügel
die Farben seines Leibes
sind der Trost unserer Herzen.

Hinter den Bergen
hat er sich erhoben
und sieht zu uns herab, über die Wälder
unserer verlorenen Heimat.
Dort ist er mit den alten Eltern,
die wir verlassen haben.
Dort ist er mit meiner Ziehmutter Rini
in den verfallenden Häusern
beim grauen Meer.

Ai-jeee! Meine Eltern, meine Verlorenen
ich erinnere mich eurer
in einem neuen Land
und singe eure Namen.
Ich singe für Rua und Tula, meine Brüder,
in ein neues Land pflanze ich eure Namen
damit sie verwachsen mögen
mit dem meinen.

Ka Balu hat viele Körper,
der Große Hirsch verwandelt sich in einen Vogel,
um zu uns zu fliegen; wir schlafen
im Schatten seiner Schwingen.

Nachdem er geendet hatte, ließ Tama die Arme fallen und sank erschöpft gegen den Stamm eines Baumes. Seine Kraft war verbraucht. Er sah zu, wie die Farbe der Wolke allmählich verblaßte, das Karminrot des Flügels in Grau überging; doch der klare Fleck am Himmel blieb lange Zeit unverändert ruhig, während in ihm Frieden einkehrte. Erst einige Zeit später, als der Weg in der Dunkelheit fast nicht mehr zu erkennen war, stand er auf und ging vorsichtig den Abhang zum Fluß hinunter, wo die Leute fröhlich um die Kochfeuer saßen, redeten, aßen und lachten, während der Rauch von einer sanften Brise den Fluß entlang, zum unsichtbaren Meer hin, getragen wurde.

Die Tage wurden länger und wärmer, und das Hirschvolk arbeitete mit neuer Kraft und Zielstrebigkeit. Nachdem klar war, daß der Vorrat an Breitbeilen, Holzhämmern und Grabwerkzeugen nicht ausreichte, um alle zu beschäftigen, kehrten die Schäfer in ihr Dorf zurück und holten eigene Werkzeuge, um die Arbeit zu beschleunigen. Jedesmal bevor ein Baum gefällt wurde, sprach der Alte Weise mit dessen Geist und bat um Verständnis, daß das Hirschvolk sein Holz brauche, bat ihn auch, dort hinzufallen, wo es vorgesehen war, und stimmte zum Abschluß ein Lied an, um das Leid des Gefälltwerdens zu lindern.

»Bei uns gibt es diese Sitte nicht mehr«, erzählte Sarn Tama, »aber ich glaube, daß unser Volk früher ebenso vorging. Wir achten die Bäume und fällen sie nur, wenn es unbedingt nötig ist. Manche von uns haben besondere Bäume, die sie aufsuchen, wenn sie traurig oder krank sind. Bäume haben heilende Kräfte.«

Das Fällen eines großen Totara-Baumes und einer Tanne mit Steinbeilen war zwar anstrengend, aber es gab genügend willige Arme, die dennoch weitermachten. War ein Baum schließlich gefällt, wurden seine Äste abgehackt, und die Männer setzten sich mit ihren Breitbeilen rittlings auf den Baumstamm, um die Rinde abzuschälen und den Stamm zu einer Säule mit geraden Seiten zuzurichten. Mit Beil, Hammer und Keilen wurde dann die Säule in lange Planken zerteilt, die mit leichteren Breitbeilen in einem Wellenmuster entlang der Maserung geglättet wurden. Bei ihrer Rückkehr aus dem Dorf am Langen Wasser hatten die Schäfer außer den anderen Werkzeugen eine Axt mitgebracht, die sie nicht selbst gemacht hatten. Chard hatte sie bei einem Ausflug an den Rand des untergegangenen Dorfes gefunden. Sie war nicht aus Stein, sondern aus einem glatteren Material, dessen Kante Chard zugeschliffen hatte, bis sie so scharf war, daß man damit die Haare eines Mannes von seinen Beinen rasieren konnte. Verbunden mit einem neuen, festen Griff war es ein ausgezeichnetes Werkzeug.

Doch der Alte Weise verbot, es zu benutzen, verbot sogar, es im Dorf zu behalten. Rad mußte es weit vom Dorf wegtragen und an einem Ort verstecken, wo er es später wiederfinden könnte, um es an Chard zurückzugeben. Er war verärgert darüber, daß der Alte Weise es sofort abgelehnt hatte, und ließ sich darüber bei Tama aus.

»Es ist doch nur ein Werkzeug, aber eines, das viel schärfer ist als unsere. Wenn Chard gedacht hätte, daß es irgendwie Unheil bringt, hätte er es uns bestimmt nicht angeboten. Manche von euren Bräuchen hindern euch daran, Neues zu lernen.«

»Es gibt ein Dunkles Wissen, das man besser nicht kennt«, sagte Tama.

»Das glaubt ihr. Wir glauben das nicht. Wenn man eine bessere Art findet, etwas zu tun, dann benutzen wir sie auch. Das hat uns Shan so gelehrt.«

Den ganzen Tag hallte die Flußterrasse wider vom Geräusch der Steinbeile auf Holz, vom Herabdonnern großer Bäume, die beim Fällen auf die Erde stürzten und sie erzittern ließen, und von den triumphierenden Schreien schwitzender Arbeiter. Es wurden Löcher gegraben für die Pfähle der Häuser, die dann unter den schweren Schlägen der Holzhämmer eingerammt wurden. Zwar errichteten die Zimmermänner des Hirschvolkes die Häuser auf althergebrachte Weise, doch zeigten sich viele interessiert an den Berichten über die Fenster, die die Hirten bei ihren Häusern freiließen. Nach langen Gesprächen mit den Ältesten wurde beschlossen, daß Familien, die dies wollten, Fenster in ihre

Häuser einbauen könnten, die mit Läden auszustatten wären, um sie für den Winter verschließbar zu machen. Andere wollten jedoch lieber ihre fensterlosen Wände behalten, an die sie gewöhnt waren.

Jeden Tag gingen die Frauen und Kinder zum Strand, um Muscheln zu sammeln, Vögel mit Netzen oder Speeren zu fangen, während ein paar junge Männer Jagd auf Langohren und Schafe machten. Wann immer Schafe gebracht wurden, hielten sich die Männer und Frauen des Hirtenvolkes fern von dem Ort, an dem sie zerteilt und gekocht wurden, und aßen nicht von dem gebratenen Fleisch.

Da das Hirschvolk die Pflanzen des Waldes, der hier trockener und lichter war als die Wälder ihrer Heimat, noch nicht kannten, hüteten sie sich, unbekannte Beeren, Blätter und Wurzeln zu essen. Manche erkannten sie freilich auch wieder, wie etwa den Fuchsienstrauch. Aber seine Beeren waren noch nicht reif, deshalb bestand ihre Nahrung ausschließlich aus Fisch, Vögeln und Fleisch anderer Tiere. Mittlerweile schritt die Rodung des Waldes für das Ackerland gut voran, die Erde wurde für das Aussäen der von den Schäfern versprochenen Samen umgegraben. Der Vorschlag, das Hirschvolk sollte Schafe halten, um deren Wolle zu verarbeiten, war von den Ältesten abgelehnt worden.

»Es ist zu früh«, sagten sie. »Wir müssen zuerst unsere alten Sitten und Gebräuche wieder zum Leben erwecken, bevor wir neue Wege ausprobieren können.«

Auch wenn es den Schafhirten so schien, die Ältesten verweigerten ihrem Volk das Leben in größerer Bequemlichkeit, sagten sie nichts, sie boten an, dem Hirschvolk zu zeigen, wie sie Tonziegel zum Bau von Kaminen herstellten. Es fand sich zwar kein geeigneter Ton in der Nähe, aber es hatte sich gezeigt, daß es ein Stück weiter flußaufwärts eine geeignete Stelle gab. Weil es zu weit war, den nassen Ton zurückzutragen, bekamen Tama und Ke Rala die Erlaubnis, mit Sarn, Rad und ein Paar anderen Hirten hinzugehen, den Ton auszugraben, einfache Ziegel herzustellen und sie dann zurück zum Dorf zu bringen. Insgesamt würden sie sechs bis sieben Tage wegbleiben. Tama freute sich über die Aussicht, ein paar ruhige Tage mit seinen Freunden im Freien verbringen zu dürfen, weit weg vom lärmenden Getriebe, Geschrei und manchmal auch Streit der müden Zimmermänner. Außerdem würde Gilda mitkommen, die gerade mit zwei Freundinnen aus ihrem Dorf zurückgekehrt war.

»Ich werde euch zeigen, wie man Tontöpfe macht«, versprach sie Tama.

Den ersten Morgen verbrachten sie mit dem Ausgraben des blauen Lehms, der durch einen Erdrutsch am Flußbett freigelegt worden war. Schon allein das Entfernen der Zweige und Kieselsteine brauchte einige Zeit. Danach führten zwei der Hirten vor, wie man den Lehm zu Lehmstrich verarbeitete, damit er eine feste, gut verarbeitbare Zusammensetzung bekam. Dann wurden rechteckige Ziegel herausgeschnitten, geglättet und zum Trocknen in die Sonne gelegt.

»Wenn sie ein oder zwei Tage in der Sonne gelegen haben, machen wir ein Feuer, das wir zwei bis drei Tage lang am Glühen halten und legen die Ziegel im Kreis um den Rand des Feuers. Wir drehen sie dann regelmäßig herum, damit alle Flächen gleichmäßig trocknen.«

Der Töpfer hockte auf seinen Fersen, klatschte auf den nassen Ton und stellte mehrere Ziegel her, bevor der die Männer des Hirschvolkes aufforderte, sich mit den eigenen Händen an dem Ton zu versuchen. Tama empfand eine tiefe Befriedigung, als er den Ton zu einer verarbeitbaren Form zusammenknetete, obwohl sein erster Ziegel bei Gilda schallendes Gelächter auslöste, als er langsam in der Mitte in sich zusammenzufallen begann.

»Du hast ihn zu feucht gemacht. Versuch es noch einmal. Aus solchen wie dem hier kannst du nie einen Kamin bauen.«

Das Verfahren, besonders das langsame Trocknen am Feuer, ließ einen widerstandsfähigeren Ziegel in dauerhafter Zusammensetzung entstehen, als es die in der Sonne getrockneten Tonplatten waren, die das Hirschvolk bisher für den Kaminbau benutzt hatte. Tama fand es überraschend, daß sein eigenes Volk zwar Lehmziegel herstellte, jedoch nie versucht hatte, diese nützlichen Schüsseln und Vorratsgefäße zu machen, die in allen Häusern der Hirten zu sehen waren. Wieder wurde ihm bewußt, wieviel das Hirschvolk von der Lebensweise des Dorfes beim Langen Wasser lernen konnte.

Als sie mit der Tagesarbeit fertig waren, gingen sie zum Schwimmen an den Fluß, setzten sich zum Essen um das Feuer und führten ein heiteres Abendgespräch, bei dem sie sich gegenseitig hänselten, lachten und sangen. Die glückliche Kameradschaft erinnerte Tama an seine Lange Wanderung, die er im letzten Jahr zusammen mit seinen Clanbrüder unternommen hatte – an das Erkunden der Meeresküste, der Flüsse und Hügel und an das Schlafen unter dem klaren Sternenhimmel bei Nacht. Diesmal waren allerdings auch Mädchen dabei. Er beneidete Ke Rala um sein sicheres Auftreten, seine innere Haltung und seinen gleichermaßen freundlichen Umgang mit allen drei Mädchen. Aber er war entsetzt, als er zufällig hörte, auf welche Weise zwei der Mädchen voller Bewunderung über Ke Rala sprachen:

»Ich würde mich jederzeit zu ihm legen«, sagte die eine. »Aber er ist zu stolz, um uns zu nehmen. Weshalb sollte es etwas Besonderes sein, ein Häuptlingssohn zu sein?«

»Gilda könnte ihn haben, wenn sie wollte«, sagte die andere. »Sie kriegt jeden Mann, den sie will.«

Tama ging lautlos außer Hörweite. Seine Wangen brannten, und Eifersucht flammte in seiner Brust. War er in Gildas Nähe, fiel ihm nicht viel ein, über das er reden könnte, aber jetzt lag ihm ein Schwall von wütenden Worten auf der Zunge, die er ihr gerne entgegengeschleudert hätte. Waren die verheißungsvollen Blicke, das sanfte Necken zwischen ihnen beiden eine bloße Anwendung von Fähigkeiten, die sie schon bei vielen anderen Jungen geübt hatte? Er wünschte, er hätte Horas sorgloses, großspuriges Selbstvertrauen, seine Fähigkeit, jegliche Art von Kritik lachend abzutun, seine Dreistigkeit, durch die sich sogar Gilda manchmal zu langen neugierigen Seitenblicken hinreißen ließ. Vielleicht liegt es daran, daß sie alle ein bißchen älter sind als ich, dachte er. Sie wissen mehr. Im nächsten Jahr wird es auch für mich leichter sein, mit Mädchen zu reden.

Am Nachmittag des vierten Tages wurde entschieden, daß jetzt genügend Ziegel gemacht waren, um sie den Ältesten zur Begutachtung vorzulegen. Man würde Körbe brauchen, in denen man sie tragen konnte. So machten sich einige auf, um Flachs zu sammeln. Tama ging alleine los, auf der Suche nach Einsamkeit, die er in der Lehmgrube nicht finden konnte. Seit ihrem Zusammentreffen mit den Schäferleuten war sein ganzes Wesen in Aufruhr. Das erregte und beunruhigte in zugleich. Es war, als sei er gezwungen, Fremde zu dem Ort innerer Sicherheit vorzulassen, der immer nur seine ureigene Zuflucht gewesen war; ein Ort, an dem alles seinen Platz hatte und an dem er in Stille verharren konnte, um auf die Stimmen und Lieder zu warten, die aus dem Reich Ka Balus zu ihm drangen. Doch diese Sicherheit war jetzt verschwunden, war einer Gefahr gewichen. Sein Geist wurde von Gedanken und Wünschen bedrängt, die er nicht beherrschte. All die Lehren des Alten Vaters schienen nicht zu genügen, die ausgeglichene Ganzheit des wahren Tama aufrechtzuerhalten.

Wären die Hirten Feinde, die man hassen oder bekämpfen konnte, wäre es leichter gewesen, sich mit all seiner Kraft dagegen zu wehren, doch Tama empfand nur herzliche Freundschaft und Liebe für die Schäfer. Sarn und Rad waren wie Brüder für ihn, denen er vertrauen konnte, ja, mit denen er sein ganzes Leben lang glücklich zusammenleben könnte. Tama war sich bewußt, daß er mit den Schäfern glücklich zusammensein, ihr Leben teilen und ihre Sitten annehmen könnte. Genau darin lag die Gefahr. Ihr Leben zu teilen, würde bedeuten, die Lehren Ka Balus aufzugeben, auf seine Zukunft als Priester des Hirschvolkes zu verzichten, sein eigenes Glück vor das Wissen und die Pflicht zu stellen. Hatte sich denn der Weiße Hirsch seinem Pfeil dafür geopfert? Hatte er den Stein der Wahrheit gefunden und war ihm die Vision von dem großen Baum des Lebens, der in der Wüste mit all der schrecklichen Schönheit menschlicher Leidenschaften blühte, offenbart worden, um jetzt so verraten zu werden? Tama wußte, daß er dieser inneren Welt, die zu erfahren und zu verstehen sein Leben war, nicht den Rücken kehren konnte. Doch wieviel Raum würde ihm seine Zukunft als Priester für die Liebe lassen, die er für das Hirtenvolk empfand?

Er setzte sich auf einen umgestürzten Baum und versuchte, seine wirren Gedanken zu ordnen und seinen Geist mit der Welt um sich herum in Einklang zu bringen. Ein Fächerschwanz schwirrte um seinen Kopf und schnappte Insekten aus der Luft; ein Rotkehlchen hüpfte furchtlos auf dem Baumstamm näher auf ihn zu; ein Scharren unter dem Farn förderte eine erdbraune Weka zum Vorschein, die den jungen Mann neugierig beäugte und sich dann mit ihren kurzen, starken Beinen auf seinen ungeschützten nackten Fuß zubewegte, bis Tama lächelnd mit den Zehen wackelte, worauf sich der Vogel lieber den Würmern in der feuchten Erde unter dem Baumstamm zuwandte. Eine plötzlich einsetzende Brise brachte Bewegung in das Spiel von Schatten und Licht auf dem Waldboden. Farnwedel bewegten sich anmutig im Wind, und die lichtdurchströmte Luft flirrte vor sommerlicher Wärme.

Ich kann all dies fühlen, dachte Tama, während ich so auf diesem Baumstamm liege. Es fließt direkt durch mich hindurch, ich bin ein Teil von ihm. Es beunruhigt mich nicht. Hier spricht der Geist von Ka Balu zu mir. Er schloß seine Augen und überließ Geist und Körper der Wärme, der Stille und dem Frieden.

Als Gilda den Schlafenden fand, schlich sie sich auf leisen Sohlen zu ihm und sah auf sein Haupt herab, das in der Armbeuge lag. Die Sonne schien auf ihn, eine dunkle Locke war ihm in die Stirn gefallen, und auf seiner Oberlippe schimmerten Schweißtropfen. Sein Mund war leicht geöffnet. Eine Spinne kämpfte sich ihren Weg durch die Haare an seinen Waden, und im Halbschlaf bewegte er sich, um sie wegzuwischen. Gilda lächelte, lehnte sich vornüber und ließ ihr Haar leicht über Tamas Gesicht streifen. Er öffnete die Augen, als sie ihn auf die Wange küßte, setzte sich auf und rieb sich den steifen Arm, dessen Haut dunkle Muster aufwies. Gilda setzte sich neben ihn.

»Warum läufst du vor mir weg?«

Tama schwieg.

»Magst du mich nicht?«

Sie sah Kummer in den tiefgrünen Augen, die er zu ihr erhob.

»Weshalb sollte ich dich nicht mögen? Jeder mag dich. Genauso wie du alle jungen Männer magst.«

Gilda musterte sein ernstes, junges Gesicht. »Ich habe dich verletzt.«

Tama erwiderte nichts.

Gilda legte ihm ihre Hand auf die Schulter, doch er schüttelte sie ab. »Du solltest deine Haare kämmen«, sagte das Mädchen. »Sie sind verfilzt und schmutzig. Wir haben unsere Haare gerne sauber. Sarn und Rad halten ihre Haare so sauber wie ich meine.«

Tama blickte sie finster an. »Ich mag meine Haare so wie sie sind. Laß mich in Ruhe. Ich hab dich nicht gebeten, mit mir mitzukommen.«

»Sei nicht gleich verärgert, Tama. Ich wollte doch nur mit dir reden. Du hast den ganzen Tag noch nicht mit mir geredet. Was habe ich dir denn getan? Sag's mir. Hab ich irgend etwas gesagt, was dich verletzt hat? Wenn es so ist, bitte ich dich um Verzeihung.«

Widerwillig begann Tama zu reden und zupfte dabei Moos aus dem Baumstamm. »In unserem Volk muß ein junges Mädchen warten, bis ein junger Mann sie anspricht und um ihre Gunst wirbt. Sie darf nicht als erste sprechen und junge Männer nehmen keine Mädchen, bevor die Eltern einer Heirat nicht zugestimmt haben.«

Gilda lachte spöttisch auf. »Willst du damit sagen, daß junge Männer nie mit Mädchen in den Wald gehen, um mit ihnen zusammen Spaß zu haben? Das nehme ich dir nicht ab. Ich bin sicher, Hora hat nicht gewartet, um sich mit Mädchen zu vergnügen, und er ist noch nicht verheiratet. Ke Rala hat es vielleicht auch schon versucht, obwohl er – weshalb weiß ich nicht – sehr stolz auf sich ist.«

»Ke Rala ist der Häuptlingssohn. Wenn er bereit ist, wird er sich eine Braut aussuchen, und es wird eine Ehre für sie sein, ihn zu heiraten.«

»Bei uns kann eine Frau auch einen Mann fragen, wenn er sie nicht als erster darum bittet. Unsere Frauen haben keine Angst vor den Männern. Im Hause der Jungherzen sind wir alle gleich.«

»Ja, das habe ich gesehen. Aber wo ist die Treue des einen für den anderen? Weiß eine Frau dann noch, wessen Kind sie unter dem Herzen trägt?«

In Tamas Stimme lag eine wilde Wut, die bei Gilda besorgtes Mitleid hervorrief.

»Du versuchst ja gar nicht, es zu verstehen. Wir machen keine Kinder mit unseren Männern, solange wir nicht bereit dazu sind. Bevor wir ins Haus der Jungherzen gehen, erklären uns unsere Mütter, was wir zu tun haben, damit nicht der Samen eines Mannes in unserem Bauch wächst. Es ist auch unserer Meinung nach nicht richtig, ein Kind zu zeugen, bevor nicht sowohl der Mann als auch die Frau dafür reif sind. Aber das ist doch kein Grund, daß wir nicht die Körper der anderen genießen, solange wir jung sind. Es ist wunderschön, deinen Körper mit jemandem zu teilen, den du liebst.«

»Liebe! Für dich ist es wohl sehr leicht zu lieben!«

»Für dich nicht? Ist es bei eurem Volk falsch zu lieben?«

»Nein, natürlich nicht. Aber du verstehst das nicht. Man sollte warten.«

»Warum?«

»Sind wir denn Tiere, daß wir Frauen nehmen, wie ein brünstiger Hirsch die Kuh besteigt?«

»Ich kenne die Hirschtiere nicht. Aber bei uns gibt es einen Spruch: ›Shan war Bock für viele Schafe.‹ Deshalb hat er soviel Freude im Leben gehabt und so viel erreicht.«

Gilda schaute Tama an. Seinem verzerrten Gesicht sah man an, daß er mit aller Kraft versuchte, die Tränen zurückzuhalten. Schüchtern legte sie ihre Hand auf sein Knie.

»Tama, sieh mich an. Sieh mich an! Bin ich nicht hübsch? Ich möchte nur, daß du mich in die Arme nimmst. Hast du denn schon vergessen, wie wir am Abend des Großen Singfestes Arm in Arm dagesessen und dem Mondaufgang über dem Langen Wasser zugesehen haben? Tama, hör mir zu. Wende dich nicht ab. Ich weiß, daß ich meinen Körper anderen jungen Männern hingegeben habe, aber keinem von ihnen habe ich mein Herz geschenkt. In dir ist ein Geist, der meinem gleich ist. Das weiß ich. Komm mit uns zurück, Tama. Geh mit zurück in unser Dorf. Bald ist die Nacht der höchsten Flut des Sommers, dann feiern wir, und alle jungen Leute singen, tanzen und lieben sich. Komm mit und verbringe diese Nacht mit mir. Ich möchte, daß du mich liebst. Ich möchte, daß du immer bei uns bleibst.«

Gilda fing an, Tamas Wade zu streicheln und schmiegte sich mit ihrem Körper eng an ihn. Sein Puls begann zu rasen. Er legte seine Hand auf ihre und starrte ihr in die Augen, die auf gleicher Höhe mit seinen waren. Als er das tat, spürte er, wie sich plötzlich alles in seinem Kopf und um ihn herum zu drehen begann und er die Besinnung zu verlieren drohte. Es schien, als würde sich Gildas Gesicht verändern, als füllten sich ihre Augen mit tiefem Kummer, als zögen sich ihre hellen Augenbrauen vor Schmerzen zusammen, als würde ihre Haut verrunzelt und verwittert wie die eines alten Mannes. Tama schrie auf, aber nicht der Name des Mädchens drang aus seinem Mund.

»Vater!« Er schubste sie weg und stand auf. Er zitterte am ganzen Körper, und seine Glieder waren bedeckt von kaltem Schweiß.

»Tama, was ist los? Was habe ich getan? Bist du krank?«

Er schaute auf das Mädchen herab, das angsterfüllt zu seinen Füßen kauerte. Sie tat ihm leid. Sanft sagte er: »Vergib mir, Gilda. Es gibt Kräfte, die du nicht verstehst. Unsere Zeit ist noch nicht gekommen. Ich bin noch nicht frei, eine Frau zu lieben.«

Gilda stand verwirrt und verängstigt auf. »Nein, ich verstehe es nicht. Aber ich sehe, daß du mich nicht willst. Ich werde zu den anderen zurückgehen. Sie werden mich nicht abweisen.«

Und schon hatte sie sich umgedreht, und lief, ohne auch nur ein einziges Mal zurückzublicken, direkt zum Fluß hinunter. Tama bedeckte sein Gesicht mit den Händen. Vor seinen Augen erschien wieder das ernste Gesicht des Alten Weisen.

Ein paar Tage später war es Zeit für die Schäferleute, in ihr Dorf zurückzukehren und sich auf das Mittsommernachtfest vorzubereiten. Sie redeten mit Da Nala und baten ihn um Erlaubnis, ein paar von ihren Freunden, die sie beim Hirschvolk gefunden hatten, mitnehmen zu dürfen. Der Häuptling hörte wie immer gelassen zu und versprach ihnen, am nächsten Tag Antwort zu geben. Die Ältesten murrten über die Einladung.

»Es ist noch viel zu viel Arbeit zu tun. Manche von uns haben ihre Häuser noch nicht einmal halb fertig.«

»Das ist doch wieder nur Spielerei – Spielerei und nochmals Spielerei. Unsere jungen Männer werden weich werden wie kleine Kinder.«

»Diese Hirtenmädchen sind zu freizügig für unsere jungen Männer. Sie werden unsere besten Jäger von uns weglocken.«

Da Nala hörte zwar ihre Einwände an, erinnerte sie dann jedoch an die großzügigen Geschenke wie Kleidung, Decken und Werkzeuge, die sie von den Schäfern angenommen hatten, aber auch an die freudige Bereitschaft, mit der die neuen Freunde ihnen beim Hausbau geholfen hatten.

»Wir könnten nicht nehmen, ohne zu geben. Die wenigen Geschenke, die wir gemacht haben, sind nicht ausreichend. Außerdem haben sie uns Kartoffeln und andere Samen versprochen, die sie uns für die nächste Pflanzzeit beiseite gelegt haben. Unsere Jäger können sie mit zurückbringen.«

So wurde es vereinbart, aber Ke Rala und Tama bekamen keine Erlaubnis mitzugehen. Keiner von beiden murrte, doch am Morgen des Aufbruchs standen die beiden nebeneinander und verabschiedeten die Schäferleute und ihre Freunde. Als er sah, daß seine Clanbrüder nicht mit durften, bot Hora an, auch dazubleiben.

»Nein«, sagte Ke Rala. »Du mußt mitgehen, damit du uns anschließend von dem Fest erzählen kannst.« In der frischen Süße des neuen Morgens und unter Freunden und Gelächter war es für Gilda und Tama nicht schwer, sich leichthin zu umarmen und sich mit freundlichen Worten und ohne ein Gefühl von Endgültigkeit zu verabschieden. Tama und Ke

Rala sahen der Gruppe nach, bis sie zwischen den Bäumen flußaufwärts verschwunden war, und wandten sich dann beinahe erleichtert der nicht endenwollenden Arbeit mit Breitbeil, Holzhammer und Hacke zu.

Das Haus des Alten Vaters war eines der ersten, die fertig wurden. Tama war hoch erfreut, daß der Alte Mann, der sich früher mit einem einzigen kleinen Raum begnügt hatte, jetzt um zwei Räume gebeten hatte, damit er und Tama, wenn nötig, auch einmal alleine sein konnten.

»Obwohl ich dir alles beibringen werde, was ich weiß«, sagte er, »wird es manchmal Zeiten geben, in denen ich alleine sein muß, um Handlungen zu vollziehen, bei denen du nicht zuschauen darfst, weil du nicht in sie eingeweiht bist. Es wird vor meinem Ende genügend Zeit für alles sein. Und es ist auch gut, wenn du dich manchmal zurückziehen kannst, um dich tief in deinen Geist zu versenken und die Wahrheiten Ka Balus zu finden. Es gibt so viele davon, wie der Wald Bäume hat, und doch formen alle eine Wahrheit – so wie alle Bäume auch nur ein Wald sind.«

Als Tama fragte, ob er ein Fenster in seinem Zimmer haben könnte, um den Fluß hinauf zu den Bergen und in die verlorene Welt seiner Kindheit in weiter Ferne schauen zu können, erlaubte der Alte Weise das bereitwillig. Jeden Tag, wenn er den Schweiß seiner Arbeit abgewaschen hatte und zu dem Haus auf der Anhöhe hochstieg, erfüllte ihn von neuem ein Gefühl des Friedens. Nachdem er und der Alte Vater das Essen zu sich genommen hatten, das ihnen Asta brachte – eine der wenigen älteren Frauen, die die Reise durch das Gebirge mitgemacht hatten –, saßen sie schweigend in der Tür auf den kleinen hölzernen Hockern, die Sarn für sie nach Art seines Volkes gemacht hatte. Unter ihnen wirbelten die Kochfeuer ihren Rauch zwischen roh behauenen Baumstümpfen, abgehackten Ästen und dem zum Teil behauenen Bauholz empor, aus dem die Häuser errichtet wurden. Flußabwärts von den Häusern waren für die Dorfgärten bereits Bäume gefällt, das Unterholz gerodet und Wurzeln ausgegraben worden.

»Es ist aufregend«, bemerkte Tama einmal, »ein ganz

neues Dorf in einem neuen Land zu bauen. So müssen sich unsere Vorfahren gefühlt haben, als sie damals aus den Ruinen des Großen Dorfes geflohen und dem Weißen Hirsch über die Berge gefolgt sind, bis sie zum Meer im Westen gefunden und sich dort niedergelassen haben.«

»Das ist ein gutes Land für die jungen Leute«, erwiderte der Alte Weise. »Aber alte Bäume kann man nur schwer verpflanzen und wieder jung werden lassen. Einen alten Baum soll man nicht an einen neuen Ort bringen. Er schlägt keine Wurzeln mehr.«

Er lächelte über Tamas besorgten Gesichtsausdruck und fügte hinzu: »Aber altes Holz ist sehr hart und zäh, mein Sohn, und es dauert oft lange, bis es zerfällt.«

Für sein Zimmer machte sich Tama einen kleinen Tisch, wie ihn die Hirten verwendeten. Er bot dem Alten Vater an, auch einen für ihn zu machen, doch der lehnte das Angebot ab. Tama schnitzte außerdem Haken, an die er seinen abgetragenen Opossumfellumhang, seine Wasserflasche, seinen Bogen und seinen Köcher mit den Pfeilen hängen konnte. Außerdem fertigte er eine kleine, mit ein paar Schnitzereien verzierte Schatulle für Tulas Flöte und baute ein Brett unter das Fenster, obwohl er nicht genau wußte, wozu. Das war also die Einrichtung seines Zimmers, seines eigenen Raumes, in dem sein Körper ausruhen und sein Geist sich auf seine weiten Abenteuerreisen begeben konnte. Da die Feuerstelle im Zimmer des Alten Vaters war, würden sie sich im Winter die Wärme des Feuers teilen müssen, obwohl durch die Öffnung zwischen beiden Räumen, die nur durch ein Hirschfell abgetrennt war, etwas Wärme durchkommen würde.

Nachdem die Hirten sie verlassen hatten, stellte der Alte Weise einen Schattenstock auf und markierte für jeden Tag mit größter Sorgfalt, Aufgang, Höchststand und Untergang der Sonne. Er lehrte Tama, wie er die Schatten mit einem Faserstückchen messen und die Messungen aufzeichnen konnte. In der alten Heimat hatte es einen Stein gegeben, auf dem alle Tage des Jahres und die Mondphasen eingeritzt waren. Er hatte diesen für die Vorhersagen des Wetters, der für die

Aussaat günstigen Zeit, des alljährlichen Schwärmens der silbernen Fische und der Rückkehr der Sternenvögel und anderer Himmelsbewegungen genutzt. Aber der uralte Stein war viel zu schwer gewesen, um ihn mit über die Berge zu tragen, und da er ihn zurückgelassen hatte, wußte der Alte Weise nicht mehr so genau, wie viele Tage seitdem vergangen waren. Aufgrund der Bemerkung der Schäfer, daß die Mittsommernacht nahe sei, ergriff er die Gelegenheit und fing einen neuen Kalender an.

»Zuerst werden wir die täglichen Markierungen oben an diesem Baumstumpf einritzen. Dann müssen wir am Fluß entlang nach einer großen flachen, runden Steinplatte suchen, sie hier heraufschaffen und neben dem Haus aufstellen. Darauf können wir die Markierungen von dem Baumstumpf übertragen. Manchmal können Wolken und Regen die Sonne tagelang verhüllen, so daß wir nur ein Zeichen anbringen können, das möglicherweise nicht die richtige Länge des Schattens wiedergibt. Es kann mehrere Jahre dauern, bis der Stein genau markiert ist. Am Ende des Schattens eines Tages muß ein Loch in den Stein gebohrt werden, damit ein Stift von einem Tag zum anderen versetzt werden kann, um das Fortschreiten von Monden und Jahreszeiten das ganze Jahr hinaus festzuhalten.«

»Niemand darf zusehen, wie wir den Stein markieren, oder wissen, wozu er dient. Bis er vollständig ist, müssen wir ihn im Freien lassen und mit Tierhäuten und Zweigen zudecken, wenn wir nicht daran arbeiten. Sind wir uns erst einmal sicher, daß er richtig ist, können wir ihn hereinbringen lassen, so daß wir ihn in dauerndem Gebrauch nehmen können. Und du wirst der Wächter des Steins sein, wenn ich gegangen bin.«

»Es müssen viele Tage in einem ganzen Jahr sein«, meinte Tama.

»Wenn du dich an das erinnerst, was ich dir und deinen Clanbrüdern letztes Jahr beigebracht habe, junger Mann, dann solltest du eigentlich wissen, daß ein Jahr aus dreizehn Monden besteht. Von Neumond zu Halbmond sind es sieben Tage und noch mal sieben Tage bis zum Vollmond, das macht vierzehn. Gleich viele Tage braucht der Mond, um wieder abzunehmen. Das macht also insgesamt zwanzig und acht Tage. Ein ganzes Jahr besteht aus hundert Tagen und hundert Tagen und nochmals hundert Tagen und dann sechzig und vier – dreimal hundert und sechzig und vier.«

Der Alte Weise hielt inne und schaute Tama verschmitzt an. »Du mußt verstehen, mein Sohn, daß mein Wissen nicht vollkommen ist. Was ich dir da erzähle, gehört dem Dunklen Wissen an, das den jungen Männern bei ihrem winterlichen Unterricht nicht beigebracht wird. Das Gewahrwerden von Unsicherheit schwächt das Gesetz und den Glauben. Die Menschen dürfen meine Autorität nicht in Frage stellen. Aber ich weiß – und du wirst es bald entdecken –, daß Ka Balu sogar vor seinen Priestern Geheimnisse hat.«

Die knochigen Finger zeichneten die großen Kerben im Holz des Baumstumpfes nach. »Der Stein der Sonnenreise, den wir zurücklassen mußten, wies einen Fehler auf. Der Fehler war schon immer in dem Stein gewesen, so erzählte zumindest der Priester, der mich ausgebildet hatte. In dem Stein ist ein unruhiger Geist, der die Tage schneller vorantreibt, als Ka Balu erlaubt. Alle paar Jahre bemerkte ich, daß der längste Schatten erst ein paar Tage später kam als der Tag, den ich mit dem Stift als Anbruch des Neuen Jahres markiert hatte. Doch das Zunehmen und Abnehmen jedes Mondes zeigte es richtig an. Warum stimmte er dann nicht für alle Tage im Jahr?«

»Aber wenn du den Stift anhalten mußtest, damit der längste oder kürzeste Tag aufholen konnten, Vater, was passierte dann mit dem Mond? Blieb er einfach stehen?«

»O nein, der Mond nahm weiter zu, bis er etwa halb voll war.«

»Dann ist es der Mond, der zu schnell läuft«, rief Tama aus. »Der Mond läuft schneller als die Sonne.«

»Überleg dir, was du sagst. Nichts in Ka Balus Ordnung der Dinge ist zu schnell oder zu langsam. Es ist nicht die Geschwindigkeit der Sonne oder des Mondes, die falsch ist, sondern unsere Art zu messen. Wir müssen beim Markieren des neuen Steins ganz genau aufpassen.«

Als er durch die Fensteröffnung in seinem Zimmer die Sterne beobachtete, die am sich verdunkelnden Himmel über dem Wald blitzten, kam es Tama seltsam vor, daß er eine Frage gefunden hatte, die weder er noch der Alte Vater beantworten konnten. Nur Ka Balu kannte die Wahrheit. Aber wie konnten die Priester von Ka Balu seine Wahrheiten lehren, wenn sie nicht all seine Geheimnisse kannten? Ich werde eines Tages herausfinden, schwor sich der junge Priester, weshalb der Geist des Steines der Sonnenreise nicht mit der Sonne Schritt hält.

Tama merkte bald, daß das tägliche Ablesen und Einritzen des Kalenders eine der Aufgaben war, die ihn am meisten begeisterten. Von den ersten Einkerbungen auf dem Totara-Baumstumpf bis zu der endgültigen, sorgfältig eingemeißelten Form auf einem großen Felsblock fast fünf Jahre später sollte ihn das Gefühl der Ehrfurcht nie verlassen, das er empfand, wenn der Lauf jedes Tages die majestätischen Wechsel von Sonne und Mond enthüllte, die Jahreszeiten kamen und gingen, die Zeit der Aussaat und der Ernte heranrückte, bis hin zum Wiederauftauchen der Sternenvögel tief über dem nördlichen Himmel in der Mitte des Winters – zur selben Zeit, in der die fünf Sterne, die den Großen Baum von Ka Balu bildeten, ihren höchsten Stand erreichten.

Als der Alte Weise den Zweck des Kalenders besprach und Tama die Zeichen lehrte, die darauf eingeritzt wurden, sah der junge Mann sofort, daß es eine Art des Schreibens darstellte: ein Buch in Stein, in dem das Wissen des Priesters festgehalten wurde, ähnlich den Wörtern in den Büchern, die Chard ihm gezeigt hatte. Und die Erregung über die Macht, Gedanken aufzeichnen zu können, ließ in ihm neuerlich den Entschluß reifen, einmal ein Buch ganz für sich alleine zu haben. Das wollte er dann studieren und in all seinen Zeichen begreifen, damit er eines Tages seine eigenen Gedanken aufzeichnen konnte. Dieser Gedanke wurde für ihn zu einer Leidenschaft, die völlig anders war als alles, was er bisher erlebt hatte. Es vermittelte ihm das Gefühl, mit sich selbst im Frieden zu sein, gleichsam als schwebte er auf einem hohen Berggipfel über allen anderen und würde sich der Weiten Welt bewußt, die sich seinem Blick öffneten. Die anspruchsvolle Arbeit des täglichen Einritzens in den Steinkalender unter dem scharfen, aufmerksamen Blick des Alten Weisen sollte in späteren Jahren für Tama unauslöschlich mit seinen jungen Mannesjahren verknüpft sein. Der Stein würde so beim Nachfahren eines Zeichens immer wieder etwas von dem Stolz und der Geduld des jungen Priesters in ihm wiederaufleben lassen, der seine Kunst erlernte.

Fast einen halben Mond, nachdem der alte und der junge Priester die Länge des längsten Tages auf dem Baumstumpf festgelegt hatten, kehrten die Jäger des Hirschvolkes mit ein paar von ihren Freunden aus dem Schäfervolk ins Dorf zurück. Sie waren beladen mit Saatkartoffeln, anderen Wurzeln zum Anbauen und noch mehr Geschenken wie Decken, Kleidung, Werkzeugen und Haushaltsgegenständen. Sarn und Rad waren wieder mitgekommen, aber keines der Mädchen. Tama hatte das seltsame Gefühl, als würde in seinem Kopf eine Tür verschlossen, die zu einem Raum gehörte, zu welchem er jetzt keinen Zutritt mehr hatte. Aber er behielt das für sich und hörte gespannt den Berichten seiner Freunde über das Mittsommernachtfest zu.

Hora hatte noch nie lange ein Geheimnis für sich behalten können. So gestand er denn Ke Rala und Tama im Vertrauen, daß er und drei andere Jäger, nachdem sie viel gegessen und reichlich Sonnenwasser getrunken hatten, zwei Schäfer überreden konnten, sie mit ins Haus der Jungherzen zu nehmen, wo sie den Rest der Nacht verbrachten. Ein paar der Jungen und Mädchen hatten daraufhin das Haus aus Protest über diesen Bruch der alten Sitten verlassen, aber die meisten, die ebenfalls bei dem Fest zuviel getrunken hatten, hatten nur gelacht und die Jäger willkommen geheißen.

»Und diese Hirtenmädchen!« rief Hora bewundernd. »Die wissen weit mehr als unsere Mädchen darüber, wie man einen Mann glücklich macht. Ich wünschte, ein paar von ihnen würden zu uns kommen und mit uns leben.«

Ke Rala schaute ihn vorwurfsvoll an. »Es war falsch von dir, gegen ihre Sitten zu verstoßen. Du bist immer zu ungestüm, Hora. Du versucht nicht, den Hunger des Körpers zu beherrschen.«

Hora lachte. »Was, mich beherrschen? Nicht ich. Ich füttere ihn. Ich weiß, daß ich nicht würdig bin, dein Clanbruder zu sein, Ke Rala, aber so bin ich eben. Ich kann mich nicht ändern. Du verstehst mich, Tama, nicht wahr?«

»Dein Herz ist gut, aber du denkst nicht genug nach.«

Später, als Hora gegangen war, schlug Ke Rala vor, zusammen mit Tama Sarn aufzusuchen und ihn zu fragen, ob etwas Wahres an Horas Geschichte sei oder ob er nur wieder angegeben und alles erfunden hätte, wie so oft.

Sarn und Rad richteten gerade eine Aalreuse im Fluß. Sarn hockte auf den Fersen und entwirrte eine dünne Schnur, während er Ke Ralas Fragen lauschte.

»Es ist wahr«, sagte er. »Es hätte nicht geschehen dürfen, aber es ist nun mal passiert. Ich schreibe unseren Leuten die Schuld dafür zu. Es wäre nichts dabei gewesen, wenn sie die Erlaubnis der Eltern der Jungherzen eingeholt und sie dann hineingelassen hätten. Aber das war nicht möglich. Es war eine Dummheit, nichts weiter. Wir hatten alle zuviel Sonnenwasser getrunken.«

Sarn schaute Tama an, der düster zur Seite blickte. Er lächelte und legte seinem Freund den Arm um die Schultern.

»Ein paar der Jungherzen sind aufgestanden und nach Hause gegangen«, sagte er. »Gilda war auch darunter.«

Tama konnte nicht umhin, vor Erleichterung tief aufzuatmen. Er schaute hoch, blickte in Rads fragend lächelndes Gesicht und merkte, daß er rot wurde. Er hob einen flachen Stein auf, erhob sich und warf in so über die kleinen Wellen des Flusses, daß er mehrmals aufhüpfte, und schrie: »Wer macht das nach?«

Doch die Angelegenheit hatte Folgen. Ob Ke Rala seinem Vater etwas erzählt hatte oder ob einigen der alten Männer Gerüchte zu Ohren gekommen waren, war nicht ganz klar. Jedenfalls riefen einige Tage später der Häuptling und die Ältesten die Schäfer auf den Platz vor dem noch nicht fertiggestellten Langhaus zusammen. Da Nala dankte ihnen förmlich für die Hilfe, die sie geleistet hatten, für die großzügigen Geschenke, die sie von ihrem Volk mitgebracht hatten, und für die neuen handwerklichen Fähigkeiten, die sie ihnen gezeigt hatten.

»Ihr habt uns in einer Zeit großer Not geholfen. Ihr habt unseren Körpern mit den Decken und den Kleidern, die ihr uns geschenkt habt, Wärme gespendet, ihr habt unseren Herzen durch eure Freundlichkeit und Großzügigkeit Auftrieb gegeben. Ohne eure Hilfe hätten wir unsere Häuser nicht mehr vor dem Winter bauen können. Aber jetzt haben alle von uns ein Dach über dem Kopf, auch wenn manche Häuser noch nicht ganz fertig sind. Es gibt gute Jagdgründe in diesem Land. Wir werden die Samen pflanzen, die ihr uns gegeben habt, und unsere Feldfrüchte anbauen.

Aber wir haben euch lange von eurem eigenen Volk und eurer eigenen Arbeit ferngehalten. Es gibt sicher vieles, was ihr in eurem Dorf unvollendet liegengelassen habt. Es ist Zeit, daß wir nur noch auf unsere eigenen Kräfte vertrauen und uns auf den Winter vorbereiten. Wir kennen den Wechsel der Jahreszeiten in diesem Land noch nicht genau. Wir möchten gerne, daß ihr noch ein paar Tage bei uns bleibt – bis zum Vollmond. Wir wollen ein Abschiedsfest für euch veranstalten, bevor ihr euch auf die Heimreise macht.«

Die Schäfer hörten schweigend zu. Einer von ihnen dankte dem Häuptling, nahm die Einladung an, noch bis zum Fest zu bleiben, und bestätigte, daß sie in ihrem eigenen Dorf viel zu tun hätten. Es gäbe auch noch Samen, die im Herbst reif und im Frühling ausgesät würden. Wenn das Hirschvolk diese Samen wolle, sollten sie in drei Monaten ein paar Jäger schicken, um sie abzuholen.

Alles wurde ruhig und höflich vorgetragen, aber die Schäfer hatten keinen Zweifel daran, daß sie weggeschickt und ihre weiteren Hilfeleistungen beim Hausbau zurückgewiesen wurden. Es stimmte nicht, daß alle Häuser gebaut waren. In mehreren Häusern schliefen zwei Familien. Vor dem Einsetzen der Winterregen war noch viel Arbeit zu tun. Auch die Gärten waren noch nicht fertig angelegt. Kein

Wort wurde über die Narreteien von Hora und seinen Freunden verloren, doch deren Einfluß auf diese Entscheidung war an dem Schweigen der Ältesten nach der Rede Da Nalas deutlich zu spüren.

Tama war betrübt, als er vom Alten Weisen von dieser Entscheidung hörte. Das bedeutete, daß er seine Freunde ein paar Monate lang nicht wiedersehen könnte. Während der nächsten Tage tat Tama beim Behauen der Planken zusammen mit Sarn, Rad und den anderen Hirten alles dafür, die Freundschaft zu festigen. Er machte Versprechungen, sie besuchen zu kommen, beschwor glückliche Aussichten für die kommenden Jahre herauf, und hielt die Reden der Jugend leicht, locker, herzlich, voll von großen Gewißheiten und mit Witz – Sommerreden gesprochen in der Fülle der Jahreszeit, bevor ein Blatt gefallen war oder die Erde erste Zeichen des Frostes zeigte.

Bei dem Fest vergnügten sich alle, aßen und tranken gut und tanzten; es gab auch Spiele, Ringen und Singen, Dudelsack- und Flötenspiel, Geschenke wurden überreicht: Muschelketten, Ledergürtel, Spielzeugkanus und Körbe mit Essen.

Unter dem ruhigen, wolkenverhangenen Himmel des frühen Morgens schulterten die Hirten ihre Bündel und Körbe, umarmten ihre Freunde und machten sich, zur Musik von Sarns Dudelsack, singend auf den Weg. Immer wieder drehten sie sich um und riefen den Menschen, die sich am Rand des Dorfes versammelt hatten, ein Lebewohl zu. Als nichts mehr von ihnen zu sehen und zu hören war, legte Ke Rala in einer seltenen Geste der Zuneigung Tama den Arm um die Schultern und sagte: »Komm, wir haben viel zu tun. Bis unsere Freunde das nächste Mal kommen, müssen wir dafür sorgen, daß unser Dorf genauso schön wird wie ihres.«

Der Sommer hielt lange an, und noch bevor der Herbst den ersten Frost brachte, hatten alle Menschen des Hirschvolkes ein warmes Dach über dem Kopf. Die Ältesten beschlossen, keine Jäger zu den Schäferleuten zu schicken, um noch mehr Samen zu holen – jedenfalls nicht bis zum nächsten Sommer, sagten sie. Die Winterregen ließen den Fluß anschwellen und trieben ihn in wilder Flut zum Meer hin. Manchmal dachte Tama an jenen anderen großen Fluß, dem er und Rua gefolgt waren und dessen Winterfluten zwischen ihm und den Hügeln des freundlichen Hirtenvolkes lagen. Er war eine ebenso unüberwindliche Schranke wie die Berge, hinter denen das verfallende Dorf seiner Kindheit lag. Innerhalb dieser Schranken war Tama getrennt von seinen Sommerfreunden und eingebunden in die wachsenden Pflichten seiner Ausbildung beim Alten Vater, in der das Licht nicht das warme Glühen der Liebe war, sondern der einsame Funke einer Suche nach Wissen.

5

Der Winter war härter, als die Menschen des Hirschvolkes erwartet hatten. Der Frost war strenger und hielt länger, als sie das von normalen Wintern in ihrer alten Heimat gewöhnt waren. Die zu früh gepflanzten Kartoffeln trieben aus, doch die Triebe fielen spätem Frost zum Opfer und wurden schwarz. Allerdings war der Vorrat an Fleisch, Fisch und Nahrung aus dem Meer weiterhin reichlich, so daß keiner hungern mußte. Doch die bitterkalten Nächte brachen über die Häuser herein, in denen es nicht genügend Decken und Felle gab, um sich gegen die Kälte zu schützen. Die Ältesten hatten guten Grund zu bedauern, daß sie weitere Hilfe vom Hirtenvolk abgelehnt hatten. Das frisch behauene Holz schrumpfte beim Trocknen, und es zog überall herein. Die Lehmgrube füllte sich mit Wasser und fror zu. Es konnte kein Lehm mehr geholt werden, um die Ritzen in den Wänden abzudichten. Vielleicht hatte es der Sommer zu gut mit ihnen gemeint, und die frohe Zuversicht war vorschnell gewesen. Der Winter lehrte die Menschen des Hirschvolkes, daß es auch in diesem neuen Land harte Zeiten gab, und sie mußten erst noch lernen, damit zurechtzukommen.

Der Tod von drei jungen Frauen bei der Geburt ihres ersten Kindes verringerte die Zahl der geburtsfähigen Frauen und brachte ein Ungleichgewicht gegenüber der Zahl der jungen Männer. Von vier Babies, die geboren wurden, war nur eines ein Mädchen. Das sei kein gutes Zeichen, sagte der Alte Weise zu Tama. Erst wenn das Hirschvolk an Zahl wachsen würde, wäre es berechtigt, zu sagen, es hätte in diesem neuen Land seine Heimat gefunden. Da soviel Arbeit zu tun gewesen war, hatten die Menschen vergessen, Ka Balu um Hilfe zu bitten und ihm zu danken, daß er sie in dieses Land geführt hatte. Der Alte Vater ersann neue Lobgesänge und ordnete besondere Versammlungen am Morgen und Abend an, bei denen die neuen Gesänge eingeübt und gesungen wurden. Unterstützt vom Häuptling und den Ältesten erinnerte der Priester die Dorfbewohner täglich an ihre geistigen Pflichten. Als die Tage schließlich wieder länger und wärmer wurden, überwuchsen die Sternenblüten der Clematis die Blätter und Zweige kleinerer Bäume und Büsche, und in den mit gelben Blüten übersäten Kowhai-Bäumen am Flußufer hallte es wieder vom Gesang des Tui und des Glockenvogels. Da wurde es leichter zu glauben, daß Ka Balu immer noch mit seinem Volk war.

Es war die Zeit, in der Tag und Nacht Hand in Hand gingen und der Winter, wenn auch widerstrebend, der immer stärker werdenden Sonne und der Erde in ihrem neuen grünen Kleid und der Blütenpracht weichen mußte. Jeden Tag maßen der alte Priester und sein junger Schüler den Schatten um die Mittagszeit mit besonderer Sorgfalt, um zu prüfen, ob ihre Berechnungen der Tagundnachtgleiche richtig waren.

»Ich kann nicht mit Sicherheit davon ausgehen«, sagte der Alte Vater, »daß wir mit dem Mittsommertag richtig lagen. Wir fingen die ganze Sache etwas überstürzt an, nachdem die Hirten uns gesagt hatten, dieser Tag sei nahe. Ist aber dieser Tag nicht richtig markiert, dann stimmt auch die Tagundnachtgleiche des Herbstes nicht. Du kannst dich bestimmt noch an die Schwierigkeiten erinnern, die wir um die Mitwinternacht hatten während dieses nassen Mondes, in dem es keine Schatten gab, die wir hätten messen können. Du verstehst jetzt, Tama, daß es zwei bis drei Jahre dauern wird, bis wir sicher sein können, daß unsere Aufzeichnungen ausreichen, um auf einen dauerhaften Stein übertragen zu werden. Aber auf diesem Baumstumpf Veränderungen vorzunehmen ist nicht befriedigend. Wir sollten vielleicht fürs nächste Jahr ein Stück Sandstein nehmen und später dann den Stein suchen, den wir auf Dauer als Kalenderstein benutzen wollen. Es ist nicht leicht, die Wahrheit zu finden, und hat man sie gefunden, ist es nicht leicht, sie festzuhalten.«

»Für unsere Vorfahren, die ihre Wahrheiten in Büchern festhalten konnten, muß das viel einfacher gewesen sein.«

»Es gibt sowohl eine Wahrheit des Bösen als auch des Guten«, sagte der Alte Weise. »Und die böse Wahrheit sollte nicht festgehalten werden. Ich glaube, unsere Vorfahren beschäftigten sich mehr Zeit mit dem Bösen als mit dem Guten. Sonst hätten sie ihre Götter nicht vernichtet. Nimm deinen Daumennagel, um die erste Kerbe zu machen. Vorsichtig, ganz vorsichtig! Und jetzt kannst du sie mit dem Stechmeißel nachschlagen. Nur keine Eile. Wie alle jungen Männer bist du viel zu ungeduldig.«

Tama grinste vor sich hin, als er mit dem Stechmeißel gewissenhaft ins Holz schlug. Er wußte, daß er viel geduldiger war als die meisten jungen Männer, aber er hielt das Beharren seines Meisters auf absoluter Genauigkeit für angemessen. Noch viele Jahre später würde sein Wissen von dieser Genauigkeit abhängen.

Zwei Tage später, als sie gerade ihr Abendessen vor dem Haus zu sich nahmen, stellte Tama plötzlich unvermittelt seinen Teller auf den Boden und stand auf, um zu lauschen. Dann schaute er mit einem verzückten Lächeln zum Priester hinunter.

»Was ist los?« fragte der alte Mann.

»Hörst du es denn nicht, Vater? Hör nur!«

Der Alte Weise erhob sich, drehte sein Gesicht schweigend flußaufwärts, legte eine Hand an sein Ohr und blickte Tama ärgerlich an. »Ich höre nichts Besonderes. Was redest du nur?«

Einen Augenblick lang spürte Tama, wie ihn die Angst packte, als er sich mit einem Mal daran erinnerte, daß es in letzter Zeit öfter vorgekommen war, daß der Alte ihn bat, lauter zu reden und die Worte nicht zu verschlucken. So sagte er sanft: »Doch, Vater, du kannst sie hören. Da bin ich ganz sicher. Hör noch mal genauer hin. Hörst du nicht Sarns Dudelsack? Sarn und die Hirten kommen uns besuchen. Bitte, laß mich ihnen entgegenlaufen. Bestimmt kannst du sie jetzt hören.«

»Huh, natürlich, das ganze Dorf kann sie jetzt hören. Wieso bist du so aufgeregt? Mach schon, mach schon, lauf ihnen entgegen, wenn du nicht anders kannst.«

Und schon war Tama losgerannt und hüpfte den Weg hinunter wie ein junger Hirsch, und die dunklen Locken flogen nur so um seinen Kopf. Der Alte Weise sah ihm ausdruckslos nach und drehte seinen Kopf seitlich zur Musik hin, die er nicht hören konnte.

»Sarn! Sarn!«

Lachen, Umarmungen, und schon redeten alle gleichzeitig – Sarn, Rad, Lekki und mehrere andere Schäfer, die Tama nicht kannte. Aber kein Mädchen. Überraschend war auch Chard mitgekommen. Seine dunklen Augen tanzten vergnügt und lebendig in seinem braunen verrunzelten Gesicht. Er berührte Tama am Ellenbogen.

»Du kommst uns nicht besuchen, Tama, so müssen wir eben zu dir kommen. Sag mir, daß du glücklich bist über unser Kommen.«

Tama sah die Schäfer mit ihrem fröhlichen Ausdruck der Wiedersehensfreude nacheinander an und wußte, wie sehr er sie vermißt hatte. Sie hatten sich Clematis ins Haar gewunden, und bevor sie ins Dorf gekommen waren, hatten sie auch eine Ranke für Tama abgebrochen und flochten nun die Sternenblüten in seine Locken.

»Jetzt bist du einer von uns.«

Tama legte den einen Arm um Sarns, den anderen um Rads Schulter und zog mit ihnen ins Dorf ein, wo ihnen schon die Kinder entgegengerannt kamen.

Nachdem die Schäfer dem Häuptling und dem Alten Weisen ihre Aufwartung gemacht hatten, wurden sie vom Rest der Dorfbewohner wie heimkehrende Söhne und Brüder begrüßt. Jede Familie wollte einen von ihnen aufnehmen, und sie wetteiferten untereinander darum, ihre Gastfreundschaft unter Beweis stellen zu können. Den Besuchern wurden fertige Häuser gezeigt, bei denen das letzte Mal, als sie sich gesehen hatten, noch die Türen und Kamine gefehlt hatten. Sie wurden aufgefordert, das Langhaus zu bewundern, in dem die Ältesten ihre Versammlungen abhielten und das groß genug war, um die gesamte männliche Bevölkerung des Dorfes aufzunehmen. Allerdings durften sie es nur von außen betrachten, da kein Fremder hineindurfte. Beim Anblick der erfrorenen Kartoffeln schrien sie bestürzt auf und versprachen gleich neue Saatkartoffeln und Ratschläge für die Saatzeit.

Obwohl sie spät am Abend angekommen waren, wurde auf dem freien Platz zwischen den ersten Häusern und dem Fluß ein Feuer entfacht und Essen für sie bereitet, das Gäste und Gastgeber gemeinsam einnahmen, wobei die Gastgeber höflich genug waren, nicht zu erwähnen, daß sie bereits zu Abend gegessen hatten. Danach blieben die meisten am Feuer sitzen und genossen die angenehme Trägheit, die einen nach einem langen anstrengenden Tag und nach einem guten Essen am warmen Feuer überfällt. Tama redete das ganze Abendessen über hauptsächlich mit Sarn, der seit dem Winteranfang ins Haus der Jungherzen aufgenommen worden war. Anas Eltern hatten versprochen, daß ihre Tochter ihm im kommenden Sommer folgen dürfte. Er lächelte so selig, als er das erzählte, daß Tama nur zurücklächeln konnte und den kleinen eifersüchtigen Stich, den es ihm versetzte, für sich behielt. Denn Gilda war immer noch dort, hatte aber vor kurzem Sarn gegenüber angedeutet, daß sie nächsten Sommer möglicherweise weggehen wollte.

»Wenn sie das tut«, sagte Sarn, »wird sie nach Hause zurückkommen. Es gibt keine Anzeichen dafür, daß sie einen der Hirten zu ihrem Ehemann erwählen will.«

Tama warf einen Stock ins Feuer. »Zur richtigen Zeit wird sie schon einen finden.«

Sarn lachte.

»Daran zweifle ich nicht. Und was ist mit dir?«

»Du weißt, daß ich nicht heiraten kann, solange ich noch all das lernen muß, was der Alte Weise mir beizubringen hat. Vielleicht kann ich auch nie heiraten. Unsere Priester heiraten gewöhnlich nicht, obwohl es nicht verboten ist.«

»Das wäre nichts für mich«, sagte Sarn mitfühlend. »Ich möchte Frau und Kinder.«

Tama erinnerte sich, wie seine Eltern ertrunken waren, als er noch ein kleines Kind war, und dachte traurig, daß er immer alleine gewesen war. Ein Priester mußte seine Arbeit alleine verrichten. Er bezog seine Stärke und seine Weisheit aus der Einsamkeit. Da spürte er den Druck einer Hand auf seiner rechten Schulter und sah auf. Es war Ke Rala, der sich neben ihn hingehockt hatte.

»Ich habe Chard zu uns mit nach Hause genommen, wo er heute Nacht schlafen wird. Du weißt ja, was für ein freundlicher Mann er ist. Mein Vater freut sich über seine Gesellschaft, doch Chard möchte sich auch mit dir unterhalten. Er hat mich gebeten, dir zu sagen, daß er dir ein Geschenk mitgebracht hat, das er dir lieber nicht hier im Freien überreichen möchte. Deshalb bittet dich mein Vater, zu unserem Haus hochzukommen.«

»Der Häuptling ist freundlich«, sagte Tama. »Gut, ich werde gleich kommen.«

Er wandte sich Sarn zu, der ihm lächelnd eine Hand auf den Arm legte und ihm zublinzelte.

»Ich hoffe, dir gefällt Chards Geschenk.«

»Was weißt du darüber?«

Sarn lachte. »Geh mit Ke Rala. Wir sehen uns morgen wieder.«

Als Tama den Feuerkreis mit Ke Rala verließ, sagte er mit leichtem Bedauern: »Ich wollte eigentlich, daß Sarn heute nacht unter meinem Dach schläft, aber man bittet den Alten Vater nicht, Leute in sein Haus aufzunehmen. Es ist nicht immer leicht, ein Priester zu sein.«

»Ich weiß, und Chard versteht, daß unsere Sitten es nicht erlauben, daß der Alte Vater Besucher bei sich aufnimmt.«

»Was er mir wohl überreichen will?«

Der Häuptling und seine Frau hockten vor einem glühenden Feuer aus Rata-Holz, Chard saß gegenüber. Tama begrüßte den Häuptling mit der förmlichen Zurückhaltung, die er in seiner Gegenwart immer empfand, doch heute abend war der Häuptling in freundlicher Stimmung und erwiderte Tamas Gruß. »Komm her, Tama, setzt dich zwischen uns und Ke Rala. Es ist jetzt sicher kalt draußen.«

»Unten am Fluß hat der Wind aufgefrischt, aber noch sitzen viele ums Feuer«, sagte Ke Rala.

Der Häuptling lächelte seinem Sohn zu, und Tama bemerkte, daß dabei die schmerzverzerrten und bitteren Linien verschwanden, die sonst immer in seinem Gesicht standen. Vielleicht tat ihm sein Arm heute abend nicht weh.

»Ah, ihr jungen Männer spürt die Kälte noch nicht so wie ich. Frau, leg ein bißchen mehr Zweige aufs Feuer und schür es an. Junges Blut hat Hitze. Leidest du im Alter auch mehr unter Kälte, Chard?«

»Ich habe keine Zeit, unter der Kälte zu leiden«, lachte Chard. »Ich arbeite sehr viel. Da ich alleine lebe, muß ich alles selber machen.«

»Du solltest nicht allein leben«, sagte Da Nala. »Es ist nicht gut für einen Mann, außer er ist ein Priester, oder, Tama? Dir wird es nichts ausmachen, alleine zu leben, wenn der Alte Vater den Weißen Hirsch geritten hat, nicht wahr? Du wirst daran gewöhnt sein, keine Frau zu haben.«

Tama wußte nicht, was er antworten sollte, und lächelte nur schüchtern, während er mit seinen Armen die Knie umschlungen hielt und ins Feuer starrte. Chard kam ihm zu Hilfe.

»Ich habe mit euerem Häuptling über die frühe Zeit unseres Volkes gesprochen«, sagte er. »Und ich habe ihm erzählt, daß unsere Vorfahren einmal in der Lage waren, ihre Gedanken aufzuschreiben und sie in Büchern aufzubewahren. Du hast mir erzählt, daß euer Volk keine Bücher hat, so habe ich eines für eueren Häuptling mitgebracht.« Einen Augenblick lang blickte er in Tamas ängstliche Augen. »Und natürlich auch eins für dich.«

Er übergab Tama einen in Schaffell eingewickelten Gegenstand.

Wäre der Häuptling nicht gewesen, hätte Tama seine Arme in Freude und Dankbarkeit um Chards Hals geschlungen, doch unter diesen Umständen konnte er sich nur immer und immer wieder bedanken, während er das Buch ehrfürchtig auspackte. Es war größer und schwerer als das, welches er aus dem unterirdischen Zimmer auf dem Hügel mitgenommen hatte und das bei dem Erdrutsch, bei dem Rua umgekommen war, weggeschwemmt worden war. Der

Umschlag war so hart und flach wie ein Brett, die Farbe ein mattes Gelb, von dem sich die Schrift, leicht erhöht, abhob. Tama fuhr sie mit seinem Finger nach. Innen waren die weißen Seiten an den Rändern braun, die Reihen mit den schwarzen Zeichen gestochen scharf. Und es gab Bilder von den untergegangenen Menschen in ihren wunderschönen Gebäuden, in herrlichen Farben und verblüffend lebendig, doch waren sie alle in einem Augenblick erstarrt, in dem eine Sonne schien, vor die sich nie Wolken schoben. Wieder spürte Tama die tiefe Traurigkeit darüber, daß er sie niemals kennenlernen würde.

»Ich wünschte, ich könnte verstehen, was darin steht.«

»Tja, ich hab' dir ja erzählt, daß ich einmal gedacht habe, ich könnte durch Erforschung der Bücher herausfinden, wie ihre Sprache gesprochen wurde. Aber ich hatte keinen Erfolg. Vielleicht hast du ja mehr Glück.«

»Das wäre aber kein Wissen, das für das Volk bestimmt ist«, bemerkte Da Nala. »Tama, du mußt das Buch dem Alten Vater zeigen, bevor du es mit in sein Haus nimmst.«

»Gewiß«, sagte Tama. Er hatte den Eindruck, daß es nicht gerade höflich vom Häuptling war, darauf anzuspielen, daß Chards Geschenk vielleicht nicht willkommen sein könnte, und wandte sich deshalb Chard zu. »Ich werde den Alten Vater fragen, ob er mit dir sprechen möchte. Ich bin sicher, er würde gern noch mehr über euer Volk erfahren als das, was ich ihm erzählt habe.«

»Ja, das würde mir gefallen«, sagte Chard. »Ich war schon immer begeistert von den Zeugnissen unserer Vergangenheit, auch wenn viele aus unserem Volk damit zufrieden sind, hier in der Gegenwart zu leben. Ich glaube, euer Volk besitzt mehr Geschichten über ihre Ursprünge als wir. Wir erinnern uns vor allem an Shan. Wenn er wirklich all das konnte, was man sich so erzählt, muß er mehr Weisheit besessen haben als hundert gewöhnliche Männer. Bei uns gibt es keine Geschichten über Götter, die die Welt erschaffen haben, wie ihr sie kennt.«

»Das kann ich nicht verstehen«, sagte Da Nala. »Für uns ist klar, daß Ka Balu die Sonne, die Sterne und das Meer erschaffen hat sowie die Wälder und alles, was darin lebt und besteht. Er offenbart den Priestern seine Gesetze, und wir gehorchen ihnen. So einfach ist das. Was gibt eurem Volk Zusammenhalt, wenn sie keinen Gott zum Anbeten haben, niemanden, der ihnen den Weg weist?«

Chard schwieg eine Weile und starrte ins Feuer, bevor er antwortete. Er sprach langsamer als sonst.

»Ich glaube, daß wir auf eine andere Weise wissen und glauben als ihr. Es ist, als ob das Wissen in uns allen wirkt, als müsse es nicht ausgesprochen oder gelernt werden. Jahr um Jahr, Lebensalter um Lebensalter tun wir, was getan werden muß und leben so, wie es uns von unseren Ahnen vorgezeichnet wurde. Der Rhythmus von Geburt und Tod, von Zerfall und Verderben ist in uns und um uns. Wir fließen mit ihm.«

Der Häuptling machte eine ungeduldige Bewegung, und Chard hielt inne, doch Da Nala gab ihm ein Zeichen fortzufahren.

»Wir können uns keinen Uranfang vorstellen wie ihr, nur den ewigen Fluß der Dinge, der sichtbaren und der unsichtbaren. Die ganze Zeit. Da ist Veränderung und auch wieder keine Veränderung.«

Chard sprach mit mehr Nachdruck als es seiner sonst so fröhlichen Natur entsprach. Seine Zuhörer schwiegen, aber das Schweigen spiegelte unterschiedliche Haltungen wider. Es reichte vom ungläubigen Blick in den Augen der Frau des Häuptlings über die vorgeschürzten Lippen Da Nalas, der zweifelnd die Stirn runzelte, bis hin zu Ke Ralas ruhigem, unparteiischem Blick und dem begeisterten Staunen in Tamas eifrigen, aufmerksamen Augen.

»Wir kennen nur die Veränderungen und Wandlungen unseres Körpers und unseres Geistes. Es gibt Rhythmen und Schwingungen, die sind so fein oder umfassend, daß wir sie überhaupt nicht spüren können. Der umfassendste aller Rhythmen ist das Pulsieren des Universums selbst, der fortwährende Erguß des höchsten Liebesakts, durch den die Rhythmen allen Lebens ständig neu erschaffen werden.

Wie gesagt, war unser Vorfahr Shan ein lustvoller Liebhaber, der viele Frauen mit seinem Samen segnete und mit seinem Leben dem Ewigem Liebhaber Ehre erwies, welcher der Liebe innewohnt, wie der Keim dem Ei innewohnt. Durch die Macht dieser Liebe und ihres Wunsches, die Freude an eine endlose Zahl von Lebewesen weiterzugeben, pulsiert er auf ewig in verzückten Wallungen, aus denen er seinen Samen in das Nichts schleudert. Ohne das Nichts würde sein Samen sterben, und es würde kein Leben geben. Ohne den Liebhaber würde das Nichts unfruchtbar bleiben, und kein Leben könnte entstehen. Er macht das Nichts fruchtbar und läßt zahllose Welten hervorgehen, in denen sich die Liebe in einer unendlichen Vielfalt von Gestalten ausdrückt. Immer wenn irgendein Wesen im Universum sich am Liebesakt erfreut, wird der Samen des Ewigen Liebhabers erneuert. Dann fließt unsere Liebe zurück zu ihm, und wir erhalten dadurch seine Unsterblichkeit und seine ewige Freude am Fluß seiner Liebe.

Wir leiden, körperlich gesehen, ebenso wie ihr. Die einzige Art und Weise, wie wir dieses Leiden ertragen können, ist durch die Liebe. Alle Schlechtigkeit, alle Grausamkeit ist die Abwesenheit von Liebe. Das Abnehmen des Lebensflusses beim Tod ist nur der Anfang für ein stärkeres, tieferes Fließen des Wesens, durch das unsere Liebe zum Ewigen Liebhaber zurückkehrt.«

Als Chard zu sprechen aufhörte, herrschte lange Zeit Schweigen, bis schließlich der Häuptling das Wort ergriff.

»Eure Sitten sind nicht unsere, Chard. Wir wissen, daß Ka Balu unser Gott ist, und wir gehorchen seinen Gesetzen. Vielleicht wird dein Volk eines Tages entdecken, daß Ka Balu auch sein Gott ist. Das wäre gut. Tama, es ist Zeit, daß du zum Alten Vater zurückgehst. Wenn er erst einmal schläft, will er die Nacht über nicht mehr geweckt werden. Er wird alt wie ich. Ah, wir werden alle alt, auch wenn wir es nicht wahrhaben wollen. Es gibt keinen Zauber, der uns wieder jung machen könnte.«

Tama verabschiedete sich von allen und ging in die Nacht hinaus. Es war frisch und kalt, und die Sterne glitzerten am Nachthimmel über dem Wald. Unten am Fluß war nichts mehr von dem Feuer zu sehen. Es war gelöscht worden, bevor die letzten Feiernden heimgegangen waren. Das Dorf lag ruhig im Dunkel. Tama kletterte langsam den Hügel hinauf. In seinem Kopf hallten Chards Worte wider wie in einem Irrgarten voller Wunder. Eine Schönheit, die er nicht zu benennen wußte, begleitete ihn, etwas Wertvolles, das er keinesfalls verlieren wollte. Vor dem Haus angekommen, legte er das in Schaffell gewickelte Buch unter einen Haufen Zweige, damit der Tau es nicht beschädigte. Am nächsten Morgen würde er es dem Alten Vater zeigen.

Da Tama sich noch gut an die harsche Zurückweisung der Axt erinnerte, die die Schäfer im letzten Sommer mitgebracht hatten, war ihm ein bißchen bange, sein Buch könnte eine ähnliche Reaktion hervorrufen, und er bereitete sich darauf vor, seinen Entschluß, es zu behalten, fest zu verteidigen. Aber als Tama ihm am Morgen von dem Geschenk erzählte, sagte der Alte Vater nach langem Schweigen, das Tama nicht zu unterbrechen wagte, nur: »Gib es mir.«

Der Priester nahm das Buch vorsichtig aus Tamas Händen entgegen, schaute es von allen Seiten an und fuhr ohne Verständnis, wie Tama es getan hatte, mit einem Finger die leicht erhöhte Schrift auf dem Umschlag nach. Die Bilder forderten seine Aufmerksamkeit so sehr heraus, daß er sein Schweigen brach und mit Tama darüber sprach. Doch während für Tama bei vielem, was da abgebildet war, der Reiz des Neuen im Vordergrund stand, betrachtete sie der Alte Vater mit schüttelndem Kopf und Mißbilligung.

»Wie du weißt, habe ich auch so ein Buch, das die Priester immer weiter vererbt haben. Manchmal habe ich es zu Weissagungen benutzt, aber der Umgang damit ist gefährlich. Ich werde ihn dir zu rechten Zeit beibringen.

Weshalb haben sie so hohe Häuser gebaut? Wie kann der Mensch in Verbindung mit der Erde bleiben, wenn er versucht, die Götter in ihrem Reich heimzusuchen? Wir sind nicht würdig, Ka Balu ins Antlitz zu schauen. Was du nie übersehen darfst, Tama, ist, daß diese Menschen trotz all ihrer großen Häuser und Kanus, all der Macht, die sie besaßen, nicht mehr daran dachten, daß sie immer noch Kinder

der Erde waren. Und damit beschworen sie den Zorn von Ka Balu auf sich herab. Manche der Sitten des Schäfervolkes sind unserer Ansicht nach falsch. Wir müssen uns an unsere eigenen Bräuche halten. Aber ich würde gerne mit deinem Freund Chard über diese Dinge reden, da auch er sich Gedanken darüber gemacht hat. Du kannst das Buch behalten, aber laß dich dadurch nicht zu verkehrtem Denken hinreißen. Behalte es als Warnung von Ka Balu, daß es dunkle Wege gibt, denen unser Volk nie mehr folgen darf.«

»Danke, Vater«, sagte Tama. »Ich werde es nicht vergessen. Ich werde eine Kiste machen, worin ich es aufbewahre, damit es mir die Sehnen meines Bogens nicht zerreißt oder die Flöte zerdrückt, die Tula mir gab.«

Was er für sich behielt, war der Entschluß, daß er eines Tages lernen würde, die Linien mit den schwarzen Zeichen zu verstehen, um die Stimmen aus der Vergangenheit zum Sprechen zu bringen.

In den darauffolgenden Tagen, während der Alte Weise die Gelegenheit nutzte, Chard bis in alle Einzelheiten über Glauben und Sitten seines Volkes auszufragen, konnte Tama endlich etwas Zeit mit Sarn und seinen Schäferfreunden verbringen. Beunruhigt durch den Mißerfolg mit der Kartoffelsaat, hatten die Ältesten beschlossen, mehr Land zu roden und mit neuen Samen zu bestellen, da Ka Balu offenbar beschlossen hatte, daß sie auf dem alten Acker, den sie zuerst bepflanzt hatten, keinen Erfolg haben sollten. Die Leute murrten zum Teil, als sie von der Entscheidung hörten, denn das Roden von mehr Land, das Ausgraben und Verbrennen der großen Baumstümpfe bedeutete harte Arbeit. Auch die Schäfer hielten es für eine unnötige Verschwendung von bereits bestelltem Ackerland, aber die Ältesten bestanden darauf, daß ihre Entscheidung durchgeführt wurde.

»Ich glaube«, sagte Sarn, »daß mit dem Garten alles in Ordnung ist. Ihr habt nur einfach die Kartoffeln zu früh gepflanzt, so daß der Frost sie eingehen ließ. Wenn ein paar von euch mit uns zurückkommen, werden wir euch wahrscheinlich ein paar neue Saatkartoffeln geben können. Ihr könnt noch mehr Pflanzen bekommen, wenn ihr die Kartoffeln halbiert. Wichtig ist, daß jede Hälfte einen eigenen Trieb besitzt. Und noch etwas: Setzt ihr eure Pflanzen auch mit Liebe?«

Sarn grinste über Tamas Gesichtsausdruck.

»Wenn wir mit dem Setzen der Kartoffeln oder Säen des Korns fertig sind, legen sich die jungen Männer nackt in die Furchen und ergießen ihren Samen in die Erde. Sie lassen den Samen ihres eigenen Körpers in die Erde fließen, damit die Pflanzen wissen, daß sie geliebt werden und zu großen gesunden Pflanzen heranwachsen. Früher war es Sitte, daß die Männer mit Mädchen in den Furchen lagen, aber das machen wir jetzt nicht mehr. Ich wünschte, es wäre immer noch so. Es würde dem Mann mehr Vergnügen bereiten, als sein Glied einfach in die Erde zu stecken. Meinst du nicht auch?«

Tama schwieg verschämt. Vielleicht hatte der Alte Vater recht. Die Sitten des Schäfervolkes waren nicht für sie. Aber deswegen konnte er die Freundschaft Sarns noch lange nicht ablehnen. Der Hirtenjunge legte einen Arm um Tamas Schulter und sagte: »Du bist zu schüchtern, was den Umgang mit den Freuden des Leibes betrifft. Wir erfreuen uns an unserem Körper. Im Hause der Jungherzen können wir uns ein bis zwei Jahre lang gegenseitig an unseren Körpern erfreuen. Es ist wunderbar. Es ist gut, Tama. Ich wünschte, du könntest zu uns kommen. Wenn ich den Körper eines Mädchens geliebt habe und meine Stärke in sie habe fließen lassen, fühle ich mich voller Licht und Freude. Und dem Mädchen geht es ebenso. Wir sind im Frieden miteinander, und wir sind eins mit der Erde, mit der ganzen Liebe der Welt. Ich kann nicht verstehen, wie ihr ohne Liebe leben könnt.«

»Wir leben nicht ohne Liebe. Aber wir lieben im Haus. Ein Mann sollte seinen Samen nicht vergeuden, bevor er verheiratet ist.«

»Na gut, dann such dir ein Mädchen zum Heiraten aus. Such dir eins von unseren Mädchen aus. Ich glaube ...«

»Was?«

Sarn sah jetzt direkt in das Gesicht seines Freundes.

»Wenn du und Gilda heiraten würdet, könnten wir beide Brüder sein.«

Tamas Stimme klang jetzt schroff. »Aber ich kann nicht. Siehst du das denn nicht, verstehst du denn nicht? Ich bin verpflichtet, noch mehrere Jahre mit dem Alten Vater zusammenzuleben und zu lernen, wie man ihm als dem Priester unseres Volkes Folge leisten muß. Ich habe keine Zeit zum Heiraten. Vielleicht irgendwann, eines Tages … Ich weiß es nicht.«

Sarn umarmte Tama kurz, um ihn zu beruhigen.

»Ja, vielleicht eines Tages. Ich hoffe es wenigstens. Aber es gibt andere in eurem Dorf, die gern unsere Mädchen zur Frau nehmen wollen. Hora hat mir gestern erzählt, daß ihr nicht genug junge, gebärfähige Frauen habt für all die jungen Männer. Ihr müßt euch vermehren. Ich bin sicher, daß einige unserer Mädchen guten Frauen für eure Jäger abgeben würden. Und warum sollten nicht auch wir Frauen bei eurem Volk suchen? Dann würden unsere beiden Völker eins werden.«

Die Frage wurde ausführlich besprochen. Die Jäger redeten häufig untereinander darüber. Die, die bei den Schäfern zu Besuch gewesen waren, zeigten sich gern dazu bereit, deren Mädchen zur Frau zu nehmen. Sehr schnell schienen alle im Dorf über gemischte Ehen zwischen den beiden Völkern zu reden – allerdings nicht alle mit soviel Zuversicht wie Sarn.

Hora hatte seit mehr als einem Jahr seine Absicht geäußert, Mariti zu heiraten, aber ihre Eltern hatten bisher noch nicht ihre Zustimmung gegeben. Jetzt sprach er sich in aller Öffentlichkeit in den höchsten Tönen für gemischte Ehen mit den Schäfern aus. Maritis dunkle Augen sprühten vor Wut, und ihre Lippen verzogen sich zu einem Schmollmund.

Am dritten Abend des Besuchs der Schäferleute brachte Mariti selbst das Thema zur Sprache, als sie und Hora in der Dämmerung am Flußufer entlangliefen. Hora wußte, daß sie böse auf ihn war, und glaubte, den Grund zu erraten, als sie sich aus seiner versuchten Umarmung wand und zum Rand des Wassers hinunterlief. Er setzte sich mit dem Rücken gegen einen Baum und beobachtete Maritis anziehende Figur, die sich dunkel gegen die Wellen abhob. Er wollte sie schon seit über einem Jahr und ärgerte sich über das lange Zögern ihrer Eltern, dieser Heirat zuzustimmen. Er wußte, daß sie seine Wildheit nicht mochten, aber so war er nun mal. So bin ich, dachte er, ich nehme mir einfach, was ich will. Ich brauche eine Frau und kann nicht mehr länger warten. Wenn es nicht Mariti ist, werde ich eben ein Hirtenmädchen nehmen.

»Mariti, komm und setz dich zu mir. Hör auf zu schmollen.«

Das Mädchen bewegte sich nicht.

»Wenn du nicht kommst, gehe ich wieder heim.«

Mariti schwieg. Hora sprang auf und machte einen Satz über die paar Schritte, die sie trennten, zu ihr hin. Sie drehte sich um und schrie: »Schlag mich nicht!«

»Ich schlage dich nicht.«

Er legte einen Arm um ihre Taille. »Komm und setz dich.« Gegen den Baum gelehnt, hielt er sie eng an sich gedrückt und atmete den Duft ihres Haars ein. »Was hat dich so wütend auf mich gemacht?«

»Du liebst mich nicht!«

»Ich und dich nicht lieben! Habe ich denn nicht ein Jahr lang versucht, deine Eltern zu überreden, unserer Heirat zuzustimmen?«

»Du magst die Schäferinnen mehr als mich. Du hast Rad erzählt, daß du findet, unsere Jäger sollten Hirtenmädchen heiraten dürfen. Du wirst noch Ärger mit den Ältesten bekommen.«

»Ich habe keine Angst vor diesen alten Männern. Ich werde tun, was ich will. Ich will dich, Mariti. Ich brauche dich. Ich brauche eine Frau. Ich bin jetzt kein Junge mehr, ich bin ein Mann. Ich möchte dich heiraten, aber wenn deine Eltern nicht bald zustimmen, dann werde ich jemand anderes finden müssen. Es gibt Mädchen, die mich gerne nehmen würden.«

Mariti wußte, daß das stimmte.

Hora war zwar wild, aber er war auch stark und mutig,

und er würde die Frau, die er heiratete, beschützen und gesunde Kinder mit ihr bekommen. Als Mariti sich vorstellte, wie sie aus seinem kräftigen nackten Körper, der sich gegen den ihren drückte, die Süße aus ihm sog, wußte sie, daß sie jederzeit wild entschlossen um ihn kämpfen würde – gegen jedes Schäfermädchen, ja sogar gegen ihre Eltern. Sie wußte, daß ihr Vater es vorzöge, wenn sie Mala, den Sohn seines Clanbruders, zum Ehemann nähme, einen dünnen, mürrischen jungen Mann, für den Mariti nur Verachtung empfand. Hora könnte ihn verschlingen. Sie rührte sich in den Armen ihres Geliebten, der sie zu streicheln und, wie schon so oft zuvor, inständig zu bitten begann:

»Oh, Mariti, fühlst du wie groß ich für dich bin? Es bereitet mir beinahe Schmerzen und tut schon weh. Nimm mich in dich und heile mich.«

Diesmal verweigerte sie sich nicht, wie sie es so oft getan hatte. Sie drückte sich mit geöffneten Beinen gegen Horas Schenkel, der vor ihr kniete, und ihre Nacktheit in glühender Leidenschaft an die seine zog und dabei in einer Mischung aus Schmerz und Freude aufschrie, während er rasch in sie eindrang und sie zu einem Körper wurden.

Es war eine Seite von Maritis leidenschaftlichem Wesen, nicht über ihre Handlungen nachzudenken, sondern anzunehmen, was sie getan hatte, und sich anschließend den Folgen zu stellen. Am nächsten Tag erzählte sie ihrer Mutter, daß sie sich Hora hingegeben habe und ihre Eltern ihr nun erlauben müßten, Hora zu heiraten. Obwohl ihre Mutter weinte, schien sie weniger entsetzt zu sein, als Mariti befürchtet hatte.

»Ich wußte, daß es soweit kommen würde. Dein Vater hat dich an Mala versprochen, das weiß ich, aber Hora ist der bessere Mann für dich. Also muß es jetzt Hora sein. Aber dein Vater wird dich schlagen, meine Tochter. Ich kann ihn nicht davon abhalten.«

Und Kura schlug Mariti, wild vor Wut, bis seine älteste Tochter halb bewußtlos auf dem Bett lag und das Salz der Tränen ihrer Mutter heiß auf den blutenden Wunden in ihrem Gesicht brannte.

Die Erinnerung an Ruas Tod schürte die Wut Kuras weiter.

»Mein ältester Sohn wurde von einem seiner Clanbrüder in den Tod geführt. Nun wird mir auch noch meine Tochter von einem aus diesem Clan weggenommen. Sie haben meine Familie mit einem Fluch belegt. Wer weiß, welches Übel noch auf uns herabstürzt, wenn Tama erst einmal unser Priester ist?« Wütend über den entsetzten Gesichtsausdruck seiner Frau, fing er jetzt mit ihr zu streiten an. »Warum hast du nicht besser auf sie aufgepaßt, Weib? Du hast Mala nie leiden können. Du hast zugelassen, daß es soweit gekommen ist!«

Dann setzte er sich plötzlich in eine Ecke, bedeckte sein Gesicht mit den Händen und schluchzte, doch nicht wegen Mariti.

»O, Rua, Rua, mein Sohn, wenn du nur noch lebtest, dann könntest du mich trösten.«

Hora war mit Ke Rala zur Jagd gegangen und kam erst am späten Nachmittag ins Dorf zurück. Gleich nach seiner Ankunft wurde ihm berichtet, daß Mariti von ihrem Vater geschlagen worden war. Hätten nicht Ke Rala und andere ihn gewaltsam gehindert, Kura auf der Stelle anzugreifen, wäre es an diesem Tage noch zu weiteren Handgreiflichkeiten gekommen. Seine Freunde blieben die ganze Nacht bei ihm, bis sich seine Wut abgekühlt hatte und er ihren Ratschlägen Gehör schenkte, erst einmal abzuwarten, wie Maritis Eltern entscheiden würden. Ein paar Tage später wurde er dann zu ihnen gerufen. Ke Rala begleitete ihn und hörte zu, als Kura ohne den üblichen formalen Willkommensgruß für den zukünftigen Ehemann ihrer Tochter seine Zustimmung zur Heirat gab. Sowohl Hora als auch Kura wußten, daß es keine andere Möglichkeit gab. Ob Mariti nun schwanger war oder nicht, sie und der junge Jäger waren nun ein Fleisch und mußten nach den Gesetzen von Ka Balu Mann und Frau werden.

Da Hochzeiten immer bei Neumond gefeiert wurden, der nur noch einen halben Mond entfernt war, wurde bald mit den Vorbereitungen begonnen. Kura und seine Frau wollten, daß die Hochzeit stattfand, bevor irgendwelche Anzeichen einer Schwangerschaft sichtbar würden. Eine Hochzeit war ein festliches Ereignis für das ganze Dorf. Andere junge Jäger gaben zu verstehen, daß sie auch begierig darauf warteten, eine Frau zu finden, die so reizvoll wie Mariti war. Auch Tama erinnerte sich nun wieder an damals, als er Maritis Haar streicheln wollte, doch er erinnerte sich auch daran, wie sie ihm ins Gesicht gespuckt hatte, als er ihr die Nachricht von Ruas Tod überbracht hatte, und behielt deshalb seine Gedanken für sich. Er war nicht überrascht, als der Priester ihm erzählte, daß die Ältesten über die Möglichkeit von gemischten Ehen zwischen dem Schäfer- und dem Hirschvolk reden wollten, aber er war enttäuscht, als er erfuhr, daß er den Alten Vater nicht begleiten durfte.

»Es wird noch viele Gelegenheiten geben, bei denen es angebracht sein wird, daß du unseren Gesprächen zuhörst, aber hier handelt es sich um ein sehr heikles Thema, bei dem mit äußerster Bedachtsamkeit vorgegangen werden muß. Da können wir kein unruhiges junges Blut brauchen, das nach vorne prescht. Junge Männer auf der Suche nach Frauen denken nicht an die Zukunft unseres Volkes, sondern nur an ihre körperlichen Freuden.«

Auch Ke Rala hatte gehofft, seinen Vater zu dem bisher wichtigsten Treffen im Langhaus begleiten zu dürfen, aber auch er mußte zu Hause bleiben und traf sich deshalb mit Tama. Nachdem der Alte Weise das Haus verlassen hatte – mit seinem Hirschfellumhang bekleidet, den er nur zu den feierlichsten Anlässen trug, und der Felltasche mit den Knochen, Steinen, Muscheln, Federn und anderen kleinen Zeremoniegegenständen, die Tama bisher noch nicht näher untersuchen durfte –, setzten sich die beiden vor Tamas Zimmer. Die Nacht war wolkig, und alles deutete auf Regen hin, aber die beiden jungen Männer saßen im Freien, da sie das neblige Zwielicht der Abenddämmerung der Dunkelheit im Haus vorzogen.

»Da wird über unsere Leben entschieden«, sagte Tama. »Also sollten die Ältesten auch uns zu Wort kommen lassen.«

»Vielleicht machen sie das ja noch. Aber erst wenn sie selbst zu einer Entscheidung gekommen sind.«

»Wenn du einmal Häuptling bist – natürlich noch nicht jetzt, Ka Balu schenkt Da Nala ein langes Leben –, aber eines Tages, wenn du Häuptling bist, wirst du Veränderungen für das Hirschvolk beschließen?«

Ke Rala schaute über die unter ihnen liegenden Häuser des Dorfes in der Abenddämmerung und lächelte vor sich hin:

»Wie kann ich das wissen? Wenn irgend etwas geschieht, das eine Veränderung erforderlich macht, muß ein Häuptling eine Entscheidung treffen. Aber die Hauptaufgabe des Häuptlings besteht im Einhalten der Gesetze Ka Balus, im Sorgetragen, daß sein Volk diese Gesetze einhält, im Schlichten von Streitigkeiten und in der Zusammenarbeit mit dem Priester zur Feier und Beibehaltung der alljährlich abzuhaltenden Rituale. Ich werde es so machen wie mein Vater vor mir und dessen Vater vor ihm, ebenso wie du auf die Worte der Götter hören und dafür sorgen mußt, daß das Volk ihnen folgt.«

Tama hatte die Knie ans Kinn gezogen und hielt seine Beine mit den Armen fest umschlungen. Er wandte sich nun Ke Rala zu, den Kopf auf die Knie gestützt, und sagte: »Ich überlege, ob wir immer noch Freunde sein werden, wenn du erst einmal Häuptling bist und ich Priester.«

Ke Rala sah ihn überrascht an. »Aber natürlich. Nichts kann daran etwas ändern. Wir sind doch Clanbrüder. Es gehört sich unter Brüdern, daß man sich gegenseitig hilft.«

»Aber das ist nicht dasselbe wie einfach Freunde sein.«

»Ich sehe da keinen Unterschied.«

»Ich bin sicher, daß es Veränderungen geben wird. Wie mit Hora, der jetzt verheiratet wird. Wir machen schon lange nicht mehr so viel gemeinsam wie früher. Ich kann nicht oft mit dir und Hora jagen gehen, da es noch vieles gibt, das ich vom Alten Vater lernen muß. Wenn du Häuptling bist, wirst du eine Menge Zeit für alle möglichen Dinge aufwenden müssen, von denen du heute noch keine Vorstellung hast.«

»Wir können nicht einfach in unsere Kindheit zurückkehren. Die war für uns bereits mit dem Ende der langen Wanderung abgeschlossen.«

Sie schwiegen eine Weile und dachten beide an das Land, das sie verlassen hatten, bis Tama schließlich fragte: »Hast du jemals daran gedacht, eines Tages zurückzugehen?«

»Ja, schon oft. Aber wir waren zu beschäftigt, seit wir hier angekommen sind. Eines Tages sollten wir wirklich zurückkehren. Das haben wir doch auch gesagt.«

»Manchmal«, murmelte Tama, »schaue ich den Fluß hinauf und stelle mir die lange Reise durch die Berge vor, den ganzen Weg zurück bis zu unserem alten Dorf, und dann werde ich traurig. Ich wüßte gerne, ob meine Pflegemutter noch lebt.«

»Vielleicht führen wir, wenn ich Häuptling bin und du Priester bist, eine kleine Gruppe von Jägern durch die Berge zurück. Es ist zu weit für Jungen, die sich auf ihre Weihe vorbereiten.«

»Es kommt mir seltsam vor, mir vorzustellen, daß die Kinder hier aufwachsen und nichts mehr von ihrer alten Heimat wissen. Wir sollten ihnen darüber etwas beibringen.«

Ke Rala wandte sich seinem Freund zu. »Ja, das sollten wir uns vornehmen. Wenn ich Häuptling bin, werde ich mit den Ältesten darüber reden. Du kannst mir dabei helfen. Wir sollten jedes Jahr ein Frühlingsfest zur Erinnerung an die große Reise unseres Volkes veranstalten.«

Tama redete begeistert weiter. »Wir könnten die Reise und die Ereignisse, die dazu geführt haben, nachspielen. Zum Beispiel den Großen Schnee …«

»… und wie du den Weißen Hirsch getötet hast …«

»… und wie wir das Hirtenvolk gefunden haben!«

Diese Gedanken wurden zu einem gemeinsamen Traum, den sie weitersponnen und, ohne es vereinbart zu haben, vor den anderen geheim hielten; etwas, worüber sie nur sprachen, wenn sie miteinander allein waren. Dabei schien es noch lange hin, bis Ke Rala Häuptling und Tama Priester des Hirschvolkes werden würde.

Die Ältesten gaben nicht sofort eine Entscheidung zur Frage der gemischten Ehen bekannt. Es sollten noch weitere Versammlungen folgen, sagten sie. Es gehe bei dieser Frage um zu viel, als daß sie bei einer Versammlung zu entscheiden sei. Es könnte noch einige Monate dauern, bis der Wille Ka Balus klar sei.

Nie zuvor war das Volk in einer solchen Unsicherheit belassen worden. Die jungen Männer murrten vor sich hin, verfluchten die alten Männer mit ihren erkalteten Lenden, beneideten diejenigen, deren Wahl ihrer Zukünftigen aus den Reihen der Mädchen, die sich der Reife näherten, bereits von den Eltern abgesegnet war. Doch die verheirateten Frauen unterstützten die Verzögerung und die Vorsicht der Ältesten. Die meisten Frauen waren dagegen, daß ihre Söhne Schäfermädchen heirateten – Mädchen, die nicht an die rauhen Sitten der Jäger gewöhnt seien, ihre Männer nicht verstehen würden, mit den Kindern zu milde umgingen. Das Hirschvolk solle langsam anwachsen, in der von Ka Balu vorbestimmten Zeit. Beim Waschen der Wäsche am Fluß, an den Kochfeuern, am offenen Feuer bei Nacht verurteilten die Frauen das ganze Vorhaben aufs heftigste, bis ihre widerspenstigen Söhne das Gerede nicht mehr hören konnten und die Gesellschaft der anderen jungen Männer suchten. Die verheirateten Männer schlugen sich bei Familienauseinandersetzungen immer auf die Seite ihrer Frauen, aber wenn sie unter sich waren und sich unterhielten, waren sie doch etwas neidisch auf die Aussicht, daß ihre Söhne vielleicht eines Tages ein Schäfermädchen heiraten würden. Die Geschichte von Hora und den anderen, die eine Nacht mit den Jungherzen verbracht hatten, hatte sich herumgesprochen. Und natürlich waren dabei alle Einzelheiten furchtbar übertrieben worden, so daß sogar Hora – besonders jetzt, da seine Hochzeit mit Mariti bevorstand, wütend reagierte, wenn er die gröbsten Verzerrungen der Wahrheit hörte.

Erst zwei Tage nach der Versammlung redete der Alte Weise mit Tama darüber, aber zuerst stellte er ihm eine Frage.

»Nimmst du denn gar keinen Anteil an der Frage der gemischten Ehen mit dem Schäfervolk? Einige von ihnen sind immerhin deine Freunde.«

»Die Leute sagen, daß die Ältesten keinen Beschluß gefaßt haben.« Tama sprach, als sei ihm alles gleichgültig. Er war etwas beleidigt, daß ihm nichts erzählt worden war.

»Was? Was sagst du da? Sprich lauter. In letzter Zeit scheinst du immer alles vor dich hinzuflüstern.«

»Alle wissen, daß nichts entschieden wurde.«

Tama ritzte gerade eine Linie in den Kalender. Der Priester wartete, bis er fertig war, und sagte dann bestimmt:

»Hör zu, Tama. Hör mir jetzt genau zu. Ich weiß, daß dich diese Frage zutiefst berührt. Du verstehst das Schäfervolk, hast Freunde unter ihnen gefunden. Und zu diesen Freunden gehört auch das Mädchen Gilda. Du hast viel an sie gedacht.« Er starrte in Tamas mißbilligendes Gesicht, das Widerspruch ausdrückte. »Du wolltest, daß ich dir von unserer Versammlung berichte? Weshalb hast du mich dann nicht gefragt?«

»Es steht mir nicht zu, dich nach etwas zu fragen, was du mir nicht mitteilen willst.«

»Aha. Du bist also nicht an einer Angelegenheit interessiert, die lebenswichtig für unser Volk ist. Und doch denkst du, daß du eines Tages dessen Priester sein wirst.«

Tama konnte seinen Unwillen darüber, völlig falsch verstanden worden zu sein, nicht ausdrücken.

Etwas ruhiger fuhr der Priester fort:

»Merkst du denn nicht, mein Sohn, daß es zwischen uns keine Wahrheit geben kann, wenn wir uns nicht vollkommen vertrauen und ehrlich zueinander sind? Du wolltest wissen, was bei dem Treffen herausgekommen ist, aber weil ich entschieden habe, dir nicht gleich davon zu erzählen, tust du so, als würde es dich gar nichts angehen. Wenn es etwas gibt, das du nicht verstehst, etwas, das ich dir deiner Meinung nach erzählen sollte, dann frage mich. Wenn die Sache nichts für dich ist, werde ich dir erklären, warum. Und flüstere nicht immer vor dich hin, sondern rede laut und deutlich.«

Tama schaute etwas mitleidig in das angespannte faltige Gesicht des alten Mannes. »Vater, ich flüstere nicht. Ich spreche ganz deutlich. Ein Sänger und Liedermacher muß deutlich reden. Ich glaube, daß du langsam taub wirst.«

Beide wußten, daß dies die Wahrheit war. So streckte dann der alte Mann seine Hände nach Tama aus und nahm dessen Hände in die seinen.

»Ja«, sagte er einfach. »Ja. Du mußt Geduld mit mir haben.«

Sie redeten den ganzen Morgen über. Ein Amselmännchen sang dazu von einem Baum hinter dem Haus ein Lied für seine Nestgefährtin. Die vollen, besinnlichen weichen Töne drückten die ganzen Verheißungen des anbrechenden Sommers aus und für den heranreifenden Mann in Tama die Gewißheit von Erfüllung. In all den Jahren darauf mußte er jedesmal innehalten, wenn er das Lied des Amselmännchens hörte, weil er sich an jenen Augenblick erinnerte, und jedesmal fragte er sich, ob er hätte anders handeln können. Was die Versammlung betraf, erzählte ihm der Alte Weise nur, er glaube, das Hirschvolk müsse einige gemischte Ehen mit den Schäferleuten hinnehmen, allerdings unter strenger Aufsicht der Ältesten. Noch seien nicht alle überzeugt davon. Das würde eine Zeit dauern. Der Zweck könne nur sein, daß sie zahlenmäßig wieder mehr würden, und nur einige Jäger würden die Erlaubnis bekommen, vielleicht nur für eine Lebenszeit. Doch für die Söhne der Ältesten, den Sohn des Häuptlings und den Anwärter auf das Priesteramt seien solche Verbindungen nicht in Betracht zu ziehen. Das Blut der Führerschaft müsse rein bleiben. Und nie würde erlaubt werden, daß Hirtenmänner in das Hirschvolk einheirateten.

Tama hörte zu, stellte Fragen, äußerte Hoffnungen, daß die beiden Völker eines Tages wieder ein Volk würden und gemeinsame Kinder entstünden, doch all seine Gründe prallten an der sanften, beharrlichen Beteuerung des Priesters ab, es sei der Wille Ka Balus, daß beide Völker getrennt blieben. Es sei besser so. Keiner solle dem anderen etwas zuleide tun, sie sollten in Frieden zusammenleben. Die freie

Wahl, gemischte Ehen zu führen, fordere Ka Balu heraus. Sie könnten sich damit den Zorn des Gottes zuziehen und dasselbe Unheil auf sich herabbeschwören, das einst über ihre Ahnen hereingebrochen war.

»Der Totara-Baum und die Tanne wachsen hoch in den Himmel, Tama, weil sie getrennt stehen. Es ist besser so.«

Die Amsel sang weiter vom anbrechenden Sommer, von Freude und endloser Erfüllung.

Die Hochzeit von Hora und Mariti, die erste, die im neuen Dorf gefeiert wurde, ließ alle in freudiger Erwartung zusammenkommen. Das Hochzeitsritual würde dem neuen Dorf Segen bringen und Ka Balu davon überzeugen, daß die alten Sitten und Gebräuche auch im neuen Land Wurzeln schlugen und weiter gepflegt würden; in einem Land, in dem das Hirschvolk wieder ausreichend Nahrung fände und so zahlreich werden könnte wie die Vögel unter dem Himmel.

Der Hochzeitstag war schön und warm. Der Tanzplatz am Fluß wurde von Steinen und Zweigen befreit, neu eingeebnet und gekehrt. Den Kindern wurde unter Androhung, Ka Balu würde sie in Frösche verwandeln, verboten, den Tanzplatz zu betreten. So rannten sie lachend und kreischend am Rande das magischen Kreises entlang, versuchten, sich gegenseitig über die gezogene Linie zu schubsen, und hüpften dann quakend wie große Frösche weg. An diesem Tag hatten die Frauen das Sagen. Ehefrauen und Mütter gaben ihren Männern und Söhnen Anweisungen, dies zu tun, jenes zu holen, nicht immer im Weg zu stehen. Als genügend Holz für die Kochfeuer und den anschließenden Tanz zusammengetragen war, setzten sich die Männer in den Schatten, redeten über Hochzeiten, Jagdunfälle und erzählten sich Witze über ihre eigene Zeit als junge Freier und über ihre Ehen.

Hora tauchte erst spät am Morgen auf. Er jammerte, daß sich sein Kopf wie ein Stein anfühlte von all dem vielen Wurzelbier, das er am Vorabend getrunken hatte. Auf die Späße seiner Freunde konnte er nur mit einem dummen Grinsen antworten, bis Tama und Ke Rala mit ihm zum Fluß hinuntergingen, ihn wuschen, seine verfilzten roten Locken kämmten und ihn in neue Sandalen, einen neuen Lendenschurz und eine bestickte Hirschlederjacke einkleideten, die schon sein Vater bei seiner Hochzeit getragen hatte. Sie war zu klein und konnte über Horas breiter Brust nicht zusammengebunden werden, aber er wollte sie unbedingt tragen, und so ließ er sie offen. Während Ke Rala Horas Beine und Wadenmuskel rieb, um sie fürs Tanzen geschmeidiger zu machen, massierte Tama mit sanften Fingern seine Stirn und seinen Nacken, bis Hora dankbar ausrief, er fühle sich, als schwebe er auf einer Wolke. Die drei blieben bis zum späten Nachmittag zusammen am Fluß. Dann versammelten sich die Männer um den Tanzplatz, während die Frauen und Mädchen lachend und schwatzend vor ihren Häusern standen. Ke Rala und Tama umarmten ihren Clanbruder nicht ohne Rührung noch einmal und liefen dann mit ihm zum Rand des Tanzplatzes hoch, wo für sie ein Platz unter den jungen Männern freigehalten worden war. Das Hirschgeweih, das Horas Onkel Tila mit aus dem alten Dorf gebracht hatte, lag schon bereit, doch Hora hatte keine Lust, dessen Gewicht zu tragen, solange er nicht mußte.

Als der Häuptling, der Alte Vater und die Ältesten ihre Plätze einnahmen, wurde es still unter den Männern. Einige Frauen standen schweigend hinter ihren Männern, doch die meisten warteten vor ihren Haustüren, bis es Zeit war, Mariti zum Tanzplatz zu begleiten. Die Dorfbewohner schauten stumm zu, wie der Alte Priester langsam in die Mitte des Kreises ging, sich mit überkreuzten Beinen hinsetzte und aus seiner Felltasche verschiedene kleine Gegenstände holte, die er zur Weissagung benutzte. Die Zuschauer konnten die Worte, die er murmelte, nicht hören, sahen aber, wie er mit der rechten und mit der linken Hand etwas vor sich hinwarf, die verstreuten Gegenstände mit einer raschen Bewegung mischte und sich dann mit ernstem Blick darüber beugte. Von seiner Beurteilung der Zeichen würde es abhängen, ob er die endgültige Erlaubnis zum Abhalten der Hochzeit geben würde. Es gab Geschichten über Priester, die die Vorzeichen für so ungünstig hielten, daß sie eine Hochzeit vorübergehend verboten, was für alle Beteiligten große Unannehmlichkeiten mit sich brachte und die Ehe mit einem Mal des Unglücks zeichnete. Aber derartige seltene Zwischenfälle beruhten meist darauf, daß eine Familie sich gegen die Ehe sträubte, und waren ein letzter Versuch, die Hochzeit zu verhindern.

Die Menge schaute gespannt zu, wie der Alte Vater seine kraftvollen, Glück oder Unglück verheißenden Talismane einsammelte und wieder in seine Tasche steckte. Dann erhob er seine Hände, blickte mit dem Gesicht über den Fluß und rief mit klarer Stimme: »Ka Balu im Norden, alles ist gut.« Anschließend wiederholte er dieselbe Botschaft für den Westen, Süden und Osten. Das war das ersehnte Signal, daß die Hochzeit ihren Gang gehen konnte. Die Leute schrien erfreut auf, der Alte Vater ging zu seinem Platz unter den Ältesten zurück, und die jungen Männer, von denen einige sich Zweige auf den Kopf gebunden hatten, die ein Hirschgeweih darstellen sollten, drängten sich nach vorne, um mit dem Tanz zu beginnen. Tama und Ke Rala banden das richtige Geweih fest auf Horas Kopf, während er im Spaß stöhnte und ächzte, als würde er das Gewicht nicht aushalten. Sarn und die Hirten, die noch nie zuvor ein Tier gesehen hatten, das solch seltsame Hörner besaß, sahen aufmerksam zu.

Die jungen Männer fingen mit dem Tanz der röhrenden Hirsche an und bewegten sich dazu langsam, einer hinter dem anderen, im Kreis herum. Ab und zu hielten sie inne, hoben den Kopf und röhrten tief aus der Kehle dem Wald ihren Kampfruf entgegen, wie die Hirsche im Herbst zu Beginn der Brunft. Als ihre Schritte schneller und die Erregung immer größer wurden, rannten sie mit ihren Geweihen gegeneinander, als bekämpften sie einen Konkurrenten, schnaubten und stoben weiter voran, wobei ihr Röhren einige Zuschauer in Angst und Schrecken versetzte. Schweiß glitzerte auf ihren Schultern, die Köpfe wurden in Herausforderung des Gegners wild herumgeworfen, die Tänzer schwankten und stampften im Rhythmus, bis Horas Zeitpunkt gekommen war.

Mit bebenden Nasenflügeln und gefletschten Zähnen röhrte er den anderen seine Herausforderung entgegen, während er sich dem Kreis der Tänzer mit Ke Rala und Tama im Gefolge näherte, die es ihm gleichtaten. Ihre Aufgabe war es, die Tänzer abzulenken, für Hora eine Lücke zu schaffen, durch die er zur Mitte vorstoßen konnte, wo er vor weiteren Angriffen sicher sein würde. Dieser Teil des Tanzes versetzte die Zuschauer in helle Aufregung. Sie schrien den Clanbrüdern wilde Anfeuerungsrufe entgegen, applaudierten bei geschickten Finten und mutigen Vorstößen, die manchmal einen Tänzer zu Boden gehen ließen oder so verletzten, daß er blutete. Da Hora nur zwei Helfer hatte, war seine Aufgabe, den Kreis von etwa zwanzig Tänzern zu durchbrechen, nicht einfach, doch seine Stärke, kombiniert mit Ke Ralas Größe und Wendigkeit und Tamas geschickten Finten verwickelten die Tänzer in einen heftigen Kampf.

Auf einen Zuruf von Ke Rala wandten sich die drei plötzlich ab, als seien sie besiegt worden, rannten halb über den Platz, drehten um und griffen erneut an, diesmal mit Ke Rala und Tama vor Hora. Im letzten Moment, als sich der Kreis der Tänzer schon zusammenzog, um gegen Ke Rala und Tama anzurennen, preschte Hora nach links weg, beugte den Kopf nach vorne, brach durch die Reihen, rannte dabei zwei Tänzer um und drang, begleitet von den begeisterten Zurufen der Zuschauer, in die Sicherheit der Kreismitte vor. Danach tanzten die jetzt lachenden Kämpfer zusammen mit Ke Rala und Tama langsamer und ruhiger um den siegreichen Hora herum. Die Menge beruhigte sich wieder und sah schweigend zu.

Vor Kuras Haus formierte sich jetzt das weibliche Gefolge. Tama spielte auf seiner Flöte, als Mariti von ihrer Mutter herausgebracht und gefolgt von den Frauen und Mädchen, die zu der Musik sangen, zum Tanzplatz geführt wurde. Der Tanz war zu Ende, und nun drehten sich alle um und sahen zu, wie Nera ihre Tochter langsam an den leeren Häusern vorbei zu der wartenden Menge führte. Mariti sträubte sich und kämpfte mit ihrer Mutter. Die anderen Frauen halfen Nera, das Mädchen vorwärts zu treiben. All das war Teil des

Rituals. Es sollte so aussehen, als weigere sich das Mädchen und als bestehe die Mutter darauf, sie zu verheiraten, bis sie den Tanzkreis erreichten. Tama sah das verfilzte, wunderschöne Haar Maritis, ihre geröteten Wangen, ihre vor echten Tränen nassen Augen, die von dem »Kampf« gegen die anderen Frauen hervorgerufen wurden.

Jetzt kam Hora. Er röhrte ihr einen Willkommensgruß entgegen und sprang auf sie zu. Neras Rolle war es, jetzt Schrecken vorzutäuschen und sich zwischen ihre Tochter und das wild hin- und hergeworfene Hirschgeweih zu stellen. Auf einmal rissen Ke Rala und Tama die Arme der Frauen vom Körper des Mädchens los, während Hora sie packte und sie mit sich zurück in die Kreismitte zog. Die Tänzer schrien, drehten sich in einem schnellen Hüpfrhythmus um das Paar, während die weinende Nera sich von den Frauen wegführen ließ.

Plötzlich standen die Tänzer still, verstummten alle. Der Alte Vater schritt langsam zu Hora und Mariti. Das händchenhaltende Paar folgte ihm, als er sie aus dem Kreis heraus zu der Stelle am anderen Ende des Dorfes führte, wo ihr Haus gebaut werden sollte. Nur die Familien und Freunde von Hora und Mariti folgten, nicht alle Dorfbewohner. Hier am Rand der Lichtung standen die beiden Bäume, die der Priester als Sinnbild für ihre Ehe ausgewählt hatte. Die Zeremonie war kurz, aber im Gegensatz zu den rauhen Spielen von zuvor feierlich. Vor einem robusten Totara-Baum, dessen Stamm Hora gerade noch mit seinen Armen umfassen konnte, hielt der Alte Vater an und wandte sich an den jungen Mann.

»Du verstehst, Hora, daß du, indem du deinen Geist diesem Totara überläßt, Ka Balu bittest, er möge dich gerade und stark erhalten wie diesen Baum, dich allen Schwierigkeiten und Stürmen des Lebens standhalten lassen und es dir ermöglichen, unter deinen Ästen dem Kowhai-Baum, der Maritis Geist birgt, Schutz und Geborgenheit zu bieten.«

»Ich verstehe, Vater. Ich übergebe meinen Geist an den Baum und bitte Ka Balu, diesen Baum und mich selbst zu segnen.«

Daraufhin trat Hora vor, umarmte den Baum, sah in dessen Zweige hoch, ging ruhig um ihn herum und dann zum Priester zurück.

Nun wurde Mariti zu dem Kowhai geführt, einem wunderschönen jungen Baum, der zweimal so groß wie das Mädchen war; zwar schon verblüht, hatte er doch keine Samenkapseln gebildet.

»Du verstehst, Mariti, daß Du diesen Kowhai als deinen Geistbaum annimmst, damit du blühen und gedeihen mögest wie der Baum selbst. Möge der Honig seiner Blüten den Glockenvogel und den Tui anlocken, damit sie in deinem Herzen singen, und möge er seine Blüten sanft auf deine Kinder herabregnen lassen.«

Daraufhin umarmte Mariti den Baum und ging langsam um ihn herum.

»Faßt euch jetzt an den Händen, Mariti und Hora, und folgt mir.«

Der Priester führte sie in einem großen Kreis einmal um die beiden Bäume herum zum Ausgangspunkt zurück. Als sie mit verschränkten Händen vor ihm standen, lächelte er sie an. »Möge eure Ehe gedeihen wie eure Geistbäume, und möget ihr in ihnen immer die Kraft und die Freude Ka Balus finden.«

Da brachen die Zuschauer in frohes Lachen und Gerede aus, kamen nach vorne und zogen das Paar in ihre Mitte. Dann führten sie sie wieder zurück zum Tanzplatz, um den Geschicklichkeitskämpfen zuzusehen und den Flöten und den Liedern zu lauschen, bis die Frauen die Essenskörbe bringen würden. Maritis Mutter kämmte das verfilzte Haar ihrer Tochter aus.

Hora ergriff Tamas Arm und sagte: »Bist du jetzt bereit, Tama, uns das Hochzeitslied vorzusingen, das du für uns gemacht hast? Bevor die Spiele beginnen.«

»Ich möchte, daß Sarn auf seinem Dudelsack dazu spielt, während ich für euch singe. Es ist gut, wenn auch die Musik des Schäfervolkes bei eurer Hochzeit erklingt.«

Sarn wurde herbeigerufen und blieb eine Weile bei Tama, etwas abseits von den anderen, während Tama geduldig darauf wartete, daß die Gabe des Singens über ihn kommen würde. Sie mußte stets von außen kommen, als ritte sie auf einem Wind des Geistes von Ka Balu heran. Beim ersten Erschauern, das ihn packte, wandte er sich an Sarn und sagte: »Jetzt.«

Sie liefen hinaus auf den freien Platz. Sarn begann zu spielen, und die Menschen verstummten. Als sich die Woge in Tamas Brust erhob, fing er an zu singen:

Nun ist sie gekommen
für Mariti und Hora,
die Zeit des Tanzens,
die Zeit des Feierns.

Horas Geweih
hat ihm eine Braut gewonnen,
auf das Röhren des Hirsches
hat sie Antwort gegeben,
die schöne Mariti mit dem glänzenden Haar.

Sie ist zu ihm gekommen, die sanfte Hirschkuh,
der starke Jäger
hat seine Gefährtin gefunden,
alle Menschen jubeln
und tanzen und singen.

Übergaben den Geist
an die auserwählten Bäume,
dem starken Totara
steht der Kowhai zur Seite,
gemeinsam werden sie erblühen
und von den Jahren erfüllt werden.

Ai-jeee! Laßt uns tanzen und singen,
laßt uns feiern
an ihrem Hochzeitsfest.
Ai-jeee! Hora! Mariti!

Führt uns zum Tanzen,
zum Hochzeitstanz,
dem Tanz des Lebens!
Hora! Mariti! Auf zum Tanz!

Sarns Dudelsack führte sie hüpfend und wirbelnd in einen kurzen, schnellen Tanz, der mit Klatschen und Lachen und dem Herumreichen von mit Wurzelbier gefüllten Lederbeuteln endete.

Sarn und Tama ließen sich neben Tirka nieder, der liebevoll das Geweih betastete, das Hora von seinem schmerzenden Kopf heruntergenommen hatte. Tama war gerührt, als er sah, daß der alte Mann weinte.

»Was ist los, Onkel Tirka? Was schmerzt dich?«

Der Alte schüttelte traurig den Kopf, wischte sich mit der Hand über die Augen und blinzelte in das Gesicht des jungen Mannes.

»Ach, Tama. Der Schmerz des Lebens selbst läßt mich weinen. Ich weine über die Freude, die ich in meinem Leben erfahren durfte, die Freude des Tanzens, die Freude, die mir das Mädchen bereitete, das ich geheiratet habe an einem Tag wie diesem. O, meine geliebte Iluchi. Ich tötete den Hirsch, dem dieses Geweih gehörte, um einen Umhang für sie zu machen. Doch sie ist schon lange tot, weggetragen von dem Weißen Hirsch, der auch mich bald holen wird. Es gibt keine Freude im Alter, Tama. Ich bin ein nutzloser alter Mann, ein dürrer Ast in einem sterbenden Baum.«

»Du kannst immer noch aus eigener Kraft gehen, Onkel«, sagte Tama sanft. »Ich habe gesehen, wie du Unkraut im Garten gerupft hast.«

»Ja, ja, aber ist das die richtige Beschäftigung für den Jäger, der ich einmal war?«

Darauf wußte keiner eine Antwort und still sahen sie zu, wie die Spiele begannen. Tama war ein bißchen nüchterner, aber auch trauriger geworden wegen der Tränen des alten Mannes. Müssen wir denn alle in Kummer enden? An einem Tag wie diesem schien es jedenfalls unmöglich zu sein. Bald lachte er wieder mit den anderen über zwei Jäger, die sich mit »Blindstock-Ringen« vergnügten, einem der beliebtesten Spiele unter den jungen Männern. Mit verbundenen Augen bemühte sich jeder mit einem langen Flachsstengel den anderen zu treffen. Auf der Suche nach dem Gegner schlichen sie herum und droschen in die Luft, bis sie ihn schließlich entwaffnet und zu Boden gerungen hatten. Es war immer ein großer Spaß für alle. Genauso beliebt war »Störenfried«, bei dem ein Faserball zwischen zwei Spielern hin- und hergeworfen wurde, während ein dritter versuchte, den Ball abzufangen, ohne einen der anderen Spieler zu berühren. Hatte der Störenfried Glück und bekam den Ball, durfte er den Platz mit einem der Werfer tauschen. Gewinner war, wer seinem Partner fünf Bälle zuwerfen konnte, ohne daß der Störenfried einen abfing.

Danach folgte eine Kraftprobe, bei der Bündel getrockneter Flachsstengel über dem Knie zerbrochen werden mußten. Die Bündel waren etwa mannshoch und jeweils am Ende zusammengebunden, damit kein Stengel herausrutschen oder -rollen konnte. Die Kunst bestand darin, sie nicht mit einem kräftigen Ruck zu brechen, sondern indem man sie übers Knie legte und sie mit gleichbleibender Kraft langsam nach unten drückte. Mehreren Männern gelang es ohne allzuviel Mühe, Bündel mit vier oder fünf Stengeln – sorgfältig ausgesucht nach gleicher Dicke und gleichem Gewicht – durchzubrechen. Beim Versuch mit sechs Stengeln scheiterten sie. Da trat Ke Rala nach vorne und bat um ein Bündel mit acht Stengeln.

Ungläubiges Murmeln ging durch die Reihen, manche lachten, aber auch Anfeuerungsrufe wie »Ke Rala! Ke Rala!« waren zu hören.

Tama schaute gespannt zu und hoffte, daß Ke Ralas Selbstvertrauen angebracht war. Ja, es stimmte, er hatte große Kraft in den Schultern und Armen entwickelt. Obwohl einige der älteren Jäger schwerer waren und Ke Rala bei einem Ringkampf zu Boden werfen konnten, besaß doch keiner mehr Kraft in den Handgelenken und den Händen.

Die Sonne war bereits untergegangen, doch der Himmel schimmerte noch in einem schwachen Licht, und die Flammen des Feuers warfen einen rötlichen Schein auf den Oberkörper des jungen Mannes, als er sich bückte und das Bündel mit den Flachsstengeln aufhob. Er prüfte mit der Hand das Gewicht, als wollte er es wieder beiseite werfen. Dann kniete er sich mit dem rechten Knie auf den Boden und hielt das Bündel direkt unter das linke Knie vor das Schienbein gedrückt. Mit seinen Händen hatte er die Stengel so gepackt, daß er in vollkommenem Gleichgewicht war. Nur wenige Männer hätten überhaupt die Spanne gehabt, das ganze Bündel zu umfassen. Unter den Zuschauern herrschte jetzt absolute Stille, und Tama war unruhig und angespannt in seinem Wunsch, daß sein Freund es schaffen möge.

Ke Rala atmete tief ein, seine Brust hob sich, und mit geradem Rücken begann er langsam an den Stengeln zu ziehen. Vorsichtig atmete er wieder aus, füllte seine Lungen erneut und übte diesmal beim Ziehen mehr Kraft aus. Ein drittes Mal wiederholte er den ganzen Vorgang, wobei er sich langsam an den Rhythmus von Spannung und Entspannung gewöhnte. Wieder und wieder machte er so weiter, hielt jedesmal den Atem etwas länger an und drückte jedesmal etwas stärker zu. Tama sah den Schweiß auf seinen Schultern, den Armen und im Gesicht glänzen. Wieder füllte Ke Rala seine Lungen, seine Brust ging schwer, da hob er den Kopf, und die angespannten Muskelstränge in seinem Nacken traten deutlich hervor, als er die Stengel mit aller Kraft um sein Schienbein zog. Tama sah, wie er die Zähne zusammenbiß, wie seine Augäpfel hervorquollen und ein Ausdruck von Zorn oder Schrecken sein Gesicht verzerrte. Er bog seinen Rücken durch. Beim ersten splitternden Krachen kam plötzlich ein übelkeitserregendes Entsetzen über Tama, er spürte, wie er in ein schwarzes Loch fiel und auf einmal nur noch Ke Ralas verknotete Hände sah, zwischen deren Fingern Blut hervorquoll. Er hörte nicht das Freudengeschrei, als auch der achte Stengel endlich brach, Ke Rala das zerbrochene Bündel fallen ließ, auf dem Boden zusammenbrach und schweißgebadet nach Luft schnappte.

Sarns Arm lag um Tamas Schultern, als dieser wieder zu

sich kam. Die Stimme seines Freundes klang in seinen Ohren.

»Was ist los mit dir? Bist du krank? Liegt es an der Hitze des Feuers, daß du ohnmächtig geworden bist?«

Tama zwang sich, sich aufzurichten, lehnte sich gegen Sarns Arm und murmelte, daß er jetzt wieder in Ordnung sei. Es müsse die Aufregung, die Hitze gewesen sein. Er versuchte zu lächeln.

»Hat Ke Rala gewonnen?«

»Ja, ja. Er hat die stärksten Hände, die ich je gesehen habe. Es ist verrückt.«

Nachdem die Spiele beendet waren, wurde das Essen gebracht und alle aßen und tranken nach Herzenslust. Langsam spürte Tama, wie sein Kopf wieder klar wurde. Er unterhielt sich mit Sarn, lobte das Essen, doch lehnte er das Wurzelbier ab und trank nur Wasser. Die Leute kamen und gingen, lachten, redeten, aßen. Sarn amüsierte sich mit Tama über die Sitten des Hirschvolkes.

»Ihr seid ein ganz schön rauhes Volk, Tama. Eine Hochzeit bei euch gleicht einem Kampf. Wenn wir einen Mann und eine Frau miteinander vermählen wollt, tauschen die beiden einfach Muscheln voller Meerwasser aus als Sinnbilder dafür, daß sie sich gegenseitig die Fülle ihrer Liebe und ihres Lebens schenken. Sie müssen sehr vorsichtig getauscht werden, daß auch nicht ein Tropfen dabei verloren geht.«

Chard mischte sich nun ins Gespräch. Tama war dankbar für die ruhige Unterstützung des alten Mannes, für seine Einsicht, daß Tama etwas Tieferes als nur eine Ohnmacht erlebt hatte. Aber er stellte keine Fragen. Die Hirten sollten in zwei Tagen wieder nach Hause zurückkehren, und so sprach er von dem Buch, das er Tama geschenkt hatte, und darüber, ob es wohl je möglich sein werde, die Zeichen der verlorenen Sprache zu verstehen.

»Ich werde es versuchen«, sagte Tama, »ich hatte bisher noch nicht die Möglichkeit, mich richtig damit zu befassen. Aber eines Tages werde ich es tun. Und wenn ich die Bedeutung der Zeichen nicht herausfinden kann, werde ich welche für unsere eigene Sprache erfinden. Die Zeichen, die ihr zum Beispiel in eure Türen einschnitzt und die angeben, wie viele Mitglieder die Familie hat – sind so eine Art Sprache. Vielleicht helfen sie mir weiter.«

»Vielleicht«, so Chards Vorschlag, »können wir ja auch gemeinsam daran arbeiten. Wenn du erst mit deiner Ausbildung beim Alten Vater fertig bist, wirst du mehr Zeit haben.«

»Oh, das würde mir gefallen. Du verstehst, wie wichtig es mir ist, diese Zeichen zum Sprechen zu bringen. Es würde unserem Volk große Macht verleihen, könnten wir unser Wissen mit solchen Zeichen wie jenen in den Büchern bewahren.«

Es war schon nach Mitternacht, als Tama langsam den dunklen Pfad zum Haus des Alten Vaters hochschlenderte. Bevor er hineinging, drehte er sich noch einmal um und blickte auf das Dorf hinab, in dem sich immer noch ein paar dunkle Figuren im verlöschenden Schein des Feuers bewegten. Das bißchen Wärme, das davon ausging, tröstete ihn. Was er gesehen hatte, war nicht einfach auf eine körperliche Schwäche zurückzuführen, sondern es war eine Vision, die ihm Ka Balu gesandt hatte: eine Warnung vor Ke Ralas Händen, deren harter Griff Blut und Schrecken hervorbringen konnte, ein Echo aus einer schrecklichen Zukunft. Tama schaute zu dem dunklen, stillen und undurchdringlichen Wald hinter dem Dorf hinüber.

»Hilf mir, Ka Balu. Hilf mir, die Vision zu verstehen. Ich weiß, daß ich sie niemandem erzählen soll. Ich werde sie einfach ruhig in meinen Gedanken mit mir herumtragen, bis ich ihren Sinn erkenne. Gib mir Kraft, Ka Balu, um das zu tun, was getan werden muß, wenn die Zeit reif ist. Und schenke mir heute Nacht deinen Frieden.«

Er blieb noch eine kleine Weile stehen, atmete die kühle Nachtluft ein und ließ seine Gedanken zur Ruhe kommen, bevor er ins Haus ging und sich hinlegte.

6

Es ging zu Ende. Die Leute wußten es und warteten. An diesem Morgen oder bei Sonnenuntergang oder in der nächsten Nacht. Der genaue Zeitpunkt stand nicht fest, aber die Ältesten hatten gesagt, daß der alte Mann den nächsten Sonnenaufgang nicht mehr erleben würde. Sein Ende war nahe. Im Dorf war es ganz still. Seit zwei Tagen waren keine Jäger mehr in den Wald gezogen. Irgendwo im Schatten der Bäume würde der Weiße Hirsch leise zum Trinken an den Fluß kommen.

Am Morgen war Hora erschienen und hatte mit seinem vor Lebenskraft strotzenden, massigen Körper den Raum gefüllt und den sauren Geruch nach Krankheit vertrieben, der vom Bett des alten Mannes ausging. Hora hatte seinem Clanbruder ins Gesicht gesehen, darin die Zeichen der Erschöpfung gelesen und einfach gesagt: »Du wirst heute schlagen, und ich werde Wache halten.«

Den ganzen Morgen über saß Hora im Halbdunkel des stillen Raumes neben dem zusammengesunkenen alten Mann, der die Augen in seinem ausgemergelten Gesicht geschlossen hielt, nichts sah, nichts hörte, aber immer noch atmete. Am Nachmittag waren die Ältesten gekommen, hatten die kalten Hände des sterbenden alten Mannes zwischen die eigenen genommen und jeder für sich in Stille von ihm Abschied genommen. Auch der Häuptling war unter ihnen und wollte schon wieder mit ihnen weggehen, als er in das andere Zimmer hinüberblickte und sah, daß der junge Priester immer noch fest schlief. Da schickte er die Ältesten weg und blieb selbst an der Seite des alten Mannes sitzen, bis es Zeit für das Nachtmahl war. Erst dann weckte er Tama, hielt die Hände seines Clanbruders und sagte: »Kannst du heute nacht bei ihm Wache halten, oder soll ich bei dir bleiben? Es kann nicht mehr lange dauern.«

Tama drückte Ke Ralas Hände voller Dankbarkeit. »Ich

bin jetzt ausgeruht. Ich kann die Nacht wieder bei ihm wachen. Bis zum Morgen wird alles vorbei sein. Ich habe in den Stein geschaut und gesehen, daß seine Zeit heute nacht kommen wird.«

Es wurde Essen gebracht, und Ke Rala saß mit Tama am Feuer, während er aß. Im Bett rührte sich nichts. Bevor es ganz dunkel wurde, machte sich Ke Rala auf den Heimweg. Auf dem steilen, vom Regen schlüpfrigen Pfad, setzte er vorsichtig einen Fuß vor den anderen. Seine Gedanken wandten sich erleichtert ab von der einsamen Wache des jungen Priesters an der Seite seines sterbenden Meisters und hin zu der angenehmen Vorstellung, zu seiner Frau und seinem Kind heimzukehren, die ihn erwarteten. Es war niemand unterwegs. Um dem Frost der Winternacht zu entkommen, hatten sich die Dorfbewohner schon früh um ihre Feuerstellen geschart. Der einzige Mann zu sein, der unterwegs war, gab dem Häuptling ein seltsames Gefühl von Lebendigkeit, wurde zu einer Bestätigung seiner eigenen Kraft in dieser rauhen Nacht, die sich über das Dorf legte. Bevor er zur Tür hineinging, die für ihn geöffnet wurde, als man seine Schritte näherkommen hörte, warf er noch einmal einen Blick zum Hügelkamm hinauf, aber es war schon dunkel, um das Haus des Priesters noch erkennen zu können. Lächelnd zog ihn Anielli zur Türe hinein.

Tama war allein und hatte die letzte Nachtwache vor sich. Er saß ruhig mit überkreuzten Beinen und stand nur ab und zu auf, um ein paar Holzscheite nachzulegen oder den Speichel wegzuwischen, der dem alten Mann aus dem offenen Mund rann. Die Hände auf die Knie oder den Schoß gelegt, war sein Ausdruck gefaßt, seine Gedanken beherrscht. Jetzt blieb nicht mehr viel zu tun, und er hatte keine Angst mehr, daß seine Kraft nicht bis zum Ende reichen würde. Jetzt blieb ihm nur noch das Warten.

Die Jahre hatten ihn gezeichnet. Sein Gesicht war immer noch das eines jungen Mannes, doch im Ausdruck war es zu streng. Ihm fehlte die selbstbewußte Macht Ke Ralas oder die herzerfrischende Munterheit Horas. Feine Linien um seine Augen zeugten von großen Anstrengungen und von einem Willen, der auf strenge Selbstbeherrschung ausgerichtet war. Und in solcher Selbstbeherrschung zog nun noch einmal alles an seinem geistigen Auge vorüber, was er diesem im Sterben liegenden Mann an seiner Seite verdankte. Mochten die Lider auch geschlossen sein, wie es die Ohren seit langem waren, so wußte Tama doch, daß der Geist des Priesters, der sich zum Davonschweben bereit machte, immer noch wach war. Sie warteten beide ganz ruhig; in dieser Stille waren sie weiter fähig, sich über die verdunkelten Sinne hinweg zu verstehen.

Seit dem Herbst hatte der alte Mann sein Bett nicht mehr verlassen, außer wenn er von den Frauen herausgehoben wurde, die kamen, um ihn zu waschen. Auf dem großen Steinkalender rückte der Tagesstift dem Zeichen der Wintersonnwende immer näher, der Zeit also, in der die Sternenvögel wieder ganz weit unten am nördlichen Himmel auftauchen würden. Es war richtig und gut, daß der Alte Priester jetzt seine Reise antreten und der Junge Priester an seine Stelle treten würde, jetzt, wo der Winter seine tiefste Dunkelheit erreicht hatte und sich in der Erde langsam erste Lebenszeichen des anbrechenden Frühlings regten. Den Großteil des letzten Jahres hatte Tama bereits die meisten Aufgaben des Priesters erfüllt. Sechs Jahre lang, seit der Dorfgründung, hatte er seine Tage und Nächte dafür hingegeben, alles, was der Alte Weise ihm beibringen konnte, zu lernen. Viele Nächte hatte er auf dem kahlen Kamm des Hügels hinter ihrem Haus zugebracht und Aufgang und Untergang der wichtigsten und weniger wichtigen Sterne aufgezeichnet. Er hatte zugeschaut, wie der Baum Ke Balus von seiner Position ganz unten im Süden des Sommerhimmels wuchs, bis er in der Mitte des Winters fast genau senkrecht über dem Wald stand. Wenn der Fluß der Sterne seinen Lauf änderte, um nach Osten zu fließen, wußte er, daß das Morgengrauen kurz bevorstand. Eine Nacht, in der die Sterne mit gleichbleibendem Glanz funkelten, ließ auf einen heißen, trockenen Tag schließen; blinkten die Sterne jedoch unruhig wie unter Wasser, würde bald Regen fallen. Manchmal schüttelte der Wind, der zwischen die Sterne fuhr, Blätter und Blüten von den himmelwärts ragenden Zweigen herab, und Tama sah, wie sie glänzend weit über den Wald oder ins Meer geblasen wurden.

Gemeinsam hatten der alte und der junge Priester das Wetter in diesem neuen Land erforscht, bis dessen Wechsel fest in Tamas Gedächtnis verankert waren. Er wußte, wie plötzlich der heiße Atem des von der Sonne kommenden Windes zu einem kalten Windstoß von Süden her umschlagen konnte, daß es so aussah, als werde der Sommer plötzlich vom Winter abgelöst. Wind von den Bergen und Wind vom Meer, eiskalter Wind vom Süden her, Regen und Sonne und Frost hatten sie beobachtet, bis Tama sich im vollen Vertrauen vor die Gärtner hinstellen und sagen konnte: »Jetzt ist es Zeit zum Säen«, oder: »Jetzt ist es Zeit zum Ernten.«

Nur im ersten Jahr war die Kartoffelernte fehlgeschlagen. Sorgfältig hatten die Ältesten das Mischen verschiedener Bodenarten vom Flußufer, vom Waldboden und vom Meeresstrand überwacht, bis die Gärten sich schließlich als fruchtbar erwiesen. Auf seinen Wanderungen durch den Wald, entlang des Fluß- oder Meeresufers, hatte Tama viele nützliche Pflanzen gesammelt, die dem Hirschvolk bekannt waren, und sie in den kleinen Garten neben seinem Haus angepflanzt. So konnte er Blätter und Blüten abpflücken oder Wurzeln ausgraben, um damit eine Magenverstimmung zu behandeln, eine Verbrennung zu kühlen, eine Wunde zu heilen, Erbrechen herbeizuführen oder den Schlaf zu bringen, der Schmerzen linderte. Von all den Dingen, die er gelernt hatte, schätzte er das Heilwissen am meisten. Allerdings war es auch jenes Wissen, das ihm am meisten Sorgen machte. Zwar nahmen die Dorfbewohner das Heilangebot des Priesters stets geduldig und vertrauensvoll an, doch Tama und der Alte Weise wußten beide, daß es trotz ihrer Gebete zu Ka Balu viele Leiden gab, die sie nicht heilen, viele Schmerzen, die sie nicht lindern konnten. Die Kranken nahmen zwar die Erklärung des Arztes über die Krankheitsursache, die Entschuldigung für das Nicht-Wirken immer an, aber es gab Fälle, da wußte Tama einfach, daß die angebotene Hilfe völlig zwecklos sein würde. Manchmal überlegte er sich, ob wohl das Wissen der Leute aus dem untergegangenen Dorf wirksamere Heilmethoden umfaßt hatte, als die, die ihm zur Verfügung standen. Wenn dem so war, mochte das Geheimnis möglicherweise in der seltsamen Sprache der Bücher zu finden sein, für deren Studium er immer noch keine Zeit gefunden hatte.

Er kannte mittlerweile die Rituale der Gebete und des Befragens der Zeichen zur Zukunftsdeutung für Geburten, Hochzeiten und Todesfälle. Stück für Stück hatte er Muschelfragmente, Steine, Knochen und Holzstückchen gesammelt, die den Formen von Mann, Frau und Kind ähnelten. Er hatte gelernt, die Zukunft vorauszusagen und die Muster zu deuten, die sich beim Werfen der magischen Gegenstände ergaben. Diese Gegenstände bewahrte er in einem Lederbeutel in einer Kiste auf, die er besonders dafür sowie für sein Buch, für Tulas Flöte und einige andere wertvolle Besitztümer angefertigt hatte. Zwar hatte der Alte Vater ähnliche Gegenstände besessen, doch sie würden zusammen mit ihm begraben werden. Nur seinen Priesterstab und den Hirschfellumhang hatte er Tama vermacht.

Von Zeit zu Zeit wandte sich Tama dem sterbenden alten Mann zu, wischte ihm den Mund und die Augenbrauen trocken, nahm die kalten Hände in die seinen und hoffte, er würde noch einmal zu Bewußtsein kommen und ihm ein paar Worte des Abschieds und des Segens schenken. Doch er wußte auch, daß alles, was zu sagen war, bereits gesagt war. Seit mehreren Monden waren sich die beiden Männer des herannahenden Todes bewußt gewesen, hatten die nötigen Fragen gestellt und beantwortet und sich gegenseitig getröstet. Als das Ende nahte, hatten sie von ihrer Heimat hinter den Bergen mit ihren ausgedehnten Wäldern, den ruhig dahinfließenden Flüssen, dem Dorf ihrer Toten gesprochen. Der Alte Vater hatte von seiner Kindheit erzählt und von Jägern, die den Weißen Hirsch geritten hatten, noch bevor Tama geboren worden war. Er pries Tamas Vater als einen geschickten Bogenschützen und flinken Läufer, der in seiner Jugend einmal einen Hirsch drei Tage lang verfolgt und gejagt hatte, bis er schließlich seinem Pfeil zum Opfer fiel. Tama ging diese Erzählung über das Leben seines Vaters, die sich in der Erinnerung des alten Priesters rührte, sehr nahe, denn er selbst konnte sich an seinen Vater nicht erinnern. Aber als er den alten Mann nach Einzelheiten fragte, bekam er keine Antwort.

Manchmal murmelte er einfach irgendwelche Worte vor sich hin, Bruchstücke von Beschwörungen und Zauberformeln, alte Lieder.

… im grünen Schatten
ist Ka Balu mit uns,
wacht er über uns.
Ka Balu hat viele Stimmen,
er spricht zu uns
durch seine Kinder.

Und einmal schrie er laut auf: »Sieh doch nur! Unsere Fußstapfen folgen uns!«

Ein anderes Mal, als Tama dachte, er würde schlafen, und traurig und geduldig neben ihm Wache hielt, sprach der alte Mann plötzlich ganz deutlich mit seiner alten Autorität. »Habe keine Angst, daß unsere Namen sich verlieren werden. Ka Balu führt uns auf vielen Pfaden. Ich werde immer bei dir sein. Die Bäume des Waldes werden immer mit derselben Sprache zu deinem und meinem Herzen sprechen. Unser Geist ist eins.«

Als sich Tama daraufhin über ihn beugte und mit ihm redete, bekam er keine Antwort. Der junge Priester begriff, daß diese Worte von außerhalb des Körpers des alten Mannes gekommen waren, vielleicht sogar von Ka Balu selbst. Einen oder zwei Tage später hatten sie zum letztenmal miteinander geredet. In dem Schummerlicht des späten Nachmittags war der alte Mann erwacht und hatte seinen Gefährten mit klarem, suchenden Blick angesehen und langsam und deutlich gesagt:

»Wenn ich den Weißen Hirsch zu Ka Balus Wald im Himmel geritten habe, werden die Blätter von meinem Geistbaum abzufallen beginnen, und der Saft wird aus den Zweigen weichen. Laß ihn einfach sterben und in seinem Sterben Nahrung für neues Leben werden. Laß den Samen meines Geistes im Geist der Jungen wachsen, die du unterrichtest.«

»Das werde ich tun, mein Vater.«

Die Worte konnten nicht durch die tauben Ohren des Priesters dringen, doch er verstand. »Mein Sohn.«

Tama lächelte und legte seine warme, starke Hand auf die des alten Mannes, deren Haut vertrocknet und zusammengeschrumpft war, auf Knochen, so dünn wie Stöckchen.

»Mein Sohn. Du bist wie ein Sohn für mich gewesen. Ich habe die Söhne vieler Jäger unterwiesen. Manche waren zu dumm, um irgend etwas zu lernen, aber viele wurden gute Jäger, erinnerten sich an Ka Balus Lehren und fanden seinen Geist im Wald. Ich hatte schon befürchtet, es werde keinen Priester geben, der meine Nachfolge würde antreten können. Dann wäre einer der Ältesten zum Priester geworden, doch viel Wissen wäre verlorengegangen. Allein Ka Balu wußte um mein Verlangen nach einem Sohn im Geiste und hat mir dich geschenkt. Erinnerst du dich noch ...«

Ein Hustenanfall unterbrach ihn. Tama wischte ihm den Speichel von den Lippen. Als sein Atem langsam wieder ruhiger wurde, fuhr der alte Mann mit seiner Erzählung fort. Er sprach sowohl zu Tama als auch zu sich selbst und freute sich über ein Nicken, ein Lächeln oder einen Händedruck, die ihm bestätigten, daß er verstanden wurde.

»Die Lange Wanderung. Als du zurückkehrtest, erzähltest du mir von der Mauer, die du gefunden hattest, die Mauer, die durch einen Fluß gebaut war, um das Wasser aufzustauen. Damals habe ich erkannt, Tama, daß du geboren wurdest, um in die Vergangenheit und die Zukunft zu schauen, und daß dir eine große Reise bevorstand. In meinem Wahrheitsstein sah ich dich als Priester unseres Volkes. Aber du warst damals zu jung, um das alles zu verstehen. Ich habe das Wissen in dir gezwungen zu schlummern, bis ich bereit war, es wachzurufen. Nur habe ich nicht vorhergesehen, daß du wegrennen würdest. Und es war mir erst nach vielem Leiden deinerseits möglich, zu erreichen, daß du dich zu mir hingezogen fühltest. Als ich deinen Körper aus dem Käfig befreite und die Heilung meiner Hände in deine Schmerzen fließen ließ, hat sich dein Geist dem meinen zugewandt. Damals ist unsere Liebe füreinander entstanden. Damals sind wir Vater und Sohn geworden.«

Bei der Erinnerung an die Erniedrigung und die Qualen seiner Strafe und die mitfühlende Hilfe des Alten Vaters verdunkelten sich Tamas Augen vor unvergossenen Tränen. Er schämte sich für seine Ungeduld, seinen Überdruß und seinen Wunsch, von der Last der Sorge um den alten Mann enthoben zu sein, die ihn in den letzten Jahren manchmal brüsk und unfreundlich hatte reagieren lassen. Alles, was er war, verdankte er der Weisheit des Geistes, der sich nun danach sehnte, von seinem erschöpften Körper befreit zu werden.

Er nahm die Hände des alten Mannes in die seinen und ließ die ganze Kraft seiner Liebe in den Geist des sterbenden Mannes fließen. Noch einmal teilten sie diesen Moment der vollkommenen Vereinigung in ihrer Liebe füreinander, doch sagten sie nichts. Es waren keine Worte nötig.

Nur noch einmal versuchte der Alte Weise zu sprechen, bevor er in die Bewußtlosigkeit versank. Alles, was Tama auffassen konnte, war ein gemurmeltes »Hora!«, das er mehrmals mit schwacher Stimme wiederholte. Tama prägte sich diesen Moment ein, um zu verstehen, wenn die Zeit reif dafür war.

Die pechschwarze Nacht verging nur langsam. Tama wurde sich immer mehr der Einsamkeit bewußt, fast so, als stünde er mit dem Alten Vater am Waldrand und wartete auf das Kommen des Hirsches. Er überlegte, ob der Geist des vergehenden Körpers seine Reise zurück zu seinen Anfängen und in das Reich von Ka Balu vielleicht schon angetreten hätte. Man sagte, der Geist bringe sein gesamtes Leben auf Erden in Erinnerung, bevor er den Körper verlasse und vom Weißen Hirsch davongetragen werde. Von dem Dunklen Wissen, das allein Ka Balu in seiner Fülle innehabe, gäben die Sterbenden alles Wissen zurück, das sie jemals von irdischen Dingen gehabt hätten, damit sich das Gute vom Bösen trennen könnte und mit dem Körper auch die Fehler und Übel des Körpers untergingen, der Geist über alles rein Geistige mit sich nähme. Bei dieser Scheidung aller Erfahrungen eines Lebens würde die Tiefe der Weisheit eines Menschen schließlich durch Ka Balu geprüft.

Was wirst du wohl begraben müssen, Kleiner Vater? dachte Tama. Ich habe dich einst gefürchtet, als ich ein Junge war. In meiner Unwissenheit dachte ich, du seist grob oder gar grausam. Ich mußte erst lernen, daß dein Handeln immer darauf ausgerichtet war, mein Wachstum zu fördern. Ich erinnere mich noch daran, wie du mich getröstet hast, als ich nach Ruas Tod ins Dorf zurückkam, krank an Körper und Seele; wie du mit warmen Ölen die schrecklichen Krämpfe gelöst hast, die ich im Käfig erleiden mußte. Ich erinnere mich an jenen klaren Wintermorgen, als du mich und meine Clanbrüder zum erstenmal die Unterschiede zwischen den verschiedenen Arten des Wissens gelehrt hast. Ich erinnere mich, wie du mir das Leben gerettet hast, als der arme, verrückte Nara mich umzubringen versuchte. Ich erinnere mich, wie du mit der Kraft deiner Gedanken eine Öffnung durch die Wolke erzwungen hast, um unserem verhungernden Volk das Licht Ka Balus über unserer gefrorenen Welt zu zeigen. Alles, was ich bin, lieber Vater, verdanke ich dir. Hilf mir, der Priester zu sein, den du dir wünschst. Bevor du mich verläßt, Vater, zeige mir ein letztes Mal den Weg, den ich gehen muß.«

Dann stand er auf und ging in sein eigenes Zimmer hinüber, nahm seinen Wahrheitsstein aus der Kiste und kehrte zum Feuer zurück.

Von dem sterbenden Mann war nur ein schwacher, schwerer Atem zu hören. Die wie ein Nebel lastende Stille der Welt außerhalb des Hauses war ungestört. Vom Feuer ging eine angenehme Wärme aus. Tama schloß die Augen, versuchte, jeglichen Gedanken aus seinem Kopf zu verbannen, um Platz zu machen für alles, was sich ihm offenbaren wollte.

Er erwärmte den kühlen grünen Stein zwischen den

Handflächen, drückte ihn dann sanft gegen die Stirn, und fast augenblicklich eröffnete sich ihm eine Vision.

In weiter Ferne, in der Stille seines Geistes, sah er klein, aber deutlich die Figur eines nackten Mannes, der geschwind auf einem Waldpfad dahinrannte. Dann waren da noch andere Schemen, vier oder fünf, alle nackt, die eine flüchtige weiße Form verfolgten, die vor ihnen floh. Er rannte mit ihnen, war einer von ihnen, und der lockere, kühle Waldboden bebte unter seinen rennenden Füßen. Er schwitzte am ganzen Körper, sein Atem ging schnell vor wilder Erregung. Die Läufer kamen der weißen Form näher, die sie verfolgten. Tama sah jetzt, daß die Beute, die sie verfolgten, eine Frau war, deren Haar hinter ihr herflatterte und deren Hände ins Leere griffen, während sie ungeschickt rannte, stolperte und stürzte, als das Rudel über sie herfiel. Schreiend und schubsend hielten sie sie auf der Erde fest, Tama unter ihnen, als der erste Mann seinen nackten Körper auf den ihren legte und mit Triumphgeschrei in sie eindrang. Ihm wurde wenig Zeit gelassen, sich an seiner Eroberung zu erfreuen, denn schon stießen ihn seine Gefährten zur Seite. Ein zweiter Mann zog die Frau an den Pobacken auf seine Schenkel hin zu seiner Männlichkeit. Wilde Schreie feuerten ihn an, starke Arme hielten die Frau, wie er es wollte. Als er sich zurückzog, stürmten Tama und noch ein anderer nach vorne, doch Tama setzte sich durch. Sich nur seiner Lust bewußt, stieß er tief in das heiße Fleisch, stieß und stieß immer wieder zu, erfüllt von einer wilden, grausamen Begeisterung, die seinen ganzen Körper durchfloß. Als sich sein Körper am Höhepunkt zusammenzog, sah er die Augen der Frau in die seinen starren, tiefe, dunkle, schreckerfüllte Augen, die ihn flehentlich ansahen. Er schaute weg, gab sich ganz der blinden Lust hin, dem Taumel der Sinne, und fiel, fiel hinunter in die kühle Stille.

Er öffnete die Augen, entsetzt, keuchend, roch den Schweiß auf seinem Körper und spürte den feuchten Samen auf seinen Lenden. Er wurde von Entsetzen ergriffen. Was hatte er getan? Was für ein Alptraum war das? Von wessen Geist war er gekommen? Von kalten Schauern ergriffen, wandte er sich dem Feuer zu und versuchte, seinen keuchenden Atem zu beruhigen. Er wischte das Sperma von seinem Bauch, stand auf, wickelte sich fest in seine Decke ein, öffnete die Tür und ging hinaus.

Der wolkenbedeckte Himmel ließ nichts erkennen, doch er wußte, daß es lange nach Mitternacht sein mußte. Er trat ein paar Schritte zur Seite, versuchte, sich zu beruhigen, doch dann wurde ihm kalt, und er kehrte ins Haus zurück.

Der Atem des sterbenden Mannes ging jetzt pfeifend und schnell. Tama setzte sich neben ihn, leer von Gefühlen für den Alten Vater, aber auch für sich selbst. Etwas Fremdes hatte Besitz von ihm ergriffen, und er konnte es nicht verstehen. Als er den schnellen Atem des Alten hörte, wußte er, daß das Ende nahe war. Er saß ruhig da und wartete. Das einzige Geräusch im Raum war der Kampf des alten Mannes um den Tod.

Es gab keinen Zweifel, als der Augenblick gekommen war. Tamas Nase wurde plötzlich erfüllt vom scharfen Geruch eines wilden Hirsches. Die Nackenhaare standen ihm zu Berge. Unwillkürlich rückte er näher ans Feuer. Ein starker Tiergeruch füllte den Raum. Der letzte Atemzug des Alten Vaters röchelte in dessen Gurgel, und eine unendliche Ruhe breitete sich aus, während der Hirschgeruch sich langsam verflüchtigte. Tama ging zum Bett hin, berührte sanft die Stirn des toten Priesters und flüsterte: »Lebe wohl, mein Vater. Möge der Weiße Hirsch dich geschwind zu Ka Balu tragen.«

Er warf sich seinen Umhang um und trat ins Freie. Die Wolken im Osten leuchteten fahl im ersten Morgenlicht. Als er eine Handvoll grüner Blätter sammelte, durchbrach der erste Glockenvogel irgendwo am Fluß mit seinem hellen Gesang die Stille.

Tama legte auf jedes der geschlossenen Augen ein Blatt, schob den Kiefer zu und hielt ihn eine Weile zärtlich zwischen den Händen, bevor er ein Blatt auf den Mund legte und die übrigen auf der Decke verteilte, die den Leichnam bedeckten. Dann ging er wieder hinaus ins Freie und kletterte am Haus vorbei den Hügelkamm weiter zu dem Rata-

Baum hoch, den er sich als Geistbaum erwählt hatte. Er umfaßte den starken Stamm und drückte seine Wange gegen die Rinde.

»Der Vater meines Geistes hat den Weißen Hirsch geritten. Ich bin allein. Hilf mir, seinen Lehren treu zu bleiben und seine Wahrheit immer in mir zu erkennen.«

Er hob den Kopf und schaute in die kräftigen Zweige empor, die sich dunkel gegen den erwachenden Himmel abzeichneten.

»Ich bin Tama, der Priester des Hirschvolkes. Gib mir deine Stärke, Geist meines Baumes.«

Der neue Tag brach an.

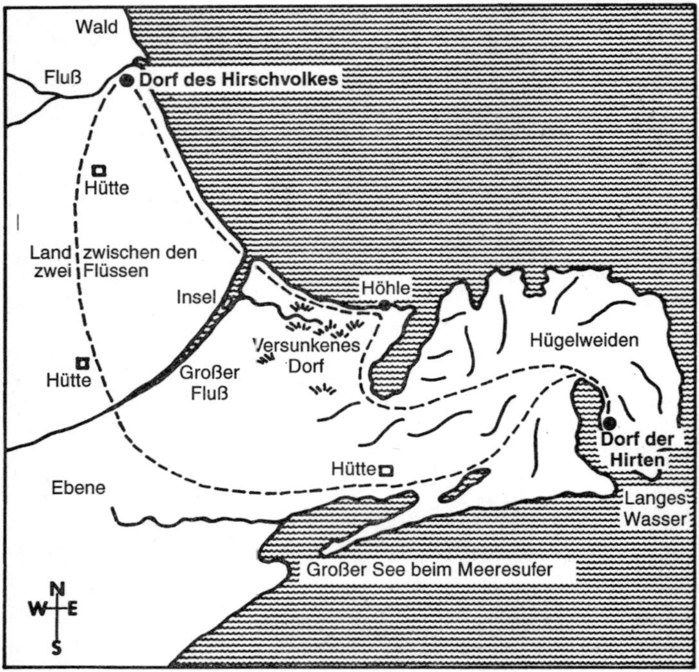

Verbindungswege zwischen dem Dorf
des Hirschvolkes und dem der Hirten

Zweiter Teil

FEUER IN DER EBENE

1

Der junge Mann spielte mit seinem Sohn und ließ das kichernde Baby auf sich herumklettern, während er mit dem Rücken im Sand lag. Als der Kleine versuchte, sich durch die nackten Füße des Vaters zu zwängen, klemmte er ihn zwischen die Beine, schwenkte ihn hoch in die Luft und hielt die ausgestreckten Ärmchen des Kleinen mit seinen Händen. Der kleine Junge quietschte vor Vergnügen, als die starken Beine ihn rauf- und runter, hin und herschwenkten. Seine dicke junge Mutter saß mit dem Rücken an ein Fischerboot gelehnt, das auf den Strand hochgezogen war, und sah den beiden mit nachsichtigem Lächeln zu. Neben ihr saßen die Eltern des jungen Mannes, die Reste des Abendessens noch zwischen sich, und auch sie betrachteten zufrieden das Spiel von Vater und Sohn. Es war ein warmer Abend, und die Familie hatte beschlossen, das Abendessen am Strand einzunehmen.

»Nicht zu wild, Sarn«, sagte Ana. »Er hat gerade erst gegessen. Ich möchte nicht, daß ihm schlecht wird.«

Sarn hielt den Jungen noch einmal hoch in die Luft und setzte ihn dann auf seine Füße. Der Kleine wackelte gleich zum Wasser hinunter. Sarn stand auf, nahm seinen Sohn an den Händen und half ihm, mit seinen strammen Füßchen in dem flachen Wasser, das gegen den Strand spülte, herumzuplanschen. Sie spielten noch eine Weile am Rand des Wassers und legten sich dann zum Ausruhen neben das Boot. Eingekuschelt in die Armbeuge seines Vaters, nuckelte der Kleine zufrieden an seinem Daumen.

»Immer noch hungrig, Tukki?« fragte Sarn. »Gibt dir deine Mutter nicht genug zu essen? Du wirst einmal ein großer Junge werden, nicht wahr? Genauso wie dein Papa.«

Tukki schaute seinem Vater feierlich ins Gesicht. Braune Augen unter flachsblonden Locken blickten in Sarns blaue Augen. Sarn beugte sich über seinen Sohn und küßte ihn auf die Wange.

Mada wurde langsam ungeduldig.

»Wenn Gilda nicht bald kommt, wird ihr Essen ganz kalt werden. Ich kann es nicht länger warmhalten, nachdem wir das meiste aus dem Korb gegessen haben.«

»Was mußte sie denn noch so Dringendes tun?« fragte Ana.

»Sie sagte, sie wolle das neue Kleid zu Ende sticken. Sie hat den ganzen Tag drangesessen.«

»Sie hat doch schon mehr Kleider, als sie braucht. Wieso will sie denn schon wieder ein neues?« Anas Stimme klang gereizt.

»Weil sie ihren Verehrern gefallen will«, erwiderte Sarn. Es bereitete ihm Kummer, daß seine Frau eifersüchtig auf seine Schwester war. Es gab keinen Grund zur Eifersucht. Als junge Mutter strahlte Ana etwas ganz Wunderbares aus, das Gilda mit ihrer rastlosen, unzufriedenen Suche nach Erfüllung selbst mit ihrer ganzen Herausputzerei nicht erreichen konnte.

»Ana hat recht«, sagte Mada. »Gilda hat zu viele Kleider, zu viele Verehrer. Es ist schön und gut, wenn ein junges Mädchen gefallen will und stolz auf seine Schönheit ist. Viele Schäfer liebten sie, als sie noch im Haus der Jungherzen wohnte. Aber das ist schon lange her. Die Flut wird nicht immer anhalten. Im nächsten Herbst wird sie zweimal zehn und fünf Jahre alt sein. Und wenn sie mir nicht bald Enkelkinder gebärt, wird sie verwelken, ehe sie erblüht ist.«

»Gib mir Tukki herüber«, sagte Ana. »Er schläft schon ein.«

Sarn legte seinen Sohn in die Arme seiner Frau, setzte sich neben sie und nahm beide in die Arme.

Mada seufzte. »So würde ich Gilda gerne sehen. Nicht mehr allein.«

»Wir müssen geduldig sein, Mutter. Gilda webt sich ihr eigenes Muster. Es ist anders als das anderer Frauen, aber es folgt ihrem eigenen Willen. Je härter das Holz, desto langsamer das Schnitzen.«

»Ich hätte ja nichts dagegen, wenn sie einen Mann erst

einmal längere Zeit kennenlernen will, bevor sie ihn heiratet. Aber sie zieht die Männer nur an, spielt eine Weile mit ihnen, um sie dann wieder fallen zu lassen und sich dem nächsten zuzuwenden. Sie verhält sich, als wäre sie gerade erst ins Haus der Jungherzen eingelassen worden, aber sie ist eine Frau, die ihre eigene Familie haben sollte. Sie macht sich das Kleid, um Krisa zu gefallen, weil sie weiß, daß er sie gerne in Rot sieht. Er wird einmal ein guter Fischer werden, sagen die Leute, aber er ist zu jung für Gilda. Er gehört noch zu den Jungherzen, ist erst zehn und sieben.«

»Vielleicht«, sagte Yonni bedächtig, »hätte sie diesen jungen Tama heiraten sollen. Sie hätte ihn lieben können, das weiß ich. Sie hat es mir erzählt.«

»Und hat er sich etwas aus ihr gemacht? Er war ja noch ein Junge, als er vor Jahren zum erstenmal hierherkam. Und seither ist er nie wieder gekommen. Soll das vielleicht ein Beweis sein, daß er Gilda liebt?«

Sarn schaute seine Mutter an. »Ich weiß, daß Tama Gilda geliebt hat. Er hätte sie auch geheiratet, wenn er gekonnt hätte, aber die Sitten des Hirschvolks sind anders als unsere. Ich denke immer an ihn zurück wie an einen Bruder. Aber solange seine Ausbildung zum Priester andauert, ist an Heirat nicht zu denken. Es ist hart für ihn.«

»Seit letzten Herbst haben wir nichts mehr von ihnen gehört und gesehen«, sagte Yonni. »Jetzt, da Ke Rala seinen Vater abgelöst hat, Häuptling geworden ist und geheiratet hat, wird er wenig Zeit haben, uns zu besuchen.«

»Ke Rala ist zu stolz«, sagte Mada scharf. »Er meint immer, alle müßten sich vor seinem Schatten verbeugen. Es wäre besser gewesen, wenn uns das Hirschvolk nie gefunden hätte. Hat es irgend etwas Gutes gebracht? Einige unserer Mädchen haben sich mit den Jägern verheiratet, aber sie sind dort drüben nicht wirklich glücklich. Als Zeka letzten Sommer mit ihrem Kind zurückkam, hat sie mir erzählt, daß die Frauen des Hirschvolkes sich mit unseren Frauen nicht anfreunden. Und die Männer des Hirschvolkes helfen den Frauen nicht beim Aufziehen der Kinder. Nie helfen sie beim Kochen oder beim Kleidermachen. Alles bleibt den Frauen überlassen. Die Männer sitzen herum und prahlen über ihre Jagdkünste und trinken ihr abscheuliches Wurzelbier. Wir haben sie unterstützt, wo wir nur konnten, als sie damals hier angekommen sind. Sie haben nichts gehabt. Unsere jungen Männer haben ihnen geholfen, ein neues Dorf aufzubauen und neue Gärten anzulegen. Und was haben wir dafür bekommen? Sie haben uns einige unserer hübschesten Mädchen weggelockt und manchen unserer Leute das Essen von Lammfleisch beigebracht – schrecklich! Allein beim Gedanken daran wird mir schlecht. Unsere Kinder machen jetzt Pfeile und Bogen und töten damit Vögel, die sie nicht essen wollen. Erinnert ihr euch noch an den letzten Sommer, als Ayani und Mika die Schafe in den Hügeln weiden ließen und plötzlich sechs der Schafe verschwunden waren? Doch Mika hat ein paar Wollbüschel und Blut auf dem Gras entdeckt. Was ist ihnen wohl zugestoßen? Wenn das nicht die Pfeile der Jäger des Hirschvolkes waren? Ich warte jetzt nicht mehr länger auf Gilda.«

Mada stand auf, schüttelte sich den Sand aus dem Rock, schob die Essensreste zusammen und sah herum.

Sarn lächelte seine wütende Mutter zärtlich an, aber seine Stimme klang traurig, als er sagte: »Es stimmt schon, ihre Sitten und Gebräuche sind nicht unsere. Aber einige von ihnen sind meine Freunde, besonders Tama. Ich liebe Tama.«

Ein Schatten verdunkelte sein Gesicht und ließ ihn aufblicken. Rad und Lorna lächelten auf ihn herunter. Rad hockte sich neben ihn hin.

»Was erzählst du da gerade über Tama?«

»Wir haben über das Hirschvolk gesprochen.«

»Wir haben sie schon lange nicht mehr gesehen. Jetzt ist das Wetter besser; vielleicht werden einige von ihnen zu Besuch kommen.«

Lorna wandte sich an Mada.

»Ich soll dir was von Gilda bestellen. Wir haben sie eben mit Krisa gesehen. Sie hat mich gebeten, dir auszurichten, daß sie mit ihm essen wird.«

»Das hätte ich mir ja gleich denken können«, sagte Mada

unwillig. »Yonni, gehst du mit mir nach Hause? Es wird langsam kühl.«

Ein paar Tage später arbeitete Sarn gerade im Garten, da kamen Kinder ins Dorf gerannt und schrien, daß drei Männer des Hirschvolkes den Hügelpfad herabkämen. Es war mitten am Nachmittag, und die Arbeiter waren froh, eine Ausrede zu haben, um ihre Hacken ein wenig zur Seite zu legen. Schwitzend richtete sich Sarn auf und ging zu den anderen ans Tor.

»Ja, es sind Männer des Hirschvolkes. Ist der mittlere nicht Rotbart?«

Sarn sah, daß der Mann wirklich Hora war, und erkannte enttäuscht, daß seine beiden Begleiter nicht Tama und Ke Rala waren, sondern andere Jäger. Er trat vor, um ihnen entgegenzugehen. Da er der erste gewesen war, der die Hirschjäger getroffen hatte und öfter in deren Dorf war als andere seines Volkes, galt er unter den Schäfern als Ratgeber, was die Angelegenheiten des Hirschvolkes betraf. Es hatte sich so eingebürgert, daß Hirschjäger, die ins Dorf kamen, zuerst nach Sarn fragten.

Hora kam ihm grinsend entgegen, und sie reichten sich zur Begrüßung die Hände.

»Ka Balu sei mit dir, Sarn. Ich bringe dir Grüße von unserem Volk.«

»Du bist immer willkommen, Hora. Es müssen fünf oder sechs Monde her sein, seit wir dich das letzte Mal gesehen haben. Herzlich willkommen; das gilt auch für deine Gefährten.«

Einer war ein junger Mann, der zum erstenmal ins Dorf der Hirten mitdurfte, der andere ein Jagdgefährte namens E Nga, der etwa Horas Alter hatte und den Sarn schon früher kennengelernt hatte. Als sie zu Sarns Haus gingen, sprühte Hora wie immer vor Lebensfreude und erzählte mit lebhaften Gesten von ihrer zweitägigen Reise.

»Bald nachdem wir den Fluß überquert hatten, stießen wir auf die Spuren eines Krummzahns. Nach der Größe der Fährte zu urteilen, muß es ein Riesentier gewesen sein. Wir spürten ihm eine Weile nach, verloren jedoch seine Fährte in den Büschen entlang des Flußbetts. Wir werden auf dem Heimweg nochmals nach ihm Ausschau halten. Wir sehen sie jetzt nur noch selten in der Nähe des Dorfes, genauso wenig wie die Schafe. Dafür aber Unmengen von Langohren und auch Langhörner, aber die halten sich weiter flußaufwärts auf. Wenn man die jagen will, muß man mindestens zwei bis drei Tage drangeben. Erinnerst du dich noch an die beiden, die wir letzten Herbst erlegt haben, E Nga? Die hatten so lange Hörner wie mein ganzer Arm. Das ist wahr, Sarn. Sie kommen nie in die Hügel, nicht wahr? Ihr würdet sicher die Beine in die Hand nehmen und davonrennen, wenn sie das täten.«

Hora lachte ausgelassen.

Ana hieß die Jäger ruhig willkommen, redete aber wenig. Sarn wußte, daß sie Hora nicht leiden konnte. Seine Größe und Stärke, sein roter Bart, seine laute Stimme und seine ausschweifenden Gesten füllten den Raum. Von ihm ging eine derbe Kraft aus wie von einem wilden Tier. Der schlanke, blasse und dunkle E Nga war im Vergleich dazu nur ein Schatten. Sarn war zwar fest gebaut und stark und sogar etwas größer als Hora, hatte jedoch dessen geballter Kraft und Masse nichts hinzuzusetzen. Während die Männer sich unterhielten, redete Ana freundlich mit dem scheuen jungen Mann, dessen Augen vor Staunen über soviel Neues übergingen. Sie ließ ihn mit Tukki spielen und freute sich, als sie die beiden lachen sah. Sarn richtete es so ein, daß E Nga und der Jüngling bei einem Freund schlafen konnten, bat jedoch Hora, bei ihm zu bleiben. Nach dem Essen schlenderten Sarn und Hora zum Strand hinunter. Sarn hatte schon gemerkt, daß Hora mit seinem Besuch einen bestimmten Zweck verfolgte, den er jedoch noch nicht verraten hatte. Es mußte etwas mit Tamas Übernahme des Priesteramtes zu tun haben.

»Heißt das, daß er jetzt, da er sich nicht länger um den Alten Vater kümmern muß, seine ganze Zeit mit den Pflichten eines Priesters zubringt? Hat er auch Zeit, jagen zu gehen oder einfach faul zu sein, wenn ihm danach ist?«

»Nicht bei uns, Sarn. Unsere Priester müssen sich um die

Kranken kümmern; niemand anderes darf einen Kranken berühren, bevor der Priester ihn nicht gesehen hat. Er muß die Zeichen des Wetters lesen und den Jägern Ratschläge geben. Er muß den großen Kalenderstein einritzen, damit wir uns nicht in den Jahreszeiten verlieren. Und er muß an den Wintermorgen die Jungen unterrichten – oh, viel zuviel für einen Mann allein, wie ich meine. Aber vielleicht ist ein Priester auch nicht so wie andere Männer. Ich habe mir zum Beispiel den Alten Vater nie als jungen Mann vorstellen können. Doch Tama ist mein Clanbruder, und obwohl er ein Priester ist, ist er ein Mann. Verstehst du, Sarn?«

»Du redest um den Brei herum. Sei offen mit mir.«

»Tama braucht eine Frau.«

»Gilt das nicht für uns alle?«

Beide lachten.

»Hat Tama denn jetzt, als Priester, keine Frau, die nach ihm sieht? Zum Kochen und Putzen?«

»Die alte Neera bringt ihm das Essen. Aber das ist es nicht, was ich meine. Tama braucht eine Frau fürs Bett. Kannst du glauben, daß er noch nie eine Frau über seine Schenkel gelegt hat?«

Sarn schaute über das Wasser zu den dunklen Hügeln auf der anderen Seite hinüber. »Es ist schwer, zu glauben, daß ein Mann ohne eine Frau leben kann. Ich liebe Tama wie einen Bruder, aber es gibt etwas in ihm, das ich nicht verstehe. Eine Einsamkeit, ein Ort, an den er sich mit seinen Gedanken zurückzieht, wohin ich ihm nicht folgen kann. Hat er dir gesagt, daß er eine Frau will?«

»Ja. Beim Ankunftsfest, mit dem wir unsere Ankunft in diesem Land feierten und nachspielten, wie es dazu gekommen ist, daß wir unsere alte Heimat verlassen mußten. Wir haben Tänze, die unsere jungen Leute lehren, wie es war, damals in dem Großen Schnee, als viele starben. Tama führte vor, wie er den Weißen Hirsch erlegte, und wir alle spielten unsere Reise über die Berge. Es war eine von Ke Ralas ersten Entscheidungen als neuer Häuptling, daß wir uns immer daran erinnern sollten, wie wir hierhergekommen sind. Er und Tama haben das Ankunftsfest gemeinsam ausgedacht. Den Ältesten gefiel die Idee sehr gut. Bei dem Fest wird viel gegessen, getrunken und getanzt. Wir begrüßen damit auch den Frühling, der neues Leben bringt. Manchmal feiern wir die ganze Nacht hindurch.«

»Aber was hat das damit zu tun, daß Tama eine Frau will?«

»Er hatte zuviel getrunken. Ich glaube, all die Jahre, in denen er sich um den alten Mann kümmern mußte, waren sehr hart für ihn. Jetzt ist er der Priester und gewöhnt sich langsam daran – er ist ein guter Priester. Aber bei dem Fest trank er zuviel Wurzelbier, ihm wurde schlecht und er ging weg. Zwei Tage später ließ er mich holen, und wir redeten lange miteinander. Er möchte gerne heiraten, aber im Dorf gibt es kein Mädchen, das er zur Frau haben will. Er will nicht nur eine Frau, die ihm das Essen kocht, er möchte eine Frau für seinen Körper. Deshalb bin ich gekommen.«

Sarn und Hora sahen sich an und verfielen eine Weile in Schweigen. Sarn zupfte zwischen seinen Füßen Grashalme heraus und spielte mit den Fingern damit. Dann sprach er bedächtig.

»Es ist fast sechs Jahre her, seit Tama in unser Dorf kam. Er ist nie wiedergekommen. Wir haben uns seither zwar noch einige Male gesehen, aber immer bei eurem Volk. Seit De Nala gestorben ist, ist auch Ke Rala nur ein einziges Mal hierhergekommen. Er hat Frau und Kind, und du hast Mariti, einen Sohn und eine Tochter. Es ist natürlich und richtig, daß auch Tama jetzt an Körper und Geist ein Ganzes werden soll. Ohne Liebe ist ein Mann nicht vollkommen. Ohne Ana und Tukki wäre ich heimatlos. Zusammen bilden wir ein Heim. Ist es mit dir und Mariti nicht dasselbe?«

»Ja, ja, so ist es.« Ein leichtes Zögern lag in Horas Antwort. »Manchmal geht sie hart mit mir um. Ich glaube, sie weiß, daß ich mehr als eine Frau zu meiner Befriedigung brauche. Ich kann auch nichts dafür. So bin ich eben.«

»Wäre Tama mit einer Frau zufrieden, wenn er sie lieben könnte?«

»Mit Gilda?«

Sarn antwortete langsam. »Gilda ist stolz. Sie hat viele Liebhaber gehabt, aber nie eine Andeutung gemacht, daß sie einen von ihnen zum Mann nehmen wollte. Ich glaube, sie hat Tama einmal geliebt.«

»Und jetzt nicht mehr?«

»Er kommt nicht, um ihr den Hof zu machen. Und sie ist sehr stolz.«

»Würdest du mit ihr reden und ihr erklären, weshalb ich gekommen bin? Würdest du ihr sagen, daß Tama sie gerne zur Frau nehmen würde?«

Sarns Stimme war fast wütend. »Aber warum kommt er denn nicht selbst? Wäre es nach all den Jahren nicht angebracht, daß Tama Gilda aufsucht, um ihr seine lange Abwesenheit zu erklären? Ihr wieder näher zu kommen? Unsere Frauen rennen nicht einfach herbei, wenn ein Mann winkt. Und Gilda ist besonders unabhängig. Wie dem auch sei, selbst wenn Gilda Tama heiraten wollte, wäre ich nicht sicher, ob sie bei euerm Volk auch leben wollte. Ich glaube, sie würde viele eurer Sitten zu streng finden. Glaubst du, Tama könnte bei uns leben und hier sein Zuhause finden?«

»Das ist unmöglich – Tama ist unser Priester. Was würden wir ohne ihn tun?«

»Ihr fordert sehr viel von Gilda, findest du nicht? Von ihr wird verlangt, alles aufzugeben – ihr Dorf, ihr Volk, ihre Unabhängigkeit, um die Frau des Priesters zu werden und doch von den anderen Frauen nie ganz anerkannt zu sein. Ich glaube nicht, daß Gilda Tama haben will, wenn die Ehe so aussieht und solche Folgen für sie hat.«

»Bei uns«, erwiderte Hora, »macht eine Frau das, was ihr Mann ihr sagt. Ein Mann weiß am besten, was gut für seine Frau ist. Und sie ist glücklich mit ihrem Haus und ihren Kindern. Sie verbringt ihre Zeit in Gesellschaft der anderen Frauen mit Kleidermachen für ihre Familie. Die Frauen haben ihre eigenen Geheimnisse. Du müßtest sie nur einmal beim Waschen am Fluß sehen. Wenn ihnen dort ein Mann zu nahe kommt, stürzen sie sich auf ihn wie ein Entenschwarm auf einen Habicht. Alle Geheimnisse der Geburt liegen bei ihnen. Wenn sie im dritten Monat schwanger sind, darf ein Mann nicht mehr mit ihnen schlafen. Das ist sehr hart für den Mann.«

»Ich bin immer noch der Meinung, daß Tama, wenn er Gilda will, selber kommen und sie fragen muß. Ich werde sie nicht zu überreden versuchen. Ich werde ihr nur sagen, daß du mit ihr reden möchtest.«

»Ich bin kein guter Überredungskünstler«, sagte Hora verdrossen. »Ich glaube, du hast recht. Tama hätte selber kommen sollen.«

Erst spät in der Nacht trennten sich Gilda und Krisa, und so hatte sie nichts von Horas Ankunft mitbekommen. Sie hörte am nächsten Morgen davon, als Mada beiläufig erwähnte, daß Jäger des Hirschvolkes im Dorf angekommen seien.

»Wer ist gekommen?«

»Einer davon ist Hora. Die anderen beiden kenne ich nicht. Hora wohnt bei Sarn und Ana. Ich traue dem Kerl nicht. Eigentlich traue ich keinem von diesem Jägervolk.«

Gilda zeigte sich eher gleichgültig und sagte ihrer Mutter später, sie wolle den Morgen mit Krisa verbringen und ihm beim Netzeflicken helfen. Es war ein kalter Morgen, und feuchte Nebel wurden von der Bucht hereingetrieben. Das Lange Wasser war vom kalten Südwind aufgepeitscht und schlug mit kleinen wütenden Schaumkronen gegen den Strand. Gilda zog sich die Regenjacke mit Kapuze und Regenhosen an – jene eingeölten Kleidungsstücke, die mit Wolle gefüttert und für den Winter gedacht waren. Krisa war ähnlich angezogen. Er kniete mit rot gefrorenen, tauben Fingern neben seinem Boot und versuchte, ein zerrissenes Netz zu entwirren. Er hörte sie nicht, bis sie sich neben ihn niederkniete. Sie liebte die ungeduldige, wütende Art, wie er mit den verwickelten Schnüren kämpfte und legte ihre trockenen, warmen Hände auf seine kalten Finger.

»Du wirst es nie schaffen, wenn du wütend wirst, mein kleines Dummerchen«, sagte sie und lächelte in seine verwirrten braunen Augen. »Küß mich.«

Mit jungenhaftem Eigensinn zog Krisa die Stirn in Falten, zerrte weiterhin an den Schnüren und murmelte: »Wenn wir gestern besser aufgepaßt hätten, wäre die Schildkröte nicht ins Netz gegangen und hätte nicht diesen ganzen Schlamassel angerichtet. Schau dir das nur an.«

»Laß mich helfen. Deine Finger sind ja schon ganz taub.«

Gebückt unter den anpeitschenden Windböen, kämpften sie eine Weile mit den nassen Schnüren, bis Krisa das Netz unvermittelt zur Seite warf.

»Es hat keinen Sinn. Wir müssen warten, bis es trocknet. Wir können heute sowieso nicht fischen gehen. Laß uns irgendwo hingehen, wo wir uns aufwärmen können. Komm mit heim zu mir.«

Das Haus war klein und stand im Schatten einer riesigen alten Eiche, die gerade erste Blätter ansetzte. Der an der Türe zum Trocknen aufgehängte Seetang war jetzt wieder naß, und sein Geruch nach Salzwasser hing scharf in der Luft. Krisas Vater lag noch in seine Decken gewickelt, das Feuer war aus und das Zimmer kalt.

»Schau ihn dir nur an«, sagte Krisa. »Als meine Mutter noch am Leben war, hatte er schon längst den Raum für sie geheizt, bevor sie aufstand. Jetzt ist ihm alles gleich.«

Gilda legte ihre Hand auf seinen Arm.

»Dann kümmere du dich um das Feuer. Ich werde etwas zum Essen vorbereiten.«

Krisa nahm einen Bogenbohrer und rieb ihn rasch zwischen den Handflächen hin und her, bis zwischen den Holzspänen auf der Platte eine kleine Flamme aufzüngelte. Gilda beugte sich neben ihn. Das Feuermachen begeisterte sie jedesmal. Es war wie Zauberei, wenn die kleine Flamme plötzlich aufglimmte. Wo zuerst nur kleine Holzspäne auf der mit anderen Löchern durchbohrten Platte herumgelegen hatten, kam jetzt dieses lebendige, emporflackernde Etwas, so schön, als habe es ein eigenes Sein. Vielleicht fühlt es sich so ähnlich an, wenn eine junge Mutter zum erstenmal ihr Kind im Bauch spürt und sie mit einer Welle von Wärme überspült wird – gleich einer Knospe, die sich zur Blume öffnet. Soll ich mir von Krisa ein Kind machen lassen? Er braucht eine Frau, die für ihn sorgt. Auch dieses Haus hat die Hand einer Frau dringend nötigt, und sein Vater braucht

Trost. Es wäre einmal etwas Nützliches. Doch sie wußte, daß sie Krisa nicht heiraten konnte. Sie würde zu hart mit ihm umgehen. Er war kräftig und ein fröhlicher Mensch, aber er war auch verletzlich. Gilda wußte, daß ihre rastlose Lebendigkeit Krisa zerstören und seine Männlichkeit bezwingen würde. Er würde Gildas Fischer werden, aber alles Zappeln würde ihn nicht von ihrem Haken freimachen können. Es wäre besser für ihn, ein Mädchen seines Alters zu heiraten, mit der er in ebenbürtiger Partnerschaft wachsen könnte. Wer immer der richtige Mann für mich sein mag, dachte sie gedankenverloren, als sie in das auflodernde Feuer im Herd blickte, ich habe ihn noch nicht getroffen. So saßen sie umarmt vor dem Feuer, und keiner sprach, bis der Raum sich langsam aufwärmte und die Gestalt unter den Decken sich zu rühren begann.

Später, als sie alle vor dem Feuer saßen und die Fischkuchen aßen, die Gilda zubereitet hatte, klopfte es plötzlich an die Tür. Krisa ließ Sarn ein. Als sich der Blick von Bruder und Schwester über das Zimmer hinweg traf, hatte Gilda das seltsame Gefühl, als würde sie Sarn zum letztenmal sehen. Der geliebte Bruder schien einen Moment lang am Rande eines tiefen Abgrunds zu stehen und von vollständiger Leere umgeben zu sein. Eine Leere, die er nicht erzeugt hatte, sondern sie. Verstört hörte sie ihn sagen, er habe sie gesucht, weil sie ihrer Mutter bei irgend etwas helfen solle. Während die Männer eine Weile über das Wetter und das Fischen redeten, saß Gilda stumm. Dann stand sie unvermittelt auf, verabschiedete sich von Krisa und seinem Vater und nahm ihren Bruder entschlossen beim Arm.

»Komm jetzt. Laß uns sehen, was Mutter von mir will.«

Sobald sie draußen waren und sich gegen den Wind lehnten, erklärte ihr Sarn den wirklichen Grund seines Kommens.

»Es ist nicht Mutter, die dich sehen will. Ich konnte vor Krisa nicht mehr sagen. Gilda, vom Hirschvolk sind Jäger gekommen. Hora ist darunter.«

»Ich weiß. Mutter hat es mir erzählt.«

»Er muß dir etwas Wichtiges sagen.«

»Weshalb sollte mir Hora irgend etwas Wichtiges zu sagen haben? Hat er dir erzählt, was es ist?«

»Ja. Es geht um Tama.«

Gilda blieb stehen. »Was ist es denn?«

»Der alte Priester ist gestorben, und jetzt ist Tama der Priester seines Volkes.«

»Ist das alles?«

»Nein. Laß uns nicht hier im Wind reden. Wenn Vater nicht in seiner Werkstatt arbeitet, können wir ja dort weitersprechen. Es ist wichtig.«

Yonni und Mada saßen vor dem Feuer und rückten zur Seite, damit ihr Sohn und ihre Tochter sich auch wärmen könnten, aber nach einer kleinen Weile sagte Gilda mit der für sie bezeichnenden Offenheit zu ihren Eltern: »Sarn hat mit mir etwas zu bereden. Wir werden ins andere Zimmer hinübergehen.«

Mada zog die Augenbrauen hoch. »Wenn du nicht willst, daß dein Vater und ich zuhören, dann geht.«

Das Zimmer des Schnitzers war kalt, und Gilda fröstelte ungeduldig. »Was ist los, Sarn? Was ist so wichtig, daß unsere Eltern es nicht hören sollen?«

»Es liegt bei dir, zu entscheiden, ob unsere Eltern es hören sollen oder nicht. Hora hat mich gebeten, dir den wirklichen Grund zu sagen, weshalb er gekommen ist. Jetzt, da der alte Priester tot ist und Tama viel zu tun hat, sieht er sich nach einer Frau um. Zuerst habe ich Hora gesagt, daß mich das alles nichts angehe, aber dann habe ich es mir überlegt und beschlossen, doch zuerst mit dir darüber zu reden, bevor Hora es dir sagt.«

»Aber weshalb sollte Hora mit mir darüber sprechen wollen?«

Sarn sah seiner Schwester etwas bekümmert ins Gesicht.

»Ich weiß, daß im ersten Jahr, in der glücklichen Zeit, als wir dem Hirschvolk halfen, ihr Dorf aufzubauen, Liebe zwischen dir und Tama war. Sie hatte damals keine Gelegenheit aufzublühen. Aber Hora sagt, Tama habe es nicht vergessen. Jetzt steht es ihm frei zu heiraten, und er möchte gerne wissen, ob du dir immer noch etwas aus ihm machst.«

Ein Holzspan in einer Spinnwebe zitterte im Luftzug. Gilda starrte unverwandt darauf; er schien ungeheuer wichtig zu sein, dieser kleine Gegenstand, der sich in sich zusammengerollt, gegen den Wind stemmte. Sie empfand nichts bei Sarns Worten, nur das Gefühl einer endlosen Stille, an die sie sich gewöhnt hatte.

»Ich habe Hora gesagt, es sei nicht meine Aufgabe, meine Schwester zu überreden. Er müsse selbst mit dir sprechen. Das ist alles, was ich dir sagen kann. Du mußt dich entscheiden, Gilda, solange Hora noch bei mir wohnt; du mußt hören, was er dir vorzuschlagen hat.«

»›Mußt hören‹! Wer sagt denn, daß ich das muß?« rief Gilda, plötzlich wutentbrannt. »Du stellst dich vor mich hin und erzählst mir allen Ernstes, daß Tama nach all den Jahren Hora schickt, um mich zu fragen, ob – ob ... Ich weiß nicht einmal, was er mich fragen soll. Weshalb ist Tama denn nicht selbst gekommen?«

»Hora sagt, daß er zum gegenwärtigen Zeitpunkt sein Volk nicht verlassen könne und zuviel zu tun habe ...«

»Ach, er hat zuviel zu tun? Tja, dann richte ihm doch bitte aus, daß ich auch zuviel zu tun habe, um mich mit ihm zu unterhalten. Denkt er denn wirklich, daß ich all die Jahre nichts anderes im Sinn hatte, als herumzustehen und nur darauf zu warten, bis sich Tama endlich entschließt, ob er mich will oder nicht? Muß ich denn gleich angerannt kommen, wenn er sich zum erstenmal dazu aufrafft, mich eines Blickes zu würdigen? Wenn ich je heirate, dann einen Mann, der selbst zu mir kommt und mit mir unter vier Augen spricht, und nicht durch einen anderen. Was denkt denn dieser kleine Priester eines seltsamen Volkes, wer er ist? Ich werde nicht mit Hora reden! Ich werde ihn nicht anhören. Und ich kann nicht glauben, daß du darauf bestehst, daß ich es tue.«

Wie sie so vor ihm stand in ihrer Wut, mit geballten Fäusten und glühenden Augen, erkannte Sarn, daß sie ihn um Hilfe anflehte. Sie kannten einander zu gut, um ihre wahren Gefühle voreinander verbergen zu können. Er legte seinen Arm um die Schultern seiner Schwester.

»Schwesterchen, ich werde dich zu nichts überreden, was du nicht selber möchtest. Hora ist hier. Er hat mir gesagt, warum er gekommen ist. Er möchte mit dir reden. Es besteht keine Eile. Überleg es dir ein oder zwei Tage. Entscheide dich nicht von vornherein gegen Tama. Denk daran, daß er bisher ohne Frau gelebt hat und wenig über das Wesen von Frauen weiß. Aber jetzt, da er alleine ist, braucht er eine Frau. Er ist immer noch mein Freund, auch wenn wir uns nicht sehr oft sehen.«

Gilda legte ihren Kopf auf Sarns Schulter. »Niemand versteht mich so gut wie du. Bei dir fühle ich mich sicher.«

Plötzlich warf sie ihrem Bruder beide Arme um den Hals und drückte ihn fest an sich. Seine blauen Augen verdunkelten sich vor Rührung, auch wenn ihm der Grund ihres Tuns nicht wirklich klar war. Es war ihr Bedürfnis, jenes Bild seines Verlustes, das sie gehabt hatte, aus ihren Gedanken zu verbannen, indem sie sich einen langen, liebevollen Augenblick an die warme, körperliche Wirklichkeit seines Leibes klammerte. Als sie ihn endlich wieder losließ, sagte sie:

»Laß uns zurück ans Feuer gehen. Ich werde in ein oder zwei Tagen mit Hora reden.«

In den nächsten beiden Tagen legte sich der Südwind, und eine warme Ruhe verbreitete einen ersten Hauch von Sommer am Langen Wasser. Gilda dachte die ganze Zeit an das bevorstehende Gespräch mit Hora. Zweimal erfand sie Ausreden, um sich nicht mit Krisa treffen zu müssen, doch am zweiten Abend lief sie mit ihm den Strand entlang, erwiderte seine Zärtlichkeiten, jedoch so wenig, daß er in einem Ausbruch von Gereiztheit davonlief. Gilda saß alleine auf den Felsen an der kleinen Landzunge, die sich ins Meer schob, wo sie vor fast sechs Jahren nach dem großen Singfest mit Tama und einigen anderen gesessen hatte, um den Mondaufgang zu beobachten. Mit Tamas Arm um ihren Körper und seinem Kopf an ihren gelehnt, war sie sich des Gefühls der Liebe zwischen ihnen so sicher gewesen, wie sie es niemals in den Armen eines der Schäfer im Hause der Jungherzen empfunden hatte. Und sie erinnerte sich daran, wie sie gespürt hatte, daß Tama sie brauchte, daß sie sich gegenseitig ergänzten.

Möwen ließen sich auf leisen Schwingen die Bucht herauftreiben, flogen langsam auf Futtersuche am Meeresstrand entlang. Über dem Dorf sammelten sich Vogelschwärme in den Bäumen. Der kleine Totara-Hain auf der Hügelkuppe leuchtete im letzten Licht der untergehenden Sonne, die westlichen Stämme lagen in flammendes Rosa getaucht. Ein paar Menschen schlenderten über den Strand. Rauch stieg aus mehreren Kaminen auf. Von der eingezäunten Weide schrie ein Lämmchen verloren herüber.

All das bin ich, dachte Gilda. Die Jahreszeiten kommen und gehen, der Mond nimmt zu und wieder ab, die Schafe verbringen den Sommer in den Hügeln, und im Frühling werden die Lämmchen geboren. Ich putze und koche und nähe und träume. Die jungen Männer bewundern mich, sie halten meine Brüste, und manchmal schlafen sie mit mir. Hat Tama wohl jemals mit einer Frau geschlafen? Hat er die ganze Zeit gewartet und keine Frau genommen, weil er nur mich will? Oder will er nur jemanden, der für ihn putzt und kocht, weil er jetzt der Priester seines Volkes ist? Wie könnte ich mein eigenes Volk verlassen und mit seinem Volk leben? Warum kann er nicht einfach zu uns kommen und hier mit uns leben? Das Hirschvolk würde bald wieder einen anderen Priester finden. Vielleicht könnte ja Ke Rala Priester und Häuptling zugleich sein? Was wissen denn Tama und ich jetzt nach sechs Jahren voneinander? Ich habe zu lange mein freies Leben geführt und gemacht, was mir gefiel, um jetzt plötzlich meine ganze Zeit damit zu verbringen, das zu tun, was jemand anderem gefällt. Die Männer des Hirschvolkes erwarten von ihren Frauen, daß sie sie von vorne bis hinten bedienen, und das könnte ich nicht. Wenn Tama die ganze Putzarbeit, Kocharbeit und Kinderpflege mir überließe, könnte ich ihn nicht lieben. Unsere Männer teilen sich die Arbeit mit ihren Frauen, im Haus und auf dem Feld.

Ich könnte Hora einfach sagen, es sei zu spät. Ich kann doch nicht versprechen, einen Mann zu heiraten, den ich sechs Jahre nicht gesehen habe. Wenn Tama mich will, muß er kommen und mich selbst fragen.

Gilda saß mit angezogenen Beinen, das Kinn auf den Knien, die sie mit den Armen umschlungen hielt. Krisa hatte ihr ein Muschelarmband gemacht. Sie schüttelte die Muscheln sacht, und das Klimpern gefiel ihr. Sie dachte an ihn, an den Geschmack seiner salzigen, wettergegerbten Haut, an die jungenhafte Ungeduld und Launenhaftigkeit. Sie hatte noch nicht mit ihm geschlafen und genoß ihre Macht, sein Verlangen zu wecken, ohne ihm Erfüllung zu gewähren. Aber bald würde sie seinen rauhen Kopf auf ihre Brust legen und sich von ihm nehmen lassen. Es war gut an Krisa zu denken. Er war wirklich und nahe. Tama war nur ein Geist.

Die abkühlende Luft ließ sie ins Haus zurückkehren. Sie saß noch eine Weile mit ihren Eltern zusammen vor dem Feuer, dann gingen alle drei früh schlafen. Gilda erinnerte sich an damals, als sie Tama schlafend auf einem Baumstamm im Wald gefunden hatte. Sie hatte ihn in die Arme nehmen wollen, aber irgendeine Angst in ihm hatte ihn dazu gebracht, sie zurückzuweisen. Morgen würde sie mit Hora reden. Oder, besser gesagt, sie würde ihn erzählen lassen, ihn erklären lassen, warum er gekommen war, ihn mit Tamas Zunge sprechen lassen, falls er das überhaupt könnte. Sie würde zuhören, wenig sagen und ihre Antwort erst nach ein paar Tagen geben, wenn sie noch einmal gründlich darüber nachgedacht hatte. Oder vielleicht noch mal mit Sarn darüber reden oder sogar mit ihrer Mutter.

Am nächsten Vormittag brachte Sarn Hora und Gilda zusammen, leistete ihnen eine Weile im warmen Sonnenschein vor Yonnis Haus Gesellschaft und sah ihnen dann nach, wie sie den Hügelpfad zu dem Totara-Hain auf der Hügelkuppe gleich oberhalb des Dorfes hochliefen. Mada kam aus dem Haus und stellte sich neben Sarn.

»Was geht zwischen den beiden vor? Gilda war sehr verschlossen in den letzten Tagen. Hat sie irgend etwas?«

»Gilda kann auf sich selber aufpassen, Mutter. Sie wird uns schon sagen, was los ist, wenn es soweit ist.«

Am Rande des Totara-Hains ließen sich Gilda und Hora

im Farn nieder. Die großen Bäume hinter ihnen strahlten eine feierliche, leise murmelnde Ruhe aus. Es wehte kein Lüftchen, doch war alles erfüllt vom Summen der Insekten. Direkt unter dem sonnenbeschienenen Blätterdach verbreitete das diffuse Licht eine sanfte, dämmrige Stimmung; im Inneren des Haines war es selbst an den hellsten Tagen schattig und immer gleich dunkel. Die Schäferleute verehrten den Hain, der sich über die Wechselfälle des Dorflebens erhob und langsameren, höheren Rhythmen gehorchte, die das Volk nicht begreifen konnte. Sie kamen manchmal hier herauf, um in seiner Stille Trost zu finden, die Ruhe zu suchen, die er in verwirrte Gedanken brachte, und die Stärke, die er verlieh, um den Kummer zu ertragen. Kinder kamen nie hier herauf, vielleicht weil sie in ihrer Unschuld weise genug waren, nicht zu früh in seine Tiefen eindringen zu wollen. Gilda hatte sich mit Hora am Rande des Hains niedergelassen, um in der Sonne zu sitzen und zugleich aus seiner Kraft Hilfe zu schöpfen. Erst später kam ihr der Gedanke, daß sie vielleicht nicht ganz ehrlich mit sich gewesen war.

Hora hob ein Stück herabgefallener Rinde eines Totara-Baums auf und zerriß sie langsam in kleine Streifen, während er mit ihr redete. Gilda beobachtete das Licht, das auf seinen Armmuskeln spielte, und die rotgoldenen Locken, die sich auf seiner Schulter kringelten. Das prahlerische, anmaßende Auftreten, das sie von ihm kannte und das sie manchmal abgestoßen hatte, war einer zögernden Zurückhaltung gewichen, die sie viel reizvoller fand. Er saß mit überkreuzten Beinen da und spielte mit der Rinde, während er nach Worten rang.

»Er hat oft darüber geredet, daß er hierherkommen wollte, und ich wollte auch, daß er kommt. Ich wäre mit ihm gegangen, doch der Alte Vater hat ihn nicht gelassen. Seine Ausbildung zum Priester war immer wichtiger. Der Alte Vater hat jahrelang über Tamas Leben bestimmt. Ein Priester zu sein ist etwas ganz anderes, als ein normaler Mann zu sein. Euer Volk hat keinen Priester. Vielleicht ist es deshalb für dich schwer zu verstehen.«

Hora drehte seinen Kopf zu Gilda, um sie anzusehen,

doch sie hielt ihren Blick auf den Boden gerichtet und sagte nur: »Ich verstehe.«

Es fielt ihr schwer, sich auf seine Worte zu konzentrieren, denn die Wirklichkeit seiner körperlichen Nähe war soviel stärker als ihre Erinnerung an Tama.

»Weißt du, er glaubt an dich. Als er vor einer Weile gestand, eine Frau zu brauchen, hat er gleich gesehen, daß unter unseren Frauen nur wenige sind, die noch nicht an einen Jäger versprochen sind. Wir haben immer noch mehr Männer als Frauen, obwohl es nicht mehr so schlimm ist wie noch vor ein paar Jahren, als einige eurer Mädchen sich mit unseren Männern verheirateten.«

»Ich habe gedacht«, unterbrach ihn Gilda, »die Ältesten hätten entschieden, daß unsere Mädchen nur Jäger heiraten dürfen und keinen Mann aus der Häuptlings- oder Priesterfamilie?«

»Ja, das ist richtig. Tama weiß das. Aber da es keine entsprechende Frau seines Alters in unserem Volk gibt, glaubt er, daß die Ältesten ihm erlauben würden, ein Mädchen aus eurem Volk zu heiraten. Das heißt – dich zu heiraten.«

Gilda schwieg.

»Gilda, er liebt dich. Nie hat es eine andere für ihn gegeben.«

Gilda drehte ihren Kopf zur Seite, um dem fragenden Blick Horas auszuweichen. Der Gedanke an ihre Liebhaber schien der reinste Hohn gegenüber Tamas erzwungener Ehelosigkeit, doch sie war zu ehrlich mit sich selbst, um sich nicht einzugestehen, daß sie nie hätte anders sein wollen. Die Großzügigkeit, mit der sie sich der körperlichen Leidenschaft hingab, war nur Teil einer noch größeren Großzügigkeit des Geistes, mit der sie ihr ganzes Leben für etwas hingeben könnte, das es wert war. Könnte dies Etwas wohl sein, ihr Leben mit Tama zu teilen?

»Ich weiß nicht«, sagte sie plötzlich. »Ich weiß nicht, Hora. Vor sechs Jahren war ich bereit, Tama zu lieben. Ja, ich liebte ihn wirklich. Doch Tama war noch nicht für mich bereit. Was weiß ich denn, wie diese sechs Jahre ihn verändert haben und in welcher Hinsicht er sich verändert hat? Warum ist er nicht selbst gekommen, um mich zu fragen? Wenn ihm seine Pflichten als Priester zur Ausrede dienen, daß er zu beschäftigt sei, sich einen halben Mond Zeit zu nehmen, uns zu besuchen, dann ist er gewiß auch zu beschäftigt, um sich um mich als seine Frau zu kümmern. Ich bin kein Besitztum, das man so zurechtschnitzen oder -weben könnte, wie es Tama gefällt. Ich bin ich, Gilda, eine Frau mit eigenem Willen. Wenn ich mich gebe, gebe ich mich ganz. Aber ich bin kein Wesen, das nach der Pfeife anderer tanzt wie ein Schaf, das dem Klang der Hirtenflöte auf die Weide folgt, um dort gefüttert, eingezäunt und geschoren zu werden, wie es dem Meister beliebt. Ich bin vielleicht kein Priester wie Tama, aber ich kenne meine Pflichten gegenüber mir selbst und meinem Volk. Ich habe meine eigenen Vorstellungen vom Leben. Und es sind keine geringen Vorstellungen. Ich könnte mir zum Beispiel ein Leben vorstellen, das über dieses Dorf hinausreichte. Ich wäre bereit, das Dorf zu verlassen und mit Tama zu leben, seine Kinder zu gebären und ihm bei seiner Arbeit zur Seite zu stehen, auch wenn ich nicht richtig verstehe, worin sie besteht, wenn ich wüßte, daß ich wichtig für ihn bin, nicht nur als Frau und Gefährtin, sondern als Mensch, als Gilda. Könnte ich Tama wiederfinden, so glaube ich wohl, daß ich ihn lieben könnte, doch wo ist er? Du bist nicht Tama. Du bist sein Freund, ein Mann, ein Jäger, du weißt, was du vom Leben willst …«

Sie konnte nicht weiterreden, weil sie sich plötzlich der Bewunderung in Horas Blick bewußt wurde. Sie blickte deshalb kurz weg, bevor sie sanft fragte: »Wenn du mich zur Frau wolltest, würdest du dann einen anderen Mann schikken, um mich zu fragen?«

Blut war in Horas Gesicht geschossen, und es war jetzt noch röter als sonst. Seine Nasenflügel bebten, als er sich auf den Rücken umdrehte und in Gildas Gesicht hochblickte. »Wie kannst du mich so etwas nur fragen? Ich bin ein Mann schneller Leidenschaften. Ich weiß, was ich will, und ich nehme es mir.«

In diesem Moment wäre es ihm vielleicht noch möglich gewesen, sich zurückzuziehen, aufzustehen und wegzugehen, hätte er sich daran erinnert, daß die Clanbrüderschaft die stärkste Bindung bei seinem Volk war. Einen Clanbruder zu betrügen bedeutete, das heiligste Gesetz Ka Balus zu brechen. Doch er kannte nur den Ruf eines Gesetzes, das älter war als alle Gesetze Ka Balus, und er wußte, daß auch Gilda es kannte.

Und Gilda? Sie hätte ihn an Mariti und seine Kinder erinnern können, sie hätte versuchen können, sich an ihre frühere Furcht vor ihm zu erinnern, aber es war zu spät. Ihr Atem ging heftig, die Spitzen ihrer Brüste wurden hart, als sich Hora über sie beugte und sie in den Farn zurücklegte. Einen Moment lang sahen sie sich zärtlich in die Augen und genossen den Vorgeschmack der aufbrandenden Woge, die sie mit sich reißen würde. Dann zog Gilda Hora begierig auf sich, und sie überließen sich ihrer wortlosen und wilden Lust.

2

»Ich weiß nicht, was ich noch tun könnte«, murmelte Sarn, »aber ich mag gar nicht an Tamas Enttäuschung denken.«

»Vielleicht überlegt es sich Gilda noch einmal.«

»Das glaube ich nicht. Sie hat mir gegenüber sehr wenig gesagt, nur immer wiederholt: ›Es ist jetzt zu spät. Es ist zu spät‹. Hora sagt, er habe alles getan, um sie zu überreden, mit ihm zurückzugehen und Tama zu treffen, aber sie habe sich geweigert. Sie ist sehr stolz. Aber sie tut mir auch leid. Ich kenne sie so gut, und ich weiß, daß sie sich ganz tief in ihrem Inneren noch einmal anders entscheiden könnte, wenn Tama selbst käme, um mit ihr zu reden. Aber Hora sagt, das sei sehr unwahrscheinlich. Freilich sehe ich auch, daß er nur äußerst widerwillig mit leeren Händen zu Tama zurückkehren möchte. Es verletzt auch seinen Stolz. Er glaubt immer, er könne alles bei den Frauen erreichen. Doch er kennt Gilda nicht.«

Ana räkelte sich in Sarns Armen. Sie lagen im Bett und redeten leise, um Tukki nicht zu wecken.

»Hora kennt die Frauen nicht so gut, wie er immer tut. Er ist ein alter Angeber. Vielleicht gibt es einen Weg, Gilda umzustimmen.«

»Was meinst du damit?«

»Wenn Tama eine andere Frau nehmen würde, vielleicht nur für eine Weile. Ich glaube, dann wäre Gilda sehr eifersüchtig. Das wäre der richtige Zeitpunkt für Tama, um sie zu besuchen.«

»Ich verstehe. Wenn man Gilda eifersüchtig machen könnte … Aber sie ist meine Schwester. Ich kann ihr doch nicht einfach so einen Streich spielen.«

»Es wäre kein Streich. Wenn Tama eine Frau braucht, die ihm hilft, dann soll er sie bekommen. Jemand, der für ihn putzt und kocht. Er braucht sie ja nicht zu heiraten. Aber es würde ihm helfen, sich an die Gegenwart einer Frau in seinem Haus zu gewöhnen und die Frauen verstehen zu lernen. Vielleicht würde er dann merken, wie sehr er Gilda verletzt hat, indem er nicht selbst gekommen ist.«

»Ana, ich glaube, du könntest recht haben. Aber wen gibt es, der für Tama arbeiten würde? Du meinst doch eine unserer Frauen?«

»Es gibt eine, die für ihn arbeiten könnte, wie er es braucht, ohne ihn für sich zu beanspruchen. Sie ist ruhig und eine gute, treue Dienerin, die sich sehr liebevoll um ihre Tante und Großmutter kümmert. Ich meine Escha.«

»Escha? Ja, ich verstehe. Sie scheint keinen Verehrer zu haben, nicht wahr? Ich kann mich erinnern, daß sie nur ein paar Monde im Haus der Jungherzen geblieben ist. Sie ist sehr einfach und hat wenig Ansprüche.«

»Ich bezweifle, daß es irgendwelche Hirten gibt, die mit ihr schlafen wollten. Deshalb ist sie so bald wieder zu ihrer Tante zurückgegangen. Sie hat die meiste Zeit ihres Lebens mit ihrer Tante und ihrer Großmutter gelebt, seit die Krankheit ihr die Eltern genommen hat, als sie noch ein Kind war.«

»Glaubst du, Hora wäre damit einverstanden, sie mit sich zurückzunehmen?« fragte Sarn. »Wie soll er denn Tama erklären, daß er eine andere Frau anstelle von Gilda mitgebracht hat?«

»Hora würde schon etwas einfallen.«

Sarn schwieg eine Weile. Die Nacht war sehr still, und eine samtene Dunkelheit hüllte ihn und Ana ein in eine warme Innigkeit. Er dachte an Tama, der allein im Bett lag. Mußte er denn immer alleine bleiben? Vielleicht hatte Ana recht. Es war einen Versuch wert, mit Hora darüber zu sprechen, und wenn er dem Vorschlag zustimmte, könnte er mit Escha reden. Zeigte Gilda keine Bewegung bei dieser Neuigkeit, würde das beweisen, daß sie Tama nicht mehr liebte. Würde sie eifersüchtig, dann könnte Tama noch gewinnen.

»Es wäre möglich«, sagte Sarn. »Meine kluge Ana, es könnte wirken. Ich werde morgen mit Hora reden. Wir haben nicht mehr viel Zeit, denn er will sich übermorgen auf den Heimweg machen.«

»Dann laß uns jetzt nicht mehr daran denken und ein bißchen schlafen«, sagte Ana.

Am nächsten Morgen, als die ersten Sonnenstrahlen die Wolken vor der Hafeneinfahrt scharlachrot aufleuchten ließen, wachte Escha auf und war wie immer sofort hellwach. Sie lag noch eine Weile ruhig und starrte in die Dunkelheit des Raumes. Von den Nachtlagern ihrer Tante und ihrer Großmutter war kein Laut zu hören. Sie genoß die Stille, die Einsamkeit. Sie liebte es, den Tagesanbruch für sich ganz allein zu haben, bevor die ersten Vögel von den Hügeln zu hören waren. Leise schob sie die Decken zur Seite, griff nach ihren Kleidern und zog sich an. Dann ging sie in das große Zimmer hinüber, wo sich das Fenster als fahles Viereck in der Dunkelheit abzeichnete. Sie hob den Riegel der schweren Tür, trat ins Freie und atmete die klare, frische Luft tief ein. Die aufgehende Sonne ließ das Lange Wasser in allen Perlmuttfarben schimmern wie das Innere einer Muschel. Dann erklang ein einziger Ton, und der erste Glockenvogel erwachte in den Bäumen über dem Dorf. Eine kurze Zeit später stimmten andere ein in den Jubelgesang über die Rückkehr der Sonne. Jede Nacht sterben wir, dachte Escha, und jeden Morgen werden wir neu ins Licht geboren. Aus dem Schoße der Dunkelheit werden wir neu geboren. Hinter dem Haus war der Abort, ein Loch in der Erde mit einem Haufen Erde daneben. Escha hockte sich darüber und überlegte, daß sie es bald auffüllen und ein neues graben müßte. Aus dem Krug an der Hausecke goß sie sich Wasser über die Hände und trocknete sie an dem Wollstrang ab, der an einem Nagel an der Wand hing. Aus ihrer Schürzentasche nahm sie einen hölzernen Kamm und begann, ihr langes braunes Haar zu kämmen. Dieses Ritual kam Escha immer wie ein Segen vor, den sie spürte, aber nicht verstand – dieses langsame, lange Streichen des Kammes durch ihre Locken, das Befühlen und Lösen kleiner Knoten mit den Fingern, das Saubermachen des Kammes zwischen ihren Fingern. Sie schüttelte damit die Dunkelheit von sich ab, lockerte das Gefieder ihrer Flügel, bevor das Dorf zum neuen Tag und zu der Arbeit erwachte, die er mit sich brachte.

Bestimmt sind auch schon andere wach, dachte sie, aber ich bin die einzige, die draußen ist, die erste, die den neuen Tag einatmet. Mein Geist erwacht immer beim ersten Vogelruf. Ich bin nicht frei wie ein Vogel, aber mein Geist singt mit ihnen in der Morgenröte.

Als das Licht in die lange Bucht einfiel, kam eine leichte Brise auf, kräuselte das Wasser und brachte Leben in die Stille des Himmels. Escha ging ins Haus zurück, um Feuer zu machen und den Brei aufzuwärmen, mit dem sie ihre zahnlose Großmutter füttern müßte. Wie immer würde sie dabei ein wenig wimmern über ihre kindliche Hilflosigkeit. Tante Nonni stand erst auf, wenn es warm im Zimmer war und sie die braun brutzelnden Fischkuchen riechen konnte. Sie würde sie dann schweigsam hinuntermampfen und dabei ins Feuer starren. In diesem Haus sprach am frühen Morgen niemand, wenn es nicht unbedingt nötig war. Oft schwieg man sogar bis zum späten Vormittag, wenn die Sonne schließlich ihre Strahlen durch das schmale Fenster sandte und das Herz des Feuers fraß.

Escha half ihrer Großmutter, sich aufzusetzen, stopfte ihr Kissen in den Rücken und fütterte sie langsam mit dem hölzernen Löffel mit warmem Brei aus Fisch und Haferschleim. Die alte Frau, deren Gedanken sich verloren, vergaß manchmal, das Essen zu schlucken, versuchte irgend etwas zu flüstern und sabberte dabei in das Tuch, das Escha ihr immer unters Kinn klemmte. Wie immer würde sie, wenn sie genug geschluckt hatte, die Decken beiseite schieben und versuchen aufzustehen, aber Escha legte sie immer wieder hin, bis es Zeit war, sie zum Abort zu führen und ihr zu helfen, ihren Darm zu entleeren.

Trotz ihrer Krankheiten war es eine Frage des Stolzes für die alte Frau, aufzustehen, gewaschen und angezogen zu sein, bevor ihre Tochter Nonni das Bett verließ. Escha war sich immer bewußt, daß sie ein Puffer zwischen ihrer schweigsamen Tante und der einst geschwätzigen alten Frau war, die immer noch quengelig vor sich hin brabbelte, während sie die meiste Zeit des Tages, in Decken gewickelt, vor dem Feuer saß. Ihre Mutter, an die sich Escha nur dunkel erinnern konnte, war die lebhaftere der beiden Schwestern gewesen und hatte den Mann geheiratet – wie ihre Großmutter einmal gestanden hatte –, auf den es Nonni abgesehen hatte. Nonni hatte spät geheiratet, keine Kinder bekommen und war früh Witwe geworden. Escha dachte manchmal, daß sie selbst nur am Rande dieser stillstehenden Leben lebte, in einem Haus, in dem jeder Tag gleich war, wo jedes Gespräch zum Schweigen gebracht wurde, wo alle Handlungen durch die täglichen Bedürfnisse des Körpers, der gefüttert, entleert und gereinigt werden mußte, bestimmt waren, ohne jeden weiteren Sinn. In diesem Haus waren Ebbe und Flut, Auf und Ab des Lebens zu kleinen Wellen abgeflaut, die gegen den Strand schlugen.

Manchmal, beim Feuerholzsammeln während des Tages oder beim Hacken in den Gärten, wenn sie ein paar Worte mit den anderen, die dort arbeiteten, wechselte, spürte Escha Wohligkeit in ihrem kleinen starken Körper, doch sie wußte, daß ihre blassen, rundlichen Gesichtszüge kein Verlangen in jungen Männern hervorriefen. Daran hatte sie sich gewöhnt, seit sie das Haus der Jungherzen verlassen hatte, wo nur zwei der Hirten kurz mit ihr geschlafen hatten, vielleicht aus Neugierde, sicher nicht aus Zuneigung. Sie hatte es als etwas Natürliches angenommen, daß sie nie heiraten würde.

Es war schon später Vormittag, als sie die Wasserkrüge nahm, um sie an einer Quelle weit unten an den Hügeln aufzufüllen. Auf der Oberfläche des Wasserlochs schwammen Blätter. Sie schob sie zur Seite und tauchte den ersten Krug sachte ein, so daß das Wasser langsam hineinfließen konnte, ohne die Ablagerungen am Grund aufzuwühlen. Als sie den schweren Krug voll Wasser auf den großen flachen Stein stellte, hörte sie Schritte hinter sich und schaute über die Schulter.

Zwei Männer näherten sich. Einer von ihnen war Sarn, der andere der Jäger, den sie Rotbart nannten.

Sie grüßten sie, während sie unbeweglich dastand und sich über den Grund ihres Kommens wunderte.

»Ein voller Krug ist schwer auf den Schultern. Laß ihn mich für dich tragen«, sagte Sarn. Escha bückte sich, um den zweiten Krug zu füllen, doch Hora nahm ihn ihr aus der Hand und füllte ihn, wenn auch weniger sorgfältig als Escha. Sie folgte den Männern zurück zum Haus, zeigte ihnen, wo sie die vollen Krüge abstellen konnten, und wartete dann mit gefalteten Händen. Tante Nonni bat die Männer herein, bot ihnen Wasser zum Trinken und Weizenkornbrot an, während Sarn den Grund ihres Besuchs erklärte.

Escha erinnerte sich an Tama als einen großen, schlanken jungen Mann mit freundlichen Augen. Sie war damals etwa zehn und vier gewesen und hatte die Ankunft der Jäger beinahe für ein Wunder gehalten, aber mit den Jahren hatte sie sich an die gelegentlichen Besuche gewöhnt. Keiner von ihnen hatte je mit ihr gesprochen. Sie hatte Rotbart mehrere Male gesehen und etwas Angst vor seinem angeberischen Gehabe gehabt, die sie jetzt in seiner Gegenwart in ihrem eigenen Haus noch stärker empfand. Weder Tante Nonni noch Escha sagten ein Wort, während Sarn erklärte, daß sein Freund Tama eine Frau brauche, die ihm dienen solle, und daß die heiratsfähigen Mädchen des Hirschvolkes schon alle an Jäger versprochen wären. Er erklärte, daß Priester oft nicht heirateten, aber trotzdem eine Frau brauchten, die sich um sie kümmere, damit sie frei für ihre priesterlichen Aufgaben seien. Sarn redete mit Tante Nonni fast so, als sei Escha gar nicht anwesend, aber das Mädchen war daran gewöhnt, übergangen zu werden, und nahm es ihm nicht übel.

»Wenn Escha, nachdem sie sich ein Bild darüber gemacht hat, was von ihr verlangt wird, nicht bleiben will, bringen wir sie wieder nach Hause zurück. Sie wird bei Tama sicher sein. Er ist ein guter Mann und wird sie gut behandeln.«

Escha saß völlig unbeweglich da und sah auf ihre gefalteten Hände. Jetzt sprach Hora.

»Denke gut darüber nach, was dir Sarn vorgeschlagen hat, Escha. Ich hatte eigentlich vor, morgen zu meinem Volk zurückzugehen, aber ich werde noch einen Tag länger bleiben, um deine Antwort abzuwarten.«

Escha sagte nichts. Tante Nonni fragte Sarn weiter aus: »Dein Freund war fast einen halben Mond hier. Warum kommt ihr erst jetzt mit eurer Bitte zu Escha?«

Sarn war zu ehrlich, um ihr irgend etwas vorzumachen. »Wir hatten gedacht, daß meine Schwester Gilda bereit wäre mitzugehen, und anfangs schien es auch so. Doch jetzt sagt sie, daß sie lieber bei unserm Volk bleiben will. Erst dann bin ich auf Escha gekommen.«

Ein kleines Gefühl des Triumphes brannte in Eschas Brust, daß sie den Platz der schönen, eigenwilligen Gilda einnehmen sollte. Noch immer sagte sie nichts, hörte nur die Stimme der Tante: »Wir können nicht Hals über Kopf ja oder nein sagen, aber kommt bei Sonnenuntergang zurück, dann werden wir euch unsere Antwort geben.«

Tante Nonni redete noch den ganzen Tag über die Sache. Während Escha zuhörte, waren ihre Gedanken weit weg und versuchten, sich das neue Haus des großen jungen Priesters mit den freundlichen Augen vorzustellen; ein Ort, ganz für sie allein, um jeden Tag neuen Sinn, neues Leben zu entdecken. Es war kaum nötig, daß Tante Nonni sagte: »Wenn du wirklich gehen willst, mußt du nicht wegen mir darauf verzichten. Ich kann mich um Mutter kümmern. Du warst ein gutes Mädchen und hast dich so lange um uns beide gesorgt. Da kein Mann hier um deine Hand angehalten hat, steht es dir frei, zum Priester des Hirschvolkes zu gehen, wenn du willst.«

»Ich will es«, antwortete Escha. »Ich werde manchmal zurückkommen, um euch zu besuchen. Wenn Sarn bei Sonnenuntergang kommt, werde ich ihm sagen, daß ich bereit bin, übermorgen mit Rotbart mitzugehen.«

Es war wenig genug, was Escha vorzubereiten hatte. Sie wusch und flickte ein paar Kleider und packte sie in einen Korb, den sie sich auf den Rücken schnallen konnte. Gut eingewickelt in die Kleider verstaute sie ihre Schätze: den geschnitzten Holzarmreif, der ihrer Mutter gehört hatte, ihre zwei mit Muscheln eingelegten Kämme, den Federfächer, den Tante Nonni an heißen Sommertagen benutzte und den sie Escha überraschend in die Hand gedrückt hatte. Zuletzt legte sie noch zwei Tontassen hinein, wie es sie beim Hirschvolk nicht gab. Vielleicht würden sie Tama gefallen. Sie war fertig, lange bevor das Tageslicht wich, und verbrachte den

Rest des Nachmittags damit, einen mächtigen Haufen Feuerholz an der Hauswand aufzustapeln. Am Abend ging sie mit ihrer Tante bei ein paar Freunden vorbei, um sich zu verabschieden. Es hatte sich herumgesprochen, daß sie mit den Hirschjägern mitgehen würde. Die Leute wünschten ihr alles Gute, drückten ihr die Hände, küßten sie, boten ihr Kornkuchen an. Aber es war alles eine gedämpfte Freude, nicht wie vor einer Hochzeit. Escha legte sich diese Nacht mit ruhiger Zufriedenheit ins Bett, glücklich über die Freundlichkeit ihrer Freunde, und schlief ein, als wäre der nächste Tag ein Tag wie jeder andere.

Ihre bedingungslose Zustimmung zu seinem Vorschlag veranlaßte Hora, doch schon am nächsten Tag aufzubrechen, da Escha nichts mehr weiter vorzubereiten hatte.

Wie immer war sie schon beim Morgengrauen wach. Der Himmel war bewölkt und über dem schwarzen Hügel von roten Streifen durchzogen. Ein kalter, stürmischer Wind blies von der Bucht herauf. Escha machte Feuer und bereitete den Haferschleim für ihre Großmutter zu. Doch an diesem Morgen stand Tante Nonni früh auf und half ihr bei der Zubereitung des Essens. Sie verloren nicht viele Worte. Als sie gegessen und sich gewaschen hatten, hörten sie draußen Stimmen. Escha öffnete die Tür und sah einige Leute mit den drei Jägern reden. Da waren Sarn und Ana, ein paar Frauen und Kinder. Es war Zeit. Escha bückte sich, nahm den Kopf ihrer Großmutter zwischen ihre Hände und überlegte sich, ob die alte Frau wohl verstand, was da vor sich ging. Tante Nonni stand an der Tür.

»Ich werde nicht mit hinauskommen«, sagte sie. Ihre Stimme glich einem trockenen Geflüster. Escha umarmte sie, verwirrt darüber, daß die Tante von lautlosem Weinen geschüttelt wurde. Sarn nahm ihren Korb auf. Escha atmete tief ein und folgte den anderen. Sie blickte nicht zurück.

Manche Dorfbewohner riefen ihr einen kurzen Abschiedsgruß zu und warnten sie vor einem bevorstehenden Wetterumschwung. Weit unten am Hafen, über der westlichen Landzunge, schob sich eine unförmige Wolkenmasse vom Meer herein. Hora hatte es eilig loszugehen.

»Wenn nötig, können wir heute nacht ja in der ersten Hütte übernachten«, sagte er. Sie wollten gerade aufbrechen, als ihnen jemand vom Strand her etwas zurief. Escha schaute zurück. Ein Mann schob ein Boot ins Wasser, während ein anderer ihn aufzuhalten versuchte. Im Boot befand sich eine dritte Person. Jemand sagte: »Was machen die denn? Das ist doch kein Wetter, um mit dem Boot hinauszufahren!«

Sarn packte Ana am Arm. »Das sind Gilda und Krisa. Bleib hier. Ich muß sie aufhalten.«

Er rannte los, aber es war zu spät. Krisa stieß sich schon ab und ließ seinen Vater alleine im seichten Wasser zurück. Gilda und Krisa begannen zu paddeln. Das Boot trieb ins tiefere Wasser hinaus, und das Segel schlug gegen den Mast. Sarn schrie vergebens und ging dann langsam wieder zu der schweigenden Gruppe der Zuschauer zurück.

»Sie werden umdrehen müssen«, sagte er. »Der Wind wird zunehmen.«

Es war Zeit, aufzubrechen und sich ein letztes Mal zu verabschieden. Hora ging voraus, ihm folgte E Nga, dann kamen Escha und zum Schluß der junge Ilak. Als sie oben auf dem Hügelpfad angekommen waren, schauten sie noch einmal zurück, bevor sie das Dorf aus den Augen verloren. Ein paar winzige Gestalten winkten. Weit draußen in der Bucht zeichnete sich ein viereckiges Segel einen Augenblick lang schwarz gegen das Sonnenlicht ab.

Gegen Mittag hatten sie die Hügel hinter sich gelassen und kamen in die Ebene, wo ein kalter Südwind sie mit Regenschauern empfing und vorantrieb. Die langen, nassen, schwertähnlichen Blätter der auf dem Boden wachsenden Flachspflanzen peitschten gleißend im Wind; der hohe Baumflachs schlug seine lanzenförmigen Blätter gegeneinander und das Toi-toi-Gras wogte wie ein stürmisches Meer. Die vier gingen mit gleichmäßigen Schritten weiter. Einmal schaute Escha zurück, doch die Hügel schienen hinter dem Regenschleier schon weit zurückzuliegen. Es war später Nachmittag, als sie an die erste der beiden Hütten kamen, die auf dem Weg zwischen den beiden Dörfern gebaut waren. Innen war trockenes Holz aufgeschichtet. E Nga hatte bald ein Feuer brennen. Hora machte das Essen. Sie hatten ihre nassen Kleider über das Holz nahe beim Feuer gehängt und wärmten sich an den Flammen. Draußen rüttelten der Wind und der Regen an der Hütte. Aus Schaffellen und Farn bereiteten sie sich eine Art Bett. Die drei Männer schliefen eng beieinander, um sich gegenseitig warmzuhalten. Escha lag alleine auf der anderen Seite des Feuers, war trotz ihrer körperlichen Erschöpfung immer noch wach und wunderte sich über diese seltsame Nacht. Als sie schließlich einschlief, war es nur für kurze Zeit, bevor sie aufwachte und dann wieder eindöste in dieser langen, ungemütlichen Nacht, die kein Ende nehmen wollte.

Der Wind war so stark und der Regen- und Hagelschauer so heftig, daß Hora beschloß, auch den nächsten Tag noch in der Hütte zu bleiben. Sie hatten genug Essen für drei Tage dabei. Fast den ganzen Morgen blieben sie in ihre Schaffelle eingehüllt in der Hütte, dösten vor sich hin oder setzten sich auf und sprachen über das Hagelgeprassel, das auf die Hütte niederging. Gegen Mittag bereitete Hora etwas zu essen und machte ein kleines Feuer. Da es zu naß zum Feuerholzsammeln war, mußten sie mit dem trockenen Holz in der Hütte sparsam umgehen.

Nachdem sie gegessen hatten, rückte Hora näher zu Escha und fragte, ob sie friere. Sie schüttelte den Kopf, aber seine Nähe und der Geruch seines Körpers ließen sie erzittern. Er legte seine Hand auf ihren Arm und streichelte sie, beugte sein Gesicht über das ihre und redete mit zärtlichen Worten auf sie ein. Escha fand keine Worte, um ihm zu sagen, was sie sowohl befürchtete als auch ersehnte. Seine blauen glänzenden Augen, sein wildes zerzaustes Haar, der männliche Schweiß, der ihr in der Nase hing, ließen die Kraft aus ihren Armen und Beinen weichen, als Hora sie in den trockenen Farn zurücklegte. Sie spürte seine harten Knöchel an ihrem Bauch, als er ihren Rock aufknüpfte, und die rauhen schwieligen Hände, die ihre Schenkel teilten und sie zu ihm zogen. Was sie überraschte, waren die Zärtlichkeit, mit der er sie nahm, und die wohligen Wellen des Genusses, die ihren Körper durchrieselten; ein Gefühl, das sie bis dahin noch nie empfunden hatte. Der Regen trommelte immer noch gegen die Hütte und tropfte ins Feuer, während die anderen beiden Männer mit glühendem Neid in den Augen Hora und der Frau zusahen. Doch Escha gab sich nur dem Genuß des Fließens ihres ganzen Körpers in Horas Wellen hin.

Als er sich von ihr abwandte, drehte sich Escha zur Seite und wurde sich ihrer selbst in einem Körper bewußt, der ihr fremd vorkam und der immer noch nach Hora roch und schmeckte. Sie hörte, wie E Nga mit leiser, zischender Stimme etwas zu Hora sagte und Hora daraufhin in Gelächter ausbrach. Doch dann fingen sie an zu streiten, und sie hörte ein paarmal ihren Namen und den von Tama. Sie begann zu verstehen und Angst zu bekommen, zog ihre Arme an ihren Körper und versuchte, so bewegungslos wie möglich zu liegen. Dann kam Hora zu ihr herüber und legte seine Hand auf ihre Schulter. Als sie sich unter seiner Berührung verkrampfte, nutzte er seine Stärke, um sie zu sich zu drehen, sprach jedoch in zärtlichem Ton zu ihr.

»Escha, wir haben uns gegenseitig unseren Körper gegeben, und das war gut so. Du wirst eine gute Frau für Tama werden. Wenn er dich will, mußt du ihm nachgeben. Aber jetzt möchten sich meine Freunde mit dir vergnügen. Jeder Mann liebt anders, und du kennst die Liebe noch nicht, die ein junges Mädchen braucht. Laß jetzt E Nga zu dir kommen und dann Ilak. Auch sie hungern nach deinem Körper.«

»Nein«, schrie sie und klammerte sich an Horas Arm um Hilfe. »Nein, laßt mich in Ruhe! Hilf mir!«

Doch Hora ließ sie im Stich und hielt ihre Schultern mit hartem Griff fest, als E Nga nach vorne trat, sie mit festen Händen packte und ihr wild ins Gesicht starrte. Er stieß unvermittelt in sie hinein, mehr aus Wut als aus Zärtlichkeit, nahm sie roh und schnell und tat ihr weh dabei. Als er fertig war, stieß er sie zur Seite und stand auf, ohne ein Wort zu sagen. Escha wartete, als müsse ein Schlag ins Gesicht folgen. Als Ilak unbeweglich vor dem Feuer hocken blieb, fuhr Hora ihn scharf an und drängte ihn, die Frau zu nehmen. Es gab keine Hilfe für Escha. Einen winzigen Augenblick lang spürte sie die Entschlossenheit in Horas Befehl an den Jungen, daß alle drei Männer sich ihren Körper teilen sollten. Sie sollte die Frau des Priesters werden. Würden sie es ihm erzählen? Hatte er Macht darüber, ihr jetzt zu helfen? Sie versuchte vergeblich, sich sein Gesicht vorzustellen.

Ilak berührte sie leicht, fast ängstlich. Langsam drehte sie sich um, um zu sehen, wie er sich über sie beugte. Seine Zähne blitzten, als er sie schüchtern anlächelte, und seine Hand zitterte auf der ihren. Sie berührte die glatten Muskeln seines Arms, seine bartlose Wange und zog ihn dann sanft zu sich her, wie eine Mutter ihr Kind halten würde, und half ihm ohne Furcht, in sie einzudringen und zum Höhepunkt zu kommen.

In der Nacht lag sie lange wach und überlegte, was wohl passieren würde, wenn sie sich einfach in die Dunkelheit hinausstehlen und den Weg zurück in die Sicherheit von Tante Nonnis ruhigem Haus suchen würde. Sie spürte nur eine große Einsamkeit, die die Hütte umgab: die Einsamkeit des Windes, der Wolken und der Sterne. Wenn sie ganz still daliegen würde, könnte sie vielleicht nicht von ihr Besitz ergreifen. Alles, was sie wollte, war Herrin über ihren Körper und ihren Geist zu sein. Gegen Morgen träumte sie, daß sie vor dem Haus ihrer Tante stand, über das noch schlafende Dorf und das glitzernde Wasser blickte und langsam und friedlich ihr Haar kämmte.

Hora weckte sie bei Tagesanbruch. Der Regen hatte nachgelassen, die Wolken waren aufgelockert und gaben den Blick auf kleine Inseln blauen Himmels frei. Bald waren sie wieder unterwegs und wanderten mit festem Schritt auf Erde und Blättern durch das blinkende Meer aus Wasser und Licht. Die Nebel um sie herum lichteten sich, und die Sonne schickte ihre warmen Strahlen herab. Nach der Flußüberquerung am Mittag rasteten sie eine Weile, tranken Wasser und aßen ihre letzten Essensreste auf. Am späten Nachmittag kamen sie von einem Waldpfad auf eine Lichtung, auf der die Rauchsäulen von den Kochfeuern des Jägerdorfs aufstiegen. Hora brachte Escha zuerst zum Haus eines Jägers, der ein Hirtenmädchen namens Ayana geheiratet hatte. Sie stillte gerade ihr erstes Baby und freute sich sehr über Eschas Besuch, die ihr Neuigkeiten von zu Hause und von den Freunden am Langen Wasser brachte. Ayana half Escha, sich zu waschen, ihr Haar auszubürsten und sich auf das Treffen mit Tama vorzubereiten – Vorbereitungen, die bei Escha nur das Beben einer leisen Vorahnung hervorriefen.

Es dauerte lange, bis Hora wieder zurückkam. Er sprach mit gedämpfter Stimme mit Ayanas Ehemann, bevor er unvermittelt zu Escha sagte: »Der Priester kann dich heute abend noch nicht empfangen, aber ich werde morgen früh zurückkommen und dich zu ihm bringen.« Er ging hinaus, ohne Eschas Antwort abzuwarten.

Es war schon fast Mittag, als Hora am nächsten Tag endlich auftauchte und sich immer noch seltsam unterwürfig benahm. Er führte Escha den steilen Pfad zum Haus des Priesters hinauf. Escha wartete mit auf den Boden gerichtetem Blick, als Hora durch die offene Tür mit Tama sprach und beiseite trat, als Tama herauskam. Lange Zeit sagte niemand etwas. Erst als eine tiefe Stimme ihren Namen rief, hob sie den Kopf.

»Escha, schau mich an.«

Und dann sah sie, wie sich in den dunklen Augen des schmalen Gesichts ein Gefühl des Entsetzens und des Abscheus ausbreitete. Der Priester schlug sich mit den Händen vors Gesicht, drehte sich um, ging ins Haus zurück und schloß die Tür. Hora wartete eine kleine Weile, bevor er wütend den Berg hinunterstapfte, während Escha ihm halb nachrannte, zurück zu Ayanas Trost und Empörung, die in den darauffolgenden Tagen ihre einzige Hilfe sein sollten.

3

»Aber es macht keinen Unterschied. Du hattest gehofft, Gilda heiraten zu können, und die Ältesten haben es verboten. Hora hat statt dessen Escha mitgebracht, und die Ältesten verbieten dir, sie zu heiraten. Es ist nicht die Frau, es ist das Gesetz, das im Vordergrund steht. Wir sind das Hirschvolk, und wir gehorchen Ka Balu. Wir sind sein Volk. Es ist nicht gut, daß unsere Führer ihr Blut mit dem des Schäfervolks vermischen. Es ist nicht gut, für keines der beiden Völker. Sie haben ihr Land in den Hügeln, wir haben das unsere zwischen den beiden Flüssen. Laß uns getrennte Völker bleiben. Die Maserung des Totara ist nicht die des Rata.«

Vielleicht hat Ke Rala ja recht, dachte Tama. Er ist der Totara mit der geraden Maserung, der immer genau dort gerade durchsplittert, wo man es erwartet. Und ich? Ich folge verschiedenen Richtungen und finde meinen Weg langsam, aber am Ende wird der Rata stark und hart, und das Blut seines Erblühens bereichern Himmel und Erde. Es ist der Baum, den ich in meiner Vision gesehen habe, als ich meinen Stein der Wahrheit fand.

Er schaute in die Zweige seines Geistbaumes hoch, ließ dessen Kraft auf sich übergehen und wandte sich dann wieder Ke Rala zu.

»Was du sagst, ist wahr, aber es ist nur die halbe Wahrheit. Ich habe Gilda geliebt. Ich liebe sie immer noch. Unter unserem Volk gibt es keine Frau meines Alters, die ich heiraten könnte. Ich muß entweder mehrere Jahre warten, oder den Gedanken an eine Ehe völlig aufgeben und mich von den alten Frauen versorgen lassen. Ich habe gesehen, wie sehr der Alte Weise in den letzten Jahren die Pflege einer Frau gebraucht hätte, doch er hatte niemanden außer mir.«

Ke Rala redete sanft auf ihn ein. »Du brauchst auch eine

Frau. Ich weiß das. Wenn es schon nicht Gilda sein kann, dann nimm die andere Schäferin und laß sie für dich arbeiten. Es wäre keine Heirat, und die Ältesten würden nichts dagegen einzuwenden haben. Sie könnte dir dein Essen kochen, dein Haus in Ordnung halten, Feuerholz sammeln – eben all die Dinge tun, die eine Frau für einen Mann tun sollte. Doch sie würde nicht deine Frau sein. Wenn du ihren Körper brauchst, würde sie für dich da sein, aber dir keine Kinder gebären.«

Der Häuptling folgte dem nach unten gerichteten Blick seines Freundes und Clanbruders, doch Tama gab keine Antwort.

»Als du dich darauf eingelassen hast, dich als Priester ausbilden zu lassen, hast du gewußt, daß es vielleicht bedeutet, daß du nie heiraten kannst. Der Alte Weise hat nie geheiratet. Manche Priester heiraten, ich weiß ...«

»Du hast keine Ahnung, was es bedeutet.« Eine barsche Wut war aus Tamas Stimme herauszuhören. »Was weiß denn ein Junge schon von den Bedürfnissen des Körpers eines Mannes? Mein Geist hat sich nach Ka Balu gesehnt, ja. Seine Gesetze zu verstehen und ihnen zu gehorchen, das ist mein Leben. Aber ich wußte damals ja nicht, daß wir auf das Schäfervolk stoßen und ich mich in Gilda verlieben würde. Verlangt Ka Balu von mir, die Stärke seiner Brunft in meinem Körper zu verleugnen? Er verbietet nicht, daß Priester heiraten. Es war Ka Balu, der uns zu den Schäferleuten geführt hat. Gilda war die erste der Frauen, die wir dort sahen. In meinem Geist habe ich sie damals auserwählt.«

»Du darfst nicht nur an dich selbst denken, sondern mußt auch die Zukunft im Auge behalten. Wenn die Söhne der Ältesten Schäferinnen zu Frauen nehmen würden, sobald du es tätest, was würde dann aus uns werden? Das Hirschvolk würde wie die Schafe sein, die die Hirten einsperren und nutzen, wie es ihnen gefällt. Wir würden unsere Freiheit verlieren.«

»Aber wir haben einigen Jägern erlaubt, Schäferinnen zu heiraten ...«

»Nur bis unser Volk wieder genügend angewachsen ist. Ich habe vor, es in ein, zwei Jahren wieder zu verbieten, wenn genügend Mädchen geboren sind. Dem wird Einhalt geboten werden. Und die Kinder mit gemischtem Blut werden niemals Älteste werden können. Ihnen wird nie mehr als die erste Stufe des Wissens beigebracht werden. Keines von ihnen darf je in das Dunkle Wissen eingeweiht werden.«

»Du hörst auf Ka Balu, wenn er durch die Ältesten spricht, aber du hörst nicht auf ihn, wenn er durch mich spricht? Ich bin dein Priester!«

Ke Rala schaute besorgt, mit einer Spur von Empörung im Blick. »Ich gehorche dir als Priester in allen Zeremonien. Ich gehorche dem Gesetz.«

»Aber was ist denn das Gesetz für die Schäferleute? In unserer alten Heimat glaubten wir, wir allein seien das Volk Ka Balus. Jetzt haben wir ein anderes Volk entdeckt, das noch nie etwas von Ka Balu gehört hat. Müssen sie sich unseren Gesetzen unterwerfen?«

»Natürlich. Wie kannst du nur daran zweifeln? Das Gesetz Ka Balus ist die einzige Wahrheit. Es gibt keine andere. Ich hoffe, daß die Hirten ihn eines Tages als ihren Gott annehmen und sich unserer Herrschaft unterwerfen werden.«

Tama runzelte fragend die Stirn, als er Ke Rala anblickte. »Mit dir als Häuptling? Ist es das, was du willst?«

»Mit mir oder einem anderen, wie es der Wille Ka Balus ist. Tama, wir sind Clanbrüder und werden uns immer gegenseitig unterstützen. Wenn wir manchmal andere Vorstellungen haben, dann nur, weil wir Ka Balu auf verschiedene Weise dienen. Du bist der Priester, der Wächter des Geistes unseres Volkes. Seine Zukunft liegt genauso in deinen Händen wie in meinen. Es gibt noch viel für mich zu tun, bevor ich eines Tages den Weißen Hirsch reiten werde. Ich bin darauf angewiesen, daß du an mich glaubst. Unser Volk hat vor ein paar Jahren Hunger, Kälte und Tod erlitten. Wir wären fast ausgelöscht worden. Das darf nicht mehr vorkommen. Ich möchte, daß unser Volk stark, vereint und glücklich ist, daß es unseren Göttern gehorcht und daß seine Kinder mit deiner Unterweisung der Gesetze Ka Balus aufwachsen. Du und ich, wir sind die ersten neuen Führer unseres Volkes in diesem Land. Es ist unsere Aufgabe, unseren Leuten zu helfen, wieder an Stärke zu gewinnen. Der Anfang war gut. Doch unsere ganze Stärke rührt von unserem Gehorsam gegenüber den Gesetzen Ka Balus, der die Ordnung unserer Welt bestimmt. Er hat uns in dieses reiche, neue Land geführt. Durch dich spricht er mit seinem Volk und stärkt ihren Glauben, sich den Gefahren und Mißgeschicken des Lebens zu stellen. Mit den Fertigkeiten der Schäfer hat er uns geholfen. Aber er hat uns nicht darum gebeten, uns mit den Schäfern zu einem Volk zu vereinen, unser Blut, unseren Glauben und unsere Sitten und Gebräuche zu verlieren. Das werde ich nie zulassen, solange ich Häuptling bin.«

»Rede nicht mit mir wie mit einem Kind, Ke Rala. Wir gehören einem Clan an. Du und ich arbeiten für unser Volk auf verschiedene Art, aber in Ka Balu ist unsere Arbeit eins. Das stelle ich nicht in Frage. Aber ich trauere darum, daß ich ohne Gilda leben muß.«

Ke Rala seufzte. »Das Verhalten der Frauen ist uns oft fremd. Wichtig ist nur, daß du dich bald entscheidest, ob du Escha nimmst oder nicht. Es ist nicht gut, daß dein Geist sich mit dieser Sache herumquält. Die ruhige Gelassenheit eines Priesters bei seiner Arbeit stärkt den Glauben seines Volkes.«

Der Häuptling reckte sich und schaute über das Dorf hinaus zum Wald weiter oben am Fluß. »Die Sonne steht schon hoch. Gib mir Bescheid, wenn du eine Entscheidung getroffen hast. Komm zu mir, wenn du meine Hilfe brauchst. Der Friede Ka Balus sei mit dir.«

»Und mit dir, mein Bruder.«

Noch lange, nachdem Ke Rala gegangen war, saß Tama mit dem Rücken an den Stamm des Rata gelehnt, weniger um nachzudenken, als um seinen Kopf freizumachen für das Einfließen der Ruhe, die ihm helfen würde, sich selbst wiederzufinden.

Die Tage vergingen, und die Leute warteten, daß der

Priester seine Entscheidung treffe. Es hatte sich bald herumgesprochen, weshalb Escha ins Dorf gebracht worden war. Da sie einfach war, einen plumpen Körper und rundliche Gesichtszüge hatte, begehrte sie keiner der Jäger. Man sah sie bei der Arbeit mit Ayana. Sie sprach nicht, außer wenn man sie direkt ansprach, und auch dann antwortete sie nur mit knappen Worten. Wenn sie gefragt wurde, ob sie nun Tamas Frau werde, antwortete sie mit der schlichten Wahrheit: »Ich weiß es nicht.« Es schien, als gründe sich ihr ruhiges, ernstes, unbestimmtes Wesen auf unendliche Geduld.

Selbst wenn Tama sie bei der Arbeit beobachtete, ließ er keine Anzeichen erkennen, daß er sie gesehen hatte. Seit jenem ersten Treffen hatte er ihr nicht mehr ins Gesicht geschaut, nicht zuletzt, weil ihn die Erinnerung daran verfolgte. Seit der Nacht des Ankunftsfestes, als er Hora seinen Wunsch nach einer Frau und seine Hoffnung, Gilda für sich zu gewinnen zu können, gestanden hatte, hatte er nie daran gezweifelt, daß es Hora gelingen würde, sie mit zurückzubringen. Hora war bekannt für seine Überredungskünste bei Frauen. Tama wußte, daß sich Gilda zu ihm hingezogen gefühlt hatte, als sie sich das erste Mal getroffen hatten. Sie war ihm nicht von der Seite gewichen, als sie die paar Tage oben am Fluß gewesen waren, um Tonziegel zu machen. In den langen Jahren seiner Priesterausbildung und der Zeit, in der er sich um den gebrechlicher werdenden Alten Weisen gekümmert hatte, mußte sie viele Gelegenheiten zum Heiraten gehabt haben. Worauf hatte sie gewartet, wenn nicht auf ihn? Allein die Tatsache, daß sie ledig geblieben war, war für Tama Beweis genug, daß sie nur gewartet hatte, bis er Priester war und er die Freiheit besaß zu heiraten. Er hatte nicht daran gezweifelt, daß sie seinem Ruf mit Freuden folgen würde.

Nun war Hora ohne sie zurückgekommen. Nicht nur das, er hatte von bitteren Worten der Geringschätzung auf seinen Heiratsantrag berichtet – von Spott über den Mann, der nicht selbst kam, um sie zu fragen, sondern einen Clanbruder schicken mußte, der seinen Wunsch vorbringen sollte.

Tama erinnerte sich an Horas wiederholte Bekräftigungen, wie sehr er versucht habe, Gilda wenigstens zu überreden, auf einen Besuch ins Dorf des Hirschvolkes zu kommen, nur um jedesmal wieder eine Absage zu bekommen. Er merkte erst jetzt, was für eine schwere Aufgabe er Hora aufgetragen hatte, und bedauerte mit schlechtem Gewissen, daß Hora trotz all seiner Berührungen diesen Mißerfolg hatte einstecken müssen. Wer war wohl dieser Fischerjunge, mit dem sie soviel Zeit verbrachte? Sie konnte doch nicht im Ernst eine Heirat mit ihm in Betracht ziehen?

Tama wurde traurig bei dem Gedanken, daß Horas Fehlschlag dazu geführt hatte, daß Sarn Escha als Ersatz für Gilda vorgeschlagen hatte. Escha konnte niemals Gildas Platz einnehmen. Er könnte sie nie heiraten und die Frau Gilda, wie er sich an sie erinnerte, mit ihr betrügen. Irgendein Unheil, das er nicht benennen konnte, war zwischen sie getreten. Er konnte nicht glauben, daß er oder Gilda es verschuldet hatten. Vielleicht hatte Ka Balu es doch anders gewollt, auch wenn er sie zuerst zusammengebracht hatte. Obwohl er mit den Ältesten über ihre Entscheidung gestritten hatte, ihren Priester keinesfalls eine Frau des Schäfervolkes heiraten zu lassen, war ihm nie der Gedanke gekommen, Escha zu heiraten. Wenn er Gilda nicht haben konnte, würde er gar nicht heiraten. Als er sich trübsinnig an seine Arbeit machte, wurde ihm allmählich immer klarer, daß es jetzt nicht mehr um Heirat ging, sondern daß er sich einfach entscheiden mußte, ob er Escha als Frau annehmen wollte, die für ihn arbeitete, für seine körperlichen Bedürfnisse sorgte und es ihm damit ermöglichte, die ganze ihm zur Verfügung stehende Zeit seiner Aufgabe zu widmen. Tatsächlich brauchte er bald solche Hilfe. Die alte Frau, die ihm sein Essen brachte, war immer nachlässiger und unzuverlässiger geworden. Da er sie nicht in seinem Haus wollte, hatte er sie auch nicht mehr gebeten sauberzumachen, was bedeutete, daß er alle nötigen Arbeiten – wie die Asche aus der Feuerstelle räumen – am Abend selber machen mußte. Solche niedrigen Arbeiten sollte ein Priester nicht tun. Immer wenn er damit fertig war, reinigte er sich mit

Erde und Wasser die Hände und verdrängte alle unnötigen Gedanken aus seinem Kopf, um den Frieden Ka Balus einfließen zu lassen.

Der Priester wußte, daß Escha für ihn arbeiten würde. Die Gerüchte über ihr ruhiges Wesen, ihre Geschicklichkeit und ihre Hilfe für Ayana sprachen für sie. Wen könnte er fragen, wenn er sie wieder zu ihrem Volk zurückschickte? Doch jedesmal, wenn er daran dachte, stieg wieder das Gefühl in ihm auf, das ihn überkommen hatte, als Hora sie ihm vorgestellt hatte. Er erinnerte sich an den Schrecken, als sie ihr Gesicht gehoben und er in ihre bittenden schwarzen Augen geblickt hatte, die er als die der vergewaltigten Frau seiner Vision in jener Nacht, da der Alte Weise den Weißen Hirsch geritten hatte, wiedererkannt hatte. Und als er sich an die Angst der Frau dieser Vision erinnert hatte, hatte er wieder gespürt, wie die Lust ihn überkam. Er hatte sein Gesicht mit den Händen bedeckt, um die Erinnerung daran auszulöschen. Deshalb war er ins Haus zurückgegangen und hatte die Tür zugemacht.

Es war seine Begierde, die ihn beunruhigte. Er wollte an Escha nicht als Frau denken, wollte nicht von der Gegenwart des Körpers einer Frau gestört werden. Wenn sie kam, durfte sie nur als Schatten in sein Leben treten, um seine einfachsten täglichen Bedürfnisse zu befriedigen, und mußte ihn in Ruhe lassen, wenn er sie nicht in seiner Nähe wollte.

Im ersten Mond nach Eschas Ankunft, kurz vor Neumond, nahm Tama genau um Mitternacht seinen glatten grünen Wahrheitsstein aus der Holzschachtel zwischen beide Handflächen und ging damit den Weg von seinem Haus zu seinem Geistbaum hinauf. Er konnte die dauernde Ungewißheit darüber, was zu tun war, nicht länger aushalten. Escha mußte entweder zurückgeschickt werden oder zu ihm kommen und für ihn arbeiten. Der Stein würde die Antwort geben, und Tama würde sich danach richten. So setzte er sich neben dem Rata nieder. Der Sternenbaum stand weit unten am Sommerhimmel. Er blickte lange Zeit in den sternenübersäten Strom der Nacht hinauf, bis die langsame Wanderung der ewigen Bilder nach Westen seine Gedanken zur Ruhe kommen ließ und er sich bereit fühlte für die Vision, die Ka Balu ihm gewähren würde. Er legte sich den Stein an die Stirn und öffnete seinen Geist für die Wahrheit.

Aus dem Nichts stieg eine graue Rauchfahne in dünnen, leichten Wellen nach oben. Es war nur wenig Rauch, der aus der warmen Glut einer Feuerstelle kam. Tama merkte, daß er auf die Steine eines Kamins blickte, den er schon einmal gesehen hatte. Er sah jeden Stein an seinem Platz und konnte die Wärme unter seinen Händen spüren. Er fühlte die Leere eines Raumes, den die Menschen gerade eben verlassen hatten: nicht eine einsame Leere, sondern die tröstende Sicherheit menschlicher Wärme irgendwo ganz nahe. Langsam wanderte sein Blick zu einem Muster aus kleinen Steinen, die zwischen die größeren Steine in den Lehm gesteckt worden waren. Die kleinen Steine hatten die Farben Braun, Rot, Schwarz, Grün und bildeten einen Kreis, der einmal in sich selbst zurückgedreht war, wie der Haken einer auf den Boden gefallenen Angelleine. Tama erkannte das Muster. Es war der fließende Kreis, der sich häufig in die Türen der Häuser des Schäfervolkes eingeschnitzt fand. Dasselbe Muster, nur aus kleinen Steinen, befand sich über dem Kamin im Haus von Sarns Eltern. Es war das heiligste Zeichen im Glauben der Schäfer: der unendliche Kreis des Wachstums, des Wandels, des Zerfalls und der Wiedergeburt.

Zugleich mit dem Erkennen und Verstehen verblaßte die Vision, und neuerlich war der flackernde Rauch zu sehen, und dann herrschte Finsternis.

Langsam nahm Tama den warmen Stein von seiner Stirn. Er fühlte die Kälte der Nacht an der Stelle, an der er ihn gegen seine Stirn gedrückt hatte. Jetzt war er völlig ruhig und von Frieden erfüllt. Er atmete Ka Balu seine Dankbarkeit entgegen. Der Stein hatte gesprochen, und er hatte verstanden.

Am nächsten Tag schickte er nach Escha, erklärte ihr die Arbeiten, die er von ihr erwartete, räumte seine Decken, seine geschnitzte Schachtel, den Hirschfellumhang in das große Zimmer und überließ Escha den kleineren Raum, in dem er geschlafen hatte, als der Alte Weise noch am Leben gewesen war. Escha führte ihre Arbeiten unauffällig aus, daß er sich nicht gestört fühlte. Aber er empfand auch keine Dankbarkeit, sondern nahm ihre Gegenwart einfach hin wie einen treuen Schatten. Da es Escha strikt verboten war, ihn bei der stillen Verrichtung seiner priesterlichen Handlungen zu stören, hielt sie sich an ihre eigene Einsamkeit. An schönen Tagen arbeitete sie die meiste Zeit im Freien und verbrachte ihre Zeit mit Gartenarbeit, Feuerholzsammeln und Waschen. Ab und zu wechselte sie auch ein Wort mit den anderen Frauen, und an feuchten Tagen blieb sie ohne Klagen in ihrem ungeheizten Zimmer und trat nur in die Wärme von Tamas Zimmer, wenn sie von ihrem Meister gerufen wurde, um mehr Feuerholz zu holen oder irgendeine Arbeit auszuführen, die er nicht tun mochte. Wenn es nicht unbedingt nötig war, stellte sie keine Fragen und redete auch sonst nicht mit ihm. Brachte sie ihm das Essen, achtete sie darauf, ihn nicht zu berühren und nicht in sein Gesicht zu sehen. Tama hatte keinen Anlaß, irgend etwas an ihrer Beziehung zu ändern.

Als sich die Mittsommernacht näherte, fingen die Dorfbewohner an, sich auf die alljährlichen Festlichkeiten vorzubereiten. Die Häuser wurden geputzt, Unrat verbrannt, Kleider repariert, neue Ton- und Holzgegenstände gemacht. Unkraut wurde aus Wegen und Häuserwänden herausgezupft, und zwei neue Kochgruben wurden gegraben. Tama verfolgte die Vorbereitungen. Manchmal wurde er gebeten, eine fertiggestellte Arbeit zu begutachten und zu segnen. Im übrigen nahm er nur wenig Anteil an dem geschäftigen Treiben. Immer häufiger dachte er daran, daß er sich auf seine erste Winterschule mit den neugeweihten Jungen vorbereiten mußte, die in vier bis fünf Monaten beginnen sollte. Zwei Jahre zuvor hatte er noch dem Alten Vater geholfen, seine letzte Schule abzuhalten. Jetzt ließ die Vorbereitung seines eigenen Unterrichts in ihm eine neue, ungeahnte Vorfreude aufkommen. Er dachte auch wieder über die Versuche des Schreibens nach. Bevor er nicht eine zufriedenstellende Technik zur Aufzeichnung von Zeichen gefunden hatte, konnte er auch keine geschriebene Sprache entwickeln.

Er war überrascht, als sich Escha ihm eines Morgens, nachdem sie ihre Arbeit beendet hatte und bevor sie in die Gärten hinunterging, schüchtern näherte und darauf wartete, daß er sie ansprechen würde. Er schaute sie etwas verblüfft an, wie sie so vor ihm stand mit gefalteten Händen und nach unten gerichtetem Blick.

»Willst du mit mir reden?« fragte er.

»Ja, Meister.«

»Na, was ist es denn?«

»Möchte der Meister, daß ich für das Mittsommernachtfest seine Kleider säubere und flicke? Soll das Haus mit grünen Zweigen geschmückt werden wie die anderen Häuser im Dorf? Soll ich Essen für Besucher vorbereiten?«

Tama war erstaunt und sah, daß Escha weiter bestrebt war, ihre Pflichten zu lernen. Sanft sagte er: »Der Priester bittet Ka Balu, das Essen für das Fest zu segnen, und hat noch ein paar andere Aufgaben, aber er nimmt an den Spielen und Tänzen der Festtage nicht teil. Sie sind für die Dorfbewohner gedacht, um ihre Sorgen eine Weile zu vergessen. Ein Priester braucht solche Gelegenheiten nicht, denn er hat gelernt, in seinem Geist ruhig zu bleiben und alle Dinge zu ertragen. Es wird sich in diesem Haus nichts ändern, wenn das Fest stattfindet.«

»Danke, Meister.«

War Escha auch enttäuscht, ließ sie es sich doch nicht anmerken. Sie stapfte mit ihrem festen Schritt und der aufrechten Haltung den Pfad hinunter. Eine Strähne ihres lockigen braunen Haares leuchtete im Morgenlicht.

Am Tag des Festes nahm Tama gegen Abend mit Ke Rala und den Ältesten an dem Eröffnungsritual teil, mit dem sie Ka Balu für das neuerliche Anbrechen des Sommers dankten. Tama überblickte die Versammlung glücklicher, erwartungsvoller Menschen in ihrer feinsten Kleidung, die geduldig den Reden der Ältesten lauschten. Da bemerkte er, daß

Escha bei Ayana und deren Ehemann saß. Einen Augenblick lang störte es ihn, und Wut stieg in ihm auf. Sie war seine Frau, warum feierte sie das Fest mit einer anderen Familie? Aber er erinnerte sich an seine Antwort auf ihre Fragen und beruhigte sich wieder. Er konnte wohl kaum von ihr erwarten, den langen Sommerabend alleine in ihrem Zimmer zu verbringen. Sie hatte ein Recht darauf, an dem Fest teilzunehmen.

Nachdem die Rituale vorüber waren, blieb Tama noch eine Weile bei den Ältesten sitzen, während ihnen die ersten Fleischstücke aus den Kochgruben gereicht wurden. Mädchen mit Blättergeflechten um den Hals und Blumenkränzen im Haar brachten ihnen dampfende Körbe mit gebratenem Lamm, Langohren, dem kräftigen Fleisch eines Langhorns, das am Tag zuvor unklug genug gewesen war, sich von seiner Herde zu entfernen; außerdem gab es Fische, Tauben und rote sowie weiße Kartoffeln.

Tama aß nur wenig von den Köstlichkeiten, obwohl sie verlockend waren, auch wenn er dem Beispiel der anderen um ihn herum folgte und mit mehr Lust als gewöhnlich aß. Da er sich noch lebhaft an das Ankunftsfest erinnerte, bei dem er aus Dummheit zuviel Wurzelbier getrunken hatte, trank er dieses Mal nur Wasser. Es würde nicht lange dauern, und das starke Bier würde Zungen lösen und Leidenschaften entfachen. Die jungen Leute würden spielen und tanzen, Widersacher würden alte Streitereien auffrischen, und den allzu Gierigen würde schlecht werden. Nachdem er sein Fleisch aufgegessen hatte, blieb Tama aus Höflichkeit gegenüber Ke Rala und den anderen, die noch nicht fertig waren, noch eine Weile sitzen. Ke Rala, der gewaltige Essensmengen verschlingen konnte, tat dies auch heute mit höchstem Genuß, das hatte jedoch nichts mit Gier zu tun, sondern eher mit Achtung vor dem Jäger und dem Koch, die ihm solche Köstlichkeiten bereiteten. Noch bevor er fertig war, hatte sich Mivani, seine älteste Tochter, die schon bald ihren dritten Geburtstag feierte, von ihrer Mutter losgerissen und kam zu ihrem Vater herübergerannt. Ke Rala fütterte sie mit kleinen Leckerbissen, während sie sich an seinem Knie festklammerte und Tama anstrahlte. Sie war ein sehr schönes Kind, schlank, stark und lebendig. Eine sprühende Begeisterung tanzte in ihren dunkelblauen Augen mit den langen schwarzen Wimpern. Wenn sie ihre Ärmchen um den Hals des Vaters schlang und ihn küßte, konnte Ke Rala ihr nichts abschlagen.

An diesem Abend aber, nachdem sie die besten Stückchen vom Essen ihres Vaters bekommen hatte, stand sie zwischen Tamas Beinen und streckte ihm die Arme entgegen. Er setzte sie auf seine Knie, und sie lächelte und sagte: »Hoch, ganz hoch«. So hob er sie auf seine Schultern und hielt sie an den Knöcheln fest, während sie ihm in die Haare faßte, auf und ab hopste und vor sich hinsang. Die Wärme ihres Körpers an seinem Kopf und auf seinen Schultern erfüllte ihn mit Zärtlichkeit, einem Gefühl, das er kaum je erfahren hatte und nur schwer beherrschen konnte, während er sich beiläufig mit Ke Rala unterhielt, der neben ihm saß. Vani wollte, daß er aufstand, und strahlte dann beglückt zu ihrem Vater hinunter, als sie vor Begeisterung über die Farben, die Geräusche und das Leben um sie herum auf Tamas Schultern herumhüpfte und ihre Hände zu den Funken emporreckte, die auf einer leichten Brise im Licht des Sonnenuntergangs flußabwärts schwebten. Als Tama das Kind zurückgab, schwang Ke Rala sie leicht in seinen starken Armen hin und her, nahm ihren Kopf zwischen beide Hände, gab ihr einen Kuß auf die Stirn und schickte sie wieder zu ihrer Mutter zurück.

»Sie ist ein reizendes Kind«, sagte Tama.

»Alle Kinder sind reizend«, sagte Ke Rala schlicht. »Aber mit Vani hat mich Ka Balu auf eine Art und Weise gesegnet, die ich noch gar nicht richtig ermessen kann.«

Jetzt begannen die Tänze und Spiele. Tama beschloß, nach Hause zu gehen. Es fiel ihm nur nicht auf, daß er ganz nahe an Escha vorbeikam, die mit drei Schäferfrauen zusammensaß. Als Escha merkte, daß er sie nicht gesehen hatte, senkte sie den Kopf. Schweigend beobachteten sie die anderen Frauen voller Neugier und Mitgefühl. Als Escha Tama beim Spiel mit Vani zugesehen hatte, hatten sich ihre Lippen zu einem sanften, unwirklichen Lächeln geöffnet, das wohl nur die anderen Frauen verstanden hatten.

Die Nacht war warm, zu warm, um ins Haus zu gehen. Tama setzte sich in die Nähe seines Geistbaumes und sah auf die Häuser des Dorfes hinab, die sich dunkel gegen das glühende Feuer abzeichneten. Liedfetzen und Lachen drangen zu ihm herauf, aber es störte ihn nicht, daß er bei dem fröhlichen Treiben nicht dabei war. Er war sich seiner Art von Sicherheit vor allem in der Einsamkeit bewußt. Die Sterne blinkten freundlich herunter, die schützenden Bäume trösteten ihn mit ihrer Gegenwart, und die vertrauten Geräusche von Insekten und Vögeln, die hier und da zu hören waren, bargen keine Furcht. Ka Balu ist mit mir, dachte er. Auch wenn ich Gilda nicht haben kann, habe ich doch meine Arbeit. Ke Rala hat recht. Er und ich sind die ersten wirklichen Führer unseres Volkes in diesem Land. Ich werde immer für unser Volk arbeiten. Und ich bin nicht länger alleine. Escha arbeitet für mich. Die ruhige und treue Art, mit der sie ihre Arbeit verrichtete, gefiel ihm. Sie war immer da, wenn er sie brauchte, ohne ihn zu stören, wenn er alleine sein wollte. Ihre Gegenwart ermöglichte es ihm, weiterhin frei zu denken und vorauszuschauen, seine Heilmittel aus den Kräutern seines Gartens zuzubereiten, die Kranken oder Verletzten zu versorgen, seine Untersuchungen aller Vorgänge und Dinge in der Welt der Natur fortzusetzen. In nicht viel mehr als einem Mond war Escha für ihn unentbehrlich geworden.

Und sie selbst – war sie zufrieden? Der Gedanke war befremdlich. Was wußte er denn von ihr, von dieser Frau, die jede Nacht nur ein paar Schritte von ihm entfernt schlief. Nur ein vor die Türöffnung gehängtes Hirschfell trennte sie. Sie sahen sich kaum jemals ins Gesicht. Ihre rundlichen Gesichtszüge waren nicht schön. Nur ihre Augen waren auffällig, groß und so dunkel, fast schwarz, voller sanfter Kraft – die Augen der vergewaltigten Frau seiner Vision. Er wurde unruhig bei der Erinnerung daran, als ihm die Einzelheiten wieder in den Sinn kamen: die Erregung der Verfolgung und der Eroberung, die Gesichter der Männer, grausam verzogen vor Lust, als der erste Mann sich auf die sich wehrende und auf dem Boden festgehaltene Frau legte; wie er die Frau dann selbst mit Gewalt nahm, ihre Angst in den Augen nicht wahrhaben wollte. Alles fiel ihm wieder ein.

Der Traum verfolgte ihn immer noch. Was bedeutete er? War es eine Warnung vor einem Ereignis, das erst noch geschehen würde? Als er seine Steine geworfen hatte, um den Sinn herauszufinden, war nichts Hilfreiches dabei herausgekommen. Wenn er darüber nachdachte, blieb jedesmal nur die Gewißheit, daß seine Stellung allein ausreichen würde, um Escha zu nehmen, und sie müßte ihm nachgeben. Aber es hätte nichts mit Liebe zu tun, sondern wäre nur ein Akt, der seine nagende Begierde stillen sollte, die er über Jahre beherrscht hatte. War es denn überhaupt noch nötig, diese Beherrschung länger aufrechtzuerhalten? Andere Männer schliefen mit ihren Frauen, wann sie Lust dazu hatten. Ke Rala hatte die hübsche, sanfte Anielli, Hora hatte Mariti, die dem Jungen Tama einmal gefallen hatte und in die er damals sogar verliebt gewesen war. Er erinnerte sich noch, nachdem er von der Langen Wanderung mit seinen Clanbrüdern zurückgekommen war, an das Fest, bei dem Mariti und die anderen Mädchen den Jungen die ersten Fleischstücke angeboten hatten. Damals war ihm plötzlich aufgefallen, daß sie kein Kind mehr war, sondern zu einer schönen jungen Frau erblühte. Er hätte damals am liebsten ihr langes braunes Haar gestreichelt, war aber zu schüchtern gewesen. Jetzt war es bloß noch Teil eines Traumlebens, das er für immer auf der anderen Seite der Berge zurückgelassen hatte. Die Wirklichkeit war jetzt Escha, die offensichtliche Gesundheit ihres Körpers, ihr breites, gebärfreudiges Becken. Die Vorstellung machte ihn unruhig. Escha zu nehmen – das war sein Recht, aber er wollte keine Kinder. Kinder mußte er sich versagen. Im Hause eines Priesters war kein Platz für sie. Die Liebe zu Kindern, die in ihm steckte, mußte er den Söhnen und Töchtern anderer Männer schenken – Ke Ralas wunderschöner Vani und all den Kindern, die noch nicht einmal geboren waren.

Als er so unter seinem Geistbaum saß, wußte Tama, daß er sich ohne Furcht in seinen Traum hineinbegeben und ihn ändern mußte, um sich davon freizumachen. Weil er Escha nicht lieben konnte, wie er Gilda lieben könnte, weil es in Eschas Geist keine Geheimnisse zu entdecken gab, mußte er darauf achten, sie nicht wie ein Ding zu benutzen. Auch sie war ein Kind Ka Balus, ob es ihr nun bewußt war oder nicht. Sie brauchte ihn, und er brauchte sie.

Er überließ sich ganz der Vorstellung ihres nackten Körpers unter seinen Händen. Sein ganzes Wesen wurde von Lust durchdrungen. Er stand heftig atmend auf, ging ein paar Schritte und blickte übers Dorf, wo jetzt keine Feuer mehr brannten und keine Schreie und Lieder mehr zu ihm heraufsteigen. Er stellte sich vor, wie die trunkenen Paare sich jetzt im Schutz der Dunkelheit vereinten, und die Leidenschaft quälte ihn. Schlief Escha gar mit einem anderen Mann, weil sie glaubte, ihr Meister brauche sie nicht? Eine eifersüchtige Wut brannte ihm bei diesem Gedanken in der Brust. Er setzte sich wieder unter den Rata, um zu warten. Der Schweiß seiner Begierde hing schwer um ihn und ihr Geruch füllte seine Nase.

Leise kam Escha den steilen Pfad herauf. Trotz der Dunkelheit kannte sie den Weg genau, doch da die anderen sie überredet hatten, etwas Wurzelbier zu trinken, achtete sie vorsichtig darauf, wo sie hintrat, als sie sich dem Haus näherte, um Tama nicht zu wecken. Sie sah ihn nicht unter dem Baum sitzen, trat leise ein, hob das Hirschfell und schlich auf Zehenspitzen in ihr Zimmer. Dann entkleidete sie sich rasch und zog sich die Decke über die Schultern, immer noch den sauren Geschmack des Biers im Mund.

Sie hörte, wie das Hirschfell zur Seite geschoben wurde und sich ihr nackte Füße näherten. Die Dunkelheit um sie wurde spürbar. Angst stieg in ihr auf.

»Escha.«

Sie traute sich nicht, etwas zu sagen.

»Escha, sag, hast du Frauensalbe benutzt, die verhindert, daß Babys entstehen?«

Escha verstand. Sie schob die Decke zur Seite, suchte in

der Ecke des Zimmers nach dem Tontopf und tat, was nötig war. Ein bißchen zitterte sie dabei, doch ein leichtes Glücksgefühl stieg in ihr auf. Als sie sich hinlegte und Tama sich über sie beugte, streckte sie ihre Arme nach ihm aus, um ihn zu umarmen, doch er wollte ihre Zärtlichkeit gar nicht. Mit einem erlösenden Schrei angestauter Lust nahm er sie grob, nicht, indem er sie auf die Schenkel zog, wie es die Männer des Hirschvolkes gewöhnlich taten, sondern sich mit dem Gewicht seines Körpers auf sie legte und ihr weh tat. Sie ließ es teilnahmslos über sich ergehen. Er war wie ein Mann, der vom Fieber geschüttelt, von einem großen Schmerz zerrüttet wurde, der kämpfte, um vor irgend etwas zu fliehen, das ihn verfolgte, als suchte er Zuflucht in ihrem Körper. Seine Tränen fielen auf ihre Wangen. Nachdem er sie schweratmend verlassen hatte, ohne auch nur ein Wort an sie gerichtet zu haben, blieb Escha liegen und starrte in die Dunkelheit. Sie hob ihre Hand und berührte leicht ihre Wange, als wollte sie die Wange eines verlorenen Kindes berühren, das Trost brauchte.

Es dauerte einige Zeit, bis Tama das Ausleben seiner körperlichen Begierde als einen regelmäßigen Bestandteil seines Lebens anerkannte. Als die Hitze des Sommers zunahm, waren seine Tage so angefüllt mit den Gedanken an Eschas Körper, daß er kaum noch an etwas anderes denken konnte. Zunächst versuchte er geradezu mit Wut und Abscheu, sich die Geschlechtsbefriedigung zu verweigern und nach seiner gewohnten Gelassenheit des Geistes zu suchen, aber seine Abscheu besiegte sich immer irgendwann selbst und schuf Raum für die völlige Hingabe an seine Lust. Manchmal konnte er es nicht einmal abwarten, bis die Nacht hereingebrochen war, und fiel am Morgen oder am Mittag über Escha her, paarte sich mit der Hast eines Tieres, ohne Zuneigung oder Zärtlichkeit mit ihr. Nach solchen Akten haßte er sich selbst, haßte Escha für ihre Bereitwilligkeit, mit der sie sich ihm hingab, fühlte sich aber gleichzeitig auch schuldig wegen seiner Rücksichtslosigkeit.

Es schien ihm manchmal, als sei ein Tier in seine Lenden gefahren und habe Besitz von seinem Geist ergriffen. Er verlor die Freude an den Dingen, die ihm bisher Gefallen bereitet hatten, und erfüllte seine notwendigen Pflichten mit einer Gleichgültigkeit, die ihn erschreckte. Versuchte er, Ruhe in seine Gedanken zu bringen, damit ihn Ka Balus Geist erfüllen möge, überkam ihn nicht das übliche Gefühl des Friedens, denn er strebte nach Ka Balus Geist nicht um der Wahrheit willen, sondern nur als Flucht vor den Leidenschaften seines Körpers. Er versuchte einmal, mit Hora über diese ihn überwältigende Lust zu reden, doch Hora lachte ihm nur schallend ins Gesicht und erinnerte ihn, daß er Jahre aufzuholen habe.

»Hab Spaß mit ihr, solange es geht«, sagte er. »Es gibt nur eines, was du mit der Lust machen kannst – gib ihr nach. Mache es wie ich. Nimm deine Frau, wann du willst, aber hilf ihr dabei, es auch zu genießen. Sei nicht grob.«

»Aber ich liebe Escha nicht.«

»Deshalb kannst du doch trotzdem nett zu ihr sein.«

Konnte Hora ihm schon nicht helfen, seine Begierde wieder zu beherrschen, so war doch immerhin seine letzte Bemerkung bei Tama auf fruchtbaren Boden gefallen und half ihm weiter. Er nahm etwas mehr Rücksicht auf Escha und versuchte, sich klarzumachen, daß er ja nicht grob zu ihr sein müßte, wenn sie ihm schon zu willen war. Als der Sommer seinem Ende zuging, um der Reife des Herbstes Platz zu machen, und der Tau der Nacht die Dunkelheit abkühlte, gefiel es ihm allmählich immer mehr, zuerst eine Weile neben Escha zu liegen, bevor er mit ihr schlief. Er fand Gefallen daran, ihren Körper zu streicheln und sich von ihr streicheln zu lassen. Doch einmal, als sie ihn küßte, verzog er das Gesicht und drehte seinen Kopf schnell weg. Er wollte nicht eine Liebe vortäuschen, die er nicht empfand. Er brauchte Eschas Körper, ja, aber doch nur im Sinne eines gegenseitigen Entgegenkommens ihrer getrennten Leiber, keinesfalls, weil er mit ihr zu einer Einheit verschmelzen wollte. Tagsüber berührten sie sich nicht. Sie taten so, als gäbe es die gemeinsame Freude ihrer Körper in der Dunkelheit nicht. Doch es verging kaum eine Nacht, in der Tama nicht zumindest eine Weile bei ihr lag.

Es gab sogar Zeiten, da war er stolz auf seine Lust und auf seine Tüchtigkeit, wenn er daran dachte, daß er der Priester des Hirschvolkes war und das, was er jetzt empfand, nur die gesunde Brunft eines Hirsches im Herbst. Bald würden die Täler in den Bergen des Westens in weiter Ferne widerhallen von dem Röhren der Hirsche, wenn die Zeit der Brunft begann und Ka Balu die Hirschkühe mit seinem Samen füllte.

Etwa zu jener Zeit kam eine Gruppe von Jägern mit einer Nachricht zurück, die Tamas nun einigermaßen gefestigten Seelenfrieden erschütterte. Er sprach nie mit Escha darüber, aber als sie davon erfuhr, vertiefte sich die Ruhe ihrer Zufriedenheit, obwohl sie ihre Gedanken für sich behielt und niemandem etwas erzählte.

Draußen auf den Ebenen waren die Jäger auf eine Gruppe von Schäferjungen gestoßen, die mit Pfeil und Bogen bewaffnet waren. Die Jungen gaben an, Langohren und Lämmer wilder Schafe gejagt zu haben, weil sie wegen der Erzählungen ihrer älteren Brüder über die Essensgewohnheiten des Hirschvolkes neugierig auf das Fleisch der Tiere geworden waren. Die beiden Gruppen blieben einen Tag beieinander, an dem sich die Jungen ihre Mägen mit gebratenem Lamm vollschlugen, das von den Hirschjägern kunstfertig zubereitet wurde. Die Hirschjäger zeigten ihnen auch, wie sie schärfere Pfeilspitzen herstellen und ihre Geschicklichkeit mit dem Bogen verbessern könnten. Als sie ins Dorf zurückkamen, brachten die Jäger jene Neuigkeiten mit, die Hora bald zu Ohren kamen.

Geplagt von Schuldgefühlen beschloß Hora, Tama selbst alles zu erzählen, bevor der es durch das Gerede anderer erführe. Die beiden Clanbrüder setzten sich vor das Haus und sprachen eine Weile ruhig miteinander. Als Hora ging, blieb Tama draußen unter dem großen Rata-Baum sitzen, lehnte das Essen, das Escha ihm zubereitet hatte, ab und blieb solange unbewegt, bis es ganz dunkel geworden war und ihn die feuchte Kälte der Nacht antrieb, ins Haus zurückzukehren und die Wärme seiner Decken aufzusuchen.

An dem Morgen nämlich, an dem Hora mit Escha vom

Dorf der Hirten aufgebrochen war, segelte Gilda mit dem jungen Fischer Krisa aufs Meer hinaus. Der Morgen war wolkig, und ein starker Wind ließ die Wellen in der Bucht schäumende Wogen schlagen. Sarn hatte versucht, Gilda zurückzurufen, aber sie hatte getan, als hörte sie ihn nicht. Der immer stärker werdende Wind hatte bitterkalten Regen gebracht. Spät am Abend desselben Tages hatte man Gilda neben dem Wrack des Bootes gefunden; sie lebte, doch zwei Tage später fand man Krisas Leiche. Gilda wurde beschuldigt, für Krisas Tod verantwortlich zu sein: Er wäre nicht hinausgefahren, hätte sie nicht darauf bestanden. Nun lebte sie mit Krisas Vater und kümmerte sich um ihn anstelle seines Sohnes. Ob sie ihn heiraten würde, wußten die Jungen nicht. Krisa war ein guter Fischer gewesen. Es war traurig, daß er ertrunken war.

Irgendwann in der Nacht ging Tama in Eschas Zimmer und weckte sie. Obwohl sie irgend etwas murmelte, daß sie nicht vorbereitet sei, nahm er sie ohne Zärtlichkeit mit langen, unbeherrschten Atemzügen, und als er von ihr abließ, ging er nicht in sein eigenes Bett zurück, sondern blieb bei ihr und hielt sie in den Armen, bis er sie im ersten Licht des Morgengrauens verließ.

Zwei Monde später teilte ihm Escha mit, daß sie ein Kind erwarte. Er war zuerst erstaunt, dann wütend.

»Ich habe dir doch gesagt, du sollst die Medizin nehmen, die das Entstehen von Babys verhindert. Ich will kein Baby im Haus, warum warst du ungehorsam?«

»Ich war nicht ungehorsam. Ich weiß auch nicht, wie das geschehen konnte. Aber ich möchte dieses Kind für dich bekommen.«

Tama schämte sich plötzlich, als er merkte, daß Escha großherziger war als er selbst. Ke Rala würde nicht einverstanden sein, daß der Priester einer Schäferin ein Kind gemacht hatte. Doch Eschas Wunsch, ihm ein Kind als Geschenk ihres Körpers zu geben, trug in sich einen Keim von Schönheit, den Tama nicht töten konnte. Er dachte an Vani und ihre knuddeligen Ärmchen um seinen Hals.

»Du mußt zusehen, daß dir die Frauen helfen«, sagte er

sanft zu ihr. »Und wenn das Kind laut ist, wirst du dafür sorgen müssen, daß er ruhig wird.«

Eschas Erleichterung drückte sich in einem erheiterten Flackern ihrer dunklen Augen aus. »Vielleicht gebäre ich dir ja auch eine Tochter.«

Tama stand eine Weile ganz still und schaute hinaus über Escha, das Dorf und den Rauch, der an diesem bitterkalten Herbstmorgen über dem Nebel des Waldes lag.

»Nein«, sagte er. »Ka Balu hat Ke Rala eine Tochter geschenkt, doch ich habe einen Sohn gezeugt.«

4

Die Lichtung lag in Richtung Nordosten und wurde am Vormittag von der Wintersonne erwärmt. Tama hatte den Ort nach langer, ausgiebiger Suche entlang des Ufers flußaufwärts vom Dorf ausgewählt. Er brauchte einen Platz in der Größe von etwa drei bis vier Häusern, damit an kalten Wintermorgen die Feuchtigkeit vom Schatten der Bäume, die ihn auf drei Seiten umstanden, nicht die ganze Lichtung auf einmal erreichte. Es war kaum anzunehmen, daß die Jungen aufmerksamer wären, wenn sie vor Kälte fröstelten. Die milde Wintersonne auf ihren Körpern würde ihre Sinne entspannen und dem Unbehagen, seinen Worten unter dem gleichmäßigen Rauschen des ruhig dahinfließenden Flusses folgen zu müssen, entgegenwirken. Der Hain würde zu einem heiligen Ort werden und im Geiste der Jungen immer mit einer klaren Stille des Friedens verbunden bleiben. Wind, Regen und Schnee würden ohnehin oft dafür sorgen, daß der Unterricht ausfallen müßte. An schönen Tagen aber würde der Priester die Neugeweihten in dem Hain bis zum höchsten Stand der Sonne unterrichten.

Tama und die Ältesten hatten vorsichtig ein paar kleinere Büsche beseitigt, um Sitzplätze zu schaffen, und große flache Steine vom Flußbett heraufgebracht. Den Stein des Priesters hatten sie mit Blick nach Norden ausgerichtet und einen Halbkreis aus kleineren Steinen darumgelegt. Sie befanden sich gegenüber von ihm, damit die Sonne zur Rechten des Priesters und zur Linken der Jungen stehen würde. Große schwere Steinbrocken markierten die Grenze des heiligen Raumes. Ein Anrufungsritual wurde abgehalten, mit dem sie Ka Balu baten, den Hain, den Priester und seine Lehre zu segnen. Nur dem Häuptling und den Ältesten sollte es – außer dem Priester und seinen Schülern – gestattet sein, den heiligen Hain zu betreten. Kein Jäger durfte ihn durchqueren, keine Frau und kein Kind ihm nahe kommen. Der Pfad, der sich einst flußaufwärts schlängelte, war in einem großen Bogen durchs Landesinnere umgeleitet worden. Kein Laut vorübergehender Menschen sollte die Worte des Priesters stören. In diesem Raum sollten die einzigen menschlichen Worte, die gesprochen wurden und sich mit dem Plätschern des Flusses, dem Gezwitscher der Vögel und dem Summen der Insekten verbanden, Worte auf der Suche nach Wahrheit sein.

Noch vor Beginn des Unterrichts verbrachte der junge Priester einen ganzen Mond lang bei jedem Wetter einen Teil des Morgens in dem Hain, damit er durch seine Gegenwart mit dem Geist Ka Balus erfüllt würde. Bevor er den Hain betrat, ging er in den Fluß, und zwar so, daß er ihn immer vom fließenden Wasser her betrat, wie es auch von den Jungen verlangt werden würde. Viele Male umschritt er die Umgrenzung, bis ein Pfad von einem Stein zum anderen ausgetreten war. Oft setzte er sich mit überkreuzten Beinen auf seinen Lehrstein und gab sich der Meditation über die Wahrheiten hin, die er seine Schüler zuerst lehren würde, und über die größeren Mysterien, die außerhalb von ihnen lagen und die wahrscheinlich nie einer der Jungen je kennenlernen würde, in denen allein der Priester die Wirklichkeit hinter den äußeren Erscheinungen der Welt suchte. Auf sie gingen auch die einfachsten menschlichen Alltagshandlungen, die tiefsten Wünsche und Träume der Menschen zurück.

Tama hatte den Hain am Fluß jedoch nicht nur gewählt, weil er offen war und der Sonne Einlaß bot, sondern auch weil man von dort aus einen Blick auf die Berge erhaschen konnte, aus denen der Fluß entsprang. Weit flußaufwärts, hinter der dunklen Schlucht, die die Jäger mieden, sammelte der Fluß sein Wasser in den Bergen, durch die das Hirschvolk vor sieben Jahren gekommen war. Das würde die Jungen immer an die Reise erinnern, die sie in ihrer Kindheit gemacht hatten. Diese Gruppe würde die letzte sein, die noch klare Erinnerungen an das Land hinter den Bergen mitbrachte. Der älteste, Matia, mußte etwa sieben gewesen sein in dem Winter des Großen Schnees, die anderen fünf und sechs. Einige ihrer jüngeren Brüder waren in diesem schrecklichen Winter gestorben, und damit war eine Lücke in den Clangruppen entstanden. Tama wußte, daß es nach dieser ersten Clangruppe drei bis vier Jahre dauern würde, bis die nächste Klasse für die Einweihung bereit war. Und das würden dann Jungen sein, die sich nicht mehr an die alte Heimat des Hirschvolkes erinnerten; Jungen, die nicht einmal mehr wüßten, wie ein Hirsch aussah. Er war glücklich, daß er mit Matias Clan noch einmal ganz zurückgehen konnte in das Land seiner eigenen Kindheit und aus seinen eigenen Erinnerungen schöpfen konnte, um in dem Jungen die Lehren Ka Balus aufleben zu lassen.

An dem Morgen, an dem er mit seinem Unterricht beginnen wollte, wachte Tama lange vor Tagesanbruch auf. Er warf sich seinen Hirschfellumhang um die Schultern und ging ruhig den steilen Pfad durch das noch schlafende Dorf zum Fluß hinunter. Es war kalt, aber die Erde war nicht gefroren. Fast die ganze Nacht war der Himmel bedeckt gewesen. Ein Wind in großer Höhe riß jetzt die Wolken vor den Sternen, als der Priester den Pfad flußaufwärts ging. Im Wald war die Luft unbewegt.

Tama wurde von Hochstimmung und heiterer Freude erfüllt, wenn er an den anbrechenden Tag dachte. Ein ehrfürchtiges Staunen erfaßte ihn. All seine Sinne waren hellwach. Obwohl es noch zu dunkel war, um den Weg zu erkennen, hatten seine Füße in den Sandalen keine Schwierigkeiten, den ihnen wohlbekannten Pfad zu finden. Feuchte Blätter und Grasbüschel streiften seine Knöchel. Die Erde gab ihm Geborgenheit. Einmal hielt er kurz an und schaute nach oben. Durch das schwindelerregende Gewirr von Zweigen und Ästen sah er weiterhin die Sterne entlang des glänzenden Pfades von Ka Balu auf ihn herabblinken. Der Herr der Morgenröte würde sich bald auf den Weg machen, wie auch sein Priester auf Erden den Weg zum heiligen Hain beschritt, um ihn zu preisen. Wo der Weg ins Landesinnere abbog, hielt sich Tama eine Weile an einen schmaleren Pfad, um den Hain auf der anderen Seite zu umgehen, bis er zum Fluß gelangte. Dann watete er langsam durch das kalte, flache Wasser und kletterte zu dem offenen Platz hoch. Am Priesterstein wandte er sich um und drehte sich gen Osten.

Der Morgenstern Ka Balus erstrahlte in seinem ganzen Glanz dicht über dem Wald. Eine langsam auf dem Sternenwind dahinziehende Wolke leuchtete im ersten Licht der Morgenröte mit goldenen Rändern auf. Tama wartete, atmete tief und langsam und sandte sein Blut in die Adern seiner nassen Füße und Beine. Er richtete den Rhythmus seines Atems nach dem langsamen, tiefen Pulsieren des anbrechenden Morgens aus und wurde eins mit den wartenden Bäumen, der geduldigen Erde und dem Wasser des Flusses, das dem Meer entgegenstrebte.

Der Rand einer Wolke glühte hell auf, und die noch verborgene Sonne übergoß die Wolkennebel vor den dunklen Schatten mit karminrotem Licht.

In diesem Augenblick, noch bevor der erste Vogel die Stille durchbrach, spürte Tama tief in sich die aufsteigende Welle des Jubels, die durch den Wald pulsierte. Er zog langsam seine Sandalen aus und legte den Hirschfellumhang auf den Stein. So erwartete er, nackt wie die Bäume, das Kommen des Lichts.

Ein Glockenvogel stimmte einen einzigen Ton an. Und dann noch einmal. Der östliche Himmel stand in hellem Feuerlicht. Der Wald erwachte, und der junge Priester erhob seine Arme.

Wer ist der Herr der Morgenröte
auf dem Pfad der Sterne
wer läßt das Dunkel wirbeln?

Wer kommt mit Flammen um die Füße?
Ka Balu, Ka Balu, der Herr des Morgens.

Die Vögel des Waldes singen seinen Lobgesang
preisen ihn, preisen Ka Balu,
preisen den Herrn des Morgens.

Die Blätter der Bäume zittern
im Licht seiner Ankunft,
preisen ihn in ihrem grünen Glanz.

Im Glanze seiner Herrlichkeit
blinkt jeder kleine Tautropfen
wie Freudentränen unserer Erde.

O Ka Balu, scheine auf mich herab,
erfülle mich mit deinem Glanz,
scheine durch mich auf die Söhne der Menschen.

Halte mein Herz stets in deiner Wahrheit,
lehre deinen Lehrer, weise zu sein,
erneuere jeden Morgen deine Wahrheit in mir.

Der Wald singt das Loblied auf Ka Balu,
Fluß und Erde preisen Ka Balu,
und auch Tama singt dir zum Lob.

Herr des Waldes
Herr des Lichts
Tama singt dir zum Lob.

Später, als der Herzschlag seines Seins ruhiger wurde und ein honigfarbenes Licht den ganzen Wald durchflutete, dachte Tama über die Jungen nach, die bald kommen würden. Den Ältesten des Clans, Matia, kannte er als einen großen Jungen mit braunem Gesicht und braunen Haaren, der auf seine Eltern hörte und bei den anderen Jungen sehr beliebt war. Eines Tages würde er seiner Stärke und Beständigkeit wegen ein guter Jäger, ein liebevoller Vater und Ehemann werden. Er würde Tamas Unterweisungen ohne Fragen annehmen und ihnen Folge leisten, doch keine Neugierde zeigen, die ihn dazu triebe herauszufinden, was hinter dem enthüllten Wissen noch zu entdecken sein könnte. Die Gesetze Ka Balus würden für ihn wie ein Fels sein, auf den er sein Leben baute.

Aber wie sah es mit Nikala aus, der kräftig wie Matia war, aber zugleich von einer Schüchternheit, die ihn wie ein Umhang einhüllte? Tama hatte einen verborgenen Witz aus den hellgrünen Augen des Jungen blitzen sehen, als ob ihm nichts ernst wäre. Eine unausgelebte Lebenskraft brach manchmal aus ihm heraus und trieb den Jungen zu Dummheiten an, doch die anderen nahmen sich vor seiner Kraft in acht. Ka Balu wird mir einen Weg in Nikalas Geist zeigen, dachte Tama, aber ich muß behutsam vorgehen.

Wenn von den Zwillingen Ajef und Pita die Rede war, redete man meist über sie, als wären sie zwei gleiche Hälften eines Ganzen. Vielleicht teilte Ka Balu manchmal einen Geist in zwei Körper auf, überlegte Tama. Aber es gab Unterschiede zwischen den Jungen, obwohl sie vom Äußeren her schwer zu unterscheiden waren. Pita war schneller und aufmerksamer als Ajef, der vielleicht weniger Selbstvertrauen hatte.

Dann war da noch Uunu, auch »Halbjunge« genannt. Ich muß darauf achten, nahm sich der Priester vor, daß der Junge hier an diesem heiligen Ort nur mit seinem richtigen Namen Uunu gerufen wird und nicht mit seinem Spitznamen. Sein Geist ist noch heil, auch wenn sich sein verkrüppelter Körper zu keinem normalen Mann entwickeln kann. Weshalb hat Ka Balu ihn vom Baum fallen und sich seine Knochen brechen lassen? Ich weiß es nicht. Wie kann sein Geist weiter in diesem Körper leben, dessen Rippen eingedrückt und dessen rechter Arm und linkes Bein unbrauchbar geworden sind? Er ist gefangen. Er kann weder rennen noch klettern, nicht einmal laufen, ohne einen Stock. Er wird nie ein Jäger werden, doch er lacht, wenn die Jungen ihn Halbjunge nennen. Er neckt sie genauso, wie sie ihn necken. Außer wenn der Schmerz tief in ihm wühlt und er seine Tränen unterdrücken muß. In Uunu steckt das Geheimnis des Leidens. Vielleicht kann er mich mehr lehren als ich ihn.

Tama hatte bereits bemerkt, daß es zwischen den Jungen eine engere Beziehung zu geben schien, als es ohnehin schon zwischen Clanbrüdern üblich war. Sie gingen überall gemeinsam hin, und Uunu war immer dabei. Es war, als wäre seine Hilflosigkeit eine Herausforderung für sie, der sie sich, angetrieben von seinem frohen Mut, nicht entziehen konnten. Im letzten Frühjahr, auf ihrer Langen Wanderung weit in das nördliche Land hinein, hatten sie eine Art Sitz aus harten Fasern geflochten, mit dem sie Uunu über steinige Flußbetten und über Gelände trugen, das er am Stock humpelnd nicht überwinden konnte. Sie waren weit in das breite Tal hineingewandert, wo immer noch der Winterschnee auf den Niederungen zwischen zwei hohen Gebirgszügen lag. Sie fanden kaum Tiere oder Vögel und wären fast verhungert. Es war Matias Entscheidung, nicht weiter in das kalte Tal vorzudringen, sondern flußabwärts zum Meer hin zu wandern. Das hatte sie gerettet. Zweifellos wären sie ohne Uunu früher wieder nach Hause gekommen. Die Ältesten wollten bereits eine Suche nach ihnen anordnen, als sie an einem regnerischen Nachmittag im Spätfrühling, das Wandererlied singend, vom Strand den Fluß heraufgekommen waren. Mit zerfetzten Kleidern, dünn und fröhlich, hatten sie Uunu den steilen Pfad zum Haus des Priesters hochgeschleppt, und Tamas Herz war für sie aufgegangen.

Im Sommer war dann ihre Männerweihe gewesen, und ihre Lehrmeister hatten ihre Ausbildung zum Jäger aufgenommen. Daran konnte Uunu nicht teilnehmen. Er wurde einem der Ältesten übergeben, der ein geschickter Gärtner war. Die Trennung von seinen Clanbrüdern, die draußen auf der Jagd waren, war ihm von den anderen mit dem Versprechen versüßt worden, daß sie ihn eines Tages mit hinaus auf die Jagd nehmen würden. Da jedoch alle Dorfbewohner bei der Arbeit in den Gärten mithelfen mußten, hatte Uunu manchmal das Glück, seine wachsenden Fähigkeiten mit einem oder mehreren seiner Clanbrüder teilen zu können.

Der Sonnenschein fiel bereits in die Lichtung ein, als die Jungen kamen. Tama hörte ihre Stimmen und ihr Lachen vom Weg heraufschallen, aber sie wurden ruhiger, als sie in den Fluß hineingingen und flußaufwärts waten mußten. Sie gingen dann zu ihren Steinsitzen, blieben aber stehen, bis der Priester sie begrüßt hatte.

»Der Friede Ka Balus sei mit euch, meine Söhne.«

»Sein Friede sei mit dir, Vater.«

Es kam Tama immer noch seltsam vor, Vater genannt zu werden, auch wenn damit mehr eine geistige als eine körperliche Beziehung ausgedrückt wurde. Diese Jungen hätten seine jüngeren Brüder sein können. Sie setzten sich mit überkreuzten Beinen auf die Steine. Matia saß zu Tamas Dolchseite, dann kamen Ajef und Pita, Uunu und Nikala. Tama blickte den Jungen nacheinander tief in die Augen und wandelte damit jede nicht zur Sache gehörende Neugier und Unruhe in gespannte Aufmerksamkeit um. Nur bei Nikala spürte er einen Widerstand, einen Willenskampf und eine unbekümmerte Herausforderung, bevor die Augen des Jungen sich dem ruhigen, vielsagenden Blick des Priesters beugten.

Tama nahm den kurzen Stock in die Hand, den er sich für den Unterricht gemacht hatte, und zeichnete damit in den Sand vor sich einen fünfzackigen Stern. »Ka Balu wacht auf viele verschiedene Weisen über sein Volk. Er ist der Morgenstern, der Herr der Morgenröte, ebenso wie er der Herr des Waldes ist und der Weiße Hirsch, der Lebensspender und Todbringer. Als Morgenstern scheint er gleichmäßig auf die ganze Welt und auf jeden einzelnen von uns, ob Mann, Frau oder Kind, herab. Es ist sein Wille, daß alle Menschen an seinem Licht teilhaben.

Ihr seid fünf Clanbrüder, wie dieser Stern fünf Zacken hat. Ihr leuchtet jeder für den anderen, ihr helft euch gegenseitig, euren Lebensweg zu erhellen. Je mehr ihr euch umeinander kümmert und euch gegenseitig unterstützt, desto klarer wird der Stern eures Clans am Himmel erstrahlen und Ka Balu sich daran erfreuen. Allein ist jeder schwach, der Geist verhüllt und blaß, nur gemeinsam seid ihr stark; eure Ziele zeichnen sich hell ab, und ihr könnt viel erreichen. Der Häuptling und die Ältesten waren sehr beeindruckt über die Fähigkeiten, die ihr auf der Langen Wanderung erworben habt. Sie haben euch an Lehrmeister gegeben, die euch die Kunst des Jagens, des Gartenbaus, des Werkzeugmachens und des Hausbaus beibringen werden. So sorgt ihr dafür, daß unser Volk Essen, Kleidung und

Häuser bekommt. Meine Aufgabe ist es, euch in den Gesetzen Ka Balus zu unterweisen, damit ihr ihnen folgen und in Frieden leben könnt. Manche dieser Gesetze habt ihr bereits von euren Eltern gelernt und kennt sie bereits, wie etwa die Gesetze des Verhaltens in der Familie, der Körperpflege, des Umgangs mit Waffen, Werkzeugen und Haushaltsgegenständen.

Alles, was wir haben, und alles, was wir sind, spiegelt nur einen winzigen Teil der Weisheit Ka Balus wider. Es gibt vieles, das ich euch hier in diesem, Ka Balu geweihten, Hain unterrichten werde. Manchmal werde ich euch aber auch in den Wald oder an den Meeresstrand mitnehmen, um euch zu zeigen, wie Ka Balu das Leben aller Pflanzen, Tiere, Vögel und Insekten ordnet, die die Welt mit uns teilen. Es wird viel zu lernen und zu merken geben. Heute aber werde ich erzählen, wie alles begann und die Dinge im Geist Ka Balus ihren Ursprung nahmen.«

Tama machte eine kleine Pause und hielt seinen Blick auf Nikala geheftet. Der Junge starrte in die Zweige eines Baumes hoch, in denen eine Taube ihre im Sonnenlicht in allen Regenbogenfarben schillernden Federn putzte. Die anderen Jungen schauten den Priester an. Auf einmal war es mucksmäuschenstill, doch Nikala schien nichts zu bemerken. Tama sagte ruhig den Namen des Jungen. Der drehte seinen Kopf rasch, und eine Locke seines weizenblonden Haares fiel ihm in die Stirn. Dann errötete er und lächelte Tama an.

»Was werde ich euch heute beibringen, Nikala?«

Der Junge lächelte weiter und sagte nichts.

»Antworte mir, Nikala.«

In dem offenen, fröhlichen Blick war eher Verwirrung und Schüchternheit zu erkennen als Herausforderung oder Frechheit, doch wieder wurde sich Tama eines Widerstreits ihrer beider Willen bewußt.

»Du mußt deine Aufmerksamkeit immer auf mich richten, sonst wirst du nichts lernen. Du bist hier, um zu lernen und zu gehorchen. Verstehst du das?«

Fast unhörbar murmelte Nikala mit seinem verwirrten, scheuen Lächeln: »Ja, Vater.«

Die Jungen beobachteten schweigend. Der Priester sagte eine Weile nichts mehr, sondern malte mit seinem Stock Muster in den Sand. Ob er dies aus Unsicherheit heraus tat, oder weil er Nikala absichtlich in Verlegenheit bringen wollte, konnten sie nicht sagen. Danach machte Tama mit seinem Unterricht weiter, und jetzt schenkten ihm alle fünf Jungen ihre ganze Aufmerksamkeit.

»Am Anfang war nur der Wind, der sich in einem unendlichen Nichts um sich selbst drehte. Es gab weder Sonne noch Himmel, weder Erde noch Meer, weder Mensch noch Tier. Nur Finsternis und in dieser Finsternis blies der Wind im unendlichen Raum. Aber im Herzen des Windes gab es einen Wunsch nach etwas anderem als sich selbst, einen Wunsch, der im endlosen Tosen des Windes durch die Leere nicht befriedigt wurde. So geschah es, daß im Herzen des Windes ein blitzender Stern geboren wurde. Der Wind wirbelte vor Freude um den funkelnden Stern herum, und die Leere wirbelte in Strudeln mit ihm, bis aus den gleichmäßigen Wellen das rastlose Meer entstand. Es war der Geist Ka Balus, des Himmelskönigs, der in diesem ersten leuchtenden Stern seinen Ausdruck fand, und sein Geist tauchte in einem Blitz in die Tiefen des Meeres hinab, brach seinen Grund auf und zog das erste trockene Land empor.«

»Danach wanderte Ka Balu auf diesem Land auf und ab ...«

Der Priester erzählte den Schöpfungsmythos des Hirschvolkes beinahe Wort für Wort so, wie er selbst ihn das erste Mal vom Alten Vater gehört hatte. Die heiligen Worte durften nicht verändert werden. Sie waren ein Gefäß, das nie zerbrochen werden durfte, da sie die reinen Wahrheiten enthielten, in denen alle Gesetze und Sitten ihren Ursprung nahmen. Obwohl die Jungen den Schöpfungsmythos bereits teilweise kannten, hörten sie gespannt zu, wie alle Kinder einer guten Erzählung zuhören, die wirkungsvoll vorgetragen wird. Der Unterschied war nur, daß der Mythos sowohl die Erinnerung an die kindliche Unschuld als auch die Anfänge erwachsener Selbstbeherrschung und Verantwortung darstellte. Er sollte das Kindliche ebenso überwinden wie auf geheimnisvolle Weise sicherstellen, daß die Unschuld jedesmal, wenn ein Kind geboren wurde, neu auflebte.

So schritt der Winterunterricht Tag um Tag voran, und nur an den Tagen, an denen sich der Rauhreif matt über das Gras legte, wurde er von Übungen im Ringen oder im tiefen, langsamen Atmen unterbrochen. Gleichzeitig entwickelte sich zwischen Tama und seiner ersten Klasse ein lockeres Verhältnis, das mehr einer Freundschaft glich als der förmlichen Beziehung, die seine eigene Clangruppe zu dem Alten Vater gehabt hatte. Vielleicht, so dachte er, werde ich im Alter so streng wie der Alte Vater, und die Jungen werden Angst vor mir haben. Doch im Moment erfüllte ihn sein neugefundener, innerer Friede mit einer tiefen Freude. Der Unterricht war sowohl Unterweisung als auch Vergnügen, und den Jungen schien es genausoviel Spaß zu machen wie ihrem Lehrer. Obwohl der Winter kalt war, war es meistens schön, und so wurde das morgendliche Wegschmelzen des Rauhreifs unter den wärmenden Sonnenstrahlen zu einem Teil des Rituals im Hain, bei dem die Jungen zuhörten und der junge Priester sie in seinen Bann zog.

Auch war dieser Winter für Tama geprägt von dem Bewußtsein um Eschas Schwangerschaft, um das Kind, das im nächsten Sommer geboren werden sollte. Ke Rala war über die Nachricht weniger bestürzt gewesen, als Tama befürchtet hatte.

»Wenn es ein Junge wird, wird er Eschas Sohn sein, er wird nie ein volles Mitglied einer Clangruppe werden können, aber er könnte ein nützlicher Jäger oder Gärtner werden. Doch darfst du keine weiteren Kinder von Escha bekommen. Du gibst ein schlechtes Beispiel.«

Tama wollte keine anderen Kinder mehr. Ein Sohn würde genügen. Solange er ein Baby war, würde Escha sich um ihn kümmern und ihn von ihm fernhalten müssen, bis sein Vater damit anfangen konnte, ihm die männlichen Disziplinen beizubringen. Es gab jetzt schon vier Jungen im Dorf, deren Mütter Hirtenfrauen waren. Unter ihnen könnte sein Sohn Freunde finden.

Eschas kleiner, untersetzter Körper ließ wenig von der

Schwangerschaft erkennen, die keine Veränderung in ihre tägliche Arbeit brachte. Erst im fünften Monat war zu sehen, daß sie ein Kind erwartete und Tama machte sogar Witze mit ihr darüber.

»Was trägst du da in deinem Bauch? Meinen Sohn oder ein Langohren-Junges?«

Doch Escha lächelte nur und kämmte ihre langen braunen Haare, erfüllt von einer tieferen Zufriedenheit, wie sie sie jemals gekannt hatte. Wenn Tama auch manchmal an Gilda dachte und sich wünschte, sie wäre es, die seinen Sohn gebären würde, war dies doch ein Schmerz, den er zu ertragen gelernt hatte. Seine Tage waren ausgefüllt, da war keine Zeit zur Trauer. Ka Balu hatte es so gewollt. Und in der letzten Zeit hatte er sich endlich eingehender mit dem Buch beschäftigen können, das Chard ihm geschenkt hatte. Er hatte über die Bilder und Zeichen darin gerätselt, fest entschlossen, bald eine geschriebene Sprache für das Hirschvolk zu entwickeln.

Aber zuerst mußte er das nötige Material dazu haben. Die dünnen, aber widerstandsfähigen Seiten des Buches lieferten ihm einen Anhaltspunkt. Wenn er ein Buch finden könnte, das nur aus weißen Seiten bestand, dann hätte er das beschreiben können. Immerhin gab es die glatten Oberflächen der Steine und Hölzer, in die er leicht genug Zeichen einritzen konnte. Er versuchte auch, mit Holzkohle auf Stein zu schreiben, aber die dicke, bröselige Holzkohle verschmierte und ging leicht wieder ab. Doch Tama gefiel das Schwarz, das er damit erzeugen konnte. Er erinnerte sich an die roten, schwarzen und weißen Pflanzenfarben, mit denen die Frauen Muster auf Flachs und andere Pflanzenfasern aufmalten. Er ging zur Alten Mett und sie redeten darüber, wie man aus Pflanzensaft am besten Farben herstellte und ob man die Fasern in den Färbegruppen sich tagelang mit den Farben vollsaugen lassen konnte. Doch die einzigen Farben, die Mett fand, die nicht ausblichen, waren Rot, Schwarz und Weiß. Das Rot erhielt man durch Zermahlen von schieferartigen Steinen, die nicht im Dorf zu finden waren, sondern weiter im Landesinneren in der Nähe der Hügel. Um

Schwarz zu erhalten, vermischte Mett schwarze Holzkohle mit Harz, während Weiß aus Vogelleim gewonnen wurde.

Die alte Frau war glücklich, Tama helfen zu können, die verschiedenen Mischungen mit Holzkohle, Harz und Wasser herzustellen, bis sie eine Lösung gefunden hatten, die von einem Stock leicht herabtropfte und auf einem Stein ein glänzendes Schwarz erzeugte, das fest antrocknete. Mett fürchtete sich davor, die Steine, die Tama mit seinen Zeichen versah, anzufassen und warf nur einen kurzen Blick auf die eigenartigen Zeichen, die er malte. Sie fürchtete, es ginge ein Zauber von ihnen aus, den sie nicht verstehen könnte.

»Bitte, Vater, laß die Steine nicht bei meinem Haus liegen. Sie sprechen zu dir, aber ich verstehe sie nicht.«

Tama dankte ihr, sammelte die Materialien zusammen, die er benutzt hatte, und wischte die Zeichen aus, die er in die Erde vor Metts Tür gemalt hatte. Er dachte über ihre Bemerkung nach und nahm sie für ein gutes Omen. Beim Arbeiten hatte er das feine Netz der Falten in der braunen Gesichtshaut der alten Frau studiert und in den Verbindungen zwischen den Linien Muster entdeckt, die als Zeichen benutzt werden konnten: die Krähenfüße um ihre Augen, die tiefen Falten, die sich von den Nasenflügeln zum Mund zogen, die netzartigen feinen Linien, die dem Muster von gerissenem Ton glichen, auf ihren Wangen, die Wellen der Jahre, die als Runzeln auf ihre Stirn eingekerbt waren. Er lächelte beim Gedanken daran, wie entsetzt sie wäre, wenn sie wüßte, was er dachte. Doch sein Blick war darauf gelenkt worden, und von nun an beobachtete er die Muster der Natur überall um ihn herum mit geschärfter Aufmerksamkeit, die Zeichen, mit denen Ka Balu alle Dinge versehen hatte. In Blättern war oft ein Geflecht aus Adern, das den Aufbau des Baumes widerspiegelte, der das Blatt hervorgebracht hatte. In Felsen und Steinen waren oft die Wellen der Kräfte zu erkennen, die in der Erde flossen. In seinem Wahrheitsstein sah er die Abbilder von Bergen, Wald, Wolken und dahinströmenden Flüssen, ein ewiger Beweis für Ka Balus Hand. Die Maserung von Holz, der Verlauf der Haarbüschel von Fellen, die Farben des Meeres, des Himmels und der Muscheln, die Linien in seiner eigenen Hand – alles war ein Zeichen für Wachstum und Sein in der Sprache der Götter. Irgendwo in all den Zeichen der natürlichen Welt um ihn herum waren Elemente, die man benutzen konnte, um daraus eine Schrift zu machen, die zu ihm sprechen würde.

Der spitze Stock stellte sich bald als unzulängliches Zeichengerät heraus, da die Farbe von ihm in schweren Tropfen auf den Stein fiel und schnell so dünn wurde, daß nichts mehr zu sehen war. Tama versuchte verschiedene Fischgräten, die zwar besser waren, aber zu dünne Linien hinterließen. Mit einem hohlen Schilfrohr konnte man dicke Kreise und Tropfen machen, aber sie waren zu groß für seine Zwecke. Er suchte nach einem Gegenstand, den er so führen konnte, das ihm ähnlich scharfe, klare, kleine Zeichen gelingen würden wie in Chards Buch.

Gleichzeitig versuchte er auch, auf verschiedene Oberflächen zu schreiben. Stein und Holz waren gut genug zum Ausprobieren der Farben, aber Tama brauchte ein Material, das dem der Buchseiten mehr ähnelte. Er versuchte es mit Fuchsienrinde, deren dünne braune Struktur dem gewünschten schon sehr nahe kam; nur war sie in trockenem Zustand zu dünn und zu brüchig, um sie lange aufzubewahren. Bald merkte er, daß Vogel- und Tierhäute die weichsten und haltbarsten Oberflächen boten und die Häute der Langohren von allen am einfachsten und ohne allzuviel Abfall zuzuschneiden waren. Das Hirschvolk benutzte die Felle dieser Tiere, um sich warme Winterjacken, Mützen und Decken daraus zu machen, und es würde für Tama nicht schwierig sein, einige Häute abzubekommen.

Zuerst zeichnete er Gegenstände und Menschen: Bäume, die Sonne, einen Fluß, das Meer, einen Mann, eine Frau, ein Kind, ein Haus, einen Vogel, ein Schaf, ein Langohr. Die stilisierten Formen waren leicht zu erkennen. Einige davon waren Zeichen, die das Hirschvolk bereits verwendete, denn die Jäger hatten schon immer eine Art einfache Zeichensprache verwendet. Ein aus Hörnern über zwei Pfeilen bestehendes Symbol gab die Richtung an, in die zwei Jäger auf der Fährte eines Langhorns unterwegs waren. Ein Kreis mit

Strahlen versinnbildlichte die volle Sonne um die Mittagszeit, ein Halbkreis auf der Dolchseite einer senkrechten Linie bedeutete Morgen, auf der Scheidenseite Nachmittag. Tama hatte viel Spaß beim Ausarbeiten dieser Bilderschrift. Er übte viel und verfeinerte sie immer weiter, bis er Zeichen für die meisten gängigen Gegenstände im Dorf gefunden hatte. Aber noch während der Arbeit wurde er sich bewußt, daß es nicht viel mehr als die Sprache von Kindern war, daß das Benennen von Gegenständen keinesfalls ausreichte, die gesprochene Sprache auszudrücken oder die Feinheiten von Gedanken wiederzugeben. Er würde etwas Besseres finden müssen, um die Gesetze Ka Balus, die richtige Abfolge von Ritualen und Anrufungen aufzuzeichnen. So suchte sein Geist noch während der Verfeinerung des bisherigen Verfahrens bereits auf einer tieferen Ebene nach einem geeigneteren System. Im Bewußtsein der Bedeutung seiner Aufgabe und der Notwendigkeit, die Suche, die im Aufzeichnen des Dunklen Wissens enden könnte, frei von jeglichen äußeren Einflüssen fortzuführen, hielt er die Schriftproben unter Verschluß und versteckte die getrockneten, mit Därmen zusammengebundenen Häute in der Kiste, in der er auch Chards Buch, die Ritualgegenstände für die Weissagungen und seinen Wahrheitsstein aufbewahrte.

Den ganzen Winter über war Tama erfüllt von einer neuen geistigen und körperlichen Stärke, einem Gefühl, als würde er von einer hohen Welle getragen. Jeden Tag übte er seine priesterlichen Pflichten mit größerem Selbstvertrauen aus. Er war jetzt für alle Dorfbewohner Vater Tama, und sie erkannten seine Autorität an, ohne sie in Frage zu stellen. Vielleicht empfanden sie auch seine freudige Hilfsbereitschaft als Erleichterung nach all den Jahren der förmlichen Strenge des Alten Weisen, die besonders in den letzten Jahren ausgeprägt war. Keiner aus dem Hirschvolk konnte sich an jene Zeiten erinnern, als der Alte Weise noch jung gewesen war. Er war älter gewesen als alle Ältesten seiner Zeit, aber keiner wußte genau, wie alt. Er erschien ihnen jetzt, im nachhinein, als Teil der alten Welt auf der anderen Seite der Berge, wohin ihn der Weiße Hirsch ja auch zurückgetragen hatte. Tama aber gehörte zu dem neuen Dorf in dem Land zwischen den beiden Flüssen, wie das Hirschvolk seine neue Heimat jetzt nannte.

Für Tama war das winterliche Unterrichten von Matias Clan die reinste Freude. Die Jungen fanden durch seine lebhafte und heitere Darstellung des Wissens, das sie zu erlernen hatten, schnell Zugang dazu. Er wurde für sie wie ein älterer Bruder, ohne jedoch an Würde oder Autorität einzubüßen. Auch nachdem der Winterunterricht für dieses Jahr vorbei war, rief er sie manchmal zusammen, wenn ihre Lehrmeister sie nicht brauchten, und verbrachte mit ihnen einen halben Tag im Wald oder am Strand, um ihre Neugierde für die Wunder der Welt der Natur als Offenbarung der Macht Ka Balus zu erwecken. Bei diesen Gelegenheiten war er oft hocherfreut darüber, daß die Wahrnehmungen der Jungen schärfer waren als seine und ihre Fähigkeiten im Erklettern der Bäume, dem Fangen der Fische und dem Verfolgen der Bienen zurück zu ihren Schwärmen besser ausgeprägt. Während dieser Monde im Frühjahr und Frühsommer lernte auch er viel von seinen Schülern und konnte noch einmal etwas von der glücklichen Kameradschaft nachempfinden, die er selbst als Junge mit seinen Clanbrüdern auf der Langen Wanderung erlebt hatte.

Anfangs murrten die Ältesten etwas über die Freundschaft des Priesters mit den Jungen. Zweifel wurden laut, ob er genügend Autorität ausstrahle. Sollte ein Priester nicht mehr Abstand zu seinem Volk haben, wie dies bei dem Alten Vater immer der Fall gewesen war? Es war Tara, Ke Ralas früherer Lehrmeister und jetzt inzwischen ein gewählter Ältester, der es wagte, die neuen Methoden des Priesters zu verteidigen.

»Wir sollten uns daran erinnern, daß er von Ka Balu auserwählt wurde, uns in dieses Land zu führen. Es ist ein gutes Land. Wir haben hier zu unserer alten Stärke zurückgefunden. Tama versteht den Geist dieses Landes vielleicht besser als jeder andere von uns. Die Jungen haben eine hohe Meinung von ihm, sie achten ihn, selbst wenn sie mit ihm lachen. Wir haben sie geprüft und festgestellt, daß sie in den ersten Graden des Wissens gut unterrichtet wurden. Die Clanbrüderschaft ist die engste aller Bindungen für einen Mann. Tama sorgt dafür, daß diese Bindung in Matias Clan noch enger wird. Sie sind mehr als Brüder. Das zeigt sich nirgendwo deutlicher als in ihrer Fürsorge für Uunu. Sie nehmen ihn, soweit möglich, überall hin mit. Sein Vertrauen in sie ist der wahre Geist der Clanbrüderschaft.«

Es gab nur eine Schwäche in Tamas Beziehung zu Matias Clan – die anhaltenden Zweifel an seinem Einfluß auf Nikala. Der große, scheu lächelnde Junge hielt sich immer auf Abstand von dem Priester. Er war gehorsam und klug, und doch schien sich hinter seiner Schüchternheit ein scheinbar beißender Spott zu verbergen. Er antwortete zwar richtig auf Tamas Fragen, stellte aber von sich aus keine. Immer sonderte er sich ein wenig ab, auch von seinen Clanbrüdern. Er saß am weitesten weg von dem Feuer, auf dem sie Fische brieten, rannte den anderen davon, wenn sie am Strand waren, kletterte weiter in die Baumkronen als jeder andere. Nur wenn Uunu Nikala auslachte, lachte der große Junge offensichtlich freudig mit. Er nahm nichts ernst, nicht einmal sich selbst. Manchmal griff Tama ein, wenn er merkte, daß Nikalas Neckerei zu weit ging und Uunu fast zu weinen anfing. Um so überraschter war er, wenn er anschließend Nikala Uunu auf dem Rücken herumtragen sah, beide sich angeregt unterhielten und zusammen lachten. Die anderen Jungen vertrauten Tama manchmal ihre Hoffnungen und Ängste an, fragten ihn bei persönlichen Problemen um Rat – nicht so Nikala. Er machte alles mit sich selbst aus, bat nicht um Hilfe, schien niemanden zu brauchen. Manchmal aber, wenn Tama ihn überraschte, sah er eine Traurigkeit in dem Gesicht des Jungen, einen Anflug von plötzlicher, unbestimmter Sehnsucht. Das beunruhigte den Priester, doch er überließ es Ka Balu, ihm den richtigen Zeitpunkt zu zeigen, um einen Zugang zum Herzen des Jungen zu finden.

Nur wenig Regen fiel, während der Frühling in den Sommer überging. Das Wasser mußte vom Fluß zu den Gärten hochgetragen werden. In der Nachmittagshitze wurde alle Arbeit niedergelegt. Die Alten und Müden schliefen im

Schatten, die Frauen schauten ihren Kindern beim Planschen im Fluß zu, und Gruppen von Jägern hockten müßig beim Wurzelbier.

Eschas Zeit rückte näher. Sie erledigte ihre Arbeit auf eine Art, die eine tiefe Befriedigung ausstrahlte, welche sich mit Tamas Seelenfrieden im Einklang befand. Auch wenn sie auf geistiger Ebene nur wenig miteinander teilen konnten, so bestand doch eine unausgesprochene Übereinkunft, daß sie sich gegenseitig brauchten. Wenn Tama manchmal spürte, wie Escha schüchtern nach der vollen Zuneigung suchte, die er ihr nicht geben konnte, so zeigte er ihr zumindest seine Dankbarkeit dafür, daß sie sich um ihn kümmerte.

Eines Morgens, als es schon vor der Mittagszeit brütend heiß und jede Tätigkeit eine Belastung war, nahm Tama die Clanbrüder mit zum Strand hinunter. Sie wateten und schwammen den Fluß hinunter und tollten fröhlich im Wasser herum. So blieben sie erfrischt, bis sie zu der Lagune kamen, in der sich der Fluß zwischen binsenbestandenen Inseln und überwachsenen Sandbänken vor dem Ansturm des Meeres verlor. In der Lagune herrschte lautes Treiben von Vogelschwärmen: Es gab Pukekos, Enten, Schwäne und alle nur denkbaren Meeresvögel. Tama verbrachte einige Zeit, mit den Jungen über die Vögel zu sprechen. Er half ihnen, die verschiedenen Vogelarten zu erkennen, und erinnerte sie, daß alle Geschöpfe Ka Balu gehörten, der großzügig für die Bedürfnisse der Menschen sorgte, aber zugleich Achtung vor den Tieren gebot sowie Grausamkeit oder unnötiges Abschlachten untersagte. Tama erlaubte jedem von ihnen, einen Pfeil abzuschießen. Zu Matias Ärgernis verpaßte er die weißgrüne Ente, auf die er gezielt hatte, doch zu aller Freude schoß Uunu einen schönen Vogel. Ajef schwamm hinaus und holte ihn. Es war einer der großen Erfolge ihrer Langen Wanderung gewesen, dem Halbjungen mit einem Arm und einem Bein den Umgang mit Pfeil und Bogen beizubringen. Auch die übrigen hatten Glück, und sie bereiteten einen Erdofen zum Braten der Vögel vor. Als der faule Nachmittag, den sie halb dösend verbracht hatten, seinem Ende zuging und die Sonne gen Westen sank, waren alle hungrig. Tama sah zu, wie Matia und Nikala den Erdofen öffneten, die dampfende Erde und die Blätter zur Seite schoben, um vorsichtig mit Stöcken das zarte weiße Fleisch herauszuholen, das von den Knochen fiel. Sie legten es auf flache Steine. Tama durfte als erster probieren, und dann griffen die Jungen zu, außer Uunu, der, gegen einen Felsen gelehnt, außer Reichweite des Fleisches saß. Er war zu müde, um sich aufzuraffen und nach vorne zu humpeln.

»Möchtest du ein bißchen Ente, Halbjunge?« fragte Nikala. »Fang!«

Noch bevor Uunu sich versah, flog das gebratene Fleisch schon durch die Luft. Er griff danach, verfehlte es, und es fiel in den Sand. Nikala lachte und stand auf.

»Es gibt nichts mehr für dich, Halbjunge, bevor du das nicht mit dem Sand und allem aufgegessen hast. Vater Tama mag es nicht, wenn man Essen verschwendet.«

Nikala hob das Fleisch auf und schwenkte es vor Uunus Nase.

»Auf, iß schon!«

Als Uunu, halb lächelnd, danach greifen wollte, zog Nikala es wieder außer Reichweite.

»Versuch's noch einmal.«

Uunu streckte wieder seine Hand nach dem Fleisch aus, und wieder wurde es ihm weggezogen. Der Junge sah zu seinem grinsenden Peiniger auf, drehte sich dann mit zitternder Unterlippe zur Seite.

»Nikala, bring das Fleisch her«, sagte Tama. »Matia – gib du Uunu was zu Essen.«

Tama stand auf und stellte sich dem grinsenden Nikala gegenüber. »Es ist falsch, Uunu zu necken. Er ist müde. Du solltest ihm helfen. Jetzt möchte ich sehen, wie du das Fleisch ißt.«

Nikala grinste weiter, während das sandige, gebratene Fleisch in seinen fettverschmierten Händen kalt wurde, sagte aber nichts. Lange schaute Tama in die Augen des Jungen, sah den spöttischen Ausdruck darin, aber keine Anzeichen, daß er nachgeben würde.

»Gib mir das Fleisch.«

Nikala gehorchte mit Vergnügen. Tama warf es über ein Wasserloch auf die Felsen der anderen Seite.

»Jetzt geh, hol es und iß.«

Nikala zuckte mit den Achseln und wandte sich um, um zum Feuer zu gehen. Wut stieg in Tama auf, eine Wut, die sich nach vielen solchen kleinen Zwischenfällen mit Nikala in ihm angesammelt hatte. Er erhob seine Faust und schrie: »Geh!« Nikala schlenderte mit betonter Gleichgültigkeit zu dem Wasserloch, sah immer noch grinsend zurück, sprang leicht über das Wasser, hob das Fleisch auf und schleuderte es in hohem Bogen in die Lagune. Empört setzte Tama über das Wasserloch, packte Nikala, rutschte dabei auf dem nassen Felsen aus, stürzte und verdrehte sich seinen linken Fuß. Übelkeit stieg in ihm auf, ein Summen erfüllte seine Ohren, und er fiel seitlich über Nikalas Füße.

Die Jungen trugen ihn über das Wasser zurück, legten ihn sanft in den Sand, und Matia bespritzte das Gesicht des Priesters mit Wasser. Weiß vor Angst starrten ihn die Jungen wortlos an, bis Tama kurze Zeit später die Augen aufschlug. Sie halfen ihm, sich aufzusetzen, und gehorchten seinem Befehl, ihn zum Rand des Wassers zu tragen, wo er seinen geschwollenen Fuß ins kühlende Wasser eintauchte. Die ganze Zeit sprach niemand, bis Tama schließlich ruhig zu Matia sagte:

»Sorge dafür, daß das Feuer gelöscht und die Grube wieder gefüllt wird. Verteile den Rest von dem Fleisch und gehe dann mit den anderen Jungen zu dem großen Felsen. Dort wartet ihr auf mich. Nikala bleibt hier bei mir.«

Während er sachte Wasser über seinen verstauchten Knöchel träufelte, saß Nikala mit schlechtem Gewissen traurig neben ihm. Tama ließ sich und den Jungen von dem Geräusch des Windes in den Gräsern, dem regelmäßigen Anrollen der Wellen gegen den Strand und dem sich rotfärbenden westlichen Himmel über den Bergen in deren Frieden einhüllen. Eine stille Dankbarkeit zu Ka Balu erfüllte sein Herz, als er schließlich Nikala direkt ins Gesicht blickte.

»Komm und setz dich hier neben mich.«

Eine ganze Zeit lang vermochte Nikala sich nicht zu rühren, dann kam er langsam über den Felsen zu Tama herüber.

»Na?«

Tamas Augen suchten das verstörte Gesicht neben ihm. »Schau mich an, Nikala.«

Der Junge schaute ihn mit Tränen in den Augen an.

»Was hast du daraus gelernt?«

Der Junge schüttelte seinen Kopf, räusperte sich und murmelte: »Ich hätte Halbjunge nicht ärgern sollen.«

»Das ist richtig. Halbjunge war müde. Manchmal bereiten ihm seine gebrochenen Knochen Schmerzen. Er wollte nicht aufstehen. Es war falsch, ihn zu necken. Aber du machst das oft; du stellst seine Geduld auf eine harte Probe. Hast du Angst vor Halbjunge?«

»Nein.«

»Kannst du ihn nicht leiden?«

»Doch.«

»Warum ärgerst du ihn dann?«

Nikala brummte etwas vor sich hin, als schämte er sich.

»Es gibt ihm das Gefühl, stark und einer von uns zu sein. Er hält es schon aus. Nur manchmal gehe ich zu weit.«

Tama sah, daß der Junge mit sich kämpfte, noch etwas zu sagen.

»Was ist sonst noch? Was möchtest du noch sagen?«

»Den Fuß, Vater. Ich wollte nicht ... Ich wollte dir nicht weh tun.«

Das war schon fast eine Rede für Nikala.

»Du verletzt mich jedesmal, mein Sohn, wenn du mir nicht gehorchst. Ich bin dein Priester und dein Lehrer. Ich versuche, alles zu tun, dir dabei zu helfen, zu einem richtigen Mann zu werden. Aber ich kann es nicht allein. Du mußt mich dabei unterstützen. Siehst du, Nikala, ich brauche dich genauso, wie du mich brauchst. Ich habe heute etwas gelernt, von dem ich möchte, daß du dich ein ganzes Leben lang daran erinnerst.«

Er hielt den Blick des Jungen fest.

»Heute hat Ka Balu seinen ungehorsamen Priester bestraft. Wut ist immer eine Torheit. Es gibt noch viel, was du von mir lernen kannst. Aber wie kannst du etwas von einem Priester lernen, der nicht Herr seiner selbst ist? Vergib mir, Nikala, daß ich die Beherrschung verloren habe. Durch Wut werde ich dir bestimmt nichts beibringen können, doch wenn du es zuläßt, kann ich dir etwas durch Liebe beibringen.«

Nikala saß mit angezogenen Beinen, um die Knie geschlungenen Armen und tränenglänzenden Wangen da und konnte nichts sagen. Da legte Tama einen Arm um seine Schultern.

»Du mußt mir helfen. Die anderen Jungen warten schon auf uns. Wir müssen vor der Dunkelheit wieder den Fluß hochkommen.«

Als Nikala ihm auf die Beine half und Tama sich vertrauensvoll auf den starken Jungen stützte, spürte er weniger Trauer über seine Wut als ein stilles Triumphgefühl. Sie sahen einander an, und Tama lächelte.

»Laß mich ja nicht fallen.«

Nikala lächelte zurück. »Nein, Vater. Du bist jetzt wie Halbjunge. Du brauchst Hilfe.«

Ungeschickt bewegten sie sich, die Arme umeinander geschlungen, den Strand hinauf.

Die nächsten Tage hielt das heiße Wetter unvermindert an. Tama ruhte sich aus, während die Schwellung an seinem verstauchten Knöchel langsam zurückging. Früh am Abend des fünften Tages, als er gerade mit dem Rücken an seinen Geistbaum gelehnt saß, kam Escha zu ihm und sagte einfach: »Meine Zeit ist gekommen. Ich gehe jetzt zu Ayana. Sie wird für dich sorgen, bis ich in sieben Tagen wieder zurückkomme.«

»Ka Balu sei mit dir, Mutter meines Sohnes.«

Escha sagte nichts weiter, sondern lief nur langsam den Pfad ins Dorf hinunter. Am nächsten Morgen kam Ayana zu Tama und sagte: »Vater Tama, Escha hat dir einen Sohn geboren.«

Tama stand, von einer großen Freude erfüllt, auf. »Ka Balu sei gepriesen. Sein Friede sei mit dir. Sein Friede sei mit Escha und meinem Sohn. Tu alles, was du kannst, für sie und für das Kind. Sei gut zu ihnen.«

An dem Morgen, als Escha mit dem Kind im Arm zurückkam, erwartete Tama sie. Als er sie den steilen Pfad hochkommen sah, ging er ihr entgegen.

»Escha, Ka Balu sei mit dir und meinem Sohn.«

Escha öffnete das Bündel, so daß der Kopf des Kindes sichtbar wurde. In dem grellen Licht sah Tama ein rosafarbenes verrunzeltes Gesichtchen und winzige geballte Fäustchen. Das Baby drehte sich zur Seite und öffnete langsam die Augen.

»Nimm ihn«, sagte Escha. »Er ist dein Sohn.«

Voller Staunen nahm Tama das Kind aus den Armen der Mutter entgegen und schaute lange in sein kleines Gesicht. Die braunen Augen blickten ihn nicht an. Er konnte fast nicht glauben, daß dieses verrunzelte Männchen wirklich sein Sohn sein sollte. Weshalb hatte er erwartet, daß das Kind grüne Augen und ein verschmitztes Grinsen haben würde? Als er das Kind an Escha zurückgab, war er sich einer leisen Enttäuschung bewußt.

Später erklärte ihm Escha, daß es bei den Schäfern Brauch war, daß die Mütter ihre Kinder so bald wie möglich nach der Geburt mit ans Meer nahmen. »Zu Hause ist das Meer nur ein paar Schritte entfernt. Hier ist es viel weiter. Die Mutter bringt das Kind dem Meer und dem Himmel dar, der Ebbe und der Flut aller Dinge. Könntest du mit mir ans Meer gehen, damit wir unserem Kind einen Namen geben und es für die Kraft öffnen?«

Tama fragte sie noch mehr über die Sitten und Gebräuche ihres Volkes aus, konnte jedoch nichts daran entdecken, was den Gesetzen seines eigenen Volkes widersprochen hätte, sondern fand eher eine Bestätigung der Lehren Ka Balus.

Zwei Abende später verließen sie das Dorf und erreichten den Strand, noch bevor es dunkel wurde, um für das Morgengrauen bereit zu sein. Die kurze süße Sommernacht war erhellt von funkelnden Sternen und viel zu schön, um zu schlafen. Escha döste mit dem Kind etwas, während Tama etwas weiter weg von ihnen wachte. Er spürte im Puls der Welt die Macht, die alle Dinge in Bewegung hielt, und war zutiefst berührt. Die sichere Kraft der Erde war in ihm, die sich bewegenden Wasser hielten ihn und hoben ihn empor, die Sterne berührten seinen Geist und erfüllten ihn mit Licht. Vor Sonnenaufgang weckte er Escha.

Sie fröstelte etwas, als der Horizont anfing, sich in ein flammendrotes Meer zu verwandeln, legte dennoch alle ihre Kleider ab, zog auch das Kind nackt aus und ging mit ihm zum Wasser hinunter. Tama kam ein paar Schritte hinter ihr. Als der plötzliche Durchbruch der Sonne das Meer vergoldete, watete sie ins Wasser, bedeckte das Gesicht des Kindes mit einer Hand und tauchte es schnell einmal kurz unter Wasser. Es wimmerte, als sie es wieder in ihre Arme nahm.

»Yaka, Sohn von Tama und Escha, ich übergebe dich dem Fluß des Meeres.«

Dann malte sie mit dem Finger den fließenden Kreis auf die Stirn des Kindes, das heilige Sinnbild ihres Volkes.

»Yaka, Sohn von Tama und Escha, ich übergebe dich dem Licht der Sonne.«

Wieder machte sie das Zeichen auf die Stirn des Kindes und hielt es dann vor dem Hintergrund des blendenden Meeres und des Himmels hoch in die Luft. Meerwasser glitzerte auf ihren Armen und ihrer Brust und funkelte in ihren Schamhaaren. Zum erstenmal sah Tama ihre ganz eigene Schönheit und Stärke, auch, daß sie ihr eigenes Geheimnis und ihren eigenen Glauben hatte. So nahm er das Kind mit Ehrfurcht im Herzen aus ihren Armen entgegen. Sie blieben noch eine kleine Weile, und Escha gab dem Kind die Brust. Dann kehrten sie, selbst hungrig geworden, in ihr Dorf und zu ihrem Volk zurück.

5

In Yakas erstem Sommer fiel kein Regen. Der Fluß führte weiter Wasser, wurde aber so flach, daß sogar die Kinder darüberpaddeln konnten. Jeden Tag mußte Wasser zu den Gärten hochgetragen und die Erde aufgelockert werden, damit sie nicht hart wie Stein wurde. Besondere Vorsichtsmaßnahmen wurden mit den Kochfeuern ergriffen, und offene Feuer waren nicht erlaubt. Sogar das Unterholz am Rande des Dorfes war schon ganz dürr. Tagein tagaus brannte eine unbarmherzige Sonne von dem wolkenlosen Himmel herunter, und die Nächte waren in den kleinen Häusern vor Hitze fast nicht auszuhalten. Viele Leute schliefen im Freien unter Myriaden von Sternen, die über sie wachten.

Anfangs war man über das lange Anhalten des guten Wetters in den angenehmen Tagen des anbrechenden Sommers froh gewesen, doch die Feldfrüchte brauchten Wasser und bald murrten die Gärtner über das tägliche Gießen. Um die Zeit der Mittsommernacht war man dazu übergegangen, alle Gartenarbeit am frühen Morgen zu erledigen. Später am Vormittag war schon wieder Ruhe im Dorf eingekehrt; die Dorfbewohner dösten im Schatten oder am Flußufer oder gingen immer wieder ins Wasser, um sich Abkühlung zu verschaffen. Das Nachtmahl wurde später als üblich eingenommen, als schon lange Schatten zwischen den Häusern lagen. Die Apfelbäume, die ihnen die Hirten geschenkt hatten, hatten im Frühjahr zum erstenmal geblüht, doch im Herbst reiften nur wenige Früchte heran, da die harten grünen Äpfel fast alle vor ihrer Zeit herabfielen. Aber die Kartoffeln wuchsen gut, einige der Nußbäume trugen viele Früchte, und im Frühsommer gab es eine Menge kleiner süßer Erdbeeren. Auch wenn das Wetter über lange Strecken heißer war, als es das Hirschvolk je erlebt hatte, war es keine schlechte Zeit für sie. Das Essen war nicht knapp. Die Jäger merkten, daß das Wild andere Wege wählte und auf den Ebenen tagsüber fast keine Tiere zu sehen waren; bei Tagesanbruch und am frühen Morgen aber fanden sich alle bei den Wasserläufen ein.

In den Hochweiden der Schäfer gab es überhaupt kein Wasser mehr, und die Schafe grasten an den unteren Hängen und in den Tälern, die zum Langen Wasser hinunterführten. Die wenigen Bäche gingen beängstigend zurück, und eine der Quellen, aus denen das Dorf sein Trinkwasser bezog, versiegte ganz. Das Wichtigste war das tägliche Gießen der Gärten, und so wurde jeder Wassertropfen kostbar.

»Es wird bis Anfang Winter keinen Regen mehr geben«, sagten die Weisen. Sie behielten recht, doch keiner war froh darüber. Der Winter brachte gelegentliche Schauer von Südwesten, aber keinen langanhaltenden Regen; er war mild, trocken und windig. Nordwestwinde bliesen Tag für Tag von den Bergen herunter – nicht die heißen Sturmwinde des Sommers, sondern kühle Winde, die die Jahreszeit veränderten. Der ausbleibende Frost hatte zur Folge, daß die Clematis mitten im Winter und die Kowhai-Bäume einen Monat früher als sonst blühten. In den Gärten schlugen die Blüten und Blätter der Apfel- und Nußbäume zeitig aus, und im Dorf der Schäfer kamen sogar alte Eichenbäume vor der Tagundnachtgleiche zur Blüte.

Mit dem Frühjahr kehrte die Hitze zurück. Da kein Regen in Sicht war, berieten sich Tama und die Ältesten, ob die Pflanz- und Aussaatzeiten geändert werden sollten. Es schien besser, die wichtigsten Ackerfrüchte früher als sonst anzupflanzen und zwar vor dem Einsetzen der brütenden Hitze um die Mitsommerzeit. Die Gärten wurden umgegraben, mit Blättern und Seegras gedüngt und die Saatkörner mit kleinen Rindenstückchen geschützt. Mit beharrlicher Sorgfalt wurde eine gute Ernte erzielt. Es dauerte noch einen ganzen Sommer, in dem die Regentage an den Fingern einer Hand abgezählt werden konnten. Der Fluß, von dem ihr Leben abhing, glitt beinahe lautlos in kleinen Rinnsalen über die mit Unkraut bewachsenen Steine und zu den

Wattflächen der Lagune hin, wo große Vogelschwärme in dem fast stehenden Gewässer herumkreischten und -zankten.

»Was geschieht, wenn der Fluß ganz austrocknet?« fragte Escha.

»Dann müßten wir weiter flußaufwärts zu der Schlucht in den Bergen ziehen. Aber ich glaube nicht, daß es soweit kommen wird. Obwohl es seit deiner Geburt fast keinen Regen mehr gegeben hat, was, mein Kleiner?« fragte Tama mit einem forschenden Lächeln seinen Sohn. Yaka hielt sich am Knie seiner Mutter fest, lutschte hingebungsvoll an seinem Daumen und starrte seinen Vater feierlich an. Er war ein ruhiges Kind, schrie selten und lächelte noch seltener. Seine Gegenwart störte Tama in keiner Weise. Escha nahm Yaka überallhin mit. Ihre Liebe zu dem Kind ließ sie ihre Pflichten gegenüber Tama nicht vernachlässigen, auch wenn der Priester spürte, daß sie sich innerlich von ihm zurückgezogen und dem Kind zugewandt hatte. Das muß so sein, dachte er. Eine Frau muß sich kümmern, muß ihre ganze Fürsorge dem neuen Leben zuwenden. Es wird noch einige Zeit dauern, bis ich meinen Sohn kennenlernen kann. Jetzt ist er das Kind seiner Mutter; sie weiß am besten, wie der Samen der Männlichkeit in ihm gehegt und gepflegt werden muß. Was ich ihm beizubringen habe, liegt in der Zukunft.

Escha und die anderen Schäferinnen im Dorf machten sich Sorgen wegen der Gerüchte über die Auswirkungen der Dürre auf das Schäfervolk. Die Bäche, die von den Hügeln herab in das Lange Wasser flossen, waren alle ausgetrocknet, und das einzige Wasser, das den Dorfbewohnern blieb, war das Wasser der Quellen. Aber auch das wurde knapp. Man befürchtete, daß die Schäfer ihr Dorf verlassen und über die westlichen Hügel zum großen See am Meeresufer umziehen müßten, in den sich immer noch ein Fluß ergoß. In dem Brackwasser des Sees, an dem viele Vögel, unter anderem schwarze Schwäne und große Gänse lebten, gab es viele Aale und Flundern. Dort war also noch Nahrung und Wasser vorhanden, doch der See war im

Winter den kalten, vom Meer hereinpeitschenden Regenschauern ausgesetzt und nicht so geschützt wie das Dorf auf der Rückseite der Hügel. Als vorübergehender Aufenthaltsort zum Fischen und zur Vogeljagd würde er dem Schäfervolk genügend Nahrung bieten, bis die Dürre vorüber war.

»Ich könnte den Sommer über dort alleine ein Lager aufschlagen«, sagte Escha. »Aber was wird aus Tante Nonni und der Alten Mutter? Die können doch nicht mehr über die Hügel steigen. Was sollen wir nur machen?«

Tama hatte auch keine Antwort darauf, aber nachdem ein weiterer Mond zu- und wieder abgenommen hatte und sich nur eine winzige Wolke weit draußen am Horizont über dem Meer gezeigt hatte, die sie zu verhöhnen schien, sprach er mit Ke Rala.

»Ich habe die Vorzeichen wieder und wieder befragt. Ka Balu verspricht keinen Regen. Und ich habe mich gefragt, ob es vielleicht daran liegt, daß ich immer zu Hause im Dorf geblieben bin. Womöglich gibt es keine Antwort auf die Fragen nach der Ende der Dürre, weil es hier immer noch genügend Essen und Wasser gibt. Vielleicht muß ich meine Frage der Dürre selbst stellen. Sie lebt irgendwo da draußen auf den Ebenen, wo es nur in einigen der Kanälen des Großen Flusses noch etwas Wasser gibt. Die Gräser sind vertrocknet, als wäre ein Feuer über sie hinweggefegt, die nackte Erde flimmert im Hitzedunst. Die Jäger sagen, die Dürre dort draußen sei wie ein wildes Tier, das die anderen Tiere verschlinge. Alle sind dürr und hungrig. Sie sterben, wenn sie kein Wasser erreichen können. Die Tiere, die unsere Jäger töten, haben keinerlei Fett mehr auf den Rippen.«

»Das stimmt«, bestätigte Ke Rala. »Ich bin es leid, immer nur zähes Fleisch zu essen. Aber was erhoffst du dir davon, wenn du auf die Ebenen hinausgehst?«

»Wenn ich dem wilden Dürretier von Angesicht zu Angesicht gegenüberstünde, könnte ich es besser verstehen und begreifen, was sein Sinn ist. Ich könnte über das Dürretier die Absicht Ka Balus erfassen. Wir müssen verstehen, weshalb diese Zeit der großen Trockenheit über unser Land hereingebrochen ist.«

»Wir haben doch hoffentlich nichts getan«, fragte der Häuptling, »was Ka Balu so erzürnt hat, wie einst das Volk des versunkenen Dorfes seine Götter erzürnt hat? Die Welt wird doch nicht noch einmal verbrennen?«

»Ich glaube nicht. Ka Balu ist mit uns. Hier in unserem eigenen Dorf verhungern wir nicht. Aber Escha ist besorgt um ihre Leute. Ein paar unserer Jäger haben Schäfer getroffen, die sich auf die Jagd begeben haben. Ihre Gärten sind vertrocknet. Die fangen an, zum Großen See am Meeresufer umzuziehen, wo es immer noch einen Bach mit Süßwasser gibt. Es wird sehr hart für sie werden. Sie haben uns geholfen, als wir schwach waren. Vielleicht ist jetzt der Zeitpunkt gekommen, ihnen zu helfen.«

»Es wäre nicht weise, sie hier ins Dorf einzuladen. Wir haben selbst wenig genug.«

Tama schwieg einen Moment. »Ich glaube auch nicht, daß sie das wollen. Aber sie sind keine geschickten Jäger. Wir könnten ihnen auf diese Art helfen.«

»Auf dem See wird es viele Vögel geben. Sie haben schon immer dort gejagt.«

»Es geht darum, ihnen zu zeigen, daß wir uns Sorgen um sie machen. Ich möchte die Erlaubnis von den Ältesten, mit einer kleinen Gruppe, vielleicht Matias Clan, zum See hinübergehen zu dürfen.«

»Die Ältesten haben es nicht gern, wenn du lange vom Dorf weg bist. Es könnte sein, daß man dich hier braucht.«

»Er ist kaum mehr als ein oder zwei Tagesreisen entfernt, und wir würden sowieso nur ein paar Tage wegbleiben.«

Mit einigem Murren stimmten die meisten Ältesten Tamas Bitte zu und gaben seinem Wunsch nach, der Dürre von Angesicht zu Angesicht gegenüberzutreten, um ihre Bedeutung für das Hirschvolk zu begreifen. Hora bot an mitzukommen, aber Tama lehnte das Angebot ab, weil er befürchtete, daß Horas kraftvolle Gegenwart die feineren Schwingungen verdecken könnte. Dann redete er mit den

Lehrmeistern von Matias Clan. Er wollte nicht, daß sie beleidigt waren, weil er ihnen scheinbar ihre Pflichten gegenüber den Jungen abnahm.

»Obwohl es sinnvoll ist, die Bogen mitzunehmen, wird es sich nicht um eine Jagd im üblichen Sinne handeln. Ich möchte den Jungen zeigen, daß die Welt Ka Balus sich uns in vielen Gesichtern zeigt. Es ist Furcht dort draußen und Grausamkeit und Tod. Wir können uns davor nicht verstecken. Es ist eine Gelegenheit, um den Glauben der Jungen in Ka Balu zu stärken, der unser Beschützer ist.«

Es wurde also beschlossen, den Jungen zu erlauben, beim nächsten Vollmond mit dem Priester für ein paar Tage hinauszuziehen. Zu Tamas Überraschung wollten sie Halbjunge mitnehmen, doch er versuchte, es ihnen auszureden.

»Es wird heiß und sehr mühsam sein. Wir werden manchmal großen Durst leiden. Es wird keine normale Jagd werden, außer was unser eigenes Fleisch zum Essen betrifft. Uns steht eine beschwerliche Reise bevor, eine Reise in uns selbst und in die Bedeutung der Trockenheit.«

»Halbjunge ist einer unseres Clans«, sagte Matia entschlossen. »Wir haben ihn auf die Lange Wanderung mitgenommen. Und dieses Mal werden wir nur ein paar Tage weg sein.«

»Wir werden einen Tragesitz aus Seilen bauen, damit wir ihn im Notfall tragen können. Wir haben es schon früher so gemacht. Ach, bitte Vater.«

Nikala schaute mit einem gewinnenden Lächeln, das er gelegentlich aufsetzte, zu dem Priester auf. In seinem Eifer hatte er sich auf die Zehenspitzen gestellt und tanzte einige Schritte vor Tama herum, der sich schließlich erweichen ließ.

»Na gut, wir werden Uunu mitnehmen, wenn er will, aber ihr müßt alle bereit sein, ihm zu helfen, falls er eure Hilfe braucht.«

Nikala stieß einen Freudenschrei aus und hüpfte in Richtung der Gärten davon, um Uunu Bescheid zu sagen. Tama schaute ihm einen Moment lang liebevoll nach. Nikala war nicht mehr der bedrückte Junge von vor einem Jahr. Er hatte die Boshaftigkeit und seine mutwilligen Streiche aufgegeben und strahlte nun meistens gute Laune aus. Zwischen ihm und Tama war eine echte Zuneigung entstanden, wenn sie auch nicht darüber sprachen. Wenn es jetzt überhaupt noch Schwierigkeiten gab, so deshalb, weil Pita und Ajef dazu neigten, Nikalas abenteuerlichen Unternehmungsgeist Matias eher nüchterner und vorsichtiger Führerschaft vorzuziehen. Glücklicherweise war Matia jemand, der nicht eifersüchtig auf andere war.

Am ersten Tag folgten sie dem Fluß aufwärts, soweit sie durchkamen, bevor sie den Schutz des Waldes verlassen mußten. Unter ihren Füßen knirschten und krachten laut die herabgefallenen Blätter und Zweige, die nicht wie sonst feucht und modrig, sondern völlig dürr und vertrocknet waren. Als sie den Schutz der Bäume hinter sich ließen, kamen sie bald auf die mit Büschelgras bewachsenen Ebenen, wo sie ein rauher Nordwestwind empfing und ihnen Schwaden von Hitze ins Gesicht blies, während sie weiter in Richtung des Großen Flusses stapften. Kein einziges Tier war zu sehen, aber viele Hinweise auf hungrige Langohren und Schafe, die Rinde von Büschen und jungen Bäumen abgeknabbert hatten. Nur das harte Büschelgras gedieh, aber das gewöhnlich in seinem Schatten wachsende grüne Gras und die kleinblättrigen Pflanzen waren alle weggefressen. Zwischen den Grasbüscheln wirbelten die Füße der Jungen in der ausgetrockneten Erde Staubwolken auf.

Sie rasteten während der heißesten Zeit des Nachmittags im Schatten der Flachsstauden und tranken bedächtig aus ihren Wasserflaschen. Ajef humpelte, weil er sich die linke große Zehe an der scharfen Kante eines Steins aufgeschlagen hatte. Tama säuberte die Wunde mit Spucke, holte aus seiner Medizintasche einen Stoffstreifen, schmierte eine Kräutersalbe auf die Zehe und verband sie.

»Jetzt hast du die größte Zehe von uns allen. Paß gut auf sie auf.«

Halb dösend ruhten sie sich weiter aus, während die Sonne auf ihrem Weg gen Westen weiter unbarmherzig vom Himmel herabbrannte, und ihnen das unangenehme Gefühl von Staub und Schweiß auf der Haut mehr und mehr bewußt wurde. Am späten Nachmittag weckten die Jungen Tama. Sie setzten ihren Weg weiter in Richtung des Flusses fort. Wasserlöcher, die in der Regel sogar im Hochsommer noch ein wenig Wasser führten, waren jetzt nur noch Löcher aus gerissenem Lehm. Hie und da waren die blauen, aufgedunsenen Leiber toter Schafe von den Möwen aufgepickt worden. Alles Feuchte, Lebendige und Bewegliche war entweder gestorben oder geflüchtet. Sie durchquerten ein Land ohne jedes Leben. Nur das Trockene, Spröde, Harte und Grobe hatte Bestand. Ohne Wasser kein Leben, dachte Tama. Das war ein neuer Gedanke für ihn, denn keine Erfahrung der Kindheit oder der letzten Jahre hatte ihm diese in seiner unerbittlichen Wahrheit vor Augen geführt. Seine Welt war immer grün und reichlich mit Wasser versorgt gewesen.

Vor ihnen verdunkelte etwas die Hügel, das wie eine lange Rauchfahne aussah. Es verwirrte sie zunächst, bis sie näher an den Fluß kamen und sehen konnten, daß es nicht Rauch, sondern Staubwolken waren, die von dem trockenen Flußbett her aufgewirbelt wurden. Glücklicherweise wurden sie von ihnen weggetrieben. Da es weiter flußabwärts schlimmer zu werden schien, bogen sie nach Westen ab und folgten ihrer Dolchhand, bevor sie wieder zum Fluß hin abdrehten. Zu diesem Zeitpunkt waren sie schon müde, schmutzig und hungrig. Halbjunge stützte sich auf Nikalas Arm, und Ajef humpelte stärker als zuvor. Endlich kamen sie durch Dornenhecken hindurch zum Ufer des Flusses.

Vor ihnen erstreckte sich eine weite Ebene aus getrocknetem Schlamm und steinigen Flächen, in denen der Staub aufgewirbelt und vom Wind davongetragen wurde. Wasser war weit und breit nicht zu sehen.

»Er ist weg«, schrie Pita. »Der Fluß ist ausgetrocknet! Da ist überhaupt kein Wasser mehr!«

Tama ließ seinen Blick über die staubige Ebene streifen und wollte nicht glauben, was er sah. Der Fluß hatte sich immer in vielen verzweigten Armen seinen breiten, seichten Lauf hinabgeschlängelt und nur bei Hochwasser sein ganzes Bett ausgefüllt. Vielleicht fließt er auf der anderen Seite. Es mußte doch irgendwo dort draußen noch Wasser geben.

»Ich kann nicht glauben, daß alles Wasser verschwunden ist«, sagte er, mehr um die Jungen zu beruhigen als aus eigener Überzeugung. »Weiter draußen gibt es bestimmt noch ein paar Rinnen, die Wasser führen. Vielleicht hat es sich hauptsächlich zur anderen Seite hin verlagert. Doch möchte ich mit euch nicht da hinübergehen. Wenn es nicht sein muß. Der Wind bläst zu stark. Sand und Staub würden uns ersticken. Laßt uns weiter flußaufwärts gehen und sehen, ob wir noch etwas Wasser an diesem Ufer finden.«

Die Jungen waren müde, wollten nur essen und ausruhen, aber es gab keine andere Möglichkeit. Widerstrebend stapften sie hinter Tama flußaufwärts und blickten dabei in das blendende Gleißen der untergehenden Sonne, während der Wind auf ihrer Dolchseite toste. Sie kamen jetzt deutlich langsamer voran, da Halbjunge erschöpft war. Matia und Nikala hängten den geflochtenen Sitz zwischen sich und trugen ihn.

»Haltet Ausschau nach Tierspuren. Sie könnten uns zu einem Wasserloch führen.«

Sie schoben sich weiter durch die Einöde und hielten sich mit einem wachsamen Auge auf der Suche nach irgend einem Glitzern von Wasser so nahe wie möglich am Fluß. Tama wußte, wonach er suchte: eine hohe Uferböschung, wo der Fluß einmal einen tiefen Kanal eingegraben hatte, in dem vielleicht noch Wasser war. Er führte sich die Stelle vor Augen: Das kühle, klare, tiefe Wasser, dem der Wind, der von der hohen Uferböschung weit hinaus ins Flußbett wirbelte, nichts anhaben konnte … In seiner Vorstellung verbildlichte er diese Erinnerung bis ins kleinste Detail und gab sie dann aus seinen Gedanken frei. Ka Balu würde ihn Wirklichkeit werden lassen.

Immer weiter führte Tama sie, dessen Kopf vor Hitze schmerzte, während Uunu in seinem Hängesitz zwischen den schwitzenden Schultern von Matia und Nikala durchgeschüttelt wurde, und Pita Ajef half, dessen Zehe derart weh tat und pochte, daß er nur noch humpelnd vorankam.

Gegen Sonnenuntergang bekamen Tamas Hoffnungen neue Nahrung. Der Wind flaute ab, wie es meist gegen Abend der Fall war. Wenn sie im Schutze der Uferböschung kein Wasser finden würden, könnten sie über das Flußbett laufen, sobald Staub und Sturm sich gelegt hätten. Die Abenddämmerung würde lange anhalten, und außerdem hatten sie Vollmond. Ka Balu war mit ihnen. Erst als das gleißende Licht der Sonne sich endlich hinter stürmisch dahinziehenden Wolken über Dunstschleierfetzen um die Berge verlor, entdeckte Tama, daß nicht weit vor ihnen das Land anstieg und ein schmaler Uferstreifen steil zum Fluß hin abfiel. An seinen Hängen waren Bäume zu sehen.

»Seht nur!« schrie er. »Dort vorne werden wir Schutz finden. Unter den Bäumen an dem Steilufer. Laßt uns dort hingehen und ausruhen.«

Die Jungen gaben keine Antwort, aber sie trabten verbissen vorwärts. Vor ihnen zeichnete sich jetzt das Steilufer klar ab. Am Fuße des Abhangs, ihnen zugewandt, befand sich ein schattiger, windgeschützter Hain, dessen Bäume immer noch ein einladendes Blätterdach aus kleinen, schwarzgrünen Blättern bildeten. Tama wußte nicht, welche Bäume das waren, aber er segnete sie. Der Boden darunter war kahl gefressen und übersät von Schaf- und Langohrenexkrementen. Mit Ausrufen der Erleichterung ließen sich die Jungen in den Schatten fallen. Tama ging, soweit möglich, zum Rand des Steilufers, doch konnte er unter dem Überhang der Klippe das Flußbett nicht erspähen.

»Hört zu, Jungen«, sagte er. »Kann sein, daß da unten nichts ist, aber ich werde einmal einen Felsbrocken hinabwerfen.«

Daraufhin hob er einen schweren Brocken hoch und ließ ihn über den Rand hinabfallen. Alle hörten das unverkennbare Platschen. Sie lachten vor Freude auf und schlugen sich auf die Schenkel, bis Matia fragte: »Aber wie kommen wir da hinunter? Es ist zu steil, um hinunterzuklettern, und viel zu tief, um zu springen.«

»Bleibt hier«, befahl Tama. »Ich werde einen Weg finden.«

»Ich helfe dir, Vater.«

Trotz seiner schmerzenden Schulter war Nikalas Eifer ungebrochen. Sie kletterten ein kurzes Stück am Abhang des Steilufers entlang, um über die andere Seite zum Fluß zu kommen. Da stießen sie nicht weit dahinter auf das, was Tama erhofft hatte.

»Sieh nur!« rief Nikala und packte Tama am Arm. »Tierspuren! Langhörner! Und Schafe! Sieh nur, wie viele! Überall am Ufer.«

Zwischen Büschelgras, Toi-toi-Gras und Flachs mündeten die aus allen Richtungen kommenden Spuren und Exkremente der Tiere in einen deutlich erkennbaren Pfad am Ufer ein, wo der abbröckelnde Uferrand eines ausgetrockneten Baches in einer leichten Neigung zum Flußbett hin abfiel. Nikala rannte voraus und verschwand hinter dem vorstehenden Fuß der Klippe. Tama fand ihn auf dem Bauch liegend, wie er das kühle Wasser eines langen, tiefen Wasserlochs trank. Überall am Rand waren die Hufspuren einer Vielzahl von Tieren.

»Mach das Wasser nicht schmutzig«, schrie Tama, als Nikala sich auf den Rücken drehte und die Füße ins Wasser streckte. Sie lachten zusammen, da Nikala Tama mit Wasser bespritzte, während er sich zum Trinken hinunterbückte.

»Bleib hier«, sagte Tama. »Ich hole die anderen. Sammle einstweilen trockenes Feuerholz. Wie schön es hier ist und wie windstill. Der Wind ...«

»Sieh mal, Vater! Sieh nur! Aale!«

Nikala zeigte mit dem Finger auf das Wasserloch. Nicht einer, sondern mehrere Aale schlängelten sich am seichten Rande, wo Tama kurz zuvor noch getrunken hatte.

»Ka Balu meint es gut mit uns«, sagte er einfach. »Sie sind in dem Wasserloch gefangen. So werden wir heute abend nicht hungrig bleiben. Doch wir dürfen keine Zeit verlieren. Wir wissen nicht, wann die Tiere zum Trinken herunterkommen. Ich glaube, es ist sicherer, wenn wir oben bei den Bäumen bleiben. Haben wir ein paar Aale gefangen, werden wir auf der Klippe ein Feuer machen. Dort sind wir geschützt und die Langhörner, die zum Trinken kommen, werden uns nicht stören.«

Wasser zum Trinken; Wasser, um ihre leeren Wasserflaschen zu füllen; Wasser, um sich den Schweiß und Staub vom Körper zu waschen; Wasser für Ajef, in das er seine schmerzende Zehe tauchen konnte. Dazu die Aufregung, Stöcke anzuspitzen und drei Aale zu speeren. Der Triumph, die langen, schwarzen schleimigen Körper die Klippe hochzutragen; die Behaglichkeit des Feuers, das klein gehalten und mit Steinen sicher eingegrenzt wurde, damit keine Glut aus Unachtsamkeit in das trockene Gras fliegen konnte; das rauchige Fleisch der gebratenen Aale in ihren leeren Mägen. All das schien einer anderen Welt anzugehören und nicht dem Staub und der Hitze des Tages. Als sie zufrieden um das Feuer lagen, hörten sie ab und zu das Geräusch von aneinanderstoßenden Steinen aus dem trockenen Flußbett herauf, wenn sich ein Tier dem Wasserloch näherte, doch schienen es nicht sehr viele zu sein.

Ein riesiger roter Mond ging über der Ebene auf und leuchtete ihnen ins Gesicht. Als er weiter durch die Dunstschleier über der Ebene zog, wurde er kleiner, blasser und deutlicher umrandet. In seinem Licht konnten sie die Hügel auf der anderen Seite des Flusses sehen, da sich der Wind gelegt hatte und keine Staubwolken mehr aufwirbelten.

»Die Hügel scheinen ganz nahe zu sein«, bemerkte Uunu. »Wenn ich meine Hand ausstrecke, kann ich sie fast berühren.«

»Im Frieden Ka Balus sind uns alle Dinge nahe«, sagte Tama. »Er schenkt seinen Frieden den Beherzten, denjenigen, die weiter streben und nicht aufgeben. Ihr alle habt eure Sache heute gut gemacht. Ihr könnt ruhig schlafen.«

Bis sie am nächsten Morgen aufbruchsbereit waren, hatte der Wind bereits Staubwolken aus dem Flußbett heraufgewirbelt und die ganze Landschaft um sie herum mit Staub bedeckt. Unter diesen Umständen beschloß Tama, lieber weiter flußaufwärts vorzustoßen als den Fluß zu durchqueren. Er hegte die Hoffnung, daß der Wind weiter oben im

Tal weniger stark wäre. Aber der Wind nahm im Laufe des Morgens noch zu und brauste in wilden Böen über die Ebene auf ihrer Dolchseite. Doch sie drängten trotzdem frohen Mutes weiter durch Büschelgräser und niedrige Sträucher, bis Tama gegen Mittag entschied, im Windschatten eines Felsüberhangs zu rasten. Plötzlich schrie Matia: »Hier war schon jemand vor uns!«

In der staubigen Erde waren deutliche Fußspuren und Reste von verbranntem Holz zu erkennen.

»Ich kann den Rauch noch riechen«, rief Pita und fand hinter einem schmalen Felskamm die noch warme Asche eines kleines Feuers. Sie sahen das Feuer ungläubig an.

»Wer könnte denn so dumm sein und hier draußen ein Feuer machen? Die ganze Ebene kann in Flammen aufgehen.«

Tama war entsetzt, und eine Wut stieg in ihm auf, die ihn in Aufregung versetzte. Vor Zittern wurde ihm schlecht, als er sich den Jungen zuwandte.

»Schlagt euer Wasser darauf ab! Macht! Und bedeckt es mit Erde und Steinen. Wir müssen den Wahnsinnigen finden, der hier ein Feuer hat brennen lassen.«

Hellwach durch die Wut des Priesters urinierten die Jungen in die zischende und schäumende Asche und scharrten dann Erde und Steine über die Stelle. Der beißende Gestank verflüchtigte sich nur langsam. Sie setzten sich, tranken aus ihren Wasserflaschen und verschlangen den letzten Aal. Von Zeit zu Zeit sahen die Jungen zu dem Priester hinüber, der mit in Falten gezogener Stirn und einem bitteren Zug um den Mund etwas abgerückt von ihnen saß.

»Ich kann es ihm nicht verübeln, daß er wütend ist«, sagte Matia. »Es ist dumm und gefährlich, die Reste eines Feuers einfach so zurückzulassen.«

»Hier sind mindestens vier verschiedene Paar Fußspuren«, bemerkte Nikala. »Wahrscheinlich hat eine Gruppe Hirten hier die Nacht verbracht. Wir könnten sie vielleicht noch einholen. Das wäre ein Spaß.«

»Ob es ein Spaß wird, weiß ich nicht, aber wir werden sie finden. Laßt nichts hier zurück. Wir werden weiterwandern.

Uunu, kannst du eine Weile laufen, oder willst du getragen werden?«

»Ich kann laufen, Vater, humpeldihumpel mit meinem Stock. Es geht schon.« Er grinste Tama an, doch sein Lächeln wurde nicht erwidert.

Entlang dem Lauf des Großen Flusses auf ihrer Scheidenseite verhüllten die Staubwolken immer noch den Blick auf die Hügel, als sich die Jungen ohne allzu große Schwierigkeiten daranmachten, den Spuren zu folgen. Es bereitete ihnen Spaß, ihre Jagdkenntnisse einsetzen zu können, und sie suchten sich sogar die Fußspuren einer ganz bestimmten Person aus, denen sie dann folgten. Nikala war sicher, daß zumindest ein Paar Spuren einem Mädchen gehörten, und machte Witze darüber, daß er sie für sich selbst finden wollte. Tama ließ Matia und Nikala vorausgehen, während er Uunu bei seinem stolpernden Fortkommen half. Wie immer bewunderte er den frohen Mut und die Findigkeit des verkrüppelten Jungen. Als er gemeinsam mit Uunu die Schwierigkeiten des Wegen überwand, gewann Tama die Selbstbeherrschung wieder, die er beim Anblick der noch warmen Asche des Lagerfeuers kurz verloren hatte. Trotzdem fühlte er sich immer noch tief beunruhigt über den Zwischenfall, mehr als angebracht schien, – als hätte das Dürretier sie mit seinen haßerfüllten Augen angesehen, bevor es sie anspringen und verschlingen wollte.

Gegen Nachmittag kam Nikala zu Tama zurückgerannt.

»Vater, da vorne sind Leute. Sie haben uns gesehen und warten jetzt auf uns.«

Tama ging voraus und bald sahen sie vor sich eine Gruppe von fünf Personen, die aus drei Männern und zwei Mädchen bestand. Es waren Schäfer. Alle jung, etwa im gleichen Alter wie Matia und Nikala. Ihre Kleider und Gesichter waren staubbedeckt. Sie häuteten gerade ein Mutterschaf und ein Lamm.

»Ka Balu sei mit euch.«

Die Schäfer lächelten, schienen aber nicht zu wissen, was sie darauf antworten sollten. So redete Tama weiter.

»Wir haben eure Spuren gesehen und wußten, daß ihr

nicht weit sein konntet. Wir kommen vom Hirschvolk, um herauszufinden, wie es eurem Volk in dieser regenlosen Zeit ergeht. Mein Name ist Tama. Ich bin der Priester unseres Volkes. Euer Volk und wir sind Freunde. Wie geht es meinen Freunden Sarn und seiner Schwester Gilda und ihren Eltern Yonni und Mada?«

Einer der jungen Hirten trat vor. »Mein Bruder Rad kennt dich. Rad und Lorna sind auch deine Freunde.«

Es dauerte nicht lange und schon saßen die beiden Gruppen glücklich lachend und schwatzend beisammen. Die Schäfer waren vor drei Tagen von ihrem Dorf aufgebrochen und an der Küste entlang dem großen See gefolgt, um dem Staub aus dem Flußbett des Großes Flusses zu entgehen. Doch am Tag zuvor waren sie doch von einer wirbelnden Sandwolke eingeschlossen und beinahe erstickt worden, nachdem der Wind kurzfristig gedreht hatte. Sie berichteten von schwierigen Bedingungen im Dorf, weil es nun fast kein Süßwasser mehr gab. Die meisten Schafe waren über die Hügel auf magere Weiden in der Nähe des Sees am Meeresufer getrieben worden, wo die Männer einstweilen Schutzhütten gegen die Sonne und gegen den Wind für die Frauen und Kinder errichteten, für den Fall, daß ihr gesamtes Volk gezwungen wäre, das Dorf zu verlassen. Da es auf dem See viele Vögel gab, war die Nahrung bisher noch nicht knapp geworden.

»Weshalb seid ihr zum Jagen in die Ebenen gekommen?« fragte Tama. Die Jungen schauten etwas verlegen, und die Mädchen kicherten. Rads Bruder stocherte mit einem Zeh in der Erde herum und warf seinen Freunden einen Seitenblick zu, doch er vermied es, Tama in die Augen zu sehen, als er murmelte:

»Es macht Spaß, Schafe zu jagen. Und wir mögen das gebratene Fleisch. Aber unsere Eltern denken, es sei falsch, Schaffleisch zu essen. Deshalb sagten wir, wir wollten nur mal nachsehen, ob es auf dieser Seite noch grünes Gras gäbe.«

»Habt ihr letzte Nacht bei den großen Felsen geschlafen?« fragte Tama.

»Ja, haben wir.«

»Und ihr seid heute morgen weggegangen, ohne das Feuer auszumachen?«

»Oh, nein! Das Feuer war aus. Oder etwa nicht?«

Der Junge schaute seine Freunde an, um von ihnen eine Bestätigung zu erhalten, doch sie wichen seinem Blick schuldbewußt aus. Tamas Stimme klang streng.

»Ihr seid alle schuldig. Wir haben die noch warme Asche gefunden. Ein Windstoß hätte genügt, um sie in alle Richtungen zu verstreuen. Nur weil das Feuer von den Felsen gut geschützt war, konnte der Wind nichts ausrichten. Aber er hätte drehen können; ein Funken hätte genügt, ein Feuer zu entfachen und die ganze Ebene zu verbrennen. Hat denn keiner von euch die Gefahr erkannt?«

Die Hirten sahen zerknirscht und ziemlich hilflos aus.

»Ihr müßt immer dafür sorgen, daß eure Feuer wirklich aus sind. Schüttet Wasser darüber, häuft Sand und Erde über die Asche. Wenn die ganze Ebene so ausgetrocknet ist wie jetzt, würde ein Feuer Langohren, Schafe, Bäume, einfach alles vernichten. Denkt an meine Worte. Euer Leben könnte davon abhängen.«

Ein großgewachsener Junge trat nach vorne und hielt Tama beide Hände entgegen.

»Was du sagst, ist wahr. Wir sind alle dafür verantwortlich, wir haben es alle vergessen. Vergib uns, bitte. Wir werden uns an deine Worte erinnern.«

Tama ergriff seine Hände und verlor kein Wort mehr über die Angelegenheit. Die Schäfer baten ihre Besucher zu bleiben und ihr Fleisch mit ihnen zu teilen. Tama wollte die Einladung eigentlich ausschlagen, aber als er die Vorfreude in den Gesichtern von Matia und dessen Clanbrüdern sah, willigte er ein. Bald waren alle damit beschäftigt, zwischen hohem Flachs eine freie Fläche zu schaffen, Holz zu sammeln und das Schaf und das Lamm zum Braten vorzubereiten. Tama verbot, ein Feuer anzuzünden, solange sich der Wind vor Sonnenuntergang nicht ganz gelegt hätte. Er bestand außerdem darauf, alle Wasserflaschen vorher zu füllen, und das verzögerte das Abendessen erneut, weil es eine

Weile dauerte, bis sie unter der Sandwüste des Flußbettes ein wenig klares Wasser fanden. Schließlich brannte ein kleines Feuerchen, das vorsichtig mit Holz genährt wurde, welches keine Funken warf und doch heiß genug war, um die Fleischstreifen zu braten. Mehrmals holte Tama Äste und Zweige aus dem Feuer, die Funken sprühten, machte sie in der Erde aus und legte sie dann an eine Stelle, an der sie genau überwachen konnten, daß auch ja nichts mehr glühte. Es war nicht das beste Feuer zum Fleischbraten, aber die Schäfer und die Hirschjäger saßen fröhlich darum und drehten ihre Spieße mit Schaffleisch auf den heißen Steinen. Ob es nun halb verkohlt oder halb roh war, auf jeden Fall war es Fleisch für hungrige Bäuche, und sie spülten es mit einem Schluck brackigen Flußwassers hinunter.

Nach dem Essen wurde das Feuer sehr sorgfältig ausgemacht, obwohl es schön gewesen wäre, gemütlich daneben zu sitzen und bei seinem Schein den Mondaufgang abzuwarten. Sie redeten über die Trockenheit. Tama fragte die Hirten weiter aus, doch ergab sich kein dringender Grund, die Reise weiter auszudehnen und in die Hügel zum Dorf am Langen Wasser zu ziehen. Freilich hätte er seinen Freund Sarn nur allzu gerne wiedergesehen, aber er erinnerte sich daran, daß die Ältesten ihn diese Reise nur ungern hatten antreten lassen. Es gab keinen Grund, länger wegzubleiben. Morgen würde er sich mit den Jungen auf den Heimweg machen.

Da er etwas abseits von den übrigen saß, konnte er sie leicht beobachten. Viel freundliches Genecke und Lachen war im Gange, und natürlich wurde ungeheuer voreinander angegeben, wie dies Jungen gerne vor Mädchen, aber auch unter sich taten. Es freute ihn zu sehen, daß auch Uunu im Gespräch nicht nachstand, obwohl er nicht mit Jagderfolgen auftrumpfen konnte. Auch Matias natürliche Bescheidenheit ließ es nicht soweit kommen, daß er übertrieben hätte, obwohl eines der Mädchen sogar den Platz wechselte und sich neben ihn setzte. Da Pita und Ajef jünger als die übrigen waren, wurden ihre Beiträge von den ein oder zwei Jahre älteren Jungen belächelt, doch machten sie sich gegenseitig Mut.

Das alles erinnerte Tama an sein erstes Zusammentreffen mit den Schäfern und an die Nacht, die er mit Ke Rala und Hora in der Hütte am Hügel verbracht hatte. Klar und deutlich trat ihm der erste Anblick von Sarn und Gilda vor Augen, die völlig entsetzt und wie betäubt vor dem toten Lamm bei der Felsklippe standen, und von Hora, der mit gespanntem Bogen wartete. Später an jenem Abend waren alle herzlich und freundlich gewesen. Wenn er Rad und Sarn, Dirg, Oli und Lekki mit den Jugendlichen verglich, die er jetzt vor sich hatte, schien ihnen etwas von der Reife und dem Verantwortungsgefühl zu fehlen, die die erste Gruppe ausgezeichnet hatten. Natürlich war Lekki ein Angeber gewesen, aber nicht die anderen. Die drei Jungen und zwei Mädchen, die ihm jetzt gegenübersaßen, waren weniger verantwortungsbewußt – wie sie bereits bewiesen hatten –, dafür zu mehr Unsinn aufgelegt und schienen weniger reif. Tama lächelte reumütig in sich hinein. Ich werde wohl langsam alt, dachte er.

Es war Nikala, der den Abend bestimmte. Vor der Dämmerung hatte er beim Herumschlendern um ihren Lagerplatz das Skelett eines Langhorns gefunden und die gebogenen Hörner aus dem Schädel gebrochen. Die Hörner mit Flachsfasern auf den Kopf gebunden, rannte er anschließend brüllend wie ein wütend gewordener Stier unter Schnauben und Herumwerfen des Kopfes ausgelassen zwischen den Jungen und Mädchen herum. Tama hatte ihn noch nie so gesehen. Mit gerötetem Gesicht und schwitzend ging er ganz und gar in seinem Spiel auf. Er jagte seine Gefährten durch den Flachs, bis sie ihn baten aufzuhören, und sich erschöpft neben den kalten Steinen der Feuerstelle auf den Boden fallen ließen. Nur Nikala war immer noch nicht müde. Während ihm die anderen verzückt zuhörten, erfand er eine fantastische Geschichte über Zauberei und eine Jagd von seltsamen Tieren in einem fernen Land. Viel davon war aus Tamas Lehren über die alten Stammesmythen entlehnt, doch hineinverwoben waren aufregende, bunte, äußerst originelle Elemente, die der lebhaften Vorstellungsgabe des Jungen entsprangen. Tama hörte zu und ließ sich genauso mitreißen wie seine jungen Gefährten, als Nikala mit aufgerissenen Augen und ausgestrecktem bebendem Arm seine erfundenen Wunder schilderte. Als er beschrieb, wie ein Held von seinen Feinden herausgefordert wurde, sprang er auf, schwang drohend einen großen Ast und seine Hörner, die sich eindrucksvoll gegen den monderhellten Himmel abzeichneten, und hielt eine glänzende Rede der Ermutigung und Ermahnung vor seinen Gefolgsleuten. Heiser vor Begeisterung führte er am Ende seine Gefährten in einen wilden Tanz um den Lagerplatz, bei dem sogar der Priester mitmachte. Als er aufsprang, Uunu hochzog, ihn beim Tanzen stützte und mit ihm herumwirbelte, hatte Nikala einen Ausdruck im Gesicht, den Tama nie mehr vergessen würde. Der Junge war besessen, in einem Zustand höchster Verzückung, seine Augen strahlten vor Liebe und Begeisterung. Erst später begriff Tama dies als den angsterfüllten Ausdruck eines letzten Aufbäumens von Lebensfreude.

Am nächsten Morgen verabschiedeten sich die beiden Gruppen ruhig voneinander. Die Hirten zogen weiter flußaufwärts in Richtung der Berge, während sich Matias Clan widerstrebend auf den Heimweg machte. Die Jungen hätten gerne die Einladung der Hirten angenommen, mit ihnen weiterzuziehen, aber das konnte Tama nicht erlauben. So gingen sie wieder denselben Weg am Flußbett entlang in das Landesinnere, den sie gekommen waren. Am späten Morgen kamen sie durch eine sandige Landschaft, die von Langohrbauten übersät war. Die Jungen erlegten mehrere davon, aber sie hatten nur wenig Fleisch auf den Rippen. Wovon sich die Tiere ernährten, war ein Rätsel. Mit dem Wind im Rücken kam die Gruppe gut voran und erreichte das Steilufer vor Sonnenuntergang.

Das Wasser unter der Klippe war von Langhörnern verdreckt worden, und ein totes Schaf schwamm darin. Tama wies die Jungen an, weiter flußabwärts an der Klippe ein Loch zu graben. Die harte Arbeit mit Stöcken und Händen hatte schließlich Erfolg – das Loch füllte sich langsam mit Wasser. Als sich die Schwebeteilchen abgesetzt hatten, das

Wasser klar war, füllten sie ihre Wasserflaschen. Im Windschatten des Steilufers oben auf der Klippe machten sie ein geschütztes Lagerfeuer und brieten die Langohren. Nach dem ausgelassenen Treiben des Vorabends legten sie sich früh schlafen.

Kurz vor Tagesanbruch wachte Tama auf. Als er sich auf den Rücken umdrehte und in den Himmel hochsah, kam etwas aus einer wirbelnden Wolke von oben heruntergeschwebt; es wirkte wie ein Schwarm großer Nachtfalter. Er sprang auf, rannte aus dem Schutz der Bäume heraus und sah eine Welle von Flammen und Rauch auf sie zukommen.

»Jungen! Feuer! Wacht auf! Wacht auf!«

Sie rappelten sich verschlafen hoch.

»Laßt alles hier! Macht, daß ihr zum Flußufer hinunterkommt!«

Tama schob Matia, Pita und Ajef vor sich her und sah, daß sich Nikala bückte, um Halbjunge auf seinen Rücken klettern zu lassen. Anstatt flußabwärts vor den Flammen zu fliehen, wo es kein Entrinnen gegeben hätte, mußten sie nun gegen jeden natürlichen Instinkt um den Abhang der Klippe herum und dem auf sie zukommenden Flammenmeer entgegenrennen, um zu dem trockenen Flußbett hinunterzugelangen. Rauch hüllte sie ein, verzog sich und gab die Sicht frei auf ein Meer von Flammen, die auf sie zuzüngelten. Die ganze Welt verwandelte sich in eine brausende, blendende, erstickende Schreckenslandschaft. Tama merkte, daß er schon zu dem steinigen Flußbett am Fuße des Steilufers hinabstolperte. Drei Jungen waren vor ihm, doch Nikala fehlte.

So eilte er wieder das Flußbett hinauf und schrie »Nikala!« in ein blindmachendes, schwelendes Meer aus Rauch und Flammen.

»Nikala!«

Eine Gestalt taumelte vorwärts; Tama ergriff einen Arm, und sie stürzten ins Flußbett. Matia hob Halbjunge auf, während Tama Nikala halb tragend, halb schleppend auf den Sand zog und ihn auf den Rücken legte. Er kniete sich neben den Jungen und wurde von Grauen und Entsetzen ergriffen. Nikalas Kopfhaut schwelte noch, die Haut schälte sich von Stirn, Gesicht, Brust und Bauch. Sein Geschlecht war verbrannt und zusammengeschrumpft.

Sie trugen ihn zum Wasser, spritzten es auf seine Verbrennungen, während er stöhnte: »Meine Augen, meine Augen«, und heftig zitterte. Halbjunge schrie vor Schmerzen, seine Arme und Beine waren verbrannt, nur sein Körper nicht. Matia trug ihn zum Wasser und tat, was er konnte, um die Schmerzen zu lindern. In einer gespenstischen Halbfinsternis beugte sich Tama über Nikalas zerstörten Körper und bemühte sich um Selbstbeherrschung und Ruhe. In stummer Verzweiflung betete er zu Ka Balu. Er würgte seine Trauer hinunter, zwang sich, zusammenhängend zu denken, stand auf und machte ein paar Schritte zum Flußbett hin, wo er sich umdrehte, um nachzusehen, wie es oben auf der Klippe aussah.

Die schlimmste Woge des Feuers war bereits vorübergerollt. Rauch stieg von den abgebrannten Grasbüscheln auf, Flammen züngelten noch um Baumstümpfe, doch die größte Feuersbrunst war schon weit flußabwärts. Im Osten war das blasse Licht der Morgendämmerung zu erkennen. Tama rief Matia zu sich. Die Augen des Jungen waren wie erstorben vor Schrecken. Tama legte seinen Arm um Matias Schulter.

»Hör genau zu, mein Sohn. Du bist am Leben. Pita und Ajef und ich sind bei dir. Du bist immer noch der Führer deiner Clanbrüder. Verstehst du mich, Matia?«

»Ja, Vater, ich höre dich. Sag mir, was ich tun soll.«

»Bald wird es Tag, und das Feuer wird ausgebrannt sein. Über eine verbrannte Erde kommt kein zweites Feuer. Halbjunge kann nicht laufen. Wir müssen so schnell wie möglich einen Tragesitz für ihn flechten. Am Ufer des Flusses gibt es noch Flachs, der nicht verbrannt ist. Du, Pita und Ajef müßt Halbjunge tragen und dem Fluß folgen, bis ihr zu dem Pfad kommt, der ins Dorf führt. Die Leute werden das Feuer gesehen haben. Vielleicht sind schon Jäger auf der Suche nach uns. Aber Nikala ist zu schwer, um ihn zu tragen. Ich werde hier bei ihm bleiben, bis Hilfe kommt.«

Als der Tag angebrochen war, kletterten Tama und Matia auf die Klippe hoch, während Pita und Ajef bei Nikala und Halbjunge blieben. Zwischen dem verkohlten Büschelgras und Flachs waren Flecken vom Feuer verschont geblieben, und ab und zu bewegten sich noch ein paar Blätter im Wind. Um zu sehen, ob das Feuer irgend etwas von ihren Besitztümern übriggelassen hatte, ging Tama schnell um die Klippe herum zu ihrem Lagerplatz und wollte seinen Augen nicht trauen. Im Windschatten der Klippe war nichts verbrannt. Die Bäume, unter denen sie geschlafen hatten, waren unberührt, ihre Bogen und Wasserflaschen lagen immer noch neben dem sorgfältig aufgetürmten Steinhaufen über der Asche ihres Kochfeuers.

Tama drehte sich zu Matia um. »Wenn wir hiergeblieben wären ...«

Er brach zusammen und weinte, und auch Matia weinte. In all ihrer Trauer vergeudeten sie dennoch keine Zeit, sammelten ihre Habseligkeiten ein und kehrten zu den anderen zurück. Aus seiner wertvollen Medizintasche holte Tama die lächerlich unzureichenden Salben für Verbrennungen und strich sie sanft auf Nikalas Gesicht. Matia behandelte die Hände und Füße von Halbjunge. Pita und Ajef schnitten Flachs, um den Tragesitz von Halbjunge zu richten. Es war noch früh am Morgen, die Sonne stand erst knapp über den Hügeln, als Matia und Pita Halbjunge über die Klippe davontrugen, während Ajef mit ihren Bogen und Wasserflaschen hinterhertrabte. Tama sah, daß sie nur langsam vorankommen würden. Vor dem Aufbruch hatten sie Tama geholfen, Nikala zurück in den Hain unter die Bäume vor der Klippe zu tragen, wo es Schatten und Schutz vor dem aufkommenden Wind gab. Dann waren sie weg, und Tama war mit Nikala allein. Bitter erinnerte er sich an seine Worte, mit denen er den Ausflug vor den Lehrmeistern der Jungen gerechtfertigt hatte. Er hatte gesagt, er müsse sie dorthin mitnehmen, wo sie die Grausamkeit und den Tod erfahren könnten, den die Dürre brachte, damit sie sich der Gnade Ka Balus bewußt würden, der sie am Leben erhielte. Er wußte, daß Nikala im Sterben lag und daß ihm keiner mehr helfen konnte. Alles, was er tun konnte, war, die Insekten von dem verkohlten und mit Brandblasen übersäten Fleisch des Jungen fernzuhalten, ihn mit sanften, nutzlosen Worten zu trösten, wenn er zitterte und stöhnte, und das bittere Wissen um die unbeantworteten Gebete und das Schweigen seines Gottes unausgesprochen tief in sich zu begraben.

6

»Sollen wir etwa nichts unternehmen und den Verlust eines prachtvollen jungen Mannes einfach stillschweigend hinnehmen? Was brauchen wir denn noch mehr an Beweisen? Vater Tama fand die Überreste eines noch warmen Feuers, die Hirten haben zugegeben, daß sie daran schuld waren, dann steht die ganze Ebene in Flammen, und Nikala kommt um. Es gibt nur eine Erklärung für die Ursache des Feuers – die Unvorsichtigkeit dieser Schäferjungen, die ein zweites Mal nicht aufgepaßt haben. Die Folge davon ist, daß ein junger Hirschjäger tot ist. Ich sage, Nikalas Tod muß gerächt werden.«

Avida kehrte zu seiner Matte zurück und setzte sich. Die Ältesten antworteten nicht gleich. Seit Tamas Bericht über die Reise in die Ebene stritten sie schon länger darüber, ob sie Vergeltungsmaßnahmen gegen das Hirtenvolk ergreifen sollten. Der Großteil der Ältesten war überzeugt, daß das Feuer von der Unvorsichtigkeit der Schäfer herrührte und daß deren Volk dafür leiden sollte. Obwohl auch der Häuptling zugab, daß das Feuer wahrscheinlich durch die Schuld der Schäferleute ausgelöst worden war, stimmte er gegen die Vergeltungsmaßnahmen.

»Wie sollen diese Vergeltungsmaßnahmen aussehen? Sollen wir zwei Jäger zum Hirtenvolk schicken und einen ihrer jungen Männer töten? Sollen wir sie zur Entschädigung um Geschenke bitten, mit denen sie ihre Schuld abbezahlen? Wir haben Vater Tama die Erlaubnis gegeben, mit den Jungen in die Ebenen hinauszuziehen, um herauszufinden, wie es ist, der Dürre Auge in Auge gegenüberzutreten. Die Jungen gehen zu lassen bedeutete, sie Gefahren auszusetzen. Jede Unternehmung ist mit einem Risiko verbunden. Jedesmal wenn unsere Jäger aus dem Dorf weggehen, gehen sie Gefahren ein, doch ein mutiger Mann läßt sich davon nicht einschüchtern. Tama und Matias Clan waren dem Geist der

Clanbrüderschaft treu, als sie sich in einer schrecklichen Not gegenseitig halfen. Nikala hat diesen Geist der Clanbrüderschaft zum Ausdruck gebracht, auch wenn es ihn das Leben gekostet hat.«

Als sich der Häuptling wieder hinsetzte, stand der alte Wirira wackelig auf und trat nach vorn.

»Ich sage nur, Uunu hätte nicht auf die Reise mitgenommen werden dürfen. Er war eine Last für die anderen, und er war es, der Nikalas Tod herbeigeführt hat. Da Nikala diese Last nicht zurücklassen wollte, ist er gestorben. Er war ein mutiger Junge, den wir ehren. Doch er ist von uns gegangen, und geblieben ist Uunu, der lebt, jedoch noch mehr entstellt als zuvor. Das weist doch klar darauf hin, daß Ka Balu wütend auf uns ist. Ich bin Avidas Meinung und sage, Nikalas Tod muß gerächt werden.«

Von allen Seiten murmelte man Zustimmung. Für Tama hörte es sich an wie das Donnerrollen hinter einem fernen Horizont, wie ein Vorbote von Gewalt. Er war betroffen, als er sich bewußt wurde, wie sehr diese Ratsversammlung der Ältesten derjenigen ähnelte, bei der er seinen Bericht über Ruas Tod abgeliefert hatte. Auf jeder seiner Reisen war ein mutiger junger Mann gestorben. Er war für Ruas Tod grausam bestraft worden, aber auch wenn er sich jetzt nicht vor einer Wiederholung dieser Strafe fürchtete, wußte er, daß die Ähnlichkeit der beiden Todesfälle auch den Ältesten nicht entgangen war. Drei von ihnen waren schon bei der damaligen Versammlung zugegen gewesen und traten jetzt vor allen anderen für eine Racheaktion ein. Tama sah, daß sich der alte Vika mit den verbundenen Beinen zum Sprechen bereitmachte, und sein Mut schwand.

Der weißhaarige alte Mann lehnte sich auf seinen Stock, ließ mit einem unruhigen Zucken um die Lippen seinen Blick über die anderen Ältesten schweifen. »Was sind wir denn? Mädchen ohne Brüste, daß wir Angst haben, die Hand unserer Mutter auf unserem Hintern zu spüren? Wovor haben wir denn Angst? Weshalb verbringen wir die ganze Nacht mit Reden, Reden und nochmals Reden, wo wir im einzelnen besprechen sollten, wie wir uns an den

Schäfern rächen? Wir reden über Clanbrüderschaft. Pah! Das ist doch nur Geschwätz, nichts als Worte. Wenn wir wirklich Brüder wären, wenn Brüderlichkeit für uns wirklich das bedeuten würde, was wir immer behaupten, würden wir mit einer Stimme sprechen und diesem Volk eine Lektion erteilen, wie sie sie noch nie erlebt haben. Nikala ist tot, fürchterlich verbrannt. Sein eigener Vater hat ihn kaum wiedererkannt. Zu früh, viel zu früh, liegt er bei unseren Toten, aber seine Stimme schreit nach Rache. Sie schreit in meinem Herzen, das sage ich euch. Wenn ihr sie nicht in eurem hört, dann weil ihr keine Männer mehr seid!«

Den alten Mann schüttelte es vor Zorn, und Schaum stand auf seinen Lippen. Wieder hörte man zustimmendes Gemurmel und Rufe wie »Ai-jeee! Er hat recht!« Befriedigt setzte er sich.

Tama spürte eine dumpfe Verzweiflung auf sich lasten, aber er war entschlossen, nichts zu sagen, bevor nicht alle Ältesten ihre Meinung geäußert hatten. Zu seiner Erleichterung sah er, daß sich jetzt Tara erhob. Er war der Jüngste des Ältestenrats und als Jäger und guter Lehrmeister geschätzt; ein Mann, der die Dinge klar sah und immer geradeheraus sagte, was er meinte. Und er schien jenseits jeder Bösartigkeit zu sein, unfähig, dunkle Gedanken zu hegen, immer freimütig und gut aufgelegt.

»Wenn es viele Wahrheiten gibt, ist es nicht einfach herauszufinden, welche die beste ist. Aber deshalb sind wir ja hier, deshalb sind wir ein Rat der Ältesten. Die Wahrheit eines Mannes mag nicht die beste für das ganze Volk sein. Nur die Gedanken von vielen, die weise sind, werden uns zu dem besten Weg für das ganze Volk führen.

Vika hat uns daran erinnert, daß wir zwar über Brüderlichkeit reden, aber deren Bedeutung vergessen hätten, so daß wir die Kraft zum Handeln verlieren. Ich glaube, daß er darin recht hat, aber in einem weiteren Sinn, als er eigentlich beabsichtigte. Unsere ganze Auseinandersetzung dreht sich um Brüderlichkeit.

Weshalb hat Vater Tama beschlossen, die Bedeutung der Dürre in den Ebenen draußen zu suchen? Um zu erfassen, was Ka Balu damit bezwecken will, daß er diese regenlose Zeit über unser Land kommen ließ. Weshalb ist Vater Tama zu uns gekommen, um uns um Erlaubnis zu bitten, wenn nicht um die Brüderlichkeit zu bestätigen, die uns Älteste in unserer Sorge um das Wohlergehen unseres Volkes und in unserer Bemühung verbindet, so zu handeln, daß wir in seinem Namen das Beste tun? Und das haben wir getan. Wir haben Vater Tama hinausgeschickt, um uns die Wahrheit darüber zurückzubringen, welche Bedeutung die Dürre hat. Diese Wahrheit ist schrecklicher, als wir uns vorgestellt haben. Niemand weiß das schmerzlicher als unser Vater. Er hat Matias Clan auserwählt, mit ihm zu gehen, weil bekannt ist, wie stark die Brüderlichkeit ist, die diese Jungen miteinander verbindet. Wie sie sich umeinander kümmern, kann als Beispiel für alle anderen Clangruppen dienen. Und eine ihrer großen Stärken besteht darin, wie sie sich um Uunu sorgen. Es wäre so einfach gewesen, Ausreden zu finden, um ihn nicht mitnehmen zu müssen, ihn vollkommen zu vernachlässigen und aus dem Clan auszuschließen. Aber eine der Prüfungen ihres Heranwachsens zum Mann besteht darin, die Schwäche Uunus zu einem Maß ihrer Stärke zu machen. Sein verkrüppelter Körper läßt sie größer erscheinen. Sie sind vollkommenere Männer, weil er nur ein halber Mann ist.

Unser Vater hat gut daran getan, sie mitzunehmen. Ihre Lehrmeister haben die Erlaubnis gegeben. Wir alle waren mit dieser Reise einverstanden. Manche von euch hatten zuerst ihre Zweifel, aber niemand ist aufgestanden und hat Tama verboten zu gehen.

Was dort draußen in den Ebenen im Herzen des dürregeplagten Landes passiert ist, geht nicht auf irgendeine Dummheit oder Schwäche von Vater Tama oder den Jungen zurück. Manche von euch sagen, es war die Schuld der Hirten …«

»Ai-jee! Das war es auch! Das war es!«

»Dann gebt ihnen eine Möglichkeit, ihre Schuld einzugestehen und, war es wirklich so, die Missetäter auf ihre Art zu bestrafen. Wahrscheinlich wissen sie nicht einmal, daß

Nikala tot ist. Es ist nur recht und billig, daß wir jemanden zu ihnen schicken, der sie davon unterrichtet …«

»Nein, um sie zu bestrafen!«

Jetzt stand Ke Rala auf und wartete, bis wieder Ruhe eingekehrt war.

»Es ist bei uns nicht üblich, einen Redner zu unterbrechen, gleich welche Ansichten er vertritt. Laßt Tara weitersprechen und unterbrecht ihn nicht.«

Tara blickte mit Ruhe und kraftvoller Gelassenheit in den Halbkreis von Gesichtern. »Wir reden hier über die Ansprüche und Pflichten der Brüderlichkeit. Erinnert ihr euch noch, wie wir damals in dieses Land kamen, wenige an Zahl, krank, hungrig und erschöpft? Wer war es da, der uns die lebensspendende brüderliche Liebe entgegenbrachte, wenn nicht die Schäferleute? Sie waren nicht verpflichtet uns zu helfen. Wir waren nichts für sie. Sie hätten uns auch als Bedrohung ansehen können, als Eindringlinge in ihre Welt. Doch nein, sie kamen mit Geschenken, Essen, Decken, Werkzeugen. Sie schickten ihre besten Männer, um uns beim Häuserbau zu helfen, sie haben uns neue Techniken gelehrt, wie man Ton für den Bau von Kaminen und für die Herstellung von Haushaltsgegenständen verwenden kann. Sie haben uns Pflanzen und Samen für unsere Gärten geschenkt.

Glaubt ihr denn, daß ich nicht um Nikala trauere? Habt ihr vergessen, daß ich sein Lehrmeister war? Am Anfang war es nicht einfach, diesen Jungen zu unterrichten. Er hatte etwas Halsstarriges an sich und machte sich über das Wissen und die Autorität anderer lustig. Aber wir haben gesehen, wie er sich unter dem Einfluß von Vater Tamas Unterricht zu verändern begann, wie er schließlich bereitwillig und begierig lernte und ein glücklicher Junge wurde. Ich habe Nikala geliebt, und jetzt, da er tot ist, trauere ich um ihn. Aber ich lasse mich durch den Schmerz meiner Trauer nicht dazu verführen, etwas zu tun, das Nikalas Ehre beschmutzen könnte. Mit seinem Tod zeigte er uns die wahre Bedeutung der Brüderlichkeit mit einem Mut, der nicht zu übertreffen ist. Wenn er jetzt zu uns sprechen könnte, würde er sagen: ›Ich habe meinen Körper hingegeben, damit die Bedeutung der Brüderlichkeit nicht in Vergessenheit gerät. Erinnert euch daran, wie ich mich an dem Abend, den wir mit den Schäfern verbracht haben, gefreut habe. Wir alle waren an jenem Abend ein Clan, jung und glücklich miteinander. Vater Tama hat mit uns getanzt und unsere Freude geteilt. Laßt den Geist der Brüderlichkeit unsere beiden Völker vereinen, nicht entzweien. Welche Ursache auch immer für das Feuer verantwortlich war, das meinen Körper verbrannt hat, es kann nicht ungeschehen gemacht werden. Vielleicht ist es sogar auf natürliche Weise entstanden, und keine Menschenhand hat die Flammen entfacht. Vielleicht ist mein Tod Ka Balus Art und Weise uns zu prüfen, ob wir die Bedeutung der Brüderlichkeit wirklich verstanden haben.‹ Ich glaube, all das hat etwas mit Vergebung zu tun.

Wir werden Nikala nicht vergessen. Sein Grab wird lange von unseren Tränen benetzt werden. Unsere Aufgabe ist es nicht, Unheil über irgendeine Hirtenfamilie zu bringen, indem wir einen Jungen umbringen, der das Feuer vielleicht, vielleicht auch nicht verursacht hat. Als Nikala all seine Kraft und Schnelligkeit darauf hätte verwenden können, seine eigene Haut vor den Flammen zu retten, hat er an nichts anderes gedacht, als seinen Freund zu retten. Uunu ist immer noch unter uns. Ka Balu hat ihn aus einem Grund verschont, von dem wir möglicherweise alle noch Gewinn haben werden. Seine Verbrennungen heilen langsam. Laßt uns das große Geschenk der Liebe annehmen, das uns Nikala gemacht hat, und zu dieser Heilung beitragen. Und laßt Frieden herrschen zwischen uns und dem Volk am Langen Wasser.«

Niemand stand wider Taras Großzügigkeit auf. Ke Rala schloß die Versammlung. Als sie hinausgingen, legte Tama eine Hand auf Taras Arm.

»Wir haben ihn beide geliebt. Aber ich glaube, er hat heute abend durch deine Zunge deutlicher gesprochen, als ich ihn jemals gehört habe. Sein Geist war in dir.«

»Vergiß nicht, Vater, daß du dazu beigetragen hast, diesen Geist zu befreien. Das Glück, das er in diesem letzten Jahr erfahren hat, war auch dein Verdienst.«

»Es wäre schön, wenn es so wäre.«

Zu Tamas Erleichterung beredeten die Ältesten die Angelegenheit nicht weiter. Doch er wußte durchaus um die Möglichkeit, daß Avida und die anderen, sobald der Zauber von Taras Rede nachgelassen hatte, wieder auf ihre Racheabsichten zurückkommen könnten. Das Vorhaben, Boten mit der Nachricht von Nikalas Tod zu den Schäfern zu schicken, wurde einstweilen verschoben – zum einen wegen der Gefahren der Reise durch eine wasserlose, vom Feuer geschwärzte Landschaft, zum anderen, weil es einige Zeit dauern könnte, die Jungen und Mädchen des Schäfervolkes zu finden, solange die eine Hälfte im Dorf und die andere Hälfte im Sommerlager am großen See am Meeresufer weilte.

Die Trockenheit hielt auch im Herbst noch an. Die Hirschjäger stießen immer weiter in die rauhe Landschaft nördlich des Dorfes vor, wo in der Vergangenheit zwar nicht so viel Wild zu finden war wie in der Gegend zum Großen Fluß hin, doch war das Land dort nicht vom Feuer verkohlt.

Obwohl es den Anschein hatte, als würden die Ältesten keine Strafmaßnahmen für Nikalas Tod ergreifen, wußte Tama, daß Avida, Wirira und ein oder zwei andere keine Ruhe geben würden und nur auf eine geeignete Gelegenheit warteten, um ihre Meinung wieder offen kundzutun. Tama selbst fand keinen Seelenfrieden, da der gnadenlose Sommer das Land weiter versengte. Am meisten beunruhigte ihn, daß es keine Erklärung dafür gab. Er hatte Ke Rala gegenüber die Wahrheit gesprochen, als er sagte, er wolle dem Dürretier von Angesicht zu Angesicht gegenübertreten, um den Grund herauszufinden, weshalb Ka Balu es in die Welt gesandt hatte. Das Dürretier hatte Nikala zerstört und Uunu viel Leiden verursacht. Was hatte das gebracht? Welche Wahrheit hatte er gefunden, welche Einsicht in den Sinn von Ka Balus Handeln? Nichts, gar nichts. Nur Leiden hatte die Reise in die Ebenen gebracht. Hätte ich das Unglück vorhersehen können? überlegte er. Habe ich in irgendeiner Form versagt, irgendein Ritual für Ka Balu mißachtet? Ihm fiel nichts ein, wodurch er seinem Gott untreu geworden sein könnte. In seinem Wahrheitsstein sah er nichts als durcheinandergewirbelten Rauch, den er nicht durchdringen konnte.

Er ging weiter seiner Arbeit nach, kerbte jeden Tag auf dem großen Kalenderstein die Tage ein, goß die Kräuter in seinen Gärten sorgfältig, warf die Orakelsteine und versuchte vergeblich, günstige, regenverheißende Vorzeichen darin zu lesen. Und während er all dies tat und die körperlichen wie seelischen Leiden der Dorfbewohner versorgte, schien er unverändert zu sein, abgesehen vielleicht von einem tieferen Ernst, den die Leute für die natürliche Trauer um Nikala hielten. Aber es war nicht allein die Trauer, die den Priester belastete. Es war vor allem das Wissen um die Leere in seinem eigenen Geist, zwischen ihm und der Alltagswelt, eine geistige Leere, in der er keinen Trost, kein Gefühl der Verbindung zu dem Gott fand, dem er diente. Nie zuvor hatte er eine so starke Unfruchtbarkeit seines Wesens erfahren. Die Dürre war tief in sein Herz vorgedrungen.

Er versuchte, jeden Tag etwas Zeit mit Matia, Pita und Ajef zu verbringen. Matia nahm die Hilfe des Priesters auch dankbar an, Pita und Ajef dagegen schienen sich mehr untereinander in einer fröhlichen, auf die Dinge des Alltags ausgerichteten Haltung zusammenzutun, die scheinbar jeden Bezug zu Nikala ausschloß. Sie gingen auch nicht mit, wenn Matia und Tama Uunu besuchten, außer wenn sie dazu gedrängt wurden. Uunus Brandwunden heilten gut und würden zwar einige Narben zurücklassen, ihn aber nicht weiter behindern, doch war er sehr niedergeschlagen. Er trauerte um Nikala und redete sich ein, daß er daran Schuld hätte.

»Nikala hätte mich in unserem Lager zurücklassen sollen. Mir wäre nichts passiert.«

»Auch uns anderen wäre nichts passiert, wenn wir dort geblieben wären, aber wir konnten ja nicht wissen, daß das Feuer die Bäume verschonen würde.«

»Vater, glaubst du, daß das Feuer von den Schäfern ausgelöst wurde?«

»Ich weiß es nicht. Eines Tages wird einer von uns sie wiedersehen und es vielleicht herausfinden. Und wenn, dann haben sie das Feuer bestimmt nicht absichtlich gelegt. Es war gewiß ein Unfall. Manchmal entstehen Feuer auch von selbst auf irgendeine eigenartige Weise. Wichtig ist, daß wir uns, immer wenn wir an Nikala denken, an die Güte und Stärke in ihm erinnern. Er ist immer noch euer Clanbruder. Was immer ihr tut, wenn ihr Männer seid, wo immer ihr hingeht, nehmt Nikala in eurem Geiste mit euch. Laßt ihn nicht allein, schließt ihn nicht aus eurem Leben aus. Er wird immer einer von uns sein.«

Matia und Uunu brauchten solchen Trost. Einmal fragte Matia Tama: »Ist es richtig, daß ich manchmal, wenn ich alleine bin, mit Nikala rede? Ich habe das Gefühl, daß ich das tun muß.«

»Ja, ja«, antwortete Tama. »Versuche, ihn zu erreichen, wann immer du kannst, sprich mit ihm. Und höre in dich hinein. In deinem Geist wirst du spüren, wie er dich zu berühren versucht, wie er in deinem Herzen spricht. Durch Liebe können wir in die Welt der Geister vordringen, die Toten trösten und ihren Trost in unserem eigenen Herzen empfangen.«

Allerdings war es Tama selbst fast unmöglich, seinem eigenen Ratschlag zu folgen. Immer wenn er an Nikala denken wollte, tauchte vor seinem geistigen Auge das schreckliche Bild des völlig entstellten, sterbenden Jungen auf. Es ist, als wäre mein Geist abgestorben oder gefangen, so daß ich leer bin, dachte er. Ich habe Tränen im Herzen, aber ich kann nicht weinen. Vielleicht hat das Dürretier meinen Geist verschlungen. Es bleibt mir nichts anderes übrig, als zu warten, bis mir Ka Balu einen Weg aus dieser Einöde zeigt. Ich muß meiner täglichen Arbeit nachgehen und warten und hoffen.

Wann immer er etwas Zeit erübrigen konnte, widmete sich Tama seinen Schreibversuchen. Tagsüber gab es wenig Gelegenheit dazu, aber oft saß er an den langen Abenden und manchmal bis spät in die Nacht an dem niedrigen Tisch, den er zum Schreiben benutzte, brütete über dem Buch, das Chard ihm gegeben hatte, und fügte neue Zeichen zu den Haufen von Wörtern hinzu. Der Abstand zwischen ihm und Escha war größer geworden. In seiner Freudlosigkeit hielt er sich von ihrem Bett fern. Sie hatte das Kind und schien Tama nicht zu vermissen. Nach Nikalas Tod wollte sie ihn überzeugen, daß er keine Schuld hätte, aber er ließ ihren Trost nicht an sich heran, so freundlich er auch gemeint war, und Escha zog sich wieder in sich selbst zurück. Wenn sich die stickige Dunkelheit des Abends im Haus ausbreitete, schloß sich Tama in sein Zimmer ein, breitete die Pergamente und Federkiele vor sich auf dem Tisch aus und brachte mit seinem Bogenbohrer in trockenem Holz eine Flamme zum Entstehen. Damit zündete er eine Faser in der Töpferlampe, die einen rauchigen Schein auf seine Arbeit warf. Obwohl es im Zimmer dadurch noch stickiger wurde, ließ er alle Türen geschlossen, um zu verhindern, daß Falter einen klebrigen Tod in der Öllampe fanden oder mit versengten Flügeln auf die neubeschriebenen Pergamente herabwirbelten.

Im Nebenraum lag Escha lange Zeit wach und fächelte ihrem schwitzenden Körper Kühlung zu, während der Gestank des verbrennenden Öls schwer in der Finsternis lag.

Obwohl Tama seitenweise Bilderschriftzeichen entwickelt hatte, die alle nur erdenklichen Gegenstände darstellten, war er mit dieser Methode nicht zufrieden, denn er glaubte, daß sich daraus keine geschriebene Sprache entwickeln würde, mit der er seine Lieder, die Geschichten der Vergangenheit seines Volkes oder auch nur einen flüchtigen eigenen Gedanken festhalten könnte. Für jedes Wort der Sprache ein eigenes Zeichen zu entwickeln, würde Jahre dauern und ungeheure Anstrengungen an das Gedächtnis erfordern. Was er wirklich brauchte, war eine Art Fächer von Grundzeichen, die er als Elemente benutzen konnte, um alle Wörter zu formen.

Er kam auf den Gedanken, einen Baum als diesen Fächer zu benutzen. Ein Baum ähnelte einem Menschen auf vielerlei Art. Ein Same mußte in den Schoß der Erde gelegt werden, um aufzugehen und sich in die Welt des Lichts zu schieben. Die Gesundheit des Baumes hing von der Nahrung ab, die seine Wurzeln aus der Erde saugten, wie ein Kind seine Stärke aus der Brust seiner Mutter saugte. Ein Baum strebte nach oben und streckte seine Zweige dem Himmel entgegen, wie der Mensch seine Arme in der Anbetung Ka Balus zum Himmel erhob. Im Schatten seiner Stärke bot der Baum vielen anderen Lebewesen Schutz, wie ein Mann seine Frau und Kinder beschützte. Nach vielen Lebensjahren begann ein Baum an Kraft zu verlieren, wie ein Jäger, der von den Mühen der Jagd ausgebrannt war, bis zuletzt sein Körper der Erde zurückgegeben wurde, aus der er hervorgegangen war. Ein Mensch, dachte Tama, ist nur ein Baum, der gehen kann.

So begann er, Tiere, Pflanzen, Menschen und alle Dinge mit Gestalt und Leben durch eine Reihe von Bilderzeichen auf der Basis von Baumbildern darzustellen. Ein einfaches, spitz zulaufendes Oval war ein Same, ein Anfang, ein erster oder erstes Eine senkrechte Linie mit einem Oval, das auf jeder Seite daraus hervorging, war ein Sämling, ein Junges, die Jugend, ein Kind. Ein Blatt stellte eine Person dar, eine von vielen. Aber auch diese Technik war nur mäßig erfolgreich, und er merkte, daß er immer noch viele seiner früher ausgedachten Zeichen benutzen mußte. Um zu schreiben »Ke Rala ist der Häuptling des Hirschvolkes«, zeichnete Tama einen Baum, dessen Blätterdach in einem Hirschgeweih auslief, aus dem ein großes Blatt hervorsproß, das mit den Zeichen beschrieben war, die für Ke Rala standen. Aber wenn er sich solch komplexe Zeichen einen Monat später noch einmal ansah, merkte er, daß man sie auf verschiedene Art deuten konnte. Er wollte Zeichen, die nur eine Sache bedeuteten und nicht viele. Oft schlug er entmutigt die Seiten von Chards Buch um und sah sich lange die Bilder des untergegangenen Volkes in ihrer wunderbaren, geheimnisvollen Welt an, dann kam er zu den Seiten mit den schwarzen, gestochen scharfen Zeichen, deren Schweigen seine Anstrengungen, sie verstehen zu wollen, zu verhöhnen schienen.

Das Hirschvolk wartete auf Regen, betete um Regen. Sein Priester suchte immer wieder in den Vorzeichen nach irgendeinem Hinweis oder Merkmal für Regen. Aber die Götter schwiegen. Der Himmel, so hart wie die steinharte Erde, versprach keine Erleichterung. Die Sterne der Nacht waren so fest geschlossen, wie die Kiesel im ausgetrockneten Flußbett. Der Fluß beim Dorf wurde eine Reihe von Tümpeln, die untereinander durch unter den Steinen dahinsickernde Rinnsale verbunden waren. Für die Jäger wurde es immer schwieriger, Wild zu finden, und was sie erlegten, brachte nur wenig und zähes Fleisch. Draußen auf den Ebenen kreisten schreiende Möwen und Habichte über den toten Leibern von Schafen und Langhörnern.

Doch das Volk überlebte. Es gab zwar kaum noch Wasser, aber es reichte, um zu überleben. Man verbrachte jetzt mehr Zeit mit Fischen, da es in der zusammengeschrumpften Lagune nach wie vor Meeresgetier im Überfluß gab. Der größte Verlust betraf die Gärten. Kartoffeln und andere Pflanzen mußten vom Speiseplan des Hirschvolkes gestrichen werden, damit wenigstens das Saatgut für neue Pflanzungen gesichert war.

In ihren Träumen wandelten Männer und Frauen durch die kühlen Wälder ihrer Kindheit, schwammen in klaren Bächen, sahen die Nebel aus den feuchten Gebirgshängen aufsteigen und wachten dann von dem lauten Gezirpe der Insekten auf, um sich wieder einen Tag unter den Hammerschlägen der gnadenlosen Sonne durchzuschleppen.

Der Herbst brachte etwas Abkühlung; wieder erwachte die Hoffnung auf Regen. Im Spätherbst und gelegentlich im Winter fiel etwas Regen. Dünne Wolkenschleier trieben vom Meer herein, wanderten über die Ebenen, als hätten sie sich verirrt, und bliesen sanft durch den Wald. Der Morgentau weichte die Erdkruste auf. Aber ausgiebiger Regen fiel nicht. Als die Sternenvögel zurückkehrten und Tama zu Ka Balu betete, er möge ihnen im neuen Jahr Regen bringen, erhielt er wieder keine Antwort auf seine Bitte. Dann wurde es wieder Frühling, die kalten, trockenen Winterwinde ließen nach und die Wärme kehrte zurück. Immer noch kein Regen. Den dritten Sommer nacheinander markierte Tama den längsten Tag in einem Land, in dem die Hitze von der Erde aufstieg wie von den glühendheißen Steinen eines Ofens.

Das Hirschvolk brachte den schlimmsten Teil des Sommers nur mühsam hinter sich. Viele überstanden Anfälle von Bauchschmerzen mit einer dumpfen Hoffnungslosigkeit, unfähig zu glauben, daß sie noch mehr aushalten könnten.

An einem frühen Morgen in der Mitte des Herbstes, entzog sich Tama der Hitze des Tages in dem Hain, worin er im kommenden Winter eine neue Clangruppe unterrichten sollte. Er hätte trockenen Fußes im Flußbett laufen können, aber er folgte dem Pfad. Was von dem Fluß noch übrig war, glitt am steileren Flußufer der anderen Seite langsam in Richtung Meer. Der Großteil des Flußbettes war ausgetrocknet.

Auf der Lichtung war die Erde fast völlig kahl. Kein Sommergras war gewachsen. Die Fuchsien, die am Waldrand standen, hatten viel weniger Blätter als in einem normalen Winter. Viele andere kleine Bäume und Büsche waren nackt und braun, scheinbar abgestorben. Die größeren Bäume hatten noch Blätter. Besonders der Totara schien nahezu unberührt.

Tama wischte den Staub von den Steinsitzen. Er setzte sich auf die Erde und ließ die Stille in sich einsinken. Warten, das Üben in unendlicher Geduld, war den Menschen des Hirschvolkes in diesen drei Jahren fast zu einer zweiten Haut geworden. Es schien lange her zu sein, seit er hier an den klaren frostigen Wintermorgen Matias Clan im Wissen ihrer Vorväter zu unterrichten begonnen hatte. Der Unterricht war im vorigen Winter zu Ende gegangen, doch der Schwung der früheren Lebensfreude hatte gefehlt; sein Ritual war zu einer widerspruchslos hingenommenen Gewohnheit geworden. Als die Jungen alle Verrichtungen und Glaubenslehren gelernt hatten, die sie für den Alltag brauchten, hatte keiner von ihnen den Wunsch gezeigt, in die Geheimnisse des Dunklen Wissens einzudringen. Die Dürre hatte dem Clan einen Toten beschert, ebenso wie der Große Schnee Tamas eigenem bereits durch Ruas Tod geschwächten Clan einen Toten beschert hatte. Nikala und Rua waren beide gestorben, als sie noch ganz jung waren. Was bedeutete solcher Tod? Jugend und Tod sollten sich eigentlich nie begegnen. Was war der Sinn dieser grausamen Dürre? War Ka Balu wirklich erzürnt über sein Volk, und wenn ja, weshalb? Andererseits litt auch das Schäfervolk, das Ka Balu gar nicht verehrte. Vielleicht, dachte Tama, ist Ka Balu selbst ohnmächtig gegenüber der Dürre. Diese Idee war gotteslästerlich, doch sie ging ihm nicht mehr aus dem Sinn.

Die Erde litt, die verschiedenen Pflanzen, Tiere und Menschen gingen zugrunde. Allein die Jahreszeiten kamen immer wieder, und neues Leben ersetzte das alte. Auch dieser endlose Sommer mußte doch irgendwann einmal zu Ende gehen.

In der Stille öffnete sich seinem Geist das Bild einer kahlen Einöde, in der er zu verdursten drohte. Die Qualen waren erschreckend wirklich. Doch dann merkte er, daß er sich an die Vision erinnerte, die er schon einmal ganz zu Anfang als Junge in seinem Wahrheitsstein gesehen hatte, diese Vision, die schließlich in das Erblühen des riesigen Lebensbaumes gemündet hatte, der sich dem Himmel entgegenreckte. Und aus den Wurzeln des Baumes war klares Lebenswasser zum Stillen des Durstes aller Menschen geströmt.

Erregungen zuckten wie Blitze durch Tamas Gedanken. Aus seiner Ledertasche an der Hüfte nahm er seinen grünen Wahrheitsstein heraus und hielt ihn in der Hand; langsam erwärmte er sich. Er drückte ihn an seine Stirn und wartete – diesmal nicht lange.

Ganz schwach hörte er zuerst ein Rascheln, nicht lauter als aneinanderreibende Grashalme im Wind, dann kam ein leiser Lufthauch. Er sah nichts, aber er hörte ganz deutlich das Ächzen der Bäume im Wind und spürte im tiefsten Inneren seines Wesens eine Kühle. Diese Kühle stieg in seinem Körper auf, nahm zu, sang, hatte Kraft. Es war eine tanzende, fallende, vorwärtsstürmende, fließende Kühle, die Kühle lebendigen Wassers. Überall um ihn herum war das Geräusch fließenden Wassers zu hören, das Aufklatschen von Regentropfen im Wasser, das Aufseufzen der Wälder im windgepeitschten Regen, das lebensspendende Dahinströmen eines großen Flusses.

Vor Freude sprang Tama auf die Beine, nahm den Stein

von der Stirn, fühlte wieder nur den unbewegten, trockenen Staub unter den Füßen, sah die braunen leblosen Büsche und den gleißenden blauen Himmel über sich.

»Es ist ein Zeichen!« schrie er. »Ka Balu hat mir ein Zeichen gegeben. Der Regen wird bald kommen. Herr des Waldes, endlich, endlich ein Zeichen! Ka Balu sei gepriesen! Ich werde gleich losgehen und mein Volk auf den Regen vorbereiten.«

Schon rannte er den Pfad zum Dorf hinunter, mußte aber nach der Hälfte anhalten, weil sein Atem schwer ging. Er ruhte eine Weile aus. Ich muß ruhig sein, dachte er. Ich bin so aufgeregt wie ein kleiner Junge. Vielleicht dauert es ja noch eine Weile, bis der Regen kommt. Ich muß den Himmel beobachten und darf dem Volk erst etwas sagen, wenn der Regen nahe ist. Aber Ke Rala werde ich Bescheid sagen.

Der Häuptling spielte mit Vani vor dem Haus. Er nahm die Nachricht von der Vision des Priesters ruhig auf. »Ich bin froh«, sagte er. »Wir haben lange Geduld aufbringen müssen, aber am Ende erneuert Ka Balu unser Leben. Wenn wir dem Gesetz gehorchen, werden uns die Götter retten. Es war schon immer so. Wenn du sicher bist, daß es soweit ist, gib mir Bescheid. Dann werde ich das Volk zusammenrufen.«

Tama schlief den ersten Teil der Nacht, war aber lange vor Sonnenaufgang auf den Beinen und suchte jedes Viertel des sternenübersäten Himmels nach einem Zeichen ab. Bildete er sich das nur ein, oder zitterten die Sterne im Baum Ka Balus am südlichen Himmel, als sähe man sie durch Wasser? Vielleicht sehe ich nur, was ich sehen will, dachte er.

Die Sonne ging an einem klaren Himmel auf. Tama verbrachte den Morgen draußen im Schatten seines Geistbaumes. Yaka kam zu ihm hergewackelt und hielt seine Hände fest über etwas geschlossen. Er schaute zu seinem Vater auf, ohne etwas zu sagen.

»Was hast du da? Was hast du in deinen Händen? Zeig es mir.«

Yaka schüttelte den Kopf ohne zu lächeln.

»Laß es mich doch sehen.« Tama beugte sich hinunter

und hörte in den Händen des Kindes ein leises raschelndes Geräusch. Yaka schaute seinem Vater direkt in die Augen, drückte seine Hände zusammen, quetschte noch einmal fest zu und öffnete sie dann, um Tama den zitternden, zerbrochenen Leib einer kleinen Libelle zu zeigen.

»Tot«, sagte er. »Alle tot.«

Tama war betrübt. »Du sollst keine Libellen töten. Sie sind Ka Balus Kinder, sie sind schön. Sie lieben es, im Sonnenschein herumzufliegen. Schau ihnen zu. Dann wirst du sehen, wie klug sie sind. Sie haben Flügel, um in der Luft zu fliegen. Wir können das nicht.«

Yaka sagte nichts, wandte sich ab und trottete zu Escha zurück, die im Schatten auf der anderen Seite des Hauses saß. Tama blickte ihm nachdenklich nach. Vielleicht sollte ich mehr Zeit mit ihm verbringen, dachte er. Er kommt nicht oft zu mir. Ich darf nicht zulassen, daß er grausam wird. Auch wenn Ke Rala gesagt hat, daß die Söhne der Schäferfrauen nie zu Clangruppen gehören können, sind diese Jungen so wie ich auch Söhne Ka Balus. Yaka ist genauso mein Sohn wie Eschas. Ich muß ihn verstehen lernen.

Kurz nach Mittag bemerkte Tama, daß sich um die Sonne ein Dunstring gebildet hatte. Da wußte er, daß es vor Einbruch der Nacht regnen würde. Als er gerade zu Ke Rala hinuntergehen wollte, sah er Escha im Schatten sitzen und trat zu ihr. Sie sah ihn überrascht an. Die Mattigkeit und Dumpfheit ihres Blicks trafen ihn. Mit einer seltenen Zärtlichkeit kniete er sich vor sie und nahm ihre Hände in die seinen.

»Escha, Mutter meines Sohnes, ich gehe jetzt zum Häuptling, um mit ihm zu sprechen. Bald wird er alle Dorfbewohner zusammenrufen. Die Götter waren barmherzig. Ka Balu hat uns ein Zeichen gesandt. Siehst du den Ring um die Sonne? Es wird noch vor dem Abend regnen. Es stimmt. Ka Balu wird uns Regen schicken.«

Escha schien dies unberührt zu lassen. »Er hat so lange auf sich warten lassen. Ich bin dieser Hitze überdrüssig. Ich habe keine Freude mehr in mir.«

Ein wenig enttäuscht über ihre Gleichgültigkeit eilte Tama den Pfad zu Ke Ralas Haus hinunter.

Der Häuptling verhielt sich nicht gleichgültig. »Ka Balu sei gepriesen!« schrie er. »Gepriesen seien deine Gebete, Priester unseres Volkes! Alle sollen sich auf dem Versammlungsplatz einfinden.«

Bald ging ein Murmeln durch das Dorf wie in einem aufgebrachten Bienenstock, als es sich herumsprach. Zögerlich kamen die Männer und Frauen heraus, blieben zuerst an den Türen ihrer Häuser stehen und sahen neugierig und zweifelnd zum Himmel hinauf, schüttelten die Köpfe, aber gingen trotzdem zum Versammlungsplatz.

Als der Häuptling und die Ältesten ihre Plätze eingenommen hatten und das Volk endlich schwieg, trat Tama in die Mitte des Kreises. Nachdem er Ka Balu in jedem Himmelsviertel angerufen hatte, setzte er sich hin, um die Steine zu werfen. Während er die kleinen Stein-, Holz- und Knochenstückchen noch in den Händen hielt, betete er um eine klare Vision und verstreute die Gegenstände mit einer flinken Bewegung auf dem staubigen Boden. Recht eindeutig waren die meisten Stückchen so gefallen, daß sie die Form eines Fisches ergaben.

Das war ein gutes Zeichen. Er steckte die Gegenstände wieder in seine Tasche und stand auf. Dabei wurde er sich plötzlich der gespannten Stille der Menschen um sich herum bewußt. Er sah sie an und erkannte die schmerzliche Anspannung, mit der sie ihn beobachteten, und ihre Bedrücktheit und Angst vor einem schlechten Zeichen, auch ihr Widerstreben gegen die Hoffnung. Sie waren schmutzig, Hautkrankheiten hatten sich verbreitet. Ihre Haare waren verfilzt. Sie sahen dünn, schwach und erschöpft aus. Aber endlich würde ihr Leiden ein Ende haben. Er wandte sich an die Ältesten.

»Das Zeichen ist gut. Ka Balu wird uns noch vor Sonnenuntergang Regen schicken. Jetzt müssen wir nur noch glauben und warten.«

Stimmen erhoben sich und eine Welle aus Bewegungen ging durch die Menge. Die Menschen wandten sich einander zu und lächelten. Kinder fragten ihre Eltern. Die jungen Leute lachten, und die alten murmelten Dankesgebete. Dann begaben sie sich zu den schattigen Plätzen, setzten sich und warteten.

Vom Dorf aus konnte man nicht weit in die Ferne blicken, doch Tama beobachtete den Himmel im Süden über dem Wald. Abgesehen von dem Dunst um die Sonne war der Himmel so klar und blau wie immer. Die Sonne bewegte sich gen Westen, und die Leute warteten, doch der erste Hinweis einer Antwort auf ihre Gebete kam nicht von dem Priester, sondern von einem Jungen, der auf eine hohe Tanne auf dem Hügelkamm geklettert war.

»Wolken! Ich sehe Wolken!«

Da kam langsam Leben in die Menge, und aufgeregte Rufe wurden laut. Kurz darauf kletterte der Junge vom Baum und berichtete:

»Ich habe Blitze gesehen.«

Über dem Wald tauchte der erste Wolkenrand auf, eine wirbelnde, schnell dahinziehende Masse dunkler Wolkenfetzen, die den Himmel im Süden verdunkelten. Tama atmete tief ein. Er spürte wieder die Macht Ka Balus in sich aufsteigen. Es war, als wäre eine Flut in seinem Körper losgebrochen. Er erhob die Arme, und alle Leute hörten seine Stimme:

Höre mich, Ka Balu, Herr des Waldes
höre das Gebet von Tama,
dem Priester des Hirschvolks
im Land zwischen den beiden Flüssen.

Lang hat unser Volk
die Zeit der Dürre erlitten,
hart wie Stein ist unsere Erde,
hart wie gebrannte Ziegel
sind unsere Gärten.

Die Herden der Ebenen
sterben vor Durst,
Möwen picken die Augen
der Langhorn-Bullen aus.

Die Lämmer des Frühlings
sind von Würmern zerfressen,
unser Fluß ist ein Tümpel
und das grüne Gras verwelkt.

Herr der Regenwolke und des Blitzes,
Stimme des Donners,
sende den Menschen Regen,
Ka Balu, sende den Regen.

Laß den Regen uns reinwaschen,
laß den Regen die Baumwipfel
im Winde biegen,
laß das Wasser auf den Dächern unserer Häuser
ein Schlaflied für die Menschen singen.

Ah! Die Erde schreit nach Regen,
die Erde ist durstig für ihre Flüsse,
Ka Balu, laß die Erde wieder grünen
und unsere Herzen überfluten.

Wir preisen den Namen Ka Balus,
Herr des Flüsse des Morgens,
wir preisen den Namen Ka Balus,
Herr der Regenflüsse.

Und Ka Balu erhörte sie. Schwarze Wolken verschluckten die Sonne, blitzende Schwerter durchschlugen den Himmel.

»Seht nur!« schrie Tama. »Ka Balu und seine Jäger haben das Dürretier besiegt. Hört die Stimme Ka Balus, wie er das Dürretier aus unserem Land treibt!«

Donner krachte wie in gewaltigem Zorn gespaltene Felsen, und ein Wind kam von Süden her angebraust, ein Wind mit einer solch kalten Macht, daß die Dorfbewohner aufschrien. Hohe Bäume bogen ihre Wipfel mit einem langen seufzenden Rauschen, das nicht aufhören wollte und wie eine Flut über den ganzen Wald hinwegfegte. Und hinter dem Wind war ein neues Geräusch zu hören, als die ersten Regentropfen auf die Blätter prasselten und in den Staub schlugen. Das Gewitter krachte und blitzte über dem Dorf, zog weiter auf das Meer hinaus, im Gefolge einen stetigen Wind und strömenden Regen.

Als hätten sie sich abgesprochen, warfen plötzlich alle Männer und Frauen ihre Kleider vom Leib, sprangen und tanzten und lachten und weinten, spritzten sich gegenseitig Wasser über ihre Körper, ließen den Regen in offene Münder laufen, als wollten sie bis in alle Ewigkeit trinken. Die kleinen Kinder, die noch nie einen starken Regen erlebt hatten, fürchteten sich zuerst. Manche versteckten sich in den Häusern, bis die Freude und das Lachen der älteren Geschwister sie schließlich herauslockten und sie an dem Freudenfest teilnahmen. Tama hob Yaka hoch, hielt ihn in die Luft, schüttelte ihn und lachte in sein frohes Gesicht. Nackt nahm er Escha in seine Arme, fuhr mit seinen Händen durch ihr triefendes Haar. Mit den Händen säuberten sie den Körper des anderen, wuschen Yaka in dem kalten, sauberen Wasser des strömenden Regens.

Mehr noch als das Gefühl des Regens aus seiner Haut genoß Tama das Geräusch des Regens, ein Geräusch, das das Hirschvolk drei Jahre lang nicht mehr gehört hatte, das großzügige, lebenspendende Rauschen anhaltenden Regens. Ka Balu ist gnädig, dachte Tama, und das Geräusch des Regens ist ein Zeichen seiner Gnade. Sein Zeichen ist das Rauschen des Regens. Das Zeichen ist das Geräusch.

Escha sah, wie Tama plötzlich stocksteif stehenblieb, Mund und Augen weit aufgerissen, als sei er vom Schlag getroffen. Dann machte er einen Luftsprung, warf die Arme in die Luft und schrie: »Das Zeichen ist das Geräusch! Ai-jeee! Ich hab's! Ich hab's! Sprache ist Geräusch! Die Zeichen sind Laute! Ai-jeee! Ai-jeee!«

Escha dachte, er sei jetzt vollends verrückt geworden. Er hüpfte übermütig um sie und Yaka herum, packte das Kind, wirbelte es durch die Luft und schrie, als wäre er besessen. Erst als Escha schließlich seine Hände zu fassen bekam und rief: »Hör auf damit! Was ist denn los? Du machst mir angst«, beruhigte er sich wieder.

»Ich wollte dir keine angst machen. Es geht um einen Teil meiner Arbeit. Der Regen hat mir die Antwort gegeben. Komm, Escha, tanze mit mir. Laß uns das Hirschvolk in einen Tanz führen.«

Und er hob zu singen an und zog die anderen mit sich, bis sich hinter ihm eine Schlange aus Tänzern gebildet hatte, die in feierlicher Freude einstimmten und mit den Händen im Rhythmus dazu klatschten.

Wir preisen den Namen Ka Balus,
Herr der Flüsse des Morgens,
wir preisen den Namen Ka Balus
Herr der Regenflüsse.

So tanzten sie immer im Kreis herum um den offenen Versammlungsplatz, in die Häuser hinein, wieder heraus und zwischen den Häusern hindurch, stampften durch Schlamm, schlugen sich auf die Schenkel und Schultern – mit nackten, regenglänzenden Körpern tanzten Männer, Frauen und Kinder den Tanz zum Dank für den Regen.

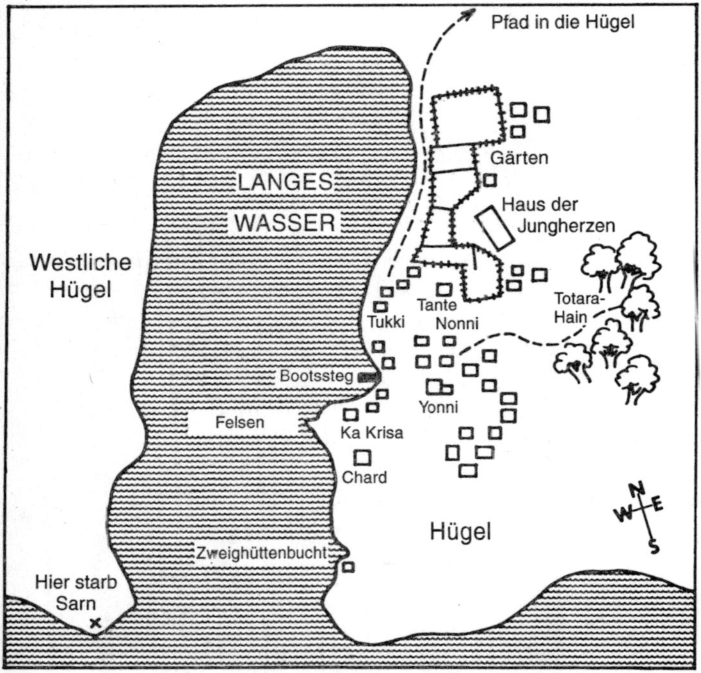

Das Dorf der Schäferleute

Dritter Teil

DIE STIMME IM KOPI-BAUM

1

Im darauffolgenden Jahr erschienen die Jahreszeiten wieder in ihrem natürlichen Rhythmus. Der Winter brachte Frost und ein wenig Regen, bis die Sternenvögel zurückkamen und ausgiebiger Frühlingsregen die Ebenen wieder in gesundes Grün kleidete. Der Sommer war sonnig, aber nicht drückend heiß. Wild war immer noch rar, und sie aßen hauptsächlich Fisch und Geflügel. Die Dorfbewohner trockneten und räucherten mehr Fleisch als gewöhnlich, denn die Gärten würden dieses Jahr nicht genügend Kartoffeln für den Winter liefern. Gleichzeitig vermißten viele die früher reichlichen Vorräte an Schaf- und Langhornfleisch. Was einst ihre alltägliche Nahrung gewesen war, wurde heute nur noch bei besonderen Festen verzehrt und sehr genau aufgeteilt.

Tama hatte diesen Winter viel Zeit bei den Kranken verbracht. Mit dem Ende der Dürre kehrten Gesundheit und Überfluß nicht gleich wieder zurück, denn es war zu spät, um vor dem Winter noch einmal Ackerfrüchte anzubauen. Der Spätherbst war verregnet. Durch die Balken der Holzhäuser, die von der langen Dürre Risse bekommen hatten, drang der Regen ein. Viele der Dorfbewohner, besonders die Alten und die ganz Jungen, froren und wurden krank, bevor man die Balken abdichten konnte. Erst nach der Dürre fiel den Menschen auf, wie geschwächt sie waren.

Tama unterrichtete im Winter eine neue Clangruppe, was den Großteil der schönen Morgenstunden in Anspruch nahm. Erst während der länger werdenden Tage des anschließenden Sommers fand er die Zeit, sich um seine Schreibarbeiten zu kümmern. Lange schon hatte sich die Erregung gelegt, die er anfangs empfunden hatte, als ihm klargeworden war, daß die Schrift die Laute der Sprache wiedergab.

Es kam ihm inzwischen so offensichtlich vor, daß er sich

wunderte, warum ihm das nicht schon früher aufgefallen war. Er hatte zuviel Zeit mit dem Versuch verbracht, Wörter zeichnerisch darzustellen, aber viele Wörter besaßen gar keine besondere Farbe oder Gestalt. Der Versuch, die Bedeutung der Zeichen in Chards Buch herauszufinden, hatte ihn auf die falsche Fährte gelockt. Es würde ihm niemals gelingen, die Laute dieser alten Sprache nachzuahmen. Es war ohnehin eine gewaltige Aufgabe, angemessene Zeichen zu erfinden, um die Aussprache der gesprochenen Wörter wiederzugeben. Das untergegangene Volk hatte offenbar immer wieder die gleichen Zeichen benutzt, doch hatten sie wahrscheinlich mehr Laute gehabt, als durch die Zeichen dargestellt werden konnten. Während Tama die Zeichen untersuchte, die in vielen unterschiedlichen Wörtern vorkamen, kam er zu dem Schluß, daß ein altes Zeichen mehr als einen Laut darstellte und für sich wohl weniger Bedeutung hatte, als er zunächst angenommen hatte.

Er schaute sich wieder die Listen an, die er angefertigt hatte. Ihm wurde klar, daß manche Laute, zum Beispiel das ›a‹ in seinem eigenen Namen, in den Namen ›Hora‹, ›Ke Rala‹ und in vielen anderen Wörtern mit anderen Lauten verbunden auftraten. Vielleicht sollte man ›ta-ma‹ mit vier verschiedenen Zeichen abbilden, je eines für das ›T‹, das ›a‹, das ›m‹ und das zweite ›a‹. Sehr sorgfältig sprach er einige der häufiger benutzten Wörter aus und erkannte, daß sie sich in noch kleinere Einheiten aufteilen ließen als in die, die er bereits herausgefunden hatte. Diese winzigen Einheiten schienen ihm ähnlich den Gegenständen, die er zum Entziffern der Vorzeichen benutzte. Sie fügten sich zu Mustern zusammen.

Also begann er noch einmal von vorn und schrieb all die kleinen unterschiedlichen Laute auf, aus denen die ihm bekannten Wörter bestanden. Es war eine einsame und mühevolle Arbeit. Es gab niemanden, mit dem er darüber sprechen konnte. Chard hätte das bestimmt interessiert – wenn er nur nicht so weit weg wohnen würde. Aber als die Menge der Wörter immer größer wurde, wurde er immer unzufriedener mit den willkürlichen Zeichen, die er für die Laute gewählt hatte. Er wollte ein grundlegendes Symbol, das Kraft und Wahrheit ausdrückte, etwas, mit dem sich der Geist von Ka Balu auf schöne und würdevolle Weise wiedergeben ließ. Trotz der vielen verschiedenen Zeichen in Form von Kieselsteinen, Sternen, Samenkörnern, Blättern und Krallen, die er, mit Punkten, Kreisen und Strichen kombiniert, benutzte, war es ein unglaublicher Erfolg, als er schreiben konnte: ›Ich bin Tama, der Priester des Hirschvolkes‹, und es ihm sogar noch drei Tage später gelang, es aus dem Gedächtnis richtig hinzuschreiben. In diesem Moment konnte er nachvollziehen, wie einsam ein Entdecker sein konnte, wenn er Siege und Niederlagen allein durchleben mußte, weil er sie mit niemandem teilen konnte.

Als Tama und Escha an einem warmen Abend am Ende der längsten Tage draußen saßen und Yaka zwischen ihnen spielte, sahen sie die stämmige Gestalt Horas den Weg heraufkommen.

»Ka Balu sei mit dir, mein Bruder«, begrüßte er sie und setzte sich neben Tama auf den trockenen Boden. »Unten bei den Kochfeuern ist es heiß. Ich habe Mariti geholfen, nach dem Essen abzuwaschen. Aber hier oben habt ihr eine hübsche Brise.«

Dann sagte er eine Weile nichts mehr. Tama sah Escha an.

»Komm, Yaka«, sagte sie munter. »Zeit für dich, ins Bett zu gehen. Geht es Mariti und dem Baby gut?«

»Ja, es geht ihnen gut. Mariti fühlt sich jetzt wohler, weil sie das Kind stillen kann.«

Eigentlich durfte Escha nicht als erste zu einem Gast sprechen, aber manchmal legte sie eine gewisse Verachtung für die Regeln des Hirschvolkes an den Tag, die Tama aufbrachte. Während sie Yaka ins Haus brachte, gingen Tama und Hora auf die andere Seite des Hauses und setzten sich mit dem Rücken gegen den Stamm des Rata-Baums, dessen rote Blütenblätter überall auf dem Boden verstreut lagen.

Hora fragte: »Hast du schon gehört, daß heute Besucher vom Schäfervolk gekommen sind?«

»Nein.«

»Sarn und Gilda und zwei andere sind gekommen. Im

Moment sind sie bei Ke Rala. Sie bringen schlechte Nachrichten.«

Tama wartete. Wenn es um ernsthafte Dinge ging, wählte Hora seine Worte sorgfältig.

»Anscheinend sind einige unserer Jäger in die Hügel auf Schafjagd gegangen. Dabei trafen sie auf einen Jungen vom Hirtenvolk, der in einem Tal eine Herde hütete. Ich weiß nicht genau, was vorgefallen ist, aber es muß Streit gegeben haben. Andere Hirten fanden den Jungen schwerverletzt, mit einem Pfeil in der Seite. Sie trugen ihn zum Dorf zurück, aber die Wunde entzündete sich, und er starb daran. Sarn und Gilda haben seinen Vater mitgebracht und einen seiner Freunde, um Ke Rala um Rechtsprechung zu bitten.«

Tama schloß die Augen und sah wieder Sarn und Gilda vor sich, wie sie sich über ein totes Lamm beugten, dem Horas Pfeil im Hals steckte. Wieder hörte er die Worte des Alten Weisen: ›Zwischen den beiden Völkern ist Blut vergossen worden, und es wird nicht das letzte sein‹. Bedrückt von einem unguten Vorgefühl, wendete er sich zu Hora. »Warum sind Sarn und Gilda gekommen? Sie haben doch nichts mit der Sache zu tun?«

»Nein, ich glaube nicht. Aber der Vater des toten Jungen stottert stark und ist schwer zu verstehen. Und ich denke, daß sich die Hirten mit allen Dingen, die uns betreffen, an Sarn und Gilda wenden, weil sie uns zuerst getroffen haben.«

»Woher weißt du das alles?«

»Zwei unserer Jäger sind ihnen entgegengegangen und haben sie hierher begleitet. Wahrscheinlich werden Sarn und Gilda heute bei Ke Rala übernachten.«

»Ke Rala wird tun, was er für richtig hält. Aber diese Sache wird sowohl uns als auch den Schäferleuten Kummer und Sorgen bringen.«

Später am Abend sprach Tama mit Escha. »Wenn ein Gast in mein Haus kommt, steht es dir nicht zu, ihn anzusprechen, es sei denn, er spricht dich zuerst an.«

»Das weiß ich, aber Hora hätte von sich aus nicht mit mir gesprochen. Ich wollte wissen, wie es Mariti geht.«

»Ich wußte nicht, daß du mit Mariti befreundet bist.«

»Wir unterhalten uns manchmal, nach Frauenart. Sie war beunruhigt, weil ihre Brust so weh tat, und sie das Baby nicht stillen konnte.«

»Das hätte mir jemand sagen sollen. Wie lange hatte sie diese Schmerzen schon?«

»Seit Hora sie vor der Geburt des Babys geschlagen hat, weil sie nicht bei ihm liegen wollte.«

Escha drehte sich zu Yaka herum, der ruhig schlief. Tama ging in seinen eigenen Raum. Hora hatte Mariti geliebt, bevor er sie geheiratet hatte. Sie hatte ihm zwei stämmige Jungen und nun ein Mädchen geboren. Sie besaß eine scharfe Zunge, war Hora aber eine gute Frau. Konnte er nicht genügend Freundlichkeit für sie aufbringen, um seine Lust im Zaum zu halten? Tama dachte: Ich habe Escha nie wirklich geliebt, aber wir achten uns gegenseitig. Ich schlage sie nicht. Seine Gedanken wanderten zu Gilda, die unter Ke Ralas Dach schlief, und Eifersucht regte sich in seiner Brust. Warum war sie gekommen? Sarn hätte dem stotternden Vater doch allein dabei helfen können, seinen Anspruch auf Gerechtigkeit zu vertreten. Er beschloß, am nächsten Morgen nichts zu unternehmen, bevor Ke Rala nicht nach ihm schicken würde.

Aber am nächsten Morgen kam Sarn von selbst zu ihm. Die beiden Männer umarmten sich innig. Escha und Yaka waren im Dorf, und so konnte Tama seinem Freund die seltene Ehre erweisen, ihn ins Haus einzuladen.

»Mein Bruder, geht es dir gut? Kommt deine Arbeit gut voran, und bist du glücklich, einen Sohn zu haben?«

»Ja, mir geht es gut. Unser Volk lebt nun unbesorgter, da die Jahreszeiten wieder ordentlich verlaufen. Die Dürre war eine schlimme Zeit, auch für dein Volk. Habt ihr sehr gelitten?«

»Das Schlimmste war, daß wir das Dorf verlassen mußten, als der Frühling ausblieb und wir kein Süßwasser hatten. Besonders für die Alten war es furchtbar. Als wir zurückkamen, sah alles anders aus, irgendwie traurig. Vögel hatten sich in manchen Häusern eingenistet, ein Baum war auf ein Hausdach gefallen. Durch die Sonne hatten die Boote Risse im Holz. Sie konnten nicht mehr benutzt werden, bis wir sie neu abgedichtet hatten. Aber sicher war es bei euch ähnlich.«

Sarn erwähnte Nikalas Tod nicht, deshalb erzählte Tama ihm die näheren Umstände.

»Ich wußte von eurem Treffen mit einigen unser jungen Leute und der gemeinsamen Übernachtung. Rads jüngerer Bruder Rollo hat mir davon erzählt. Sie sahen auch das Feuer, aber er sagte nicht, daß sie es verursacht hätten. Wie schrecklich, wenn das wirklich durch die Fahrlässigkeit unserer jungen Leute passierte.«

»Das werden wir wahrscheinlich nie genau erfahren. Aber einige unserer Ältesten glauben es. Deshalb sieht der Mord an eurem Hirtenjungen wie ein Racheakt aus. Sarn, wir dürfen nicht zulassen, daß Blutschuld unsere beiden Völker entzweit.«

Bei der Besprechung dieser Angelegenheit lag allerdings noch eine andere Sache in der Luft, die Tama aber nicht ansprach, obwohl er es gerne getan hätte. Er überließ es Sarn, kurz bevor er ins Dorf zurückging, nebenbei zu bemerken: »Wußtest du, daß Gilda mit uns gekommen ist? Sie verbringt den Morgen bei Ayana und den anderen Frauen unseres Volkes.«

»Ja, ich glaube, Hora hat es erwähnt. Ich nehme an, daß ich sie noch sehen werde.«

»Natürlich. Ihr werdet euch viel zu erzählen haben.«

Tama beobachtete Sarn, wie er mit großen, lockeren Schritten den Weg hinunterging und der Wind in seinen blonden Locken spielte. Ich liebe ihn, dachte er. Er ist wirklich mein geistiger Bruder. Wenn ich nur immer mit denen leben könnte, die ich liebe. Wenn Rua und Nikala nur noch lebten, wenn ich dem Alten Vater gegenüber nur darauf bestanden hätte, daß ich Gilda heiraten wollte. Verlangt Ka Balu immer, daß die Menschen, die ich liebe, von mir genommen werden? Muß mein Geist sich immer selbst genügen?

Später am Tag nahm Tama an einem Treffen im Langhaus teil, bei dem Ke Rala den Ältesten vom Tod des jungen

Hirten berichtete. Kaum hatte er zu Ende gesprochen, sprang Avida auf.

»Meine Brüder, diese Geschichte ist sehr merkwürdig. Eine Gruppe von Schäfern kommt mit einer Geschichte hierher, wonach einer unserer Jäger einen Schäferjungen getötet haben soll. Wo ist der tote Junge? Haben wir ihn gesehen? Es kommt mir merkwürdig vor, daß der Vater des Jungen so schlecht sprechen kann, daß er andere braucht, die seine Meinung für ihn ausdrücken. Wir kennen Sarn und haben nichts gegen ihn. Meiner Meinung nach benutzen diese Leute Sarn, um ihre Geschichte durchzubringen. Irgendwie wurde dieser Hirtenjunge getötet. Was wir sicher wissen, ist, daß Nikala getötet wurde, weil Jungen vom Schäfervolk verantwortungslos mit Feuer umgingen. Es muß ihnen klar sein, daß wir von ihrer Schuld wissen. Sie fürchten sich vor unserer Rache, deshalb versuchen sie nun, die ganze Angelegenheit umzudrehen und uns die Schuld am Tod eines Schäferjungen zu geben. Es ist viel wahrscheinlicher, daß er starb, weil er sich irgendwie dumm angestellt hat. Ich glaube kein Wort von ihrer Geschichte. Unser Häuptling soll unsere Jäger herrufen und sie fragen, wer von ihnen den Jungen getötet hat. Ich glaube das alles nicht, bevor ich nicht gehört habe, daß ein Mann den Mord zugibt.«

Man stimmte dem Vorschlag zu, daß alle Männer des Dorfes zusammengerufen werden sollten, um die Geschichte zu hören. Es wurden starke Zweifel daran geäußert, daß ein Jäger vom Hirschvolk für den Tod des Schäferjungen verantwortlich sein könnte. Niemand zweifelte Avidas Feststellung an, daß Nikalas Tod das direkte Ergebnis der Fahrlässigkeit der Schäfer war. Man schien es überhaupt übel zu nehmen, daß die Schäfer gewagt hatten, diese Angelegenheit vor Ke Rala zu bringen. Tama hörte mit wachsender Unruhe zu und trat schließlich nach vorne.

»Ich muß feststellen, daß diese Auseinandersetzung von viel Leidenschaft, aber wenig Vernunft bestimmt wird. Da ist Zorn zu spüren. Woher kommt er? Fürchten wir uns vor den Schäferleuten? Seit wir in dieses Land gekommen sind, haben sie uns nichts als Freundlichkeit entgegengebracht.

Ich trauere genauso um Nikala wie seine Eltern und Clanbrüder. Ich sah, wie glücklich er in der Nacht vor seinem Tod mit den Schäferjungen und -mädchen war. Das Feuer, das ihn getötet hat, ist nicht absichtlich gelegt worden. Das ist für mich so sicher, als hätte Ka Balu es selbst gesagt. Es ist falsch, zwischen diesem Unglück und dem Mord an dem Schäferjungen einen Zusammenhang zu schaffen. Wir sind der Wahrheit verpflichtet, nicht der Angst, dem Zorn oder der blinden Rache. Wir müssen hören, was die Schäfer zu sagen haben, und dann unsere Jäger befragen. Wenn Leute aus unserem Volk schuldig sind, müssen sie bestraft werden.«

Tara sprach als nächster. Er unterstützte Tama und schlug vor, die Schäfer sollten vor einer Vollversammlung der Männer des Hirschvolkes im Langhaus sprechen; doch es gab starken Widerstand, daß ein Angehöriger des Schäfervolkes das Langhaus betrat. Ke Rala hörte sich alles an und traf dann seine Entscheidung.

»Morgen früh werden alle Männer sich am Versammlungsplatz treffen. Wir werden uns alle die Geschichte des Schäfers anhören. Dann werde ich fragen, ob einer unserer Jäger etwas dazu zu sagen hat. Wenn sich niemand von selbst meldet, muß den Schäfern Gelegenheit gegeben werden, die Schuldigen herauszufinden und sie anzuklagen. Es wird meine Aufgabe sein zu entscheiden, wer die Wahrheit spricht, und die Schuldigen zu bestrafen.«

»Angenommen, du entscheidest, daß die Schäfer lügen, wirst du dann sie bestrafen?« fragte Avida.

»Ich werde dem Gesetz Genüge tun«, antwortete Ke Rala streng. »Nicht das, was ich möchte, zählt, sondern was das Gesetz Ka Balus vorschreibt. Meine Macht kommt von Ka Balu, und meine Entscheidung wird ihm gefällig sein.«

Nachdem Escha am nächsten Morgen Tama sein Essen gebracht hatte, setzte sie sich mit niedergeschlagenen Augen vor ihn und wartete, bis er mit Essen fertig war.

»Ka Balu sei Dank für die Nahrung meines Körpers. Escha, sag mir nun, was dich beschäftigt.«

»Es ist die Nachricht, die Gilda bringt. Die Mutter meiner

Tante Nonni lebt nicht mehr. Bevor der Regen kam, hat ihr Geist sie verlassen. Sie einem Jahr liegt ihr Körper im Hain der Toten, und ich wußte nichts davon. Manchmal machte sie mir großen Ärger, und sie war oft undankbar für das, was ich für sie tat, aber sie war meine Großmutter, und für den Frieden meines Geistes ist es wichtig, daß ich mit ihren Knochen spreche. Und Tante Nonni ist nun allein. Ich mache mir Sorgen, Meister. Was soll ich tun?«

Solche Augenblicke wie diesen gab es öfter, in denen Tama deutlich daran erinnert wurde, daß sie nach dem Gesetz des Hirschvolkes nicht Ehemann und Ehefrau waren. Sie war nur eine Frau, die für ihn arbeitete und ihm gehorchte. Trotzdem hatte sie ihm einen Sohn geboren und sich nie über ihr Schicksal beklagt. Nur noch selten sprach sie von ihrem früheren Leben bei ihrem eigenen Volk.

»Was möchtest du gerne tun?«

Verwirrung und Sorge sprachen aus Eschas Augen, als sie zu Tama aufsah. Sie schüttelte leicht den Kopf, sagte aber nichts. Tama stand auf.

»Wir werden ein anderes Mal darüber reden. Ich muß mich jetzt für das Treffen der Jäger heute morgen vorbereiten. Sei beruhigt. Ich werde einen Weg finden, wie ich dir helfen kann.«

Der Morgen war mild und neblig, als sich die Jäger und Ältesten auf dem offenen Versammlungsplatz am Fluß einfanden. Frauen und Kinder blieben in den Häusern. Ke Rala beschrieb kurz, wie er vorgehen wollte. Der Vater des toten Schäferjungen sollte mit Sarns Hilfe erklären, was geschehen war. Ke Rala würde dann die betreffenden Jäger auffordern, die Wahrheit zu sagen.

»Wir Jäger vom Hirschvolk sind keine Feiglinge. Was wir getan haben, geben wir zu. Wenn es gut war, nehmen wir Lob an, und wenn es falsch war, eine gerechte Strafe. Die Wahrheit zu wissen und nicht zu sprechen, bedeutet zu lügen. Wenn etwas Falsches getan wurde, ist es an mir, im Sinne der Gesetze Ka Balus über die Strafe zu entscheiden.«

Der Vater des toten Jungen, Jana, gab mit Hilfe von Sarn die Geschichte wider, die sein sterbender Sohn ihm erzählt hatte. Es war traurig anzusehen, wie sich beim Stottern sein ganzes Gesicht verzog. Der Junge hatte seine Schafe in einem engen, nach der Ebene geöffneten Tal weiden lassen. Er hatte gesehen, wie sich drei Jäger näherten, und war erschrocken über die heimliche Art gewesen, mit der sie sich anschlichen. Statt sie anzurufen, wie er es zunächst vorgehabt hatte, führte er die Schafe auf einen Weg über den Talkamm. Plötzlich bohrte sich ein Pfeil in seine Seite, und er fiel zu Boden. Er mußte das Bewußtsein verloren haben, denn als er wieder zu sich kam, war er allein in der Abenddämmerung. Später fanden ihn zwei andere Schäferjungen. Sie schnitten die Pfeilschaft ab, konnten die Spitze aber nicht herausbekommen. Sie trugen ihn zur Hütte und am Morgen hinunter ins Dorf. Zwei Tage später starb er.

Tama hatte gedacht, daß einer der Ältesten die Geschichte anzweifeln würde, aber das war nicht der Fall. In der Erzählung des von Schmerzen zerrissenenen Vaters lag eine bezwingende Ehrlichkeit, die Zweifel nicht aufkommen ließ.

Sarn zog einen abgebrochenen Pfeilschaft hervor und gab ihn Ke Rala, der ihn hochhielt, damit alle ihn sehen konnten. An der Form sah man deutlich, daß es das Werk eines Hirschjägers war. Die Jungen vom Schäfervolk, die an Pfeil und Bogen Gefallen gefunden hatten, stellten keine solch vollkommenen Pfeile her.

»Nun«, sagte Ke Rala ruhig, »sollen alle vortreten, die etwas zu dieser Geschichte zu sagen haben.«

Die Jäger in den vordersten Reihen blieben unbewegt und still. Doch dann erhoben sich drei der jungen Männer weiter hinten und kamen langsam nach vorne auf den freien Platz. Tama sah, daß einer von ihnen Ilak war. Er hatte Hora und E Nga auf der Reise begleitet, von der sie Escha mitgebracht hatten. Ilak hatte sich zu einem gutaussehenden jungen Mann entwickelt, aber er war eitel. Er massierte ständig seine Muskeln mit Öl, flocht sein langes Haar zu Zöpfen und hatte keinen guten Ruf als Jäger. Man sagte, er sei als Jäger am erfolgreichsten in dem dunklen Busch zwischen den Schenkeln eines Mädchens, wo sein Pfeil immer ins Ziel treffe. Zusammen mit seinen beiden Clanbrüdern blieb er unsicher vor Ke Rala stehen.

»Sprecht«, sagte der Häuptling, »einer nach dem anderen. Du zuerst, Charla.«

Der Kleinste von den Dreien begann. »Wir waren den ganzen Tag auf der Jagd und hatten nichts gefunden. Wir waren hungrig und weit weg, zu weit, um vor Einbruch der Nacht zu Hause zu sein. Wir beschlossen, uns irgendwo in den Hügeln einen Unterschlupf zu suchen. Wir dachten, wir würden vielleicht einige Schäferjungen treffen und mit ihnen zu einer Hütte gehen können. Ilak hat gesagt ...«

Charla warf Ilak, der rot wurde, einen schnellen Blick zu und verstummte dann.

»Sprich weiter«, sagte Ke Rala.

»Ilak hat gesagt, wir könnten vielleicht ein paar Schäfermädchen in einer Hütte treffen.«

Ein halb erheitertes Murmeln erhob sich unter den Jägern und verebbte wieder, als der Häuptling die Stirn runzelte.

»Als wir uns einem Tal in den Hügeln näherten, sahen wir Schafe und beschlossen, uns eines zum Essen zu schießen. Es schien niemand bei den Schafen zu sein. Erst als wir auf Schußweite heran waren, sahen wir einen Mann, der die Schafe wegtrieb. Durra sagte, wir sollten umkehren, aber Ilak und ich wollten es versuchen. Ein Schaf ging ein Stück hinter den anderen. Ilak spannte einen Pfeil in seinen Bogen, aber gerade, als er ihn abschießen wollte, zog Durra an seinem Arm. Wir sahen den Mann auf den Boden fallen.«

Ke Rala drehte sich zu Ilak herum.

»Ist das alles wahr?«

»Ja, Häuptling.«

»Und du, Durra?«

»Es ist alles wahr. Ich versuchte, Ilak am Schießen zu hindern.«

»Aber du hast seinen Pfeil abgelenkt, und er schoß auf den Schäfer?«

»Wir hatten nicht vor, ihn zu verletzen.«

»Ilak, was ist dann geschehen?«

Ilaks Gesicht war schweißüberströmt. Er leckte sich die Lippen.

»Wir hatten Angst. Nach einer Weile, als der Mann sich nicht bewegte, kletterten wir zu ihm hoch. Er lag mit dem Gesicht nach unten im Gras, rührte sich aber nicht. Wir dachten, er sei tot. Die Schafe waren auf dem anderen Weg über den Hügel gegangen, und wir nahmen an, daß andere Schäfer bald kommen und nach dem Mann sehen würden, auf den wir geschossen hatten. Wir bekamen Angst und machten uns schnell davon.«

Noch nie zuvor hatte Tama Ke Rala mit solchem Zorn sprechen hören. Rasche Worte flogen den drei zitternden jungen Männern vor ihm wie schmerzende Peitschenschläge um den Kopf. Er verdammte ihre Entscheidung, das Schaf zu stehlen; er verdammte Ilak für den Schuß und Durra für seine Dummheit, den Arm eines Mannes zu packen, der gerade schießen wollte. Aber vor allem verdammte er, daß sie einem verwundeten Mann nicht halfen, sondern feige davonrannten.

»Ihr habt der Ehre eines Jägers Schande gemacht. Ihr habt die Lehrer enttäuscht, die euch ausgebildet haben, den Alten Vater, der euch beibrachte, wie man nach den Gesetzen Ka Balus lebt. Ihr habt einem jungen Mann des Schäfervolkes, die unsere Freunde sind, den Tod gebracht.«

Unter dieser bitteren Anklage sanken die drei Männer in sich zusammen. Der kraftvolle Körper und die geballten Fäuste des Häuptlings schienen einen unmittelbar bevorstehenden Angriff anzudeuten. Aber plötzlich wandte er sich ab, um sich mit den Ältesten zu besprechen. Tama war sehr erschrocken über Ke Ralas nur mit Mühe gebändigte Wut und stellte sich eine Weile abseits, um tief durchzuatmen und seine innere Ruhe wiederzufinden. Da ging Sarn auf ihn zu, zögerte, kam dann näher und sprach mit ruhiger Stimme zu ihm.

»Tama, wir wollen keine Rache. Wir haben nun die Wahrheit herausgefunden. Es ist eine schmerzliche Wahrheit, aber es darf keine strenge Bestrafung geben. Ilak und die anderen werden ihr dummes und feiges Handeln niemals vergessen.

Sie werden immer durch die Erinnerung an ihre Tat bestraft sein.

»Bist du sicher, daß das der Wunsch deines Freundes ist, dessen Sohn nun tot ist? Er will nicht, daß die drei Jäger bestraft werden?«

»Nein. Er versteht, daß sie dumm waren, Angst hatten und den Tod seines Sohnes verursacht haben, doch haben sie es nicht absichtlich getan. Er vergibt ihnen.«

»Ich werde mit den Ältesten reden. Der Häuptling hat gesagt, daß er Ka Balus Gesetze aufrechterhalten muß. Die Bestrafung eines Mannes, der fahrlässig mit seinem Pfeil einen anderen tötet, besteht darin, daß man ihm den Daumen der Dolchhand bricht, so daß er niemals mehr einen Bogen in die Hand nehmen kann, ohne sich zu erinnern, was er getan hat.«

»Oh, das ist ja schrecklich. Tama, du mußt das verhindern. Jana wäre ganz außer sich. Sein Sohn ist tot, aber er wird durch die Verstümmelung der drei jungen Jäger nicht wieder lebendig. Bitte, Tama, sprich mit den Ältesten und mit Ke Rala.«

Tama bezweifelte, daß Sarns Bitte bei Ke Rala auf fruchtbaren Boden fallen würde, aber unerwarteterweise fand er Unterstützung bei den Ältesten. Sie waren sich alle einig, daß Strafe sein müsse, aber niemand war für den grausamen Brauch des Daumenbrechens. Tama fiel auf, daß diejenigen, die so stürmisch dafür eingetreten waren, daß Nikalas Tod gerächt werden müsse – Avida, Wirira und Vika –, sich nun ebenso stürmisch dafür aussprachen, daß Ilak und seine Clanbrüder die schwere Strafe der Verstümmelung nicht verdient hätten. Die alten Männer dachten jedoch weniger an Gnade, sondern waren eher der grausamen Ansicht, der Tod des Schäferjungen sei Ka Balus Rache für Nikalas Tod und dürfe daher nicht weiter verfolgt werden. Ke Rala war der einzige, der sich für die Verstümmelung aussprach, da seiner Meinung nach nur so dem Gesetz Genüge getan würde. Erst als Tama die Bitte Sarns um Gnade und die Janas um Vergebung unterstützte, begann er in seiner Entscheidung zu schwanken.

»Du bittest darum, daß wir unsere Gesetze ändern, um zwei Männern eines anderen Volkes einen Gefallen zu tun? Sarn und Jana sind nicht die Gesetzgeber des Hirschvolkes. Unsere Jäger haben uns Schande gemacht und die Strafe der Verstümmelung verdient.«

»Ich glaube, daß Ka Balu durch Sarn und Jana zu uns gesprochen hat«, sagte der Priester. »Er bringt uns dazu, den Bruch zwischen den beiden Stämmen zu heilen. Nikalas Tod war offenbar das Ergebnis der Fahrlässigkeit von Hirten, aber nun ist ein junger Schäfer gestorben, weil unsere Jäger verantwortungslos waren. Laß es damit genug sein. Möge dies das Ende von Verdächtigung und dem üblen Gerede über Rache sein. Laßt uns großzügig und gutwillig handeln, um der Großzügigkeit der Hirten in nichts nachzustehen. Wenn wir die Verstümmelung wirklich durchführen, müssen wir unser ganzes Leben lang die Bitterkeit dreier Jäger ertragen, die vielleicht nie mehr einen Pfeil ins Ziel schießen werden. Wir sind auf die Tüchtigkeit unserer Jäger angewiesen, um unser Volk zu ernähren.«

Es wurde noch weiter darüber gesprochen, aber am Ende beschloß Ke Rala, wenn auch widerwillig, daß die drei Jäger in den nächsten sechs Monaten nicht auf die Jagd gehen dürften und dafür in den Gärten zu arbeiten hätten. Es war eher eine Demütigung als eine Strafe. Bevor die Versammlung sich auflöste, knieten Ilak, Charla und Durra vor dem weinenden Jana nieder, umfaßten seine Füße und empfingen seine Vergebung in holprigen Worten.

Am Nachmittag kamen Sarn und Gilda zum Haus des Priesters hinauf. Tama wußte von diesem Besuch und hatte Escha gebeten, bei ihm zu bleiben. Die Aussicht, Gilda nach zehn Jahren wiederzusehen, brachte ihn ziemlich durcheinander; er wollte sich an Eschas Gegenwart festhalten – ihrer Gegenwart als Mutter seines Sohnes. Als er aber den Weg hinunterging, um seine Gäste zu begrüßen, war ihm bewußt, daß er Gilda zuerst einmal alleine sehen wollte, ohne daß Eschas Blicke auf sie gerichtet waren. Als er dann Gildas Hände in die seinen nahm, spürte er, daß er nicht ganz aufrichtig war.

»Gilda, Schwester meines Bruders Sarn. Die Sternenvögel sind schon zu viele Male wiedergekommen, seit ich dich das letzte Mal gesehen habe. Laß dich anschauen.«

Die hübschen Rundungen der Mädchenjahre waren verschwunden. Gildas Gesicht war dünner geworden, der großzügige Mund mehr zusammengepreßt, das früher offene Haar um den Kopf geflochten. Aus ihren Zügen sprach eine innere Selbstbeherrschung, die sie sich willentlich auferlegte. Tama sah verwundert, daß ihre Augen hellbraun waren, fast gelbbraun. Warum hatte er sich vorgestellt, sie seien ebenso grünbraun wie seine eigenen? In ihren Augen brannte eine ungebändigte Kraft, eine Unruhe, die sich in Schönheit verwandelte, wenn sie lächelte.

»Der junge Tama, den ich einst kannte, ist nun eine Autorität bei seinem Volk. Escha hat mir von deinem Sohn erzählt. Ich möchte ihn gern sehen.«

Escha kam mit dem Jungen an der Hand, um sie zu begrüßen, und bat sie, sich auf den Matten niederzulassen, die sie im Schatten vor dem Haus ausgebreitet hatte. Yaka setzte sich seiner Mutter zu Füßen und wickelte einen Knäuel Schnur auf und ab.

Für Tama war es ungewohnt, die Unterhaltung nicht zu bestimmen. Wenn er zu seinen Schülern, den Dorfbewohnern oder den Ältesten sprach, war er sich immer ihrer Aufmerksamkeit und Achtung gewiß. Aber die Anwesenheit der Frauen schüchterte ihn ein, und er fühlte sich wieder unsicher wie ein Junge. Er begann, Yaka zu ermahnen:

»Wickle dieses Knäuel nicht ab, Yaka. Deine Mutter braucht es noch.«

Das Kind schaute seinen Vater lange und aufmerksam an, dann zog es an einem Faden, den es aber nicht abreißen konnte. Escha lächelte ihm zu, wickelte das Knäuel wieder auf und gab es ihm zurück.

»Es macht nichts«, sagte sie. »Ich brauche es nicht.«

Tama schaute Escha kühl an.

»Bring uns Bier«, sagte er. »Gilda, möchtest du Bier trinken? Es tut mir leid, daß wir kein Sonnenwasser haben.«

»Danke.« Gilda lächelte.

Sarn nahm sein Messer aus der Scheide und schnipselte an einem Flachsstengel herum. Yaka trottete zu ihm hinüber und sah aufmerksam zu.

»Ich will ein kleines Boot für dich machen. Mit einem Mast und Segeln. Gerade groß genug für dich und mich. Würde dir das gefallen?«

Das Kind betrachtete Sarns Gesicht mit seinem ernsthaften Blick. Plötzlich lächelte es, stellte sich auf die Zehenspitzen und klatschte in die Hände. »Boot für Yaka.«

Tama schaute dem Mann und dem Kind zu und fühlte einen Stich Eifersucht, so wie sonst, wenn er Ke Rala zusah, wie er mit seiner Tochter Vani spielte. Es war eine Art Ausgeschlossensein von einer Gemeinsamkeit, um die er sie beneidete. Er drehte sich zu Gilda um und erhaschte einen Blick sehnsüchtiger Zärtlichkeit, konnte aber nicht sagen, ob er ihm selbst oder dem Kind galt. Freundlich sagte er: »Erzähle mir von deinem Volk. Wie geht es deinen Eltern und meinen Freunden?«

Ihre Unterhaltung floß eine Weile leicht dahin. Wie Sarn erzählte, brumme Mada immer noch geschäftig und anscheinend ärgerlich vor sich hin; Yonni bleibe immer öfter für sich. Er arbeite weniger und habe nur einen Lehrling, dem er das Holzschnitzen beibringe. Chard sei krank, habe häufig Schmerzen und hüte das Haus. »Ich fürchte, daß sein Lebensfluß im Winter versiegen könnte«, sagte Sarn. »Du solltest ihn besuchen gehen. Er spricht immer noch von dir und fragt sich, ob du herausgefunden hast, wie man schreibt.«

»Sarn hat recht«, sagte Gilda, »warum kommst du nicht auf Besuch?«

Escha kehrte mit Bier und Kartoffelkuchen zurück. Sie füllte Gildas und Sarns Schalen mit Bier. Gilda probierte ihres, setzte es jedoch gleich wieder ab und versuchte dabei, ihren Gesichtsausdruck zu verbergen. Tama versuchte sein Bier, drehte sich um und spuckte es wieder aus.

»Frau, was soll das? Du gibst unseren Gästen saures Bier? Ich muß mich ja schämen. Haben wir nichts Besseres anzubieten?

Escha war sehr betroffen. »Es tut mir leid. Ich hätte es kosten sollen. Wir haben kein Sonnenwasser ...«

»Dann bring uns einfach Wasser. Dieses Zeug schmeckt scheußlich.«

Sarn lachte weiter. »Tama, mein Bruder, sei nicht zornig auf Escha. Du mußt uns besuchen kommen, wie Gilda sagt, dann werde ich dir beibringen, wie man Sonnenwasser macht. Eure Leute mögen Bier, aber ich weiß, daß dir unser Sonnenwasser lieber ist. Komm noch vor Ende des Herbstes und bleibe eine Weile. Bring Escha und Yaka mit. Es würde mich freuen, wenn unsere Söhne miteinander spielen könnten. Und du, Escha, könntest deiner Tante Nonni zeigen, welch hübscher Junge Yaka ist, und deine alten Freunde wiedersehen. Tama, versprich, daß du kommen wirst. Es ist nicht nett von dir, dich so lange von deinen Freunden fernzuhalten.«

Tama schämte sich für seine harten Worte. Sein dunkles Gesicht entspannte sich, als er die warme Zuneigung in den Augen des Bruders und der Schwester sah, die er liebte. Er drehte sich zu Escha um und bemerkte die Sehnsucht in ihrem Blick. »Ich werde mit Ke Rala sprechen. Ihr habt recht. Ich bin viel zu lange weggewesen.«

Lachend sprachen sie dann über andere Dinge. Sarn schnitzte das kleine Boot fertig, und Yaka hielt die Hände in tiefer Konzentration über sein Knie gefaltet. Als er die Segel eingefügt hatte, blies Sarn die letzten Späne weg und lächelte Yaka zu.

»Hier. Nun hast du dein eigenes kleines Boot. Wo können wir es schwimmen lassen?«

»Kommt mit«, sagte Escha. »Hinter dem Haus ist eine kleine Vertiefung im Boden, in die ich Wasser hineingießen kann. Die Pfütze ist dann gerade groß genug.«

Sie ging voraus. Sarn folgte ihr mit dem Boot. Yaka hielt seine Hand.

»Sarn ist wirklich ein guter Vater«, sagte Gilda liebevoll, und sah Tama dann erschrocken an. »Ich wollte damit nicht sagen ...«

»Nein, ich verstehe schon. Sarn ist ein guter Vater für alle

Kinder. Er versteht sie, und sie haben Vertrauen zu ihm. Ich finde es schwerer, mich Yaka gegenüber natürlich zu verhalten.«

»Weil du ein Priester bist?«

»Vielleicht. Ich glaube allerdings, daß eure Leute besser wissen als wir, was es bedeutet, ein Kind zu sein.«

Sie sagten eine Weile nichts, und alles Unausgesprochene hing schwer zwischen ihnen. Dann sagte Gilda:

»Es ist schön hier. Ein schöner Platz für ein Haus auf dieser Hügelkuppe.«

»Ja, hier ist es friedlich.«

»Aber muß Escha das Wasser den ganzen Weg vom Fluß herauftragen?«

»Ja, natürlich.«

Gilda lächelte und sah ihn neckend von der Seite an. »Warum ›natürlich‹?«

Tama erinnerte sich plötzlich an diese Art Blick, den sie ihm von schräg unten immer zugeworfen hatte. Das verwirrte ihn, und er wechselte schnell das Thema. »Erzähl mir von dir. Bist du glücklich mit Krisas Vater?«

Gilda sah ihn mit gequältem Lächeln an. »Was ist Glück? Ka Krisa ist gut zu mir. Ich besorge seinen Haushalt, helfe im Garten. Ich bin öfter allein als früher. Ka Krisa ist alt und unterhält sich gerne mit anderen Fischern. Wenn Glück aber Erfüllung bedeutet, nein, dann bin ich nicht glücklich. Mein Leben ist an einem Tiefpunkt angelangt. Es braucht einen Aufschwung. Alles bewegt sich wie die Wellen des Meeres, öffnet sich für neues Leben und zieht sich wieder in sich selbst zurück. Ich bin im Winter geboren. In einem anderen Winter wird mein Geist an den Strand eines neuen Lebens gespült werden. Aber wie ist es mit dir? Bist du glücklich?«

»Escha ist gut zu mir. Ich habe meine Arbeit. Mein Volk braucht mich. Ja, ich denke, ich bin glücklich.« Tama las die Frage in Gildas geradem und weichem Blick, bevor sie sie stellen konnte.

»Aber liebst du Escha?«

Er sprach mit ernsthafter Aufrichtigkeit.

»Sie dient mir gut. Sie ist eine gute Mutter für meinen

Sohn. Mit ihrem Körper bereitet sie mir Vergnügen, was mich befriedigt. Aber im Geist sind wir nicht eins. Ich liebe sie nicht so, wie ich dich vielleicht geliebt hätte.«

Gildas Augen öffneten sich weit, und ihr Atem beschleunigte sich. Mit aufwallendem Ärger sagte sie: »Das sagst du mir jetzt. Warum bist du damals nicht gekommen, um mir das selbst zu sagen, statt durch Hora zu sprechen? Warum ...«

»Still. Die anderen kommen zurück.«

Später gingen sie alle zusammen hinunter ins Dorf und aßen zusammen mit Ke Rala und Anielli zu Abend. Der Häuptling hielt sich an die alten Gebräuche und speiste allein mit den Männern, während die Frauen im Hintergrund saßen. Es war immer noch warm genug, um draußen zu essen und sich lange zu unterhalten, während die Sterne einer nach dem anderen am Himmel über dem Wald aufgingen.

Sarn erzählte, daß er Tama eingeladen hatte, und bat Ke Rala, ebenfalls sein Volk besuchen zu kommen.

»Zwischen uns hat es Leid gegeben. Unsere beiden Völker haben unter der Dürre gelitten. Aber jetzt, wo die Jahreszeiten wieder regelmäßig sind, ist es an der Zeit, wieder mit Freunden zu feiern. Kommt uns besuchen, und wir werden ein Großes Singfest veranstalten wie damals, als du das erste Mal zu uns gekommen bist. Damals waren wir noch Jungen, aber jetzt sind wir Männer mit Frauen und Kindern. Laßt unsere Kinder in Frieden zusammen spielen.«

Ke Rala gab selten sofort eine Antwort, wenn er um etwas gebeten wurde, weil er es vorzog, zuerst eine Weile darüber nachzudenken. Aber er dankte Sarn lächelnd und antwortete mit einem warmen Unterton in der Stimme: »Wir werden darüber nachdenken. Ich weiß, daß Anielli gerne euer Dorf sehen würde.«

Als Sarn und Gilda sich zwei Tage später mit Jana wieder auf den Weg nach Hause machten, war auf unausgesprochene Weise klar, daß Ke Rala und Tama mit anderen aus ihrem Volk im nächsten Winter zu einer Reise in das Dorf beim Langen Wasser aufbrechen würden.

2

»Denkst du darüber schon länger nach? Du hast noch nie davon gesprochen.«

»Ich glaube, ich begann darüber nachzudenken, als wir dieses Dorf erbauten und die Schäferleute uns halfen. Mein Vater hätte dafür keine Notwendigkeit gesehen, und der Alte Weise auch nicht, aber wir beide sind noch jung. Wir werden den Rest unseres Lebens in diesem Land verbringen. Die Schäfer in den Hügeln sind nicht weit weg von uns, und zwischen unseren beiden Völkern hat es bereits einige Unstimmigkeiten gegeben. Ich fände es gut, ihnen die Wahrheiten Ka Balus zu vermitteln. Wenn sie seine Gesetze annähmen, würden sie uns besser verstehen, und auch für uns wäre es leichter, mit ihnen umzugehen.«

Ke Rala und Tama saßen im Schatten von Ke Ralas Geistbaum, einem riesigen Totara, der am Fluß stand. Morgendliches Sonnenlicht glitzerte auf dem Wasser.

Während Tama die ruhige Entschlossenheit in den Worten des Häuptlings hörte, überlegte er, ob Ke Rala jemals Zweifel an seinen Entscheidungen hegte. Er sprach zwar jetzt mit Tama darüber, würde aber nur dann die Angelegenheit ernsthafter überdenken, wenn Tama ihm deutlichen Widerstand entgegenbrachte. Tama hatte ebenfalls bereits darüber nachgedacht, dem Hirtenvolk einige der grundlegenden Gesetze Ka Balus beizubringen, die das Alltagsleben regelten, aber mehr mit dem Ziel, ihre eigene Kultur dadurch zu bereichern.

»Ich bin nicht gegen diese Idee«, sagte er. »Aber ich muß mir genau überlegen, wie die Lehren Ka Balus am besten vermittelt werden können. Vielleicht könnte ich ihnen einige der Geschichten erzählen, die ich den Clanbrüdern immer am Anfang ihres Unterrichts erzähle. Was wäre, wenn einige Schäfer wirklich Ka Balus Lehren annehmen würden und mehr darüber wissen wollten? Könnten wir sie jemals in das Dunkle Wissen einweihen?«

Ke Rala preßte die Lippen aufeinander und schüttelte entschlossen den Kopf. »Nein, sicher nicht. Sie könnten niemals an unserem heiligsten Wissen teilnehmen, ebenso wie wir ihre Männer niemals in unsere Clanbrüderschaft aufnehmen können. Nein, ich schlage etwas viel Einfacheres vor: Wir könnten diesen Besuch dazu nutzen, ihnen von unserem Glauben an Ka Balu zu erzählen, und versuchen, wenigstens einige von ihnen zu überzeugen, ihn als ihren Gott anzuerkennen. Ich kann nicht verstehen, daß sie keinen Gott haben. Wenn sie von Shan sprechen, meinen sie nur einen gewöhnlichen Sterblichen, einen Ur-Urahnen, der ihr Dorf gegründet hat. Er war kein Gott. Und sie haben auch keinen Führer. Wie kann ein Volk ohne einen Führer leben? Was tun sie, wenn sie untereinander uneinig sind?«

»Sie setzen sich alle zusammen und sprechen darüber. Offenbar löst das ihre Probleme. Sie sind friedliche Leute. Sarn hat mir einmal erzählt, daß es in ihrem Dorf seit mehr als fünf Lebensaltern keinen Mord mehr gegeben habe.«

»Denke gut über meine Worte nach, Tama. Vieles könnte von deiner Geschicklichkeit abhängen, den Schäfern Ka Balu nahezubringen. Ich werde noch einmal mit den Ältesten darüber sprechen. Ich denke, sie sind jetzt einverstanden, daß du und ich die Schäferleute besuchen. Ich hoffe, der alte Avida wird nicht zu viele Männer zum Aufruhr anstiften, während ich weg bin. Es wird auch schön sein, die Frauen mitzunehmen: Anielli ist niemals am Langen Wasser gewesen, und sicher wird Escha auch froh darüber sein, eine Zeit dort zu verbringen. Wir werden ein paar Jäger mitnehmen und an dem Vollmond aufbrechen, der nach der Tagundnachtgleiche kommt.«

Tama war gerührt, wie Escha sich freute, mitkommen zu dürfen. Yaka war mit drei Jahren alt genug zum Laufen, obwohl es wegen der Kinder eine längere Reise von drei oder vier Tagen werden würde.

Als der Kalenderstein zeigte, daß Tag und Nacht im Gleichgewicht waren und der Mond zunahm, suchte sich

Tama einen Stock aus, auf dem er unterwegs die Tage ihrer Abwesenheit markieren konnte. Nach seiner Rückkehr konnte er dann den Kalenderstein daran angleichen. Ein Angebot der Ältesten, sich in seiner Abwesenheit um den Kalender zu kümmern, hatte er entschlossen abgelehnt. Das tägliche Ritual, den winzigen Steinstift in das nächste Loch zu stecken, war ein zu heiliger Vorgang, als daß er ihn jemand anderem anvertrauen konnte, denn er war auch die lebendige Verbindung zum Alten Vater. Am Tag vor der Abreise deckte Tama den Kalender mit Fellen zu und rief Ka Balu an, ihn zu beschützen.

An einem klaren, frischen Herbstmorgen, kamen alle zusammen, um ihre Führer zu verabschieden. Es gab viel Gelächter und Scherze, und man beschwor alle möglichen wilden Feste herauf, die während ihrer Abwesenheit gefeiert werden würden. Sogar Ke Rala machte mit. Tama freute sich zu sehen, wie gerne der Häuptling die Pflichten seines Amtes übergab, auch wenn er es nicht lassen konnte, den Ältesten in aller Feierlichkeit letzte Ermahnungen zu erteilen. Als die Abschiedsrufe hinter ihnen verklangen und auch die nebenher springenden jungen Leute nach und nach am Waldesrand zurückblieben, drehte sich Ke Rala zu Tama um: »Dieser Besuch wird mir Freude machen. Manchmal denke ich, wir nehmen unsere Pflichten zu ernst.«

Tama setzte eine wissende Miene auf und nickte, wobei er nur mit Mühe ein Lächeln unterdrücken konnte.

Es war eine glückliche Reise. Sie hatten Zeit, das Wetter war gut, und sie hatten sich nur um ihr eigenes Wohlergehen zu kümmern. Die Männer und Frauen freuten sich fast ebenso wie die Kinder über die weiten Ausblicke in den Ebenen im Gegensatz zu der kleinen Welt ihres Dorfes, das auf einer Lichtung inmitten des Waldes lag. Die ersten beiden Nächte schliefen sie in Hütten, aber Tama und zwei der Jäger blieben lieber draußen, und die dritte Nacht verbrachten dann alle unter freiem Himmel. Sie lagen ruhig und beobachteten durch die Blätter hindurch das langsame Heraufziehen der Sterne. Tama spürte wieder das Gefühl der Verwandtschaft mit der Nacht, das ihm im Inneren einer

Hütte abhanden kam. Wir sind eins mit der Wanderung der Sterne, dachte er. Es ist nicht gut, zu lange an einem Platz zu bleiben. Das Leben ist immer in Bewegung, wie die Schäfer sagen, und wir müssen mit ihm fließen. Der Jäger weiß das, wenn er seinen Geist aussendet, um mit den großen grasenden Langhornbullen mitzuziehen. Ich spüre es, wenn die Lieder Ka Balus durch mich fließen. Aber im Dorf, in den Häusern, wenn wir Stoffe weben, Waffen herstellen und Feldfrüchte anbauen neben den Grabsteinen unserer Toten, geschieht es allzu leicht, daß wir unsere ganze Zeit damit verbringen, die Bedürfnisse des Körpers zu befriedigen, und das Bedürfnis des Geistes, mit den Sternen zu wandern, vergessen.

Und er erinnerte sich, daß er die wichtigsten Erfahrungen seines Lebens während solcher Wanderungen gesammelt hatte. Als Junge mit seinen Clanbrüdern auf der langen Wanderung hatte er einen von Menschenhand erbauten Damm an einem Fluß entdeckt. So war ihm zum erstenmal klar geworden, daß ein anderes Volk einst in diesem Land gewohnt hatte. Auf der langen Reise durch die Berge mit Rua hatte er am sommerlichen Meer Freiheit und Glück erlebt wie seitdem nie wieder. Und die tragischen Ereignisse auf dem Rückweg hatten ihm den größten Schmerz an Körper und Seele zugefügt, den er je erfahren hatte. Erst als der schreckliche Winter mit dem vielen Schnee vorüber und er mit Ke Rala im Flußbett unterwegs gewesen war und seinen Wahrheitsstein gefunden hatte, zog wieder ein Gefühl des Friedens in ihm ein. Und als er das Volk aus ihrer alten Heimat durch die Berge bis in das Land der Aufgehenden Sonne führte, wurde er vom Jungen zum Mann. Nun diese Reise, um die Saat des Geistes in einem befreundeten Volk zu säen. Was würde daraus entstehen? Ein Mensch muß immer unterwegs sein, wenn er zur Wahrheit kommen will.

Am Nachmittag des nächsten Tages lag das Lange Wasser unter einer dünnen Nebelwolke. Die Gruppe stieg den Hügel hinab und erreichte die ersten Hütten des Dorfes. Man wußte von ihrem Kommen, denn vor einigen Tagen waren bereits zwei Jäger vorausgeeilt. Tama erinnerte sich an das aufgeregte Geschrei, als er vor zehn Jahren zum ersten Mal dort angekommen war, und war ein bißchen enttäuscht. Aber das ging schnell vorüber, als einige seiner alten Freunde auf ihn zukamen und ihn herzlich begrüßten – Sarn und Ana, Gilda und ihre Eltern, Rad, Lorna und andere.

Tama begleitete Escha, um ihre Tante zu begrüßen, aber nachdem sie Sonnenwasser zusammen getrunken hatten, ließ er Yaka und Escha in deren früherem Zuhause zurück und machte sich auf den Weg zu Sarn. Ke Rala und Anielli waren von Yonni aufgenommen worden. Die Abenddämmerung war erfüllt von Wärme, Sonnenwasser und Gelächter. Das Lange Wasser glänzte unter dem verblassenden Himmel, die Nacht war ruhig, mild und sternlos. Tama schlief gut.

Die Besucher verbrachten den nächsten Tag damit, sich von Haus zu Haus führen zu lassen und in guter Gesellschaft viel zu essen und zu trinken. Tama blieb mit Escha und Yaka einige Zeit in Tante Nonnis Haus, aber er fühlte sich dort fehl am Platz. Er war irritiert, weil er nicht gebraucht wurde, und sein Geist fühlte sich nicht wohl in einem Haus, in dem seit Jahren kein Mann mehr gelebt hatte. Escha schien damit einverstanden zu sein, daß er in Sarns Haus wohnte; sie war selbst so glücklich darüber wieder in ihrem alten Zuhause zu sein.

Während Tama durchs Dorf ging, fielen ihm Zeichen von Vernachlässigung auf, an die er sich von seinem ersten Besuch her nicht erinnern konnte: ein umgestürzter Apfelbaum, von hochwachsendem Gras überwuchert; Brennesseln, die auf dem nicht mehr benutzten Weg zu einem leeren Haus wuchsen; ein zerrissenes Netz am Strand. Zweimal hörte er zornige Stimmen und das Weinen von Kindern. Er besuchte Jana und saß geduldig bei ihm, während dieser mit stotternder Stimme erzählte, was für ein guter Junge sein Sohn gewesen sei. Dabei tranken sie helles Sonnenwasser, das Janas Frau brachte. Später am Nachmittag ging er mit Sarn zu Chard.

Als sie bei seinem Haus ankamen und gerade anklopfen

wollten, hörten sie von drinnen eine Art leisen, monotonen, sich wiederholenden Singsang, der anstieg und wieder abfiel und aus unzusammenhängenden Silben bestand. Tama lief ein Schauer über den Rücken, und Sarn wandte sich ab.

»Wir können später zurückkommen. Wenn der Schmerz stärker wird, spricht Chard mit ihm, bittet ihn, wegzugehen und ihn in Ruhe zu lassen. Er sagt, es hilft. Du wirst ihn sehr verändert finden. Ich glaube, seine Lebenskraft fließt schnell aus ihm heraus.«

Sie setzten sich auf ein Stück Holz am Strand und sprachen von alten Zeiten und von Veränderungen inmitten des unveränderten Wechsels des Lebens. Es war leicht, vertrauliche Dinge mit Sarn zu bereden. Er hatte eine natürliche Einfachheit an sich und nahm die Dinge lieber so hin, wie sie erzählt wurden, als weitere Fragen zu stellen, wie Tama es tat. Diese Einfachheit glich Unsicherheiten aus und ließ das Leben so sein, wie es eben war. Tama war in friedlicher Stimmung, wie immer in Sarns Gegenwart. Er dachte an den Hintergrund des Besuchs, an die bevorstehende Notwendigkeit, zu den Schäferleuten von Ka Balu zu sprechen. Er fragte sich jedoch, ob er ihnen über die Weisheit von Sarns allumfassender, starker Sanftheit hinaus etwas beibringen könnte.

Sie kehrten zu Chards Häuschen zurück und trafen ihn auf der Türschwelle, wo er die letzte Wärme der Nachmittagssonne auskostete. Tama war erschrocken über sein Aussehen. Sein Körper war so leicht und zerbrechlich wie ein Herbstblatt, das im Wind hin und her flatterte. Seine Hände waren kalt und trocken, und seine Stimme klang kraftlos. Sein Lächeln war müde, aber man konnte noch etwas von der alten freundlichen Wärme in seinen Augen sehen.

»Du bist gekommen«, sagte er, »Sarn sagte, du würdest kommen. Du bist gewachsen. Und du bist stark. Nicht nur, was den Körper betrifft, sondern auch, was den Geist betrifft. Das ist gut.«

Tama fand es schwierig, darauf zu antworten; seine Vorfreude, sind mit Chard zu unterhalten, war durch die Schwäche des alten Mannes getrübt worden. Sarn redete über Ereignisse im Dorf und bot an, für Chards Feuer trockene Äste und Treibholz suchen zu gehen. Chard sah ihm nach.

»Sarn ist gut zu mir. Fast jeden Tag tut er etwas für mich.«

»Ja, er ist ein guter Mann. Ich denke an ihn wie an einen Bruder.«

»Hat er dir gesagt, daß ich krank bin?«

»Ja, er sagte, daß es dir nicht gut gehe. Das tut mir sehr leid. Als ich dich das letzte Mal sah, warst du bei guter Gesundheit.«

Tama spürte seine Unzulänglichkeit. Bei seinem eigenen Volk war er ein Heiler, der Schmerzen lindern und oftmals auch Krankheit heilen konnte, weil die Kranken an ihn glaubten. Aber wenn der Weiße Hirsch einmal auf der Fährte eines Mannes war, gab es keine Rettung, und in Chards Augen las er das Wissen um den bevorstehenden Tod. Chard sah den jungen Priester mitfühlend an, als ob Tama der Kranke wäre, und sprach freundlich zu ihm:

»Es kommt zu uns allen. Ich hoffe auf einen friedlichen Abschied. Der Tod ist wie eine Welle, die vom Festland auf die offene See hinaustreibt. Man hat wenig zu verlieren, wenn der Körper alt und müde ist. Hast du schon einmal gesehen, wie eine Grille sich abmüht, ihre alte Haut abzustreifen? Genauso fühle ich mich. Voller Ungeduld, frei zu sein. Trauere nicht um mich, Tama. Wir haben uns nicht oft gesehen, aber ich weiß, daß wir beide aus dem gleichen Holz geschnitzt sind. Ich habe gelernt, die Dinge in ihrem Wesen zu durchdringen. Ich hoffe, daß du dasselbe sagen kannst, bevor du stirbst.«

Tama drehte sich ganz zu Chard herum und schaute ihm tief in die Augen durch das Leiden hindurch bis zu der Stille, die dahinter lag. »Ich sehe, daß es sich tatsächlich so verhält. Aber woher weißt du, daß ich diesen Frieden noch nicht in mir habe.«

»Hast du ihn denn?«

»Nein.«

Chard lächelte sanft.

»Dann möge er dich eines Tages erfüllen. Aber erzähle mir, laß uns von deiner Arbeit sprechen, bevor ich müde werde. Findest du Erfüllung in dem, was du tust?«

»In vielem, ja. Das Volk braucht mich. Es gibt vieles, was ich für sie tun kann. Sie haben Vertrauen zu mir. Ich gebe das Wissen Ka Balus an unsere jungen Männer weiter. Das ist einer der Gründe, weswegen wir diese Reise gemacht haben. Ich dachte – der Häuptling und ich dachten –, daß wir euren Leuten mehr über Ka Balu erzählen sollten: worin seine Gesetze bestehen und wie er über uns wacht.«

»Eine gute Idee. Alles, was dazu beiträgt, daß unsere beiden Völker sich besser verstehen, ist gut. Unsere Leute lieben neue Geschichten.«

Tamas Blick fiel auf die fast skelettartige Hand, die auf Chards abgemagertem Schenkel ruhte, und er sprach nicht weiter über dieses Thema. Statt dessen sagte er: »Ich habe mit dem Schreiben einige Fortschritte gemacht.« Er erklärte seine Erfindung der Zeichen, um die Laute der Sprache wiederzugeben. »Lange Zeit dachte ich, daß die Zeichen in den Büchern des alten Volkes Vorstellungen ausdrücken, und ich entwickelte Zeichen für Namen, für Handlungen, für Beziehungen – das war sehr schwierig und kompliziert. Es wurde beinahe unmöglich, alle Zeichen im Kopf zu behalten. Ich fertigte Listen an und mußte immer wieder nachsehen, wenn ich verschiedene Wörter schreiben wollte.

Und dann, ganz plötzlich, als die Dürre endlich aufgehört hatte und wir alle wie verrückt im Regen tanzten und lachten, hat Ka Balu mir die Wahrheit offenbart. Das Zeichen seiner Gnade waren die Geräusche des Regens. Und ich rief voller Aufregung: ›Das Zeichen ist der Laut!‹ Escha dachte, ich wäre verrückt geworden. Verstehst du, Chard, die Zeichen im Buch stellen die kleinsten unterschiedlichen Laute der menschlichen Stimme dar. Keine Ideen, nur Laute. Diese bilden die Wörter, und die Wörter dienen dazu, den Vorstellungen eine Stimme zu geben.«

Chard war erregt. Er kam mühsam auf die Beine und gab Tama einen Wink, ihm ins Haus zu folgen. Er legte eines seiner Bücher auf einen Tisch. Zusammen beugten sie sich darüber. Tama zeigte, wie er seinen eigenen und Chards Namen schrieb, und wie die Zeichen, die er erfunden hatte, immer wieder den gleichen Laut darstellten, unabhängig davon, in welchem Wort sie auftraten.

Als Sarn zurückkam, beladen mit einem Bündel Zweigen und Treibholz, hörte er Tama und Chard so angeregt miteinander sprechen, daß er einen Moment lang befürchtete, sie stritten sich. Chards Augen glänzten, sein Gesicht war gerötet, aber er sah so glücklich aus, wie Sarn ihn seit Monaten nicht mehr gesehen hatte. Mit einiger Verwunderung blickte er in die Gesichter seiner beiden Freunde und auf das offene Buch, das zwischen ihnen lag. Tama kratzte merkwürdige Zeichen auf eine leere Seite. Chard sprach schnell und mit rauher Stimme.

»Schau um wie vieles einfacher diese Zeichen sind als deine. Ich bin sicher, du wirst in ihnen genügend Vielfalt finden. Und der Fließende Kreis könnte, wie du sagtest, euren Gott Ka Balu darstellen, so wären alle Wörter Teile seines Wissens, doch eben nur Teile. Und kein einziges Wort stellte die Ganzheit des Gottes dar. Die können wir im Leben nicht wahrnehmen. Vielleicht im Tod, wenn wir den Knoten gelöst haben und in eine andere Existenz geschlüpft sind.«

Tama schaute in Sarns verwirrtes Gesicht und lachte. Er stand auf und ging zur Tür. »Schau hier, Sarn, der Fließende Kreis, das heilige Lebenszeichen, das auf jeder Tür in eurem Dorf zu sehen ist. Chard hat mir gezeigt, wie ich Teile davon verwenden kann, um Zeichen für meine Schrift zu machen, für die Laute der menschlichen Sprache. Es sieht schöner aus als die Zeichen, die ich erfunden habe. Und alle Zeichen werden ein Teil des Ganzen sein, ein Teil der Vorstellung von unserem Gott, Ka Balu, dem Spender allen Lebens.

Und es ist noch mehr als das, Chard. Wenn ich dieses Zeichen als Grundlage für meine Schrift verwende, fließt damit das Wissen unserer beiden Völker zusammen. Das Zeichen selbst ist Sinnbild für die Vereinigung zweier Teile.«

Chards Gesicht war gerötet, und seine Augen blitzten, doch war er völlig erschöpft. Tama und Sarn blieben noch eine Weile und halfen ihm dabei, sein Essen zuzubereiten;

dann brachten sie ihn ins Bett. Eine Weile saßen sie noch in ruhiger Unterhaltung auf seiner Türschwelle, bis er einschlief.

Während sie zurück zum Haus gingen, hielt Sarn einmal an und legte seine Hand auf Tamas Arm.

»Erkläre mir etwas, mein Freund. Ich kann sehen, daß du aufgeregt darüber bist, unser geheiligtes Zeichen als Grundlage deiner Schrift entdeckt zu haben, und ich kann verstehen, daß du bald in der Lage sein wirst, mit diesen Zeichen deine Gedanken niederzuschreiben, wie es das alte Volk vor langer Zeit getan hat. Aber wozu ist das gut? Wobei wird es dir helfen? Wird es Äpfel zum Wachsen bringen, Holz herbeiholen, Fische fangen. Wird es die Schmerzen der Geburt lindern oder den Sterbenden ein Trost sein? Ich weiß, daß es dir wichtig ist, aber ich konnte nie verstehen, was es den anderen nützen soll.«

Tama blickte über das im Abendlicht liegende Wasser und dann ins Gesicht seines Freundes. Er legte Sarn einen Arm um die Schultern. »Diese Fragen kann ich nicht beantworten. Vielleicht wird es niemandem sonst etwas nützen, aber für mich ist es ein Geheimnis, das ich erforschen muß; es ist ein Teil von mir selbst, den ich pflegen muß; es ist etwas, daß ich für Ka Balu tue. Es bedeutet, die Arme nach unserem Gott auszustrecken.«

»Nun«, sagte Sarn, »ich verstehe das nicht, aber wenn du daran Freude hast, dann mach weiter. Laß uns jetzt nach Hause gehen. Wir sind schon zu spät zum Essen, und Ana wird mich böse ansehen, wenn wir hineingehen.«

Tama lachte, umarmte Sarn kurz, und so gingen sie schweigend durch die leuchtende Dämmerung.

Am nächsten Morgen verbreitete sich die Nachricht im Dorf, daß Chard während des Schlafs gestorben war. In jedem Haus wurde die Tür geöffnet und einen Tag und eine Nacht offen gelassen, damit Chards Geist frei umhergehen und sich von seinen Freunden verabschieden konnte. Die Menschen redeten über ihn; nicht nur untereinander, sondern sie redeten auch mit den Dingen, die mit ihm zu tun hatten: mit einem Stuhl, auf dem er oft gesessen hatte, mit einem Baum, den er gern gehabt hatte. Sein Abschied würde auf den Türen seiner engeren Familie verzeichnet werden, ein Kreis würde geschlossen werden. Er hatte seinen beiden Söhnen gesagt, daß sie seinen Körper dem Meer übergeben sollten. Viele Jahre lang war er Fischer gewesen, der die Freiheit und die Gefahren der Bucht und der Küstengewässer den ruhigen Schafweiden in den Hügeln vorzog. Schon früh im Leben fühlten sich die Schäferleute entweder zu der einen oder zu der anderen Tätigkeit ihrer Väter hingezogen und wurden entweder Fischer oder Hirten. Für Chard war es das Meer gewesen, das ihn gerufen hatte, als er ein junger Mann war. Erst später, als seine Kinder schon groß waren, hatte er seine Aufmerksamkeit den Hügeln und dem untergegangenen Dorf des alten Volkes unterhalb ihres eigenen Dorfes zugewandt. Seit damals hatten die geheimnisvolle Vergangenheit ihn zunehmend mehr angezogen.

»Wie merkwürdig«, sagte Tama, »daß Sarn und ich die letzten waren, die mit ihm geredet haben. Am letzten Tag seines Lebens half er mir noch bei der Schwierigkeit, meine Schrift zu vereinfachen.«

»Ich glaube, daß du deinem Schreiben zuviel Bedeutung beimißt. Denk daran, daß das alte Volk wegen solcher Künste untergegangen ist. Sei vorsichtig mit dem, was du da tust.«

Ke Rala hatte sich nie für Tamas Schrift interessiert, sondern war eher, wie auch jetzt, darüber erschrocken.

»Ich bin ein Priester«, sagte Tama mit ruhiger Würde, »und ich begebe mich in Welten, in die andere Menschen nicht vordringen. In allem, was ich tue, ist Ka Balu mein Führer.«

»Nun, glaubst du nicht, daß jetzt der richtige Moment gekommen ist, um zu den Leuten über unseren Gott zu sprechen? Das Singfest wird um einige Tage verschoben, man spricht davon, daß Chard morgen ›losfährt‹. Mir kommt es merkwürdig vor, daß ein Mann möchte, daß sein Körper von Fischen aufgefressen wird, statt in der Erde zu liegen, aber es ist sein Wille. Für uns ist es eine gute Gelegenheit, zum Hirtenvolk über den Tod zu sprechen, ihnen zu erzählen, welche Bedeutung er für uns hat, wie unsere Seelen vom Weißen Hirsch zu Ka Balu getragen werden. Sie werden bereit sein zuzuhören.«

Sie saßen am Strand und sahen Yaka und Vani zu, wie sie am Wasser spielten. Die sechsjährige Vani hatte immer ein Auge auf Yaka, der Steine ins Wasser warf.

»Chard war mein Freund«, sagte Tama. »Ich muß zuerst verstehen, was sein Tod für mich bedeutet. Ka Balu wird mich wissen lassen, wann es an der Zeit ist, über seine Gesetze zu den Leuten zu sprechen. Es wird nicht mehr lange hin sein.«

»Es sollte bald geschehen«, sagte der Häuptling bestimmt. »Wir sind hierhergekommen, um den Schäferleuten die Wege unseres Gottes zu erklären. Das wird nicht über Nacht gehen. Wir müssen damit anfangen. Ich kann dir helfen, aber du mußt sie unterweisen. Es ist deine Pflicht und deine Verantwortung.«

»Ich weiß. Heute ist erst unser dritter Tag hier. Vielleicht werde ich durch Chards Tod die nötige Gelegenheit bekommen, aber ich werde warten, bis sein Körper zur Ruhe gebracht worden ist.«

»Zur Ruhe. Da draußen im Meer. Wie können wir sie davon überzeugen, daß der Tod bedeutet, mit dem Weißen Hirsch zu den Wäldern des Himmels zu reiten?«

Tama sagte nichts. Ke Rala ließ Kiesel durch die Finger gleiten.

Am nächsten Morgen, bei auslaufender Flut, legten Chards Sohn, der ebenfalls Fischer war, und sein sechzehnjähriger Enkel, den in eine blaue Decke gehüllten Körper des Toten in ein Boot. Die Familienmitglieder traten vor und sprachen ein letztes Mal zu Chard. Die Freunde riefen ihm gute Wünsche zu, und die Kinder spielten um das Boot herum Fangen. Man redete ein bißchen übers Wetter, und darüber, daß der leichte Wind aus Nordost, der vom Hafen her wehte, das Boot schnell aus der Bucht treiben würde. Die Fischer besprachen die Auswirkung von Strömungen um die südliche Landzunge herum. Ohne besondere Formalitäten und nur von wenigen Tränen begleitet, wurde das Boot zu

Wasser gelassen, und die Zuschauer am Strand sahen, wie sich das braune Segel im Wind blähte. Als der Abstand zwischen Strand und Boot immer größer wurde, verstummten die Menschen langsam. Sie betrachteten den Tod zwar als einen natürlichen Bestandteil des Lebens, trauerten aber dennoch, weil sie Chard nicht wiedersehen würden. Sie hatten ihn wegen seiner Großherzigkeit und Freundlichkeit geliebt und seine Suche nach einem Wissen respektiert, auch wenn sie dessen Sinn kaum verstehen konnten. »Tama sah Gilda in der Nähe und sprach sie an. »Ich finde es wunderbar, daß euer Volk den Tod so natürlich annimmt. Bei uns ist es immer eine Zeit der Trauer, obwohl wir glauben, daß der Geist zu den Himmelswäldern Ka Balus reist. Aber bei euch wirkt es, als wäre Chard einfach nur zu einer Reise in ein anderes Land aufgebrochen.«

»So empfinden wir den Tod auch. Er ist eine Reise in einen anderen Abschnitt des Lebenskreislaufs.«

»Diesmal ist er dem größten Fang auf der Spur, der alte Chard«, sagte Ka Krisa. »Ja, wir haben schon vor vielen Jahren ganze Netze voller Wawais zusammen aus dem Wasser gezogen. Er wird mir viel zu erzählen haben, wenn ich einmal den gleichen Weg gehe wie er.«

Gilda lächelte.

»Ihr Fischer seid alle gleich, Ka, voller unglaublicher Geschichten.«

»Wahre Geschichten, Mädchen, glaube mir. Dort draußen gibt es Wunder, die du im seichten Hafenwasser niemals zu sehen bekommst.«

»In deinen Geschichten geht es ja immer nur um Fische. Komm lieber mit und höre zu, wenn mein Freund Tama hier uns die Geschichten des merkwürdigen Gottes seines Volkes erzählt.«

Der Fischer wandte Tama sein braunes runzliges Gesicht zu und lächelte. Ihm fehlten einige Zähne, was sein Lächeln wie das eines Kindes aussehen ließ. »Das werde ich gerne tun. Ich liebe gute Geschichten. Jetzt muß ich gehen und mit den Netzen helfen.«

Der alte Fischer wandte sich ab. Gilda drehte sich zu Tama um und sagte ruhig: »Er ist gut zu mir, aber seine endlosen Geschichten über Fische langweilen mich manchmal.«

Tama gab keine Antwort. Schmerz hatte ihn durchzuckt bei dem Gedanken, daß Gilda mit dem alten Mann zusammenlebte. Sie sahen schweigend zu, wie das Boot langsam die Landzunge umrundete und außer Sicht kam.

An diesem Abend begann Tama mit seiner Unterweisung, ohne es eigentlich vorgehabt zu haben. Die Dorfbewohner hatten gehört, daß er Geschichten erzählen könne, und nichts liebten die Schäfer mehr, als am Abend um ein Feuer am Strand zu sitzen und Geschichten aus der Vergangenheit oder der lebhaften Vorstellungskraft mancher zu hören. Jeder von ihnen kannte viele Geschichten auswendig, und hin und wieder gab es einen Wettstreit, wer am anrührendsten erzählen konnte. Tama versprach etwas anderes: Geschichten, die sie noch nie gehört hatten, von einem anderen Volk, aus einem anderen Land. Als sich also ungefähr ein Viertel der alten und jungen Dorfbewohner in der Abenddämmerung um das Feuer versammelt hatte, merkte der Priester, daß er plötzlich zum Mittelpunkt einer erwartungsvollen Spannung geworden war. In der Mitte waren auch Ke Rala und andere Besucher seines Volkes.

Die Leute verstummten, und Tama begann ohne Einleitung mit der ersten Geschichte, die er den Clangruppen erzählte, der Erschaffung der Welt durch Ka Balu.

»Am Anfang war der Wind, nichts als der Wind, der sich ewig um sich selbst drehte in der Tiefe des Raumes …«

Ein plötzlicher Windstoß hüllte ihn in Rauch. Er mußte husten und stand auf, um ein paar Schritte zu gehen und wieder zu Atem zu kommen. Einige Leute lachten. Tama war von diesem Vorzeichen beunruhigt und wechselte den Platz. Auch andere setzten sich um, damit die leichte Brise vom Hafen her ungehindert über das Feuer hinwegblasen konnte. Als es wieder ruhig wurde, begann Tama nochmals mit der Geschichte. Er liebte diese Geschichte und vergaß nie, wie er sie zum erstenmal vom Alten Vater an einem schönen Wintermorgen gehört hatte. Er hatte mit seinen Clanbrüdern vor der Hütte des Weisen gesessen. Helles Sonnenlicht glitzerte damals auf dem Meer unterhalb des Dorfes, und in der Ferne sah man die schneebedeckten Berge, die sich bis zum Ende der Welt erstreckten.

Seine Erzählung wurde von Klatschen, Bemerkungen und Fragen begleitet.

»Ja, unseren Vorfahren ging es ebenso, als sie die Ruinen ihres großen Dorfes verlassen mußten und sich in der Ebene zerstreuten. Wir waren früher ein Volk.«

Eine andere Stimme sagte: »Vielleicht war Euer Ka Balu in Wirklichkeit unser Shan, der Mann, der schließlich unsere Vorfahren um sich versammelte und ihnen alles beibrachte, was er wußte.«

»Nein«, antwortete Tama, »Shan war ein Mann wie andere Männer, aber Ka Balu ist ein Gott. Er holte die Welt aus der Tiefe hervor, und alle lebenden Wesen kamen aus seiner Hand.«

»Hat er diesen Stein geschaffen?« fragte ein Mann.

»Ja.«

»Und das Wasser im Hafen?«

»Ja.«

»Und den Wald und alle Fische im Meer und Vögel und Langhörner, das alles?«

»Ja, gewiß, das hat er alles erschaffen.«

»Dann muß er eine größere Werkstatt gehabt haben als du, Yonni. Du schnitzt nur Türen, aber dieser Ka Balu hat die ganze Welt geschnitzt.«

»Hatte er eine Frau?«

»Ka Balu ist ein Gott, kein Mann des Menschengeschlechts. Er braucht keine Frau, wie ein sterblicher Mann eine Frau braucht, aber sollte es einmal nötig sein, so könnte er die Gestalt einer Frau annehmen.«

Ihre Fragen bewegten sich im Rahmen ihres alltäglichen Wissens. Anscheinend waren sie nicht fähig, Ka Balu als einen Gott zu sehen, der sich einerseits um die praktischen Alltagsdinge kümmerte, andererseits aber auch übermenschliche Kräfte besaß. Tama erzählte ihnen von Ka Balu als dem Weißen Hirsch, der die Seelen der Toten zu den Himmelswäldern brachte. Sie stellten viele Fragen, was für ein Tier ein Hirsch wohl sei. Einige hatten bei Horas Hochzeit Geweihe gesehen und zeigten ihren lachenden Freunden deren kraftvolle Anwendung.

Rufe nach mehr Geschichten beantwortete Tama mit einer der Legenden über die Sternenvögel, die allen gefiel, weil man dieses Sternenbild auch bei ihnen kannte und es das Ende des alten Jahres und den Beginn des neuen anzeigte. Als die Gespräche verebbten, erhob sich eine Frauenstimme. Tama sah, daß es Gilda war.

»Was hat dieser allmächtige Gott Ka Balu, der keine Frau braucht, uns Frauen zu sagen? Oder spricht er nur zu Männern?«

Andere Frauen unterstützten sie lautstark, und Tama wartete, bis es wieder ruhig wurde; da sah er Ke Rala aufstehen: Des Häuptlings Größe und stolze Haltung wurden von dem Spiel aus Flammen und Schatten noch unterstrichen, und seine tiefe Stimme und seine gemessene Ausdrucksweise verliehen ihm eine unantastbare Würde.

»Zu Anfang erschuf Ka Balu aus der Erde und dem Samen seiner Lenden den ersten Menschen, einen Mann. Die Frau wurde ihm als Gefährtin zur Seite gestellt, um ihm zu dienen und seine Kinder zu gebären. So sollten Mann und Frau nach Ka Balus Willen zusammenleben. Und so lebt unser Volk auch heute noch. Wenn ein Mann eine Frau zur Ehefrau nimmt, verbringt sie ihre Zeit damit, für ihn und sein Zuhause zu sorgen, Kleider zu nähen, Essen zu kochen und auf die Kinder aufzupassen. Ein Mann nimmt die gefährliche Aufgabe des Jagens wilder Tiere auf sich. Die Stärke des männlichen Körpers ist dazu da, Werkzeuge und Waffen anzufertigen, Häuser und Kanus zu bauen.

Die Jungen werden in diesen Künsten ausgebildet und im Geist der Brüderlichkeit aufgezogen, die die Männer eines Geburtsclans miteinander verbindet. Clanbrüderschaft ist die stärkste Bindung in unserem Volk. Clanbrüder helfen sich gegenseitig ihr ganzes Leben lang. Die Ältesten, deren weiser Rat unser Volk leitet, sind wie eine Gruppe von Brüdern, die für unser aller Wohl arbeiten. Unser Priester ist von seinem Vorgänger ausgebildet worden, um das geheiligte Wissen von Ka Balus Lehre zu empfangen, das er für uns im Alltagsleben deutet. Es gibt Männerarbeit und Frauenarbeit, und wenn alle ihre Arbeit gut tun, ist ein Volk glücklich und gedeiht.«

»Gibt es keine Arbeit, die Männer und Frauen gemeinsam tun?«

»Doch, Frauen und Männer arbeiten beide in den Gärten. Und wenn wir ein besonderes Fest haben, beteiligen sich Männer ebenso wie Frauen an der Vorbereitung und am Kochen.«

Gilda erhob wieder die Stimme. »Ist es Frauen erlaubt, am Rat der Ältesten teilzunehmen?«

»Nein, das war noch nie erlaubt. Frauen werden die Regeln des Führens nicht beigebracht, das ist nicht ihre Angelegenheit.«

Ke Rala wurde durch Gelächter unterbrochen, und im allgemeinen Stimmengewirr verstummte er. Er beantwortete noch einige Fragen und setzte sich dann, leicht aus der Fassung gebracht, wieder hin. Sonnenwasser wurde herumgereicht, und man unterhielt sich über allgemeine Dinge und über die Grundsätzlichkeit der Sitten und Gebräuche der beiden Völker.

Bevor er sich hinlegte, sagte Ke Rala zu Tama: »Es wird nicht leicht werden, diese Leute zu überzeugen, Ka Balus Gesetze anzunehmen. Vielleicht sollten wir morgen mit ihnen darüber reden, ob sie nicht einen Führer brauchten, einen Ältesten oder Häuptling, der sie leiten könnte.«

Tama drehte sich zu seinem Häuptling um. »Vielleicht ist es unser Volk, das der Führung bedarf.«

»Was meinst du damit?«

»Das weiß ich noch nicht. Ich muß abwarten, bis Ka Balu es meinem Geist offenbart. Da sind Nebel, die nur er auflösen kann.«

Während der folgenden Tage bot sich sowohl für Tama als auch für Ke Rala des öfteren die Gelegenheit, über ihren Glauben mit verschiedenen Menschen zu reden, aber in den Unterhaltungen stießen sie fast jedesmal auf die Abneigung der Schäfer gegen feste Regeln. Sie fanden es nicht schwer, sich vorzustellen, daß ein Hirschgott existierte, an dem man sich mit Bitten wenden konnte, aber sie lehnten viele der Vorschriften der Hirschgesellschaft ab, deren Zwänge sie als Einschränkung ihrer persönlichen Freiheit empfanden. Auch die Geheimnisse um die Einweihungsriten für Jungen prangerten sie an: »Warum könnt ihr nicht einfach gleich nach der Geburt die Vorhaut beschneiden, wie wir das machen? Sicherlich macht es den Jungen doch angst, eine solche Mutprobe über sich ergehen lassen zu müssen, wenn sie gerade erst die Kräfte ihrer sich entwickelnden Männlichkeit entdecken.«

Sie fanden das Ideal der Bruderschaft grundsätzlich gut, hielten die Clanordnung aber für zu ausschließlich, vor allem deshalb, weil ihnen inzwischen klar geworden war, daß die Söhne von Hirschvolkmännern und Schäferinnen niemals voll zu den Clangruppen zugelassen werden würden. Die Autorität des Häuptlings und der Ältesten kam dem Schäfervolk unnötig gewichtig und angsteinflößend vor.

»Wenn es bei uns beispielsweise vorkommt, daß Nachbarn sich über die Früchte eines Walnußbaumes streiten, dann kommen ein paar Freunde zusammen, setzen sich hin und sprechen darüber. Es gibt immer eine Lösung, wenn man nur lange genug darüber redet und den Leuten hilft, die Dinge zu verstehen. Wir überzeugen die Leute davon, das zu tun, was die meisten für richtig halten. Und bei solchen Gelegenheiten haben die Frauen ebenso eine Stimme wie die Männer, manchmal sogar mehr. Wir haben nicht das Gefühl, wir bräuchten Häuptlinge oder Älteste, denn wir wissen, daß wir alle wichtig sind und ein Recht darauf haben, angehört zu werden. Wenn wir die Gesetze eures Ka Balu übernähmen, würden wir dieses Gefühl der eigenen Verantwortung verlieren.«

Es gab jedoch auch einige, vorwiegend Jüngere, die eher bereit waren, Tamas Unterweisungen zuzuhören. Sie fragten sogar, ob sie eine Zeitlang beim Hirschvolk leben dürften, um seine Sitten und Gebräuche besser verstehen zu lernen. Das hatte Ke Rala nicht erwartet, doch konnte er es auch nicht öffentlich ablehnen. Er deutete an, wenn seine Zeit zur

Abreise gekommen sei, könnten vielleicht einige Hirten mit ihm gehen. Dabei hoffte er, daß er auch Yonni bewegen könnte, mitzukommen. Er hatte den Holzschnitzer gefragt, ob er mit der Gruppe des Hirschvolkes mit zurück in ihr Dorf gehen wolle, um eine Tür zu fertigen, die dem Haus eines Häuptlings würdig sei. Yonni war zurückhaltend gewesen und hatte nichts versprochen; seine Frau schien sogar über diese Ansicht beunruhigt zu sein. Aber Ke Rala hatte sich vorgenommen, eine geschnitzte Tür für sein Haus zu bekommen, und er wußte, daß niemand in seinem eigenen Volk ein so guter Holzschnitzer war wie Yonni. Vielleicht ließe sich der alte Mann ja überzeugen, wenn noch ein paar andere vom Schäfervolk mitkämen.

Nachdem ein halber Mond vergangen war, wurde Tama zunehmend unruhig. Sie verbrachten die Tage mit endlosen Gesprächen, und ihm fehlten langsam die langen Abschnitte nachdenklichen Alleinseins, an die er gewöhnt war und die er brauchte. Er wollte mit den neuen Schriftzeichen beginnen und entsprechend Chards Vorschlag den doppelten Kreis dafür benutzen. Die Fruchtlosigkeit des Versuchs, den Schäfern die Gesetze Ka Balus nahezubringen, nährte seine Zweifel, ob dieses ganze Vorhaben überhaupt einen Sinn habe. Er fragte sich, ob es nicht besser für die beiden Völker wäre, ihre unterschiedlichen Gebräuche und Überzeugungen beizubehalten und ihre Freundschaft zu bewahren, indem sie ihre Verschiedenartigkeit anerkannten. Ke Rala freilich plagten solche Zweifel nicht. Er hoffte, daß die wenigen, die Interesse gezeigt hatten, vielleicht zum Glauben an Ka Balu übertreten und diesen dann in ihrem Volk weiterverbreiten würden. Er beschloß, am nächsten Vollmond nach Hause zurückzukehren, und drängte Tama, bis dahin noch so viele Leute wie möglich für ihre Sache zu gewinnen.

Zu Tamas unausgesprochenen Zweifeln an ihrem Versuch, die Überzeugungen des Schäfervolkes zu ändern, kam noch die Enttäuschung wegen seiner vergeblichen Bemühungen, sich mit Gilda zu verständigen. Er sah sie fast jeden Tag, und dann unterhielten sie sich eine Weile unverbindlich miteinander. Aber jedes Mal schien es ihm, als seien ihre

Worte nur eine Ausrede für das, was keiner von ihnen aussprach, und für alles, was noch gesagt werden müßte. Von solchen unbefriedigenden Treffen ging er unzufrieden mit sich und Gilda wieder weg und war sich nicht mehr sicher, was er eigentlich erwartete. Er spürte nur die Sehnsucht in sich – wobei er annahm, daß es Gilda genauso ging –, eine Brücke zu schlagen über die letzten Jahre und das verlorene Glück wiederzufinden. Da war es geradezu eine Erleichterung, gelegentlich Escha und ihre Tante Nonni zu besuchen, die eine Schwäche für Tama hatte und ihm Leckereien anbot, die sie seit Jahren nicht mehr zubereitet hatte.

Escha vertraute sie an: »Es ist gut, einen Mann um sich zu haben, der mein Nußbrot und meine Weizenkuchen schätzt.«

Das Hirtenvolk bereitete sich auf das Große Singfest vor, das wegen Chards Tod verschoben worden war, und Ke Rala beschloß, zwei Tage später kurz vor Vollmond die Rückreise anzutreten.

An einem windigen Morgen mit hoch fliegenden Wolken am Himmel und leichtem Nebel über der Bucht sagte Tama plötzlich zu Sarn und Ana: »Ich gehe jetzt und suche Gilda. Seit ich angekommen bin, haben wir kaum mehr als ein paar zufällige Worte miteinander geredet. Und nach dem Singfest muß ich bald zurückkehren. Macht es euch etwas aus? Ich werde den ganzen Tag weg sein.«

»Natürlich nicht«, antwortete Sarn. »Soll ich Escha sagen, daß du sie heute nicht besuchen kommst?«

Tama zögerte und sagte dann: »Würdest du das tun?« Er lächelte Ana zu, hob Tukki von seinem Knie herunter und war schon aus der Tür.

Sarn und Ana schauten sich an. Langsam schüttelte Sarn den Kopf.

»Sie werden sich neues Leid schaffen.«

»Sie hätten vor langer Zeit heiraten sollen«, sagte Ana bestimmt. »Gilda braucht einen Mann, der weiß, was er will. Es ist lächerlich, so zu tun, als sei sie glücklich mit dem alten Ka Krisa. Aber wie sie sich nun auch betten werden, es werden immer Dornen auf ihrem Lager sein.«

Tama ging, mehr von Ärger als von Liebe getrieben, mit schnellen Schritten durch das Dorf und klopfte an Ka Krisas Tür. Gilda öffnete und war überrascht, als sie Tama sah. Er ging hinein. Ka Krisa war noch im Bett.

»Ich war gerade dabei, ein paar Fischkuchen zu backen.«

»Ich möchte mit dir reden. Weit weg vom Dorf.«

Gilda sah zu Tama auf und gewahrte zum erstenmal den Schmerz in seinem bittenden Blick. Sie blickte zu Ka Krisa hinunter, der in seine Decke gewickelt war. »Ich muß Ka Krisa seine Fischkuchen geben.«

Sie sprachen wenig, während Gilda am Feuer hantierte, Tama sich auf einen niedrigen Schemel setzte und in die Glut starrte. Der alte Mann gab nur ein Brummen von sich, als er zum Essen aufstand und Tama bemerkte. Als er mit seinem Fischkuchen fertig war, wischte er sich den fettverschmierten Mund mit der Hand ab und rollte sich wieder in seine Decke ein. Gilda stellte die drei übriggebliebenen Kuchen in einem Gefäß vor die Tür.

»Wenn sie abgekühlt sind, packen wir sie ein und nehmen sie mit.«

Tama kam es so vor, als wollte sie ihn absichtlich mit ihrer Langsamkeit reizen. Sie löste einen ihrer Zöpfe, machte ein frisches Band daran und steckte ihn wieder fest. Dann zog sie Sandalen an, zog sie wieder aus und entschied sich dann für ein anderes Paar. Schließlich verschwand sie noch für eine ganze Weile durch die Hintertür.

Tama stocherte in dem heruntergebrannten Feuer herum. Endlich war Gilda fertig.

»Du wirst etwas Wärmeres brauchen als dieses Hemd.«

»Das genügt schon.«

»Es könnte später regnen. Nimm diese Jacke. Ich nehme meine auch mit.«

»Ich brauche sie nicht.«

»Sei nicht dumm. Es wird kalt sein in den Hügeln, wenn sich dieser Wind nicht legt.«

Tama nahm die Jacke.

Draußen blies ihnen der Wind um die Ohren, als sie sich dem Weg näherten, der aus dem Dorf führte. Sie gingen schnell, ohne zu reden. Es war niemand zu sehen, aber Tama spürte, wie sich ihnen Blicke in den Rücken bohrten. Als der Weg anstieg, gingen sie langsamer. Gilda ging voraus und wartete oben auf Tama. Er sah auf ihre geröteten Wangen, ihre lachenden Augen und wehenden Haarsträhnen, die sich aus ihrem Zopf gelöst hatten.

»Du bist schön«, sagte er einfach, und legte den Arm um sie. Das Dorf war nicht mehr zu sehen, als sie langsam auf die Hügel zugingen.

In den unbewohnten Tälern und auf den Höhen fühlte Tama, wie sich sein Geist ausdehnte und seine vorherige Anspannung verschwand. Eine Weile war es nicht wichtig, daß sie kaum etwas sagten. Es war genug, einfach zusammenzusein und sich gegenseitig anzunehmen. Sie hatten noch den ganzen Tag vor sich.

Der kalte Wind aus Südwesten fegte über die Bergkämme und kahlen Abhänge. In den Tälern sah man die kleinen Flüsse in eisiger Stille über Felsen plätschern. Die Fuchsien waren vom Winter schon gelbbraun gefärbt. Sie ruhten sich eine Weile im Schutz eines überhängenden Felsens aus, tranken kühles Wasser und beobachteten, wie tiefe dunkle Wolkenfetzen den letzten Sonnenschein von den grasbewachsenen Abhängen vertrieben.

»Im Winter kommt hier niemand herauf«, sagte Gilda. »Manchmal ist der Weg völlig verschneit. Der Schnee bleibt oft mehrere Monate lang auf den südlichen Hängen und in den schattigen Senken liegen. Dann sieht es aus wie ein anderes Land, ein leeres, einsames Land. Du kannst jetzt schon die Einsamkeit spüren. Die Schafe sind ins Tal gebracht worden und die Hügel leer.«

»Habt ihr jetzt weniger Schafherden in den Hügeln?«

»Daß ihr den Jungen beigebracht habt, wie man mit Pfeil und Bogen schießt, ist eines der schlechten Dinge, die euer Volk uns gelehrt hat. Jetzt gibt es zu viele von ihnen, die gerne in den Ebenen jagen. Sie sagen, es sei langweilig, im Sommer hier oben Schafe zu hüten. Die Frauen beklagen sich, daß sie nicht mehr soviel von der feinen Wolle haben, die sie zum Weben brauchen.«

»In den Hügeln sind wir uns das erstemal begegnet. Erinnerst du dich an diese Nacht, in der wir so lange miteinander geredet haben? Wie merkwürdig und wunderbar mir das damals vorkam. Als ich dir von meiner Reise mit Rua durch die Berge erzählte, spielte das Licht des Feuers auf deinem Gesicht, und deine Augen leuchteten. Kannst du diese Hütte wiederfinden?«

»Ja.«

Sie gingen weiter, hatten manchmal die Arme umeinandergelegt oder hielten sich an den Händen. Der Tag verdunkelte sich, und Regenschauer durchnäßten sie. Tama war dankbar über die Schaffelljacke.

»Was wird Ka Krisa sagen, wenn er merkt, daß seine Jacke nicht mehr da ist?«

»Es ist nicht seine. Sie gehörte seinem Sohn.«

Das hätte sie nicht sagen dürfen. Eifersucht auf den toten Jungen flammte in Tama auf. Er ließ Gildas Hand los. Sie schaute ihn an.

»Macht es dir etwas aus?«

»Mochtest du ihn sehr gern?«

»Er war ein gutaussehender Junge, aber ich hätte ihn nicht glücklich gemacht. Wir mochten uns, aber ich ließ ihn nicht mit mir schlafen. Armer Krisa. Jetzt wünsche ich mir, ich hätte es getan.«

»Früher warst du sehr freizügig mit deinen Geliebten.«

»Macht dir das jetzt noch etwas aus? Seit Krisas Tod habe ich bei keinem Mann gelegen, außer bei seinem Vater. Und das nicht sehr häufig.«

»Es gibt so vieles an dir, was ich nicht weiß oder nicht verstehe.«

»Vielleicht verstehst du unser Volk nicht.«

»Dann mußt du mir helfen.«

Gilda nahm wieder seine Hand, und sie gingen zusammen weiter, manchmal im Schutz von Bäumen, manchmal mit gesenktem Kopf im kalten Regen. Dicke Tropfen perlten an den Kapuzenjacken ab, und ein warmer Geruch nach Fett vermischte sich mit ihrem Schweiß.

Am frühen Nachmittag erreichten sie die Hütte, stießen

die festgeklemmte Tür auf und gingen hinein. Regen war am Kamin heruntergelaufen, und in der Asche der Feuerstelle hatten sich Pfützen gebildet. Es roch nach feuchten Wolldecken und Rattenkot. Gilda verzog den Mund vor Ekel, aber Tama sagte entschlossen: »Komm, laß uns die nassen Jacken ausziehen und die Asche zusammenfegen. In der Ecke liegt trockenes Kleinholz, aber es sieht so aus, als müßte ich noch ein paar größere Äste finden, um ein gutes Feuer in Gang zu bekommen. Das mache ich jetzt gleich, bevor ich die Jacke ausziehe.«

Er ging nach draußen und fand eine Menge trockener Rindenstücke und Zweige unter einem Felsüberhang hinter der Hütte. Mit einem Armvoll Holz sah er zur Hütte hin und murmelte: »Gilda ist dort drin, und wir werden die Nacht miteinander verbringen«, doch konnte er seiner eigenen Stimme kaum glauben.

Nach kurzer Zeit leckten Rauchwölkchen und Flammenzungen an dem Häufchen trockener Zweige. Tama legte Stück für Stück auf das Feuer, während Gilda barfuß ihr Kleid der Wärme zum Trocknen entgegenhielt. Sie breiteten die nassen Jacken in der Nähe des Feuers aus und legten drei feuchte Decken zum Trocknen auseinander. Danach standen sie dicht zusammen, der Wärme zugewandt, und hatten kein Ohr mehr für das Trommeln des Regens auf dem Dach der Hütte und das Kratzen eines Zweiges an der Wand. Tama zog trockene Schaffelle zu sich her, schüttelte den Staub und den Rattenkot aus und legte die Decken darauf. Gilda sah ihm zu. Keiner sagte ein Wort, als er ihr aus ihrem Kleid half, sich selbst das Hemd und die leichte Hose, die Sarn ihm gegeben hatte, auszog.

Sanft legte er die Hände auf ihre Wangen, drückte seine Stirn an ihre, streichelte ihren Nacken und küßte sie. Die Wärme seiner Hände, die ihre Schultern und Brüste liebkosten, und seine harten Daumen, unter denen sich die Brustwarzen aufrichteten, entlockten Gilda einen langen Seufzer, und sie preßte sich an ihn. Tama hob sie hoch und legte sie auf die Decken. Er hielt ihre Leidenschaft mit kleinen Liebkosungen im Zaum und küßte und streichelte sie mit einer

Mischung aus Staunen und Bewunderung, während er ihren geliebten Körper zum erstenmal staunend erforschte, bevor er sich hinkniete und sie auf seine Schenkel zog. Dann wurde alles andere hinweggefegt vom aufsteigenden Sturm der Leidenschaft, bis die Dunkelheit über die Hütte hereinbrach und das Feuer nur noch aus Glut bestand. Schließlich durchbrach die Kälte ihre Wollust und sie kamen langsam und fröstelnd wieder zu sich.

Sie schürten das Feuer neu an, und Gilda wärmte die Fischkuchen auf. Sie kauten schweigend und teilten sich eine Schale Wasser. Es gab so vieles, das sie sich gegenseitig erzählen wollten, aber eine gemütliche Trägheit überlagerte jedes Gefühl von Eile. In ihrer Liebe, die sie so lange verleugnet hatten, wollte sie nur die schlichten, liebevollen Schmeicheleien hören, nach denen sich alle Liebenden sehnen. Worte waren wie Stolpersteine oder Flecken des Mißverständnisses. Aber schließlich fanden sie doch zu den Worten, weil sie hofften, daß Worte vielleicht das Unfaßbare einfangen könnten.

»Was sollen wir tun?« flüsterte Gilda. »Ich möchte für immer hier mit dir bleiben.«

»Aber wir haben nur noch zwei Äpfel.«

»Mach dich nicht über mich lustig. Ich möchte bei dir bleiben, mit dir leben, für dich sorgen – oh, warum bist du nur nicht früher zu mir gekommen?«

Tama schloß die Augen, als er spürte, daß ihm Tränen hochschossen. »Ich weiß. Ich hätte selbst kommen sollen. Es war falsch, Hora an meiner Stelle zu schicken. Vergib mir, Geliebte.«

»Aber was sollen wir tun? Ich kann es nicht ertragen, dich jetzt zu verlieren.«

Gilda drehte sich in Tamas Armen herum, so daß sie ihm ins Gesicht schauen konnte.

»Kannst du – kannst du nicht dein Volk verlassen und bei uns bleiben? Ich würde Ka Krisa verlassen und mit dir leben.«

Tama gab keine Antwort.

»Escha ist nicht mit dir verheiratet. Sie hat den Jungen. Sie könnte bei ihrer Tante wohnen.«

Tama konnte nicht sprechen und streichelte ihre Schulter, ihr Haar, ihren Körper.

»Tama?«

Er schüttelte den Kopf. Tränen liefen über seine Wangen. »Es ist zu spät. Ich kann Escha nicht verlassen. Ich liebe sie nicht so, wie ich dich liebe, aber sie war mir eine gute Gefährtin, sie ist die Mutter meines Sohnes. Und ich kann mit meiner Arbeit nicht einfach aufhören. O Gilda, Geliebte, meine Geliebte.«

Sie hielten einander in den Armen. Die Wärme des Feuers ließ langsam nach, und sie spürten die Kälte der Nacht im Rücken. Tama legte Holz nach, und als die Schatten an den Wänden tanzten, wickelten sie sich in die Decken ein und fanden in ihren Körpern Trost für all die künftigen Tage, an denen sie untröstlich sein würden.

Langsam, mühevoll, durch viele Versuche und Irrtümer hindurch erklärten sie sich die Hindernisse, die ihrer Liebe im Weg standen. Nachdem Gilda die Darstellungen Tamas und Ke Ralas von ihrem Glauben an Ka Balu gehört hatte, war sie mehr denn je fest davon überzeugt, niemals beim Hirschvolk leben und Ka Balu als ihren Gott annehmen zu können. Als Tama sich ihre Einwände anhörte, erschrak er am meisten darüber, wie wenig er entgegenzusetzen hatte und wie weit er zugeben mußte, daß sie vielleicht recht hatte. Und während Gilda ihm seine eigenen Gründe vorhielt, wurde sie immer zorniger darüber, daß er seinen Glauben nicht für ihre Liebe aufgeben konnte. Er vermochte nur traurig zu wiederholen: »Das verstehst du nicht. Es ist nicht nur mein Dienst an Ka Balu. Du verlangst, daß ich meine ganze Art zu leben aufgebe, alles was ich gelernt habe, meine ganze Vergangenheit. Ich kann das ebensowenig tun, wie du die Sitten deines Volkes aufgeben und bei uns leben kannst.«

»Dann werden wir niemals zusammenkommen können.«

Er zog sie an sich. »Sag das nicht. Irgend etwas könnte geschehen. Wir können hoffen ...«

»Von Hoffnung kann ich nicht leben. Jetzt gehören wir zusammen. Nur wenn ich bei dir bin, fühle ich mich ganz.«

»Mir geht es genauso mit dir. Ich bin in dir zu Hause, als

ob ich durch dich erst ein ganzer Mensch würde, als ob ein Kreis sich schlösse.«

»Merkst du, wie du die Sprache deiner Träume benutzt? Du gehörst zu uns.«

Die Nacht schritt voran, und die trockenen Äste brannten zu Glut und Asche herunter. Gilda versuchte wieder und wieder, Tama das Einverständnis abzuringen, auf sein Priesteramt zu verzichten, sich zu entschließen, bei ihrem Volk zu leben und für sie beide dort ein neues Leben zu beginnen. Er hingegen wollte das Morgen vergessen und sie einfach nur lieben. Als sie weiter versuchte, ihn zu überreden und ihn deshalb nicht in ihren Körper ließ, wurde er wütend.

»Mußt du die einzige Nacht, die wir zusammen haben, mit endlosem Gerede zerstören? Kannst du dich nicht darin fügen, daß das alles ist, was wir haben? Wir sind nicht aus Holz, dem man einfach mit dem Messer eine neue Gestalt geben kann. Wir sind, was wir sind, wir können unsere Verschiedenartigkeit nicht aus der Welt schaffen. Vielleicht wird es eines Tages für uns möglich sein zusammenzuleben, aber jetzt noch nicht. Ich kann nicht alle Leute im Stich lassen, die mir vertrauen.«

»Dafür läßt du mich im Stich.«

Tama setze sich auf und sah auf Gilda hinab. Sie hatte ihr Haar gelöst und blickte aus einer Art leuchtender Wolke zu ihm auf, mit großen dunklen, beschatteten Augen. Er sah, wie verletzlich sie war, und sein Ärger verflog. Sanft strich er über ihre Stirn, küßte ihre dunkel umrandeten Augen, ihre Wangen, ihren Mund.

»Meine Liebe, meine einzige Geliebte – was uns die Zukunft auch bringt, laß uns jetzt einander vertrauen, uns ganz dem anderen hingeben. Wir können die Vergangenheit nicht ändern, aber wenn wir den Göttern heute nacht zeigen, wie man liebt, werden sie uns vielleicht eine Zukunft für unsere Liebe schenken. Laß mich zu dir kommen, laß deinen Geist sich mit meinem vereinen.«

Gilda hob die Hand, strich über seine Wange und zog seinen Kopf an ihre Brust.

Langsam erlosch das Feuer, in der zugigen Hütte wurde

es kalt. Die Liebenden umschlangen sich und schmiegten sich aneinander, um erneut Wärme zu finden. Draußen knarrten Äste im Wind, Regentropfen wurden heruntergeschüttelt. Eine Wolkenwand segelte lautlos von Osten her über das kurze helle Aufleuchten einiger weniger Sterne hinweg.

In der strengen Kälte des Morgens begannen Gildas Zähne zu klappern. Sie zogen ihre Schaffelljacken an, kuschelten sich zusammen und aßen jeder einen sommersprossigen, fleckigen Apfel, dessen saurer Geschmack sich im Mund gut anfühlte. Gilda hing die Schaffelle und Decken über einen Balken; Tama reinigte die Feuerstelle und brachte trockenes Holz herein, das er in einer Ecke aufstapelte.

Es gab keinen Anlaß, länger zu bleiben. Sie traten vor die Hütte, wo ihnen ein kalter, frischer Südwind entgegenschlug, und redeten wenig, als sie den Pfad zum Dorf hinunter einschlugen. Sie kamen gut voran und erreichten schon vor Mittag eine geschützte Lichtung unterhalb des letzten Bergkammes über dem Langen Wasser, wo sie ihre schweren Jacken auszogen und sich mit dem Rücken gegen den dicken Stamm eines alten Baumes setzten, dessen braune Blätter noch nicht abgefallen waren. Auf der Lichtung war es still und mild, einige Bienen summten, obwohl keine Blumen mehr auf sie zu warten schienen.

Tama legte den Arm um Gilda. Sie neigte den Kopf an seine Schulter und flocht ihre Finger in seine. Sie schwiegen, und als Tama nach einer Weile zu ihr herabsah, war sie eingeschlafen. Tama schlief nicht, dachte aber auch nichts Bestimmtes. Er fühlte sich angenehm erschöpft, wie die Erde zu dieser Jahreszeit, und saugte mit ihr die letzte Sommerwärme, die Gerüche und die Stille auf. Später warf ein vorüberziehendes Wolkengebilde seinen Schatten über sie, und Tama bewegte sich, um seinen eingeschlafenen Arm unter Gildas Kopf hervorzuziehen. Sie wachte auf, setzte sich hoch und schaute ihn lange und fragend an. Im dunkler werdenden Licht sahen ihre gelblichen Augen honigfarben aus.

»Hast du geschlafen?«

»Nein.«

»Wir müssen gehen.«

Das war sowohl eine Frage als auch eine Feststellung, die keiner Antwort bedurfte. Tama nahm sie in die Arme. Nach einer langen, stillen Umarmung und einem zärtlichen Kuß lösten sie sich voneinander. Sie nahmen ihre Jacken. Auf dem Abhang über ihnen zitterten Grashalme im Wind und zeichneten sich gegen einen stumpfen blauen Himmel ab. Sie schauten auf das Dorf herunter. Es sah aus wie immer. Ein Fischerboot, dessen rotes Segel sich im Wind blähte, war auf dem Heimweg in den Hafen.

Sie stiegen hinunter.

3

Er hatte geträumt ...

Als er aufwachte, lag er mit geschlossenen Augen da und ließ sich noch einmal in den Traum hineinsinken. Er hatte Brusa zugesehen, wie er mit einem Stechmeißel den Umrissen folgte, die Uunu für ihn auf das Holz gezeichnet hatte. Bewundernd sah er die muskulösen Arme, deren Stärke zielsicher umgesetzt wurde in genau abgemessene Bewegungen mit Hammer und Meißel. Durch die Bewegungen der Klinge fielen einige geringelte Holzspäne ab. Uunu sah zu, jederzeit bereit einzuschreiten, falls der Stechmeißel auch nur eine Spur von der gezeichneten Linie abwich. Brusa richtete sich auf – zwei Holzspäne hatten sich in den Haaren auf seiner Brust verfangen –, lächelte den verkrüppelten Künstler an und sagte: »Wenn Hora dieses Muster nicht gefällt, werden wir es dem Baby auf den Po schnitzen.« Aus den Spänen, die am Boden lagen, hob er einen neugeborenen Jungen an einem Bein hoch. Uunu lachte und malte mit seiner Feder einen gleichmäßig fließenden Kreis auf das nackte Hinterteil.

Das Dach des Hauses, in dem der Holzschnitzer arbeitete, wurde wie ein riesiger Holzspan abgezogen, und Ke Ralas Gesicht schaute auf die Arbeiter hinunter. Er streckte einen langen Arm aus, an dem er seine zweite Tochter, die achtjährige Ila, am Bein hielt, die er auf die Späne fallenließ. Mit einer Stimme wie der Wind, wenn er seufzend über den Wald strich, rief er immer und immer wieder: »Gib mir den kleinen Jungen, gib ihn mir, gib ihn mir.«

Aber Uunu berührte das Baby mit seinem verkrüppelten Arm, und es schrumpfte zu einem der Späne in Brusas Brusthaaren zusammen. Mariti kam herein und weinte nach ihrem Kind. Sie schrie zu dem Gesicht des Häuptlings, das den Himmel über dem Haus ausfüllte, hinauf: »Gib mir mein Kind zurück!« Sie stieß ihre vollen Brüste nach vorne, von deren Brustwarzen Milch tropfte. Brusa lehnte sich vor und begann daran zu saugen, während er gleichzeitig einen Span von seiner Brust nahm und ihn sanft zwischen Maritis Schenkel drückte. Ihr Bauch begann anzuschwellen, und ihre Brüste hatten keine Milch mehr. Sie legte sich auf den Boden, und Uunu zeichnete den fließenden Kreis auf ihren Bauch. Brusa beugte sich über sie und zeichnete mit aufgerichtetem Penis das Muster nach. Dann begann der Träumende, mit Hora darüber zu streiten, wie man die geschnitzte Tür am besten in die hölzernen Türangeln hängen sollte, aber die Angeln waren entweder zu groß oder zu klein, und die Tür fiel mit einem lauten Krach nach innen. Eine Staubwolke wirbelte auf.

Tama schlug die Augen auf. Der Traum war noch in ihm. Er sah um sich, noch mit einem Ohr im Traum gefangen, und dachte, daß Mariti sich die geschnitzte Tür für ihr Haus gewünscht hatte, bevor ihr fünftes Kind geboren würde. Brusa war zu langsam gewesen, oder vielleicht hatte Uunu zu oft das Muster verändert, oder Hora hatte die Schnitzer nicht genügend angetrieben. Tama überlegte, weshalb Rala in dem Traum aufgewacht war, aber er wußte, daß das nur bestätigte, was das ganze Dorf schon wußte: Anielli hatte Ke Rala tief enttäuscht, als sie ihm eine zweite Tochter statt des Sohnes gebar, den er sich ersehnt hatte, und seither war sie nicht mehr schwanger geworden. Mariti dagegen hatte sich noch eine Tochter gewünscht, Hora aber einen vierten Sohn geschenkt. Der Traum hatte Tama also gezeigt, was er ohnehin schon wußte. Es war kein Traum, wie Ka Balu ihn sandte, um einem Priester zu helfen, die Zukunft zu erschauen. Er sah keinen Grund, darüber seinen Wahrheitsstein zu befragen.

Er schlug die Decke zurück, stand auf und öffnete die Tür. Die Luft draußen war frisch, der Himmel vor dem Sonnenaufgang klar und leer. Die Blätter waren naß vom Tau. Kein Laut drang aus dem Dorf. Er betete zu Ka Balu um Weisheit, daß er sanft durch den Tag gleiten könne. Dann setzte er sich mit dem Rücken an seinen Geistbaum und sog die Morgenluft in tiefen Zügen ein. Er liebte diese

Zeit der Ruhe, draußen an einem schönen Morgen; er zog daraus so viel Stärke, daß er die morgendliche Klarheit in sich bewahren konnte, bis die Sterne wieder Wache bezogen.

Im Haus hörte er Eschas Stimme, die Yaka ermahnte zu warten, und die jammernde Antwort des Jungen. Der Klang der Stimme seines Sohnes störte seinen Seelenfrieden und löste erneut ein Gefühl der Hilflosigkeit und Schuld in ihm aus. Er tat wenig für den Jungen und empfand keine tiefe Zuneigung für ihn, sondern eher ein quälendes Gefühl der Verantwortung, das aber kein Ersatz für Liebe war. Er fühlte manchmal Neid, wenn er sah, wie Hora rauh, aber herzlich mit seinen Söhnen umging. Nahm Hora jedoch Yaka zusammen mit seinen Jungen zum Fischen mit, erregte Yakas Schüchternheit nur den Zorn seiner robusteren Gefährten, und er kehrte schluchzend zu seiner Mutter zurück. Trotzdem ermutigte Tama Yaka, mit Horas Söhnen zu spielen, nicht zuletzt, weil Hora die Versuche der Ältesten, die Kinder der Schäferinnen vom Spiel mit den Kindern der Jäger fernzuhalten, nicht kümmerten. Es beunruhigte Tama, wenn er sah, wie die Mischlingskinder des Dorfes sich nicht trauten, bei den Spielen mitzumachen. Doch weder Ke Rala noch die Ältesten hatten ihre Entscheidung, die Söhne der Schäferfrauen von der Clanmitgliedschaft auszuschließen, rückgängig gemacht.

Bei dem ersten Sonnenstrahlen verrichtete er das Sonnenaufgangsgebet; dann brachte der Priester den Kalenderstein auf den neuesten Stand. Dieses tägliche Ritual war nicht nur eine Gewohnheit, sondern eine genaue Anpassung seines eigenen Seins, an die Kräfte des Weltganzen im Rhythmus der wechselnden Jahreszeiten. Er benötigte einen Augenblick stiller Verinnerlichung, bevor er den kleinen Stift in das nächste Loch steckte. Das tat er am liebsten so früh wie möglich nach Sonnenaufgang. Wenn es morgens regnete und Escha und der Junge in ihrem Zimmer blieben, wartete er, bis der Junge gegessen und sich wieder unter seiner Decke zusammengerollt hatte. Er wußte, daß Escha ruhigblieb, bis er die Tür hinter sich geschlossen hatte. Nur wenige Häuser hatten Türen zwischen den einzelnen Räumen, aber als Yaka älter wurde, hatte Tama einen Tür für notwendig gehalten.

Er bewegte den Kalenderstift um eine Stelle näher hin zu dem Zeichen, das die Tagundnachtgleiche markierte. In drei Tagen würde sich der Himmel genau zwischen der Fülle des vergangenen Sommers und dem kommenden Winterfrost befinden. Jetzt war die Zeit der vollständigen Ruhe, bevor sich die Wasser zurückzogen und das Jahr sich seiner dunklen Hälfte zuneigte. Die volle Reife des Herbstes in einer guten Jahreszeit in sich aufzunehmen bedeutete, sich mit Verdienst und Weisheit für den Winter anzufüllen. Er deckte den Kalenderstein ab und setzte sich an seinen Tisch, um die Seite zu lesen, die er am Abend zuvor geschrieben hatte. Anschließend fügte er sie zu dem Stapel bereits fertiger Seiten. Als er sie einwickelte, bevor er sie wieder in ihre Kiste zurücklegte, merkte er, daß der Stapel immer schwerer wurde, und er mußte lächeln. Sie sind schwer, dachte er, wie das Gewicht eines Kindes im Bauch der Mutter. Ich trage ein Kind aus. Und er lächelte wieder, denn er hatte den kindlichen Sinn für das Wunderbare noch nicht verloren.

Im Dorf würden sie schon auf ihn warten, Yanara, die im Sterben lag, und der kleine Zinki, dessen Bein gebrochen war. Er machte den ledernen Medizinbeutel an seinem Gürtel fest und trat hinaus in den Morgen.

Auf dem Weg den Hügel hinunter war die Luft so kühl, daß beinahe der Frost zu spüren war. An den brauen Zweigen der Fuchsien färbten sich die Blätter schon gelb, und an den harten, hölzernen Schlingpflanzen leuchteten rote Beeren. Die Apfel- und Nußbäume, die sie in den Anfangsjahren des Dorfes gepflanzt hatten, breiteten ihre Äste zwischen den Häusern aus. Die Ernte war schon eingebracht, und die Bäume standen jetzt kahl über ihren abgefallenen Blättern.

Als Tama klopfte, öffnete Yanaras verheiratete Tochter die Tür. Sie murmelte eine Antwort auf den Gruß des Priesters: »Ka Balu sei mit euch«, und ließ ihn in das dunkle Innere eintreten. Ein rauchiges Feuer gab nur wenig Wärme ab. Tama kniete neben der alten Frau nieder und rümpfte die Nase über den muffigen Geruch ungewaschener Bettwäsche. Yanara war wach und begrüßte ihn mit ihren schwarzen Augen, die aus einem Gewirr von Falten hervorblickten. Sie sagte nichts, legte nur ihre Hand, die sich so leicht wie Vogelknochen anfühlte, in die warme Hand des Priesters. Das tägliche Ritual wiederholte sich.

»Du bist immer noch unter uns, Mutter Yanara. Dein Herz ist kräftig.«

Die alte Frau seufzte schwach. »Ich möchte gehen.«

»Wenn Ka Balu bereit ist, wird er den Hirsch für dich schicken. Hast du Schmerzen?«

»Du weißt, daß ich keine Schmerzen habe, Vater. Ich bin zu alt für Schmerzen. Ich bin bereit, zu sterben. Ich möchte gehen.«

»Du hast ein langes Leben geführt, vieles gesehen, und jetzt bist du müde. Ka Balu wird bald nach dir schicken.«

»Das sagst du jedesmal.«

Die Vogelhand zupfte an der Decke herum. »Ich kannte deinen Vater noch. Er war größer als du. Möchtest du vielleicht meinen Traum hören?«

»Was hast du letzte Nacht geträumt? Erzähl es mir.«

Yanara versuchte, ihren Kopf zu heben, doch es gelang ihr nicht. Tama beugte sich zu ihr hinunter und hörte sie flüstern: »Ich will nicht, daß sie es hört. Sie glaubt nicht an meine Träume.«

Tama drehte sich zu der mürrischen Frau um, die am Feuer hockte.

»Bringe mir bitte etwas Wasser, und laß mich dann mit deiner Mutter allein. Sie hat mir etwas zu sagen, ein Geheimnis, das nur für meine Ohren bestimmt ist.«

Die Frau brachte Wasser in einem kleinen Holzgefäß und schlurfte dann zur Tür hinaus. Tama hörte Yanaras schwacher Stimme zu und tat einige Kräuter in das Wasser, das er langsam umrührte.

»Ist sie weg? Sie glaubt nämlich nicht an meine Träume. Mein Mann war groß, aber nicht so groß wie du. Ein rastloser Mann. Immer war er am Kommen oder Gehen. Er konnte keine Ruhe finden. Was rührst du da um?«

»Etwas, was du trinken sollst, Mutter Yanara.«

»Gib mir nichts, was mich stark machen soll. Ich will nur gehen. – Sehr rastlos. Er wollte den anderen nicht zuhören. Er wollte nicht warten. Er mußte selbst hinter dem Stier her. Der schlitzte ihn auf. Sie ließen mich nur sein Gesicht sehen. Aber letzte Nacht, als er am Fluß saß, war er ruhig. ›Mutter‹, sagte er, ›bring mir ein paar von deinen Fischkuchen, wenn du kommst.‹ Aber sie will sie nicht backen. Sag es ihr, Vater, sag ihr, daß sie die Fischkuchen machen soll. Ich möchte ein paar für meinen Mann.«

Schwache Tränen flossen aus ihren Augen. Mit zitternder Hand wischte sie sich über das Gesicht. Tama richtete sie sanft an den Schultern auf und hielt die Schale an ihre Lippen. Sie trank durstig und legte sich wieder zurück.

»Das wird dir helfen weiterzuträumen, Mutter. Schlaf jetzt. Ka Balu wird über dich wachen.«

Der Priester saß eine Zeitlang ruhig da, bis sich die Augen der alten Frau geschlossen hatten, dann ging er nach draußen. Dort saß die Tochter mit dem Rücken an die Wand gelehnt.

»Deine Mutter braucht saubere Decken. Wäschst du sie für sie? Sie wird nicht mehr lange bei dir sein.«

»Ja, Vater.«

Jedesmal die gleiche mürrische Antwort, der gleiche müde Groll. Die Tochter machte das Haus nur selten sauber und verbrachte die Abende damit, mit ihrem trägen Ehemann Wurzelbier zu trinken. Sie taten fast nichts für die alte Mutter und gaben ihr nur einmal an Tag ein wenig zu essen, trotzdem konnte sie nicht sterben.

Der Priester ging und betete dabei lautlos. O Hirsch, komme geschwind, komme bald für Yanara. Ihr Geist ist schon halb im Himmel. Nimm sie bald, sehr bald mit dir.

Vor dem nächsten Haus spielten zwei kleine Mädchen auf der Türschwelle mit einer Holzpuppe. Als der Priester herankam, schlugen sie schüchtern die Augen nieder, aber als sagte: ›Ka Balu sei mit euch‹, machten sie ihm Platz, und ihre Mutter erschien.

»Und mit dir, Vater. Komm herein.«

Tama roch den scharfen Geruch zerquetschter Äpfel und schaute sich um. Die Frau lächelte.

»Wir machen Apfelwein, aber bis jetzt ist er noch nicht gelungen. Wenn er fertig ist, werde ich Escha welchen für dich mitgeben, Vater.«

»Danke. Ist Zinki wach?«

»Ja, er wartet schon auf dich.«

Im Nebenraum lächelte ein kräftiger fünfjähriger Junge Tama aus braunen Augen von seinem Bett in der Ecke aus an. Tama kniete neben ihm nieder.

»Ka Balu sei mit dir, Zinki. Wie viele Beine hast du heute?«

Zinki lächelte und nagte verwirrt an seiner Unterlippe.

»Laß mich mal sehen.«

Tama hob die Decke hoch und schaute sich das Bein des Kindes an, an das ein Holzstück gebunden war. Wo der Knochen gebrochen war, sah die Haut rot und geschwollen aus, aber nicht schlimmer als am Tag zuvor.

»Bleib still liegen, Zinki, während ich etwas neues Zauberwasser zubereite, damit dein Bein wieder stark wird. Wirst du mir heute eine Geschichte erzählen, oder soll ich dir eine erzählen?«

Zinki kaute wieder an seiner Lippe herum und flüsterte dann: »Erzähl du mir eine.«

Vorsichtig wusch der Priester das geschwollene Bein mit einer kühlenden Tinktur und erzählte dabei von den beiden Bäumen, die sich wünschten, Beine wie kleine Jungen zu haben. Und daß sie eines Morgens aufwachten und merkten, daß ihnen während der Nacht kurze dicke Beine gewachsen waren. Sie hielten sich mit den Ästen aneinander fest, probierten die Beine aus und wanderten steif und knackend ins Dorf hinunter, wobei sie ein bißchen schwankten. Als Tama erzählte, wie die Bäume mit den Kindern spielten, sah er kurz auf und begegnete dem Blick der Mutter. Mit einiger Verwirrung wandte er die Augen von der süßen Zärtlichkeit ihres Gesichtes ab. Kurz danach ging er und dachte nach, weshalb er sich den Kindern anderer Leute mit liebevoller Sorge zuwenden konnte, während er für seinen eigenen Sohn keine echte Zuneigung aufbrachte. Zwischen Yaka und mir ist eine Leere, sann er, und ich kann sie nicht füllen. Er ist aber kein schlechter Junge. Er scheint mich nicht zu brauchen. Es ist, als wäre er ganz Eschas Kind, als hätte ich nicht dabei mitgewirkt, ihn zu zeugen. Hilf mir, Ka Balu, hilf mir, meinen Sohn zu verstehen. Doch noch, während er die Worte aussprach, merkte er, daß sie nicht überzeugend klangen.

Sein Traum war immer noch lebendig in ihm. Er wandte sich zum Haus des Holzschnitzers. Es war größer als die meisten anderen Häuser, weil es eine große Werkstatt hatte und Stauraum für trocknendes Holz. Es bereitete Tama immer Freude, dort einzutreten, denn es erinnerte ihn an seinen ersten Besuch in Yannis Werkstatt vor vielen Jahren, wo es ebenso sauber nach Holz roch, die Holzspäne unter den Füßen knirschten, die Einfachheit der Werkzeuge – Breitbeile in verschiedenen Größen, Stechmeißel, Hohlmeißel, Hammer, Sandsteinbrocken, Lappen und Öle zum Glattreiben. Am anderen Ende, wo das Licht am hellsten war, stand Uunus Tisch, bedeckt mit Pergament, Schalen mit Farbstoffen – rot, schwarz, braun, gelb, blau – Pinseln und Möwenfedern. Er saß auch jetzt dort, eine Schulter höher als die andere, und hielt mit der verkrüppelten Hand das Pergament fest, während er mit der gesunden ein Muster aufmalte. Er schaute auf, als Tamas Schatten sich vor das einfallende Licht schob.

»Vater! Ka Balu sei mit dir.«

»Und auch mit dir, mein Sohn. Für wen ist dieses Muster mit den Blättern und Vögeln. Es ist schön.«

»Das ist nur für mich. Es bereitet mir Freude. Ich habe den Entwurf für Horas Tür fertig, aber Brusa muß noch daran arbeiten. Er ist irgendwo draußen, müßte aber bald wieder zurück sein. Findest du dieses Muster wirklich schön?«

Er lehnte sich zurück, schob das Muster zu Tama hin und

beobachtete dessen Gesicht, als der das rotschwarze Muster auf dem Pergament betrachtete.

»Es enthält Bewegung«, sagte Tama, »eine langsame Bewegung wie die Strömung in einem Fluß. Wirst du noch mehr Vögel dazumalen?«

»Nein, ich glaube nicht. Vielleicht noch ein paar Blätter.«

Tama sah das ernste Gesicht des jungen Mannes neben sich an, bemerkte das angespannte Stirnrunzeln, die lange Nase und die geschürzten Lippen. Uunus Augen waren wolkengrau und standen eng beieinander, was sein langes, schmales Gesicht noch betonte. Nur wenn er lächelte, hellte sich sein Gesicht auf, und der Schatten ständiger Schmerzen trat für einen Moment in den Hintergrund.

Sie sprachen eine Weile miteinander, und Tama hatte das vertraute Gefühl, daß Uunus Geist seinem eigenen verwandt war. Er hatte nicht den Eindruck, sich erklären zu müssen oder sich wie ein Lehrer zu benehmen. Vielleicht, dachte er, gibt Uunus Schmerz ihm Einsicht in das Wirken von Ka Balu. Seine Einsamkeit ist Teil seiner Stärke, wie auch bei mir. Es ist keine äußerliche Einsamkeit. Uunu hat Brusa und die beiden Hirtenjungen zur Gesellschaft, aber in seinem Inneren ist er immer einsam. Und dadurch, daß er Brusa hilft, seine Schnitzereien zu entwerfen und zu malen, findet er Befriedigung, so wie ich in meinem Schreiben. Wenn Ke Rala nicht Yonni dazu bewogen hätte, mit Brusa hierherzukommen und Uunu im Holzschnitzen zu unterweisen, wäre er Gärtner geblieben.

»Siehst du Matia oft, seit er verheiratet ist?«

»Manchmal kommt er und unterhält sich mit mir. Er bringt uns frisches Fleisch, wenn er gute Beute gemacht hat. Pita und Ajef kommen nicht.«

Uunu verließ das Haus selten. Die Ecke am Fenster umfaßte sein ganzes Leben. Er aß dort und schlief gleich daneben. Von diesem engen Platz aus unternahm er seine geistigen Wanderungen in die unbegrenzte Welt seiner Vorstellungskraft.

»Ich werde mit ihnen reden.«

»Es macht nichts. Wir haben genug. Die Leute geben Brusa für seine Schnitzereien Fleisch. Wenn es knapp wird, gehen Goff und Manny fischen oder arbeiten in den Gärten und bringen Kartoffeln mit.«

»Wo sind Goff und Manny jetzt?«

»Ich glaube, sie schlafen noch.«

Tama sah aus dem Fenster, während er müßig einen Holzspan glattstrich und dann wieder aufrollen ließ. Er wußte, weshalb alle Goff und Manny für faul hielten, doch im Gegensatz zu den anderen verstand er den Grund dafür. Vor fünf Jahren waren sie halbwegs zu Anhängern Ka Balus geworden, hatten aber immer noch keinen wirklichen Platz im Dorfleben. Sie durften nur gelegentlich mit den Jägern ausziehen, und man erwartete von ihnen, daß sie beim Aussäen und Ernten in den Gärten halfen. Es war ihnen nicht erlaubt, in die Familien der Jäger einzuheiraten, und sie hatten nur sich selbst. Man sah sie so selten allein, daß jedermann sie nur »die Schäferjungen« nannte. Sie lebten im Schatten des Bereichs, der Brusa beim Hirschvolk eingeräumt wurde.

»Brusa ist wie einer von uns«, sagte Tama und bedauerte im gleichen Moment den unausgesprochenen Vergleich.

Uunu sagte ruhig: »Ich glaube nicht, daß er wirklich an Ka Balu glaubt. Aber das Volk bringt ihm Achtung entgegen, weil er damals nach Yonnis Tod seine Kenntnisse im Holzschnitzen selbst vervollkommnet hat – auch wegen der Art, wie er mir hilft. Und er ist so gutmütig, daß ihn jeder gern hat.«

»Ja, er strahlt immer Glück und Stärke aus. Ich wünschte mir, es wären mehr Leute vom Schäfervolk bei uns geblieben und würden so glücklich mit uns arbeiten wie Brusa. Alles schien so voller Hoffnung, als sie kamen. Ich denke, daß Yonnis Entscheidung herzukommen, einigen Zweiflern Mut machte, aber dann starb er im nächsten Frühling, und viele gingen zurück. Es war ein schlimmer Winter. Vielleicht hat unser Volk den Schäfern nicht so geholfen, wie sie es verdient hätten. Oder vielleicht gefiel es Ka Balu auch nicht, daß ein anderes Volk seine Gesetze erlernte. Oder vielleicht habe ich darin versagt, unserem Volk das Schäfervolk nahezubringen.«

Warum versuche ich, bei Uunu Mitgefühl für mich zu wecken? überlegte Tama. Er hat selbst genug Schmerz zu ertragen.

»Aber Brusa blieb und wurde einer von uns. Auch haben Schäfermädchen Jäger geheiratet. Goff und Manny sind ebenfalls geblieben, helfen Brusa und mir und kochen unser Essen.«

»Ich sehe Brusa gerade kommen. Hora ist auch dabei.«

Hora roch nach Bier, und seine Augen waren blutunterlaufen. Beim Anblick des Priesters grinste er etwas verlegen. »Ka Balu«, murmelte er.

»Und auch mit dir, mein Bruder. Du hast wohl die Geburt deines Sohnes gefeiert?«

Hora grinste Brusa an. »Nun, das ist doch nur natürlich, oder?«

Brusa lachte. »Du brauchst keine Ausrede. Sieh her, du mußt etwas entscheiden. Wenn ich das Blatt für deinen Sohn hier einfüge, bringt es das Muster durcheinander. Mariti wollte alle Kinder in dieser einen Ecke dargestellt haben, aber ich denke, es würde besser aussehen, wenn ich deine ersten beiden Söhne hierhin tue, dann deine Tochter dort unten und die beiden anderen Jungen auf dieser Seite. Dann wäre es ausgeglichener.«

»Genauso habe ich es vorgeschlagen«, sagte Uunu scharf.

Hora kratzte sich an der Augenbraue und runzelte die Stirn.

»Ich weiß nicht. Mariti wollte – ach, ihr wißt es am besten. Macht das unter euch aus, mir ist es gleich.«

Brusa zog fragend eine Augenbraue hoch und lächelte. »Du bist der Vater. Es ist an dir zu entscheiden.«

Hora sah unglücklich aus.

»Ich denke, daß Uunu recht hat«, sagte Tama. »Meinst du nicht auch, Brusa?«

»Ja, aber Hora …«

»Frag nicht mich, Brusa. Mach es, wie du es für richtig hältst, es ist dein Muster.«

»Und es ist deine Tür.«

Hora lachte. »Entscheide du, Brusa. Mir macht es nichts. Und Mariti wird deine Entscheidung akzeptieren. Sie sagt, du bist ein guter Mann.«

Brusa lachte.

»Vielleicht muß ich dich im Auge behalten, was? Mann, ist es hier trocken mit all dem trockenen Holz. Da bekomme ich ja Durst.«

Brusa holte eine Schale mit Sonnenwasser, das Hora trank, obwohl er Bier vorzog. Goff und Manny erschienen mit verschlafenen Gesichtern in der Tür. Hora begrüßte sie lautstark, sie stellten sich neben ihn und nippten am Sonnenwasser. Die Unterhaltung drehte sich um Horas Geschichten über die Geburt seines jüngsten Sohnes, um die Trinkgelage der letzten Nacht und die Fortschritte seines ältesten Sohnes, des jungen Rua, als Jäger. Uunu wandte sich ab und fuhr mit seiner Zeichnung fort. Er war in der Lage, sich ganz auf seine Arbeit zu konzentrieren und sich durch nichts stören zu lassen. Das kann ich nicht, dachte Tama. Ich muß Ruhe haben, wenn die Stimmen während meiner Arbeit zu mir kommen sollen. In einem solchen Lärm wie hier würde meine Feder trocken bleiben. Aber die lockere Männerrunde hatte auch etwas Angenehmes, Tröstliches, das er weder in Eschas unaufdringlicher Gegenwart spürte noch in den einsamen Nächten, wenn er schrieb. Seltsamerweise war Tama manchmal dankbar für Horas rauhe Umgangsformen und seine ungehobelte Art zu sprechen, denn sie gaben ihm das Gefühl, wie früher teilhaben zu können an einer Art des Zusammenseins, die für Priester gewöhnlich nicht zulässig war. Anders als die meisten Dorfbewohner benahm sich Hora nicht ehrerbietig gegenüber Tama; er sah ihn als Clanbruder und nicht in seiner Stellung als Priester. Sogar Ke Rala hat besondere Achtung vor mir, dachte Tama, aber Hora niemals. Er behandelt mich wie irgendeinen Jäger. Dennoch war dem Priester klar, daß er mit Hora nicht den Platz tauschen wollte. Lächelnd verabschiedete er sich; das Gespräch und Gelächter wurde nur kurz unterbrochen, als er ging.

Das Haus des Häuptlings war bei weitem das größte im

Dorf. Ke Rala hatte eine breite Veranda an der Vorderseite angebaut, wo er sich hinsetzen und über das Dorf sehen oder Leute empfangen konnte, die Rat suchten beziehungsweise sein Eingreifen in einen Streit erbaten. Anielli hatte ein eigenes Zimmer, wo sie Wolle zu Garn spann. Daraus machte sie, wie die Schäferfrauen es ihr beigebracht hatten, die weichen Kleider, die das Hirschvolk inzwischen den früheren aus Leder und Pflanzenfasern vorzog, auch wenn diese noch in Gebrauch waren. Besonders im Winter waren die wollenen Überwürfe und Hemden mit ihren Mustern in Rot, Gelb und Braun wärmer und farbenfroher als die Bekleidung, die das Hirschvolk früher hergestellt hatte.

Ke Rala saß auf der Veranda in seinem eigentümlichen Stuhl. Dieser Stuhl kam den Dorfbewohnern wie ein Wunder vor. Keiner von ihnen besaß auch nur etwas annähernd Vergleichbares. Tatsächlich gab es nur in wenigen Häusern mehr Sitzgelegenheiten als einen oder zwei niedrige Hokker aus Holz, die vor allem von den Älteren benutzt wurden, um ihren steifen Gliedern Erleichterung zu verschaffen. Ke Rala hatte in dem Buch, das Chard ihm gegeben hatte, ein Bild von einem prachtvoll gekleideten Mann gesehen. Er war von Kopf bis Fuß in farbenfrohe Gewänder gekleidet und saß in einen prachtvollen Stuhl gelehnt, dessen geschnitzte Beine sich hoch über den Boden erhoben und dessen Armlehnen ebenfalls reich mit Schnitzereien überzogen waren. Sofort wollte er einen solchen Stuhl haben und verlangte von Brusa, er solle einen für ihn anfertigen. Der geschnitzte Stuhl des Häuptlings war vielleicht noch ein größeres Wunder als die wunderschön geschnitzte Tür, die Yonni vor seinem Tod nur noch halb vollenden konnte und die dann schließlich von dem noch nicht ganz ausgebildeten Brusa fertiggestellt worden war. Der Stuhl war ein Symbol für seine Autorität wie nichts anderes sonst. Niemand außer Ke Rala saß jemals darauf. Brusa hatte zwei Jahre gebraucht, um ihn herzustellen, und Ke Rala war erst damit zufrieden, nachdem Brusa und Uunu verschiedene Muster, Holzbeine und Stricke aus Pflanzenfasern ausprobiert hatten.

Für den Priester erhob sich Ke Rala von seinem herrlichen Stuhl, begrüßte ihn und rief nach Sitzkissen. Anielli brachte sie und lächelte Tama sanft an. Ein gelbes Gewand von der Art, wie Ke Rala es gerne an ihr sah, umspielte ihre plumpen Hüften in anmutigen Falten. Sie lehnte die mit Wolle ausgestopften Kissen an die Hauswand und fragte, mehr an Ke Rala als an Tama gerichtet: »Wollt ihr Sonnenwasser?«

Tama setzte sich bequem mit gekreuzten Beinen auf die Kissen, nippte am Sonnenwasser und empfand wie immer einen deutlichen Unterschied zwischen der Bequemlichkeit der Häuptlingshütte und seinem eigenen, einfach eingerichteten Raum. Aber er wollte nicht mit ihm tauschen. Es lag etwas in den Stierhäuten und Schaffellen auf dem Boden, den dicken Kissen, den extra angefertigten Sonnenwasser-Bechern, die nur für ihn selbst und die Ältesten benutzt wurden, das die Klarheit seines Geistes, die er mehr als alles andere schätzte, trübte. Wenn er im Haus des Häuptlings leben müßte, würde sein Geist sanfter, weitschweifiger, weicher werden, und die Visionen, die Ka Balu ihm gewährte, wären weniger klar. Ke Rala aber hatte offensichtlich keine Bedenken gegenüber Annehmlichkeiten, wie sie sein Vater im alten Walddorf auf der anderen Seite der Berge niemals gekannt hatte. Das prächtige Haus trug er mit der gleichen natürlichen Würde wie den sternenbestickten Hirschlederumhang, den er bei den förmlichen Aufnahmen in den Ältestenrat trug.

Die beiden Männer unterhielten sich ungezwungen über Dorfangelegenheiten, den vergangenen Sommer, den Streit zwischen zwei Familien, welcher von beiden ein Apfelbaum gehörte, über die sterbende Yanara und die Veränderungen, die sie in ihren letzten Jahren erlebt hatte.

Da schlug ein Pfeil in den Boden in der Nähe der Veranda ein. Lachend und auf schnellen Füßen bog Vani um die Ecke des Hauses.

»Er flog über das ganze Haus hinweg! Und vorher noch durch die höchsten Zweige deines Geistbaumes, Vater. Bin ich nicht ein guter Jäger?«

Ke Rala war beunruhigt und sprach mit strenger Stimme. »Du darfst keine Pfeile in meinen Geistbaum schießen. Das ist sehr schlecht, Vani. Willst du deinen Vater verletzen? Was meinem Baum angetan wird, wird auch mir angetan.«

Die Aufregung des Mädchens, die tanzende Lebensfreude ihrer Bewegungen und die tiefe Schönheit ihrer dunkelblauen Augen erloschen plötzlich. Gerade noch war sie ganz Feuer und Anmut, jetzt ließ sie ihren Kopf zerknirscht hängen, ihre Unterlippe zitterte, und das dunkle Haar hing ihr ins Gesicht.

»Aber, aber, Kind, weine nicht. Ich weiß, daß du es nicht böse gemeint hast. Komm her.«

Das Mädchen ließ sich neben ihrem Vater auf die Knie fallen und vergrub ihren Kopf an seiner Schulter, aber sie weinte nicht. Kurze Zeit später traf Tamas Blick auf ihre glänzenden Augen, und eine leise Stimme murmelte: »Glaubst du, daß Yaka gerne mit mir spielen würde, Vater Tama? Ich würde ihn auch mit meinem Pfeil und Bogen schießen lassen.«

Bevor Tama noch antworten konnte, sprach Ke Rala.

»Yaka möchte mit anderen Jungen spielen. Du sollst ihn in Ruhe lassen. Solltest du nicht deiner Mutter mit den Körben für den geräucherten Fisch helfen?«

Vani setzte sich auf und sagte stolz: »Ich will keine Körbe machen. Diese Arbeit überlasse ich meiner Schwester Ila. Sie tut das gerne. Ich möchte draußen spielen.«

»Vani!«

»Da, deine Mutter ruft dich. Lauf schnell.«

Vani schlüpfte aus den Armen ihres Vaters, wirbelte über die Veranda und hielt dann an, um neckend zu flüstern: »Verrat mich nicht, ich will mich verstecken.« Dann verschwand sie um die Ecke. Ke Rala seufzte.

»Sie wäre besser ein Junge geworden. Sie hat den Charakter eines Jungen. Ihre Schwester ist ein gutes kleines Mädchen, das seine ganze Zeit damit verbringt, der Mutter zu helfen. Aber Vani nicht. Etwas Wildes ist in ihr, das man nicht zähmen kann. Sie braucht ihre Freiheit.«

»Und du ermutigst sie darin«, antwortete Tama schlagfertig. »Sind ihre Freiheitsliebe, ihre Schönheit und Wildheit nicht etwas, das auch in dir ist und ausgelebt sein möchte?«

Ke Rala runzelte die Stirn.

»Ich verstehe sie. Ich empfinde eine tiefe Liebe für sie. Ja, vielleicht hast du recht, mein Bruder. Du blickst in meinen Geist. Ich kann dir Dinge sagen, die ich sonst niemandem anvertrauen kann. Erinnerst du dich noch, als wir Jungen auf der Großen Wanderung waren, an diese wunderbare Zeit der Freiheit, als wir einfach wir selbst waren und jagten, aßen, schwammen und unter dem Sternenhimmel schliefen? Ach, diese Freiheit war für uns zu Ende, als der Schnee kam und so viele starben. Als mein Vater so schnell alterte, erkannte ich, daß ich bald an seiner Stelle Häuptling sein würde. Für mich wäre es schön und genug gewesen, einfach nur ein Jäger zu sein, aber ich mußte in meines Vaters Fußstapfen treten und zuerst an andere denken, bevor ich an mich selbst denken durfte; ich mußte dafür sorgen, daß das Volk die Gesetze Ka Balus hochhält. Aber diese herrliche Freiheit, die ich als Junge gekannt habe, die ist in Vani sehr stark vorhanden. Ich kann ihr das nicht nehmen.«

»Sie ist ein schönes Mädchen, körperlich wie geistig.«

Ke Rala schaute mit tiefem und prüfendem Blick in Tamas Augen. »Du kannst das erkennen, weil du sowohl mein Clanbruder als auch mein Priester bist. Du verstehst Vani. Ich möchte, daß du über das nachdenkst, was ich dir jetzt sage. Denke gut darüber nach, aber äußere dich noch nicht dazu.« Er unterbrach sich, nahm ein Kissen für seinen Rücken und eines für die Beine und stützte seine kräftigen Hände auf die Knie. Die locker fallenden Ärmel seines Hemdes unterstrichen die Stärke seiner Handgelenke. »Es ist bisher in unserem Volk nicht üblich gewesen, in Angelegenheiten der geistigen Welt der Einsicht von Frauen viel zuzutrauen. Sie kümmern sich um die alltäglichen Angelegenheiten unseres Heimes, das ist ihr angestammter Platz. Seit einiger Zeit denke ich aber, daß das Schäfervolk uns in dieser Hinsicht vielleicht etwas voraus hat. Ihre Männer besprechen alles mit ihren Frauen, sie hören auf weibliche Ratschläge und erlauben Frauen, bei Entscheidungen mitzubestimmen. Früher hielt ich das für eine ihrer Schwächen, aber jetzt denke ich, daß es vielleicht eine Stärke ist. Die Schäferinnen, die Männer von uns geheiratet haben, scheinen ungern nur Ehefrauen zu sein, die sich immer bloß um Mann und Kinder kümmern und in wichtigen Angelegenheiten nichts zu sagen haben. Zu mir sagen sie nichts, aber die Frauen sprechen unter sich darüber. Anielli erzählte mir, was sie reden. Wie denkst du darüber, mein Bruder?«

Tama war überrascht. Er hatte nicht gedacht, daß Ke Rala sich überhaupt darum kümmerte, wie sich die Leute des Schäfervolkes bei ihnen fühlten. Hinter seinem Erstaunen verbarg sich ein leichtes Schuldgefühl darüber, daß er selbst Escha noch nie gefragt hatte, wie sie oder die anderen Schäferinnen ihre Stellung im Dorf sahen. Einen Moment sah er Gildas Gesicht vor sich, ihren herausfordernden Blick, und er wußte, was sie Ke Rala geantwortet hätte.

»Ich glaube, daß es nicht nur die Schäferfrauen sind, die sich darüber ärgern, bei Angelegenheiten des Dorfes nicht mitsprechen zu können. Auch die Männer des Schäfervolkes nehmen es übel, nicht als Jäger anerkannt zu sein – die mit uns vor fünf Jahren zurückgekommen sind, aber auch die, die geblieben sind, wurden von unserem Volk nicht wirklich aufgenommen. Sie tun ihre Arbeit, man erwartet von ihnen, daß sie in den Gärten helfen, Brennholz im Wald sammeln, beim Ausheben von Öfen und Latrinen mitarbeiten, aber sie werden nicht in die Clanbruderschaft aufgenommen und können niemals Älteste werden.«

»Aber das war ihnen klar, als sie zu uns gekommen sind.«

»Ich glaube nicht, daß sie wußten, was es bedeutet. Sie dachten, sie würden die gleichen Rechte haben wie unsere Leute, wenn sie Ka Balu als Gott verehrten.«

Ke Rala schüttelte den Kopf.

»Nein, ich denke, wir haben ihnen klargemacht, daß sie nicht den gleichen Stand wie unsere Jäger einnehmen können. Wir haben sie in einen Teil des Wissens über Ka Balu eingeführt, um es ihnen leichter zu machen. Vielleicht brachte es nicht den erhofften Erfolg. Aber das ist es nicht, wovon ich spreche. Ich denke, daß manche der Schäferinnen – wie Sarns Schwester Gilda – vielleicht ebensolche Stärken haben wie ein Mann. Und deshalb habe ich über unsere Frauen oder wenigstens über einige von ihnen nachgedacht. Auch darüber, wie Vani sein wird, wenn sie erwachsen ist. Wie ich schon sagte, sie hat die Seele eines Jungen. Weißt du, daß sie mich gefragt hat, ob sie mit mir jagen gehen kann?«

Tama schaute dem Häuptling ins Gesicht und sagte bedächtig: »Sei offen mit mir, mein Freund. Sprich ruhig all deine Gedanken aus.«

»Ich habe keinen Sohn. Ich glaube nicht, daß Anielli mir weitere Kinder gebären wird. Solche Dinge bleiben ein Geheimnis. Ich könnte mir eine andere Frau nehmen, aber das möchte ich nicht. Ich liebe Anielli, sie ist mir eine gute Frau. Ich muß den Willen Ka Balus annehmen. Ich denke, mein Bruder, daß wir Vani in einigen Dingen unterrichten sollten, die sonst dem Sohn eines Häuptlings vorbehalten sind. Sie wird zu einer starken, furchtlosen, stolzen Frau heranwachsen, sie wird die geistige Stärke eines Mannes haben. Wenn ich alt bin und meine Zeit gekommen ist, mit dem Weißen Hirsch zu gehen, könnte Vani stark und weise genug sein, um nach mir Häuptling zu werden.«

»Das ist in der Tat ein neuer Gedanke«, sagte Tama vorsichtig. »Darüber muß eingehend nachgedacht werden. Du hast ein Samenkorn in meinen Geist gepflanzt. Ich werde sehen, ob es wächst, und wenn ich tieferes Verständnis darüber gewonnen habe, werde ich dir mitteilen, was daraus entstanden ist. In der Zwischenzeit werde ich zu niemandem darüber sprechen.«

Ke Rala nickte. »Ich kenne deine Weisheit und habe Vertrauen zu ihr. Wie du sagst, ist der Gedanke derzeit noch ein Samenkorn. Aber laß uns von Zeit zu Zeit darüber sprechen, um einander zu halten und zu verstehen, was wir da gepflanzt haben.«

Obwohl dieses »wir« eine Zustimmung voraussetzte, die Tama noch nicht gegeben hatte, ging er nicht näher darauf ein, und sie sprachen über andere Dinge.

Der Tag ging ruhig vorüber, und der Abend brach an. Die Kochfeuer erwärmten die kühler werdende Luft und legten eine durchsichtige blaue Rauchwolke über das Dorf, die langsam flußabwärts zog. Escha erzählte Yaka als Gute-Nacht-Geschichte eine alte Sage aus ihrem Volk, während Tama stumm zuhörte. Er fand diese alten Geschichten der Schäferleute merkwürdig beruhigend, oft waren sie lebhaft und komisch, doch niemals grausam oder furchterregend. Sie bestätigten, daß die Schäfer ein sanftes Volk waren, deren Art am besten durch seinen Freund Sarn verdeutlicht wurde. Jedesmal, wenn er an Sarn dachte, war er traurig, daß sie sich so selten sahen. Seit Chards Tod vor fünf Jahren hatte Sarn das Hirschvolk nur zweimal besucht; einer der Anlässe war die Rückholung seines toten Vaters in sein Dorf gewesen. Er schaute Escha an, die mit Yaka lachte, und fragte sich, wie schon so oft, ob sie wußte, daß er eine Nacht mit Gilda verbracht hatte. Seit damals hatte sie ihre ganze Liebe Yaka zugewandt und sich Tama gegenüber ohne Klagen als pflichtbewußte Frau benommen, doch zwischen ihnen hatte sich so etwas wie eine unausgesprochene und unwiderrufliche Mauer gebildet. Er kam nur selten in ihr Bett, und sie nahm ihn widerspruchslos auf, so daß zwar sein Körper dem ihren begegnete, doch die Schranken im Geist blieben.

An Gilda dachte Tama seltener, als er es noch vor fünf Jahren für möglich gehalten hätte. Ihr Zusammensein in der Hütte war mehr ein Ende als ein Anfang gewesen. Er wußte, daß Gilda nach Yonnis Tod Ka Krisa verlassen hatte und nun wieder bei ihrer Mutter lebte, aber er wußte nichts darüber, wie sie wirklich lebte, wie das Leben dieses flammenähnlichen Wesens aussah, das er einmal geliebt hatte.

Er erfüllte seine Pflichten als Priester seines Volkes treu. Die Dorfbewohner konnten sich ihr Leben ohne seine tägliche Anwesenheit nicht vorstellen. Sie glaubten, er gehe in dem Dienst an seinem Volk völlig auf. Niemand wußte etwas von dem geheimen Leben seines Geistes, dem er in der nächtlichen Einsamkeit nachging.

Als es im Zimmer von Escha und Yaka ruhig geworden

und ihre Lampe gelöscht war, konnte Tama sicher sein, nicht mehr gestört zu werden. Er entnahm der verschnürten Kiste die Pergamente, Tinten und Federn, die für ihn ebenso Werkzeuge seines forschenden Geistes waren wie die Stech- und Hohlmeißel für Brusas Schnitzereien. Er las und schrieb, malte sorgfältig und genau die Zeichen, die er durch Chards Anregungen entwickelt hatte, während dünner Rauch aus seiner Öllampe aufstieg und gleich einem Geist im Raum hing. Wenn er schrieb, bis die Abendsterne hoch am Himmel standen, waren seine Augen vom Rauch gerötet und schmerzten. Manchmal stand er um Mitternacht, deren Herannahen er auch ohne einen Blick auf die Sterne fühlte, mit steifen Gliedern auf, öffnete die Tür und atmete eine Weile die reine Nachtluft ein. So ließ er den Rauch hinausziehen, bevor er sich in seine Decken wickelte.

Er hatte die Lieder aufgeschrieben, die er für Hochzeiten, Geburten und Todesfälle gemacht hatte, und auch andere, die er noch nie gesungen hatte. Diese Lieder waren etwas Wunderbares für ihn. Sie waren wie ungeborene Kinder, kleine Samen im Bauch, die noch keine Frucht hervorgebracht hatten. Er hatte die Namen der Dorfbewohner und ihrer Vorfahren, soweit er sich an sie zurückerinnern konnte, aufgeschrieben. Auch einen Bericht über die Reise seines Volkes durch die Berge hatte er geschrieben, und wie sie den Schäferleuten begegnet waren und ein neues Dorf gegründet hatten. Aber bis jetzt hatte er noch nicht einmal die gebräuchlichsten der Gesetze Ka Balus aufgezeichnet, auch nicht die Erzählungen über die Erschaffung der Welt, weil er eine unbestimmte Angst fühlte, damit eine Gotteslästerung zu begehen, die er freilich nicht genau benennen konnte.

Er wünschte sich, mit jemandem über seine Arbeit sprechen zu können. Ke Rala und vielleicht einer oder zwei der Ältesten wußten, daß er diese neue Fertigkeit entwickelt hatte, allerdings betrachteten sie sie als Teil seines priesterlichen Dunklen Wissens, das ihnen nicht zugänglich war. Nicht einmal Ke Rala verstand, daß Tama eine Kunst ausübte, die ihm allein gehörte und nicht als Lobpreisung oder Anrufung Ka Balus gedacht war. Eines Tages, so versprach

Tama sich selbst, würde er Ke Rala sein Herz öffnen oder vielleicht auch dem Ältesten Tara, der den Standpunkt des Priesters immer zu verstehen schien. Eines Tages würde das Volk seinem Schreiben Achtung entgegenbringen. Vielleicht würde eine Zeit kommen, in der er die begabtesten seiner Schüler im Winterunterricht die Kunst, ihre Sprache und ihre Gedanken aufzuschreiben, lehren könnte. In seiner Vorstellung sah er, wie ein dunkelhaariger Junge ernst und konzentriert, die Zungenspitze zwischen den Lippen, mit einem Stock Zeichen in die Erde malte, die er von einem Stück Pergament abschrieb und welche den Klang seines eigenen Namens darstellten.

4

»Wartet! Wartet! Hört mich an! Bedenkt, was ihr tut. Hört mich an! Hört zu!«

Sarn bemühte sich, seiner Stimme im Getöse Gehör zu verschaffen, während er versuchte, den Aufruhr von Angst und Sorge in sich selbst zu beschwichtigten. Er hob die Arme und rief noch lauter, bis die Menge ruhiger wurde.

»Macht Platz! Gebt ihm Raum! Laß uns anhören, was Sarn zu sagen hat.«

Zwei Männer schoben die Leute zurück, damit alle Sarn ansehen konnten. Einige Augenblicke lang sah er sich um, ließ seinen Atem zur Ruhe kommen und spürte den Zorn in den Frauen und Männern.

»Hört mich an. Denkt nach, bevor ihr handelt. Wir haben von Jory gehört, wie er und seine Freunde von Hirschjägern angegriffen wurden. Zwei unserer Leute sind tot, und ein weiterer stirbt vielleicht an seinen Verletzungen. Es ist berechtigt, wenn wir zornig sind, und es ist berechtigt, wenn wir trauern. Ich bin genau wie ihr voller Bitterkeit, daß so etwas passieren konnte. Was haben wir den Leuten vom Hirschvolk getan, um so einen Angriff zu verdienen und über die Ebene gejagt zu werden, als ob wir wilde Tiere wären? Als das Hirschvolk damals in unser Land gekommen ist, gaben wir ihnen Essen und Kleider und halfen ihnen, ihr Dorf aufzubauen. Ohne unsere Hilfe hätten sie vielleicht gar nicht überlebt ...«

»Das wissen wir alles, Sarn. Das ist schon Jahre her. Wir haben genug von der Überheblichkeit des Hirschvolkes. Jetzt sollen sie selbst leiden ...«

»Ja, ja. wir müssen unsere Toten rächen!«

Sarn atmete schwer und sagte nichts, bis die Menge sich wieder beruhigt hatte.

»Ich weiß, daß ihr Rache wollt. Aber ich kenne das Hirschvolk besser als die meisten von euch. Wenn wir Jäger aussenden, um einige von ihnen zu töten, glaubt ihr, daß sie es dann dabei belassen werden? Bevor wir wüßten, wie uns geschieht, würden zehnmal zehn ihrer Jäger über diesen Hügel in das Dorf stürmen und nicht nur Männer, sondern auch Frauen und Kinder töten. Wir könnten sie nicht besiegen. Sie sind besser mit Pfeil und Bogen, als wir es jemals sein werden. Ich sage euch, wenn ihr auf die Ebene hinausgeht und das Blut von Hirschjägern vergießt, werdet ihr erleben, wie sich die Wellen an diesem Strand rot färben mit dem Blut unseres eigenen Volkes.«

Ein Mann schob sich nach vorne. Sein Gesicht war wutverzerrt.

»Sie haben meinen Sohn getötet. Willst du mir sagen, daß ich nichts tun darf? Ihn begraben und es vergessen? Pah! Bist du einer von uns, oder gehörst du inzwischen mehr zum Hirsch- als zum Schäfervolk? Wir wissen alle, daß du mit ihrem Priester befreundet bist. Du hast viel Zeit mit ihnen verbracht. Auf welcher Seite stehst du?«

Sarns Stimme erhob sich über das allgemeine Durcheinander.

»Versteht ihr denn nicht, daß ich gerade deshalb, weil ich Freunde unter ihnen habe, anbiete, mit ihnen zu reden und Gerechtigkeit für das zu fordern, was geschehen ist? Wir müssen versuchen, unseren Zorn zu bezwingen, unsere Vernunft einzusetzen ...«

»Sie hören nicht auf die Vernunft! Als Jana damals seinen Sohn verlor, hast du mit ihren Führern gesprochen, und die Mörder kamen mit ein wenig zusätzlicher Gartenarbeit davon. Seit damals hat es weitere Übergriffe gegeben. Das jetzt ist der schlimmste. Und es muß der letzte sein!«

Sarn sah sich um. Auf allen Gesichtern erkannte er nur Bitterkeit, und er fühlte sich als Opfer dieser Bitterkeit. Einen Moment lang dachte er an Chard und bat ihn verzweifelt um Hilfe. Er breitete die Hände aus und trat einen Schritt vor. »Wir sind verwundet worden. Ich möchte diese Wunden geheilt sehen. Ich bin bereit, zum Häuptling des Hirschvolkes zu gehen und zu verlangen, daß diese Überfälle auf unsre Jagdgründe aufhören. Aber ich will nicht, daß noch mehr Leute von uns ihr Leben aufs Spiel setzen, indem sie zu einem Überfall auf die andere Seite des Großen Flusses aufbrechen. Sie sind in unser Land gekommen, sie wußten, als sie diesen Fluß überquerten, daß sie ihr Abkommen brechen, nur auf der anderen Seite zu jagen ...«

»Das wissen wir alles. Zwei unserer jungen Leute sind ermordet worden. Dafür wollen wir Rache. Wäre ihr Häuptling bereit, uns die Täter auszuliefern? Niemals. Wir müssen das Recht selbst in die Hand nehmen.«

»Dann wird das Morden kein Ende mehr nehmen. Und die von uns, die zurückbleiben, wären hilflos. Die Leute vom Hirschvolk könnten mit uns machen, was sie wollten.«

Man begann die Verzweiflung aus Sarns Stimme herauszuhören. Zu seiner Erleichterung trat Rad vor.

»Niemand kann mich einen Feigling nennen. Ich habe keine Angst vor Hirschjägern. Wenn ich mit ihnen kämpfen müßte, würde ich das tun. Aber ich sage euch folgendes: Diese Hirschjäger, die unsere Männer nach einem dummen Streit über ein Schaf töteten, stellen nicht das ganze Hirschvolk dar. Glaubt mir, ihr Häuptling und die anderen Leute werden genauso entsetzt wie wir über das sein, was geschehen ist. Wenn wir hier bei uns Meinungsverschiedenheiten haben, lösen wir sie nicht mit Kampf und Mord. Wir legen unsere Schwierigkeiten offen dar, wir lassen die Stimme der Vernunft sprechen. Laßt uns darauf stolz sein und unserer eigenen Geschichte treu bleiben und all dem, was wir unserem großen Vorfahren Shan zu verdanken haben. Wenn wir dem Vorbild einiger brutaler Mörder unter dem Hirschvolk folgen, werden wir wie sie. Unsere ganze Lebensweise würde sich völlig verändern.«

Rad verstummte mit gerötetem Gesicht und trat zurück. Niemand hatte ihn jemals so viel über irgendeine Angelegenheit sagen hören. Ihm folgte ein erregter Jäger, ein Freund eines der Toten, der in rasendem Haß gegen das Hirschvolk wütete und gelobte, daß er notfalls allein Blut mit Blut vergelten würde. Ihm schlugen rauhe Beifallsschreie entgegen.

Der Schiedsrichter kam nach vorne. Für diese Versammlung hatte das Volk den alten Kahi gewählt, der für sein Augenmaß in allen Urteilen bekannt war. Er selbst würde nicht versuchen, die Leute zu einer Änderung ihrer Meinung zu bewegen, sondern sorgfältig die Anhänger der verschiedenen Gruppen zählen, wenn der Streit beendet war. Er sprach mit ruhiger Stimme.

»Freunde, das ist der traurigste Anlaß für eine Zusammenkunft, soweit ich zurückdenken kann. Aber laßt uns nicht unsere Sitten und Gebräuche mißachten. Hört jeden Sprecher ruhig an. Nun, welche Stimmen gibt es?«

Gilda kam nach vorne, ging langsam zum Stein des Sprechers und wandte sich dem Halbkreis der Zuhörer zu. Eine tiefe Stille breitete sich in der Menge aus, als sie die ersten ruhigen Worte sprach.

»Leute, laßt eure Gedanken meinem Gedankengang folgen. Mir ist klar, was wir zu tun haben. Ich möchte es auch euch klarmachen. Aber habt erst einmal ein bißchen Geduld mit mir, während ich euch erkläre, warum ich so denke, wie ich denke. Nachdem Janas Sohn von einem Hirschjäger getötet wurde, kamen die Anführer des Hirschvolkes zu uns und blieben fast einen Monat lang als unsere Gäste hier. Sie erzählten uns von ihrem Gott Ka Balu und wollten uns überzeugen, ihn auch als unseren Gott anzuerkennen. Sie erzählten Geschichten von ihrem großen Gott, daß er ihnen hilft, daß sie seinen Gesetzen gehorchen und durch ihn Essen und Kleidung bekommen. Wir hörten zu und stellten Fragen. Wir wiesen darauf hin, daß wir uns selbst Essen und Kleidung verschafften, durch das Werk unsere Hände, die Wahrheit unseres Denkens und gemäß dem, was unser großer Vorfahre Shan uns lehrte. Shan war kein entrückter Gott, sondern ein Mensch, ein Mann mit großen Fähigkeiten und Kräften, aber nur ein Sterblicher. Was könnte Ka Balu mehr für das Hirschvolk tun, als Shan für uns getan hat?

Es scheint, daß Ka Balu einige mysteriöse Kräfte hat, die sein Priester mit seinem Willen heraufbeschwören kann. Ich verstehe nicht, was das bedeutet, aber einige unserer Leute gingen mit ihnen zurück zum Dorf des Hirschvolkes, um selbst zu sehen, was der Glaube an diesen merkwürdigen

Gott ihnen nützen könnte. Ihr wißt, was geschehen ist. Mein Vater Yonni mußte schwer arbeiten, obwohl er krank war, und er starb dort. Mein Bruder und seine Freunde brachten seinen Körper in unser Dorf zurück, und wir begruben ihn hier zwischen unseren Toten. Und diejenigen unserer Leute, die die Wahrheit des großen Gottes Ka Balu suchten, fanden kaum etwas anderes als Schwierigkeiten und Wirrnisse. Unsere Männer wurden von den Hirschjägern nicht als Freunde und Gleichgestellte aufgenommen, und es war ihnen nicht erlaubt, Hirschfrauen zu heiraten, obwohl ein Hirschjäger, wenn ihn nach einer unserer Frauen gelüstete, sich nahm, was er wollte. Eine von ihnen wurde von mehreren Hirschjägern nachts in den Wald gebracht und von ihnen so oft vergewaltigt, bis sie das Bewußtsein verlor. Sie wäre gestorben, wenn andere Frauen sie nicht am Morgen gefunden und sich um sie gekümmert hätten. Die meisten unserer Leute, die aufgebrochen waren, um ein besseres Leben mit Ka Balu zu finden, sind zu uns zurückgekehrt, und die wenigen, die geblieben sind, sind für uns verloren.

Gibt es einen einzigen Mann oder eine einzige Frau des Hirschvolkes hier unter uns? Hat die Hilfe, die wir ihnen in den ersten Monaten gewährt haben, unsere beiden Völker einander näher gebracht? Sind wir jetzt bessere Menschen, weil wir das Fleisch von Schafen essen, anstatt für sie zu sorgen als unsere Freunde, die uns mit Kleidung versorgen, wie wir es früher getan haben? Wird freundschaftlich und gerecht geteilt zwischen unseren beiden Völkern? Ihr wißt, daß es nicht so ist. Dieser Mord an unseren jungen Männern ist nicht ein unerwarteter, tragischer Unfall. Er ist Teil der zunehmenden Überfälle von Hirschjägern auf unsere Jagdgründe. Es war ihnen nicht erlaubt, den Großen Fluß zu überqueren. Das war eine Abmachung, die wir vor einigen Jahren miteinander getroffen haben. Sie haben sie immer wieder mißachtet. Wir nicht. Aber es sind unsere Leute, die leiden mußten.«

Gilda machte eine Pause. Die Menge war still, ergriffen von der Eindringlichkeit ihrer Worte. Dann drehte sie sich um und schaute ihren Bruder an, mit einem langen Blick, unter dem er erschauerte, denn er fühlte sich verurteilt. »Wir sind hier, um zu entscheiden, was wir tun müssen. Wir können eine Abteilung unserer stärksten Männer ausschicken, um Hirschjäger zu suchen und zu töten, wo sie sie antreffen, um so unsere Toten zu rächen. Oder wir können eine Abordnung unserer weisesten Leute zu den Führern des Hirschvolkes schicken, zu Ke Rala und Tama und ihren Ältesten. Und sie werden zuhören, Gerechtigkeit versprechen und unsere weisen Leute zurückschicken – um dann nichts weiter zu unternehmen.«

Gilda hob den Kopf. Sarn sah in dem kalten Licht des späten Nachmittags gegen den verblassenden Himmel, daß Tränen in ihren Augen glitzerten und ihre Gesichtsmuskeln angespannt waren, die Hände an ihren Seiten zu Fäusten geballt. Sie sprach lauter und mit rauher Stimme. »Wenn mein Bruder den Mut hat, mit den Führern des Hirschvolkes zu sprechen, dann laßt ihn diesen Mut für etwas Besseres einsetzen. Er kennt ihr Volk, sagt er. Gut. Er ist der Mann, der uns anführen sollte. Und dann, bei Shan, wenn er ein Mann ist, wird er diesen Augenblick dazu nutzen, zuzuschlagen, zu töten und unsere Toten zu rächen! Um diesen Hirschleuten eine Lehre zu erteilen, die sie niemals vergessen werden. Vernunft verstehen sie nicht – wir haben es wieder und wieder versucht –, sie verstehen nur Stärke. Ich werde mit jeder Abordnung gehen, die Rache sucht, aber nicht, um in den Staub zu sinken und ihre Füße zu küssen!«

Die Menge brach in lautes Geschrei aus, schob sich vorwärts und hob sie auf ihre Schultern. Dabei schrien sie: »Rache, Rache!« Sarn fing Gildas Blick auf und sah kein Mitleid darin.

Als der Schiedsrichter wieder Ordnung hergestellt hatte und das Volk darüber abstimmte, ob man die Toten rächen oder mit den Anführern des Hirschvolkes sprechen sollte, sah Sarn, daß nur dreimal zehn Leute auf seiner Seite waren, der treue Rad und seine Frau Lorna, ein paar andere in seinem Alter, aber die meisten übrigen waren ältere Leute, die Angst vor Blutvergießen hatten. Mit wehem Herzen sah er Gildas Gesicht in der Menge verschwinden, die sie umgab.

Die Leute teilten sich in kleinere Gruppen auf, die heftig miteinander debattierten. Sarn wandte sich Rad und Lorna zu.

»Ich gehe jetzt nach Hause. Das wird noch eine Weile so weitergehen. Kommt heute abend, sprecht mit Ana und mir. Wir müssen tun, was wir können, um zu verhindern, daß eine Dummheit geschieht.«

Sarn saß an seinem Herdfeuer, während draußen die Dunkelheit hereinbrach. Seine fünfjährige Tochter lehnte sich an sein Knie, und Tukki zeigte seinem jüngeren Bruder, wie man aus Federn und Pflanzenfasern einen Spielzeugfächer bastelte. Ana bereitete ihre Abendmahlzeit zu. Sarn konnte kaum fassen, was an diesem Nachmittag geschehen war.

Seit die Jäger am Morgen ihre Toten und Verwundeten heimgebracht hatten, war im Dorf eine Welle von Trauer und Zorn losgebrochen. Im letzten Frühjahr hatte ein ähnlicher Streit zwischen den Jägern des Hirsch- und des Schäfervolkes über ein Langhornkalb mit einer Schlägerei und der Gesichtsverletzung eines Schäferjungen geendet. Seit der Trockenheit war Wild auf beiden Seiten des Flusses seltener geworden, und die Hirschjäger waren öfter nördlich ihres eigenen Flusses unterwegs, aber das Nordland war rauh, und das Wild konnte dort leicht entkommen. Heißköpfige Jungen waren deshalb des öfteren das Risiko des Zusammentreffens mit Schäferjungen im Süden des Großen Flusses eingegangen. Die älteren Jäger des Hirschvolkes blieben eher in dem Gebiet zwischen den beiden Flüssen, aber das verbotene Gebiet lockte die jungen Jäger, die in ihren eigenen Jagdgründen keinen Erfolg gehabt hatten. Ihr Ziel waren die ruhigen Schafe, die in den Berghügeln weideten und deren Fleisch schmackhafter war als das der mageren und sehnigen wilden Schafe auf den Ebenen.

Sarn war schweigsam, als die Familie sich zum Abendessen um das Feuer versammelte. Ana sprach mit den Kindern, aber ihr Herz war schwer von der tiefen Traurigkeit in Sarns Gesicht. An die Stelle seiner sonstigen Offenheit und Zuversicht war eine Zurückgezogenheit getreten, die sie nicht zu ergründen wagte.

Was mit dem Volk im Moment geschah, sah sie als ein Übel, wie sie es nie zuvor gekannt hatten: die Notwendigkeit, gegen ein anderes Volk kämpfen zu müssen, gegen andere menschliche Wesen. Wie konnten die Hirschjäger nur andere junge Männer töten? Warum hatten sich die beiden Gruppen das Schaf nicht geteilt, über das sie sich gestritten hatten? Sie wußte, daß Sarn von sich aus keine Rache suchte, aber dennoch in die Auseinandersetzung verwickelt werden würde. Bei allen Angelegenheiten, die das Hirschvolk betrafen, galt Sarns und Gildas Wissen als wichtig. Ana kniff die Lippen zusammen und fühlte erneut ihre alte Ablehnung Gilda gegenüber. Man mußte diese Frau daran hindern, die Dinge noch schlimmer zu machen, ob sie nun seine Schwester war oder nicht. Als sie Sarns Gesicht im Schatten des Feuers betrachtete, das seinen Schein auf seine dicken gelben Locken warf, fühlte Ana in der Brust eine heiße, beschützende Liebe für ihren Ehemann aufsteigen, für seine Rechtschaffenheit als Mann und für seine Großzügigkeit, die ihn verwundbar machte. Sie drehte sich zu ihm und legte ihm die Hand auf den Schenkel. Er sah auf sie hinunter mit seinen blauen, vor Schmerz verdunkelten Augen, legte den Arm um sie und seufzte tief.

»Rad und Lorna werden gleich hier sein. Wir müssen weiter über diese schreckliche Sache sprechen.«

»Ich werde die Kinder ins Bett bringen, bevor sie kommen.«

In Sarns Augen gekuschelt, faßte Ana nach seiner Hand. Sie hielt sie fest in der ihren und setzte sich dann auf, um ihn anzuschauen.

»Ich liebe dich so, Sarn. Wenn dir irgend etwas zustößt ...«

Sie umarmten sich und fanden so einen Moment Trost, bevor sich Ana den Kindern zuwandte.

»Kommt jetzt. Legt eure Spielsachen weg. Ihr müßt heute früh ins Bett gehen, weil euer Vater und Rad viel miteinander zu besprechen haben.«

Tukki gehorchte seinen Eltern wie immer gerne, räumte seine Spielsachen ordentlich in die Kiste und wandte sich an seinen Vater.

»Gehst du morgen mit mir fischen? Du hast es versprochen.«

»Ja, wenn das Wetter gut ist.«

Ana brachte die Kinder in das andere Zimmer und deckte sie zu. Das kleine Mädchen beklagte sich über Schmerzen in ihrem Bein, saß dann aber zufrieden und daumenlutschend im Schoß ihrer Mutter als Ana sie zärtlich massierte, den Fuß leicht vor- und zurückbog und die festen braunen Zehen drückte.

»So, ist es jetzt besser?«

Sie deckte das Kind zu, gab ihr einen Kuß und ermahnte alle, nicht wach zu bleiben und miteinander zu reden, sondern jetzt gleich einzuschlafen. Eine Weile saß sie neben ihnen, eine Geborgenheit und Sicherheit ausstrahlende Gestalt, bis ihr ruhiges Atmen sie in den Schlaf trug.

Rad und Sarn saßen am Feuer. Sie redeten nichts, spürten aber jeder die Gedanken des anderen. Ihre enge Vertrautheit von Kindheit an hatte zwischen ihnen eine starke Verbindung geschaffen, die Worte manchmal überflüssig machte. Aber Rad konnte nicht so wie Sarn müßig dasitzen; er hatte sich Fasern mitgebracht, um daraus eine Kordel für Fischernetze zu knüpfen.

»Kommt Lorna auch?« fragte Ana.

»Ja. Sie ist bei Gilda und versucht, sie zu überreden, uns Gesellschaft zu leisten.«

»Oh.«

Sarn hörte die Schärfe in Anas Ausruf und wünschte sich, wie schon so oft, daß seine Frau und seine Schwester Freundinnen werden könnten. Er liebte sie beide, hatten sich aber nun schon seit Jahren damit abgefunden, daß in Anas sanfter und großzügiger Liebe kein Platz war für Gildas wilden und freimütigen Drang nach Unabhängigkeit, aus dem heraus sie ebenso verletzend wie liebevoll sein konnte. Wenn Ana liebte, gab sie alles aus tiefstem Herzen und hatte keinen Drang, jemanden weh zu tun. Ihr ganzes Leben wurde erhellt durch ihre Liebe zu Ehemann und Kindern. Daß Gilda den Bruder, den sie öffentlich demütigen konnte, trotzdem liebte, fand Ana völlig unverständlich, aber Sarn hatte niemals Zweifel an der Liebe seiner Schwester und achtete ihre Aufrichtigkeit, die sie mutig verteidigte. Und er wußte, wie tief seine Schwester jedesmal verletzt war, wenn Ana Ausreden fand, um Gilda von ihren Neffen und Nichten fernzuhalten, deren Kindheit sie gerne miterleben wollte. Er dachte an all die Männer, mit denen Gilda geschlafen hatte, und wünschte sich, einer von ihnen hätte ihr ein Kind geschenkt, damit sie sich nicht für unfruchtbar hielte.

An diesem Abend gab es in jedem Haushalt des Dorfes nur ein einziges Gesprächsthema. Überall wiederholte man immer wieder die gleichen Worte des Zorns oder gab sich unausgesprochenen Ängsten hin. Plötzlich war der nächste Morgen bedrohlich geworden. Das Herannahen des Winters brachte eine neue Kälte, eine Bösartigkeit, die das ruhige Dorf bisher nicht gekannt hatte. Schon immer hatte es die täglichen Reibereien und Auseinandersetzungen des Familienlebens gegeben: Kindertränen wegen elterlicher Einschränkungen, Streit zwischen Liebenden, die Torheiten junger Männer, die manchmal leidenschaftlich ausgefochten wurden. Aber niemals hatte das Volk in seiner Gesundheit die Bedrohung gedankenlosen Blutvergießens durch Wesen ihrer eigenen Art gespürt. Die meisten fühlten sich wie gelähmt vor Entsetzen und verharrten in einer Art betäubter Unentschlossenheit.

Gilda und Sarn stellten die beiden Extreme dieser Unentschlossenheit dar. Während die meisten Dorfbewohner einen unbestimmten Wunsch nach Rache hatten, fürchteten sie sich davor, tatsächlich in dieser Richtung zu handeln. Sich selbst überlassen, wäre ihre Erregung wahrscheinlich abgeklungen zu einer Art tiefem Groll; sie hätten ihre Toten begraben und ein getrübtes Leben voller Mutlosigkeit weitergeführt. Aber Gilda hatte zu ihnen gesprochen und ihnen Mut gemacht, und an manchen Herdfeuern dieser Nacht saßen junge Männer, die ebenso von Racheplänen erwärmt wurden wie von den züngelnden grünen und blauen Flammen, mit denen das salzige Treibholz vom Strand verbrannte.

Doch auch Sarns Aufruf zur Ruhe und zur Vermeidung

weiteren Blutvergießens tat seine Wirkung. Wenn das Schäfervolk jemanden zum Führer, zum Häuptling hätte wählen müssen, wäre es wahrscheinlich Sarn gewesen. Ältere Männer hatten mehr Erfahrung im Hinblick auf das Dorfleben, aber niemand hatte mehr Wissen über die Lebensart des Hirschvolkes als er. Wenn irgend jemand mit ihnen sprechen und ihre Herzen erreichen konnte, dann war es Sarn.

Und Sarn wußte das. Als er und Gilda sich am Herdfeuer gegenübersaßen, bemühte er sich, ihre unbeugsame Entschlossenheit, von den Jägern einen Blutzoll zu fordern, ins Wanken zu bringen.

»Wohin würde das führen? Sag mir das. Wohin würde es führen? Sollen wir uns eine Zukunft mit ständigen Kämpfen auf der anderen Seite des Großen Flusses vorstellen? Sollen wir unsere Kraft darauf verwenden, Pfeile für menschliches Fleisch, statt für Tiere herzustellen? Sollen wir jahrein, jahraus Blut trinken? Nicht aus dem ersten Schlag wird ein Kampf, sondern aus dem zweiten. Man hat uns einen Schlag versetzt, uns es ist unsere Entscheidung, ob es dabei bleibt oder weitergeht und noch mehr Leben dafür aufs Spiel gesetzt werden.«

»Aber es ist nicht das erstemal«, rief Gilda leidenschaftlich aus. »Ihr sagt mir alle, wir sollen keine Rache üben, aber ihr wißt, daß wir solche Angriffe schon öfter über uns ergehen lassen mußten. Wie erreichen wir, daß das aufhört? Das möchte ich wissen. Wie stellen wir sicher, daß Hirschjäger unsere Jäger nicht wieder verletzen? Sag mir das. Rad, du sagst, Sarn hat Recht und ich Unrecht. Aber was würdest du tun, wenn du zum Jagen auf der Ebene wärst und Hirschjäger dich angriffen?«

Rad streckte seine kräftigen Hände zum Feuer hin und antwortete ruhig.

»Ich würde mich verteidigen. Und wenn ich töten müßte, würde ich töten. Aber das ist etwas ganz anderes, als ihre Jäger vorsätzlich anzugreifen.«

»Es ist ein Zeichen von Schwäche, so zu sprechen«, sagte Gilda heftig. »Damit würdest du zulassen, daß die Ereignisse sich wiederholen. Ich glaube, wenn wir uns jetzt mit

Härte gegen die Hirschjäger wehren, werden sie Achtung vor uns bekommen und uns in Zukunft vom Hals bleiben. Sie sind von uns keine Stärke gewohnt, sie denken, sie können uns so leicht umwerfen wie ein Schaf, sie denken …«

»Und wie viele Tote müssen wir in Kauf nehmen, um sie zu überzeugen, uns zu achten?«

Anas Stimme fiel mit Schärfe in Gildas Rede ein. Gilda sah zu ihr hinüber, antwortete aber nicht. Sarn fühlte, daß Ana vor Ärger zitterte, und nahm ihre Hand in seine.

»Was wir jetzt tun«, sagte Sarn sanft, »ist das, was wir immer getan haben, wenn wir Probleme haben. Wir kommen zusammen, hören uns gegenseitig an, und am Ende finden wir einen Weg aus unseren Schwierigkeiten. Aber dieser Weg hat niemals zum Töten anderer geführt.«

»Weil wir einer solchen Bedrohung bis jetzt nicht ausgesetzt waren.«

»Aber müssen wir, weil dies eine neue Bedrohung ist, unsere alten Lebensformen aufgeben und die Art derer annehmen, die uns verwunden?«

Lornas Worte waren sanft. Sie fühlte, wie Bruder und Schwester litten. Gildas Antwort war herausfordernd.

»Ja, ich glaube, daß wir das müssen. Unsere Art, die Dinge anzugehen, hat die Schwierigkeiten bis jetzt gelöst. Aber wir standen noch niemals der Bedrohung des Angriffs durch ein anderes Volk gegenüber. Sie zeigten uns, wie man Pfeil und Bogen benutzt. Nun müssen wir ihre eigenen Waffen gegen sie einsetzen, um frei zu bleiben.«

Sarn bewegte sich ungeduldig.

»Gilda, du sprichst, als würde das gesamte Hirschvolk von den Hügeln herunter in unser Dorf einfallen. Sei vernünftig. Ein paar heißköpfige Jungen haben sich über ein getötetes Schaf gestritten, und zwei der unseren wurden getötet. Ja, ja, ich weiß, daß das falsch ist, ich weiß, daß es für ihre Familien schrecklichen Schmerz bedeutet, aber werden sie davon wieder lebendig, daß wir ein paar Hirschjäger töten?«

Gilda fingerte an dem Muschelanhänger an ihrem Hals herum, starrte ins Feuer und fragte mit ruhiger Stimme:

»Und was würdest du tun, mein Bruder, damit so etwas nicht wieder geschieht?«

»Du weißt, was ich tun würde. Ich kenne keinen absolut sicheren Weg, wie wir verhindern können, daß es wieder geschieht. Können wir über die Zukunft bestimmen? Unsere Tage kommen und gehen wie die Wellen des Ozeans. Wir können nur einen Tag nach dem anderen leben. Ich habe gesagt, was ich tun würde – was ich tun werde. Ich werde Ke Rala besuchen und ihn um Hilfe bitten, ich werde verlangen, daß der diejenigen bestraft, die unsere Männer getötet haben. Ich weiß, daß er den Frieden zwischen unseren beiden Völkern genauso will wie wir.«

Gilda stand auf und schaute der Reihe nach in jedes der vom Feuer erhellten Gesichter, am längsten in Sarns. Sie sprach mit beherrschter Stimme: »Ich weiß, daß du meinst, was du sagst, aber ich denke, du hast unrecht. Es ist zu spät, Bruder. Wir müssen neue Wege gehen, auch wenn sie schmerzlich sind. Viele denken so wie ich. Das weißt du. Sie warten nur darauf, daß jemand sie anführt. Ich habe keine Angst, das zu tun.«

»Da dies alle von uns betrifft, muß das, was geschieht, den Willen des ganzen Volkes ausdrücken. Das heutige Treffen war nur das erste. Es wird noch mehrere geben, bevor eine Entscheidung getroffen wird.«

Gilda antwortete nicht. In dem einsetzenden Schweigen nahm sie ihren Umhang und legte ihn sich um die Schultern. Sie ging zur Tür und schaute auf die Gestalten zurück, die sich unbeweglich vom ruhigen Schein des Feuers abhoben.

»Der Friede Ka Balus sei mit euch«, sagte sie und ging hinaus.

Vor Mitternacht hatte sich der wolkenüberzogene Himmel aufgeklärt. Am Morgen bekam das Dorf den ersten Frost zu spüren. Unter dem blaßblauen Himmel erschien das Wasser im Hafen kalt und ruhig.

»Ich werde Tukki zum Fischen mitnehmen«, sagte Sarn. »Das wird ein schöner Tag. Es wird nicht mehr viele davon geben, bevor der Winter kommt. Das wird mir Gelegenheit geben, in Ruhe über die Dinge nachzudenken.«

Sie nahmen das Kanu. Sarn paddelte mit der Ebbe hinaus. Wie immer genoß er den Moment, wenn er um die Landzunge herumsteuerte, das Dorf plötzlich außer Sicht kam, und sein ganzes Wesen herausgefordert wurde von der klaren Einsamkeit des Wassers der Bucht, das zu den schwarzen Klippen an der Einfahrt zum Langen Wasser hin anschwoll. Er hielt sich dicht am östlichen Ufer, das teilweise noch im Schatten lag, aber wenn die höhersteigende Sonne sich nordwärts wandte, würde sich der Sandstrand bei der kleinen Zweighüttenbucht schnell erwärmen. Am Strand war es kühl, aber auf dem offenen Wasser wehte ein Wind, der schon die frostige Kälte des Winters vom Meer brachte. Er würde sich bald wieder legen, aber zunächst waren Sarn und Tukki froh über ihre warmen Schaffelljacken. Sie sprachen wenig, während das Kanu von den sanften Wellen der Ebbe getragen wurde, ohne Sarn große Mühe abzuverlangen. Tukki beobachtete die Möwen, die geräuschlos über ihnen zum Meer hinausschwebten und manchmal schnell seitwärts herunterstießen, um über die Wasseroberfläche zu streichen und nach einem Fisch zu schnappen. Ein erfolgreicher Stoß, der einen nassen, in dem starken Schnabel zappelnden Fisch hervorbrachte, zog sofort weiteres Flügelschlagen und Schreie nach sich, weil andere Möwen versuchten, dem Sieger seine Beute abzujagen.

»Sie sind gierige Biester«, meinte Tukki. »Sie versuchen, sich gegenseitig zu bestehlen.«

»So ist das Möwenvolk«, sagte Sarn, »lautstark, gierig, streitsüchtig. Aber sie sind auch wunderschön, wenn sie auf dem Wind reiten und so leicht wie eine Feder dahinschweben.«

Das tropfende Paddel wurde in fließendem Rhythmus eingetaucht und herausgehoben, während das leichte, mit Rinde und Haifischhaut verkleidete Gestell des Kanus glatt durch das türkisfarbene Wasser glitt. Das Einsetzen seiner Muskelkraft in der frischen Luft, die wilde einsame Freiheit der Bucht und das strahlende Glück auf dem Gesicht seines Sohnes hoben die dunkle Last des vorhergegangenen Tages von Sarns Gemüt, und er begann zu singen.

»Kommt zu mir, ihr Fische.
Oh, kommt zu mir,
Nehmt meinen Köder. Beißt jetzt
Steigt hoch und kommt,
zieht heute an meiner Schnur.«

»Hören die Fische dein Lied wirklich?« fragte Tukki.

Sarn überlegte. Er nahm die Lieder seines Volkes eher als gegeben an, als sie zu hinterfragen. Aber wie alle Kinder stellte Tukki Fragen, die man nicht beantworten konnte.

»Vielleicht nicht«, antwortete er, »aber wenn ich zu den Fischen singe, erinnert es mich daran, daß ich sehr schlau sein muß, um sie zu fangen.«

»Ich werde einen fangen. Ich möchte heute einen großen Kodi für uns zum Essen fangen, und einen zweiten, um ihn mit nach Hause zu nehmen.«

Ein schwarzer Krähenvogel erhob sich von einer kleinen Felseninsel und flog mit raschen Flügelschlägen über die Bucht hinweg zu dem dunklen Strand im Westen.

»Was ist dort drüben?« fragte Tukki. »Wirst du mich eines Tages dorthin mitnehmen?«

»Vielleicht«, antwortete sein Vater. »Aber es ist ein kalter, öder Ort, immer windig, und der Strand bekommt außer am frühen Morgen keine Sonne. Manchmal versuchen die Fischer, auf dieser Seite unseres Hafens zu fischen, aber sie tun es nicht gerne. Die Meereswinde blasen dort kräftig, und das Wasser ist unruhig. Da kommt die Zweighüttenbucht.«

Tukki drehte sich aufgeregt um, und das Kanu neigte sich seitwärts. Er sah seinen Vater schuldbewußt an. »Entschuldigung.«

»Beweg dich in einem Kanu immer ganz vorsichtig. Halt es immer im Gleichgewicht. Merk dir das.«

Sarn steuerte das Kanu ins seichte Wasser, und sie landeten an dem Kieselstrand. Tukki stieg aus und hielt das Kanu fest, während Sarn es weiter nach vorne steuerte. Dann zogen sie es auf den Strand hoch.

»Wir werden uns erst einmal umsehen, ein Feuer vorbereiten und dann Köder an die Angeln machen. Bis dahin« –

Sarn maß mit den Augen die Entfernung zwischen den Blättern und Zweigen der Hochwassermarke und der Wasserlinie – »wird das Wasser wieder steigen, und wir können fischen.«

Die Bucht war recht klein, nicht mehr als ein guter Steinwurf von einer Seite zur anderen. Hinter ihr stieg nackter Fels auf, der fast unmöglich zu besteigen war, außer vielleicht durch die Büsche an der dem Meer zugewandten Seite. Der glatte Strand aus Kieseln und Sand wärmte sich schnell auf, als die steigende Morgensonne direkt auf den Halbkreis von Felsen, niedrigen Bäumen und Farnen schien. Vor vielen Jahren hatten drei abenteuerlustige Jungen sich eines frühen Morgens mit einem Fischerboot davongemacht und waren durch einen plötzlichen Wetterumschwung gezwungen gewesen, drei Tage in der Bucht zu verbringen. Sie hatten eine einfache Hütte aus Zweigen gebaut, die spätere Besucher einigermaßen erhalten hatten und von der die Bucht ihren Namen hatte. Sarn und Tukki ersetzten einen Eckpfeiler, der morsch war, und banden ihn mit Flachs fest.

»Das wird eine Weile halten«, meinte Sarn. »Wir hätten mehr Schnur mitbringen sollen.«

Ein Glockenvogel sang direkt neben seinem Ellbogen, während er arbeitete, und ließ sich von seiner Anwesenheit in keiner Weise stören.

»Sie sind zahm hier«, sagte Tukki. »Sie haben keine Angst vor uns.«

»Das ist so, weil hier keine Jungen mit Pfeilen auf sie schießen.«

»Ich schieße nicht auf Vögel.«

»Nein, ich weiß, aber manche Jungen tun das. Es sind nicht mehr so viele Vögel in der Nähe des Dorfes wie früher, seit wir begonnen haben, mit Pfeil und Bogen zu schießen.«

Ein kalter Hauch trübte plötzlich Sarns glückliche Stimmung. Später, sagte er zu sich selbst, später, wenn wir mit dem Fischen fertig sind. Dann werde ich darüber nachdenken.

»So, das wird erst einmal genügen. Laß uns einen sicheren Platz finden, wo wir unser Feuer anmachen und eine kleine Grube ausheben können, um unseren Fisch darin zu garen.«

Tukki grinste. »Und was ist, wenn du keinen fängst?«

Sarn gab ihm einen kleinen Schubs.

»Dein Vater ist ein guter Fischer. Aber das ist dein Tag heute. Ich möchte, daß du einen schönen großen Kodi für uns fängst. Später werden wir Hunger bekommen.«

»Ich glaube, ich bin jetzt schon hungrig.«

»Dann hilf mir, das Feuer vorzubereiten.«

Während Tukki trockene Zweige suchte, häufte Sarn sorgfältig die Feuersteine auf, die er mitgebracht hatte, und drehte den Bogenbohrer zwischen den Händen, bis eine dünne Rauchfahne aufstieg. Er blies hinein, bis er ihr ein kleine Flamme entlockte. Als das Feuer brannte und er Steine darauf gelegt hatte, die sich erwärmen würden, während sie fischten, stand Sarn auf und suchte den Himmel sorgfältig nach Anzeichen für einen Wetterwechsel ab, konnte aber nichts erkennen.

»Wir können es gefahrlos brennen lassen, während wir fischen. Hast du Köder an die Haken gemacht?«

»Ja.«

Sie trugen das Kanu zum Wasser. Sarn stieg hinein und nahm das Paddel; Tukki schob kräftig und sprang dann schnell nach, während sein Vater das Gleichgewicht hielt. Dann trieben sie hinaus auf das blaue, von tanzenden Sonnenstrahlen blinkende Wasser. Wie Sarn erwartet hatte, setzte die Flut gerade ein; es gab keinen Wind, und sie konnten fischen, ohne von einer Strömung weggetrieben zu werden.

»Sei nicht aufgeregt, wenn einer anbeißt«, erinnerte er den Jungen, »oder wir landen beide im Wasser. Wir sind hier, um die Fische zu fangen, nicht um sie zu küssen.«

Die sanfte Bewegung des Kanus, die angenehme Wärme der Sonne auf seinem nackten Rücken, der heitere Himmel über ihm mit nur einer winzigen zerfledderten Wolke über den Hügeln erfüllte ihn mit einem Gefühl der Ausgewogenheit, die dem vollkommenen Gleichgewicht glich, mit dem sich die Möwen durch die Luft gleiten ließen, diesem Schweben, bevor sie sich mit dem Wind nach unten fallen ließen. Das Dorf war außer Sicht und behielt seinen Streit für sich. Die Ängste des vorhergehenden Tages waren noch da, aber sie verlangten nicht nach einer sofortigen Lösung. Morgen, dachte Sarn, müssen wir uns wieder versammeln und reden. Die Leute haben dann Zeit gehabt, eingehender über die ganze Sache nachzudenken, die Gemüter werden sich abgekühlt haben. Es sollte möglich sein, eine kleine Gruppe verantwortungsvoller Leute auszuwählen, um zum Hirschvolk zu gehen und mit Ke Rala und den Ältesten zu reden.

Er fühlte etwas an seiner Angel ziehen, aber danach kam kein Zappeln, und er zog einen Klumpen des hellgrünen Seetangs herauf, den sie gewöhnlich in die Suppe taten. Tukki lachte und bemerkte gleich darauf ein plötzliches Rucken an seiner Schnur. Sarn sah ruhig zu, wie der Junge die Schnur schnell auf die Angel wickelte, gut festhielt und sich gerade hielt, als der Fisch die Leine straff zog. Als er hochkam, rief er: »Es ist ein roter. Ja, und Flossen wie Flügel. Es ist ein Flügelfisch, oder?«

Mit einer schnellen Bewegung hakte er die Finger in die Kiemen und zog seinen Fang ins Kanu. Es war ein roter Flügelfisch, nicht groß, aber wahrscheinlich schmackhaft. Als Tukki den Haken aus dem Maul des Fisches entfernte und die Kiemen sich öffnen und schließen und die flügelartigen Flossen zittern sah, fühlte er neben seinem Stolz auch die Verzweiflung des Tieres. Er schaute zu seinem Vater auf und sagte: »Shan ist mit mir beim Fischen.«

Sarn freute sich. Weil er selbst ein guter Fischer war und Hirte war, wußte er, daß Fähigkeiten sowohl erlernt als auch weitergegeben wurden, und er erinnerte sich, daß sein Vater, ein Handwerker, Lob für seine Arbeit oft abwies mit dem demütigenden Ausspruch: »Shan arbeitet durch mich.«

Sie fischten weiter, bis Sarn bemerkte, daß das Kanu langsam den Strand hinauftrieb. Inzwischen hatte er einen blauen Kodi gefangen und Tukki einen zweiten, viel größeren.

»Die Flut kommt, Tukki. Roll deine Schnur ein. Wir paddeln zum Strand und garen einen der Fische. Ich habe Hunger.«

Das Feuer brannte gut; in ein Loch im Sand kamen die heißen Steine und der kleinere der beiden Kodis, der in Blätter gewickelt worden war. Sarn sah zur Sonne hoch.

»Er wird fertig sein, wenn die Sonne über diesen beiden Gipfeln steht.«

Tukki schaute auf die beiden stumpfen Hügel auf der anderen Seite der Bucht und drehte sich zu seinem Vater um. »Solange unser Fisch kocht, werde ich aus der Hütte Farn und Abfall herausräumen.«

Sarn setzte sich neben das Feuer, eingehüllt in wohlige Zufriedenheit. Er war wunschlos glücklich. Er fühlte die reinigende Kraft des bewegten Meeres und die lebenspendende Wärme der Sonne in seinem Körper. Das Leben war schön. Er lehnte sich an einen Ast, schloß die Augen und nahm sich innerlich vor aufzuwachen, wenn die Sonne über den beiden Gipfeln war. Aber bevor er einschlafen konnte, war Tukki zurück und rief beim Näherkommen: »Ich habe die Hütte saubergemacht. Wir können heute hier übernachten, wenn wir wollen. Das würde mir gefallen.«

Der Junge hockte sich neben seinen Vater und lächelte auf seine gewinnende Art.

Sarn brummte. »Nicht heute nacht, Sohn. Zu dieser Jahreszeit ist es zu kalt. Vielleicht im nächsten Sommer.«

»Versprochen?«

Sarn lächelte, legte einen Arm um die Schultern seines Sohnes und drückte ihn an sich.

»In Ordnung, ich verspreche es. Du wirst es ohnehin nicht vergessen. Setz dich hin und ruh dich ein wenig aus. Der Fisch wird bald fertig sein.«

»An dem Felsen bei der Hütte läuft ein bißchen Wasser herunter. Ich habe es probiert. Es war kalt.«

Tukki legte sich flach auf den Rücken, streckte die Beine der wärmenden Sonne entgegen, faltete die Hände auf dem Bauch und schloß die Augen. Sarn schaute auf sein gerötetes Gesicht, entdeckte zum ersten Mal einen leichten Schatten auf der Oberlippe des Jungen und lächelte in sich hinein. In meinem Sohn erwachen die ersten Anzeichen der Männlichkeit, Ana wartet zu Hause mit unseren jüngeren Kindern auf mich, und mein Bauch ist hungrig auf diesen feinen Fisch. Shan ist sehr gut zu mir.

Später, als sie den zarten Fisch mit Genuß verspeist und das Feuer gelöscht hatten, tauchte die Sonne die Hügel im Westen in feuriges Licht, die Luft über der Bucht kühlte ab, und ihr Kanu trug sie auf schwellenden Wasserkämmen schnell nach Hause. Als sie das Boot auf den Strand zogen, waren die Hügel in Abendröte gehüllt. Tukki griff nach seinem Fisch und rannte voraus. Sarn ging langsam zu seinem Haus und roch den Rauch der Holzfeuer in der Luft.

Ana trat ihm auf der Türschwelle ernst entgegen. Angst stieg in ihm hoch. Er hörte die Stimme seiner Frau sagen: »Gilda ist weg.«

»Weg?«

»Mit sechs oder sieben Männern. Schon heute morgen in aller Frühe, bevor es hell wurde. Sie haben geschworen, unsere Toten zu rächen.«

Sarn ging ins Haus. Seine Mutter stand am Feuer. Er konnte die Tränen in ihren Augen sehen. Sie streckte ihm die Hände entgegen.

»O Sarn, du mußt ihr helfen. Sie ist eine dumme, dumme Frau, ich weiß, aber sie ist deine Schwester und meine Tochter. Was hätte dein Vater dazu gesagt? Oh, wenn ich an den Kummer denke, den die Leute des Hirschvolkes uns gebracht haben, könnte ich – könnte ich fast stolz auf Gilda sein.«

Sie brach in lautes Schluchzen aus. Sarn wandte sich zu Ana. »Wissen alle Bescheid?«

»Ja. Rad wollte dich zurückholen, aber ich sagte, ich wüßte nicht, wohin du gefahren seist.«

»Du wußtest es.«

»Ja, aber ich wollte ... ich wollte nicht ...«

Anas Gesicht verzog sich, und sie begann zu weinen, aber Sarn ging nicht zu ihr. In diesem Moment verstand er Anas Besorgnis, wußte, was er tun mußte, und empfand doch nur ein bitteres Bedauern darüber, daß das Ende dieses Tages verdorben war. Er drehte sich zu seinem Sohn um, der verängstigt neben ihm stand.

»Wenn du noch etwas essen willst, tu es jetzt und geh

dann ins Bett. Deine Mutter und ich müssen viel miteinander besprechen.«

Einen Moment lang legte er die Hand auf den warmen, lockigen Kopf des Jungen, dann sah er Ana an.

»Weine nicht. Du weißt, was das bedeutet. Ich muß ihnen folgen.«

Ana hob das tränenüberströmte Gesicht und schaute Sarn lange an, mit einem versteinerten Blick, dessen Schmerz ihn traf. Sie sagte beherrscht: »Wenn du gehst, dann liebst du mich nicht.«

Mada ging zornig auf sie los, aber Sarn trat zwischen sie und nahm seine wollige Schaffelljacke wieder auf, die er weggelegt hatte.

»Ihr müßt euch gegenseitig trösten«, sagte er. »Ich gehe jetzt zu Rad und rede mit ihm. Er wird vielleicht mitkommen wollen.«

Er ging hinaus. Hinter ihm schloß sich die Tür.

5

Die alten Männer saßen rings um den Priester im Kreis und halfen ihm, seine Kraft zu halten. Am anderen Ende des Langhauses brannte ruhig ein Feuer, und zwei Öllampen warfen einen fahlen Schein über die hageren Züge des Priesters. Er war mit gekreuzten Beinen lange Zeit still gesessen und hatte tief und gleichmäßig mit geschlossenen Augen geatmet, doch nun nahm er den Wahrheitsstein in die Hand und hielt ihn an seine Stirn.

Seine Atemzüge wurden tiefer, er sog die Luft hörbar durch die Nase ein – die Atmung eines Mannes, der sich bemühte, in seinen Lungen den ganzen Ozean der Luft festzuhalten. Seine Brust hob und senkte sich wie die großen Meereswellen. Schweiß glänzte auf seinem Gesicht, auf Brust und Schultern. Sein Atem schien den Körper auseinanderzureißen. Die Ältesten sahen zu, still und andächtig.

So schnell, wie es gekommen war, ließ das heftige Atmen auch wieder nach, kehrte dann aber mit heftigem Luftschnappen und Stöhnen wieder. Seine Glieder begannen zu zucken, und seine Gesichtszüge verzerrten sich vor Erschöpfung. Von seinem Körper ging ein Geruch der Angst aus. Dieses Zucken, Stöhnen und Luftschnappen dauerte noch eine ganze Weile, doch dazwischen gab es Ruhepausen, in denen seine Glieder sich beruhigten und der Atem zu seinem normalen Rhythmus zurückfand. Aber schließlich steigerte sich das Zucken und Luftschnappen immer weiter, als ob ein Mann in körperlicher und geistiger Verzweiflung versuchen wollte, einem Verfolger in einem Alptraum zu entrinnen. Viele der Ältesten, die zum erstenmal mit ansahen, wie sich ihr Priester in unbeschreiblicher Qual winden mußte, verstanden in diesem Moment, welche Schrecken im Dunklen Wissen verborgen lagen. Um ihrer eigenen Sicherheit willen unterdrückten sie den Antrieb, voll Mitgefühl diesen von unmenschlichen Kräften besessenen Körper mit ihren Händen zu berühren.

Die Pein erreichte ihren schrecklichen Höhepunkt. Tama sprang auf die Füße, sein Körper nackt und schweißüberströmt. Er drehte sich um, um die Greuel anzustarren, die ihn verfolgten, und streckte die Arme abwehrend von sich. Aus seiner Kehle drangen rauhe, unzusammenhängende Schreie des Widerstands, bevor er auf dem Fußboden zusammenbrach.

Sanft streckten die Ältesten seine Glieder wieder aus, wickelten seinen starren, kühler werdenden Körper in eine Decke und setzten sich hin, um geduldig auf seine Rückkehr zu warten.

Er trieb sich selbst immer weiter, obwohl sein schmerzender Körper nach einer Pause verlangte, und sein Verstand es nur mühsam fertigbrachte, auf die Bewegungen seiner Verfolger zu achten. Er hatte eine Sandale verloren, sein linker Fuß war verletzt und blutete, der Körper war von Zweigen und Dornen zerkratzt. Er war so vollkommen allein, wie er es noch nie zuvor gewesen war – selbst die Erde war sein Feind. Die Nacht ging vorüber, und ein schwaches kaltes Flimmern war bei den Wolken im Osten zu erkennen. Der Wald lag hinter ihm, vor ihm breiteten sich nur zerrissener Flachs, verkümmerte Buchen und Fuchsien aus, die dem Wind ungeschützt ausgeliefert waren. Die letzten Ausläufer des Hügelkammes waren von einem Gewirr aus kurzen, harten Farnen bedeckt, das bis zu den rauhen Klippen des Landes hin keinen Schutz bot.

Er war Läufer und Träumer, Opfer und Zuschauer. Er war nur noch beseelt von dem Antrieb, dem Tod zu einer letzten Hoffnung auf Leben hin zu entkommen. Er stolperte, kämpfte sich wieder auf die Beine, schob ein schmerzendes Bein vor das andere, und in seinem Kopf sah er nur einen Nebel aus blutroten Schleiern. Die Qual war ohne Ende. Nur der Körper schien von einem gnadenlosen Willen angetrieben zu überleben, den Jägern zu entkommen und Zuflucht zu finden, auch wenn es scheinbar keine gab. Weit hinter ihm, unterhalb des Hügelkammes, stieß ein Mann einen Triumphschrei aus und zeigte mit dem Finger nach oben. Andere Schreie, manche weit entfernt, manche furchterregend nahe, zeigten ihm an, wie es um die Verfolgung stand.

Der Gejagte, vom Waldrand weggetrieben, sah seinen Rückweg abgeschnitten. Der Wald hatte ihn verraten und seinen Verfolgern erlaubt, im Schutz der Dunkelheit näherzukommen. Im ersten Tageslicht hatten sie ihn entdeckt. Verzweifelt warf er sich nach vorne. Er sah, daß der Abhang nicht sanft zum Rand der Klippen hin abfiel, sondern uneben und zerklüftet war. Durch das Gestrüpp hindurch waren mehr als mannshohe Felsen zu erkennen, die von Moos und Flechten bedeckt waren. Der Gejagte rannte, fiel hin, stolperte auf Händen und Knien weiter, rang verzweifelt nach Atem, und die Verfolger kamen hinterher, immer näher, je mehr es auf den Klippenrand zuging.

Der Beobachter, der über der Auseinandersetzung schwebte und sich zugleich im Bewußtsein des Opfers befand, fühlte, wie sein ganzes Wesen von Erschöpfung und Schrecken überflutet wurde. Das Zischen eines Pfeils brachte auch ihm den Tod, im Aufruhr der Verfolgung sprangen auch ihm die gepeinigten Augen aus ihren Höhlen vor Schmerz. Er sah das Opfer unter einem Gewirr von Wurzeln kauern, die unter einem großen Fels hervorschauten, welcher nahe bei den letzten, im Wind zitternden Grashalmen lag. Die Verfolger kamen ihm langsam näher. Der Beobachter spürte, wie Licht seinen Körper umhüllte, und er sah auf der anderen Seite des Meeres, weit entfernt, daß das erste Tageslicht zerklüftete Schneegipfel über einem Wolkenmeer in sanftes Rosa tauchte.

Ein Schrei, und der Verfolgte sah sich entdeckt. Er sprang auf die Beine und drehte sich zu seinen Verfolgern um, die bis auf Schußweite herangekommen waren. Mit gezogenem Bogen schritten sie vorsichtig weiter. Dann schrie einer vor Entsetzen auf, schlug den Bogen des Mannes neben ihm nieder und wollte das auch auf der anderen Seite tun, aber es war zu spät. Das Opfer, dem der Pfeil im Hals steckenblieb, warf die Arme hoch, versuchte sich vergeblich an der Luft, die ihn umfing, festzuhalten, und fiel dann stolpernd rücklings den Abhang hinunter. Der Beobachter stürzte mit ihm und trat mit ihm zusammen in die Dunkelheit ein. Oben auf der Klippe kauerte ein Mann vor dem herrlichen stillen Licht und schluchzte hemmungslos vor Verzweiflung. Die anderen Männer traten zur Seite, suchten Schutz, überließen sich ihrer Erschöpfung. Der Meereswind fuhr über die dünnen Gräser hinweg.

Überall um ihn war Nebel. Er konnte nicht weit sehen. Nasser Farn und Gräser streiften seine Beine, sein Umhang sog sich mit Nässe voll, aus dem Haar tropften Rinnsale seinen Rücken hinunter. Der Boden war uneben und dicht bewachsen mit dickem verfilztem Farn, so daß er oft stolperte und zweimal in eine Senke fiel. In dem fast greifbaren Nebel verlor er jeglichen Richtungssinn. Er konnte weder etwas hören noch sehen, was ihm einen Anhaltspunkt gegeben hätte oder ihn hätte warnen können. Er wußte nicht, warum er sich überhaupt bewegte, außer daß dadurch ein Rest Wärme in ihm erhalten blieb.

Tama hatte kein Gefühl des Erwachens, nachdem er Sarns Tod miterlebt hatte. War diese durchnäßte, blinde Erde das Land der Toten? Wo in diesem öden Land konnte er Sarns Geist finden? Angst stieg in ihm auf, daß er für immer in diesem Land, in dem es kein Leben zu geben schien, herumwandern und den Weg zurück in seinen eigenen Körper nicht mehr finden könnte. Das Dunkle Wissen, das ihm die Kraft verliehen hatte, seinen eigenen Körper zu verlassen und die Qualen von Sarns Tod nachzuerleben, enthielt keine Hinweise darauf, wie er zurückkehren könnte. Vor langer Zeit hatte der Alte Weise zu ihm gesagt: »Wenn du diese Reise einmal unternehmen mußt, dann kannst du nicht auf halbem Wege umkehren. Du mußt in deinen Schmerz und deine Angst hineingehen, du mußt sie zu dir nehmen. Du mußt die Gestalt deines Schreckens verschlingen, oder der Schrecken wird dich verschlingen. Nur so kannst du darüber hinauswachsen und ganz bleiben. Wenn du den Körper verläßt, wirst du immer noch das Gefühl haben, im Körper zu sein, doch wirst du es nicht verstehen.«

Das stimmt, dachte Tama. Weil ich Sarn liebte, habe ich

mich in sein Leiden hineinbegeben. Ich fühlte, wie der Pfeil in meine Kehle eindrang. Ich fiel mit ihm von der Klippe. Das ist das letzte, woran ich mich erinnern kann. Nun habe ich mich an diesen schrecklichen Ort verirrt und bin anscheinend immer noch in meinem eigenen Körper. Er blieb stehen und schüttelte sich. Nichts bewegte sich in dem Nebel, außer er selbst. Wenn er stillstand, war es, als würde der Nebel durch seinen Körper bis in seinen Geist eindringen und ihn zum Verschwinden bringen. Er ging wieder vorwärts, denn er fürchtete, gefangen zu werden oder hinzufallen und sich zu verletzen. Er wußte nicht, ob es Tag oder Nacht war, nicht einmal, ob es das in diesem Land überhaupt gab. Es war weder hell noch dunkel. Langsam tastete er sich vorwärts, verlor jegliches Zeitgefühl und war doch seltsamerweise ohne Sorge trotz der Anstrengung. Er hatte weder Durst noch Hunger. Würde er ewig so weitergehen können, stolpernd, schwankend, verwirrt, alle Sinne vom Nebel gedämpft, ohne Ziel? Nicht einmal die Angst, die er bei dieser Vorstellung empfand, konnte ihn zum Anhalten bringen. Er stolperte blindlings weiter.

Zeit gab es hier nicht. Hätte man ihn gefragt, wäre seine Antwort gewesen, daß er nach einer sehr langen Zeit undeutliche Schemen von Farn auftauchen sah, verkrümmte Äste von abgestorbenen Bäumen sich ein wenig weiter entfernt abzeichneten und er das Gelände um sich herum deutlicher sehen konnte. Es war nicht heller geworden, nichts bewegte sich im Nebel, doch schien er sich von ihm zurückzuziehen, sich zu lichten, obwohl immer noch nichts zu sehen oder zu hören war, was irgendeine Richtung angegeben hätte.

Doch dann bemerkte er eine erste Veränderung: Seine Füße verfingen sich nicht mehr in dem verfilzten Farn, sondern liefen jetzt durch kurzes buschiges Gras auf sandigem Boden. Um sich diese Veränderung zu verdeutlichen, setzte er sich auf den Stamm eines kleinen entwurzelten Baumes. Als er sich die abgestorbenen Zweige ansah, bemerkte er, daß sie alle in die gleiche Richtung wiesen, wie bei Bäumen, die starkem Wind ausgesetzt sind. Diese Erkenntnis gab Tama Mut. Wind war Leben. Der Nebel konnte nicht ewig anhalten. So bewegte er sich wieder verbissen vorwärts, zwar noch nicht müde, doch auch nicht mit viel Kraft.

Das kurze Büschelgras wurde immer häufiger durch kahle Sandflecken abgelöst. Es ging abwärts, und der Sand wurde glatt und hart. Seine Füße schlurften durch Zweige, Blätter, winzige Muscheln, die von kleinen Wellen angespült wurden. Er stand am Ufer eines Gewässers, das sich in den Nebel erstreckte und dessen Wellen nur eine Handbreit auf dem Strand hin- und herschwappten.

Tama blieb stehen und sah den sich beidseits im Nebel verlaufenden Strand hinauf und hinunter. Erneut schien es, als würde der Nebel durchsichtiger, aber so unmerklich, daß es fast nicht wahrzunehmen war. Es gab keine Geräusche. Er hatte keine Lust, am Strand entlangzugehen, sondern lief ein paar Schritte zurück durch das spärliche Treibgut und wartete. Er blickte auf das blasse, leblose Wasser.

Im rechten Augenwinkel spürte er mehr, als daß er es sah, eine Bewegung am Rande des Wassers, doch wenn er schärfer hinsah, war nichts zu erkennen. Etwas später geschah dasselbe auf der anderen Seite, aber auch da konnte er bei genauerem Hinsehen nichts entdecken. Er faßte die Veränderung scharf ins Auge, blickte aber weiterhin über das nebelverhangene Wasser geradeaus. Wenn er nicht versuchte, die Bewegungen festzuhalten, konnte er sie besser wahrnehmen und sogar Umriß und Art erkennen. Er drehte den Kopf nach rechts und vermochte nach einer Weile die gleichen Schemen, die er von der Seite wahrgenommen hatte, auch bei direktem Blick zu erkennen. Sie waren so zart, daß sie kaum wahrzunehmen waren, aber doch nicht ganz durchsichtig. Jetzt wußte er, was sie bedeuteten.

Der Strand wurde jetzt immer deutlicher sichtbar, und überall waren menschliche Gestalten. Einige wenige standen oder gingen aufrecht, die meisten bückten sich und suchten etwas am Rande des Wassers. Manche standen sogar in den kleinen Wellen und beugten sich ganz tief zum Wasser hinunter, wobei sie die Hände im Wasser unruhig hin- und herbewegten und suchten und suchten. Die beweglichen Schatten waren so zart, daß Tama nicht mit Sicherheit sagen konnte, ob es Männer oder Frauen waren. Als er sie aber so entspannt wie möglich beobachtete, entschied er, daß sie beiderlei Geschlechts waren. Manche waren nackt, andere erschienen formlos bekleidet. Wenn er eine Gestalt direkt sah, konnte er sie nicht erkennen, trotzdem fühlte er, daß jede ihre eigene Wirklichkeit besaß und daß sie keine eingebildeten Figuren waren. Er hatte keine Angst vor ihnen, und sie schienen in ihrem endlosen gebückten Dahinwandern nicht zu bemerken, daß sie beobachtet wurden. Tama ging langsam zum Wasser hinunter, hockte sich hin und schaute in die seichten Wellen.

Das Wasser war klar wie der seichte, sandige Grund. Zerbrechlich aussehende Quallen schwebten langsam vorüber. Blickte er nach vorn oder nach unten, konnte er bemerken, daß manche der suchenden Gestalten ganz nahe kamen, ihm gegenüber aber keine Neugier zeigten. Ungerührt suchten sie weiterhin im Wasser, holten manchmal etwas heraus, legten es sich auf die Hand oder hielten es zwischen Daumen und Zeigefinger. Tama hielt seinen Blick weiter auf das sich sanft bewegende Wasser gerichtet.

Er spürte kleine Steine, Muschelstückchen, Stöcke und andere winzige Gegenstände unter seinen Fingern. Achtlos nahm er eines auf, das länger und glatter als die meisten übrigen war. Er betastete es mit dem Finger und stellte fest, daß es weder aus Holz noch aus Stein war, sondern ein glattpolierter, langer, dünner schwarzer Zahn, der zum Teil noch in seinem Kieferknochen steckte und ungefähr doppelt so lang wie sein Daumennagel war. Gleichzeitig spürte er, daß sich um ihn herum unmerklich etwas veränderte. Aus dem Augenwinkel sah er, daß einige der Sucher sich ihm zugewandt hatten und ihre geistergleichen Hände nach dem Schatz ausstreckten, den er gefunden hatte. Mehr im Gefühl als mit den Augen nahm er eine hoffnungslose Gier in verfallenen Augenhöhlen wahr. Er hob den Kopf, und da war ein Kanu, erschreckend groß, das aus dem Nebel auftauchte. Es wurde von einer verhüllten Gestalt gesteuert und kam direkt auf ihn zu.

Tama stand auf und ging einige Schritte zurück, als das Kanu mit einem knirschenden Geräusch auf den Sand auflief. Ohne zu sprechen, nickte die verhüllte Gestalt ihm zu, und Tama verstand, daß er in das Kanu einsteigen sollte. Er kletterte vorsichtig hinein und setzte sich vorne im Bug gegenüber der Gestalt nieder, die ihr Paddel in den Sand stieß, um das Kanu wieder ins Wasser zu schieben. Es schaukelte ein bißchen, wurde aber gleich stetig auf das Wasser hinausgepaddelt, und man hörte nur das Eintauchen des Paddels und das Tropfen des Wassers. Tama sah, daß der Strand bereits im Dunst verschwunden war. Er war mit seinem stillen Gefährten allein in einem nebligen Niemandsland und wurde über ein unbekanntes, vielleicht tiefes Gewässer zu einem unbekannten Ziel gebracht.

Während sich das Paddel rhythmisch hob und senkte, betrachtete er die Gestalt vor sich genauer. Er empfand keine Furcht, sondern eher Neugier, sogar eine Art Dankbarkeit jemandem gegenüber, der in einer Welt der Schatten gegenständlich und wirklich erschien. Ein grobgewebter Schulterumhang bedeckte den Körper, um den Kopf war ein Schal gewickelt, und man sah nichts vom Gesicht außer den Augen. Die Hände, die das Paddel hielten, waren knochig, doch nicht besonders kräftig oder groß, mehr die Hände einer Frau als die eines Mannes. Tatsächlich fehlte der Gestalt jegliche Ausstrahlung von männlicher Kraft oder Stärke. Er warf einen Blick auf die Füße. Sie waren unbeschuht. Ein Fuß war schmaler als sein eigener und gehörte sicherlich einer Frau, der andere war stark mißgebildet. Er packte die Seiten des Kanus, lehnte sich leicht nach vorne und sagte mit einiger Überwindung:

»Mein Name ist Tama.«

Mit rauher Stimme, der Stimme einer alten Frau, antwortete die paddelnde Gestalt: »Ich weiß.«

Die Stimme erweckte in Tamas Gedächtnis plötzlich eine Flut von Gefühlsbewegungen, aber bevor er erneut sprechen konnte, sagte die Frau bestimmt: »Bleib ruhig sitzen. Stör mich nicht beim Paddeln. Du darfst mich nicht berühren. Du bist nur für kurze Zeit in meiner Welt. Wenn du mich anfaßt, findest du vielleicht keinen Weg mehr zurück. Du weißt, wer ich bin.«

Sie legte das Paddel quer und schob den Schal zurück vom Gesicht, wobei sie wiederholte: »Sitz so ruhig du kannst. Wir dürfen miteinander sprechen, uns aber nicht berühren.«

»Mutter Rini!«

Tama mußte sich beherrschen, sich nicht nach vorne zu beugen und seine Hände um das von Falten durchzogene, wissende und gütige Gesicht zu legen. Tränen brannten in seinen Augen. Er atmete tief und war überwältigt in diesem namen- und gegenstandslosen Land, wo alles Leben ausgelöscht schien, die irdische Gestalt seiner Pflegemutter wiederzufinden, die lahme Rini seiner Kinderjahre.

»Aber wie – und wo ...«, sagte er verwirrt.

Die alte Frau nahm wieder das Paddel auf und ließ ihre Augen mit einem Abglanz ihrer früheren, herben Freundlichkeit auf ihm ruhen.

»Hör mir zu und stell keine Fragen. Die Zeit hat hier keine Bedeutung, aber ich bin wahrscheinlich während der ganzen Zeitspanne, seit du Priester des Hirschvolkes bist, hier gewesen. Ich war die letzte aus unserem Volk, die mit dem Weißen Hirsch geritten ist. Es war so, wie ich es mir wünschte: Ich wollte weiterleben, bis ich den anderen auf ihren Weg geholfen hatte.«

Das Kanu fuhr weiter, der Nebel wirbelte zum erstenmal in einer leichten Luftbewegung umher. Große dunkle Schwingen mühten sich über ihren Köpfen ab. Drei große Schatten nahmen Gestalt an, kümmerten sich aber nicht um das Kanu, während sie im Dunst verschwanden. Tama sah, daß es schwarze Schwäne waren. Ihre flatternden Flügel sahen aus, als hätten sie die Federn verloren, und ihre Körper waren schmal von Krankheit oder Hunger.

»Sie haben noch nicht aus diesem Zustand herausgefunden«, fuhr Rini fort. »Du mußt wissen, daß du die Erde verlassen hast, aber noch nicht in eine Welt neuen Lebens eingetreten bist. Dies hier ist die Welt der Dämmerung, die Zwischenwelt zwischen Tod und Leben, ein Ort, den man am besten so schnell wie möglich wieder verläßt, wenn man erneut geboren werden will. Aber nicht alle finden ihren Weg gleich heraus, manche können sich weder vorwärts noch rückwärts bewegen. Hast du irgendwelches Leben am Strand gesehen, während du auf mich gewartet hast?«

Tama zögerte.

»Ich weiß nicht, ob sie lebendig waren, aber ich sah – oder dachte zumindest, ich sähe – viele Leute, die am Strand entlangwanderten, sich bückten und etwas im Wasser suchten.«

»Ja, du hast die Schattenmenschen gesehen. Sie sind so unwirklich, daß sie verschwinden, wenn du sie direkt anblickst. Sie haben sich verloren. Auf der Erde waren sie selbstsüchtig, gierig und hatten nur ihre eigenen Schätze im Sinn, während ihnen andere Menschen gleichgültig waren. Der Geist in ihnen war schon lange vor dem Tod ihres Körpers zugrunde gegangen. Alles, was ihnen blieb, war der Nachhall ihrer Gier, doch können sie hier außer den Haifischzähnen nichts Wertvolles am Strand finden. Sie sammeln sie und hüten sie wie einen Schatz, aber sie sind niemals zufrieden, und keine Hilfe kann sie erreichen. Von ihrem Geist ist nichts geblieben, das wieder gepflanzt werden könnte, um neues Leben entstehen zu lassen.«

»Und was geschieht am Ende mit ihnen?«

»Sie hören einfach auf zu sein; sie werden noch weniger als ein Schatten, nur noch ein formloses schwebendes Etwas, wie der ruchlose Nebel.«

»Sieht er immer so aus?«

»Nein, manchmal hellt er sich auf und wird goldfarbenes Licht, wenn ein großer Geist von einer Welt zur anderen wechselt. Als dein Freund Sarn herübergekommen ist, war der Himmel klar. Solche Menschen bringen ihr eigenes Licht mit sich.«

»Sarn! Oh Mutter Rini, hast du ihn gesehen? Kann ich ihn finden?«

»Nein, du wirst ihn nicht sehen. Er ist schon über diesen Ort hinausgegangen. Aber er aß eine Frucht des Kopi-Baumes und hinterließ sein Zeichen dort, wo du seine Stimme hören kannst.«

Tama war tief enttäuscht. »Aber ich bin unter Lebensgefahr so weit gekommen, um Sarn wiederzufinden. Das verstehe ich nicht.«

»Du wirst es verstehen. Verzweifle nicht.«

Der Nebel hatte sich merklich aufgelockert, obwohl man den Himmel nicht sehen konnte. Tama schloß die Augen und war fast überzeugt, daß diese ganze Erfahrung nur ein Traum war. Konnte diese in formlose Gewänder gekleidete Frau wirklich die Pflegemutter sein, die ihn als Jungen umsorgt hatte? Er schaute sie an, während sie das Paddel weiterhin eintauchte und heraushob. »Mutter Rini, sag mir bitte, ist das deine Aufgabe, die Toten über den See zu paddeln?«

»Nein, ich komme nur zu denen, die mich brauchen. Es gibt andere, die dieselbe Arbeit tun. Und dies ist kein See, sondern eine Lagune, die auf das Meer hinausführt. Dort draußen ist Leben.«

»Aber du – es ist schon Jahre her, seit du die Erde verlassen hast. Solltest du nicht auf eine andere Ebene weitergegangen sein?«

»Wenn es an der Zeit ist. Ich habe mir diese Arbeit gewählt. Viele, die kommen, sind verloren und verwirrt. Sie brauchen Hilfe. Meine Zeit der Erlösung ist nicht fern.«

Tama schaute das alte Gesicht voller Demut und Staunen an. Es war unauffällig genug, mit den Augenfältchen und dem eingesunkenen, entschlossenen Mund. Das war die Rini, an die er sich erinnerte, mit einem Hang zur Griesgrämigkeit, aber unbeugsam in ihrem Dienst an anderen. Wie sie im Leben die Beeinträchtigung durch einen gebrochenen Knöchel, der zu einem verdrehten Fuß verwuchs, einfach übergangen hatte, übte sie hier in diesem schwermütigen Land der Dämmerung zwischen den beiden Lebenswelten immer noch eine nützliche Arbeit aus.

»Wenn du dich vorsichtig umdrehst, kannst du dein Ziel sehen«, sagte Rini.

Tama wandte den Kopf. Vor ihm lagen Dünen, hinter denen windgebeugte Bäume aufragten, und dahinter waren noch höhere Bäume, deren Äste ein grünes Dach bildeten. Über ihnen lag ein grauer, nebelfreier Himmel. Als das Kanu sich dem Strand näherte, konnte man das Grün der Bäume deutlicher sehen.

»Sie sind schön«, sagte er. »Etwas Lebendiges an diesem verlassenen Ort.«

Er half Rini, das Kanu aus dem Wasser zu ziehen, und achtete darauf, daß er sie nicht berührte. Er fragte besorgt: »Kommst du mit mir?«

»So lange du mich brauchst«, antwortete sie, »werde ich in deiner Nähe sein.«

Sie ging voraus und hinkte ungeschickt durch Grasbüschel, vorbei an Ästen, die von abgestorbenen Bäumen in den Dünen stammten, dann weiter hinunter in eine Senke, in der so viele Bäume dicht an dicht standen, daß sie den Himmel verdeckten. Es war still in diesem Hain, der von einem entrückten, grüngolden flimmernden Licht, einem Schein aus der Tiefe des Wassers durchflutet wurde. Rini blieb stehen.

»Hier sind die Kopi-Bäume. Von ihnen kommt das erste Essen für die Toten auf ihrer Reise zwischen den Lebenswelten. Im Winter, wenn es nur wenige Früchte gibt, müssen die Ankommenden manchmal schlafen, bis die Jahreszeiten wechseln und die Früchte wieder reif sind.«

»So gibt es hier Jahreszeiten?«

»Es gibt den Wandel, den stetig rhythmischen Wandel. Sieh, an diesem Ast sind einige Früchte. Du kannst die riechen, die heruntergefallen sind. Du darfst dir ein paar abpflücken und das Fruchtfleisch essen, nur das weiche Fleisch. Beiß nicht in den harten Kern. Er enthält ein tödliches Gift, durch das sich das Rückgrat verbiegt und die Glieder verkrüppelt werden. Iß nur das weiche Fleisch.«

Ein überreifer Geruch von Fäulnis stieg von dem auf dem Boden verrottenden Obst auf. Tama zog einen Ast mit wunderschönen, großen und glänzenden grünen Blättern vorsichtig zu sich herunter und pflückte zwei der rosagelben Früchte, die ungefähr so groß waren wie sein oberstes Daumenglied. Vorsichtig aß er das weiche, süße Fruchtfleisch.

Es schmeckte ihm, und so aß er noch eine weitere Frucht und warf die Kerne auf den Boden, wo aus manchen bereits kräftige Ableger gesprossen waren. Während er den angenehmen Geschmack des Obstes im Mund spürte, wurde ihm bewußt, daß sich seine Sinne erweiterten. Er konnte klarer sehen und besser hören. Er horchte.

»Hörst du etwas?« fragte Rini.

»Ja, sehr schwach. Stimmen, glaube ich. Ja, Stimmen.«

»Iß noch eine Frucht, und komm dann mit mir.«

Tama gehorchte. Das leise Murmeln wurde lauter. Rini führte ihn in den Hain hinein, wo es viel dunkler war, aber Tama merkte, daß er seinen Weg gut sehen konnte. Rini hielt an und zeigte auf einen Baum.

»Sag mir, was du siehst.«

Ein verwitterter weißgrauer Baumstamm erhob sich vor ihm, dessen Zweige erst in doppelter Mannshöhe ansetzten. In den Baumstamm geschnitzt sah man das teilweise von Moos überwachsene Abbild eines lebensgroßen Mannes in Umrissen.

»Einen Mann«, sagte er verwundert.

Rini fuchtelte mit dem Stock, auf den sie sich sonst stützte. »Davon gibt es viele. Sie sind die letzten weltlichen Abbilder von denen, die sich hier eine Weile ausgeruht haben, bevor sie wieder in ein neues Leben geboren wurden. Wenn sie noch frisch sind, enthalten sie die letzten Erdkräfte ihrer Schöpfer und besitzen noch die Fähigkeit der Rede. Aber irgendwann, besonders wenn sie niemand besuchen kommt, verlieren sie dann Kraft und Stimme und werden vom Moos überwachsen. Diese Bäume, die du murmeln oder seufzen hörst, würden dich gerne aufhalten, aber du hast keine Zeit, dir ihre Beschwerden anzuhören. Bist du bereit, mit Sarns Baum zu sprechen? Erinnere dich, daß es nicht Sarns Geist ist, der dir antworten wird, sondern seine irdischen Erinnerungen, die in den Baum geschnitzt sind. Allerdings besitzen diese Erdkräfte hin und wieder auch einen Sinn für die Zukunft. Du wirst sehen. Frage, was du willst.«

»Ich bin bereit«, sagte Tama.

»Ich werde auf dich warten. Wenn du fertig bist, komme ich dich abholen. Du brauchst keine Angst zu haben.«

Tama folgte Rini durch den murmelnden Wald, in dem

ein Baum nach dem anderen mit menschlichen Figuren bedeckt war – manche waren unfertig, als hätte der Schnitzer plötzlich nicht mehr länger verweilen wollen. Sie hielt vor einem frischen Bildnis auf einem hohen, gerade gewachsenen Baumstamm.

»Hier ist Sarns Stimme. Ich warte in der Nähe.«

Einen Moment lang wollte Tama, ergriffen von wachsendem Kummer, Angst und Verwirrung, hinter Rini herrufen, sie solle bleiben. War diese grobe Zeichnung, einem Strichmännchen ähnlich, alles, was von Sarn übriggeblieben war? Er ging näher heran, fuhr mit der Hand an der verwundeten Rinde entlang und sah Blasen frischen Harzes an den eingeritzten Linien. Dabei wurde sein Geist von einem ruhigen Wissen um Sarns Anwesenheit überflutet. Er setzte sich vor den Baum hin und sagte: »Bruder Sarn, sprich zu mir. Es ist Tama, der dich darum bittet, Tama, der dich liebt.«

Die Stimme, die antwortete, war zweifellos Sarns Stimme, aber Tama konnte nicht sagen, ob sie aus dem Baum oder seinem eigenen Inneren kam. Doch es genügte ihm, diesen Trost nach seiner langen Suche zu finden.

»Tama, mein lieber Bruder Tama. Schließ die Augen. Nimm mein Bild in deine Gedanken. Fühle meine Umarmung. Du hast dein Leben aufs Spiel gesetzt, um mich zu finden.«

»Ich kam, weil ich mußte. Ich konnte es nicht ertragen, weiterzuleben und nicht die Wahrheit über deine letzten Tage zu wissen. Aber wenn es für dich zu schmerzlich ist, dich zu erinnern, dann laß es sein, und wir werden von anderen Dingen reden, von dem Glück, das wir vor Jahren gekannt haben, als wir zusammen arbeiteten.«

»Ich kann den Schmerz der Erinnerung für eine Weile ertragen, um dir verstehen zu helfen. Ich hoffte, du würdest kommen. Aber erzähle mir zuerst, was du weißt.«

»Nur was Hora mir erzählt hat. Einige unserer Jäger kamen zurück, nachdem sie von eurem Volk angegriffen worden waren, von einer Gruppe, die von einer Frau angeführt wurde. Zwei unserer Leute waren getötet worden, andere verwundet. Sie waren in der Nacht überrascht worden, als sie in einer Hütte schliefen. Ke Rala schickte Hora mit einigen unserer besten Jäger los, um eure Hirten zu finden und gefangenzunehmen. Aber erst als sie zu den Hügeln kamen, sahen sie eure Gruppe vor sich. Hora sah, daß die Hirten sich der westlichen Seite der Bucht zuwandten, anstatt ins Dorf zurückzukehren. Dann wurde es dunkel, und gegen Morgen entdeckten seine Männer nur noch einen Mann vor sich ...«

»Ja«, sagte Sarn, »aber Hora kannte nicht die ganze Wahrheit. Einige Tage zuvor waren zwei unserer Leute von Hirschjägern bei einem Streit über ein Schaf getötet worden. Viele von unserem Volk wollten Rache. Meine Schwester Gilda gehörte zu ihnen. In der Nacht überredete sie heimlich sechs junge Männer, mit ihr in die Ebene zu gehen, um unsere Toten zu rächen. Als ich das erfuhr, ging ich mit Rad los, um Gilda zu finden und weiteres Blutvergießen zu verhindern. Aber wir kamen zu spät. Der Kampf hatte schon stattgefunden. Gilda war durch einen Messerstich in den Schenkel verwundet worden. Wir trugen sie zurück und wußten, daß die Hirschjäger unserer Spur folgen würden. Später am Tag stiegen wir in die Hügel, sahen, daß sich auf der Ebene etwas bewegte, und wußten, daß wir verfolgt wurden. Weil Gilda verletzt war, kamen wir nur langsam voran. Es war mein Vorschlag, so zu tun, als würden wir dem westlichen Grat folgen. Ich hoffte, die Verfolger vom Dorf abzulenken. Und so war es auch. Rad und die anderen stiegen in der Nacht den steilen Hang hinunter und gelangten über die vorgeschobene Landzunge, die die Einfahrt in die Bucht bildet, zurück ins Dorf. Das habe ich erst nach meinem Tod gesehen. Als Rad schließlich das Dorf aufweckte, um mich zu retten, war es zu spät. Ich war bereits in den Tod getrieben worden. Hora und seine Männer entkamen in die Ebene.«

Tama hatte sich hingesetzt, den Kopf in die Hände gestützt, und Entsetzen und Kummer überwältigten ihn. Als er wieder sprechen konnte, rief er: »Oh Sarn, mein Bruder, wenn ich dich nur in die Arme nehmen könnte! Wenn das alles nur nicht wahr wäre!«

Auch in Sarns Stimme schwangen Trauer und vergebliche Reue. »Das geht leider nicht, Bruder. Wir können in unserer Welt nicht mehr zusammen kommen. Vielleicht später einmal, in der Welt, in die ich jetzt gehe, aber darüber weiß ich noch nicht genug. Irgendwie muß ich glauben, daß die Liebe alles überdauert. Ich trauere um Ana und meine Kinder.«

Tama atmete einige Male tief durch, um sich zu beruhigen. »Sarn, sag mir, wenn du kannst: Was soll ich tun? Kann ich deiner Frau irgendwie helfen? Und was ist mit Gilda? Wie kann sie all das ertragen?«

»Du hast noch viel zu tun. Aber Ana kannst du nicht helfen. Rad und Lorna stehen ihr bei. Sie haben selbst keine Kinder. Aber meine Schwester – ach, wer kann meiner armen Gilda helfen? Sie fühlte sich schuldig an meinem Tod. Ihr Geist erstickt an seiner eigenen Bitterkeit. Die Wunde in ihrem Schenkel heilt nur langsam, sie ist tief, und sie wird ihr Bein nicht mehr richtig gebrauchen können. Aber die Wunde in ihrer Seele wird niemals heilen. Ich sehe nur noch mehr Sorgen auf sie zukommen. Ach, meine Schwester. Sie war einst so schön an Körper und Seele.«

Falls die Toten an diesem schrecklichen Ort weinen konnten, so weinte Sarn jetzt. Tama allerdings spürte nur sein tiefes Schweigen zwischen ihnen.

»Sag mir, wenn du kannst«, fragte er zögernd, »wußte Hora, daß du es warst, den er verfolgte? In meiner Vision sah ich am Ende, daß er die Arme entsetzt hochwarf, als ob er dich gerade erkannt hätte.«

»Sein Gesicht war das letzte, das ich sah. Es war voller Entsetzen. Er konnte nicht gewußt haben, daß er mich verfolgt hatte. Der Pfeil kam von einem der anderen.«

»Das sagte er uns, als er zurückkehrte. Er weinte, als er es mir erzählte. Aber ich konnte nicht sicher sein, ob er nicht log. Er schwört, daß er dich nicht getötet hat, aber er fühlt sich schuldig an deinem Tod.«

Ein leichter Wind fuhr durch die Baumwipfel, und ein paar überreife Früchte klatschten auf den Boden. Tama blickte sich nach Rini um, konnte sie aber nirgendwo entdecken. Er seufzte tief, als er den Kopi-Baum wieder betrachtete und das frische Harz aus den Schnittstellen tropfen sah. Sanft sagte er: »Sarn, ich darf dich hier nicht so lange unter Schmerzen zurückhalten. Aber sag mir, wenn du kannst – hast du eine Vision über die Zukunft unserer beiden Völker? Gibt es etwas, das ich tun kann, um weiteres Blutvergießen zu vermeiden und zu helfen, daß wir alle miteinander in Frieden leben können?«

»Ich empfinde keinen Haß für die, die meinen Tod verursacht haben, nur Kummer darüber, was geschehen ist. Es darf kein weiteres Morden mehr geben. Die beiden Völker sollen zusammenkommen und schwören, in Frieden miteinander zu leben. Kennst du die Insel der Zwei Bäume im Großen Fluß? Dort sollen sie sich treffen, alle, die kommen können, Männer, Frauen und Kinder, Alte und Junge, und zusammen ein großes Fest feiern mit Spielen und Singen und Tanzen. Und sie sollen sich gegenseitig Beistand in schweren Zeiten, Dürre oder Hungersnot versprechen. Jedes Volk soll beim Jagen auf seiner eigenen Seite des Großen Flusses bleiben, aber sich gegenseitig so oft wie möglich in den Dörfern Freundschaftsbesuche abstatten. Die zwei Völker sollen sich durch die Ehe miteinander vermischen. Ein verheiratetes Paar soll sich aussuchen dürfen, in welchem Dorf es leben möchte, und es soll auch das Dorf wechseln können.

Jeder soll für das Wohlergehen aller verantwortlich sein. Wenn aus Meinungsverschiedenheiten Streit entsteht, so soll dies bei einem Treffen aller besprochen werden. Ergreift niemals wieder die Waffen gegen ein anderes Volk. Tötet nicht. Wenn Männer kämpfen müssen, dann bewaffnet sie mit Stöcken, und laßt sie aufeinander los, wie bei dem Spiel auf Horas Hochzeit. Der erste, der einen anderen zum Bluten bringt, ist der Gewinner, und damit ist der Kampf beendet. Beide Dörfer sollen sich die Erzeugnisse ihrer Gärten teilen. Vielleicht wäre es gut, wenn sich einmal im Jahr alle zu einem Fest des Vertrauens und der Freundschaft auf der Zwei-Bäume-Insel versammelten und ihr Versprechen erneuerten.

Wenn ich noch einmal zurückgehen könnte, mein Bruder Tama, würde ich zu unseren Völkern sagen: Versucht es mit Liebe, dient euch gegenseitig, und ihr werdet die Angst voreinander verlieren. Wenn die Angst verschwunden ist, kann Vertrauen wachsen, und Friede breitet sich aus.«

Eine Weile schwieg Sarn, und Tama war bemüht, sich seine Worte einzuprägen. Dann sprach Sarn erneut.

»Für dich ist die Zukunft nicht klar, mein Bruder. Ich sehe einige Jahre des Friedens, aber dann kommt eine Zeit des Leids für dich und dein Volk. Wenn ich versuche, das Bild klarer zu bekommen, sehe ich nur Ke Ralas Hände, die er in schrecklicher Verzweiflung ringt. Du mußt ihm helfen, wenn Schwierigkeiten über ihn hereinbrechen. Hüte dich vor seinen Händen.«

Ein Anflug von Angst überfiel Tama, als er sich an seinen Schwindelanfall bei Horas Hochzeit erinnerte. Damals war ihm, als würde Blut aus Ke Ralas Händen tropfen, während sich seine Finger um die Stöcke krampften, die er zerbrach.

»Gibt es nicht mehr?« fragte er ängstlich. »Kannst du noch etwas sehen?«

»Nein, mein Freund, mehr sehe ich nicht. Nichts. O Tama, Tama, mein lieber Freund und Bruder, wenn ich nur mit dir nach Hause zurückkehren könnte zu meiner geliebten Ana und meinen Kindern! Werde ich sie jemals wiedersehen?«

Tama wußte, daß die Zeit gekommen war zu gehen, da Sarns Kummer ihn daran hindern konnte, in ein neues Leben hineingeboren zu werden. Er stand auf und sprach mit fester Stimme: »Glaube an die Kraft der Liebe, mein Freund. Liebe ist die Brücke zwischen den Welten. Ana und deine Kinder werden dich wiederfinden. Auch ich werde irgendwann zu dir kommen. Ich werde zurückgehen und dein und mein Volk dazu bringen, in Frieden zu leben, wie du es gesagt hast. Lebe wohl, mein lieber Bruder, lebe wohl. Der Friede Ka Balus sei mit dir.«

Er hörte Sarns Stimme zum letztenmal, schwächer und sorgenvoll.

»Lebe wohl, Tama, lebe wohl.«

Er wandte sich ab und hielt fast gewaltsam Sarns Stimme in seinem Geist fest. Er sah Rini auf sich zukommen. Dann bog sie ab und ging ihm voraus. Er folgte, holte sie ein und rief ihren Namen.

»Mutter Rini. Wenn ich nun schon hier bin – gibt es noch andere, mit denen ich sprechen kann? Gibt es einen Baum für Rua?«

Rini schüttelte den Kopf. »Da kommst du viele Jahre zu spät. Rua ist sicher sehr schnell durchgegangen. Er ist jetzt weit weg in einem neuen Leben.«

Tama hatte keine andere Antwort erwartet, aber das Herz wurde ihm schwer. »Was ist mit dem Alten Vater?«

»Ja, er war eine Zeitlang hier. Ich habe mit ihm gesprochen. Er hat mir von dir erzählt. Aber auch er ist weitergegangen. Ich kann dir nur seinen Baum zeigen.«

Sie wandte sich zur Seite, und als sie einen kleinen Hügel erklommen hatten, wies sie auf einen Baum.

»Hier. Es ist nicht viel zu sehen. Das Moos hat die Zeichnung fast völlig überwuchert.«

Tama ging zu dem Baum hin und legte seine Hände auf den Stamm. »Der Friede Ka Balus sei mit dir, Alter Vater«, flüsterte er und wartete, aber er spürte keine Antwort und wandte sich traurig ab. Er fragte Rini noch nach einem anderen. »Da war ein Junge, der vor einigen Jahren bei einem Feuer umkam, Nikala. Ein sehr tapferer Junge, der sein Leben hingab, um einen verkrüppelten Freund zu retten.«

»Ach ja, der«, sagte Rini. »Da könnte vielleicht noch etwas zu sehen sein. Komm hier entlang.«

Die Wirkung der Frucht schien nachzulassen. Tama konnte das Murmeln der Bäume nicht länger hören, das Licht schien zu schwinden. Rini hielt plötzlich an.

»Hier, das ist sein Baum, glaube ich. Du wirst es wissen.«

Man konnte fast so etwas wie Belustigung in ihrer Stimme hören. Tama schaute sich den geschnitzten Baumstamm an und verstand. Die Schnitzerei war noch recht deutlich und stellte eine hüpfende männliche Figur dar. Sie strahlte mehr Vitalität aus als die meisten anderen geschnitzten Figuren und war mit einem großen erigierten Glied dargestellt. Tama hätte schwören können, daß der Mund grinste. Das Bild verkörperte Nikalas lebhaften, respektlosen Sinn für Streiche so deutlich, daß Tama vor Tränen beinahe nichts mehr sehen konnte und fast weinte. »Bring mich weg von hier«, sagte er. »Ich habe genug gesehen.«

Sie verließen den Hain und stiegen auf die Dünen beim Stand. Das Kanu lag in der Nähe. Der Nebel hatte sich vom Wasser erhoben, aber die Lagune war grau und schien uferlos.

»Du mußt mit mir kommen«, sagte Rini. »Es ist nicht weit. Ich werde dich auf dem Strand in der Nähe der Stelle absetzen, von wo aus du zurückkehren wirst.«

Während Rini das Kanu vorwärtspaddelte, saß Tama in Gedanken versunken da. Einmal schaute er zurück, aber die Dünen und Bäume waren nur noch ein verwischter Fleck, als hätte sich der Nebel wieder über sie herabgesenkt. Sein Verstand war mit einer Frage beschäftigt, die er schließlich an Rini richtete.

»Dieser Ort, Mutter, entspricht nicht im geringsten dem Land der Toten, wie Ka Balu es uns vermittelt hat. Dies ist kein himmlischer Wald, zu dem der Weiße Hirsch aufbricht. Der Alte Vater hat mir mit dem Dunklen Wissen nichts erklärt, was dem hier auch nur in irgendeiner Weise ähnelte.«

Rini hörte nicht auf zu paddeln; sie antwortete beinahe scharf: »Wir schaffen uns die Götter nach unseren Träumen, und ebenso wie unsere Träume schwinden sie im Tageslicht. Ich sehe nur Wandel, immerwährenden Wandel, aber wohin uns das am Ende führen wird, weiß ich nicht. Ich bin nur eine alte Frau, die ein wenig Arbeit zu tun hat. Ich zerbreche mir nicht den Kopf über die Götter.«

Tama war über diese Antwort erschrocken, doch er sagte nichts. Mattigkeit überkam ihn. Er mußte eine Zeitlang geschlafen haben, denn als er die Augen öffnete, sagte Rini: »Sieh her. Dort wirst du mich verlassen.«

Hinter einem kleinen steinigen Strand erhob sich ein Hügel, nicht hoch, aber steil und von dem harten Farn bewachsen, durch den sich Tama bei seiner Ankunft geschleppt hatte. Er schaute Rini an. Sie saß bewegungslos da.

»Hier wirst du mich verlassen«, wiederholte sie. »Aber hör mir genau zu. Du mußt diesen Hügel erklimmen und immer geradeaus gehen. Nicht lange, dann wirst du auf deiner Scheidenseite das Meer sehen. Überquere einen seichten Bach und folge ihm zum Strand. Dann erreichst du eine kleine Bucht, einen merkwürdigen Ort, an dem Steinblöcke liegen, die von Menschenhand gemacht scheinen: hoch und gerade, einer auf dem anderen. Geh hinunter zu den flachen Steinen, die einen Pfad ins Meer weisen. Dieser Ort ist vor langer Zeit von Göttern erschaffen worden, die nicht von unserer Welt waren, aber sie sind immer noch mächtig. Du mußt ins Wasser gehen und hinaus in die Brandung schwimmen. Die Meeresgötter werden dich tragen und deinen Geist zu dem Körper zurückbringen, der auf ihn wartet.«

Tama wurde wieder von der schrecklichen Angst vor dem Ertrinken überwältigt, die ihn seit seiner Kindheit verfolgte. »Das kann ich nicht! Ich kann das nicht tun!« schrie er. »Mich ins Meer stürzen – nein, ich werde bestimmt ertrinken.«

Rini sprach mit sanfter Stimme:

»Du bist in diese Welt gekommen, weil du Sarns Todeskampf geteilt hast. Es gibt nur einen Weg, zu deinem eigenen Körper zurückzukehren. Der Körper, den du jetzt hast, scheint wirklich und gegenständlich zu sein, aber es ist nicht der Körper, der im Langhaus auf dich wartet. Du mußt diesen Körper abgeben, um das Leben wiederzufinden. Wenn du hier bliebest, würdest du wie die Schattenmenschen werden. Deine Zeit, in ein neues Leben wiedergeboren zu werden, wird noch lange nicht kommen. Du mußt in deiner eigenen Welt wiedergeboren werden. Es gibt nichts zu befürchten, du wirst keine Schmerzen empfinden. Überlaß dich allein den Wellen, und du wirst aus dir selbst herausgehoben werden. Glaub mir. Du bist mein Ziehsohn. Ich habe dich geliebt und dir gedient. Ich lüge nicht.«

Tama schaute die alte Frau voller Kummer an und konnte nicht sprechen. Er wollte sie in die Arme nehmen, aber dann wandte er sich ab, stieg aus dem Kanu, packte den Bug und sah Rini noch einmal an.

»Wir werden uns nicht wiedersehen«, sagte sie bestimmt. »Segne mich, bevor du gehst.«

»Der Friede Ka Balus sei mit dir«, sagte er und neigte den Kopf über seinen verschränkten Händen, als das Kanu ein wenig schaukelte und sich seitwärts zur Lagune drehte. Das Paddel tauchte glatt ins Wasser ein, und das Boot bewegte sich leicht auf die Lagune hinaus und war schnell außer Sichtweite. Die vom Kielwasser erzeugten Wellen schwappten leicht über die Kieselsteine.

Tama erklomm langsam den Hügel und sah sich nicht um. Auf dem Gipfel schlugen ihm kalte Windböen entgegen und fegten durch den Farn, als er sich vorwärtskämpfte, aber er zog den Wind dem Nebel vor. Er durchquerte die öde Landschaft, bis er das Meer auf seiner Scheidenseite erblickte, dessen grüne Wellen von weißen Schaumkronen gekrönt waren. Seine Schönheit jagte ihm Angst ein, aber er ging weiter und folgte dem Bach zum Strand.

Die enge Bucht war wirklich ein Ort der Götter. Ein Streifen kurzen Grases fühlte sich unter seinen Füßen weich an. Hohe gleichmäßige Säulen aus schwarzem Fels erhoben sich wie Klippen aus dem Grün, und vor ihm endete ein ebener Pfad an wild durcheinanderwirbelndem grünem Wasser, dessen Gischt die Felsen hochsprühte.

An diesem Ort schien sein Geist zu Ka Balu wirkungslos. Tama wußte nur, daß er nicht nachdenken durfte, daß er seinem Körper keine Gelegenheit geben durfte, sich seinem Willen zu widersetzen. Er erreichte den Weg aus flachen Steinen. Das Meer toste um ihn. Er stellte sich breitbeinig hin, ballte die Fäuste und warf die Arme empor.

»Hört mich, ihr Götter!« rief er. »Ich werde sterben! Ich komme zu euch! Bringt mich zurück zu meinem Volk!«

Voller Grauen rannte er vorwärts und sprang in die Brandung. Er wurde sofort herumgewirbelt und in einem tosenden Sprühnebel hochgehoben, wobei er jegliches Gefühl für seinen Körper verlor, als wäre er in Auflösung. Er war sich nur noch bewußt, in einen Strudel leuchtender Farben gezogen zu werden, jenseits von Gedanken und Ängsten.

Im Langhaus saßen die Ältesten mit vor Kälte schmerzenden Gliedern in der Dunkelheit und hörten, wie der Körper des Priesters wieder den Atem einsog. Da kam Leben in ihre Runde, und sie seufzten erleichtert auf. Ke Rala sagte:

»Wartet noch eine Weile, bis wir sicher sein können, daß er wieder regelmäßig atmet. Dann deckt ihn gut zu und tragt ihn zu meinem Haus. Er wird erschöpft sein und wahrscheinlich den ganzen Tag schlafen. Aber Ka Balu sei gepriesen, daß er zu uns zurückgekehrt ist. Wenn er wieder bei Kräften ist, werden wir erneut zusammenkommen und hören, was er uns von seiner Reise ins Land der Toten zu berichten hat.«

HEYNE BÜCHER

Peter Hooper

Die große Hirschvolk-Trilogie

Ein Blick in das magische Herz Neuseelands

Die Berge des Morgens
Das Hirschvolk
01/10139

Fremde Brüder
Das Hirschvolk
01/10140

Die Chronik der Väter
Das Hirschvolk
01/10141

Der junge Tama, der sich den Riten und Bräuchen der Ahnen widersetzt, ist der Außenseiter seines Stammes. Doch als dem Hirschvolk nach einer grausamen Kälteperiode der Hungertod droht, folgt es Tamas Vision von reichen Jagdgründen – und bricht in unbekannte Fernen auf... Ein mitreißendes Epos von der Frühgeschichte Neuseelands.